权 威 · 前 沿 · 原 创

拉美黄皮书

YELLOW BOOK
OF LATIN AMERICA AND THE CARIBBEAN

拉丁美洲和加勒比发展报告
（2010~2011）

中国社会科学院拉丁美洲研究所
主　编／吴白乙
副主编／刘维广　蔡同昌

ANNUAL REPORT ON LATIN AMERICA
AND THE CARIBBEAN(2010-2011)

社会科学文献出版社
SOCIAL SCIENCES ACADEMIC PRESS (CHINA)

法律声明

　　"皮书系列"（含蓝皮书、绿皮书、黄皮书）为社会科学文献出版社按年份出版的品牌图书。社会科学文献出版社拥有该系列图书的专有出版权和网络传播权，其 LOGO（▧）与"经济蓝皮书"、"社会蓝皮书"等皮书名称已在中华人民共和国工商行政管理总局商标局登记注册，社会科学文献出版社合法拥有其商标专用权，任何复制、模仿或以其他方式侵害（▧）和"经济蓝皮书"、"社会蓝皮书"等皮书名称商标专有权及其外观设计的行为均属于侵权行为，社会科学文献出版社将采取法律手段追究其法律责任，维护合法权益。

　　欢迎社会各界人士对侵犯社会科学文献出版社上述权利的违法行为进行举报。电话：010－59367121。

社会科学文献出版社

法律顾问：北京市大成律师事务所

主要编撰者简介

吴白乙 法学博士，中国社会科学院拉丁美洲研究所副所长，研究员，国务院应急管理专家组成员，国务院发展研究中心世界发展研究所、中国国际战略研究基金会、中国改革开放论坛、美国哈佛大学费正清东亚研究中心学术委员、顾问、理事等。

长期研究国际战略问题、危机管理、中国外交，曾主编《共性与差异——中欧伙伴关系评析》，《20世纪回顾丛书》（6卷本）并著有《对中国与发展中国家政治关系的再思考》、《公共外交：中国外交变革的重要一环》、《中国经济外交：与外部接轨的持续转变》、《中国在朝鲜半岛：利益与作用》、《中国对"炸馆事件"的危机管理》、《后冷战国际体系变动与中欧关系》、《中国的安全观念及其历史演变》等一批被广泛引用和转载的学术论文。

刘维广 法学博士，中国社会科学院拉丁美洲研究所《拉丁美洲研究》编辑部副主任，副编审，古巴研究中心秘书长。主要研究方向为拉美政治、拉美国际关系和古巴研究。

主要成果：《新世纪以来的中古关系》（合）、《古巴社会主义经济建设与发展》、《关于拉美"21世纪社会主义"的国际评价》、《切·格瓦拉及其思想在中国的影响》、《墨西哥国家行动党的渐进式改革以及党政关系的非传统模式》等。

蔡同昌 1980年毕业于上海外国语学院西俄系俄语专业。1980~1984年在中共中央对外联络部苏东所工作。现为中国社会科学院拉丁美洲研究所《拉丁美洲研究》编辑部主任。

主要编著有：《阿根廷危机反思》、《2005年：拉丁美洲和加勒比发展报告》、《国际新格局下的拉美研究》、《拉丁美洲和加勒比发展报告（2007~2008）》、《拉丁美洲和加勒比发展报告（2008~2009）》、《拉丁美洲和加勒比发展报告（2009~2010）》、《发展中国家的发展问题》等。

目 录

Ⅳ　国别和地区篇

Ⅴ　资料篇

皮书数据库阅读使用指南

CONTENTS

Ɏ Ⅳ   Region / State Observations

Ⅴ V   Data and Statistics

导 论

吴白乙 *

2010 年是拉美独立运动 200 周年。

19 世纪是工业革命和现代化扩展的世纪。工业革命促进了社会生产力的迅速发展，为全球各地带去了资本主义生产方式、市场制度和人文思想，推动了民族主义潮流的兴起，从而揭开了拉丁美洲独立运动乃至现代化的序幕。

1804 年，海地经过大规模黑奴起义，终于成立了拉丁美洲第一个独立国家。1810 年起，南美大陆各殖民地人民相继开始起义，经过多年的艰苦奋斗，最终结束了西班牙、葡萄牙等西方列强长达 3 个世纪的统治，建立了一批新兴共和制国家（除巴西之外）。

独立后的拉美地区，经济上摆脱了宗主国的控制和盘剥而获得极大的进步。1870～1950 年，拉美地区年均 GDP 和人均 GDP 增长率一直高于英、法、德等西欧大国；1962 年，阿根廷人均 GDP 已达 1145 美元，仅略低于英国（1512 美元）和法国（1590 美元），却高于意大利（990 美元）、日本（634 美元），并且将拉美地区前宗主国西班牙（519 美元）和葡萄牙（407 美元）远远甩在后面。

然而，拉美各国在现代化道路上却未能继续快速前行。20 世纪中期以后，拉美和加勒比地区对世界 GDP 总量的贡献率一直维持在 7.8% 左右，50 多年间几无增加。2010 年 8 月，世界银行按人均国民总收入（GNI）对全球 213 个经济体作出划分：海地，这个拉美和加勒比地区独立最早的国家仍属于"低收入"国家；在中等收入经济体中，拉美和加勒比地区有 28 个，其中在下中等收入经济体中有 9 个，占 32%，而在上中等收入经济体中则多达 19 个，占 68%。

长期以来，人们注意到这些国家在同一收入水平徘徊而不能向上进入高收入国家水平，故将这一现象视作经济学理论的"中等收入陷阱"典型。不少欧美、

---

* 吴白乙，中国社会科学院拉丁美洲研究所副所长，研究员。

拉美学者在比较研究中发现它与拉美经济在同期全球 GDP 中所占的"固定"比重相吻合，因而认为拉美和加勒比地区与第二次现代化浪潮关联度不高，失去了持续提高国家竞争力的机遇。有的学者采用国家创新价值、有效劳动和高效劳动、有效投资和优质投资、先进技术研发、人均资本和人均技能等复合现代化指标来检验和解释拉美经济向信息化、知识与生态文明转型不足，因而难以冲出"中等收入陷阱"。

还有一些人试图从更深远的角度分析这一现象背后的历史基础乃至制度成因，认为拉美的现代性与欧美的现代性"貌合神离"。宗主国的封建文化深刻地影响了殖民地资产阶级的充分发育，早产的革命运动未能为现代化提供成熟的制度准备。尽管独立后本应解放当地的生产力，催生现代化，但"无论农村还是城市地区的经济权力结构却没有发生大的变化……社会权贵仍保持着自身利益的机能"，使得拉美最初的现代化"只是一层虚饰，为顽固的机制加上装饰性的点缀，同时却不去实现这一概念所涵盖的改革"。旧的体制将现代器物文明植入拉美之后，改善了中上层阶级的面貌和命运，却没有通过结构性改革惠及全社会，"大众的贫困和持续的冲突"成为现代化留给拉美的负面遗产之一。拉美各国所选择的发展模式一再导致改革反复曲折，经济增长不稳，社会发展陷于困顿，被外人称之为一段"发展的劫掠"的历史。

那么，拉美的发展是否无法从制度选择的困境中走出来？2010 年 1 月，智利与经济合作与发展组织（OECD）签署协议，正式成为该组织第 31 个成员；11 月，国际货币基金组织（IMF）预测，智利人均 GDP 将于 2012 年超过 1.2 万美元。这些都意味着智利在"中等收入陷阱"中滞留长达 41 年后将率先进入"富国俱乐部"。本年度《拉丁美洲和加勒比发展报告》以此为主题，对智利近 20 年来经济、社会和政治的平稳转型进行"全景式"的回顾和分析，不仅借以纪念拉美独立 200 年这一划时代事件，更主要的是探究智利个案所可能包含的某种普遍的区域现代化意义。

在拉美多国的现代化过程中，"威权"与"民粹"或为两大思潮相对而立，或为两种制度形式相促而生，不断地引导满怀改革期望的人们由此到彼，交替追捧，摇摆往复，既创造过短暂的振兴和繁荣，也留下了长期的政治失范、经济失衡和社会失稳。以智利为例，在 1961～1973 年民主体制下，政府并没有采取开明的、适宜的市场经济政策，尤其是阿连德执政时期更将民粹主义推向了极致，国家控制企业多达 400 多个，占全国工业产出的 80%，占全国 GNP 的 60%，公共卫生、住房、社会保障和家庭补贴等福利性投入连年大幅提高，生产、工资、价格关系逐渐扭曲，生活成本和通胀率快速攀高，货币贬值达 300%，经济濒临崩溃。1973 年，智利军人发动政变推翻主张社会主义国有化运动的阿连德政府，此后 17 年中军政府强力推进对国家经济结构的"再私有化"，恢复市场机制和提高经济自由度，从而使国家经济重新企稳回升，20 世纪 80 年代中期进入高速增长阶段，为后来的"还政于民"奠定了良好的经济社会基础。

在本书特别报告的作者看来，第一，对于一些发展中国家而言，威权制度可能提供经济结构"向好"改革的机会，且政治专制与经济增长也可以长期共存。"在发展中国家里，只有在经济上实行开明统治而不放弃专制道路的国家才是赢家。"

第二，需特别注意改革的次序，不可片面追求民主政治目标。稳定大局之下的系统性市场经济改革应是一国最终走向良性发展之路的优先目标，而民主政治必须依赖社会充分发育方可实现对"已经构建的经济和社会制度"有效保护，否则不仅会对已有的改革成果起到"促退"作用，甚至还可能保护"坏"的制度。

第三，实行各派别之间的联合执政，避免单一派别在政策上"矫枉过正"。还政于民后历届政府较好地继承了军政府统治时期确定的经济改革方向，不断深化和拓展不同领域的改革，有效地防止在制度上从一个极端走向另一个极端的大折腾，没有发生拉美其他国家体制转型中常见的"钟摆现象"，使智利经济、社会在总体上保持了稳定、持续的增长与发展。

第四，构建宽容、和解的社会文化，二次民主转型经受住社会分裂的考验。历届民选政府较好地贯彻了"原谅与忘却"原则，运用"追溯正义"、"修复正义"和"应报正义"等策略，缓和了各派别、阶层间的对立情绪，为民主政治改革创造了宽松的社会环境，并最终通过不断修宪，加强法制，极大地提升了国家对公民权利、人身自由的保护力度以及反腐败斗争的业绩。

第五，连续一致的制度变迁使智利既定的自由市场经济与民主政治体制臻于成熟，其经济、社会的可治理性愈加显现出稳固、有序、高效、优质等特色，可以为身处同类挑战和困境的广大发展中国家提供可资借鉴的"版本"。当然，这种长着"智利面孔"的制度选择是基于其自身的历史传统、文化观念、民族习

俗、纪律意识、合作精神等多方面特性的，因此其不足和局限也同样是明显的。

与特别报告相关，2010～2011年度《拉丁美洲和加勒比发展报告》专题篇聚焦南美地区四个重要国家的选举事件。经过两轮投票，2010年1月代表中右翼联盟候选人的塞巴斯蒂安·皮涅拉赢得智利总统大选，结束了中左政治力量连续20年执政的纪录，也是52年来首位通过投票当选的右翼党派总统。皮涅拉的胜利进一步印证了特别报告所指出的智利民主政治的成熟度：由于智利政坛就基本的治国理念和政策思想存在着广泛的共识，直接决定大选结果的因素已不是对立的"主义"，而是不同阵营处境、条件及其策略选择，特别是候选人的个人特质。皮涅拉是智利家喻户晓的大企业家，其资产超过14亿美元。在此次大选中，皮涅拉以全新的温和右派形象出现，提出一系列诱人的竞选承诺，如在未来4年内为智利创造100万个就业机会，争取年经济增长率达到6%，还宣称实行税制改革，降低中小企业税赋，在2014年前新增50万脱贫人口以及扩大学校、医院和诊所数量等。

哥伦比亚先后于2010年初和年中举行了议会及总统选举。与2006年大选相比，哥伦比亚政治格局没有太大的变化。右翼政治力量继续增强、左翼政治力量有所削弱、绿党作为独立的第三种力量异军突起。执政的民族团结社会党候选人桑托斯当选新总统，其胜利主要得益于前任总统乌里韦的政治遗产、竞选策略的不断调整、政党联盟以及绿党总统候选人莫克库斯的失误。桑托斯政府将继续巩固乌里韦总统的民主安全政策。但由于工作重心变化、亟待解决长期内战导致的各种政治及社会问题以及乌里韦总统执政时期产生的一些偏差，桑托斯政府的政治、经济、外交政策将会发生很大幅度的调整。

在委内瑞拉，以查韦斯为代表的"魅力领袖"政治则遭遇到执政12年来最严重的一次挑战。2010年9月，委内瑞拉全国代表大会（国会）选举，执政党未能在选举中赢得2/3多数议席。反对党联盟在国会获得立足点，使国会的政党构成向着多元化转变，从而获得制约查韦斯政府的关键手段。委内瑞拉已经形成执政党和反对党同盟对垒的政党格局，2012年的总统选举变得更加难以预料。

2010年10月，委内瑞拉的强邻巴西也在经过两轮投票后决出大选结果。凭借卢拉两届任期所创下的炫目"遗产"，劳工党候选人迪尔玛·罗塞夫获胜显得顺理成章，波澜不惊，同时还成为巴西历史上首位女性总统。在国会选举中，执政联盟进一步扩大了在众参两院的优势。然而在26个州长和巴西利亚联邦区行政长官的地方选举中，执政联盟获得 16 个，反对党联盟获得 11 个。巴西社会民主党获得 8 个席位，成为获得职位数最多的党派。在"后危机时代"和"后卢拉时代"，罗塞夫的内政外交政策势必将与前任保持较强的延续性，同时也可能有所调整。新政府能否有效应对历史积累下来的发展难题、巧妙处置内外政治新变数，均将影响巴西下一步的行进轨迹。

总体而言，2010 年拉美国家政治发展基本稳定而有序，仅有少数国家如阿根廷、厄瓜多尔等出现了短暂紧张甚至动荡的局面；左翼力量执政势头未减，但反对派力量有所发展；公众政治参与进一步扩大，传统弱势群体参政趋势加强，突出表现为一批女性政治家当选部分国家领导人。

2010 年拉美和加勒比经济在上一年第四季度开始复苏的基础上，逐渐加强了复苏的势头。多数国家采取的反危机经济政策的效果日益显现出来，并受全球经济缓慢复苏的有利影响，2010 年前三季度整个地区经济增长呈逐渐加速的趋势，具体表现为以下四个特点。

一是整个地区经济强劲反弹，各国间经济增长的差异继续扩大。巴西经济创下了近 30 年来的最高增长纪录，其在整个地区经济总量中的比重进一步加大，并对整个地区经济复苏产生了积极的影响。南美地区半数国家进入整个拉美和加勒比经济增长前列，加勒比地区的经济复苏进程仍然相对滞后。

二是对外贸易全面增长，进口增长高于出口，商品和服务贸易盈余大幅度减少。

三是财政形势趋于好转，但其可持续性面临的压力有所增大。19 国初级财政赤字占 GDP 的比重由上一年的 1.1% 下降到 0.6%，但仍未恢复到全球危机之前的财政基本平衡、略有盈余的局面。

四是通货膨胀有所加剧，经济出现过热迹象。全地区 33 个国家中，有 28 个国家的消费物价指数超过了上一年，有的国家甚至超过了两位数。

2011 年拉美和加勒比经济将继续保持增长，但其增速将会明显放缓。外部经济走向的不确定将成为左右拉美和加勒比经济的重要因素之一，有关国家政策调整势在必行，其难度和风险都将有所加大。

受经济恢复与增长的拉动，2010 年拉美各国的各项社会指标呈好转态势：贫困率和赤贫率持续下降到与 2008 年金融危机前持平或更低的水平；除个别国家，拉美地区总体收入分配状况有所恢复和改善；经济增长带动劳动力市场发生

积极变化，就业率上升，但多数国家的实际工资出现下降。拉美国家的社会治理仍不容乐观，腐败问题积重难返，多数国家清廉指数水平较低，反腐机制亟待进一步加强。2010 年，公共安全成为拉美社会最迫切的问题之一。与此同时，自然灾害和极端天气事件继续呈高发态势，两次强烈地震给海地和智利造成严重损失。

国际金融危机之后，国际关系格局的加速调整对拉美国家的对外关系产生了重要影响。美国对拉美国家的政治、经济影响力有所下降，援助减少，合作水平回落。与此同时，美国在拉美的军事存在，特别是在非传统安全问题上政策力度则明显加强。为了应对国际关系格局的变化，拉美国家加强了团结与合作，积极推动地区一体化合作，其着力打造面向欧盟、俄罗斯、亚太、中东、非洲的对外关系多元格局的意向也日趋明显。

在众多国别报告中，应着重向读者推荐的是古巴、委内瑞拉和墨西哥 3 篇。2010 年，古巴出现新的经济改革态势，其特点一是观念有所突破。政府逐渐放宽了对个体经营的政策限制，并出台了相应的配套措施。同时，还为新近批准的私营企业提供所需原材料和物资，准许银行向它们提供贷款，发展原材料批发市场。二是优化国有企业结构。古巴政府决定，到 2011 年 3 月底，古巴国营部门完成精简 50 万人的任务，3 年内裁员 100 万，占全部国营部门职工的 1/5。三是对原有体制作出系统的、稳健的调整与修正，将减少和取消补贴，逐步取消食品定额配给和货币双轨制，给农业以更大的自主权，减少对农产品进口的依赖，促进劳务和生物技术的出口等。古巴领导人一再声明改革的最终目标仍然是坚持社会主义制度，是通过不断探索适合古巴发展"土生土长的"变革来提高发展效率，减少劳动冗员，确保社会公正。古巴共产党将于 2011 年 4 月召开"六大"，对更新古巴经济模式作出基本决定。

与古巴形成对照的是，2010 年委内瑞拉政府继续坚持在国有化和中央计划性方向上大刀阔斧，一是将一批重要企业国有化；二是实行货币贬值 50%，由刚实行不久的双轨制再退回单一固定汇率制，进行更为严格（包括企业在内）的换汇管制；三是宣布全国电力进入紧急状态，缩短商场营业时间和公共机构办公时间，并关停一些冶金厂、炼钢厂的生产线；四是积极吸引外国投资，进行了自 1999 年以来规模最大的一次油田开采权拍卖，来自印度、日本、西班牙、美国等国的能源企业将与委内瑞拉石油公司（PDVSA）组建合资企业。然而，

2010 年委内瑞拉是拉美和加勒比地区经济复苏最为滞后的国家之一，GDP 增长率为 - 1.6%；资本与金融账户赤字为 155 亿美元，外国直接投资依然为负增长，国际收支失衡加重；在国内经济紧缩的同时，存在严重的通胀压力；2010 年 1 ~ 10 月，失业率已升至 8.6%，高于 2009 年的 7.8%。

2010 年，墨西哥政治大事之一是举行地方选举，重新选出了 12 个州的州长、14 个州的议员及 1000 多名市长。这是自 2007 年选举制度改革以来首次在多个地区同时选举（以往为各地单独选举），也被看成是 2012 年 7 月总统选举之前三大主要政党之间一次重要的选战预演。由于墨西哥州在各州中选民人数最多，将于 2011 年 7 月举行的该州州长选举将成为 2012 年总统选举的一次民意测验。革命制度党人、现任墨西哥州州长恩里克·佩尼亚是下届总统选举最热门的政治家，对此国家行动党和民主革命党将再次建立有效联盟与之展开竞争。

2010 年墨西哥国内安全局势恶化是引起世人关注的另一大事件。卡尔德龙政府缉毒行动成绩斐然，使一批大毒枭相继落网，有组织犯罪受到沉重打击。与此同时，这一政策遭到黑恶社会势力的强力抵抗，绑架、勒索、凶杀等暴力活动不断升级，严重干扰了国家政治体制建设进程、经济发展和国家安全。在此情况下，墨西哥政府反毒战略面临挑战，公众对反毒斗争的效果及政府有效打击毒品犯罪的能力仍心存疑虑，要求对此反思的呼声日益高涨。

最后，需要特别说明的是，本年度《拉丁美洲和加勒比发展报告》试行新的编辑、审稿分工负责机制。在此过程中，中国社会科学院学部委员、中国拉美学会会长、原主编苏振兴先生给予了热情支持和具体指导，还参与了有关稿件的审读；副主编蔡同昌同志策划和组织了大量的前期工作，因病入院后仍尽责地审订了报告的统计资料和大事记部分。中国社会科学院拉丁美洲研究所相关部门及本报告各篇作者亦倾力相助，为之顺利完成做出了宝贵的贡献，社会科学文献出版社有关负责同志和编辑也为此付出辛勤的劳动。在此，编者表示诚挚的谢意。

由于业务水平和知识局限，编者、作者在编写、审订本报告过程中难免有误，敬请识者原谅和指正。

Précis

The year of 2010 marks the 200th anniversary of the Latin American & Caribbean Independence Movement.

The 19th century was a century highlighted by expansion of industrial revolution and modernization. The industrial revolution, wherever it went globally, challenged outdated productivity and brought forth capitalist production rules, market forces and humanistic ideologies. Against this backdrop, it also ushered in the independence movement and modernization process in the LAC countries.

In 1804, Haiti became the first independent nation in Latin America after the slave revolt led by Toussaint L'Ouverture. From 1810 on, peoples of the various South American colonies began their respective revolutions in succession. For more than a decade, the Spanish or Portuguese colonial rules for three centuries in this subcontinent came to an end, leaving behind a cadre of newly-established republics (with the exception of Brazil).

After freeing themselves from the colonist control and usury, the post-independence LAC economies experienced significant gains. From 1870s to 1950s, the average GDP (annual or per capita) growth rate of the LAC region was consistently greater than Great Britain, France, Germany and other Western Europe powers. In 1962, Argentina's GDP per capita reached 1145 U. S. dollars, only trailing Great Britain (1512 USD) and France (1590 USD) while significantly outpaced Italy (990 USD), Japan (634 USD) and former Latin America colonial powers Spain (519 USD) and Portugal (407 USD).

However, Latin American countries were unable to continue advancing on the path of modernization. Since the middle of the 20th century, the LAC contribution to the world's total GDP stayed constant at 7. 8% for over 50 years. In August 2010, the World Bank classified 213 economies around the globe according to gross national income (GNI) per capita. Haiti, the frontrunner of the LAC independence movement, still remained a "low income" country. Of the "middle income" nations, the LAC region is home to 26 −9 "lower middle income" nations (16. 1%) and 17 "upper middle income" nations (35%).

    For a long time, people began to take notice of these countries' tendency to hover around the same income level while unable to progress upwardly and view this phenomenon as a prime example of the "middle income trap" described in economic theories. Through comparative studies, a number of European, American and Latin American scholars discovered a parallel between this concept and the LAC "fixed" contribution to the world's total GDP in the same period, thus concluding that the region exhibited low correlation to the second wave of modernization and lost out on opportunities to continually boost the competitiveness of its nations. Some scholars employed composite indicators of modernization, such as innovative index, effective and efficient labor, effective and quality investment, advanced R & D, and per capita capital and skills to manifest the lack of information-based, knowledge-based and ecological-friendly transformations in the LAC economies. Such shortcomings account for the LAC difficulties in getting out of the "middle income trap."

    Others, who attempt to take a far-remote perspective by tracing the history and institutional origins, contend that the LAC modernity differentiates itself, more in substance than on surface, from the European and American ones. The feudalistic forces had hindered a steady capitalist development in the LAC colonies. In consequence, the pro-independence revolts proved to be too premature to provide an adequate institutional groundwork for the follow-up modernizations. Despite embarking on the right track of modernization sooner or later, economic structures in the newly-independent nations remained intact in both rural and urban areas whereas aristocrats retained their inherited interest and power as before. 'Such modernity was only a veneer. It added a cosmetic touch to tenacious institutions while failing to effect the changes implied by the concept'. Along with the transplantation of material modernity, only the elites of the higher-middle class and above witnessed an evident improvement in their living conditions and fortunes. For the average public, there was no drastic change in wealth and life-standards due to the delay of social reforms. General poverty, from then onwards, provoked repeated social-economic chaos and stagnated the LAC economies. Students of the LAC modernization label the history as 'a devastation of development'.

    Having made such reviews, then people would be less confident in the LAC luck to avoid institutional dilemma. Can they no longer struggle in vain? In January 2010, Chile reached an agreement with the Organization of Economic Cooperation & Development (OECD) to formally become its 31st member of "the club of wealthy nations". In November, the International Monetary Fund (IMF) predicted that Chile's GDP per capita will surpass 12000 USD in 2012, making it the first in the LAC countries to jump

out of the "middle income trap" over the past 41 years. It is because of this notable development that the ILAS "Latin American and Caribbean Development Report" of 2010 −2011 selects Chile as its the keynote analysis, on the occasion to commemorate the 200th anniversary of the LAC independence campaigns. With the Chilean showcase of a stable and comprehensive transition in the last 20 years, the authors tend to spell out its general significance for the future modernization process in the LAC region.

In many LAC countries' path to modernization, authoritarianism and populism co-exist either as two poles of political philosophies, or as opposing institutional alternatives, which have led reformist advocacies swing back and forth and produced an unfortunate distortion-from short-term revivals to long-term political, economic and social disorders. In Chile's case, under the populist framework from 1961 to 1973, the government did not undertake effective and appropriate market economy policy. In particular, the period when Salvador Allende Gossens was in power pushed the populist ideologies to an extreme-state-controlled enterprises numbered over 400, registering 80% of the nation's industrial output and 60% of its total GDP. Investment in welfares, such as public sanitation, housing, social security, family aids, increased dramatically year over year. The Chilean economy was on the verge of collapsing as production, wage, price relations became increasingly skewed, cost of living and inflation skyrocketed and the currency depreciated roughly 300%. In 1973, the Chilean military coup overthrew the socialist, pro-nationalization government. In the subsequent 17 years, the military rule re-embarked on the privatization track, reviving market mechanism and economic freedom. Chile's rapid growth in the mid −1980s laid a solid socio-economic foundation for its political liberalization and civil society-building later on. In sum, the authors of the keynote report in this yellow-book contend for the major lessons that Chile obtained as follows—

• For developing countries, authoritarian rule may provide favorable opportunities for economic reform. Such a concurrence of political totalitarianism and robust economic growth could even become a long-term remedy of self-oriented governance, just as argued by the former German Chancellor Helmut Schimidt in September, 2003 that "among the developing countries, only those will be the winners who are governed by economically enlightened governments that, at the same time, are governed in a strictly authoritarian way."

• The order of the reform priorities matters after all. The Chilean case warrants political stability as a top conditionality for systemic economic reforms. Political democracy has to be secondary to societal cultivations stemming from the grown public well-beings. Without these provisions as developed, populist politics would not just devastate the achieved reforms, but mislead the public to a 'worse' preference that protects inefficient institutions.

- In form of successive coalition governments, the Chilean partisan tradition shifts from denial to concession. No single incumbent force in the recent two decades wan able to make an overcorrection of the previous policies, thus ensuring the reformist momentum set forth by the military rule. As a result, Chile has had a remarkable and sustained growth and avoided policy discontinuity.

- Thanks to the prevailing principle of "forgiving and forgetting" proclaimed by successive civil governments, a consolidated and tolerant society has grown up and lived through short-term political divisions in Chile. Under a relaxed circumstance, social and political tensions are alleviated to a considerable degree. Rule of law comes into effect as the state intensifies efforts to protect civil rights, individual freedom and to tackle down corruptions.

- Consecutive institution-building entails a well-framed and mature market economy and democratic political system in Chile. As such systemic spillovers turn out in a steady order and high quality, the socio-economic governability also increases accordingly. The Chilean way of realizing good governance is worthwhile for the rest developing countries to refer to albeit its limitations are inevitable.

Relevant to the keynote part, the yellow-book also provides a highlight report of electoral politics in 4 South American nations. It first covers the success by the right-wing candidate Sebastián Piñera who outweighed the rest rivals in January, 2010. While breaking the 20 -year record of incumbency by the leftists, he also sets a record as the first conservative politician in the past 52 years to become the Chilean president through public bailouts. His victory also underscores the nation's maturity in democracy, as being pointed out by the theme report authors, that is based upon a cross-party and publicly-acknowledged consensus about nation-building. Landmarks of ideologies become vague and obscure. Therefore, the outcomes of presidential campaigns are finally decided by distinctive policy claims and personal charisma.

However, President Hugo Rafael Chávez Frías of Venezuela met the ever-serious challenge in the National Congress election in Fall, 2010. Although still maintaining a high popularity in his people as he did during the last 12 years, Chávez Frías might have come to know the limits of personal charisma-a united opposition force defeated his ruling party and became more legally capable to restrain the administration's future executives. Things would go even worse in the forthcoming general election of 2012 if

the league of oppositions continues to grow and enlarge.

Political legacies of the predecessors are the outmost reasons for the ruling-party candidates to eventually win their respective elections in Columbia and Brazil. In agreement with what the CEPAL said, Presidents Juan Manuel Santos and Dilma Rousseff will continue major socio-economic strategies which made the previous governments a success. Nevertheless, they might turn for, sooner or later, minor policy readjustments during their presidencies. Columbia faces such a series of political and social challenges left by prolonged civil warfare that Manuel Santos has to work out new political, economic and diplomatic solutions. As the first woman president in the Brazilian history, Dilma Rousseff has to prove herself by policy efforts parallel to the nation's emergence regionally and globally today. Meanwhile, she has to remain highly vigilant and responsive to the possible rise of opposition coalitions though the latter is yet able to hunt for a congressional majority.

Generally, the LAC political developments in 2010 are stable and normal despite temporary tension or turmoil in a few countries like Argentina, Ecuador, etc. Encouraging signs outnumber negative events when political participation becomes better representative and diverse in the region, particularly with increased minority involvement and women elected as heads of state.

Throughout 2010, the LAC economy kept a strong momentum that had derived from the recovery in the last quarter of 2009. It is a consequence of the right anti-crisis measures adopted by most LAC governments, in addition to the gradual restoration of global economy in the mean time. In the perspective of the ILAS analysts, the 2010 LAC performance displays the following features—

• Large economies, particularly in South America, helped stimulate the vigorous boom of the region. Brazil registered a record-high growth over the recent three decades. Its contribution to the entire LAC economy grew remarkably as well. In contrast, however, Central American and the Caribbean economies remained sluggish.

• External trade had a complete rise, with a growth greater in imports than exports. The commodity and service trade surplus declined in a significant way.

• The fiscal-conditions of nations tend to improve which are evidenced by the drop of fiscal deficits in 19 major LAC economies from 1.1% (2009) to 0.6% (2010). For the entire region, whether this good tendency sustains remains uncertain because the prior-crisis financial balance (or surplus) is unlikely to yield to the date.

Another ambivalent development is inflation and overheat that began to affect most LAC economies in 2010. Analysts foresee the LAC economic growth rate will slacken in 2011, as a consequence of official safeguarding measures to come. Further, reluctant recovery of some trade partners in the world might aggravate trade conditions and vulnerabilities for the LAC nations.

All variables of social developments in the LAC countries indicate a positive trend, which is also closely relate to recovery and growth of the economic sector in 2010. Poverty degrees went downwards continuously, approaching or even getting below the ones before 2008 when the world crises broke out. Most LAC countries had a substantial improvement in income distributions while labor force sector underwent a paradoxical development. Employment rates went upward, but the average salaries were reduced. There are many challenging issues still unsolved. Amongst the news-headlined ones as usual as in many LAC nations, order and public security returned to the top concern in 2010, beside corruptions, natural disasters, extreme-weather accidents, etc.

Referring to external relations in 2010, it is quite certain to find that the LAC nations adopted flexible policies to meet the general tendency of a globe-wise reconfiguration of powers and relationships. Pragmatism and regionalism became predominant doctrines in a growing number of LAC countries' policy mindsets, particularly with the U.S. role declined in such bilateral fields as economic engagements, foreign aids, political support, etc. The LAC members, therefore, advanced in a fairly forceful way to promote inter- and intra-regional collaborations, and their efforts were translated into specific diplomacy toward EU, Russia, Asia-Pacific, the Middle East, Africa, etc. A multi-faceted architecture of the LAC external relations is settling into shape.

The last but not the least, the yellow-book of 2010 makes a systematic review of specific nations as before. Among dozens of state analyses, Cuba, Venezuela and Mexico are worth reading in particular. Economic reforms in Cuba reemerged above the horizon in 2010. On service and commodity sectors, the government again advocated a privatization process by favorable policies including bank loans, raw-material supplies, etc. Raúl Modesto Castro Ruz also mapped out a bold staff reduction plan, which required the state-owned institutions and firms to accomplish a cut-down by 1 million personnel (20 % of the current state employees) in the forthcoming three years. More significant is that 0.5 million have to be moved out by March, 2011. In light of such ambitious reformist agenda, many centrally-planned measures (i.e. sector subsidies, food rations, dual currency rates, state management of agricultural products, etc.) are considered to be abolished. As stated recently by the Cuban leaders, the 6th Congress of the Communist Party, that is due to convene in April, 2011, will formally

inaugurate all policies to "update the economic paradigm".

In a sharp contrast, Caracas still turned its back to market forces and made great strikes to enhance nationalization and central-planning in 2010. First, the government merged a group of key enterprises; second, the state depreciated its currency by 50% and stepped backward to the fixed single-currency exchange regime from the dual-track one that came into force not long ago. Under such strict control, foreign reserve may get improved, but firms are restrained to flow out their profits; third, President Chávez Frías announced an exigency on state electric power. In consequence, shopping and office times were shortened while processing lines of smelt and steel-making plants stopped running; fourth, the PDVSA opened the biggest sale in the last ten years on its oil-field drills, having attracted Indian, Japanese, Spanish, U.S. firms to join its ventures. Regardless of its benign intents, Caracas faced a couple of regretful developments in the past year. It was the most stagnated economy in the LAC regions, with −1.6 GDP growth rate and a capital account deficit of 15.5 billion U.S. dollars. In such a macro-econ context, a slide of foreign direct investment in Venezuela seemed inevitable that worsened its balance of payment and taxation incomes. In addition, inflation potential increased that coincided with existing deflation pressure. Between January and October, 2010, the unemployment rate raised to 8.6 %, which was 0.8 percent higher than the same period in 2009.

Mexico impressed outside observers mainly with two events. One is its local government elections that started in 2010 and will end up in 2011. As they were viewed as the most influential campaign rehearsal before the 2012 president election, all political parties in the country could not but involve heavily in such grass-root races. Mexico State would be the next focal point of the contention because the PRI governor Enrigue Penia may test water for the presidential candidate and the PAN, the ruling party, would have to forge a coalition with the PRD to contain.

Deteriorated home security situation is the other matter that triggered the global note in 2010. The Jesús Calderón administration undertook resolved actions to counter the drag-trafficking activities. Along with numerous mafia leaders were arrested, organized crimes in Mexico were greatly undermined. However, the crack-down campaigns met violent resistance of the underground forces. The second half of 2010 witnessed a steady escalation of abductions, blackmails, murders etc. The general public began to question on the official strategy and capability to effectively tackle the drag-related crimes. Apparently for the Mexican government and society, there is a long way to go before the dust settles.

特别报告

Keynote Analysis

Ⅴ.1

智利：即将走出"中等收入陷阱"的首个南美国家*

——还政于民 20 年及其启示

郑秉文　齐传钧**

目　录

＊　本文初稿得到中国社会科学院苏振兴、徐世澄、张森根、王晓燕、江时学、吴白乙、吴国平、刘纪新、张凡等研究员的有益评论，他们从不同角度提出很多宝贵的建设性意见，对本文做出了贡献，有些具体建议甚至直接被引用在文中；遗憾的是，由于时间关系和篇幅限制等原因，有些意见来不及消化和吸收；还有几位同事也提出了很好意见。作者对上述同事一并表示衷心感谢。本文观点不代表其所供职的机构，文责自负，特此说明。在写作前期，张占力博士搜集了大量文献并分门别类建档，对此文做出贡献，这里表示感谢。

＊＊　郑秉文，经济学博士，中国社会科学院拉丁美洲研究所所长，研究员，博士生导师；齐传钧，经济学博士，中国社会科学院拉丁美洲研究所社会文化室助理研究员。

摘　要：经济增长、社会公平和政治民主是当今各国发展的时代主题，更是广大发展中国家不懈追求的奋斗目标。在长期深陷发展之困的拉丁美洲和加勒比地区国家中，智利以其近 20 年的探索和实践，走出了一条独特的发展道路，不仅实现了经济、社会和政治的成功转型，还即将成为走出"中等收入陷阱"的首个南美大陆经济体，进入高收入国家行列，其经验和启示意义影响深远，值得深入研究。

本文以智利还政于民 20 年的发展成就为切入点，对其发展道路作了深入探讨，得出以下观察：就经济转型而言，民主政府在基本延续了军政府时期奠定的自由市场制度的同时，通过不断加强财经纪律、维护央行独立性地位、稳步推行浮动汇率和深化金融体制改革等诸多方面的"结构改革"，保证了宏观经济政策的长期稳定，从而实现了经济平稳较快增长；就社会转型而言，民主政府一方面不断提高公共社会支出规模，减贫效果较为明显，成为完成联合国千年发展目标的样板国家，另一方面加强市场对资源的调节和配置，并辅以有效的社会政策，分别对医疗和养老金制度进行了改革和完善，部分地弥补其私有化缺陷，从而降低了穷人的进入门槛，提高了对弱势群体的保护力度；就政治转型而言，民主政府一方面合理地掌控了"转型正义"的力度，同时又提出了"原谅与忘却"原则，希望得到智利大多数民众的理解，从而实现民主和解，另一方面较好地把握了宪政改革节奏，在积极修宪强化法制的同时，对军队采取渐进式收权，从而保证了转型期间的政治和社会稳定。

基于以上经验，本文作出如下深层思考：在威权统治下实行自由市场经济改革并实现经济加快增长既是现实的也是可能的，而民主体制则要力避民粹主义倾向，确保改革的优先次序不致随意改变；智利通过组建联合政府为既定发展模式过渡提供了制度稳定，从而终结了其他拉美国家频发的体制性"钟摆现象"；威权时代建立的自由市场制度所产生的转型预期和制度准备保证了还政于民后社会政策具备"长着人脸的新自由主义"特征，有助于智利社会问题可治理性的持续显现；良好的经济制度和社会制度是实现社会发展的前提，也是最终实现政治民主的刚性条件，因此对于广大发展中国家而言，根据国情选择发展道路并对改革优先顺序事先作出统筹安排至关重要。

关键词：中等收入陷阱　智利经济增长　民主政治转型　宏观经济政策　拉丁美洲研究

一　智利：即将率先走出"中等收入陷阱"

（一）拉美"中等收入陷阱"现象及相关国际比较

2010 年是中国智利建交 40 周年，智利"还政于民"20 周年。40 年来，尤其是近 20 年来，智利的发展广受关注，学术界从不同角度分析智利经验的文献越来越多，其主流将智利视为发展中国家的一个样板，指出"拉美国家长期以

来试图超越其被称之为'欠发达'的现状，但迄今为止没有任何国家实现这个目标，只有智利已经非常接近"①。

根据 2010 年 8 月最新调整的标准，世界银行按人均国民总收入（GNI）划分，将各经济体分为低收入、中等收入和高收入三组②。在其统计的 213 个经济体中，目前低收入经济体共计 40 个，其中拉美只有海地③，占 2.5%；中等收入经济体 104 个，拉美有 28 个，占 26.9%；高收入经济体 69 个，拉美有 4 个，占 5.8%。在中等收入经济体中，下中等收入经济体共计 56 个，拉美有 9 个，占 16.1%，但在上中等收入的 48 个经济体中，拉美多达 19 个，占 39.6%，远远高于在低收入、高收入与下中等收入经济体中的比重。（见表 1）

表 1　按三个收入组划分的拉美经济体及其比较

按收入划分	低收入经济体	中等收入经济体，人均 996～12195 美元		高收入经济体
		下中等收入经济体	上中等收入经济体	
人均收入标准	995 美元及以下	996～3945 美元	3946～12195 美元	12196 美元及以上
拉美占该组别比重	共计 40 个经济体，拉美只有 1 个，占 2.5%	总计 104 个经济体，拉美有 28 个，占 26.9%		共计 69 个经济体，拉美有 4 个，占 5.8%
		共计 56 个经济体，拉美有 9 个，占 16.1%	共计 48 个经济体，拉美有 19 个，占 39.6%	
拉美在该组别中的经济体	海地，其中有 6 个在亚洲，其余几乎都在非洲	伯利兹、玻利维亚、厄瓜多尔、萨尔瓦多、圭亚那、危地马拉、洪都拉斯、尼加拉瓜、巴拉圭	阿根廷、巴西、智利、哥伦比亚、哥斯达黎加、古巴、多米尼克、多米尼加、格林纳达、牙买加、墨西哥、巴拿马、秘鲁、圣卢西亚、圣文森特和格林纳丁斯、圣基茨和尼维斯、苏里南、乌拉圭、委内瑞拉	安提瓜和巴布达、巴哈马、巴巴多斯、特立尼达和多巴哥

注：① 上述收入分类是按 2009 年人均国民总收入划分的；国民总收入（GNI）= GDP + 来自国外的要素收入（国外的要素支出）。人均国民总收入是指 GNI 除以年均人口，与人均 GDP 大致相当。

② 编制于 2010 年 8 月，有效期截至 2011 年 7 月 1 日。上述经济体仅为世界银行成员，3 万人以下的经济体和个别经济体没有包括在内。

资料来源：作者根据世界银行网站资料编制，http://data.worldbank.org/about/。

---

① Peter DeShazo, "Chile's Road to Development, 1990 - 2005," CSIS, *Policy Papers on the Americas*, Vol. XVI, Study 2, Aug 2005, p. 1.

② 人均国民总收入是指国民总收入（GNI）除以年均人口，与人均 GDP 相等，例如，2008 年智利人均 GNI 为 10084 美元，人均 GDP 是 10167 美元，人均 GNI 与人均 GDP 大致相当；为叙述方便，本文使用人均 GDP 以替代人均 GNI。

③ 本文将拉丁美洲和加勒比简称为拉美。

由于拉美国家在中等收入经济体中占 27.0%、在上中等收入经济体中占高达 40.0%，并长期徘徊在同一水平而不能向上进入高收入国家水平，因此，人们自然将拉美地区看作"中等收入陷阱"的典型①，甚至有学者直接将"中等收入陷阱"与"拉美陷阱"等同起来，与之相提并论②。

回顾世界经济史，人们不难发现，由于远离战争，二战结束时拉美发展水平并不低，阿根廷和智利等主要经济体甚至高于一些欧洲国家：1962 年，阿根廷人均 GDP 已达 1145 美元（时价，下同）③，仅略低于英国的 1512 美元和法国的 1590 美元，却高于意大利的 990 美元，更大大高于日本的 634 美元，并且将拉美的前宗主国西班牙（519 美元）和葡萄牙（407 美元）远远甩在后面。然而，法国在 1979 年、日本在 1985 年、英国在 1986 年、西班牙在 1990 年、葡萄牙在 1995 年都先后走出了"中等收入"行列，进入高收入国家阵营。

同样还以 1962 年为例，智利人均 GDP 为 684 美元，墨西哥 387 美元，哥伦比亚 292 美元，巴西 258 美元；而此时在东亚，中国香港人均 GDP 仅为 522 美元，新加坡为 430 美元，韩国只有 104 美元。但是，中国香港在 1989 年、新加坡在 1990 年、韩国在 1995 年就超过 1.1 万美元，先后走出"中等收入"行列，进入高收入阵营（见图 1）。

相比之下，绝大多数拉美国家长期陷入"中等收入陷阱"，智利 1971 年、墨西哥 1974 年、巴西 1975 年、哥伦比亚 1979 年的人均 GDP 就超过 1000 美元，走出"低收入"阶段，但到 2009 年它们分别仅为 9644 美元、8143 美元、8114 美元和 5056 美元，阿根廷仅为 7666 美元。拉美于 1996 年才整体进入上中等收入行列，到 2009 年，除少数加勒比经济体外，南美大陆长期徘徊在中等收入水平，甚至还有 9 个经济体至今滞留在"下中等收入"水平，形成一种特殊的"稳定"状态（见表 2）。

在"中等收入陷阱"中"滞留"的时间，日本和新加坡是 19 年，韩国和中国香港是 18 年，而截至 2011 年，拉美地区的平均滞留时间已达 37 年，智利已

① 贾凤兰：《中等收入陷阱》，《求是》杂志 2010 年第 20 期，第 64 页；刘方棫、李振明：《中国可以跨过"中等收入陷阱"》，2010 年 9 月 6 日《人民日报》第 7 版。

② 谢鹏：《中国转变发展方式可避免落入"中等收入陷阱"——访瑞银集团中国首席经济学家汪涛》，新华网，http://www.hinews.cn/news/system/2010/09/26/011187624.shtml。

③ 下文出现的数据凡是没有给出注释的，均引自世界银行网站，http://data.worldbank.org。

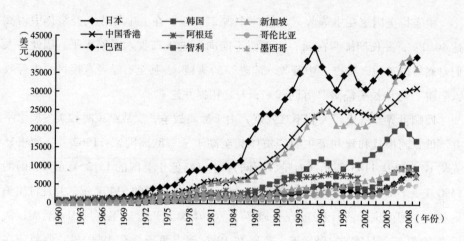

图1　拉美五国陷入"中等收入陷阱"及其与亚洲的比较

资料来源：作者根据世界银行网站资料绘制，http：//data. worldbank. org/about/。

表2　拉美六国陷入"中等收入陷阱"的时点及其与东亚的比较

三个时点 国家及地区	走出"低收入"阶段、进入"下中等收入"行列的时点(1000 美元为界)	"中等收入陷阱"		2009 年人均 GDP（美元）
		走出"下中等收入"阶段、进入"上中等收入"行列的时点(3800 美元为界)	走出中等收入行列、进入高收入经济体的时点(1.1 万美元为界)	
日　　本	1966 年	1973 年	1985 年	39738
韩　　国	1977 年	1988 年	1995 年	17078
新 加 坡	1971 年	1979 年	1990 年	36537
中国香港	1971 年	1978 年	1989 年	31300
阿 根 廷	1962 年	1988 年	—	7666
智　　利	1971 年	1994 年	—	9644
墨 西 哥	1974 年	1992 年	—	8143
巴　　西	1975 年	1995 年	—	8114
哥伦比亚	1979 年	2007 年	—	5056
乌 拉 圭	1973 年	1992 年	—	9420
拉美平均	1974 年	1996 年	—	7189
中　　国	2001 年	2010 年	—	4114

注：中国4114 美元为2010 年预测数据，是作者根据2010 年GDP 增长率为9.5% 的预测计算得出。9.5%增长率的预测引自国务院发展研究中心《2010 年GDP 增长率预计约9.5%，CPI 涨幅料3% 以内》，http：//cn. reuters. com/article/realEstateNews/idCNnCN833254620100103。

资料来源：作者根据世界银行网站资料编制，http：//data. worldbank. org/about/。

有40年，乌拉圭38年，墨西哥37年，巴西36年，哥伦比亚32年，而阿根廷几乎为全球之最，至今已有49年。

（二）智利即将成为走出"中等收入陷阱"的首个南美大陆经济体

据国际货币基金组织（IMF）的预测，智利人均GDP将于2011年超过12000美元，这意味着智利在"中等收入陷阱"中滞留长达41年后①，将成为率先迈入高收入行列的南美经济体之一（见图2）。

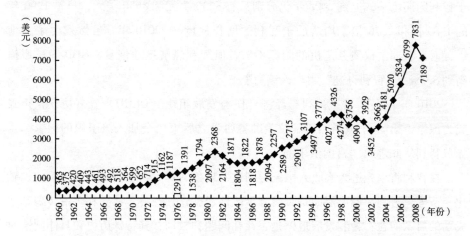

图2　1960~2009年拉美与加勒比地区人均GDP变化（时价）

资料来源：作者根据世界银行网站资料绘制，http://data.worldbank.org/about。

2008年，智利人均GDP曾突破10000美元大关，达10167美元。但由于金融危机的原因，2009年其GDP增长率跌为-1.5%，人均GDP下降到9644美元。乌拉圭受到金融危机影响较轻，这两年的数据分别是9351美元和9420美元。根据IMF对未来五年的预测②，智利和乌拉圭将于2011年冲出"中等

---

① 关于"中等收入陷阱"概念的时限的理解，目前所有国内中文文献都将之误解为仅仅进入"上中等收入"之后的阶段，例如，《人民论坛》2010年第19期的一组专栏文章《中国会掉进中等收入陷阱吗》。实际上，首次使用这个概念的世界银行将之解释为进入整个"中等收入"之后的阶段，其中包括"下中等收入"阶段。参见World Bank，"Robust Recovery, Rising Risks"，*World Bank East Asia and Pacific Economic Update 2010*，Vol. 2，Washington D. C.，November 2010。

② 以下预测数据引自IMF，*World Economic Outlook Database*，October 2010。

收入陷阱"，成为南美大陆首批问鼎高收入组的经济体；巴西可能于 2013 年、墨西哥和巴拿马可能于 2016 年进入高收入经济体行列；萨尔瓦多将于 2012 年跨入"上中等收入"行列，海地作为最后一个"低收入"国家，将于 2013 年正式进入"下中等收入"行列，届时，拉美所有经济体均脱离"低收入"行列。

毋庸置疑，20 年来，与智利相比，拉美其他主要经济体则要逊色得多。早在 1990 年，阿根廷和巴西人均 GDP 便分别达到了 4350 美元和 3089 美元，均高于智利同期水平，但到 2008 年仍分别只有 8236 美元和 8536 美元，只是 1990 年的 1.89 倍和 2.76 倍，均落后于智利的增长速度①。2010 年，虽然发生了大地震，而且欧洲主权债务危机的阴影不散，但智利经济迅速恢复，GDP 增长率提高到 5.3%，"智利奇迹"再一次续写②。

2010 年 1 月 11 日，智利与经济合作与发展组织（OECD）签署协议，正式成为该组织第 31 个成员，也是拉美继墨西哥之后第二个加入该组织的国家，意味着智利从此进入"富国俱乐部"。

在智利将率先进入高收入国家行列这一现象的背后，相较于其他拉美和加勒比经济体，智利在制度层面是否具有示范性经验，其经济、社会和政治转型基本成功的启示何在？智利发展道路是否存在问题和教训，其特殊历史和具体国情对其他拉美国家多样性和多元性的发展道路是否具有普遍意义？所有这些都需要从智利还政于民 20 年来各方面的表现来加以考察。

二 经济模式转型：经济平稳较快增长

（一）经济增长较快且表现基本稳健

1. 经济增长情况的历史比较

从 1990~2010 年初这 20 年，智利经济增长强劲且表现较为稳健，人均 GDP 增长率表现为前高后低的增长态势。具体来说，前 10 年即 20 世纪 90 年代经济增长

---

① World Bank, *WDI Online*, 2010, http：//ddp-ext. worldbank. org.
② CEPAL, *Preliminary Overview of the Economies of Latin America and the Caribbean*, 2010, p. 92.

的表现尤为强劲，甚至在 1992 年一度达到 10.24% 的历史高位。后 10 年即 21 世纪前 10 年，智利的经济增长有所放缓，甚至在 2009 年因为世界性经济危机的影响经济增长出现了较大幅度的下滑①，但多数年份人均 GDP 增长率都在2%～5%之间呈窄幅波动。与之相比，虽然在军政府时期经济增长也有过较好的表现，但波动性较大。因此，从总体上看，智利还政于民 20 年经济增长情况要好于军政府统治时期。尤其要强调的是，还政于民 20 年的经济增长振幅要明显小于 1961～1972 年期间的总体表现，稳定性较好，这是还政于民 20 年时期的一个重要特点。

通过对比三个时期人均 GDP 平均增长率及其标准差更能清楚地反映智利在还政于民后的经济增长情况（见图 3 和图 4）。1990～2009 年智利人均 GDP 平均增长率及其标准差分别为 3.77% 和 3.03%；1973～1989 年这两个指标分别为 2.28% 和 6.57%；而 1961～1972 年这两个指标分别是 2.03% 和 3.05%。这个对比说明，1990～2009 年的经济增长速度明显快于前两个时期，经济增长稳定性也要好于前两个时期。值得注意的是，1990～2009 年和 1961～1972 年虽然人均 GDP 平均增长率差距较大，但人均 GDP 平均增长率标准差几乎是一样的，且都远远小于军政府统治时期。造成这一现象有三个主要原因：一是军政府统治时期智利进行了大幅度的经济结构改革；二是军政府的独裁本质必然导致在政策制定上具有一定的波动性；三是 20 世纪 70 年代布雷顿森林体系的瓦解和发达国家普遍出现的经济滞胀造成各国宏观经济形势的不稳定。总之，从三个阶段经济增长的总体变化趋势上来看，智利在经历了军政府统治和民主社会后，经济增长已经提升到一个更高水平上。

2. 经济增长情况的国际比较

智利长期奉行开放的市场经济及贸易政策，是世界上最开放的经济体之一。早在 1974 年对外贸易额就占当年 GDP 的 40% 以上，此后几乎一直处于上升趋势，2009 年这一比重已高达 75.19%②。毫无疑问，在外贸依存度如此高的国家，其经济增长必然受国际经济环境波动影响较大。因此，还需要借助人均 GDP 相对变化（在一定程度上可以剔除经济增长的外部效应）来进一步考察智利还政于民后的经济增长绩效。

---

① 但据经济学人智库（Economist Intelligence Unit，EIU）预测，这种经济下滑将很快得到恢复，并预计 2010～2012 年智利实际 GDP 增长率将会分别达到 5.3%、5.9% 和 5.4%。http：//country.eiu.com/Chile。

② World Bank，*WDI Online*，2010，http：//ddp-ext.worldbank.org.

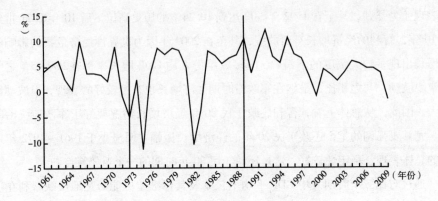

图3　1961～2009年智利人均GDP增长率

资料来源：作者绘制。数据来自 World Bank，*WDI Online*，2010，http：//dd
p-ext. worldbank. org。

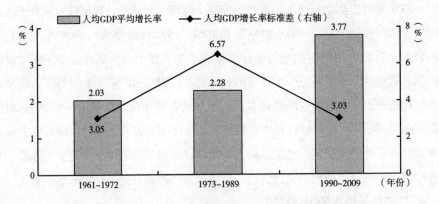

图4　不同时期智利人均GDP平均增长率及其标准差对比

资料来源：作者计算。数据来自 World Bank，*WDI Online*，2010，http：//dd
p-ext. worldbank. org。以 2000 年不变美元价格计算。

本文选取世界和其他四个典型地区（或组织）作为参照系来比较智利经济
增长，这四个地区（或组织）分别是智利所在的拉美与加勒比地区、近几十年
经济增长表现突出的东亚与太平洋地区、经济开放度程度一直较高的北美地区和
高收入国家为主的经济合作与发展组织（OECD）。从图5可以明显看出，智利
还政于民20年的经济增长速度几乎一直快于全世界的平均水平（只是在1999年
稍稍落后于世界其他地区的经济增长速度），而且到2006年人均GDP首次超过
全世界的平均水平。总体来看，在与其他几个地区（或组织）对比中，智利人

均 GDP 增长相对水平变化依然具备明显的优势。尤其是相对于经济比较发达的 OECD 和北美地区，这一优势更为明显。

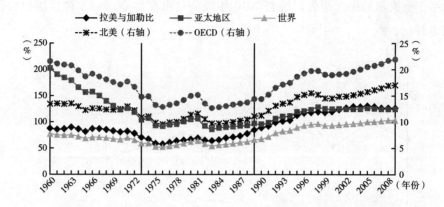

图 5 1960～2009 年智利人均 GDP 占不同地区人均 GDP 比率变化

资料来源：作者计算。数据来自 World Bank，*WDI Online*，2010，http：//dd p-ext. worldbank. org。以 2000 年不变美元价格计算。

如果把智利三个时期人均 GDP 相对变化放在一起考察，就可看到，智利在近 50 年内经济增长趋势出现了明显的"U"形。具体来说，1960～1972 年，智利经济的相对实力一直呈现出较快速的下降趋势，尤其对比 OECD 和北美地区下降的幅度就更为明显，说明智利经济实力与发达国家的经济实力差距在不断拉大。1973～1989 年，智利经济的相对实力虽然在 20 世纪 70 年代后半期有所提升，但并没有就此保持住这种增长势头，当智利于 20 世纪 80 年代遭受严重债务危机后，先前的增长趋势也迅速化为乌有。总体来看，虽然在军政府统治时期，智利经济相对增长已基本上停止下滑，但还没有出现明显上升的迹象，而只有在还政于民后，经济实力上升的趋势才越来越明显地表现出来。客观地说，虽然就此断言智利将继续这种经济相对高速增长态势还为时尚早，其相对实力还只是恢复到了 1960 年前后的水平，但就发展趋势而言，智利似乎正在摆脱这种经济增长的停滞徘徊期，向着更高收入层次迈进。

3. 国家竞争力优势明显

长期来看，一个国家的经济增长潜力和国际经济地位的变化往往取决于其综合竞争力，而不是物质资本投入和技术进步等个别因素。世界经济论坛历年发布的《全球竞争力报告》显示，2001～2010 年智利的全球竞争力指数

（Global Competitiveness Index）一直保持在 20 ~ 30 之间（见图 6），不仅始终领先于拉美其他国家，而且也居世界前列。另外，根据《华尔街日报》和美国传统基金会发布的年度报告，智利 2010 年经济自由度排全球第十位，居拉美国家之首。

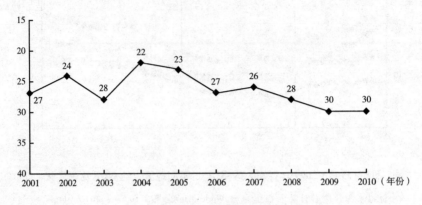

图 6　智利在全球竞争力中排名变化

资料来源：World Economic Forum，*The Global Competitiveness Reports*，http：//www. weforum. org。

（二）宏观经济政策调整旨在稳定

智利从 1990 ~ 2010 年历经四届民选政府，其间经济和社会政策有所调整，但都保持了宏观经济形势的长期稳定。

1. 强调财政纪律，降低政府负债规模，防止债务危机

2001 年拉戈斯政府开始规范财政纪律，实施中央政府结构性预算平衡政策。该政策规定财政支出必须和持久的铜价和钼价以及潜在 GDP 等财政收入来源联动起来，其本质是基于经济周期制定财政支出计划，避免财政支出屈从于政党、国会议员和利益集团等压力而随意增加，从而提高了财政政策的可预期性。通过这一措施，即使有的年份出现贸易情况好转或税收增加而导致财政收入增加，拉戈斯政府财政的结构性盈余（基于财政收入中周期预测）仍达到 GDP 的 1%，并没有相应增加公共支出，从而使智利基本上杜绝了其他拉美国家普遍存在的长期财政赤字现象。此后，巴切莱特政府更是把结构性盈余降低到占 GDP 的 0.5%。

显然，这一做法为实现反周期财政政策提供了资金来源，即在经济下滑时、出现财政赤字时可以通过积累的财政收入进行弥补，而不至于使政府过度负债。当然，为积累这些财政盈余同样需要付出代价，即政府可以在经济下滑时期放弃低成本借债、融资。为了抵消这种潜在损失，智利政府提前将财政盈余作为一种经济和社会平准基金投资海外，获取安全且适度的收益，其显著收效是导致政府公共债务大幅降低，从 1990 年占 GDP 的 39% 下降到 2007 年的 4.9%①。

2. 维护央行独立性地位，通胀率在拉美最低

还政于民后，智利政府积极开展中央银行制度改革，从法律上明确物价稳定目标的优先地位，从制度上明晰央行官员任免程序、加强向政府提供信用的管理以及完善信息披露机制，从而提高中央银行政治独立性、经济独立性和责任度，实现中央银行与政府在一定程度上的分离。当然，央行并不排斥与政府进行宏观政策协调，但只有在保证通货膨胀目标实现的基础上，货币委员会才有责任与政府进行协商。总之，货币政策的作用是关注通货膨胀，而不是解决失业和增长潜力不足等经济结构问题。长期的增长则依靠政府来营造稳定、适宜的就业、投资和生产环境。

智利中央银行最终摒弃了一段时间以来曾实行的单方面刺激性货币政策是基于历史的深刻教训。智利曾经遭受严重的通货膨胀且波动幅度巨大，1990 年智利引入通货膨胀目标制，明确了通货膨胀量化目标，承诺把该目标放在优先地位，使用经验模型预测通货膨胀，并通过独立运用货币政策实现该目标，1999年后这一政策得到完全实施。智利中央银行认为，使用通货膨胀目标制，非常有利于中央银行和公众之间的交流，从而能够强烈地影响通胀预期，货币政策也能在稳定短期产出方面发挥作用。中央银行的独立性和通货膨胀目标制的实施使智利保持了较低通货膨胀率。智利央行每年制定通胀率目标作为货币政策的名义锚，于每年 9 月向国会提交报告说明下一年的通胀目标。另外，智利政府采取逐年而非一步到位的办法，不断下调通胀率，避免了价格紊乱，通胀率从 1990 年30% 左右一直降到 1999 年的 3% 左右。此后，3% 的通货膨胀率得以持续，成为智利货币政策有效的名义锚，其可信度大大增强后保持了本币价值稳定，避免了

---

① Andrés Solimano, "Three Decades of Neoliberal Economics in Chile: Achievements, Failures and Dilemmas," *UNU-WIDER Research Paper*, No. 2009/37, 2009, p. 13.

通货膨胀和通货紧缩，兼顾了政策在短期、中期内对经济活动和就业的影响。目前，智利已成为拉美通胀率最低的国家之一，2010 年其 CPI 仅为 2.5%，而阿根廷、巴西和墨西哥则分别高达 11.1%、5.6% 和 4.3% ①。

智利通胀率较低是由多方面原因促成的，但央行独立性是其中最重要的前提。没有这个前提条件，一国货币政策将终究无法摆脱不当的政治干预。

3. 积极应对汇率市场问题，适时改革汇率制度

1990 年以来智利历届民选政府仍然沿用军政府后期制定的"爬行钉住区间"（crawling band）汇率制，该制度有如下四个主要特点②：一是规定汇率波动的范围，每个月根据前一月国内外通货膨胀之间的差异进行调整，同时将官方认定的实际均衡汇率作为央行管理汇率的一个重要参考；二是逐步提高汇率浮动区间的幅度，汇率自由浮动的空间越来越大，1990 年当局允许的汇率波动区间为 10%，到 1997 年已经提高到 25%；三是坚持通过外汇市场对汇率水平加以干预。为了保证汇率波动不超出限定的波动范围，货币当局经常根据国内外经济环境变化及时地通过对外汇市场的间接干预来调整汇率；四是面对 20 世纪 90 年代美元的贬值，当局适时地调整单一钉住美元的策略，改为与包括美元、日元和德国马克在内的一揽子货币挂钩制。这些都表明智利政府虽然关注名义汇率的稳定，但在根本上十分重视保持以购买力评价为基础的实际汇率的稳定。

一方面，"爬行钉住区间"汇率制度稳定了贸易条件并促进了经济增长，为智利企业提供较好的保护。另一方面，资本快速流入和财政盈余增长速度降低也导致这个政策目标所付出的成本越来越高昂。由于 1999 年智利的通胀率下降到 3%，此时国内外经济形势开始好转，本币实际汇率升值趋势明显，货币当局从 1999 年 9 月开始退出"爬行钉住区间"制度，建立完全浮动汇率制度，并强调只有特殊情况下央行才对汇率进行干涉。需要注意的是，智利实施汇率制度转型是建立在健全的金融市场和较为完备的金融工具的前提条件下的。在实行"爬行钉住区间"汇率制度期间，当局便逐步放大汇率波动区间，给市场和企业应对汇率风险提供足够的时间，与此同时外汇衍生和对冲工具市场已经取得一定发

---

① CEPAL, *Preliminary Overview of the Economies of Latin America and the Caribbean*, 2010, p. 112.
② Felipe G. Morandé, Matías Tapia, "Exchange Rate Policy in Chile: From the Band to Floating and Beyond," *Central Bank of Chile Working Papers*, No. 152, 2002, pp. 1 - 7.

展。金融市场的较快发育提供了充足的金融产品选择，从而大大降低了汇率波动的成本。选择完全浮动汇率制度不仅提高了智利经济的透明度和信息的可获得性，消除了外资对智利可能因为其他经济目标而对汇率市场过度干预的顾虑，而且通过消除国内金融操作限制进一步促进本国金融市场发展。从智利经验的长期效果来看，取消"爬行钉住区间"汇率制最终使企业不断提高了竞争力，而依靠低估本币所获得国际竞争优势则是不健康的和不可持续的。

4. 深化金融体制改革，促使资本市场公平有序竞争

早在 1974 年和 1975 年，智利便开始首轮资本市场改革，通过放松对利率和信贷的控制，结束了长达 30 多年的金融管制。得益于这次改革，智利金融体系在 1974～1981 年间取得了快速发展。到 20 世纪 80 年代初期，智利又启动了第二轮资本市场改革，借拉美债务危机之势加强对银行和金融机构的监管力度，在增加资本市场的规模、深度和流动性的同时，不断提高资本市场发展的质量。

还政于民后，民选政府于 2001 年启动了新一轮资本市场改革，进一步解除对国内资本市场的管制，激励国内储蓄和刺激经济增长。这次改革主要体现在税收、制度和养老基金三个方面。其中，税收改革措施主要针对雇员和独立纳税人，一是提高自愿性养老基金缴费的限制，由 48UF（Unidad de Fomento，智利发展单位，即根据通胀率调整的货币单位）提高到 50UF[①]；二是取消通过证券交易所购买的大额股票和证券销售、持有首次公开募股（IPO）公司股票三年后销售以及证券市场股票和债券卖空的资本所得税。制度改革举措：一是放宽对保险公司投资组合的限制，允许它们购买新的投资产品，并且引入新的披露和偿付能力要求，从而放松了对保险业的管制；二是简化股票交易及其标准化资本要求，解除了对共同基金的管制；三是培育新型资产管理机构，允许其管理多种类型基金，包括共同基金、投资基金和抵押贷款公司等。养老基金私有化改革主要是允许养老基金管理者提供五项投资选择（以前只能提供两项选择）。总之，通过这次改革，提高了智利国内储蓄率，深化了资本市场，改善了资本流动性，为企业直接融资提供了便利，促进了银行、保险和养老基金间公平竞争，增强了资本市场的活力。

2003 年，智利政府再一次深化资本市场改革，主要是通过进一步规范和简化

---

① "Capital Market Reform," http：//www.buyusa.gov/chile.

资本市场操作来提高智利资本市场竞争力：一是促进风险投资业的发展，为了增加风险投资的目标公司，智利政府对一些规模较小的创意性或具有较好项目的企业给予资本所得税的临时免除，同时如果风险投资公司通过持股获得这部分额外收益也将免税；二是降低交易费用，为了促进风险投资业的发展，智利政府对创立有限公司的组织结构提供便利，以此来降低企业融资成本，并通过国家资产登记平台使中小公司在使用抵押资产上获得便利；三是改进公司治理标准，主要通过改善政府在信息披露、投票权和关联交易处理、内部交易和监管方面现有规定，逐步靠近 OECD 的公司治理标准；四是改善监管和执行，加强对证券业操作风险的控制和信息的披露、提高大额证券交易的信息化水平，提高金融中介的最低资本金要求，增强股票交易所的自我监管功能等；五是促进自愿储蓄机制建设，增加自愿养老金储蓄计划的选择范围，为雇主和雇员缴费提供便利；六是修改法律条文以便与资本市场改革协调起来。

三　社会模式转型：收入分配格局得到一定调整

（一）贫困人口大幅下降且中产阶级规模稳定

1. 公共支出不断增加，减贫效果显著

在军政府统治时期，智利政府不仅在经济领域实行了大规模的私有化改革，而且在社会领域也积极强调个人责任，对养老保险和医疗保险等公共社会支出项目进行了全部或部分私有化改革。虽然这种激进的私有化改革极大地促进了经济增长并压缩了财政支出规模，消灭了财政赤字，但这种发展模式也带来了严重的社会问题，不利于降低贫困和缩小收入差距。还政于民后，中左翼执政联盟开始对这一发展模式进行了部分修正，采取兼顾公平的增长策略，即通过调整社会政策，不断提高公共社会支出规模，在加强市场调节资源配置的同时以有效的社会政策加以补充。

目前，智利公共社会支出项目分为三类：教育、医疗卫生和社会保护。从1990 年开始，智利公共社会支出开始迅速增加，从绝对量上来看，2006 年的社会支出总额是 1990 年的 2.5 倍。尤其是教育和医疗卫生领域的公共社会支出增长更快，2006 年分别是 1990 年的 3.7 和 4.0 倍。从相对水平上来看，1990 年公共社会支出占 GDP 的比重为 12.3%，到 2000 年提高到 14.4%，2006 年由于外

贸出口额的大幅提高（公共社会支出总量仍在增长），导致公共社会支出占 GDP 的比重为 11.8%，出现了一定程度的下降。其中，在教育和医疗卫生领域表现突出，其公共支出占 GDP 比重分别从 1990 年的 2.3% 和 1.9% 增加到 2006 年的 3.1% 和 2.8%（见表 3）。可以看出，这种公共社会支出的快速增长表明政府已开始把社会政策作为实现公平的手段，而不再仅强调基于市场的资源配置。另外，经济持续增长和财政状况不断好转也为这种社会政策转向提供了回旋余地。

表 3 1990~2006 年智利公共社会支出变化

项　　目	1990 年	1996 年	2000 年	2006 年
占 GDP 比重（%）				
教　　育	2.3	2.4	3.7	3.1
医疗卫生	1.9	2.4	2.8	2.8
社会保护	8.1	7.3	7.9	5.9
总　　计	12.3	12.1	14.4	11.8
设定 1990 年为 100				
教　　育	100.0	195.1	278.9	367.3
医疗卫生	100.0	203.1	266.0	401.1
社会保护	100.0	131.7	155.6	184.2
总　　计	100.0	153.3	193.6	248.2

注：2006 年公共社会支出下降的原因是外贸出口额提高导致 GDP 增长过快。

资料来源：Osvaldo Larrañaga, "Inequality, Poverty and Social Policy: Recent Trends in Chile," *OECD Social, Employment and Migration Working Papers*, No. 85, 2009, p. 11。

在所有公共社会支出中，社会保护是最大项目，而在这个项目中有大约 3/4 的支出用于养老（见表 4）。智利于 1981 年进行了养老金私有化改革，通过引入完全积累的个人账户来取代原来的现收现付制度，并为此建立了私人运营的养老基金管理公司（AFPs）。但是，目前在养老金待遇支付上仍处于过渡阶段，很多退休人员仍然从旧制度获得养老金给付，直到 2004 年大约有 81% 的养老金待遇给付是由财政转移支付提供的[①]。随着时间的推移，这种养老金支付结构会慢慢发生改变，即财政转移支付比重会逐步下降。

[①] Osvaldo Larrañaga, "Inequality, Poverty and Social Policy: Recent Trends in Chile," *OECD Social, Employment and Migration Working Papers*, No. 85, 2009, p. 15。

表4　1990～2006年智利社会保护项目的构成比重

单位：%

项　目 ＼ 年　份	1990	1996	2000	2006
养老	76.1	76.3	76.9	74.5
家庭	7.5	7.5	8.2	7.8
住房	8.1	12.7	10.2	11.5
其他	8.3	3.5	4.7	6.2
总计	100.0	100.0	100.0	100.0

资料来源：Osvaldo Larrañaga，"Inequality，Poverty and Social Policy：Recent Trends in Chile，" *OECD Social，Employment and Migration Working Papers*，No.85，2009，p.12。

此外，考虑到缴费型养老制度适用于正规就业人员，覆盖范围有限，智利的"团结养老金制度"法案在2008年7月1日生效。这项新法案的核心，是将国家财政支持的公共养老金覆盖至私营养老金"无力惠顾"的边缘群体，比如自谋职业者以及老无所依的农民、妇女和街头商贩等贫困人口。另外，有一些针对低收入家庭的现金转移项目也被引入，其中主要项目是向未被社会保障覆盖的老年人和残疾人提供的非缴费型养老金以及家庭补助金，即向没有社会保障的贫困家庭提供的儿童津贴。其他补助金还包括用于低收入工薪家庭的津贴（也是基于儿童）；向低收入家庭提供饮用水消费补贴，即对水费单提供一定比率的补贴。

智利在还政于民的20年间，基于经济领域取得的巨大成就和公共社会支出的不断提高，收入分配格局得到了部分调整，尤其在减贫上成绩尤为突出。在军政府统治时期，智利贫困人口占总人口的比重较高。例如，按照世界银行每天1.25美元（以购买力平价计算）的贫困标准，1987年智利的贫困人口为总人口的10.52%；而按照每天2.00美元（以购买力平价计算）的标准，贫困人口更是高达全部人口的23.44%。进入民主政府时期，不仅贫困率马上实现了较大幅度的下降，而且继续下降的趋势得以维持。具体来说，按照每天1.25美元标准，智利在1990年的贫困率已经下降到了4.37%，1994年继续下降到2.60%，1996年及以后仅为2%。如果按照每天2.00美元标准来看，这种不断下降的趋势就更为明显，即从1990年的13.65%一直快速下降到2006年的2.38%（见表5）。相比之下，2006年阿根廷基于这两个标准计算的贫困率分别为 3.39% 和 7.34%，而巴西更是分别高达 7.36% 和 16.38%，均比智利的贫困率高[1]。

表 5　1987~2006 年智利贫困人口占全部人口比重的变化

单位：%

项目指标 年份	贫困线标准(购买力平价计算)	
	每天 1.25 美元标准	每天 2.00 美元标准
1987	10.52	23.44
1990	4.37	13.65
1994	2.60	10.43
1996	2.00	7.80
1998	2.00	7.47
2000	2.00	5.97
2003	2.00	5.34
2006	2.00	2.38

资料来源：World Bank，*WDI Online*，2010，http：//ddp-ext. worldbank. org。

另外，按照智利"国家贫困线"标准[2]，1970~1977 年，智利贫困率从 17% 上升到了 57%，1980 年下降到 48%，而 1990 年进一步下降到 39%，但仍然是军政府上台之前的两倍有余。而在还政于民后，智利的贫困率才开始大幅下降，到 2006 年，贫困率仅为 13.7%，不仅低于 1970 年的贫困率，同时比起周边国家，这个贫困率也是最低的[3]。

总之，智利是拉美减贫幅度较大的国家之一，也是拉美国家中完成联合国千年发展目标、完成削减赤贫计划最好的国家。

2. 中产阶级规模稳定，社会流动性增强

中产阶级对一个社会的可持续发展非常重要，往往被视作打开消费市场的引擎，新工作机会的创造者，消除贫困的中坚力量，经济增长的原动力，甚至是政治和社会稳定的贡献者。但是，中产阶级是一个存在争议的概念，在学者中往往

---

[1]　World Bank，*WDI Online*，2010，http：//ddp-ext. worldbank. org.

[2]　智利的"国家贫困线"等于两个基本的商品篮子，在 2006 年相当于每人每月收入 43000 比索（大约等于 80 美元）；而"国家极度贫困线"对应的是每人每月最低收入为一个商品篮子。

[3]　Carmelo Mesa-Lago，"Social Protection in Chile：Reforms to Improve Equity," *International Labor Review*，Vol. 147，No. 4，2008，pp. 377 – 378.

根据研究需要会采取不同的标准，甚至到目前为止还没有一个普遍认同的中产阶级概念和划分方法。大体说来，各种版本中产阶级概念基本都是按照职业、教育程度、收入和资产情况等一个或几个指标来界定的。就收入情况来看，尽管这一指标在各种版本中产阶级概念中是不可或缺的，但同样也存在着两种划分，即绝对收入标准和相对收入标准。

OECD 发展中心在 2010 年底发布的《2011 拉丁美洲经济展望》选取家庭相对收入这一指标，在论及拉丁美洲各国社会分层时使用了"中等家庭部门"（middle sector）的概念，并对"中等家庭部门"进行了界定，或以此来替代"中产阶级"概念的使用。所谓"中等家庭部门"是指该家庭收入介于该国中位数家庭收入的 50% 和 150% 之间，而低于 50% 为"贫困家庭"（disadvantaged），高于 150% 则为"富裕家庭"（affluent）①。显然这一定义对家庭收入要求是非常低的，与学界多数人理解的"中产阶级"这个概念存在较大差距。但是，考虑到时间的连续性和数据的可获性，本文将据此对智利还政于民 20 年后"中产阶级"的变化作一下简单分析。

根据《2011 拉丁美洲经济展望》提供的数据，2006 年智利"中等家庭部门"占全部家庭的比重为 49.14%，在拉美主要国家中排第三位，仅次于乌拉圭和墨西哥，而 1994 年智利"中等家庭部门"占全部家庭的比重为 48.09%，1998 年由于受到亚洲金融危机的影响略微下降到 45.98%，此后出现了缓慢上升趋势，到 2006 年提高到 49.14%（见图 7）。由此看来，还政于民 20 年来，由于智利始终坚持减贫政策，不断加大财政对贫困家庭的转移支付力度，智利中产阶级相对规模基本保持不变，呈现平稳发展态势。

另外，社会流动性是衡量社会活力的指标之一，对社会底层来说，社会流动性的高低意味着个人通过自身努力实现生活改善、提升社会地位的可能性。《2011 拉丁美洲经济展望》的研究表明，智利还政于民 20 年的社会流动性总体上好于拉美其他国家。具体来说，在 20 世纪 90 年代仅次于乌拉圭，在 21 世纪头 10 年仅落后于委内瑞拉。更为重要的是，还政于民 20 年中的后 10 年相对前 10 年的社会流动性已经出现了进一步的改善（见图 8）。

---

① 下面数据引自 OECD Development Centre, *The Latin American Economic Outlook 2011*, 2010, pp. 17 – 19。

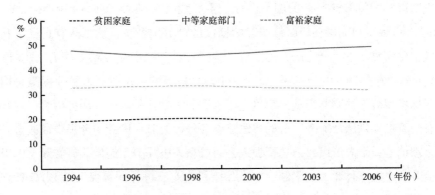

图7 智利还政于民20年来"中等家庭部门"的变化

资料来源：OECD Development Centre，*The Latin American Economic Outlook 2011*，2010，p. 72。

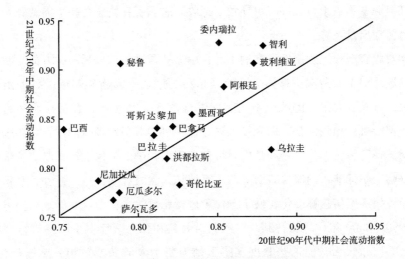

图8 还政于民20年社会流动情况变化

资料来源：OECD Development Centre，*The Latin American Economic Outlook 2011*，2010，p. 127。

（二）社会政策改革旨在保护弱势群体

1. 医疗卫生制度改革，降低穷人的进入门槛

在军政府统治时期，智利政府分别引入了两套医疗卫生制度。其中，一套是公共医疗卫生制度，包括国家医疗卫生基金（Fondo Nacional de Salud，FONASA）、

提供二级和三级医疗服务的国家医疗卫生系统（Sistema Nacional de Servicios de Salud，SNSS）和提供初级医疗服务的社区医疗卫生系统，而军队有自己单独的医疗卫生制度。另一套是私人医疗卫生制度，是由很多私人医疗保险机构（Instituciones de Salud Previsional，ISAPREs）构成的。这些私人医疗保险机构根据参保者年龄、性别和患病风险确定个人医疗缴费比例和医疗服务内容，这些机构有的直接提供医疗服务，有的将医疗服务外包给私人医疗服务提供商或公立医院。理论上，个人可以自由选择加入公共或私人医疗卫生制度。但实际上由于存在费率和个人支付比例的限制（私人保险机构有意进行的参保人筛选），只有中高收入阶层人士才有能力加入私人医疗卫生制度，而一些经济负担能力有限且患病几率较高的弱势群体，例如处于生育期的女性、土著人口、城市非正规就业者和老年人就不得不加入公共医疗卫生制度，最终导致公共医疗卫生制度在患者接待量和财务上不堪重负，同时也导致了低收入患病者在就医等待上需要花费较长时间且医疗质量下降。

面对原有医疗卫生制度存在的不足，中左翼联盟执政以后，一方面不断加强对公共医疗卫生的财政支持力度，尤其是在医疗基础设施和器械设备上增加投入；另一方面，对原有的医疗卫生制度进行改革。1995年，智利政府开始对私人医疗保险机构加强监管，确保私人医疗保险机构对契约条款的履行，约束它们的逆向选择行为。例如，智利政府对覆盖老年人和孕妇的保险计划制定了价格指数和最高费率标准，确保这些弱势群体不被私人保险计划排斥。另外，对各种医疗保险计划实施信息标准化，便于参保者进行比较。

1990~2000年，尽管智利政府不断对公共和私人医疗卫生制度进行规范并增加公共财政投入，但这些制度基本上都需要个人缴费或负担一定医疗费用，因此，一些极度贫困人口仍然无法覆盖进来。因此，2002年拉戈斯政府提出建立"智利团结计划"（Chile Solidario）的设想（主要是针对极度贫困人口，因此除了医疗卫生保障还包括其他一些制度安排），并随后立法通过。2006年又对这一计划进行了拓展，其主要内容包括：一是整合各种财政现金转移支出，保障极端贫困人口能够参加公共医疗卫生制度和非缴费型养老金制度、获得教育机会以及为饮用水补贴；二是建立多指标体系考察贫困家庭的经济来源，条件是加入医疗卫生计划；三是制定加入和退出医疗卫生计划的权利和义务；四是"智利团结计划"的管理和预算安排由计划部统一实施。另外，2005年7月

1 日正式生效的"全民医疗明示保障计划"（Acceso Universal con Garantías Explícitas）明确表示，公民无论男女老幼、贫富贵贱、居住何处、患何种疾病、病情轻重、费用多少、属哪家医疗保障机构管辖，都享有获得及时、优质医疗服务的权利及 100% 的医疗保障。2006 年，"智利团结计划"受益家庭高达 29 万户，覆盖人口近百万。通过这些改革，智利弱势群体的医疗卫生需求基本得到了满足①。

1960 年智利人口不到 800 万，但到 2001 年已接近 1600 万。导致人口规模增长的因素较多，但婴儿死亡率大幅下降不能不说是一个重要因素：1960 年 1 岁及以下婴儿死亡率高达 11.5%，到 2001 年下降到 0.9%，成为智利历史上最低点，已十分接近发达国家的水平②。

2. 养老金制度改革，加强对弱势群体的保护力度

1981 年智利政府对养老金进行了私有化改革，废除以前运行的现收现付制度，引入完全积累的个人账户制度，并建立养老基金管理公司对养老基金进行市场化投资运作。在这种养老金制度下，个人养老金待遇与其缴费之间是完全精算公平的，对于满足最低养老金标准的所有人来说，基本不存在社会互济性。当然，智利虽然也有非缴费的社会救助计划和最低养老金制度，但是达到这两个制度的待遇给付条件都非常苛刻。具体来说，只有满足一定收入标准才能获得社会救助计划的待遇给付，而要想得到最低养老金则需要缴费满 20 年。从个人账户制度覆盖情况来看，情况也不是很理想，几乎一直没有超过 60%。另外，智利养老基金行业的管理成本是相当高的，按照养老基金行业历史上的佣金数据估算，到 2004 年末账户管理费用累计占养老金资产的比重大约为 23.82%，也就是说，超过 1/5 的养老基金资产会被管理佣金消耗掉，从而对参保者的养老金收入产生了不容忽视的负面影响③。

应该说，这些问题不仅存在于军政府统治时期，而且在还政于民后的十几年

---

① Carmelo Mesa-Lago, "Social Protection in Chile: Reforms to Improve Equity," *International Labor Review*, Vol. 147, No. 4, 2008, p. 385.

② Simon Collier and William F. Sater, *A History of Chile, 1808 - 2002*, Cambridge Latin American Studies, Second Edition, Cambridge University Press, 2004, p. 398.

③ 郑秉文、房连泉：《社保改革"智利模式"25 年的发展历程回眸》，《拉丁美洲研究》2006 年第 5 期，第 3 ~ 15 页。

里也没有发生实质性的改变，直到巴切莱特上台以后才给予足够的关注。2006年，智利政府建立了一个由各界代表组成的顾问委员会，经过认真研究和反复讨论，提出最终养老金改革议案并在2007年获得议会表决通过，2008年7月1日开始生效。这个议案提出建立"团结养老金制度"（Sistema de Pensiones Solidarias），其中包括两部分内容：一是建立基本的、财政融资的、非缴费型的退休金和伤残津贴，即"团结基本养老金"（Pensión Básica Solidaria，PBS），并取代原来的社会救助计划。这个新养老金初期定位的受益范围为最低收入的40%家庭，但条件是申请家庭既不能参加正规的缴费型养老金制度也没有从其他养老金计划中受益，而且必须达到65岁且在智利生活超过20年。另外，智利政府规定该养老金以家庭为单位进行申请，即要求家庭成员为户主和其配偶以及未满18岁或者18~24岁仍在接受正规教育的子女。该制度将逐步扩大覆盖面，到2012年计划覆盖55%的人口，之后再增长到60%。该制度实施初期的待遇标准比社会救助计划高33%，到2009年高出社会救助计划67%，每年的待遇标准将与前12个月的通胀率挂钩。

这次改革的第二个内容是建立一个财政提供补贴的有保障（top-up）养老金来替代原来的最低养老金。这个有保障养老金不再参考缴费期限，也就是说，只要参保人到了65岁，即使缴费1个月，也将足额获得这个养老金，而且待遇标准不低于"团结基本养老金"，这样做的目的是鼓励个人参加缴费型养老金。2012年，这个养老金的待遇将达到每月510美元。但是，目前还有一些类似针对"团结基本养老金"的限制条件（有关居住和家庭收入）。另外，智利政府还对产妇、非正规就业者提供资助，鼓励他们当中有能力的人尽快加入缴费型养老金制度。总之，通过这次改革，智利政府的目的是希望实现缴费型养老金和非缴费型养老金的完全对接，消除养老保障制度的覆盖死角。

另外，这次改革还有一个目的，就是通过激励有能力的个人尽快加入缴费型养老金制度，实现经济的正规化。而且，新加入的缴费型养老金制度的参保人员缴费能力比较差，各家养老金管理公司为了争取这部分参保人，必须降低佣金，从而使养老金管理公司的平均管理费用下降，为了配合这一目的，政府一方面通过加强监管和审计促进各类养老金制度的健康有序发展，另一方通过废止固定的累退佣金制度来杜绝养老金管理公司有目的地选择优质参保人。

四 政治模式转型：民主政治在平稳过渡中实现

（一）"转型正义"，缓解矛盾

1990 年智利结束了皮诺切特军政府 17 年的统治。艾尔文总统上台执政伊始，智利面临着非常严峻的政治和社会矛盾。一是军政府统治时期大量惨遭杀戮、失踪、监禁和流放人员或其家属要求惩办皮诺切特和前政府的高级军政要员。二是极"左"翼势力极为活跃，通过各种方式表达自己的政治诉求。三是在反对皮诺切特军政府统治斗争中形成的民主联盟各党派之间在价值取向和执政理念上也并非完全一致，在一些政策上难免存在着分歧。四是贫富严重分化加剧了社会各利益集团之间的对立。这些矛盾如果处理不好将导致社会和政治动荡，甚至出现军政府独裁统治的复辟。

为化解矛盾和平稳过渡，智利历届政府采取一系列举措，旨在大力完善民主政治制度，实施"转型正义"①。所谓"转型正义"，是指新兴民主国家对过去威权政府暴行和不正义行为的弥补，一般包括司法、历史、行政、宪法、补偿等，即对过去的迫害者追究其罪行、对过去取得不正当利益的追讨、清除历史不正义的象征及清算历史不正义的所得。"转型正义"包括"追溯正义"（retroactive justice）、"修复正义"（restorative justice）、"应报正义"（retributive justice）等。"追溯正义"指追溯过去威权时期的合法暴行及滥权，进而决定是否将行为者绳之以法；"修复正义"属刑法范畴，以被害人心理康复、重建为目标；"应报正义"指对过去加害者的报复应该符合比例原则。

在展开"转型正义"过程中，民主政府较好地运用了"追溯正义"、"修复正义"和"应报正义"，缓和了社会各阶层的尖锐矛盾，实现了政治转型的平稳过渡。其一，民主政府为揭露皮诺切特违背人权的事实作出巨大努力，于 1990 年 5 月成立由军政府统治的支持和反对者共同组成的"真相与和解委员会"，调

---

① 这里关于"转型正义"的概念表述，引用了向骏《2010：拉美"转型正义"年》，《南风窗》2010 年第 26 期，第 88 页。"国际转型正义中心"建立于 2001 年，见其网站 http：//www. ictj. org/en/index. html。

查在军政府时期被谋杀的受害者和"消失"人数并形成"瑞特格报告"（Rettig Report），目的是澄清历史真相，揭露军政府时期违反人权状况，并作为对受害人和历史的一个交代，表明政府并没有回避这一问题。其二，不管是出于被动还是主动，艾尔文政府并没有对皮诺切特和军政府大多数官员犯下的罪行进行起诉和审判，而是提出"原谅与忘却"原则，希望得到智利大多数民众的理解。其三，为了安抚极"左"翼势力的不满情绪，为已故总统阿连德举行了葬礼。其四，向受害者及其家属提供经济补偿，并在医疗和子女教育上给予特殊福利待遇，缓和他们的对立情绪。其五，政府开始增加支出旨在消除贫困，缓和各个社会集团的利益冲突。

艾尔文政府通过这一系列相对温和的政策不仅缓和了国内各种势力的对立情绪，而且为以后政府深化民主政治改革创造了较为宽松的社会和政治环境。1994年弗雷上台后政治上面临着两项任务：一是对待历史问题继续延续这一政策；二是不断推进民主化改革。例如，1997年，对最高法院法官的选举程序进行改革，设立公诉人办公室和地方检察官。总的来说，弗雷政府很好地平衡了这两项任务。例如，政府通过不断修改宪法，在一定程度上剥夺了军队所掌握的否决权和政治特权，推进了民主化改革。

在皮诺切特于1998年在伦敦被拘押时，弗雷政府意识到军队及其国内支持者的势力仍然非常强大，不仅没有借机铲除军队对国家政权的干预和控制，而且还对英国政府这一行为表示了极大的不满，并要求立即释放皮诺切特，或者至少应该使其在智利国内受审，而不是在别的国家。

（二）积极修宪，强化法制

2000年，争取民主党创始人拉戈斯开始领导中左翼联盟执政。该届政府在继续保持与军队及其支持者微妙关系的同时，于2005年对皮诺切特执政时期制定的1980年宪法进行了较大修改。例如，新宪法要求政府机构独立且彼此监督，同时允许总统参与合作立法；一定程度上授予议会监督行政机构的权力，同时议会有权力传唤部长；明确司法独立且履行监督功能，司法权力得到相应加强；提升宪法法庭的自治权和有关宪法和行政法案的司法权，甚至可以停止政府条例或者保护公民权利免受强势私人机构的侵犯；在废除新闻审查制度的同时，有关禁止媒体报道军队和政府的规定也从刑法典中废除；总统任期将由目前的6年减至

4 年；取消议会中终身参议员和指定参议员的规定，所有参议员将与众议员一样均由民选产生；赋予共和国总统对军队和警察绝对的领导权和指挥权，规定总统有权撤换武装部队各军种和警察部队的总司令，改变了 1980 年宪法关于这些职务不可罢免的限制；国家安全委员会将成为总统领导下的国家安全顾问机构，而不再可以越权总统。在法律体系建设上，该届政府先后起草或颁布了《离婚法》、《选举活动公共融资法》和《廉洁法》等。

另外，拉戈斯政府非常重视人权。2003 年 3 月，智利政府制定了《人权大纲》，并把保障人权作为一项国策。在对待军政府所犯下的罪行上，拉戈斯政府于 2003 年 11 月成立了"关于迫害和政治监禁的国家委员会"来收集在 1973 年 9 月 11 日到 1990 年 3 月 10 日之间军政府违反人权的信息并形成"巴莱奇报告"（Valech Report），同时对皮诺切特和其高官们进行了审判，并给予受害者在教育、健康和住房上的福利补贴，这不仅标志政府朝着公正和补偿迈出了历史性的一步，而且也确立了用司法程序来解决人权问题的原则。

2006 年，巴切莱特赢得总统大选，成为智利历史上第一位女总统。她领导的第四届联合政府继续保持以往制度的连续性，并把消除社会排斥现象作为执政纲领的要点。该届政府通过建立咨询委员会来研究并制定有关儿童发展、教育和社会保障等改革方案，扩大社会保护的覆盖范围和促进公平质量的提升，并尽量努力实现男女公平的就业机会。总之，制度的民主化过程是一个不断对军队收权的过程，也是一个不断加强宪政改革的过程。中左翼执政联盟较好地把握了改革节奏，在实现民主化程度不断提高的同时，智利政治和社会几乎没发生大的动荡，成为转型的样板国家。

经过 20 年的民主化进程，智利民主观念深入人心。"自由之家"在《2010年全球自由》报告的"政治权利"和"公民自由"两项指标中给出智利的评级均为 1 分①。"经济学人智库"发布的《2010 年民主指数》报告中，2010 年智利"民主指数"位列全球第 34 名，在拉美国家中仅次于乌拉圭和哥斯达黎加。2010 年，在透明国际的清廉指数中排名全球第 21 位，在拉美国家中表现最好。这些成就的取得与中左翼执政联盟正确处理军人执政遗留问题和选择合理民主化进程是分不开的。

---

① 取值范围为 1~7 分，分值越低说明政治权利和自由程度越高。

五　存在问题：深化改革的方向

（一）经济增长质量虽有改善但增长方式仍需转变

新古典经济增长理论将经济增长的动力因素归纳为两大类：一是生产要素的投入，二是全要素生产力的提高。生产要素投入一般包括劳动、资本和土地及其他一些自然资源，由于土地和自然资源都是基本不变的，因而可归纳为劳动和资本这两个要素。但是，劳动和资本这两个要素不能解释各国经济增长的全部，便有了全要素生产力（TFP）这个概念。由于全要素生产力代表了技术进步、知识传播、组织创新、专业化和生产创新、制度变迁甚至是社会基础设施等诸多方面，因此它对经济增长的贡献被普遍认为是衡量经济增长质量的重要指标。

1961～1972年智利GDP平均增长率仅为3.65%。其中，资本和劳动投入的贡献分别为1.42%和1.13%，相应的贡献率为38.86%和30.97%；而全要素生产力的贡献为1.10%，贡献率高达30.17%。显然，这一时期劳动、资本和全要素生产力对经济增长的贡献率大致相同，说明在资本和劳动增长的同时，经济增长质量也在同步改善，但问题是这段时间经济增长的速度较慢，说明经济发展模式存在一定问题。1973～1989年智利GDP平均增长率为4.00%。其中，资本投入的贡献为2.28%，贡献率为57.06%；劳动投入的贡献为1.64%，贡献率为40.92%；全要素生产力的贡献为0.08%，贡献率仅为2.01%。这段时期经济增长仍然依赖资本投入的增加，而全要素生产力几乎可以忽略不计。

1990～2009年还政于民这20年，智利的GDP平均增长率为5.25%。其中，资本投入的贡献为2.97%，贡献率为56.54%；劳动投入的贡献为1.33%，贡献率为25.22%；全要素生产力的贡献为0.96%，贡献率为18.24%（见图9）。可以看出，在这一时期虽然GDP增长率较高，但主要是由资本推动的，而全要素生产力的贡献并不十分突出，因此，就这一时期来看，经济增长的质量还有待提高。当然，与军政府统治时期相比，经济增长的质量已经有了大幅提高；而与1961～1972年对比，还政于民后经济增长基本上是得益于资本投入的快速提高，而全要素生产力并无太多改善。另外，世界经济论坛还认为智利经济正处于由效率驱动型向创新驱动型过渡时期①。综上，还政于民 20 年智利经济增长确实有所改善，但还亟须进一步转变增长方式。

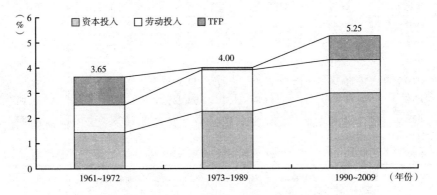

图9 不同时期各要素对经济增长贡献的变化

资料来源：作者测算。劳动投入数据来自智利中央银行公布的经济统计指标，http：//www. bcentral. cl/eng/economic-statistics/series-indicators 和 Rodrigo Fuentes，Mauricio Larraín，Klaus Schmidt-Hebbel，"Sources of Growth and Behavior of TFP in Chile，" *Cuadernos de Economía*，Vol. 43，pp. 113 – 142，Mayo 2006；GDP 和资本投入数据来自 World Bank，*WDI Online*，2010，http：//ddp-ext. worldbank. org，且均以 2000 年不变美元价格计算。

（二）收入差距仍然过大

智利社会贫富差距一直较大，还政于民后贫富差距虽有改善但效果并不是特别突出。以 1997 年为例，军政府统治时期的基尼系数已经高达 0.56，还政于民后，经过 20 年的社会发展，这几项指标虽有所改善，但改善幅度微乎其微。到 2006 年，智利的基尼系数仍然高达 0.52。国际上一般认为，如果基尼系数超过 0.40，社会稳定就会存在着巨大隐患。可以说，贫富差距长期居高不下是智利还政于民 20 年来最大的问题。当然，对拉美地区的主要国家而言，财富和收入差距过大是一个普遍现象，例如，2006 年阿根廷、巴西、哥伦比亚和墨西哥的基尼系数分别为 0.49、0.56、0.58 和 0.48，几乎都在 0.50 左右（见表6）。

---

① World Economic Forum，"The Global Competitiveness Reports 2010 – 2011，" p. 126，http：//www. weforum. org.

表6　1987～2006年拉美五国基尼系数的变化

单位：%

年份	智利	阿根廷	巴西	哥伦比亚	墨西哥
1987	56.43	—	59.25	—	—
1990	55.52	—	60.59	—	—
1994	55.19	—	—	—	51.89
1996	55.06	48.58	59.19	56.06	48.54
1998	55.74	49.84	59.23	58.21	48.99
2000	55.36	—	—	57.50	51.87
2003	54.92	—	57.61	58.83	—
2006	52.00	48.81	55.80	58.49	48.11

资料来源：World Bank，*WDI Online*，2010，http：//ddp-ext.worldbank.org。

（三）中产阶级具有相当的脆弱性

如前所述，智利"中等家庭部门"的相对规模在拉美国家中名列前茅（见图10），但具有相当的脆弱性。这是因为，与其他主要国家相比，智利大多数"中等家庭部门"更接近中位数家庭收入50%的这个下限，因此，"中等家庭部门"很容易重新滑落回贫困收入范围，仍具有相当的脆弱性。

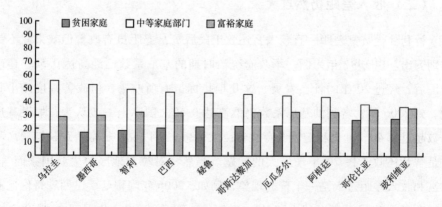

图10　拉丁美洲主要国家"中等家庭部门"规模比较

注：乌拉圭和玻利维亚的数据来自2005年，哥伦比亚的数据来自2008年，其他国家数据来自2006年。

资料来源：OECD Development Centre，*The Latin American Economic Outlook 2011*，2010，p.17。

出现这种情况的原因在于智利近 20 年来实行的减贫措施对增加"中等家庭部门"比例起到了很大作用。这就意味着，智利的减贫政策具有双重性：一方面扩大了"中等家庭部门"的相对规模，但另一方面，得益于近 20 年减贫措施而勉强进入中产阶级阵营的脆弱家庭目前的"自我造血机制"还相对不足，对风险的抵抗力较差，仍需要政府在这些家庭成员在遭遇患病、失业、退休或者自然灾害时给予继续支持，由此，智利"中等家庭部门"同时兼有了脆弱性的特征。鉴于此，智利应继续坚持已有的减贫政策，同时，应积极采取其他配套的社会政策，旨在推动"中等家庭部门"向上的社会流动性①。

（四）教育质量有待提高

在军政府统治时期，智利政府对教育制度进行了部分私有化改革，其中中小学由三类构成：一是公立学校，由市政府进行分权化管理；二是政府资助的私立学校；三是完全个人付费的私立学校。本来是想通过教育的部分私有化改革，引入竞争机制，多渠道募集资金，以期实现在削减财政支出的同时，不断提高各类学校的入学率和教育质量。但实践证明，富裕家庭子女往往选择私立学校，导致教师和教学设施等资源不断向私立学校倾斜，而智利政府采取的教育券制度不仅没能满足贫困家庭子女进入私立学校（家庭收入太低无法满足进入私立学校的其他开支），而且实际上等于穷人被迫放弃了这部分财政资助，而只有富裕家庭子女才真正享受到这种财政补贴。

另外，从智利教育投入和效果上来看，公共和私人教育支出达到了 GDP 的 7.6%，高于 OECD 平均水平，学校入学率也较高，学前教育和大学教育的入学率也在不断提高，但这些投资效果却不明显，在标准化考试中智利学生的得分相对于欧洲和东亚是非常低的，特别是公立学校的得分水平要落后于私立学校，原因就在于教师素质方面存在缺陷。另外，调查结果显示，学生成绩又与家庭收入相关。因为家庭收入往往决定了学生能否进入教育质量相对较高的私立学校，由此导致大量来自贫困家庭的学生只能进入教育质量低下的公立学校。总之，这种学校教育质量的差异和机会的不公平使得贫困家庭很难走出贫困

① OECD Development Centre, *The Latin American Economic Outlook 2011*, 2010, p. 19.

循环，从而使智利保持了较高的基尼系数①。因此说，智利的教育制度改革是不太成功的。

六 智利还政于民 20 年：4 点思考与 12 点启示

（一）关于威权主义与民粹主义的思考

1. 威权统治下实行自由市场经济改革的可能性

1973 年 9 月 11 日，智利军事政变推翻了阿连德政府，皮诺切特开始了 17 年的军政府统治。这便是智利家喻户晓的"'9·11'事件"。智利军政府对前弗雷政府实行的民粹主义和阿连德政府实行的"向社会主义和平过渡"进行了彻底改革，实施了一系列"经济结构改革"，其中包括对国有化实行"再私有化"，充分利用市场机制，减少国家对经济的干预，扩大经济自由度，主张实行出口导向型发展战略等。如图 11 所示，几乎所有的结构改革都发生在军政府统治时期。"结构改革指数"是指选取贸易、金融、税收、私有化和劳动力五个领域中代表性变量并为每一个变量赋值（取值范围在 0～1 之间）后求算数平均值所得到的指标。构建该指数的前提假设是：经济领域结构改革的首要目标是消除那些限制市场机制发挥作用的制度或政策措施，降低不合理制度安排给交易或生产活动带来的扭曲，使生产性资源配置具有更高的效率。简单地说，政府干预越多、市场化程度越低、对国内市场保护力度越大，则各个变量的取值越小，最终导致结构改革指数越低，反之亦然②。

2. 威权统治下实现经济增长的现实性

众所周知，智利并不是在还政于民后才开始出现快速经济增长，而是在军政府统治后期，即 20 世纪 80 年代中期智利便进入了经济高速增长阶段，客观上为日后政权的顺利过渡创造了宽松条件。军政府使经济结构改革成为可能，经济结构改革又促使经济高速增长。这个事实虽不足以说明经济增长和威权政治可以长

---

① Peter DeShazo, "Chile's Road to Development, 1990 - 2005," CSIS, *Policy Papers on the Americas*, Vol. XVI, Study 2, Aug 2005, p. 12.

② E. Lora, "Structural Reforms in Latin America: What Has Been Reformed and How to Measure It," *Interamerican Development Bank Working Paper*, No. 466, 2001, pp. 19 - 27.

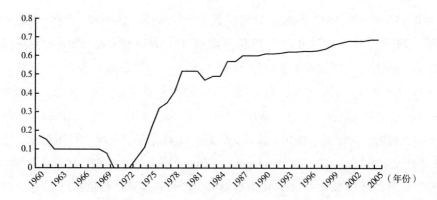

图 11   1960～2005 年智利"结构改革指数"变化

资料来源：Klaus Schmidt-Hebbel，"Chile's Growth and Development：Leadership，Policy-Making Process，Policies，and Results，" *the Commission on Growth and Development Working Paper*，No. 52，April 2009，p. 30。

期共存，但至少表明在一定时间内经济增长和政治独裁是可以同时存在的。而且，对一些发展中国家而言，二者在某一阶段同时存在会显得非常必要，这已经被历史不止一次地证实过。正如德国前总理施密特于 2003 年 9 月 17 日在华盛顿的德国历史研究院（German Historical Institute in Washington，D. C.）的演讲中所言："在发展中国家里，只有在经济上实行开明统治而不放弃专制道路的国家才是赢家。"[1] 纵观威权统治者的下台，无外乎两种情况，一种是经济搞得一团糟，下台后往往导致政治和社会动荡；另一种是经济取得了相当成就，然后把管理国家的权力顺利过渡给民选政府，保持经济和社会基本稳定。智利民主政府从威权政府手里接过来的是一个经济增长基本步入正轨的国家，而不是一个千疮百孔的烂摊子。

3. 民主政府下民粹主义倾向的危险性

民主政府下有可能出现适宜的经济社会政策，也有可能出现民粹主义倾向。学界普遍认为，在 1961～1973 年民选政府时期，智利在经济上没有采取开明的、适宜的市场经济政策，尤其是 1970～1973 年阿连德执政时期，人民团结阵线（UP）"向社会主义和平过渡"的施政纲领将民粹主义推向了极致：1965～1969年平均每年对卫生的投入是 1. 39 亿美元，但 1970 年上升到 1. 54 亿美元，1971

---

① Sidney Weintraub，"Democracy and Development，Issues in International Political Economy，" *Center for Strategic and International Studies*，No. 47，2003，pp. 1 – 2.

年为 2.12 亿美元，1972 年高达 2.37 亿美元；住房投入从 1965～1969 年的平均每年 1.34 亿上升到 1973 年的 2.30 亿美元[1]；社会保障和家庭补贴等福利项目大幅提高；1970 年工资增长幅度高达 55%（1969 年的通胀率为 33%），1971 年 7 月～1972 年 8 月，生活成本提高了 45.9%，通胀率攀升了 1 倍，黑市的埃斯库多（escudos）对美元贬值了 1 倍，到 1973 年 8 月贬值了 300%，经济已濒临崩溃的边缘；与此同时，对钢铁、油田、炼油、铁路、民航等部门大肆推行国有化，通过"生产开发公司"（Production Development Corporation）对 40% 的生产性企业的股权实行了控制，到 1972 年 10 月，国家控制的生产性企业资产价值超过了 1400 万埃斯库多（相当于 100 万美元），到 1973 年国家控制的企业多达 400 多个，占全国工业产出的 80%，占全国 GNP 的 60%。阿连德的经济部长彼得罗·普斯科维克（Pedro Vuskovic）1972 年 3 月坦言道，"经济政策的本质无论在形式上还是在内容上，都从属于人民团结阵线不断增加的政治需要……其核心目标就是扩大对政府的支持"[2]。诚然，在阿连德下台和皮诺切特政变的背后明显有美国的影子，尼克松总统专门为中央情报局安排了 800 万美元的款项，这已是公开的秘密[3]。但不可否认的是，阿连德政府实行的偏离市场原则的经济政策和民粹主义的社会政策已使智利陷入一场空前的政治和社会危机，经济体制改革势在必行。

（二）关于"钟摆现象"与发展道路的思考

1."钟摆现象"在智利的终结

多数学者的观点认为[4]，尽管还政于民后历届民主政府都对经济和社会政策作出了适当调整，但总的来看，智利现有的经济和社会制度基本上都是沿袭军政府时期的改革成果[5]，即使调整也是在原有制度基础上进行修修补补，这一点清

---

[1] World Bank, *Chile—An Economy in Transition* (1979), Washington D. C, 1979, p. 165.

[2] Simon Collier and William F. Sater, *A History of Chile*, *1808 – 2002*, Cambridge Latin American Studies, Second Edition, Cambridge University Press, 2004. 以上数据引自该书的第 341～342 页、第 345～456 页和第 364 页。

[3] Simon Collier and William F. Sater, *A History of Chile*, *1808 – 2002*, Cambridge Latin American Studies, Second Edition, Cambridge University Press, 2004, p. 355.

[4] Martin Andersson, "More to the Picture than Meets the Eye: On the Ultimate Causes behind the Chilean Economic Transformation," *European Review of Latin American and Caribbean Studies*, No. 86, April 2009, pp. 21 – 37.

[5] 王晓燕：《智利》，社会科学文献出版社，2004，第 114 页。

楚地反映在前文关于1960～2005年"结构改革指数"的变化上。20年来，智利的独裁政治体制消失了，但是，它留下来的自由市场经济却仍在运行。这个自由市场经济制度就是独裁政府制定的一系列新自由主义经济政策组合的经济运行体系。智利的实践表明，还政于民后，既然军政府时期确立的自由市场经济体制是有效率的，那么，就没有推翻它的必要。于是，智利并没有改变军政府统治时期确定的经济改革方向，而是继续深化和拓展不同领域的改革，较好地继承和保存了已有的经济改革成果，有效地防止了拉美国家常常看到的模式转型的"钟摆现象"：从一个极端走向另一个极端的大折腾。

2. 建立联合政府是平稳过渡和防止"钟摆现象"的制度保证

智利还政于民后，政治上的左翼和右翼都没有单独执政或发挥过强大的政治影响力，都需要联合中间党派，因此就保证了中左翼联盟上台后没有出现特别极端政策。还政于民20年来，智利中左翼民主联盟能够长期联合执政也是长期反对独裁斗争的结果。在军政府统治时期，左翼民主联盟为反对皮诺切特的独裁统治而不惜一切代价联合起来，这为后来的联合执政打下了基础。1994～2000年智利总统爱德华多·弗雷（the Second Eduardo Frei）曾充满希望地说，"愿智利的生活水平在21世纪头10年能达到南欧水平"。爱德华多·弗雷的父亲、1964～1970年任智利总统的爱德华多·弗雷·蒙塔尔瓦（the First Eduardo Frei）早在40多年前预言，"对智利的前途，我难以找到乐观的理性理由，但却存在一些非理性理由"，"关键问题在于智利历史"，那就是，智利拥有一个"自由主义与民主主义联合起来进行建设性改革的重要历史时刻"[1]。现在看来，小弗雷总统的良好愿景没有完全实现，但智利毕竟成为南美大陆率先冲出"中等收入陷阱"的国家；而老弗雷关于"关键问题在于智利历史"的预言却一语中的，成为智利避免"钟摆现象"并冲出"中等收入陷阱"的制度保障。

3. 智利发展道路在拉美可谓独树一帜

智利还政于民之后，其民主政治体制顺利转型，其自由市场经济制度成功沿袭，二者并存，平稳衔接。智利20年的发展道路，明显有异于很多其他拉美国

---

① Simon Collier and William F. Sater, *A History of Chile*, *1808 - 2002*, Cambridge Latin American Studies, Second Edition, Cambridge University Press, 2004, p. 410, p. 409. 在智利历史上，父子先后当选总统的现象共有五次。

家的探索实践，尤其是进入 21 世纪以来，南美大陆相当一部分国家开始集体向左转：委内瑞拉、玻利维亚、巴西、尼加拉瓜、厄瓜多尔、阿根廷、乌拉圭等国家左派异军突起，甚至连选连任，尤其是巴西劳工党成功连任，迪尔玛·罗塞夫当选之后，中左派在南美大陆占据半壁江山。中左派在拉美卷土重来是对 20 世纪 80、90 年代新自由主义经济政策的反动，是对"华盛顿共识"的逆转，是对社会不公、分配不公、贫困加剧和传统政党的反感。拉美中左派"钟摆现象"的故态复萌俨然已成为国际风云中一个十分引人关注的现象，这幅"轮回"的图景使人们自然联想起 20 世纪 60、70 年代之前民粹主义风行拉美长达几十年的历史，从而使智利显得更加与众不同：智利正处于"建设性改革的重要历史时刻"，"钟摆现象"将在这里终结，智利发展道路另辟蹊径，难能可贵。

（三）关于威权体制与民主转型的思考

1. 威权政治体制下建立自由市场制度的社会意义和民主价值

智利 20 年的民主政治体制的善治可被视为经济结构改革的一个遗产；经济结构改革成功可被解释为威权政治体制时期经济改革的一个结果。从制度变迁的角度来看，威权体制可以导致制度向好的方向变迁，且变迁后制度能够走上稳定发展的路径，那么制度变迁会在以后发展过程中得到自我强化，从此使制度进入良性循环轨道，迅速优化；但是，威权体制也可导致错误的制度变迁，进而被"锁定"在某种无效率的状态而导致停滞，甚至顺着错误的路径往下滑。智利的实践表明，皮诺切特威权体制下进行的经济体制改革是成功的，甚至成为还政于民的经济基础，得到大多数民众的基本认同；智利在从威权统治向民主政府的过渡也是成功的，避免了制度再次强制变迁的潜在可能性（例如 1998 年皮诺切特被拘禁事件等）[1]，经受住了社会分裂的民主考验[2]。智利的这"两个成功"似乎印证了美国《外交》杂志主编法里德·扎卡瑞亚（Fareed Zakaria）在谈到亚

---

① 向骏：《从皮诺切特被拘禁看智利民主化进程》，《拉丁美洲研究》1999 年第 3 期，第 46～52 页。

② 在皮诺切特被英国拘押期间，智利就其引渡等问题进行了全民大讨论。舆论界普遍认为，这是一个关键时刻，很容易引发智利的政治动荡，反对和支持皮诺切特的两种力量进行了较量，英国和西班牙的国旗在智利都遭到了焚烧，甚至连英国和西班牙驻智利大使馆日常收集垃圾工作也遭到了智利工人的拒绝。见 Simon Collier and William F. Sater, *A History of Chile, 1808 - 2002*, Cambridge Latin American Studies, Second Edition, Cambridge University Press, 2004, p. 407.

洲的韩国、中国台湾、马来西亚和泰国时说的一句话："发展中国家只有在构建起法律规则、商业体制和一个独立的中产阶级后，才能转向民主。"①

2. 早在威权统治下就作出转型预期的制度准备

智利早在 1980 年宪法中就规定允许反对派在 1988 年大选中联合起来击败军政府政权，这就为实现政权顺利过渡的合法性铺平了道路。进入 20 世纪 80 年代以后，在拉美一些国家出现的还政于民与民主改革的浪潮下，尤其在美国公开放弃对智利军政府的支持和 1983 年 10 个欧洲国家集体拒绝参加智利军事政变 10 周年纪念活动的压力下，1986 年和 1987 年智利军政府分别宣布允许大部分政治流亡者回国，释放大批政治犯，开放党禁②，恪守民主，承诺人权，政治冲突也开始下降，而且还对前期造成的群体性伤害（collective trauma）采取积极回应③。智利的实践表明，权力和平过渡可使各种社会和政治力量对军政府时期犯下的错误采取宽容的态度，消除社会仇恨，这样，民主政府在沿着既定方向推行改革时才能得到人们的支持。智利发展道路说明，实现真正民主是需要前提条件的，包括明晰的利益相关者，富有活力的中产阶级，承担风险的企业家团体和人们教育水平的提高。这样的民主参与者才能为自己的命运做决策。在此之前则需要一个经济开明的中央集权者为他们做决策。这意味着，民主的确立需要有一个准备过程，这个过程就是"积累期"，否则，与"经济休克疗法"相比，"政治休克疗法"带来的社会震荡更为剧烈，付出的代价更为沉重。因此，现行的制度安排日程与未来制度目标应首尾呼应，二者决不能互相矛盾。在过去的一个世纪里，这个命题几乎对所有国家来说，均概莫能外，只有以色列可能是一个极端案例④。

3. 还政于民后"长着人脸的新自由主义"可治理性的可持续性

还政于民之后，智利几乎全面沿袭了军政府时期确立的自由市场经济政策而没有出现任何逆反，同时还较好地实现了经济增长和社会发展的转型，这个独特

---

① Sidney Weintraub, "Democracy and Development, Issues in International Political Economy," *Center for Strategic and International Studies*, No. 47, 2003, pp. 1 - 2, http：//www. csis. org.

② 王晓燕：《智利》，社会科学文献出版社，2004，第 113 页。

③ "Chile's Road to Development, 1990 - 2005," CSIS, *Policy Papers on the Americas*, Vol. XVI, Study 2, Aug. 2005, p. 9.

④ 以色列建国之初大多数人以前生活在发达国家且受到良好教育，这为建国后实施民主政治奠定了基础。见 Sidney Weintraub, "Democracy and Development, Issues in International Political Economy," *Center for Strategic and International Studies*, No. 47, 2003, p. 2, http：//www. csis. org.

现象被有些历史学家称之为"长着人脸的新自由主义"①。其实，历史学家的这个比喻可被理解为是长着"智利面孔"的新自由主义，因此，智利是拉美地区自由市场经济与民主政治体制相互结合的一个成功实验，是拉美国家制度变迁的一个独特案例。新制度经济学告诉我们，制度是导致各国经济增长差距的重要因素。这个实验和案例也许会部分解释蛋生鸡还是鸡生蛋的因果难题。毫无疑问，与拉美其他国家相比，智利的市场经济制度日益健全，民主政治制度日臻成熟，与阿根廷1983年以来多次出现的可治理性危机相比②、与墨西哥20世纪80年代以来逐渐显露的可治理性难题的回归相比③、与其他拉美国家腐败对实现可治理性目标的影响程度相比④等，智利民主体制在巩固、质量、稳定、秩序和效率等方面越来越显示其可治理性的可持续性⑤。

（四）关于政治民主与社会发展的思考

1. 民主改革在所有改革中的排序问题

无论是拉美国家独立200年的历史，还是二战以来大多数发展中国家的经历，它们呈现给人们一个基本事实，那就是，同时实现政治民主和社会发展是难以想象的。这个基本事实的本质之一是发展的排序问题。对于大多数发展中国家而言，良好的经济制度和社会制度是实现社会发展的前提，而社会取得一定发展后才具备实现政治民主的条件，因为政治民主是一种社会权利的组织和制衡方式，对已经构建的经济和社会制度有"保护作用"，也就是说，政治民主既可以保护"好"的经济和社会制度，也可以保护"坏"的经济和社会制度，但是"坏"的经济和社会制度必然带来社会动荡，一旦社会动荡成为一种常态，将会动摇已经建立起来的民主制度。总之，没有"好"的经济和社会制度，民主迟早也将荡然无存。但问题是如何建立起"好"的经济和社会制度。

---

① Simon Collier and William F. Sater, *A History of Chile*, 1808 – 2002, Cambridge Latin American Studies, Second Edition, Cambridge University Press, 2004, pp. 394 – 404.

② 郭存海：《阿根廷的可治理性危机分析》，《拉丁美洲研究》2010年第2期，第20~35页。

③ 袁东振：《墨西哥的政治经济转型与可治理性问题》，《拉丁美洲研究》2010年第2期，第14~19页。

④ 刘纪新：《拉美国家的腐败与可治理性问题》，《拉丁美洲研究》2010年第2期，第7~13页。

⑤ 张凡：《拉丁美洲民主化与可治理性问题分析》，《拉丁美洲研究》2008年第4期，第33~40页。

2. 改革要有智慧但更要有勇气

在大多数发展中国家那里，经济社会制度中各种固有顽疾很难通过民主决策来打破。因为既然民主是一种权利制衡过程，如果先有政治民主，原有的"坏"的经济社会制度将无从打破，"好"的经济社会制度也难以建立，除非再次发现"美洲新大陆"，否则，人们难以在一张白纸上构建头脑中的美好蓝图。如果说在引入民主之前非得需要一个独裁统治阶段，且有一个权力不受约束的"哲学王"（philosopher king）来打破既定利益格局，强行植入"好"的经济和社会制度，不仅听起来有些不可思议，而且能否找寻这个"哲学王"也具有非常大的不确定性。换言之，在经济上实行开明统治的独裁者是实现社会发展和最终走向政治民主的一个必要条件，而不是充分条件。但至少智利还政于民 20 年的发展说明一个重要问题：发展中国家政府必须冲破重重阻力，打破既有的利益格局；只有深化经济和社会改革，才能为未来社会发展和实现民主创造前提条件。

3. 智利发展道路作为样本的局限性

毫无疑问，智利发展道路是在一定的国际和国内背景下形成的，有其特殊性。例如，智利的市场经济改革之所以能够成功，原因之一在于它的市场化改革始于 1973 年，大大早于其他拉美国家；再如，几百年前遗留下来的拉美"征服型"社会结构存在多种类型，不同类型对拉美现代化进程和经济发展模式存在的影响很大①，其中部分原因在于，来自欧洲的移民比重占拉美各国人口的比重差异性很大，且欧洲不同国家的移民在拉美各国的比重大不相同，甚至与西班牙不同的是，拉美的葡萄牙前殖民地还引入了非洲黑人奴隶，它们独立后相当长一段时间还保存着奴隶制。所有这些因素都在发挥作用，导致拉美各国在历史传统、文化习惯、民族习性、价值观念、合作精神和纪律意识等很多方面存在较大差异性。

本文以人均 GDP 为主要测量尺度，将智利即将走出"中等收入陷阱"作为一个重要指标，进而分析智利在经济模式、社会模式和政治模式等"三个转型"中的成功和不足，经验和教训。这个分析视角和测度标准虽然具有一些现实性，

---

① 朱鸿博：《征服后的遗存：现代拉美社会结构再思考》，《复旦学报》（社会科学版）2004 年第 4 期，第 113～120 页。例如，智利的移民大部分来自德国，而阿根廷的移民中有 50% 来自意大利，其他一些国家则主要来自西班牙，不同国家的移民带来不同的文化习俗。

但仍存在一定盖然性。社会经济发展模式和现代化道路的研究角度多种多样，见仁见智，尤其在评价中小国家崛起之道时，还理应充分考虑这些国家的人文发展指数、幸福指数、宜居指数甚至环境指数等，而不应千篇一律、唯 GDP 标准，因为 GDP 常常可能会掩盖收入结构的不合理和贫富差距的扩大等问题，例如，哥斯达黎加就是一个备受赞誉的"中美洲小瑞士"①。

　　拉美各国发展道路的多样性和多元性的特点十分明显，它们所处的阶段不同，代价悬殊，道路各异，但有一点是共同的：它们殊途同归，条条大道通罗马，拉美各国在现代化进程中的改革都处于继续完善和不断探索之中。

（吴白乙　审读）

Chile：To Run Out of Middle Income Trap as the First in South America

—Since the Return to Democracy

Zheng Bingwen　Qi Chuanjun

Abstract：Chile has demonstrated its unique path of development over the past two decades whereat market economy and democratic politics were persistently sought by successive leftist civilian governments. Its experience of steady economic growth is enlightening for the developing countries, particularly many in the LAC regions facing the longstanding challenge of running out of the Middle Income Trap. Ever since the military returned government to the elective in 1992, Chile has witnessed an orderly socio-economic transition. It succeeded in strengthening financial regimes, empowering the central bank, retaining flexible exchange rates, advancing structural reforms of public spending sectors, including health care and pension systems. All such efforts did help the nation to have achieved the 'transitional justice' and broad reconciliation in light of the

---

① 哥斯达黎加人口只有 450 万，2009 年其人均 GDP 仅为 6386 美元（时价），低于拉美 7189 美元的平均水平，近期又没有可能走出"中等收入陷阱"的预期；但是，哥斯达黎加这个中美洲几乎唯一没有国防和国防支出的国家，其社会经济发展模式却被认为比智利还有吸引力，其优越性备受赞誉。

officially advocated 'forgive and forget' principle.

Based on the above observations, the keynote report authors find—1) even under an authoritarian rule, a nation is still possible to embark on reformist tracks. In other words, a centralized power may not necessarily contradict with a liberalist socio-economic state-building, particularly in a developing nation like Chile; 2) Chile's political transition to democracy proves that a coalition government helps stabilize the transition process and avoid the 'pendulum effects'; 3) although inaugurated by the militaries, the free-market system triggered reformist expectations and provided institutional preparations for the follow-up transition; last but not the least, a good control of reform pace is also a key prerequisite for an ultimate realization of political democracy. Therefore, despite choosing the right path of development in accordance with specific national circumstances, to determine the right priorities of reform agenda is essential to developing countries.

Key Words: Middle Income Trap; Chile's Economic Growth; Democratic Political Transition; Macroeconomic Policy; Latin American Studies

专题篇：拉美
大选与政治走向

Highlight Reports：Election &
Political Tendency

Ⅴ.2
2010年智利大选：左右易位，波澜不惊

张 凡*

　　摘　要：经过2009年12月和2010年1月两轮投票，中右翼联盟的塞巴斯蒂安·皮涅拉战胜中左翼联盟的爱德华多·弗雷赢得智利总统大选。中右翼联盟的胜利，主要取决于三个方面的因素：第一，由于智利政坛就基本的治国理念和政策思想存在着广泛的共识，大选结果的直接决定因素是不同阵营候选人的个人特质；第二，不同政治力量之间的处境、条件及其策略选择影响着大选的进程和结果；第三，中左翼联盟执政的成败得失构成了大选年智利政局演变的深层背景。

　　关键词：皮涅拉　弗雷　中右翼联盟　中左翼联盟

* 张凡，法学博士，中国社会科学院拉丁美洲研究所综合理论室主任，研究员，博士生导师。

2009 年 12 月 13 日，智利举行了四年一度的总统选举。根据两轮投票的选举规则，由于参加竞选的候选人均未获得直接当选的绝对多数选票，第二轮选举于 2010 年 1 月 17 日举行。第二轮角逐在中右翼联盟的塞巴斯蒂安·皮涅拉（Sebastián Piñera）与中左翼联盟的爱德华多·弗雷（Eduardo Frei Ruiz-Tagle）之间展开，结果皮涅拉以 51.61% 的得票率获胜。2010 年 3 月 11 日，皮涅拉正式就职。智利议会选举也在同期举行。

1990 年，中左翼联盟上台执政，这意味着皮诺切特独裁政权的终结和智利民主体制的恢复，具有划时代的重要意义。而在 20 年后的 2010 年，当中左翼联盟在第二轮投票中败北而失去总统职位时，智利国内外的反应显得相对平淡，基本上视之为一个资本主义国家正常的政党轮替。中右翼联盟的皮涅拉以 51.61% 对 48.39% 的得票率胜出，虽然其过程和结果均无太大的悬念，但应该说双方力量相差无几。按选民总数计算，皮涅拉仅获得 43% 的支持率，为 1990 年以来当选总统的最低支持率。导致这一结果的一个重要原因是，拥护中左翼联盟的选民投票热情降低而且流向分散。

从政策思想和倾向角度分析，中左翼与中右翼力量的分歧虽相当明显但也并非壁垒森严。弗雷和皮涅拉均以如何应对和处理经济危机的各项措施为竞选宣传的主要着力点，而这背后正是所谓左、右翼政策思想的主要分野。例如，弗雷在选战中强调国家在处理经济危机中的地位和作用，而皮涅拉则表明自己对中小企业的重视和推崇。然而，这种情况并未超出资本主义国家包括发达资本主义国家政治力量间正常政策分歧的范围，而且尤为关键的是，弗雷的出发点在于借重巴切莱特政府处理经济危机成功而获得的人望，而皮涅拉反复声明中右翼政府在主要经济、社会政策上与中左翼政府的连续性。正是在这种意义上，一般认为智利各政治势力（除少数极端派别外）间事实上存在着普遍的政策共识，即在政治体制、经济模式、社会政策和外交方针等方面并无根本分歧。

连续执政 20 年的中左翼联盟在大选中败北，而中右翼联盟几乎毫无悬念地胜出，主要取决于三个方面的因素。第一，由于智利政坛就基本的治国理念和政策思想存在着广泛的共识，大选结果的直接决定因素更多的是不同阵营候选人的个人特质。第二，不同政治力量之间的处境、条件及其策略选择决定着大选的进程和结果。第三，更深层次的原因可以说是中左翼联盟执政的成败得失所致。一方面，中左翼联盟政策的失误和不到位之处固然影响了其竞选前景；但另一方

面，具有讽刺意味的是，中左翼联盟的成功和显赫政绩恰恰对大选结果产生了致命的效应：20 年来相对顺利的发展导致联盟各政党领导层的自满情绪进而故步自封，联盟内部不同倾向（如左翼与中间势力之间）的分歧和矛盾也日益彰显；与此同时，广大选民对国家大势和政府政策的稳定性逐渐习以为常，特别是中左翼选民对中右翼力量的担忧明显减轻，因此对选民登记和大选投票的热情降低，而年轻选民更愿意追逐风格特异而非政策明确的候选人，导致中左翼联盟选票流失。

一 竞选的一般情况

此次智利大选仍在主导智利政坛的两大政治势力之间进行，即连续执政 20 年的中左翼"民主政党联盟"（Concertación de Partidos por la Democracia）（由基督教民主党、社会党、争取民主党和激进社会民主党组成）和中右翼的"智利联盟"（Alianza por Chile）（由独立民主联盟和民族革新党组成）。此外，前社会党成员豪尔赫·阿拉特（Jorge Arrate）代表左翼"团结一致我们能够"（Juntos Podemos Más）联盟参加竞选，而另一前社会党成员马克·恩里克斯－欧米纳米（Marco Enriquez-Ominami）作为独立候选人加入了角逐。

2009 年上半年，执政的"民主政党联盟"通过特定的初选程序选出了基督教民主党人、前总统弗雷为该联盟单一候选人参加总统选举。联盟内初选的竞争在弗雷和激进社会民主党人何塞·安东尼奥·戈麦斯（José Antonio Gómez）之间进行。根据规则，2009 年 4 月 5 日，在马乌莱（Maule）和奥希金斯（O'Higgins）两个大区进行一次性投票，如果两位候选人得票率之间的差距小于 20%，则初选程序在其他大区继续进行。但在当日投票中，弗雷以 65% 对 35% 胜出，初选即告结束。2009 年 8 月，执政联盟 4 党均确认了弗雷的候选人资格。

中右翼的"智利联盟"两党均推选皮涅拉为该联盟总统候选人，同时该联盟还将智利第一党（Chile Primero）和其他政治力量纳入其中，组建了一个更广泛的竞选同盟——"争取变革联盟"（Coalición por el Cambio）。皮涅拉本人来自民族革新党，1989 年曾参与和支持该党总统候选人埃尔南·布奇（Hernán Büchi）的竞选运动，后当选参议员。1993 年、1999 年和 2005 年，皮涅拉都曾试图参选或实际参加了大选角逐。2009 年 8 月，民族革新党正式宣布皮涅拉为该党总统候选人；同月，独立民主联盟和智利第一党均宣布支持皮涅拉代表本党参加竞选。

由智利共产党、人道主义党和"阿连德派社会党人"（socialistas-allendistas）组成的"团结一致我们能够"联盟于 2009 年 4 月通过初选程序推出了前社会党左翼派别成员豪尔赫·阿拉特作为候选人参加总统选举。阿拉特受社会党内左翼派别拥戴早在 2008 年 1 月就宣布参加大选。2009 年 1 月，阿拉特退出社会党；同月，"阿连德派社会党人"宣布阿拉特为总统候选人。2009 年 7 月，随着人道主义党不再支持阿拉特的竞选并转而支持独立候选人马克·恩里克斯 - 欧米纳米，阿拉特加入智利共产党并以共产党员的身份参加总统角逐。

作为独立候选人参加竞选的马克·恩里克斯 - 欧米纳米也曾是社会党成员。2008 年底至 2009 年初，他曾表示有意参加社会党内或执政联盟内部总统候选人初选，但最终选择脱离原政党联盟以独立候选人身份参选。2009 年 9 月，马克·恩里克斯 - 欧米纳米正式成为由人道主义党、生态主义党和其他左翼组织成立的竞选联盟——"智利新多数派"——推出的候选人。

12 月 13 日，反对派"争取变革联盟"候选人皮涅拉以 44.05% 的得票率在第一轮投票中领先，这一结果超过了投票前所有民调的预测（一般认为皮涅拉将会赢得第一轮 36% 的选票）。前总统、执政的中左翼联盟候选人弗雷获得了 29.6% 的选票；独立候选人、前社会党成员马克·恩里克斯 - 欧米纳米以 20.13% 的得票率居第三位；共产党领导的"团结一致我们能够"联盟候选人豪尔赫·阿拉特获得了 6.21% 的选票。

虽然得到了即将离任而声望如日中天的在任总统巴切莱特的有力支持，第一轮投票结果却相差如此悬殊，这对于弗雷和中左翼执政联盟来说是非常"令人沮丧"的。在同期举行的国民议会选举中，执政联盟与共产党联合赢得众议院选举 44.4% 的选票，而弗雷的得票率与中左翼联盟立法机构选举得票率相差达 14.8 个百分点，这不能不说与弗雷的个人特质有关。执政联盟虽仍拥有相当广泛的民意基础，但弗雷在总统竞选中却始终处于劣势。

在国民议会选举中，中左翼联盟虽然在参议院选举中居于优势（在新的参议院中占 19 席），但在众议院中比中右翼联盟少了一个席位（57 对 58），双方均未赢得多数议席。皮涅拉所在的变革联盟拥有 16 个参议院席位，同时还可在多数场合得到一名独立派参议员的支持。在立法选举中，变革联盟取代中左翼联

盟首次成为众议院最大议会党团，其中独立民主联盟的议席从 33 席增加到 37 席，保持了众议院第一大党的地位。中左翼联盟保住了 54 个众议院席位，并通过联合推举候选人的方式帮助共产党人赢得 3 个众议员席位（这是共产党自 1990 年恢复民主以来首次进入议会）。众议院的其他席位还包括持中间立场的独立地区主义党人 3 席，无党派独立人士 2 席。

2010 年 1 月 11 日两位候选人举行了第二轮投票前的最后一次辩论。在 1 月 17 日的第二轮投票中，皮涅拉得票数为 3591182，占有效选票的 51.61%；弗雷得票数为 3367790，占 48.39%；同时还分别有 2.63% 的无效票和 0.76% 的空白票。在此次大选中，智利选民有 67.48% 进行了登记，登记选民的投票率（第二轮）为 86.94%。

二 候选人的个人特质及其影响

在 2008 年末至 2009 年 12 月大选投票的一年时间内，各种民调机构紧密跟踪着各位候选人竞选活动的发展状况。其中一个显著特点是，皮涅拉在选民的投票意向调查中始终居于领先地位；弗雷虽基本保持着第二位的位置，但与皮涅拉一直存在相当大的差距，甚至受到居第三位的马克·恩里克斯－欧米纳米的强劲挑战。

例如，在 2008 年 11～12 月"公共研究中心"（智利著名智库和民调机构）的调查中，皮涅拉与弗雷之间存在着 10 个百分点的差距（41% 对 31%）；2009 年年中，两人差距一度有所缩小，同一民调机构的数据显示，5～6 月，两人对比为 37% 对 30%；7～8 月为 37% 对 28%。但到了投票前的 10 月份，差距基本稳定在 10 个百分点（36% 对 26%）。而恩里克斯－欧米纳米的支持率则从 13%（2009 5～6 月）和 17%（7～8 月），一直冲到 19%（10 月），阿拉特从 1%（2009 年 5～6 月和 7～8 月）上升到 5%（10 月）。其他民调机构的调查数据起伏更大一些，但基本上维持着四位候选人的先后排序。

上述情况与各位候选人的个人特质密切相关。在大选年的智利，舆论普遍认为，弗雷先生是一位"很糟糕的"候选人。由于在许多场合"表情沮丧、风格死板"，他被竞争对手冠以"能说话的石像"绰号，即酷似复活节岛上那些面容呆板的人面石像。弗雷于 1994～2000 年曾担任过智利总统，但在新的历史时期却成为中左翼执政联盟年迈的领导人中阻碍年轻才俊、不愿让贤的标志性人物。

皮涅拉的风格与弗雷恰恰相反。这位富有的商人和经济学家给世人展示的常常是一种冲天干劲和勃勃生机。按照大选过后中左翼联盟一位人士的评价，皮涅拉"即使"来自中右翼，但仍赢得了选举，言外之意是说，就选民总数而言，中右翼本来居于少数，但却由于其候选人的优点而赢得胜利；而中左翼"假如"赢得选举，那恰恰是在克服其候选人（即弗雷）的弱点的前提下才有可能。

从 2009 年 9 月至 11 月，在各候选人之间共举行了 6 次辩论，从这些辩论的情况和结果看，弗雷的失分也是最多的。第一次辩论于 2009 年 9 月 23 日举行，并由圣地亚哥一家电视台（TVN）于当晚实况转播。据第二天的民调（民调机构 Ipsos）显示，恩里克斯 - 欧米纳米、豪尔赫·阿拉特和塞巴斯蒂安·皮涅拉均以 29% ~30% 的支持率被认为表现良好，而肯定弗雷表现的仅为 9%。负面评价（即表现最差者）的排列为：弗雷 45%、皮涅拉 37%、阿拉特 10%、恩里克斯 - 欧米纳米 5%。另一民调机构（La Segunda）的数据则表明，皮涅拉赢得了辩论（23%），其他人依次为阿拉特（21%）、恩里克斯 - 欧米纳米（15%）和弗雷（9%）。

第二次辩论于 10 月 9 日举行，这是一次通过电台广播进行的辩论。次日的民调（发布机构 Mayor University）显示，对四位候选人表现的评价排序为皮涅拉 41%、恩里克斯 - 欧米纳米 22%、阿拉特 19%、弗雷 17%。11 月 4 日的辩论只有阿拉特到场，其他三位候选人均未如约而至。11 月 6 日和 9 日分别举行了第四次、第五次辩论。最后一次辩论于 11 月 16 日举行，全国所有电视台均对其进行了实况转播。

在最后一次辩论中，所有候选人都小心翼翼地回避作出承诺以免授人以柄。例如，年轻而激进的恩里克斯 - 欧米纳米拒绝表明他对流产问题的态度，而是限于指出智利的有关法规属于世界上最严厉的制度之一，同时宣称自己的目的仅在于鼓励就这一问题进行辩论。很明显，在投票日即将到来之际，恩里克斯 - 欧米纳米不想进一步冒犯具有保守倾向的选民。皮涅拉则拒绝详细阐述其有关处理独裁政权时期侵犯人权案件的建议，而是限于声言准备以人道主义理由终止某些案件的起诉，但这一理由不适用于被告被指控犯有"严重侵犯人权"的案件。这显然也是出于避免进一步得罪中左翼选民的考虑。然而弗雷在辩论中却又一次失策于"非实质性"的环节：其他三位候选人均承认在其对手身上发现了某种良好品质，而弗雷则拒绝承认任一对手具有自己所羡慕的品质。

三　不同政治力量的处境、条件及其策略

中左翼执政联盟的竞选活动自始至终面临着来自内外不同方向的掣肘和压力。

2009 年初，执政联盟 4 党中的社会党和争取民主党先后表示支持基督教民主党人、前总统弗雷作为中左翼联盟的候选人竞选总统。这样一来，执政联盟中只有规模较小的激进社会民主党仍坚持推举该党主席何塞·安东尼奥·戈麦斯（José Antonio Gómez）争取总统候选人提名资格。执政联盟的初选将从 4 月 5 日至 5 月 19 日分阶段进行。为了集中力量对付外部挑战，社会党和争取民主党领导人均希望激进社会民主党退出竞争一致对外，但戈麦斯拒不让步。戈麦斯认为，多一人争取提名可以鼓励执政联盟内部辩论，拉大中左翼力量与中右翼反对派执政纲领之间的距离。但这一策略也是激进社会民主党人为争取更多的立法选举空间的手段，即在执政联盟 4 党分配众参两院议席谈判中获得有利地位。

除了来自执政联盟内部的竞争压力外，弗雷的竞选还面临着一个新出现的更为激进的左翼力量联盟的威胁。2009 年 1 月中旬，已拥有 46 年党龄的前社会党主席、曾担任艾尔文政府（1990～1994 年）教育部长的豪尔赫·阿拉特宣布退出社会党。阿拉特宣称，社会党领导层为了支持执政联盟的中间立场而背弃了社会主义理想。社会党内的一个重要派别"阿连德派社会党人"宣布阿拉特为总统候选人，而此前阿拉特已拟就了竞选宣言，其中包括一部新宪法、"铜矿产业的第二次国有化"、改变"二名制"选举制度（即每一选区选出二名议员的选举规则，在实际政治运作中往往左、右两大势力平分秋色而将其他政治力量摒弃在外）所体现的政治排斥等内容。在阿拉特退党之前，社会党另一重量级人物亚历杭德罗·纳瓦罗（Alejandro Navarro）以社会党领导层背弃原则、忽视党内基层意见为由退党并组建了自己的政治组织。1 月 27 日，阿拉特、纳瓦罗与人道主义党和共产党领导人达成协议，宣布将联合推出一名总统候选人参加 12 月份的大选。

面对日益分散的支持力量，执政联盟领导人开始与上述以共产党人为核心的左翼"团结一致我们能够"联盟接触并谋求合作。双方探讨了在部分选区联合参加立法选举的可能性。智利立法选举实行"二名制"选区议席分配规则，这是皮诺切特政权最重要的政治遗产之一，意在排除两大政治势力之外的第三方力量进入国民议会。长期以来，智利政坛就存在以比例代表制取代二名制的议论，但这种改革却由于二名制的受益者——左、右两大政治力量——缺乏政治意愿而搁浅。"团结一致我们能够"与执政联盟的合作意味着共产党将有机会突破二名制选区限制获得立法机构议席。但这种合作仅限于立法选举，在总统大选中，阿拉特仍将代表"团结一致我们能够"联盟参选。

对执政联盟的另一挑战来自独立地区主义党（Partido Regionalista de los Independientes，PRI）。该党由智利最南方和最北方地区的两个政党于 2006 年合并而成，并且经由基督教民主党几位脱党政客的加入和改造而成为智利政治光谱中间地带的一支重要力量，吸引了对左、右两大阵营均感失望的部分选民。该党与生态主义党联合参加了 2008 年 10 月的市政选举并取得了不俗的成绩。该党领导人阿道弗·萨迪瓦尔（Adolfo Zaldívar）一度有意参选总统，这有可能拉走相当部分选票，而且该党多次表明对左、右两翼均持拒斥态度。

但是，对执政联盟最强劲的挑战来自社会党众议员马克·恩里克斯－欧米纳米。恩里克斯－欧米纳米刚刚年满 36 岁，父母均来自智利政坛的声名显赫家庭。他的生身父亲曾参加左翼游击队，1974 年死于抵抗皮诺切特政权的战斗。他的养父曾任艾尔文政府经济部长，为执政联盟中的重要人物。但恩里克斯－欧米纳米本人的从政风格却独特新颖，并有意与传统政治力量特别是社会党领导层保持距离。作为社会党众议员，恩里克斯－欧米纳米名义上也是 4 党执政联盟的支持者，但他始终对联盟总统候选人提名程序特别是弗雷的资格拒绝认同。在大选进入最后阶段之际，其支持率持续飙升。虽然其支持率尚不足以在第一轮投票中跻身前两名位置，但他对大选进程的影响表明，相当数量的选民已经明显对政治现状感到不满。

恩里克斯－欧米纳米于 2009 年 6 月正式退出社会党而以独立候选人身份参选，对于长期以来两大政治势力对阵的选举模式造成了巨大的冲击。恩里克斯－欧米纳米的竞选运动并没有专注于政策宣传和辩论，而是试图利用选民对传统政治势力（即他所谓的"自鸣得意而又故步自封和墨守成规的政治精英们"）日益高涨的不满情绪，同时倡导一种以公民为中心的民主秩序。根据"公共研究中心"的数据，2009 年 10 月 8 日至 30 日（大选投票前最后一次调查的时间段），恩里克斯－欧米纳米在选民投票意向中所获得的支持率从 4 个月前的 13% 上升

至 19%，仅比弗雷落后 7 个百分点。而皮涅拉仍居第一位，比弗雷高 10 个百分点。支持恩里克斯 – 欧米纳米的选民主要是中左翼联盟的支持者，因此这对弗雷的破坏力远远大于皮涅拉。

恩里克斯 – 欧米纳米民调的上升不仅使得此次智利大选形势扑朔迷离，而且还进一步模糊了政治光谱中不同阵营的战线，这主要表现为皮涅拉的竞选主旋律逐渐趋于中间立场。2009 年 5 月，除了中右翼两大政党外，皮涅拉还获得了智利第一党的支持。与此同时，"基督教人道主义运动"和"北方力量"两个小党以及南方一些地方主义势力也宣布支持皮涅拉。智利第一党领导人费尔南多·弗洛雷斯（Fernando Flores）曾任阿连德政府财政部长，1973 年政变后坐牢 3 年，其后流亡美国。他一度以执政联盟中的争取民主党人身份出任参议员，2006 年退党并组建智利第一党。智利第一党的支持对于皮涅拉将"争取变革联盟"塑造为一个寻求"国家、自由市场和公民社会三者平衡"的政治联盟形象极为重要。

大选年的各项民调反复显示，大选结果最终将由第二轮投票决定，即在皮涅拉和弗雷之间产生下一届总统。一直高居榜首的皮涅拉显然已经感到掌权在即，成为多年来第一个拥有民主授权和道义权威统治智利的右翼人士。在第一次大选辩论中，皮涅拉表示将任命年轻阁员以示变化。他对即将下台的中左翼政府的态度一直把握得特别恰当。对于中左翼政府的财政政策，除了象征性地抱怨 2009 年度的财政赤字将超过预定的 0.4% 外，皮涅拉多次表示赞赏政府对财政纪律的恪守，特别是巴切莱特政府广受国际机构好评的有效的反周期政策。皮涅拉竞选中的一个重要承诺是涉及 400 万贫困人口的家庭补贴计划，即向符合条件的家庭提供 40000 比索（74 美元）补贴。另外，他还针对选民对犯罪问题的关切，承诺新政府将雇用、培训和部署更多的治安人员以及在城市街区部署更多的警力。

与其他将要胜选的反对派领导人一样，皮涅拉承诺不在敏感领域削减开支。他表示维持中左翼政府 2010 年增加教育经费的计划甚至进一步追加开支。皮涅拉宣称，虽然教育经费在增长，智利在全球竞争力排名中的名次仍在下降。因此，与其他右翼人士一样，皮涅拉表示他的政府将使花在教育上的每一块钱都发挥更大效力。针对大选年民众关切的重点问题，皮涅拉表示新政府将在鼓励企业家精神和小企业的同时，致力于促进就业。

皮涅拉竞选策略的另一个重心是，在明确宣称保持中左翼联盟执政时的社会政策的同时，着力提高经济增长率，达到 20 世纪 90 年代智利曾经历过的 6% 的水平。由于目前智利的发展程度和富裕状况已今非昔比，实现这一目标无疑将会有更大难度。皮涅拉展示的目标是，如果能够实现这一增长率，智利将于 2018 年跻身于发达国家行列。因此，智利人民必须抓紧时间、开足马力。

皮涅拉曾任参议员，来自民族革新党，属于中右翼联盟中规模较小但较为开明的一个党派。他的政策思想在大选年的演变态势基本上是推动中右翼联盟向政治光谱的中间地带靠拢，淡化乃至切割与独裁政权藕断丝连的关系，同时抑制联盟伙伴独立民主联盟中仍存在的极端社会保守主义倾向。

四　影响大选的深层原因及其后续影响

大选过后，舆论的主流并未认为智利急剧右转。比较普遍的意见是，部分选民对中左翼联盟感到了"厌倦"。在一定程度上，这种结果恰恰是中左翼联盟执政绩效的反映。除了持续的经济繁荣以外，中左翼联盟治理下的智利保持了政治稳定，民主体制运转良好。智利民众逐渐习以为常，将国家经济、政治生活的良好状况视为理所当然。虽然中左翼联盟在竞选中刻意强调政党轮替可能意味着情况逆转，即"并非谁掌权情况都一样"，但选民们显然不再像过去那样认同这一判断。

自 1990 年以来，中左翼联盟连续 4 次赢得大选并执政达二十余年。其间，艾尔文政府（1990～1994 年）和弗雷政府（1994～2000 年）由基督教民主党人领导组阁，代表着执政联盟中的中间立场和倾向。拉戈斯政府（2000～2006 年）由社会党人领导，总统本人曾出任过阿连德政府的内阁成员，属联盟中的左翼势力，因此标志着智利政治史上的一个重要发展接合点。然而，正如基民党人执政一样，社会党人并未对智利的政治稳定和发展态势特别是中右翼势力构成威胁。中左翼联盟各政党领导层包括社会党人形成了一种广泛的共识，既认可军人政权确立的经济模式的正当性，同时也保证在 1980 年宪法的范围内行使权力。巴切莱特总统（2006～2010 年执政）也来自社会党，她的父亲因反对军事政变而为军政权所害，因此在意识形态上立场更为左倾。但在实践中，巴切莱特遵循了既定的政治、经济模式，保持了温和变革的方针。

中左翼联盟各政党在 1973 年政变后逐步发生了意识形态的转型，在 20 世纪 80 年代末期军人还政于民时承诺不触动右翼势力的核心利益。基于此，中左翼

执政联盟继承了军政权的自由市场经济发展模式。快速、持续的经济增长进一步强化了联盟内部对这一模式的支持和认同。1984～1997年，智利经济增长率达到年均6%～7%的水平，同时维持了低通胀、预算平衡以及高投资率。1998～2003年，由于受亚洲金融危机的影响，增长放缓（年均2.3%），但其绩效仍好于拉美其他国家。此后，经济维持着4%～5%的增长率，预算大量盈余。在应对最新一轮的全球经济危机的过程中，巴切莱特政府措施得力，特别是其反周期的经济政策，如控制国际铜价高涨时所得收入的支出（这一政策当时不得人心）在危机到来时派上了用场，极大地提升了政府的威信。由于中左翼联盟4届政府均支持市场经济政策并实施稳健、温和的变革措施，一度曾撕裂智利社会、对保守势力构成挑战的诸多问题（如产权、利润和社会秩序）已不再居政治议程的显要位置。

然而，中左翼联盟温和的改良主义与军人政权或未来可能出现的中右翼政府仍有区别。中左翼力量非常重视那些由于军政权的压制和忽略而亟待解决的问题，诸如减少贫困、提供更多的医疗和教育服务、增加政府收入、改善人权状况等成为优先处理的事项。中左翼联盟还特别关注所谓"新社会问题"，如妇女和土著权利、环境保护以及清理1980年宪法中威权主义性质的条款等。总体而言，中左翼联盟在1990～2010年的执政成绩显著，它巩固了民主体制、维持了经济稳定和增长、处理和缓解了社会公平问题，并且肯定了新社会运动的地位。

因此，2009～2010年的智利已经与20年前有了很大不同。军人还政于民阶段笼罩在智利民众心头的恐惧和担忧已大为减轻，对于诸如人权、宪法改革、经济发展、社会政策等具有潜在撕裂社会危险的问题，现在已经可以通过运转良好的制度途径加以疏解。例如，人权和宪法问题通过法律和立法规则循序渐进地加以解决或通过由行政部门主持的政党间谈判得以解决。经济发展和社会政策争论通常不会超过有关税收和管制水平的正常分歧和辩论。这种争论通常会沿着一个适当的渠道进行和结束，即立法机构。最初所谓"监护性民主"的威权性质的宪法条款已丧失效力或已不构成实质性的威胁。中左翼联盟既继承并维持了军政权的自由市场经济模式，同时又坚定地实施了温和的社会改革，力图给市场经济带上一种更为"人道的面孔"。

然而，上述积极方面还不足以将智利改造成为一个更为平等的社会。就收入分配状况而言，智利是拉丁美洲最不平等的国家之一。虽然社会党两届政府推出了一些改革措施，但较高质量的医疗、教育、住房等服务和设施仍主要为占人口25% 的富裕阶层享用。2006 ～ 2007 年所发生的学生和工人的抗议活动，说明许许多多的智利民众已经对政治生活的技术官僚化深感失望。问题的主要症结在于，智利已经成为一个以市场效率指导经济和社会政策的国家，不仅体制内的社会政治精英认可市场效率和结果，而且相当一部分民众也接受市场运作带来的不平等后果。然而，这并不意味着民众特别是倾向左翼的选民对执政联盟的无为和自满以及日益严重的技术官僚化的治理风格全盘赞同。虽然国家经济状况良好，但持续增长的成果集中于社会经济权贵，而中左翼联盟虽长期掌权，却未能或不愿推动有实质意义的改革（如劳工法典和税制改革）。这导致了两个严重后果：其一是选民对中左翼政党日益失望或不以为然，其二是执政联盟内部的分歧和矛盾日益激化。前者预示着中左翼选民的政治态度将会发生变化，后者则陷入日益公开的冲突且已经导致联盟主要政党开除了一些重要的政治人物。中左翼联盟内部的分歧主要体现在主张对国民财富实行更多再分配的派别与主张维持现状的派别之间存在的紧张关系，更为复杂的是，这种派别之争是跨党派的。同时尤为不幸的是，巴切莱特总统也不能维持联盟内部的纪律。因此，临近大选年的时候，各种推测纷至沓来，其中最为有意思的推测是，假如中右翼联盟能够推出一位好的候选人而中左翼不能，那么中右翼就可能赢得下次大选。大选的进程和结果正是如此。

一般而言，一个中右翼政府可能会降低人权问题的重要性，减少政府社会支出，更积极地将剩余的公共财产私有化，降低政府经济调控力度，减少对女权主义、环保和土著的支持等。但这种政策将不会危及智利业已形成的国家治理模式，而是这种模式中各种势力讨价还价常态的有机组成部分。

在正式确认了大选胜利之后，皮涅拉表示要成立一个全国团结政府，其中要包括那些支持其纲领的各路才俊而不问其政治立场。他表示愿意将弗雷所在的基民党内富有经验和才华的人士纳入其内阁。这一表态首先是出于现实考虑，即在议会两院中均居于少数的情况下争取支持，但其目的也是为了吸引中左翼联盟中的中间人士，以加速政坛的进一步重组。

皮涅拉的某些允诺，如新增 100 万个就业机会，在劳动力总数为 730 万人的智利显得不够现实。在 2010 年 3 月 11 日宣誓就职前后，皮涅拉的另一个重要任务是将自己的商业利益分割清楚，以避免当政后出现利益纠葛。他就职前已经将

其持有的诸多商业股份变成投资银行管理的绝对信任委托（blind-trust）。这也符合皮涅拉所宣称的"亲市场但并非亲商界"立场。

第一轮投票后，皮涅拉设法吸引了许多原属中左翼执政联盟的选民。在第一轮投票中恩里克斯－欧米纳米的得票率为20%，这一部分选票在第二轮投票中有1/3以上投给了皮涅拉，从而确保了皮涅拉的胜利。这是自1958年以来智利中右翼候选人第一次赢得大选，特别值得注意的是，这一胜利是在即将离职的巴切莱特总统享有空前的支持率之际。需要指出的是，经过20年的执政，中左翼联盟中各政党的纲领和方向呈混乱状态，而皮涅拉向中间地带靠拢的姿态则十分明朗，这对大选的结果产生了决定性的影响。

在经历了历史性的失败以后，中左翼联盟中的中间势力和左翼派别之间的长期争论重新激化。由于皮涅拉已占据政治光谱的中间地带，中左翼联盟必须努力塑造一个统一且政治上可行的反对派模式。如何塑造新的中左翼政治力量是智利政坛的一个重要问题。一个有力而团结的中左翼联盟对于智利民主体制的稳固是十分重要的，有助于保持对政府的监督，而一个软弱且分裂的中左翼力量将加大国家治理质量恶化的可能性。

（吴白乙　审读）

The Chilean Presidential Election
and Its Implications

Zhang Fan

Abstract：The Chilean presidential election of 2009 -2010 ended with the center-right candidate, Sebastián Piñera, winning the runoff and thus becoming the first president from the right in 20 years. The election is mainly a result from distinguishing personal character of those presidential candidates, the realignment of various political forces, and growing disenchantment with the ruling center-left coalition's performance.

Key Words：Piñera；Frei；Center-right Alliance；Center-left Coalition

Ｙ.3

2010 年哥伦比亚大选：
右翼力量继续掌权

贺双荣*

摘　要：2010 年哥伦比亚先后举行了议会及总统选举。与 2006 年大选相比，哥伦比亚政治格局没有太大的变化。右翼政治力量继续增强，左翼政治力量有所削弱，绿党作为独立的第三种力量异军突起。执政的民族团结社会党候选人桑托斯当选下一届总统。桑托斯的胜利，主要得益于前任总统乌里韦的政治遗产、竞选策略的不断调整、政党联盟以及绿党总统候选人莫克库斯的失误。桑托斯政府将继续巩固乌里韦总统的民主安全政策。但由于工作重心变化、亟待解决长期内战导致的各种政治及社会问题以及修正乌里韦总统执政时期产生的一些问题，桑托斯政府将对乌里韦的政治、经济、外交政策作出很大的调整。

关键词：哥伦比亚　大选　乌里韦　桑托斯　民主安全

2010 年哥伦比亚举行了议会和总统选举。议会选举于 3 月 14 日举行。总统选举分别于 5 月 30 日和 6 月 20 日举行了两轮，执政的民族团结社会党候选人、前国防部长胡安·曼努埃尔·桑托斯（Juan Manuel Santos）最后赢得总统选举的胜利，当选哥伦比亚第 59 任总统。

一　议会及总统选举结果

（一）议会选举

哥伦比亚议会每四年全部改选一次，在总统选举前两个月举行。2010 年的

---

* 贺双荣，法学硕士，中国社会科学院拉丁美洲研究所国际关系室主任，研究员。

议会选举于 3 月 14 日举行，共有 2500 名候选人竞逐议会 102 个参议院席位、166 个众议院席位和 5 个安第斯议会席位。两院中各党派所占席位详见表1。

表1　2006 年和 2010 年议会选举结果

单位：个席位

政党名称	意识形态	众议院		参议院	
		2010 年	2006 年	2010 年	2006 年
民族团结社会党 Partido Social de la Unidad Nacional[a]	自由保守主义 乌里韦主义	49	30	28	20
保守党 Partido Conservador(PC)[a]	保守主义	39	31	24	18
自由党 Partido Liberal(PL)[b]	社会民主主义 社会自由主义	33	36	15	17
激进变革党 Partido Cambio Radical(PCR)[a]	保守自由主义	16	19	8	15
民族统一党 Partido de Integración Nacional(PIN)	新自由主义	12		9	
民主变革中心党 Polo Democrático Alternativo(PDA)	左翼的民主社会主义	4	9	8	8
绝对革新独立运动 Movimiento Independiente de Renovación Absoluta(MIRA)	温和主义	3		2	
绿党 Partido Verde(PV)	温和主义 绿色环保主义	3		5	
其他政党		7	41	3	24
总数		166	166	102	102

注：a 为支持桑托斯的力量；b 为大多数支持桑托斯。

资料来源：Registraduría Nacional del Estado Civil, http：//psephos. adam-carr. net/countries/c/colombia/colombia2010chamber. txt；EIU, *Country Profile*：Colombia, 2008, p. 6。

（二）总统选举

2010 年的总统选举启动较晚。自 2007 年始，民族团结社会党领导人希拉尔多（Luis Guillermo Giraldo）开始征集签名，推动乌里韦总统第三次参加总统竞选的公投。2009 年 9 月议会在反对派议员抵制下仍通过了公投法案。但是 2010 年 2 月 26 日，哥伦比亚最高法院作出裁决，时任总统乌里韦竞选连任的公投违反宪法。乌里韦总统接受裁决，总统选举随后展开。参加 2010 年总统竞选的 9 位候选人，多数是经过党内协商推举产生的，只有保守党和绿党是通过党内初选产生的。

总统选举进行了两轮。在 2010 年 5 月 30 日举行第一轮总统选举中，未有一个候选人得票超过半数，选举被拖入第二轮。在第一轮选举中得票最多的两位候选人，执政的民族团结社会党候选人桑托斯与绿党候选人莫克库斯展开争夺。在 6 月 20 日举行的第二轮总统选举中，执政的民族团结社会党候选人桑托斯获胜，当选哥伦比亚新总统。桑托斯共获得 69.13％ 的选票（见表 2），这一得票率是哥伦比亚近年历史上最高的，超过了乌里韦在上次选举中的得票率，而且桑托斯在哥伦比亚 32 个省中的 31 个省都取得了领先优势。

表 2   2010 年哥伦比亚总统选举投票情况

单位：张，%

候选人/政党	第一轮		第二轮	
	选票	得票率	选票	得票率
胡安·曼努埃尔·桑托斯 民族团结社会党	6802043	46.68	9028943	69.13
安塔纳斯·莫克库斯 绿党	3134222	21.51	3587975	27.47
赫尔曼·巴尔加斯·列拉斯 激进变革党	1473627	10.11		
古斯塔沃·佩特洛 民主变革中心党	1331267	9.14		
诺埃米·萨宁 保守党	893819	6.13		
拉斐尔·帕尔多 自由党	638302	4.38		

资料来源：Registraduría Nacional del Estado Civil，http://www.registraduria.gov.co/imagenes/res_1190.pdf。

二   哥伦比亚大选后的政治格局

21 世纪之前，哥伦比亚属于两党制国家，保守党和自由党长期轮流执政。2002 年自由党分裂后，哥伦比亚政治格局发生了巨大变化，两党制解体，乌里韦

作为独立候选人当选总统，与此同时涌现出一批新的政党。与 2006 年大选相比，当前哥伦比亚政治力量对比发生了一些改变，但整个政治格局没有太大的变动。

（一）右翼政治力量继续增强

在 2010 年议会选举中，除激进变革党在议会中的议席减少外，其他中右翼政党的议席增加，特别是执政的民族团结社会党在议会中的议席大幅增加。其中，在众议院的席位由 2006 年的 29 席增加到 49 席，在参议院的席位由 20 席增加到 28 席。两大传统政党，保守党和自由党在 3 月的议会选举中表现尚佳，议席有所增加，且保持着议会第二大党和第三大党的位置。但在总统选举中，两党候选人的得票率都没有超过 10%，分别只获得 6.13% 和 4.38%。

值得关注的是乌里韦执政联盟中被曝右翼政治（parapolítica）丑闻而解散的 4 个小党，民主哥伦比亚党（Partido Colombia Democrática）、哥伦比亚万岁运动（Movimiento Colombia Viva）、公民汇合党（Partido Convergencia Ciudadana）和自由开放运动（Movimiento Apertura Liberal）在 2009 年 12 月重新改组为民族统一党。该党在本次议会选举中分别在众、参两院获得 12 和 9 个席位，成为众、参两院第 5 和第 4 大政治力量。极右翼民族统一党力量的加强"反映了一种新兴力量，特别是与贩毒集团有关的新兴力量，他们试图加强在哥伦比亚国内社会的空间"①。

此外，中右翼政治力量的联盟在加强。在第二轮总统选举中，中右翼政党结成竞选联盟，使执政党总统候选人桑托斯赢得了大选的胜利。在第一轮选举中得票居第五位的保守党候选人诺埃米·萨宁（Noemí Sanín）率先表示在第二轮选举中支持桑托斯。在第一轮选举中得票居第三名、获得 10.1% 选票的激进变革党候选人赫尔曼·巴尔加斯·列拉斯（Germán Vargas Lleras）及 24 名议员同意与桑托斯及民族团结社会党政府结盟，自由党 80% 以上的议员表示支持桑托斯。尽管"民族统一党已成为一个烂苹果"，桑托斯在竞选中有意与该党保持距离，但是在第二轮竞选中，民族统一党明确表示支持桑托斯，从而使该党成为执政联盟的一员。

目前，桑托斯政府的执政联盟控制了议会中的大多数，在参议院占 80% 的

---

① La Silla Vacía, "Entre el Girasol y la 'Gata', los 10 Fenómenos de Estas Elecciones," 15 de marzo, 2010, http://www.lasillavacia.com/historia/8171.

议席，在众议院占 90% 的议席。反对派只剩下两个大的政党，一个是莫克库斯领导的绿党，另一个是左翼的民主变革中心党。但绿党不是严格意义上的反对党，莫克库斯在总统选举后表示将不会成为政府公开的反对派。

（二）　左翼政治力量有所削弱

由 M－19 游击队等左派组织及政党改组而来的左翼政党——民主变革中心党在这次的议会选举中受到削弱。该党在参议院的席位没有变化，获得 8 个议席，与 2006 年大选持平。但该党在众议院的席位从 2006 年的 11 个减少到 4 个。在总统选举中，该党的得票率也大幅减少。在 2006 年的总统选举中，该党领导人卡洛斯·加维里亚·迪亚兹（Carlos Gaviria Díaz）曾获得 22.02% 的选票，居第二位。但在此次总统竞选中，该党候选人古斯塔沃·佩特洛（Gustavo Petro）只获得 9.14% 的选票，排第四位。该党是目前桑托斯政府在议会中的唯一反对党。左翼政党力量的衰退，反映了哥伦比亚的政治现实以及广大选民对左翼游击队给国家和社会带来的政治动荡产生的厌烦情绪。

（三）　绿党作为独立的第三种力量异军突起

尽管中右翼政党在这次大选中力量增强，但绿党等温和主义政党在大选中的力量也有所增强。绿党成立于 2009 年 9 月，由以前的中间选择党（Partido Opción Centro）、民主变革中心党的一个派别和 2 个独立政治运动重组而来。在这次议会选举中，绿党在众议院的席位由 1 个增加到 3 个，在参议院的席位增加了 5 个。另一个中间派政党，绝对革新独立运动在议会中的席位也有所增加。

在总统选举中，绿党候选人莫克库斯异军突起，迅速成为总统选举中的一匹黑马。他的支持率在 3 月总统竞选初期只有 10%，此后一路上升。民调机构 Iposos-Napolion Franco 在 4 月 26 日发布的民调显示，莫克库斯的支持率达 38%，超过了桑托斯的支持率（只有 29%）[①]。另一家民调机构 Invamer Gallup 5 月 20日的民调显示，莫克库斯的支持率为 48.5%，超过桑托斯的 43%。

绿党的异军突起代表了哥伦比亚第三种力量的兴起。莫克库斯明确表示自己"不是左派也不是右派"。与此同时，他代表了哥伦比亚政治新的希望。在乌里

---

① *Latin American Regional Report*, Andean Group, April 2010, p. 2.

韦第二任期内，哥伦比亚出现了一系列腐败及政治丑闻。莫克库斯明确表示，他将做乌里韦总统曾经在安全和经济上所做的所有事情，对哥伦比亚革命武装力量（FARC）采取非常强硬的政策。但同时，他也表示将通过改进司法管理和执法，使"民主安全更具民主合法性"①，会更公开和更诚实。莫克库斯还代表了一种变化。他强调民生和经济主权问题，主张教育治国。在对外关系上，主张缓和与邻国厄瓜多尔和委内瑞拉的关系，"引导哥伦比亚回归拉美"。莫克库斯独立的政治背景、清廉的形象"切合了哥伦比亚选民反对极右和极'左'的心态，他们既害怕极'左'势力把国家带入动荡，也厌恶右翼势力的腐败和丑闻"②。正如支持绿党的分析家埃克托尔·里韦罗斯（Héctor Riveros）所说的，"在每个历史时期都有一个必要的象征性候选人"，绿党代表了希望，莫克库斯"象征着对道德松懈的反抗，对右翼政治的反抗……"③。莫克库斯的立场及清廉形象特别得到了那些对选举政客不信任，厌倦裙带关系、选举舞弊和没完没了腐败丑闻的青年人的支持。此外，莫克库斯挑选麦德林市前市长塞尔希奥·法哈多（Sergio Fajardo）作为竞选伙伴对选情有很大帮助，对吸引哥伦比亚西北部安第斯地区几个省的选民和年轻选民的选票起了很大作用。

三　桑托斯在总统竞选中胜出的原因

执政的民族团结社会党候选人桑托斯在 2010 年 6 月 20 日的总统选举中获得压倒性的胜利，其原因有以下几个方面。

（一）得益于前任总统乌里韦的政治遗产

哥伦比亚长期遭到游击队、右翼准军事组织以及贩毒集团的暴力威胁。2002年乌里韦总统上台执后，与美国结盟，大力实施民主安全政策（DSP），加大了对游击队的打击力度。2002～2008 年上半年，哥伦比亚两支游击队，民族解放

---

① *Hemisphere Highlights*，Vol. IX，Issue 4 - 5，http：//csis. org/files/publication/hh_ 10_ 04. pdf.

② 徐世澄：《哥伦比亚：新总统、新挑战》，2010 年 6 月 22 日，http：//ilas. cass. cn/cn/kygz/content. asp？infoid =13482。

③ La Silla Vacía，"Entre el Girasol y la 'Gata'，los 10 Fenómenos de Estas Elecciones，" 15 de marzo，2010，http：//www. lasillavacia. com/historia/8171.

军（ELN）和哥伦比亚革命武装力量的战斗人员分别损失了 30% 和 60%。特别是政府在 2008 年 3 月以后实施的多次军事打击，使游击队受到重创，主要军事领导人被打死。与此同时，乌里韦政府自 2005 年通过与右翼准军事组织民族自卫队（AUC）谈判，达成和解方案。到 2006 年中期，3.1 万名战斗人员及城市民兵（占右翼民兵的 95%）被遣散。困扰该国的暴力活动因此大大减少。根据哥政府 2010 年 7 月的官方数字，自 2002 年以来，哥伦比亚的恐怖袭击减少了 84%，绑架活动减少了 88%，谋杀率减少了 45%，古柯产量减少了 58%①。乌里韦由此也获得了较高的民意支持率。直到离任时，他的民意支持率仍保持在 70% 以上。桑托斯作为执政党推举的候选人、乌里韦的继任者无疑会得益于乌里韦的政治遗产。因此，桑托斯的胜利在很大程度上意味着乌里韦的胜利。

（二）竞选策略的不断调整

2010 年 4 月末，桑托斯在竞选中的民调下滑。5 月初，桑托斯改变了竞选战略，雇用了新的竞选顾问，强调他与乌里韦的接近及增加就业的经济政策。他还使用互联网和微博与选民直接联系。

（三）政党联盟

进入第二轮总统选举后，桑托斯提出建立"民族团结政府"，并积极与保守党、自由党等中右翼政党谈判，寻求政治联盟。

（四）绿党候选人莫克库斯的失误

莫克库斯在总统选举中失败有多种原因。一是莫克库斯在总统选举第一轮投票前一周的辩论中表现不佳。在电视辩论中，莫克库斯拒绝就哥美在 2009 年签署军事基地协定问题进行辩论；此外，他在一些问题上的表态前后冲突，他过去曾经主张加强而不是减少中央政府的权力，但选前他却表示支持乌里韦的地方自治（consejo Comunal）。二是反映了中间选民立场的摇摆。三是莫克库斯在第二轮总统选举中比较消极。在第一轮总统选举结束后，执政的民族团结社会党候选人桑托斯积极与其他政党结成竞选联盟。但莫克库斯不仅没有寻求与其他中右翼

---

① *Latin American Regional Report*，July 2010，RA – 10 – 07，pp. 4 – 5.

政党联盟，也没有与在竞选中排名第四的中左翼的民主变革中心党结盟，而提出建立"公民联盟"。四是哥伦比亚的民调不准确。乌里韦的支持率在农村非常高，桑托斯的支持率因此被民调低估。

四 桑托斯政府的政策调整及面临的挑战

曼努埃尔·桑托斯，1951 年 8 月 10 日出生。他出身政治世家。他的祖父爱德华多·桑托斯（1938～1942 年）曾在 20 世纪 30 年代任总统。他的表兄弗朗西斯科·桑托斯（Francisco Santos）任乌里韦政府的副总统。桑托斯有西方教育背景，曾在堪萨斯大学、伦敦经济学院、哈佛大学、塔夫托大学获得工商管理、经济学、法学和外交学等学位。桑托斯曾任《时代报》（*El Tiempo*）副社长，1972 年开始涉足政坛，相继任加维里亚政府（1990～1994 年）的对外贸易部长、帕斯特拉纳政府（1998～2002 年）的财政部长，后任财政和公共信贷部长。2005 年应乌里韦邀请，脱离自由党，帮助乌里韦总统创建了哥伦比亚民族团结社会党，并担任民族团结社会党的主席。2006～2009 年任乌里韦政府的国防部长。2009 年 5 月，辞去国防部长职务，备战总统选举。

作为乌里韦的继任者，桑托斯政府选择什么样的政策：变还是不变？哪些政策要变，哪些政策不变，其原因和政治考量是什么？分析这些问题对我们预测和分析哥伦比亚未来的政治发展是必不可少的。

（一）变与不变

桑托斯政府的政策中，不变的内容是民主安全政策。乌里韦总统实施的民主安全政策无疑是乌里韦政治遗产中最重要和最成功的部分，也是成就桑托斯获得总统选举胜利的根本原因。而且，桑托斯也是这一政策的执行者。在任乌里韦政府国防部长期间（2006～2009 年），桑托斯亲自领导了 2008 年 3 月 1 日哥伦比亚军队越境打击哥伦比亚游击队设在厄瓜多尔营地的"菲尼克斯行动"（Operacion Fenix）。所以，继续巩固乌里韦总统的民主安全政策、彻底消灭哥伦比亚游击队、巩固哥伦比亚的安全形势无疑是桑托斯政策的必然选择。在竞选中，桑托斯明确表示"将追击恐怖主义分子，无论他们在哪里"。在就职演说中，桑托斯说，哥伦比亚在这方面"还有很长的路要走"。

但是，桑托斯政府的政策变化将多于不变。尽管桑托斯的胜利得益于乌里韦的政治遗产，并称乌里韦为"哥伦比亚有史以来除玻利瓦尔之外第二伟大的解放者"①，但如一些评论家所说的，桑托斯"不允许乌里韦扮演普京之于梅德韦杰夫那样的角色"，他会寻求建立自己的形象和政府日程。其原因有以下几个方面。

第一，哥伦比亚政府的工作重心发生了变化。乌里韦政府的民主安全政策已基本实现其政策目标。哥伦比亚安全环境有了很大的改善。在新形势下，哥伦比亚面临的首要问题不再是安全问题，而是经济发展问题。据哥伦比亚《时代报》2010 年 3 月的一份民调显示，哥伦比亚人民不再将安全列为他们最忧心的议题，而是被失业、贫穷和医疗保健议题取而代之。因此，桑托斯政府的工作重心将从民主安全转向民主繁荣。正如他在就职演说中所说的，哥伦比亚到了打开和走向繁荣之路的时候了。

第二，哥伦比亚 60 多年的内战及右翼准军事组织的暴力活动导致的各种政治及社会问题亟待解决。2006 年联合国难民高级委员会（UN High Commissioner for Refugees，UNHCR）报告指出，哥伦比亚是继苏丹之后，境内难民（IDP）人数最多的国家。在乌里韦执政期间（2002～2010 年），境内难民人数达 250 万人。一些独立人士公布的数字更高，达 400 万～500 万人②。桑托斯表示，补偿内战的受害者，解决土地问题"是该政府最重要的政策，因为它将对地区内的安全、环境及农业生产起到积极的作用"。

第三，必须修正乌里韦总统执政时期产生的一些问题。乌里韦总统的政治遗产帮助桑托斯获得了总统选举的胜利。但是，在乌里韦的政治遗产中也伴随着许多问题。自 2008 年以来，与民主安全政策伴随而来的各种丑闻及违反人权的问题相继曝光。如乌里韦执政联盟内部与右翼准军事组织的关系而出现的"右翼政治丑闻"（Parapolitics）、"假阳性"（false positives）案件（安全部队为扩大战果，采取矫枉过正或造假手段，把一般的民众当做游击队作战人员杀害）、哥伦比亚安全机构（DAS）的窃听丑闻、非法贿赂国会议员伊蒂丝（Yidis Medina）换取她在乌里韦竞选连任时投赞成票的"伊蒂丝政治"（Yidispolitics）、农业补贴分配丑闻（2009 年 11 月，乌里韦政府的农业部长将补贴不是给予农民，而给

① Michael Shifter，"A New Look for Colombia-U. S. Relations," *Washington Post*，August 12，2010.
② *Latin American Regional Report*：Andean Group，August 2010，p. 13.

了帮助乌里韦胜选的大土地主）等。司法机构对这些丑闻的调查有很多涉及乌里韦政府及乌里韦总统本人，导致乌里韦总统与司法机构的对立。面对乌里韦执政时期出现的这些问题，桑托斯必须树立一个与乌里韦不同的政治形象。为此，桑托斯表示将走自己的路，加强国家的民主，"寻求政府的（三权）平衡"。桑托斯总统在组建内阁时特意邀请了一些与乌里韦有矛盾的人入阁，意在修正乌里韦政府的政策。他任命前劳工领导人安赫利诺·加尔松（Angelino Garzón）为副总统，意在改善人权问题。任命反对乌里韦第三次谋求总统连任的激进变革党领导人赫尔曼·巴尔加斯·列拉斯为内政和司法部长，意在加强司法权力。任命曾辞去乌里韦政府外交公职的玛丽亚·安赫拉·奥尔金（María Angela Holguín）为外长，意在改善与委内瑞拉的关系。桑托斯的这种立场、意图和做法，有利于推动哥伦比亚的民主及司法独立，但在某种程度上也意味着与乌里韦的决裂，与一些政治家和安全部队成员决裂。

（二）桑托斯政府的主要政策

桑托斯政府的政策改变主要集中在经济政策、社会政策及外交政策上。桑托斯在竞选期间及 2010 年 8 月 7 日的就职演说中详细阐述了新政府在经济、社会发展及外交政策上的目标及具体措施。

1. 经济政策

桑托斯政府将恢复经济放在首位。哥伦比亚经济目前面临着较大的压力。受国际金融危机的影响及委内瑞拉对哥伦比亚的出口限制，非石油产品出口下降。失业率近年来始终保持在两位数以上。贫困问题仍然严重，目前，哥伦比亚45％的人口生活在贫困线下，16.4％的人口生活在极端贫困线以下[1]，与15年前没有太大差别。

桑托斯政府民主繁荣政策的主要目标是促进投资、减少贫困和失业。桑托斯提出通过创造 240 万个就业机会，使 50 万在非正规部门就业的人实现正规就业，将失业率降低到两位数以下。其主要措施包括建立工作和劳工发展部（Ministry of Work and Labor Development），将农业、住房、基础设施、矿业和石油及革新作为经济增长的 5 个"发动机"。

---

① *Latin American Regional Report*：*Andean Group*，June 2010，RA－10－06，p. 3.

2. 社会政策

桑托斯在就职演说中提出了许多社会政策目标。为促进环境保护，哥伦比亚将建立环境与可持续发展部（Ministry of the Environment and Sustainable Development）和全国水务局（National Water Agency）。为提升教育水平，桑托斯提出为中学生提供范围广泛的奖学金，为缺少经济资源的人提供贷款，改革特许权制度，其中将 10% 的特许费用于整个社会的科技活动。在医疗方面，建立新的卫生部，强调预防，整合强制医疗计划的所有制度，加强医疗部门的管理。在住房方面，桑托斯表示，政府的优先目标是使每个哥伦比亚人实现每个家庭有自己住房的梦想，为此将住房补贴增加 1 倍，在未来 4 年建造至少 100 万套新住房。

3. 外交政策

改善与邻国的关系，特别是与委内瑞拉的关系，提升哥伦比亚的对外形象是桑托斯政府的主要目标。哥伦比亚在 2008 年 3 月 1 日对驻扎在厄瓜多尔的哥伦比亚游击队的营地进行空中打击，以及 2009 年 7 月与美国签署防务合作协定（Defense Co-operation Agreement，DCA），向美国提供 7 个军事基地，导致哥伦比亚与委内瑞拉和厄瓜多尔关系紧张。在乌里韦总统离任前不到 1 个月的时间，哥伦比亚政府在 2010 年 7 月 22 日的美洲国家组织特别会议上指责委内瑞拉向哥反政府游击队员提供保护及装备补给，导致两国关系进一步恶化。委内瑞拉总统查韦斯于当天宣布与哥伦比亚断绝外交关系。

桑托斯将改善与委内瑞拉关系作为优先目标，呼吁"委内瑞拉总统查韦斯和厄瓜多尔总统科雷亚为未来的合作扫清道路"，其动机主要出于经济上的考量。在 2008 年危机前，哥委关系非常密切。委内瑞拉是哥伦比亚最大的出口市场之一。双方关系恶化后，委内瑞拉对哥伦比亚采取了经济制裁措施。2009 年 7 月 28 日，委内瑞拉废除了与哥伦比亚签署的所有贸易协议。8 月 11 日，委内瑞拉决定不再从哥伦比亚进口汽车。委内瑞拉以优惠价格向哥伦比亚供应汽油的合同在 2009 年 8 月 18 日到期后，委内瑞拉政府决定不再续签。这些经济制裁措施导致委哥两国贸易额从 2008 年的 70 亿美元下降到 2009 年的 46 亿美元，2010 年上半年哥伦比亚对委内瑞拉出口减少了 71.4%[1]。因此，重新恢复与委内瑞拉关

---

① James Suggett, "Venezuela to Propose Multilateral Solution to Conflict with Colombia in Emergency UNASUR Summit," July 26 2010, http://venezuelanalysis.com/news/5524.

系，对于哥伦比亚经济发展有重要的作用。桑托斯估计，恢复与委内瑞拉的贸易可将哥伦比亚 GDP 提升 0.5%。

桑托斯改善与委内瑞拉、厄瓜多尔的关系，在一定程度上会影响哥伦比亚与美国的关系。但哥伦比亚与美国的关系仍很重要，桑托斯政府希望美国在 2011 年批准两国签署的自由贸易协定，同时推动欧盟和加拿大批准与哥伦比亚签署的自由贸易协定。

（三）桑托斯政府面临挑战

桑托斯政府面临的挑战有以下几个方面。

第一，世界经济的不确定性将给经济增长带来挑战。尽管世界各国已逐步走出国际金融危机的谷底，但世界经济仍存在许多不确定的因素。美元的贬值、欧盟国家债务危机的扩大、新兴国家的通货膨胀压力等，为桑托斯政府促进经济增长，吸引外资，扩大就业以及实施教育、医疗等社会计划带来了一定的挑战。

第二，哥伦比亚长期累积的各种社会矛盾及问题难以在短期内解决。哥伦比亚是一个收入分配极为不公的国家，2009 年哥伦比亚的基尼系数是 0.585，在拉美地区排名第二，仅次于海地。这在一定程度上反映了哥伦比亚社会矛盾的严重性。对战争受害者的补偿问题、使那些解除武装的右翼准军事组织民族自卫队（AUC）重新融入社会的问题等，都将考验政府的执政能力。

此外，桑托斯政府的政策调整，特别是司法机构对乌里韦政府各种政治丑闻的调查是否会影响执政联盟的稳定也是值得关注的问题。

（张凡　审读）

The Columbian General Election and Its Implications

He Shuangrong

Abstract：In 2010 Colombia held the general election. The center-right coalition strengthened ruling position and the Green Party rose as an independent third force. Manual Santos, the ruling Socialist Party of National Unity candidate, backed by

President Alvaro Uribe, was elected president and took office in August 2010. His election should mainly attribute to his promise of securing Uribe's political legacy. In the second round of election the right-wing coalition decisively adjusted the campaign strategy to increase its popularity. The Green Party and its presidential candidate Antanas Mockus lost the momentum due to a number of mistakes. It is expected that the Santos government will follow Uribe's democratic security policy. On the other hand it needs to take actions to solve political and social problems left by decades of civil war.

Key Words：Colombia; General Election; Alvaro Uribe; Manual Santos; Democratic Security

Ⅴ.4

2010 年委内瑞拉国会选举：
政治进程新转折

王 鹏*

摘　要： 2010 年 9 月，委内瑞拉举行全国代表大会（国会）选举。执政党未能在选举中赢得 2/3 多数议席。反对党联盟在国会获得立足点，使国会的政党构成向着多元化转变，从而获得制约查韦斯政府的关键手段。查韦斯依然是委内瑞拉最受欢迎的政治人物，而反对党还没有产生一个具有超凡魅力的领袖人物或是一套完整的替代性执政纲领，因此，2012 年的总统选举变得更加难以预料。委内瑞拉已经形成执政党和反对党同盟对垒的政党格局。形势表明，执政党的民意基础呈现加剧分化之势。选举制度成为引发朝野双方对立的又一个潜在因素。

关键词： 国会选举　查韦斯　民主体制　选举制度

2010 年 9 月，委内瑞拉举行全国代表大会（国会）选举。执政党未能在选举中赢得 2/3 多数议席。反对党联盟的崛起势头愈来愈明显，对查韦斯政府的执政地位形成有力的牵制。执政党和反对党联盟的对立使委内瑞拉政治表现出强烈的两极分化色彩，意味着该国的民主体制依然脆弱。委内瑞拉的各派政治力量应在参与中化解矛盾，通过制度途径解决分歧，保障国家的政治稳定。

一　选情总结

委内瑞拉国会为一院制，是国家最高立法机构，由直选产生的 165 名议员组

---

* 王鹏，法学博士，中国社会科学院拉丁美洲研究所政治室副研究员。

成。新一届国会将在 2010 年 1 月正式成立，任期 5 年。

在 2010 年 9 月 26 日举行的国会选举中，执政的统一社会主义党（PSUV）在选举中赢得 96 个议席，反对党联盟"团结民主联盟"（MUD）赢得 64 个议席，"大家的祖国"党（PPT）获得 2 个议席。委内瑞拉印第安人全国理事会（CONIVE）等 3 个党派分享 3 个专属土著人的议席。执政党仍然保持国会第一大党地位，控制大约 58% 的国会席位，但这一议席数量远远少于它在本届国会的议席数量。

这是查韦斯政府执政 12 年以来面对的最大选举挑战。2009 年，有关取消总统任期的修宪提案在公民投票中获得通过，查韦斯可以在 2012 年再度参加总统选举。因此，查韦斯政府希望借助此次国会选举提升民意支持率，遏制反对党的上升势头。但是，形势在向着不利于查韦斯政府的方向转变。2007 年，查韦斯政府推动的一揽子修宪提案在公民投票中遭到否决；2008 年，反对派在地方选举中控制了包括首都在内的多个关键州市。目前，委内瑞拉的经济形势不佳，执政党的腐败丑闻和施政失误迭出，社会治安状况恶劣，使查韦斯政府背负沉重的竞选压力。

这次国会选举的焦点是执政党能否继续控制国会的 2/3 议席（110 个），也就是获得对国会的绝对控制权。在 1961 年宪法颁布之后，单一政党通过选举控制国会 2/3 议席的情况仅在 2005 年出现过。2005 年以来，正是由于执政党控制国会的绝对多数议席，查韦斯政府才能顺利取得一系列重要的立法成果，为推动它所倡导的政治经济变革构建完整的法律框架。最终结果表明，执政党未能获得 2/3 议席，导致它对国会的控制力受到削弱。因此，这是一个对执政党不利的选举结果。

反对党以积极的姿态参加此次国会选举。2005 年，主要反对党在选情不利的形势下联合抵制国会选举。但是，这种做法并未动摇国会选举的合法性，难以从根本上改变选举结果。执政联盟一度控制国会的全部议席。此后，即使在部分党派改变立场的情况下，执政联盟仍然牢牢控制国会的 2/3 多数席位，导致反对党无法在立法机构牵制查韦斯政府。因此，在此次选举到来时，绝大多数反对党组成"团结民主联盟"参选，其中包括"新时代"（UNTC）、民主行动党（AD）、基督教社会党（COPEI）等新老反对党。

执政党在一些传统选区遭遇失利。执政党在安索阿特吉州一向占有优势，但在

此次选举中仅仅获得1个国会议席，另外7个国会议席全部落入反对党联盟手中。这一失利出乎人们的预料。身为执政党成员的该州州长被批评施政无方，未能有效动员下层民众参与投票。在亚马孙州，执政党同样仅获得1个国会议席。另外2个国会议席均被此前与执政党结盟的"大家的祖国"党获得。反对党联盟在苏利亚州和新埃斯帕塔州长期占有优势，在此次选举中获得两州大多数国会议席。

二 国会选举结果对委内瑞拉政治进程的影响

此次国会选举使委内瑞拉的政治力量对比进一步向着均衡的方向发展。反对党联盟在国会获得立足点，使国会的政党构成向着多元化转变，从而获得制约查韦斯政府的关键手段。没有反对党联盟的支持，国会将难以通过重大决定。这就意味着总统的权力受到限制，查韦斯政府将难以像以往那样大刀阔斧地施政。

在委内瑞拉，国会具有重要的政治地位。重要法律的颁布和修订需要得到2/3国会议员的批准。最高法院法官、总检察长、总审计长和全国选举委员会成员的任命也需要得到2/3国会议员的批准。查韦斯在前两个任期都曾依靠国会颁布的《授权法》而获得临时立法权，颁布一系列具有法律效力的政令，加速推进国家变革。《授权法》的通过需要得到3/5国会议员的批准。而在下届国会，执政党仅仅控制简单多数议席，已经无力单独主导国会事务。新一届国会在2011年就任之后不久，最高法院和全国选举委员会也将进行人员更新；如果查韦斯在2012年连任成功，很有可能再度谋求获得临时立法权。由于执政党和反对党联盟分处政治光谱的两极，彼此之间的对立尖锐，未来难以在这些重要人事任命和《授权法》方面达成妥协。早在2003年，执政联盟和反对党就因为是否批准全国选举委员会新成员一事而陷入僵局。最后，委员会的5名成员全部由最高法院直接任命产生，从而化解僵局。全国选举委员会控制选举权，而反对党急于启动一次是否罢免总统的公民投票，因此没有反对最高法院的这一违宪做法。

尽管反对党联盟能够在国会迟滞执政党的立法进程，但它无力废除或修改已经获得国会通过的法律，也无法罢免支持查韦斯的最高法院法官和全国选举委员会成员。在2001~2005年那届国会，反对党议员经常缺席或退出，导致国会会议因不足法定人数而无法举行。由于未能控制下届国会的半数席位，反对党联盟无法以同样的方法阻挠国会会议的举行。

这次国会选举是委内瑞拉在步入经济衰退之后举行的首次选举。2009 年，委内瑞拉是经济增长率最低的拉美和加勒比国家之一。2010 年，该国经济依然处于衰退之中，复苏乏力，其经济增长率将为 - 3.0%（远远低于 5.2% 的地区平均增长率）①。选举结果表明，衰退已经带给执政党非常不利的影响。此外，该国在近年一直是通胀最为严重的拉美国家；政治体制缺乏效能，政府官员腐败丑闻频发，治安状况恶劣等问题迟迟无法得到有效应对。这些问题也在侵蚀着执政党的民意基础。此次选举结果意味着查韦斯政府必须采取有力措施，改变经济发展中的一系列问题。

查韦斯是委内瑞拉政府和执政党的最高领导人，在国内享有极高的个人权威。他在处理与反对党关系时一贯秉持强硬的斗争立场。因此，尽管反对党同盟控制国会的 1/3 议席，查韦斯很可能继续按照其既有风格行事，而不是谋求与反对党达成妥协，不会在重大政策的制订和实施方面与反对党进行对话或合作。一些反对党认为，一旦查韦斯政府在国会受到阻挠，就有可能通过推动成立"社区议会"（communal assembly）等做法削弱国会的权力。另外，为了巩固政治基础、持续动员支持者，查韦斯有可能推动政府把更多的石油收入用于扩张社会福利。即使在经济衰退的压力下，查韦斯政府仍然有可能实施国有化，以便获取改造国家所需的经济资源。然而，这些做法必然使宏观经济承受更大的压力。

此次国会选举结果使 2012 年的总统选举变得更加难以预料。这次国会选举是总统选举到来之前最为重要的一次选举。反对党同盟凭借本次选战的良好表现加强了心理层面的优势。但是，如果反对党想把近几次选举活动累计的优势转化为总统选举的胜果，必然面对巨大的挑战。民意调查显示，查韦斯依然是委内瑞拉最受欢迎的政治人物，对广大下层选民具有尤为强烈的吸引力。1998 年以来的选举投票状况表明，当查韦斯直接参与竞选时（例如总统选举），其支持者的投票率通常很高。这种高投票率通常能够确保查韦斯获得令人满意的得票率。

就目前而言，反对党同盟还没有产生一个具有超凡魅力的领袖人物，足以领导后查韦斯时代的国家。同时，反对党同盟还没有推出一套完整的替代性执政纲领，能够有效应对国家当前面对的诸多尖锐问题。反对党联盟"团结民主联盟"

---

① http：//www.eclac.org/cgi-bin/getProd.asp? xml =/prensa/noticias/comunicados/4/40264/P40264. xml&xsl =/prensa/tpl-i/p6f.xsl&base =/tpl-i/top-bottom.xsl.

的构成极为复杂。它在下次总统选举到来时能够实现多大程度的整合也是一个有待观察的疑问。

三 委内瑞拉的选举政治

委内瑞拉拥有历史较为悠久的民主体制。1958 年 1 月，该国发生军事政变，佩雷斯·希门尼斯（Marcos Pérez Jiménez）的独裁统治被推翻。此后，民主体制迅速建立起来。1958 年 10 月，民主行动党、基督教社会党和民主共和联盟（URD）签署《菲霍角协议》（Pacto de Punto Fijo）。这标志着该国主要政党就维护民主体制达成基本共识。1958 年底，民主体制之下的首次大选顺利举行，民主行动党候选人罗慕洛·贝坦科尔特（Romulo Betancourt）当选总统（1959～1964 年）。1964 年，贝坦科尔特总统和当选总统劳尔·莱昂尼（Raul Leoni）完成委内瑞拉历史上首次民选总统之间的权力交接。此后，委内瑞拉民主体制朝着制度化与稳定化的方向迈进，逐步形成民主行动党和基督教社会党轮流执政的政治格局。20 世纪 90 年代，以"第五共和国运动"（MVR）为代表的一批左派政党兴起。1998 年，以"第五共和国运动"为首的左派政党联盟"爱国中心"通过选举成为国会第一大政治力量，其候选人查韦斯赢得总统选举。这一选举结果意味着委内瑞拉的传统两党政治被彻底打破。

查韦斯政府执政以来的委内瑞拉政治发展进程以历次选举活动为标志加速转变。执政联盟或执政党借助选举活动持续动员民众，推进改革进程。在这一过程中，它连续赢得 10 多次全国选举或公民投票。1999 年，查韦斯政府为制订新宪法而密集举行多次公民投票和选举活动。1999 年 4 月，有关举行制宪大会的提议在公民投票中获得通过；同年 7 月，委内瑞拉举行制宪大会选举，多数当选者均为查韦斯的支持者；同年 12 月，新宪法在公民投票中获得通过，从而为查韦斯政府的改革进程确立法律框架。根据新宪法，委内瑞拉在 2000 年 5 月举行总统和国会选举，查韦斯第 2 次当选总统，"第五共和国运动"成为国会第一大政治力量。

2000 年以来，查韦斯政府通过一系列选举回击反对派的挑战、提高自身合法性，使执政地位日趋巩固。在 2004 年 8 月举行的是否罢免总统的公民投票中，查韦斯以明显优势获胜，使反对派遭受重挫。在 2000 年 12 月、2004 年 10 月和 2005 年 8 月举行的 3 次地方选举中，执政联盟连续获胜，控制了联邦区和绝大多数州。在 2005 年 12 月举行的国会选举中，主要反对党的退出使全部国会议席落入执政联盟手中。2006 年 12 月，查韦斯在总统选举中以 61% 的得票率击败竞争对手罗萨莱斯，第 3 次赢得总统选举。

2007 年 12 月，查韦斯政府的修宪提案在公民投票中遭到否决。这次修宪失利是查韦斯政府在执政以来首次出现选战落败。自那时以来，委内瑞拉的选举开始不断发生有利于反对党一方的变动。在 2008 年地方选举中，执政党赢得大多数州长职位，但失去 5 个关键州的州长职位；在 2010 年的国会选举中，执政党失去 2/3 多数。尽管查韦斯政府在 2009 年通过公民投票实现修宪，但查韦斯在 2012 年再度连任的前景已经因为近期选举结果的不理想而蒙上阴影。

在一系列选举的推动作用下，委内瑞拉形成两大集团对垒的政党格局。一个集团是以统一社会主义党为首的左派政党，它的主要盟友是委内瑞拉共产党（PCV）。另一个集团是反对党联盟，其中既有民主行动党、基督教社会党等传统政党，也有"新时代"、正义第一运动（MPJ）等新兴政党，并有争取社会主义运动（MAS）、激进运动（Causa R）等传统左派政党。新近脱离查韦斯阵营的"大家的祖国"党暂时处于中立。

在委内瑞拉政党格局中，统一社会主义党具有独大地位，任何一个反对党都无力单独与其抗衡。该党的问题在于，它是由"第五共和国运动"和其他多个支持查韦斯的政党合并而成，其基础并不牢固，党内的许多重要人物并不赞同查韦斯的激进政治路线。因此，该党内部的分化演变在近年呈现加剧之势。2007 年，瓜里科州、苏克雷州、特鲁希略州等 5 个州的州长因政见分歧而退出执政党；2010 年，拉腊州州长恩里·法尔孔（Henry Falcon）坚决反对查韦斯政府把该州首府工业区仓库国有化的决定，转而加入"大家的祖国"党。与此同时，统一社会主义党失去一些重要的合作伙伴。"为了社会民主"（PODEMOS）原为查韦斯的支持者，但拒绝加入执政党，并在 2007 年反对修宪，导致它与执政党的合作关系破裂。在此次选举中，该党转变为反对党联盟的一名成员。中左立场的"大家的祖国"党在此次国会选举到来之前就明确宣布不与执政党联盟，而是作为一支独立力量参加此次选举。

委内瑞拉的主要反对党因为自身力量弱小而选择以结盟方式与执政党进行政治博弈，其力量在近年呈现逐步增强之势。它们最初结成名为"民主协调"（Coordinadora Democrática）的合作同盟。但是，由于未能在 2004 年举行的公民

投票中使查韦斯遭到罢免，该同盟走向瓦解，反对党也一度陷入混乱之中。在2006年总统选举中，曼努埃尔·罗萨莱斯（Manuel Rosales）成为得到大多数反对党共同支持的总统候选人，但未能阻止查韦斯连任总统。2007年，反对党采取一系列共同行动反对查韦斯政府的修宪提案，使其在公民投票中遭到否决。反对党借机扭转了自身在国家政治生活中的边缘化处境。与此同时，反对党不再仅仅是一些名声不佳的传统政党和政治精英，还加入了反查韦斯的学生运动，以及脱离查韦斯阵营的政治力量和政治人物，其中包括曾担任查韦斯政府国防部部长的劳尔·巴杜埃尔（Raúl Baduel）。

2008年地方选举是反对党恢复上升势头的关键一战。选举到来之前，8个主要反对党签署合作协定，就多个州长职位和上百个市长职位的候选人达成一致。在这次选举中，反对党人士赢得加拉加斯市长职位和5个州长职位，以及马拉开波、马拉凯、巴基西梅托等一批经济中心城市。其中，恩里克·萨拉斯·费奥（Henrique Salas Feo）依靠29个反对党的支持当选卡拉沃沃州州长。按人口比例而言，苏利亚州、米兰达州、卡拉沃沃州和加拉加斯是委内瑞拉人口最多的4个州一级行政单位。反对党的胜利意味着全国大约40%的人口处于其统治之下。上述4州（市）还是委内瑞拉经济发展水平最高的地区。2010年，反对党再次实现力量整合。数十个反对党结成"团结民主联盟"，共同挑战执政党。

委内瑞拉当前的政治地图表明，执政党在农业州和边远州享有很高支持率，而反对党联盟的支持者集中在经济发达州和都市地区。执政党在农村地区拥有绝对优势。农民享受到查韦斯政府社会政策带来的好处，同时因为传媒的相对封闭而较少受到反对党和反对党媒体的影响。边远州是查韦斯政府内陆开发政策的直接受益者，因而也倾向支持执政党。在经济发达州和都市地区，反对党控制较多资源，具有很高的活跃度，常常利用城市普遍存在的治安恶化和物价飞涨问题影响民意。加拉加斯下属自治市苏克雷的居民以中低收入者为主，一向被视为查韦斯的票仓。然而，反对党候选人在2008年出人意料地当选该市市长。这一选举结果表明查韦斯政府对城市贫民的吸引力出现下降，其民意基础呈现加剧分化之势。

查韦斯政府在2009年推动国会通过新的《选举法》，使委内瑞拉的选举制度发生有利于执政党的转变。该法规定，国会议员的产生大致通过3种途径：按照简单多数获胜制产生110名议员；按照封闭式政党名单产生52名议员（52个）；土著人议员为3名。这样，按照封闭式政党名单产生的议员约占国会议员总数的

30%；而在 2000 年和 2005 年举行的国会选举中，这一比重为 40%。扩大简单多数获胜制产生议员的比重有利于大党，也就是作为执政党的统一社会主义党。

新《选举法》重新划分委内瑞拉的选区，使农业州和边远州在国会拥有较大的代表性，却使经济发达州和都市地区的代表性受到削弱。例如，苏利亚州、米兰达州、卡拉沃沃州、拉腊州、阿拉瓜州和联邦区拥有大约 932 万选民，占选民总量的 52%。但是，它们仅有 64 个国会议席，相当于国会议席总数的 39%。其余 101 个国会席位来自其他 18 个州（840 万选民）①。按照这种选区划分方法，执政党有可能依靠微弱的得票优势而赢得国会的多数席位。此次国会选举的结果也大致验证了这一判断。因此，反对党联盟强烈指责查韦斯政府利用这一做法为执政党谋取不正当的选举利益。

（张凡　审读）

The Congressional Election in Venezuela and Its Implications

Wang Peng

Abstract：In September 2010, Venezuela held the National Assembly election to elect the 165 deputies. The United Socialist Party of Venezuela (its Spanish acronym is PSUV), the ruling party, failed to gain a two-thirds supermajority. The main opposition parties created the Coalition for Democratic Unity (its Spanish acronym is MUD) and succeeded in winning over one third of the total seats. They will gather strength in the National Assembly to challenge the Chavez government. The election results show the deeply-rooted political polarization in Venezuela. President Hugo Chavez and PSUV are pressed to take actions to rebuild popularity to meet the upcoming 2012 presidential election.

Key Words：National Assembly Election；Hugo Chavez；Democratic Institutions；Election System

---

① http：//english. eluniversal. com/2010/09/27/en_ pol_ esp_ over-representation_ 27A4528653. shtml.

Ⅴ.5

2010 年巴西大选：政策稳中求变

周志伟*

摘　要：凭借卢拉的支持以及"继承"的竞选口号，来自劳工党的女候选人迪尔玛·罗塞夫赢得了 2010 年巴西总统选举。未来的罗塞夫政府在内政外交政策上可能会与卢拉政府保持较强的延续性，但同时也可能实施部分政策调整。卢拉八年执政为罗塞夫留下了不错的"遗产"，但在"后危机时代"和"后卢拉时代"，罗塞夫政府仍将面临诸多挑战，如巴西发展过程的历史难题、国内政治力量对比所产生的变数、国际新格局下的外部挑战，如何应对这些挑战将决定罗塞夫政府能否延续卢拉时期巴西的上升轨迹。

关键词：巴西大选　罗塞夫　卢拉主义　后卢拉时代　政策走向

巴西 2010 年大选以一种意料中的结果而告结束，由 10 个党派组成的执政联盟支持的劳工党女候选人迪尔玛·罗塞夫（Dilma Rousseff）击败社会民主党候选人若泽·塞拉（José Serra），成为巴西历史上的第 36 位总统，也是巴西首位女总统。

作为正处于崛起过程中的新兴大国的代表，巴西因其 2010 年大选受到了超乎以往的关注，其原因主要有二：第一，在"后卢拉时代"，"卢拉主义"（Lulismo）① 的

---

* 周志伟，法学博士，中国社会科学院拉丁美洲研究所国际关系室副研究员，巴西研究中心秘书长。

① 关于"卢拉主义"的含义，有学者认为它主要指代卢拉政府的主要执政理念；也有学者认为是一种与选举密切相连的政治现象或社会运动，类似于当年巴西的"瓦加斯主义"和阿根廷的"庇隆主义"。笔者赞同圣保罗大学政治学家安德雷·辛格（André Singer）的概括，他认为"卢拉主义"是一种着眼于底层民众的收入再分配的政策实施，而这种政策并未与传统秩序的决裂，未形成政治对抗，也是非极端化的。同时，通过高利率、财政紧缩和浮动汇率等较保守的宏观经济政策维持秩序的稳定。而通过这种政策实施，占选民总数将近一半的下层民众对卢拉总统表现出高度的拥护。概而言之，"卢拉主义"可以看做在维持政治、经济秩序稳定的前提下，通过收入再分配政策的实施，卢拉获得超高民众支持率的现象。

生命力能否得到延续。第二，在"后危机时期"和"后卢拉时代"，巴西新政府能否保持其崛起势头，延续其在国际体系中从"外围国家"走向"中心国家"的上升轨迹。

2010 年大选后，巴西的政治力量对比呈现新的局面，执政联盟在议会中力量的壮大为罗塞夫政府未来执政创造了有利的政治环境。与此同时，中小政党力量壮大成为近年来巴西政治新现象，它们给传统政党格局带来巨大冲击，也成为左右选举的关键力量。罗塞夫的胜选决定了未来的巴西政府基本将沿袭卢拉时期的执政理念，将沿用卢拉时期的主要经济和社会政策，但由于巴西国内政治格局以及国际形势发生了较大的改变，罗塞夫政府不仅存在实施政策调整的国内政治环境，而且也有必要根据国内外形势对有关政策作出相应调整，从而使巴西实现可持续的增长，同时进一步提升巴西的国际地位。尽管罗塞夫较为顺利地赢得了 2010 年大选，但她仍将面临诸多挑战，事实上，克服这些难题将是她未来 4 年执政的关键所在。

一　2010 年选举回顾及巴西新政局

2010 年选举除产生了新一届联邦政府外，还改选了 27 个州长（包括联邦区行政长官）、54 名参议员（参议员总数的 2/3）、513 名联邦众议员以及 1059 名州议员。随着大选的落幕，巴西的政治力量格局发生了改变。

（一）总统选举

在 2010 年总统选举中，三位主要总统候选人分别为劳工党候选人罗塞夫、社会民主党候选人塞拉、绿党候选人席尔瓦（Marina Silva），从公布的竞选纲领及相关表态来看，三位候选人的政策主张区别不大，不管是在内政还是在外交方面，三位主要总统候选人均强调在保持卢拉政府现行政策的基础上，加大局部政策力度，丰富政策内容，不同之处主要在于三位总统候选人对政策优先目标的理解和认识的差异，这也体现了巴西的主要政策已逐渐成熟，政策剧烈波动的可能性减小[1]。由于各方的政策主张相似度较高，这使得诸如堕胎合法性等宗教伦理问题成为竞选

---

①　Renato Andrade, "Candidatos igualam-se em promessas à indústria," *O Estado de São Paulo*, 26 de Maio de 2010, http://www.estadao.com.br/estadaodehoje/20100526/not_imp556768, 0.php.

辩论的焦点问题，另外，私有化和腐败依旧是竞选双方相互诟病的主要议题。

绿党候选人玛丽娜·席尔瓦的强势"崛起"（在首轮中获得 19.3% 的选票）超出了另两大竞选阵营的意料，并直接导致由卢拉一手提拔的罗塞夫以不到 4% 的微弱差距未能从首轮中胜出。玛丽娜的崛起存在三种特定的背景因素：第一，玛丽娜代表"第三股力量"。在 1995 ~ 2010 年的 16 年间，社会民主党和劳工党各自执政 8 年，在这场名义上的"左"与"右"的较量中，"第三股力量"成为巴西近两次大选中的一个重要现象，2006 年社会主义和自由党（PSOL）的埃洛伊莎·埃雷娜（Heloísa Helena）和 2010 年的玛丽娜均可以称为第三股政治力量，她们在首轮选举中的"崛起"现象体现部分选民不认同两大政党（或政党联盟）轮流执政的局面。第二，玛丽娜的多重身份迎合部分选民。玛丽娜有着 30 年的劳工党党龄和在卢拉政府内阁任部长的经历，脱离劳工党和退出卢拉政府内阁的她被选民解读为"不认可劳工党政府的执政理念"，这让玛丽娜获得了激进左派和保守力量的支持。第三，玛丽娜辞去卢拉政府环境部长的主要原因是她与时任"首席部长"的罗塞夫存在发展理念上的分歧，而玛丽娜在竞选中提出的"环境保护"、"保持生物多样性"和"经济和环境的协调发展"等主张获得了广大环保主义选民的支持。另外，玛丽娜卑微的出身、福音派教徒、年轻的身份也是她在首轮中"崛起"的重要因素，尤其是当罗塞夫和塞拉在"堕胎合法化"议题上争论不休时，玛丽娜的福音派教徒身份使其获得本派教徒支持的同时，也收获了在该宗教议题上持观望立场选民的选票。

尽管在首轮中与胜利失之交臂，但罗塞夫在首轮投票中获得了比塞拉多出 14.3 个百分点的支持。第二轮投票之前，罗塞夫和塞拉展开了争取中间选民的角逐，由于绿党在第二轮选举中的立场分歧较大，玛丽娜最终作出"各自独立投票"的申明。根据巴西主要民调机构的预测，罗塞夫在第二轮投票前始终保持对塞拉约 10 个百分点的优势。10 月 31 日，罗塞夫获得了 56.05% 的选票，当选为巴西新一届总统，实现了劳工党联盟在总统选举中的"三连胜"，而反对党联盟由此连续第三次在总统角逐中败北。

在民主体制恢复以来，巴西总共举行了 6 次选举。在此前的 5 次选举中，卢拉均为总统候选人，而在未直接参加选举的 2010 年大选中，卢拉依然扮演着关键角色，卢拉因素也成了罗塞夫获胜的关键。

首先，卢拉造就了罗塞夫的"崛起"。罗塞夫原为民主工党（PDT）成员，直到 2001 年才转投劳工党。在担任卢拉政府矿能部长前，罗塞夫仅在地方政府（南里奥格朗德州）内担任过矿能局长、财政局长，资历较浅，而卢拉总统不拘一格的提拔帮助她在政坛中实现了从地方局长到部长、首席部长、总统候选人的"三级跳"。身为劳工党"新兵"以及政坛"新人"，罗塞夫的成功崛起与卢拉的个人魅力、党内威望以及大胆提拔存在着不可分割的关系。

其次，卢拉出色的执政业绩巩固了罗塞夫的票源。在卢拉执政的八年间，巴西的宏观经济社会形势实现了全面的改善，2003～2009 年，巴西 GDP 和人均 GDP 分别实现了年均 3.6% 和 2.3% 的增长，优于卡多佐八年执政的表现（GDP 年均增长2.3%，人均 GDP 年均增长 0.8%）。与此同时，社会形势在卢拉任内也有了明显好转，社会政策受惠民众达到 2900 万；最低工资达到了 20 年来的最高值；中产阶级的比例从 42% 上升到 52%；赤贫人口占比则也从 28% 减少到 15.5%。① 出色的政绩不断提升卢拉及其政府的民意支持率，首轮投票前，卢拉的支持率达到了创纪录的82%。作为卢拉指定的"继任者"，罗塞夫直接受益于卢拉超高的民众支持。在罗塞夫的支持者中，因卢拉或现政府因素选择罗塞夫的占 64%②。在东北部地区（占总选民的 27%），罗塞夫的支持率更是高达 65%，较塞拉多出 37 个百分点③。

再次，卢拉的鼎力助选效果明显。在 2010 年 7 月 6 日公开竞选活动开始前，卢拉顶着受最高选举法院处罚的风险为罗塞夫提前启动了竞选宣传战，并收获不错成效。2009 年 12 月，罗塞夫的支持率曾落后塞拉 14 个百分点，到 7 月 6 日，罗塞夫追平了与对手的差距④。从 7 月 6 日到首轮投票前夕，罗塞夫共召集 20 次公共集会中，卢拉仅缺席 1 次⑤。卢拉在助选中反复强调罗塞夫在自己内阁中的重要性，称她为巴西过去 8 年成功的主要缔造者，这不仅提升了罗塞夫的知名度，也加深了民众对罗塞夫的信任。

最后，卢拉在争取绿党总统候选人玛丽娜·席尔瓦方面也起到了关键作用。玛丽

① Guilherme Evelin, "O Presidente e o Futuro," *época Edição*, N°646, 1 de Outubro de 2010.

② Fernando Canzian, "Eleitor Escolhe Dilma por Lula, e Serra por sua Experiência," *Folha de São Paulo*, 31 de outubro de 2001, p. 6.

③ Fernando Rodrigues, "Popularidade Recorde de Lula Alavanca Dilma, Diz Datafolha," *Folha de São Paulo*, 22 de Outubro de 2010, p. 6.

④ http://datafolha.folha.uol.com.br/po/ver_po.php?session=987.

⑤ Vera Rosa, "Pior Momento Foi Demissão de Erenice," *O Estado de São Paulo*, 3 de Outubro de 2010, p. 74.

娜曾在卢拉政府内阁中担任环境部长，因其环保理念与罗塞夫的发展主义主张存在巨大分歧，最终辞职且转投绿党，成为罗塞夫的主要竞选对手。首轮选举后，卢拉为罗塞夫制定了第二轮选举策略，派出与玛丽娜私交密切的劳工党游说团，争取玛丽娜的支持。结果证明，劳工党的策略达到了预期，而卢拉在其中扮演的角色尤为重要。

此外，卢拉政府"积极且自信"的外交战略大大提升了巴西的国际影响力，巴西正从国际体系的"外围国家"转变成国际事务的"积极参与者"，而2014年世界杯、2016年奥运会的申办成功进一步提升了巴西的民族自豪感。国际影响力增强不仅是卢拉赢得民众认同的重要方面，也是罗塞夫争取选票的重要筹码。

在卢拉内阁中主持矿产、能源工作期间，罗塞夫的人气得到迅速提升。在其任内，她加强了国家对电力行业管制（削弱地方政府对电力的控制），有效化解了当时的电力危机。另外，罗塞夫主张通过深海油田的开采，重振巴西造船业。2005年罗塞夫被提拔为"首席部长"时，卢拉总统特别助理认为"罗塞夫应付困境的勇气和能力是赢得卢拉信任的关键"。

（二）议会选举及地方选举

参议院改选后，执政联盟优势得到巩固并进一步扩大。执政联盟主要成员民主运动党获得20个席位，成为参议院的第一大党，劳工党则凭借13个席位从第四位升至第二位，而反对党联盟的社会民主党、民主党的席位总数从33席减少到18席。如算上其他规模较小的盟党，执政联盟在参议院（共计81席）拥有超过总数2/3的席位。

众议院选举方面，劳工党成为本次大选的赢家，以88个席位成为众议院第一大党。社会民主党和民主党的席位均有较大幅度减少，两党席位总数从2006年的131席减至96席，反对党联盟总席位从2006年的156席减少至111席；相反，执政联盟的优势进一步扩大，所占席位总数从2006年的276席增至311席。如算上未加入罗塞夫竞选联盟，但支持卢拉政府的其他政党的席位，罗塞夫有望在众议院将其支持阵容扩大到402个席位，这是巴西恢复民主以来执政联盟首次在众议院获得如此大的优势①。

---

① Eduardo Militão, "Base aliada eleita sobe para 402 deputados," UOL, 10 de outubro de 2010, http：//congressoemfoco. uol. com. br/noticia. asp? cod_ canal = 21&cod_ publicacao = 34711.

在州长选举方面，社会民主党在 8 个州获胜，成为地方选举的赢家，如算上民主党获胜的 2 个州，反对党联盟获胜州的选民占到了全国总选民的 52.5%。另外，中等规模政党巴西社会党（PSB）成为本次地方选举中的"黑马"，该党获 6 个州长席位，数量仅次于社会民主党。

在州议员选举方面，劳工党获得了 149 个州议员席位，较 2006 年多出 23 个席位，成为州议员席位增幅最大的政党。而两大反对党民主党、社会民主党则分别较 2006 年减少 40 席和 25 席，降幅分列前两位。

中等规模政党的壮大是 2010 年大选的重要特点，这些新兴政治力量的上升不仅给巴西的政治格局带来改变，也已成为左右大选的重要因素。在 2006 年大选中，四个传统大党①在众议院的总席位为 303 席，约占总数的 59%。在 2010 年大选后，由于民主党的席位从 2006 年的 65 席减至 43 席，从传统的大党降为中等政党，由此大党的总席位减至 220 席，所占比重降至 42.9%。相反，中等政党的众议院席位从 2006 年的 197 席（占总数的 38.4%）增加到 275 席（占总数的53.6%）②。另外，在总统选举中，绿党候选人玛丽娜的崛起也体现了中等政党壮大对巴西政治格局的冲击。中等规模政党力量壮大的主要原因在于：一方面巴西"改投他党"现象的盛行；另一方面也反映出巴西社会对传统大党的腐败、党际争斗等问题的厌倦，并寻找其他替代模式的心理。

总体而言，执政联盟控制议会多数席位的局面为罗塞夫政府创造了有利的政治环境，但由于反对党联盟控制的州占巴西总人口的 52% 和 GDP 的 60%，因此，反对党对未来的罗塞夫政府仍有一定的制衡作用，尤其在某些改革方面，能否达成联邦政府和州政府间的一致将至关重要。

二　罗塞夫政府的政策走向

在 2010 年大选中，罗塞夫的竞选口号是"为了巴西延续改变"（para o Brasil

---

① 此处的"大党"是指一党的众议院席位占总席位的比例超过 10%，巴西四大传统政党指的是民主运动党、劳工党、社会民主党、民主党。
② Carolina Pompeu, "Partidos de Médio Porte Ganharão Força na Próxima Legislatura," *Agência Camara*, 22 de Outubro de 2010.

seguir mudando），这也表明在罗塞夫未来四年的任期内，"延续"将是政策的主基调，而"改变"则主要为政策的局部调整。

（一）政治改革的"延续"

在过去的八年间，卢拉一直力推实现以选举改革为重点的政治改革，但是"列表投票法"（voto em lista）① 和"竞选公共融资"（Financiamento Público de Campanha）② 等提案均在2007年被众议院否决。在2010年选举前后，罗塞夫反复强调将推动上述两项政治改革，改善巴西政党政治环境，强化政党在国家政治生活的重要性，改变巴西政党组织涣散、党员忠诚度较低等问题。

（二）经济政策的"延续"和"改变"

通货膨胀目标制、初级财政盈余目标制和浮动汇率制一直是近几届政府经济政策的三大支柱，巴西经济虽然在2010年强势反弹，但由于世界经济在"后危机时期"的复杂性，以及巴西所面临的通胀压力上升、财政压力加大等风险，保持宏观经济形势的稳定仍将是罗塞夫政府的优先目标，至少在短期内，经济政策变动的幅度不可能太大。

在选举中，罗塞夫主张控制公共债务规模，提出到2014年将公共债务控制在GDP的30%左右，将公共投资率提高至20%～25%，尤其加大对基础设施的投资力度，鼓励私人部门投资。另外，罗塞夫强调私有部门对经济的积极作用，鼓励中小企业的发展。在利率方面，罗塞夫主张在通货膨胀可控的前提下，将实际年利率降至2%（扣除通货膨胀因素）。在税收改革方面，罗塞夫强调简化征税系统，取消出口企业的商品和服务流通税（ICMS），取消交通、能源和卫生领域的社会一体化税（PIS）或社会安全财务税（COFINS），减少针对生产性投资的征税。在能源领域，罗塞夫基于对巴西能源业现状的熟悉和了解，在其任期内

---

① 也称"政党列表法"，在这种体制下，政党为主要计票单位，选民主要是选党而非选候选人。选举之前，各党会提出一份有排名先后的候选人名单，选民从众多政党中挑选自己中意的政党。选举结束后，计算各党所获选票占总票数的比例，根据该比例确定各党所获的席位，并最终按照各党候选人名单顺序确定最终的候选人。

② 根据"竞选公共融资"提案，联邦政府将成立一个公共的竞选基金，所有政党的竞选资金均来自该基金，禁止各党接受个人和企业的资金捐赠，资金分配主要以各党在众议院的席位占比为基础。

可能将大力推动有关盐下层油田开采的相关法律获得议会通过，国家对能源部门的控制有可能得到强化。另外，罗塞夫强调巴西应提高石油出口产品的附加值，加快发展本国石油装备制造业及相关服务业。

（三）社会政策的"延续"和"改变"

社会政策是卢拉成功以及罗塞夫胜选的关键，可以预计，罗塞夫基本将沿用卢拉时期的多项社会政策。此外，罗塞夫也提出了一些新的政策主张，并设定了将赤贫率从 8% 降至 5% 以下的目标①。在医疗卫生方面，提出创建孕妇医疗救助服务网络；免费为高血压和糖尿病患者提供药物；扩大"家庭健康"（Saúde da Família）、"人民药房"（Farmácia Popular）和"微笑巴西"（Brasil Sorridente）等计划；增建 500 个卫生救护站（UPas）；增加折扣药品的种类。在教育和科技领域，增加教育开支（从占 GDP 的 5.1% 增至 7%）；推广技术教育；推行"全民中等教育计划"（ProMédio）；将科技投资占 GDP 的比重从当前的 1.34% 提高到 1.8% ~2%；硕士和博士年均授予量从目前的 5 万人增加到 22 万人；承诺最低工资的增幅高于通货膨胀率，等等。

（四）对外政策的"延续"和"改变"

在 2010 年大选中，有关外交政策的讨论相对较少，一方面因为外交的重要性远未达到全民讨论的高度，另一方面也反映卢拉的对外政策获得了广泛的认可。因此，罗塞夫基本将延续卢拉时期的外交政策，其原因在于：

第一，罗塞夫基本沿用卢拉的外交决策团队。曾担任卢拉总统国际事务特别助理马尔科·阿乌内里奥·加西亚（Marco Aurélio Garcia）仍然留任原职；外交部长安东尼奥·帕特里奥塔（Antonio Patriota）的政策理念与其前任塞尔索·阿莫林（Celso Amorim）基本一致；第二，现任外长帕特里奥塔曾撰文指出，巴西对外政策的三大要点分别为加强与南美邻国的关系、通过"南南合作"实现外交多元化（主要是非洲、亚洲和阿拉伯世界）、推动全球治理的民主化②。因此

---

① http：//www. estadao. com. br/estadaodehoje/20101031/not_ imp632472，0. php.
② 有关帕特里奥塔的相关论述，请参阅《对外政策》杂志相关介绍，http：//www. politicaexterna. com. br/。

可以看出，罗塞夫政府的外交重点与卢拉时期的外交优先点基本一致。

国际影响力的不足有可能使"总统外交"在罗塞夫任内有所弱化，也有可能降低巴西对外交的关注，减少对国际事务的参与度。英国牛津大学巴西专家蒂莫西·鲍尔（Timothy J. Power）认为，卢拉政府的外交目标将延续，但总统的参与势必减少①。另外，墨西哥前外长豪尔赫·卡斯塔涅达（Jorge Castañeda）认为，与卢拉重视国际事务不同的是，罗塞夫可能更注重地区事务，而且罗塞夫可能较卢拉更重视发展与委内瑞拉、玻利维亚以及本地区其他激进左派政府的关系②。

三　罗塞夫政府面临的挑战

八年的出色执政，卢拉不仅巩固了稳定的政治经济局面，也帮助罗塞夫赢得了 2010 年大选，从而延续自己和劳工党的"传奇"。从政策走向来看，罗塞夫将会与其前任保持较高的连续性，但与 2003 年卢拉上任之时相比，罗塞夫的执政环境存在着较大的差异。首先，在劳工党和执政联盟内部，罗塞夫远不及卢拉当年的威望和领袖魅力；其次，"后危机时期"全球经济低迷与卢拉当年上任时的世界经济增长存在巨大反差，而贸易保护主义的"回潮"也与当时全球贸易的快速扩张形成了鲜明对比，这些差异也预示着罗塞夫有可能实施某些政策调整。根据笔者的理解，罗塞夫将面临以下主要挑战：

（一）执政联盟能否巩固

罗塞夫政府的执政联盟由 12 个政党组成，联盟规模超过卢拉当年，也增加了罗塞夫整合盟党力量的难度。大选刚落幕，罗塞夫的主要盟党便开始施压劳工党，要求增加各党的内阁席位。如民主运动党提出"6 个部长加央行行长"③的

---

① Fernando Calgaro, "Com Dilma ou Serra, política externa será mais modesta, diz especialista," *Globo*, 23 de outubro de 2010, http：//g1. globo. com/especiais/eleicoes － 2010/noticia/2010/10/com-dilma-ou-serra-politica-externa-sera-mais-modesta － -diz-especialista. html.

② http：//www. dcomercio. com. br/materia. aspx？id＝56708&canal＝14.

③ Raquel Ulhôa e Caio Junqueira, "PMDB pressiona e Temer ganha espaço politico," *Valor Econômico*, 3 de novembro de 2010, p. 5.

目标底线，而巴西社会党也提出"3 个部长加 1 个国有企业总裁"①的要求，而力量较小的盟党也采取了相应的"结盟"策略。除内阁席位之争之外，劳工党与民主运动党就参议长、众议长的人选问题存在较大分歧。尽管内阁已经"出炉"，议长之争基本平息，但能否实现劳工党与盟党之间、盟党与盟党之间的权力平衡将是罗塞夫需要解决的重要课题，如处理不当，不仅将削减执政联盟在议会中的优势，而且有可能危及政局的稳定。

（二）经济能否持续增长

虽然卢拉给罗塞夫创造了较好的宏观经济环境，但妨碍经济发展的诸多痼疾在卢拉任内没有得到解决，高利率、高税负、低投资、基础设施的落后依然是制约巴西经济增长的"瓶颈"，而世界经济在"后危机时期"的不确定性将限制罗塞夫解决这些难题的空间。

首先，全球"汇率战争"、流动性过剩、贸易保护主义等风险有可能使雷亚尔进一步升值，外贸对经济的拉动将可能进一步减弱；其次，通货膨胀压力的增大将限制利率的下调幅度，进而使提高投资水平的目标难以实现；最后，财政平衡将是罗塞夫政府维持经济稳定所必须考量的因素，投资规模的扩大和社会政策辐射面的加宽势必造成公共开支的增加，而在财政压力增大的局面下，税收改革的难度无疑将进一步增大。

（三）政治和税收改革能否成行

政治改革和税收改革被认为是罗塞夫竞选纲领中的"新意"所在。虽然以"比例选举制"、"竞选融资制度"为主要内容的政治改革有利于政治民主化，有助于提高政党地位，有助于减少选举腐败，但两项改革在参、众两院都存在着巨大的阻力。有议员称"列表投票法"将进一步强化各党要人的权势；也有议员认为，如根据各党议席来确定竞选经费，将可能形成大党膨胀、小党萎缩的局面。此外，中小政党力量的壮大有可能使政治改革的议会阻力进一步增大。

---

① Eugênia Lopes, "PSB espera ficar com 3 ministérios e o BNDES," *O Estado de São Paulo*, 2 de novembro de 2010, p. 50.

税收改革的主要难点在于：第一，巴西税制复杂，联邦、州和市三级政府的税收自成系统，因此税收改革需要三级政府的协调一致；第二，对各级政府而言，税改将直接影响其财政收入，因此，联邦政府的税改计划有可能面临地方政府、诸多利益集团的反对。正因为如此，罗塞夫推出一揽子税改政策的可能性不大，但有可能实施部分调整，如取消双重征税，降低部分税率等。

（四）能否延续国际影响力上升势头

如前所述，不管是在外交决策团队方面，还是在外交政策方针上，罗塞夫政府都与卢拉政府保持较强的连续性，但外交经验的欠缺以及国际号召力的不足，罗塞夫的外交风格势必有别于卢拉，而风格的改变是否能达到卢拉时期同样的外交效果是对罗塞夫的考验，也有分析家认为，20世纪90年代以来发挥重要作用的"总统外交"有可能因此进入一个低潮期。

在地区一体化方面，罗塞夫不仅要面对南美洲复杂的局面，而且亟待在地区事务中建立并提升自己的影响力和号召力；在南南关系和国际事务上，罗塞夫政府能否继续高擎"发展中国家代言人"的旗帜，积极投身重大国际事务，争夺国际重大议题设定权，这些都是值得关注的重要内容。巴西里奥·布兰科学院教授吉列尔梅·卡萨隆斯（Guilherme Casarões）认为，新政府需要衡量全球抱负与自身实力之间的差距，在卢拉时期，一些外交难题被巧妙地化解，但对罗塞夫来说，所付出的代价可能会更大①。

（张凡、吴白乙　审读）

The Brazilian General Election and Its Implications

Zhou Zhiwei

Abstract：With the campaign slogan "Succession", Dilma Rosseff, presidential candidate of the ruling PT party, won the election in 2010. It can be foreseen that the

---

① http：//congressoemfoco. uol. com. br/noticia. asp？cod_ canal =4&cod_ publicacao =35152.

Rosseff Government would basically follow the domestic and foreign policies set by the Lula Government (2002 –2010) although there would be some adjustments. Rosseff is expected to have a good start thanks to the successful rule of the Lula Government. In the Post-Crisis and Post-Lula Era, her major task is to break the Brazil's development bottlenecks, to resolve major disputes among domestic political forces, and to meet external challenges from the new international situation.

Key Words: General Election; Dilma Rosseff; Lulism; Post-Lula Era; Policy Trends

形 势 篇

Sector Reviews

Ⅹ.6

2010～2011 年拉美政治形势：
民主机制加强

杨建民*

　　摘　要：2010 年，拉美一些重要国家相继举行选举。本文从这些重要的选举切入，分析拉美国家当前政治发展的最新特点，分析 2010 年的政治形势。2010 年拉美国家的政治形势有四个特点：一是拉美政局总体稳定，但一些国家出现紧张甚至动荡的局面；二是拉美左翼政党的执政仍然享有一定的优势，但右翼或反对派的力量进一步发展；三是拉美国家政治参与继续发展和扩大，尤其是传统弱势群体的政治参与力度继续增强，2010 年这方面特点最集中的表现是女性政治家当选一些国家的总统或总理；四是虽然不少国家的左翼政党蝉联执政，但左翼政党和右翼政党之间的力量差距在缩小，智利的右翼在 20 年后重掌政权，说明拉美国家政治中左右翼轮流执政的规律仍然在起作用，而这正是拉美国家民主政治深入发展的重要表现。

---

* 杨建民，法学博士，中国社会科学院拉丁美洲研究所政治室副主任，副研究员。

2011 年拉美政治形势值得关注的问题包括一些国家将举行选举、古巴的经济改革、古共六大以及领导班子的改组、阿根廷政局的前景等。

关键词：拉美国家　选举　左翼政党　民主政治

本文主要从拉美国家 2010 年举行的选举以及出现的政府更迭、左右翼政治力量对比的变化、拉美民主政治中参与主体的继续扩大、拉美民主政治中左右派轮流执政的规律等方面来评述 2010～2011 年拉美的政治形势。

一　拉美政治形势总体稳定，一些国家的政局出现紧张或动荡的局面

（一）民主政治继续发展，一些国家顺利完成重要选举

2010 年，拉美地区有智利、哥斯达黎加、哥伦比亚、特立尼达和多巴哥、苏里南、巴西、海地等国家举行大选或议会选举，选出了新的国家领导人。此外，玻利维亚和墨西哥的地方选举、委内瑞拉的议会选举也非常重要。

（1）智利大选终结了中左翼联盟连续执政 20 年的历史。2009 年 12 月 13 日，智利举行大选，由基督教民主党、社会党、争取民主党和激进社会民主党 4 个政党组成的执政联盟，推举前总统爱德华多·弗雷作为候选人；以中右党独立民主联盟（UDI）和民族革新党（RN）为主体的反对派"争取变革联盟"则推举塞巴斯蒂安·皮涅拉为候选人。在 2010 年 1 月举行的第二轮选举中，皮涅拉以 51.6% 的得票率当选总统，并于 3 月 11 日就职。皮涅拉是智利 52 年来首位通过选举上台的右翼领导人，结束了左翼执政联盟自 1990 年智利实现"民主化"以来 20 年连续执政的历史。

（2）2010 年 2 月 7 日，哥斯达黎加执政党民族解放党总统候选人、前副总统劳拉·钦奇利亚战胜主要反对党公民行动党候选人奥顿·索利斯和自由运动党候选人奥托·格瓦拉，成为哥斯达黎加历史上第一位女总统。本次大选还选出了两名副总统、57 名议会议员和 81 个市议会的 495 名议员。钦奇利亚能够在第一轮总统选举中就顺利胜出，主要得益于民族解放党长期执政的历史和前总统阿里

亚斯的声望。阿里亚斯首次当选总统是在 1986 年，因其为中美洲和平做出的贡献获得诺贝尔和平奖，在拉美政坛享有很高的声誉。2006 年，阿里亚斯再次执政期间，与中国、新加坡签署自由贸易协定，支持中美洲与美国和欧洲签署自由贸易协定，努力扩大出口，吸引外国直接投资。哥斯达黎加的贫困率不断下降。2010 年，作为民族解放党总统候选人的钦奇利亚，被认为会继续执行阿里亚斯政府的发展战略，使哥斯达黎加继续保持良好的发展势头。

（3）2010 年 5 月 25 日，特立尼达和多巴哥反对党联合民族大会党在议会选举中取得胜利，获得议会 41 个席位中的 22 席，其领导人卡姆拉·珀塞德 - 比塞萨尔成为该国历史上首位女性总理。人民民族运动党领袖帕特里克·曼宁宣布承认选举失败。

（4）2010 年 5 月 25 日，苏里南举行国会选举，国家民主党（National Democratic Party，NDP）候选人、曾因走私毒品被判刑且背负屠杀罪的德西·鲍特瑟（Désiré Bouterse）以压倒性的票数当选苏里南新任总统，在国会 51 名议员中获得 36 票，占 70.56%。现任苏里南工业与商业协会主席阿莫拉里则成为副总统。正副总统于 8 月 3 日就职。鲍特瑟呼吁他的反对者们共同为苏里南的未来携手合作。

（5）2010 年 5 月 30 日，哥伦比亚举行总统选举。民族团结社会党候选人、前国防部长胡安·曼努埃尔·桑托斯（Juan Manuel Santos）和选前同样呼声很高的绿党候选人安塔纳斯·莫克库斯（Antanas Mockus）进入 6 月 20 日举行的第二轮选举，民族团结社会党候选人桑托斯最终以 69.13% 的得票率当选总统，获得了该国民选史上的最大胜利。莫克库斯最终获得 27.51% 的选票。桑托斯在大选中承诺继续现任总统乌里韦的政策主张，走"以稳定促发展"路线，被国内称为"乌派"或"乌里韦主义者"。在投票前夕，军方与反政府游击队发生冲突，造成 3 名士兵和 3 名游击队员死亡。尽管如此，哥伦比亚舆论仍然认为，这次大选是哥伦比亚 30 年来最为平静的一次。

（6）2010 年 10 月 3 日，巴西举行大选，选举新一届总统和副总统、26 个州的州长、巴西利亚联邦区行政长官、54 名参议员，513 名联邦众议员以及州府城市的 1059 名市议员①。劳工党、巴西民主运动党等组成执政联盟，推举劳工党

---

① Wikipedia，"Brazilian General Election, 2010," http：//en. wikipedia. org/wiki/Brazilian_ general_ election，_ 2010.

总统候选人迪尔玛·罗塞夫（Dilma Rousseff）为总统候选人，巴西社会民主党（PSDB）、民主党（DEM）、民族动员党（PMN）等党派组成反对党联盟，推出巴西社会民主党成员若泽·塞拉（José Serra）竞选总统。在 10 月 31 日举行的第二轮投票中，劳工党候选人迪尔玛·罗塞夫获得 56% 的选票当选总统，成为巴西历史上首位女总统。

在国会选举中，执政联盟进一步扩大了在众参两院的优势。两大主要反对党巴西社会民主党和民主党在参众两院的席位数量均有明显下降。在 27 个州长职位的选举中，执政联盟获得 16 个，反对党联盟获得 11 个。巴西社会民主党获得8 个州长职位，成为获得州长职位最多的党派①。

（7）2010 年 11 月 28 日，海地举行总统选举，根据海地临时选举委员会 12月 7 日公布的结果，70 岁的前总统夫人、来自民主进步联盟的马尼加获得了31.37% 的选票，代表执政党团结党的塞莱斯廷获得了 22.48% 的选票。原定于2011 年 1 月 16 日海地总统选举将进入第二轮投票，然而由于选举舞弊导致塞莱斯廷退出选举，首轮选举中得票名列第三的流行歌手马尔泰利进入第二轮，第二轮投票推迟至 2011 年 3 月 20 日举行。

除上述国家的通过大选或议会选举选出了新一届国家领导人之外，玻利维亚和墨西哥的地方选举、委内瑞拉的议会选举也相当重要。

（8）2010 年 4 月 6 日，玻利维亚举行地方选举，莫拉莱斯总统领导的争取社会主义运动在省、市长选举中取得胜利，在全国 9 个省中获得了 6 个省的省长职位，其中还包括原来被反对派控制的潘多省。2010 年地方选举的结果表明执政党争取社会主义运动在农村和小城市得到更多的支持。在市长选举中，执政党在全国337 个市中赢得了 229 个市长职位，但失去了一些有战略地位的市，如拉巴斯、苏克雷、奥鲁罗和波托西等。莫拉莱斯总统称，在本次选举之后争取社会主义运动已经成为玻利维亚历史上最大的党。在本次选举中，执政党虽然没有在首都拉巴斯获胜，但与 2004 年相比已经取得了重大进展，说明执政党的力量进一步壮大。

（9）2010 年 7 月 4 日，墨西哥 12 个州（全国共 32 个州）举行地方选举，选举 12 个州长和 1533 个市长，这次地方选举被认为是 2012 年总统选举的前奏。本次选举中，主要反对党革命制度党（PRI）在 9 个州获胜，加上 PRI 党既有的

---

① http：//eleicoes. uol. com. br/2010/raio-x/governadores-eleitos/partidos-vencedores/.

10 个州长职位，PRI 党已经掌握了全国 32 个州中的 19 个州的州长职位。此前，在 2009 年 7 月 5 日的议会中期选举中，革命制度党在众议院 500 个议席中所占席位增加至 260 个，由议会第三大党跃升为第一大党，再度成为墨西哥第一大政治力量。但是，在这次选举中，革命制度党未能在瓦哈卡、普埃布拉和锡那罗亚三个州获胜。原因是在这三个州的选举中，执政党右翼的国家行动党（PAN）居然同它的老对手、左翼的民主革命党（PRD）结成联盟。这在两个党的党内引起了争论。虽然革命制度党取得了胜利，但墨西哥政坛国家行动党、革命制度党和民主革命党三足鼎立的局面并未改变，它们下一次争夺的焦点将是 2012 年的大选。

（10）2010 年 9 月 26 日，委内瑞拉举行全国代表大会（议会）选举，总统查韦斯领导的执政党统一社会主义党赢得议会多数席位，获得 165 个席位中的 96 席，占 58%；反对党联盟"团结民主联盟"获得 64 席，占 39%；另一少数党派、查韦斯政府前盟党"大家的祖国"党获得 2 席，占 1.2%。虽然执政党获得了过半数席位，但距离查韦斯选举前定下的目标 110 席还有差距，查韦斯的一些支持者认为选举并没有达到他们的预期，对选举结果感到不满意。

与此形成鲜明对照的是，反对党代表们在得知选举结果以后欢呼雀跃。他们虽然没有获得多数席位，但与 2005 年议会选举时集体退出，把胜利拱手让给查韦斯的结果相比，获得 65 个席位已经是反对党取得的一次历史性突破。

（11）巴拉圭于 2010 年 11 月举行了地方选举，第一大反对党——右翼的红党在选举中获得重要胜利，赢得了全国主要城市的市长职位和大部分省的省长职位，该党已经具备了在 2013 年重返执政地位的实力。

（二）一些国家出现政局紧张乃至动荡

2009 年 6 月议会中期选举后，阿根廷正义党胜利阵线失去了多数席位，副总统科沃斯成为反对派领导人，直接反对总统推行的政策。2010 年 1 月 19 日，阿根廷总统克里斯蒂娜宣布推迟原定对中国的访问，因为她不能将政权交给科沃斯。同时，克里斯蒂娜总统计划用中央银行 65.69 亿美元的外汇储备成立一个偿债和稳定基金，用来偿还 2010 年到期的部分外债。但央行行长雷德拉多反对政府直接干预央行事务，拒绝将央行的相关外汇储备移交给政府其他部门，副总统兼参议院议长科沃斯则坚决支持雷德拉多。至今，总统的"外储偿债"计划悬而未决，正副总统公开对立，加上基什内尔夫妇财富增长过快、与总统有关的不少人员面临腐败调查案等，在执政党和政府内部也造成了严重的政治分歧，政局一度出现紧张局面，削弱了公众对政府的信任。

2010 年 9 月，厄瓜多尔政局也曾一度出现紧张和动荡，并造成人员伤亡，政府被迫宣布国家实行紧急状态。事件的起因是议会通过一项公共服务法，削减了警察和军人的福利，并限制了其授勋和晋升。9 月 29 日，全国多个城市发生警察抗议活动，总统科雷亚受轻伤，称其本人曾遭"绑架"，并指责警方和反对派企图发动政变。在此期间，阿根廷、智利、委内瑞拉、玻利维亚和秘鲁等国总统以及南美洲国家联盟秘书长基什内尔发表声明称，南美国家在任何情况下都不能容忍对民主政体的挑战以及对民选政府的"政变企图"。如果一个南美国家宪政中断，其他南美国家将立即采取封锁边境、中止贸易和空中交通、停止能源和服务供应等实质性行动。不过，厄瓜多尔骚乱很快得到平息。

在巴拉圭，从 2009 年开始不断出现游击组织"巴拉圭人民军"制造的绑架和枪杀事件，社会安全形势恶化的同时也引发了议会某些议员试图对总统卢戈进行弹劾，加上腐败和擅改财政预算等问题，卢戈总统与议会的关系非常紧张。2010 年，"巴拉圭人民军"在获得了赎金释放了农场主萨瓦拉之后，又连续制造了几起枪杀案，政府被迫宣布北方 5 省进入"例外状态"，巴动员警察和军队进剿，非但没有成功，而且还暴露出警察和军队之间的合作问题。由于卢戈涉嫌与"巴拉圭人民军"有关系，如果政府不能早日解决"巴拉克人民军"问题，可能会再度遭到弹劾。

在洪都拉斯问题上，南美的民主保障机制在 2010 年仍然有所表现。2009 年 6 月，洪都拉斯发生军事政变，民选总统塞拉亚遭到军人罢黜，拉美国家予以强烈谴责和集体抵制。2009 年 11 月，原反对党国民党候选人洛沃在总统选举中获胜。一些拉美国家认为该选举是由通过政变上台的临时政府组织的，部分拉美国家拒绝承认洪都拉斯新政府。2010 年伊比利亚美洲首脑会议的东道国阿根廷强调必须维护本地区的民主进程和宪政机制，拒绝邀请洪都拉斯代表与会。而一些拉美国家则认为，接纳洪都拉斯重返地区大家庭将有助于巩固和推动洪都拉斯的民主进程。最终，大会秘书处决定不邀请洪都拉斯参加本次首脑会议，这是该会议举办 20 年以来第一次出现成员国没有受邀出席的情况。

从目前来看，拉美国家及其参与的地区性组织作为民主的保障机制，在相当程度上仍然只能向民主受到威胁的国家提供政治和道义上的支持，而问题的真正解决还要看当事国政府的执政能力。

二 中右翼势力有所上升，但拉美左翼仍然享有一定的优势

由于大选既是民主政治体制正常运转完成政权轮替至关重要的环节，又是拉美各国政党和政治家之间集中、激烈的政治较量，因而大选的结果既比较客观地体现了拉美国家国内政治力量对比的现状和变化，又会对拉美地区的政治格局产生重要影响。

从 2010 年的大选来看，除智利的左翼执政联盟在连续执政 20 年后败给右翼联盟之外，哥斯达黎加和哥伦比亚的中右翼政党继续执政，巴拉圭的右翼政党红党在地方选举中赢得胜利，拉美中右翼的力量在上升。在拉美其他国家，左翼政党也受到右翼政党和其他政治势力的挑战。阿根廷的左翼正义党也面临着反对派的巨大挑战；厄瓜多尔在推进"公民革命"的过程中也造成了政局的动荡；巴拉圭总统卢戈是拉美最后一个战胜右翼政党上台执政的，但由于执政党在议会不占多数，不仅政府推行的改革难以落实，而且面临棘手的社会安全问题，甚至有被弹劾的可能；委内瑞拉的查韦斯虽然通过重新划分选区等措施在 2010 年的议会选举中赢得了多数，但仍然没有达到预想的 2/3 多数，也说明人民不满意如此之低的经济增长率，不满意没有经济增长的社会政策，这同时也印证了右翼反对派逐渐壮大的原因。值得注意的是，拉美国家的中右翼也和左翼一样更加重视社会问题的解决。智利右翼政党候选人皮涅拉的竞选纲领中除铜矿部分私有化、发展新能源外，还承诺将增加武警编制，增加学校、医院和诊所的数量，解决智利选民关注的高犯罪率及教育和医疗问题；承诺在未来 4 年内为智利创造 100 万个就业机会，争取年经济增长率达到 6%，并将在 2014 年前使 50 万人摆脱贫困。虽然右翼反对派联盟的上台在政治上不会发生重大变化，但足以说明拉美政治的左右翼轮流执政的规律仍然在起作用，这也是民主政治不断完善的必然结果。

尽管拉美中右翼的势力在上升，但从拉美地区总体的政治格局来看，绝大多数拉美国家的左翼政党仍然处于执政地位，而且与欧洲左翼政党相继落选相比，拉美国家左翼政党的执政地位仍然稳固。

20 世纪末至 21 世纪初，欧洲曾涌现左翼执政的浪潮。在西欧，英国工党、德国社会民主党和法国社会党相继执政。同时期的东欧如波兰、匈牙利、捷克等国家的左翼力量也曾长期执政，分别带领各国加入欧盟，并实现了经济较长时间的快速增长。但在 2009 年的欧洲议会选举中，各国左翼政党普遍遭到挫败，右翼的欧洲人民党团成为最大赢家，同时极右势力的崛起也分流了左翼政党的选票。在 2010 年上半年的议会选举中，匈牙利、捷克、斯洛伐克 3 国的左翼执政党或执政联盟均失去了在议会的多数席位，成立了中右翼政府。2010 年 6 月举行的英国、荷兰大选中，右翼的保守党和自民党分别获胜，尤其是英国工党连续 13 年执政历史的终结，再次显现了欧洲左翼力量的衰落趋势。左翼力量曾经的"三驾马车"——法国社会党、德国社会民主党和英国工党——相继沦为在野党，当前的欧洲政坛领袖已经是清一色的中右翼领导人。

分析欧洲左翼失利的原因，一方面是欧洲左翼政党相继放弃自己的左翼纲领，常常为了短期利益与右翼合流，结果是人民对其失去信任，甚至把选票投给极"左"翼和右翼；另一方面是由于经济危机的冲击，很多民众收入减少，促使部分选民回归民族主义，英国和东欧地区的左翼执政党在执政期间曝出的腐败丑闻，也让他们丧失了很多选民的支持，导致大选落败。这也是值得拉美左翼政党吸取的经验和教训。

反观拉美的左翼执政党，卢拉政府兼顾公平的经济政策得到巴西选民的肯定，经济也维持了较高速度的增长；在玻利维亚，莫拉莱斯领导的争取社会主义运动党执政后，国家的经济增长率在拉美名列前茅；委内瑞拉的查韦斯和厄瓜多尔的科雷亚在国内领导的"革命"虽然遇到一些困难，但仍然得到大多数人民的支持。从 2010 年的选举来看，拉美最大的国家巴西的左翼政党蝉联执政，表明其力量和影响仍然存在一定的优势。这主要是因为其在执政期间的政策得到人民的认可，经济在摆脱经济危机的道路上迅速恢复增长，同时拉美左翼执政党的社会政策兼顾了发展的公平。从 2010 年的选举来看，巴西劳工党候选人罗塞夫之所以能够当选，就是因为其前任卢拉的政策得当，受到人民拥护。

三 政治参与继续扩大，传统的弱势群体继续崛起

从 2010 年大选来看，拉美国家民主政治进一步发展的另外一个证据就是政

治参与继续扩大，传统的弱势群体继续崛起。在 20 世纪 80、90 年代，也就是在民主化的初期，曾经出现过土著人崛起，维护自身权利、组织政党的情况，如贯穿 20 世纪 90 年代的厄瓜多尔土著人联盟争取权利的斗争和 1994 年开始兴起的墨西哥萨帕塔民族解放军的起义等。进入 21 世纪，拉美国家弱势群体的政治参与继续发展。1998 年代表中下层利益的查韦斯当选总统，使委内瑞拉充当了拉美政坛集体"左转"的急先锋；2002 年巴西的工人总统卢拉上台执政；2004 年玻利维亚诞生了首位印第安人总统莫拉莱斯。而 2010 年的选举给我们印象更深的是女性领导人的增加和绿党的发展。

（一）拉美国家女性政治参与度的提高

在 21 世纪的第一个 10 年，拉美有 10 多个国家、70% 以上的领土和人口都处于左翼政党的统治下。这些国家的妇女强烈希望和要求享受平等参政的权利并积极参与政治，以前备受歧视的妇女，正在努力争取自身的权利。目前，拉美地区有 14 个国家已经通过法律，要求任何选举产生的职位必须有 40% 以上的候选人为女性[①]。阿根廷是第一个通过这种法律的国家，该法律也使阿根廷成为拉美地区妇女地位最高的国家之一。

拉美国家女性的政治地位提高很快，出现了一批女总统和女总理。至今，拉美国家已经出现 12 位女性国家领导人，仅 2010 年就有 5 位在执政（包括新当选的 3 位）。2010 年新当选的女性领导人有哥斯达黎加的劳拉·钦奇利亚、特立尼达和多巴哥的卡姆拉·珀塞德－比塞萨尔和巴西的罗塞夫。拉美国家女性参政的比重也在世界上处于领先地位。据《世界妇女参政地图 2010 年》报告，在全世界各国的议会中，女议员平均所占比重为 18.8%，而在拉美地区，女议员所占平均比重已达 22%，超过了欧洲地区（21.4%），居世界领先地位；在玻利维亚和阿根廷等拉美一些国家的议会，女议员已超过了 30%[②]。

拉美国家女性地位提高的根本的原因在于随着民主和市场经济的发展，"男尊女卑"的传统观念正在发生转变。在被称为南半球最保守的国家智利，2004 年 5 月颁布新的婚姻法，废止了实行了 100 多年的不准离婚的法律条款。2006 年

---

① 徐世澄、韩梅：《拉美缘何频出女性总统?》，2010 年 5 月 16 日《北京日报》第 5 版。
② 徐世澄、韩梅：《拉美缘何频出女性总统?》，2010 年 5 月 16 日《北京日报》第 5 版。

3月，巴切莱特就任智利总统。这两个事件均具有标志性意义，那就是智利妇女地位的迅速提高。

可以说，拉美左翼政党的发展和执政同上述弱势群体积极的政治参与是分不开的。从一定意义上说，正是传统弱势群体积极的政治参与造就了拉美政治"集体左转"的趋势。

（二）拉美政坛上的"绿色"

绿党的发展不仅是人类保护环境的一种政治需要，更是政治家的活动贴近普通民众生活的一种表现。绿党一般主张"生态优先"、基层民主、非暴力、反对核武器等原则。2010年，哥伦比亚大选前的绿党候选人安塔纳斯·莫克库斯呼声甚高，民意测验显示的数据甚至高于执政党民族团结社会党候选人、前国防部长曼努埃尔·桑托斯。最终莫克库斯的得票率为21.48%，位列第二，把桑托斯拖入第二轮选举。巴西绿党总统候选人玛丽娜·席尔瓦获得了19.64%的选票。此外，墨西哥的绿色生态党与目前执政的国家行动党结盟，成为执政联盟的主要成员，两次获得大选的胜利。

四　传统政党在继续衰落和力量恢复
两个方向上继续分化

20世纪90年代以来，拉美一些国家的传统政党相继出现一波衰落的过程，尤其是拉美左翼力量的兴起打破了传统政党长期控制国家政权的局面，对传统政党形成重大挑战。最先是1998年查韦斯的"第五共和国运动"（目前改组为委内瑞拉统一社会主义党）结束了民主行动党和基督教社会党长期轮流执政的历史。2002年劳工党候选人卢拉当选总统并在2006年蝉联执政，表明在巴西由巴西民主运动党、工党、自由阵线党等传统政党长期轮流执政的局面彻底被打破。2010年劳工党候选人罗塞夫当选总统，而且有影响的候选人全部为左派政党的候选人，说明左派政党在巴西的优势仍然明显。目前，一些国家的传统政党丧失了传统的执政地位，甚至一蹶不振，已经无力挑战新兴的政治力量。这些政党衰败的根本原因有两个：一是这些政党在理论、制度和组织方面存在严重缺陷，缺乏适应国内外环境变化的能力；二是这些政党在执政能力方面存在缺陷，缺乏化

解国家面临的政治、经济和社会难题的能力和手段①。这类传统政党在哥伦比亚和委内瑞拉的表现最为明显，这些国家的传统政党则继续呈现衰落的势头。在哥伦比亚，曾轮流执政数十年的自由党和保守党失去了对国家政治生活的控制，政治影响力大大下降。此前，保守党连续两次放弃总统竞选；2010年自由党连续第四次参选而不胜，虽然保守党和自由党在2010年3月的议会选举中仍然是第二和第三大党，但其候选人在总统竞选中的得票率都没有超过10%。2010年哥伦比亚大选未能扭转保守党和自由党两个传统政党的衰败趋势。在委内瑞拉，查韦斯虽然已经不再如日中天，但传统政党仍然无力回天，查韦斯及其领导的委内瑞拉统一社会主义党仍然在议会选举中获得了多数席位。

另外，一些国家的传统政党的力量在恢复发展之中，甚至重返执政地位。2010大选之年，在哥斯达黎加、智利、墨西哥等国，传统政党的地位或者仍比较稳固，或者力量有所恢复，新兴政治力量未能对其地位构成现实威胁。智利政坛依然被传统政党所控制和主导，其他政党的成长受到一定程度抑制；继秘鲁传统政党阿普拉党、尼加拉瓜传统左派政党桑地诺民族解放阵线、哥斯达黎加传统政党民族解放党东山再起、重新获得执政地位之后，哥斯达黎加的民族解放党在2010年大选中实现蝉联。曾创造连续执政71年奇迹的墨西哥革命制度党曾在2006年大选中惨败，沦为第三大党，滑入边缘化的窘境。而在2009年和2010年，革命制度党大有卷土重来之势，先是在2009年议会中期选举中成为第一大党，2010年又在地方选举中获胜，该党力量的恢复对其参加2012年的总统大选非常有利。

从总体上说，通过对2010年度拉美大选的分析，拉美国家的民主政治进程处在不断完善和发展的过程之中，这表现为多次和平选举的进行和政府依宪法和法律程序进行更迭，拉美公民政治参与尤其是印第安人、女性等弱势群体政治参与的扩大和加强，以及一些传统政党通过选举实现回归等。另外，兼顾公平的经济发展得到选民的肯定，这是本年度大选中不少执政党得以蝉联的重要原因。但还应该注意到，拉美政治的"钟摆效应"仍然在起作用，右派20年后在智利重返执政地位就是明证，这也是民主政治深入发展的重要表现之一。

---

① 袁东振：《拉美国家传统政党的衰败与可治理性危机》，《拉丁美洲研究》2005年第5期。

五　2011 年拉美政治发展中值得关注的问题

可以预见，2011 年拉美国家的政治形势仍将保持基本稳定，民主政治会继续发展，可以预期右派政治力量会进一步增强。2011 年，我们要密切关注以下问题，这些问题可能对拉美地区政治的整体形势产生重要影响。

（一）2011 年即将举行的重要选举

2011 年即将举行的选举主要有：海地（1 月）、秘鲁（4 月）、圭亚那（8 月）、阿根廷（10 月）、危地马拉（11 月）、尼加拉瓜（11 月）、圣卢西亚（12 月）①。

（二）古巴局势值得继续关注

2010 年 2 月，古巴虽然发生了持不同政见者绝食自杀招致西方国家干涉的事件，但政局仍然保持稳定，事件造成的外交被动局面会逐步解决。2010 年 7 月 7 日，古巴领导人菲德尔·卡斯特罗自 2006 年 7 月底因病手术之后首次公开露面，之后多次出现在公众视野中，表明其健康状况有所恢复。

面对非常不利的政治经济局面，2010 年，古巴开始了对当前的经济发展模式的讨论，古巴政府提出对经济模式进行调整。2010 年 9 月 13 日，古巴政府决定，到 2011 年 3 月底，古巴国有部门完成精简 50 万人的任务，3 年内裁员 100 万，占全部国有部门职工的 1/5。由于本次改革力度太大，目标设定完成的时间又非常短，搞不好会危及国家的稳定。因此，政府除要求各级工会和保卫革命委员会加强各方面的说服动员工作以外，古巴政府决定从 2010 年 12 月起发动公民进行为期 3 个月的大辩论，自由表达对经济改革的意见。

值得注意的是，古巴官方并不提要进行"改革"，而是称"变化"或采取"经济措施"，劳尔称目前古巴正在进行"更新"社会主义。古巴将鼓励私人企业的发展，但同时强调不会用市场经济改革的办法来解决经济问题。古巴领导人强调，在更新古巴经济模式的进程中，古巴一方面不会抄袭任何其他国家的模式，另一方面

---

① Mark P. Sullivan&Julissa Gomez-Granger, "Latin America and the Caribbean: Fact Sheet on Leaders and Elections," http: //www. fas. org/sgp/crs/row/98 - 684. pdf.

也绝不会放弃社会主义建设，古巴政治、社会体制的"社会主义特性"不会改变。

2009 年 8 月，古巴宣布推迟原定 2009 年举行的古巴共产党六大，原因是要将精力放在重振古巴经济上。2010 年 11 月 8 日，古共中央政治局决定在 2011 年 4 月下半月召开古共"六大"，但强调"六大"将集中解决经济问题，对更新经济模式作出决定，并将通过《经济社会政策纲要》。劳尔强调，"六大"只讨论经济问题，不讨论组织问题，即领导班子问题。"六大"召开之后，在 2011 年内讨论党的组织问题。

总之，古巴经济改革的大幕已经拉开，但摆在古巴领导人面前的困难和挑战实在不少，如何处理发展私营经济与不搞市场经济之间的关系？即将裁减的百万国营部门的员工到哪里去，谁将为他们提供新的就业机会？2011 年，经济大改之年又要进行领导班子的调整。这一切，一方面使我们看到了古巴出现了变革的机会，另一方面我们也不得不关注其面临的风险与挑战。2011 年古巴的形势值得高度关注。

（三）阿根廷政局的前景存在不确定性

目前，克里斯蒂娜政府尚能控制局面，但是随着 2011 年总统大选的日益临近，国内政治斗争加剧，加上克里斯蒂娜与反对派不妥协的态度，势必提高政局动荡的风险。可以预见，克里斯蒂娜政府在剩余的执政时间内会面临更多的挑战。此外，21 世纪初阿根廷最重要的政治家、克里斯蒂娜总统的主要智囊、前总统基什内尔的突然去世，更为阿根廷政局的前景增添了变数。2011 年，克里斯蒂娜是否会竞选总统？正义党和反对派谁将赢得选举？阿根廷大选后的政策将如何调整，值得高度关注。

（张凡 审读）

Political Developments in the LAC Region

Yang Jianmin

Abstract：In 2010, the political situation in Latin American and the Caribbean（LAC）had the following characteristics：First, the region was stable although there were partial tensions and unrest in some countries; second, the leftist governments in Latin America remained to enjoy certain advantages although the opposition parties were gathering strength fast; third, traditionally vulnerable groups continue to deepen their political participation; fourth, the rightist coalition in Chile gained the power after the twenty years of rule by the leftist parties, which is an example demonstrating that the rule by leftist and rightist parties in rotation remains to work and also showing that democratic institutions in the region are further consolidated.

Key Words: Latin American countries; Elections; Leftist Parties; Democratic Politics

Y.7
2010～2011 年拉美经济形势：
政策调整难度加大

吴国平[*]

摘　要：2010 年拉美和加勒比经济增长 6%，成为近 10 年来的次高增长年。但是，各国经济表现存在较大差异，有近 20 个国家是低增长或负增长；在巴西经济的带动下，南美经济出现了明显的区域联动效应，中美洲和加勒比地区经济增长滞后于地区平均水平，委内瑞拉成为南美唯一并连续第二年负增长，且衰退和高通胀并存的国家。2010 年拉美和加勒比对外贸易全面增长，但进口增幅大于出口，商品和服务贸易盈余大幅度减少。2010 年的财政形势趋于好转，但其可持续性面临的压力有所增大。通货膨胀有所加剧，经济开始出现局部过热迹象。全地区有 28 个国家的消费物价指数超过 2009 年，有的国家甚至高达两位数。拉美和加勒比经济的上述变化受到多种因素的影响。一些国家采取的应对危机的政策举措取得了明显的成效；巴西经济的强劲复苏对拉动南美地区乃至整个地区经济增长都有积极作用；新兴经济体经济增速加快和发达国家经济复苏缓慢且不稳定，对该地区不同国家的经济走势产生了明显而有差异的影响。2011 年拉美和加勒比经济将继续保持增长，但其增速将明显放缓，预计将维持在 4.2% 左右，整个地区经济还将面临新的挑战：外部经济走向的不确定性将成为左右拉美和加勒比经济发展趋势的重要因素之一，该地区原有的经济增长的有利因素正在向其相反的方向演变，政策调整势在必行，但其难度和风险都将有所加大，其调整的方向及结果都值得人们关注。

关键词：拉美经济　加勒比经济　经济增长　经济前景

---

* 吴国平，中国社会科学院拉丁美洲研究所研究员，博士生导师，中国经济社会理事会理事。

在经历了全球金融和经济危机冲击造成的经济衰退之后，拉丁美洲和加勒比经济出现了较快的复苏，2010 年其势头超过了人们最初的预期。但是，不同的次区域（南美洲、中美洲和加勒比地区）和不同国家之间经济走势的差异继续扩大。南美洲及其部分国家的经济强劲复苏，而加勒比地区及其部分国家经济尚未完全走出衰退的阴影。经济走势的分化，决定了拉美和加勒比各国经济政策目标及其具体举措的差异，这已成为当前该地区经济发展的一个很重要的特点，亦将对未来整个地区的经济演变趋势产生重要影响。

　　2010 年，随着拉美和加勒比地区国内经济活动日趋活跃，经济面临的新挑战也逐渐显现。多数国家的经济政策出现了调整的趋势。其中一些国家正在从应对危机的反周期政策向稳定经济和防止经济过热的政策转变，这将影响未来一年该地区经济增长的趋势。预计 2011 年拉美和加勒比经济在内外多种因素的影响下，其经济增速将明显放缓，多数国家的经济增长率将会低于 2010 年。

一　2010 年拉美和加勒比经济形势的基本特点

　　2010 年拉美和加勒比经济在 2009 年第四季度开始复苏的基础上，逐渐加强了复苏的势头。多数国家采取的反危机经济政策的效果日益显现出来，并受全球经济缓慢复苏的有利影响，2010 年前三季度整个地区经济增长呈现逐渐加速的趋势。但是，加勒比地区的经济复苏进程仍然相对滞后。同上年相比，2010 年整个地区的经济形势表现出以下一些新的特点。

（一）整个地区经济强劲反弹，各国间经济增长的差异继续扩大

　　2010 年拉丁美洲和加勒比地区经济，整体上继续保持较强的复苏势头，整个地区的经济增长率预计为 6%，是近 10 年来仅次于 2004 年的次高增长年；人均 GDP 预计增长 4.8%，为近 10 年增长率最高的一年①。回顾全年拉美和加勒比地区整体经济及各国经济的走势，可以发现两个很明显的特点：一是上、下半年整个地区经济走势不尽相同，就整体而言，其下半年经济增速开始逐渐趋缓；

---

① CEPAL，*Balance Preliminar de las Economías de América Latina y el Caribe 2010*，Santiago de Chile，2010，p. 7.

二是地区内的次区域间和不同国家间的经济走势呈现出较为明显的差异（见图
1）。从各次区域看，2010年南美洲地区经济复苏势头明显地强于中美洲和加勒
比地区，其当年经济增长率为6.6%，高于拉美和加勒比经济整体增长水平，并
有5个国家位列拉美和加勒比经济增长的前5位；2010年中美洲经济增长率为
3.5%，低于拉美和加勒比地区的平均水平。这表明，尽管中美洲各国经济都实
现了增长，但多数国家是维持在低速增长的水平；2010年加勒比地区经济平均
增长率仅为0.5%，当年拉美和加勒比地区中经济为负增长的5个国家中，有4
个国家集中在加勒比地区（见附表1）。

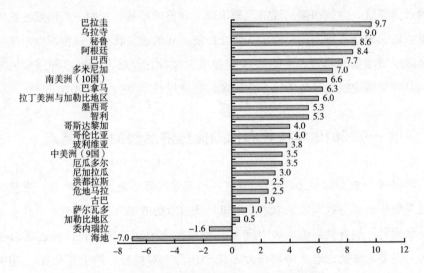

图1　2010年拉丁美洲和加勒比国家经济增长

资料来源：CEPAL, *Balance Preliminar de las Economías de América Latina y el Caribe
2010*, Santiago de Chile, 2010, p. 11。

上述特点表明，2010年拉美和加勒比国家经济走势差异有继续加大的趋势。
尽管2010年整个地区经济呈现出较为强劲的复苏势头，但具体到各国经济增长
的实际走势，高于地区平均水平或出现负增长的国家都相对较少。地区主要大国
的经济复苏步伐明显加快，巴西经济创下了近30年来的最高增长纪录，其在整
个地区经济总量中的比重进一步加大，并对整个地区经济复苏产生了积极的影
响；全地区有近2/3国家的经济维持中低速增长，并低于地区平均水平（见附表
1）；同一地区出现了经济走势截然不同的国家。以南美地区为例，在该地区半
数国家进入拉美和加勒比地区经济增长前列的同时，委内瑞拉经济却是南美洲当

年唯一，并连续第二年为负增长，且衰退和高通胀并存。按照 2010 年拉美和加勒比各国经济增长的表现，大致可以划分为四种类型。

第一类是经济强劲复苏，并领跑于整个地区经济的国家。这组国家共有 7 个（巴拉圭、乌拉圭、秘鲁、阿根廷、巴西、多米尼加和巴拿马），其经济增长率最高的为 9.7%（巴拉圭），最低为 6.3%（巴拿马）。这组国家中有 5 个来自南美洲，其中南方共同市场正式成员国全都位列其中，巴拉圭和乌拉圭还分别占据整个地区经济增长的前两位。

第二类是经济增速低于地区平均水平，但保持 4%～5% 的中速增长的国家。这类国家有智利、墨西哥、哥伦比亚和哥斯达黎加，其中经济增长率最高的智利和墨西哥分别都为 5.3%，哥伦比亚和哥斯达黎加紧随其后，均为 4%。

第三类是经济有复苏，但维持在低速增长的国家。这类国家包括玻利维亚、厄瓜多尔、尼加拉瓜、苏里南、圭亚那、危地马拉、洪都拉斯、伯利兹、古巴、多米尼克、圣卢西亚、萨尔瓦多、特立尼达和多巴哥、格林纳达、巴哈马及圣文森特和格林纳丁斯，主要为中美洲和加勒比国家。其中年增长率在 3%～3.8% 的国家有 4 个，2%～2.8% 的国家有 4 个，另有 5 个国家的经济增长率保持在 1%～1.9%，还有 3 个国家的增长率仅在 0.5%～0.8%。

第四类是零增长或经济持续衰退的国家。这类国家包括牙买加、海地、安提瓜和巴布达、委内瑞拉、圣基茨和尼维斯、巴巴多斯。其中委内瑞拉是唯一加勒比地区以外的南美国家，且是 2009 年拉美和加勒比地区第三大经济体①，其经济在 2009 年下降了 3.3% 的基础上，2010 年继续为 1.6% 的负增长。其余都是加勒比国家，并且除牙买加经济为零增长、正在逐步走出衰退外，其他 3 国经济连续第二年负增长；海地则是因地震使其经济遭受重创，由上一年的增长转为负增长 7%。

（二）对外贸易全面增长，但进口增长高于出口，商品和服务贸易盈余大幅度减少

2010 年伴随全球经济的缓慢复苏、主要新兴经济体经济日趋活跃、拉美和加勒比经济持续好转，整个地区对外贸易出现了相应的变化。尽管同该地区经济

---

① 按照联合国拉美经委会 2010 年公布的数据，以当年美元价格计算，2009 年委内瑞拉的 GDP 为 3253.99 亿美元，超过了阿根廷（3087.4 亿美元），居拉美和加勒比地区第三位。

形势的特点相似，各国间的对外贸易也受各自经济形势和贸易结构的影响，表现不尽相同，但多数国家的对外贸易都出现了较大幅度的增长。

2010年拉美和加勒比地区商品出口贸易总额为8766.75亿美元，比2009年增长了25.5%，按照不变价格计算实际增长12.3%，但尚未恢复到2008年的水平①。同2009年受全球危机的影响，整个地区商品出口贸易下降，其中仅有3个国家保持出口增长的情况相比，2010年整个地区和绝大多数国家的商品出口形势都明显改观。全地区32个国家（不含古巴）中，仅有8个国家的商品出口额继续下降，且主要为加勒比国家。其中南美洲国家的商品出口额都出现了不同程度的增长，巴西、秘鲁和巴拉圭分别增长30%、30.9%和39%，除委内瑞拉外的其余国家的增长幅度在23%~28%之间，即便是委内瑞拉也增长了13.4%。整个地区的出口继续呈现出区域和国别相对集中的趋势，全地区商品出口的87.6%集中在7个国家（墨西哥、巴西、阿根廷、智利、委内瑞拉、哥伦比亚和秘鲁），其中墨西哥和巴西分别占33.5%和22.7%；南美地区则占拉美和加勒比地区商品出口总量的2/3以上（64.9%）（见图2和图3）。从拉美和加勒比地区商品出口的结构看，初级产品继续成为推动商品出口增长的主要动力，其中矿产品和石油产品是出口增长幅度最大的两类产品，2010年前三个季度增长41.3%；紧随其后的是农牧产品和制成品，同期出口增长23.5%。

受拉美和加勒比经济复苏及其国内需求日趋活跃的影响，2010年整个地区的商品进口增长高于出口，当年该地区的商品进口总额为8288.87亿美元，按照当年价格计算增长28.4%。按不变价格计算增长21.7%。在整个地区除古巴之外的32个国家中，仅有委内瑞拉、特立尼达和多巴哥、巴巴多斯和巴哈马4个国家的商品进口同比出现了下降外，其余国家的商品进口额都有不同程度的增长。该地区商品出口最多的7个国家同时也是商品进口最多的国家，其占整个地区商品进口总额的比重为83%，墨西哥和巴西两国所占的比重高达57.4%（见图2和图3）。在这7个国家中，阿根廷、巴西、智利和秘鲁的商品进口增长分别为45%、38%、38%和37%，墨西哥和哥伦比亚的商品进口增长分别是26.7%和20%。2010年商品进口结构的变化与该地区经济强劲复苏和私人消费

---

① CEPAL, *Balance Preliminar de las Economías de América Latina y el Caribe 2010*, Santiago de Chile, 2010, p. 83.

日趋活跃相一致，燃料和消费品进口快速增长，2010 年前三个季度两者分别增长了 50.5% 和 32.6%，耐用消费品和资本品的进口也有较大幅度的增长。

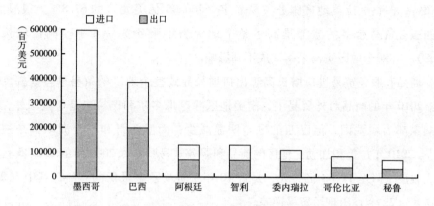

图2　2010 年拉丁美洲和加勒比地区商品进出口前 7 位国家

资料来源：作者根据联合国拉美经委会 2010 年数据编制。

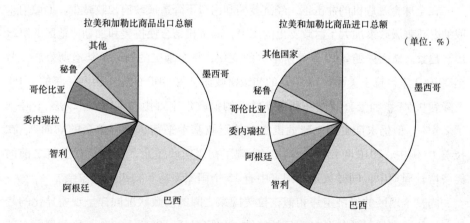

图3　2010 年拉美主要国家占地区商品进出口总量的比重

资料来源：作者根据联合国拉美经委会 2010 年数据编制。

2010 年拉美和加勒比地区的服务贸易也有明显增长，但其进口明显大于出口，其贸易赤字有所增加。2010 年服务贸易出口额为 1133.91 亿美元，比 2009 年增长 9.2%。在有统计数据的国家中（30 个国家），仅有 3 个国家同比为负增长；同期服务贸易进口额为 1607.1 亿美元，同比增长 19.6%，其中有 6 个国家为负增长。三个地区大国（巴西、墨西哥和阿根廷）占整个地区服务贸易进口

的 64.2% 和出口的 52%。因此，地区大国服务贸易的变化直接影响整个地区服务贸易的平衡。2010 年巴西服务贸易赤字为 320.66 亿美元，比 2009 年增加了 66.6%，占整个拉美地区服务贸易赤字（466.06 亿美元）的 67.8%。很显然，巴西服务贸易赤字的激增推高了整个地区当年服务贸易赤字（同比增长了 56%），亦对全地区贸易平衡造成不利影响。

商品和服务贸易进口增长高于出口增长导致整个地区的贸易顺差大幅度减少。2010 年的商品对外贸易中，南美地区除厄瓜多尔和巴拉圭是逆差国外，其余国家都为顺差国，但巴西的顺差明显减少；而墨西哥和中美洲则都是逆差国①。2010 年拉美和加勒比地区的商品和服务贸易顺差由 2009 年的 222.35 亿美元大幅度下降至 11.83 亿美元，是近 10 年来贸易盈余最低的一年，其中有 2/3 的国家（22 个）出现了贸易逆差。

（三）财政形势趋于好转，但其可持续性面临的压力有所增大

在全球金融危机的冲击下，经济萎缩和出口下降造成政府税收减少，而政府采取的财政刺激政策加大了财政支出的压力，两者相结合使拉美和加勒比地区的财政形势趋紧。然而伴随 2010 年经济形势的变化，整个地区的财政形势有所好转。截至 2010 年末，拉丁美洲（19 国）的初级财政赤字占 GDP 的比重由上一年的 1.1% 下降到 0.6%，加上公共债务利息支付后的财政赤字则由占 GDP 的 2.9% 下降到了 2.4%，但仍未恢复到全球危机之前的财政基本平衡、略有盈余的局面②。在拉美 19 国中，2010 年仅有 6 个国家实现了初级财政盈余，而在全球危机之前的经济增长周期中，同样数量的国家中有 15 个国家保持了初级财政盈余。

同整个地区的经济走势相似，拉美国家之间的财政状况同样呈现差异化的趋势。一些国家的财政状况有明显的好转，如阿根廷、巴西、智利、秘鲁等国，其中阿根廷在扩大初级财政盈余的同时，最终实现了财政平衡并略有盈余（占 GDP 的 0.1%）；其他 3 国也都较大幅度地减少了财政赤字，巴西政府在保持初级财政盈余的同时，最终财政赤字减少了 1.5 个百分点；智利初级财政的赤字由

①　CEPAL，*Balance Preliminar de las Economías de América Latina y el Caribe 2010*，Santiago de Chile，2010，p. 25.

②　CEPAL，*Balance Preliminar de las Economías de América Latina y el Caribe 2010*，Santiago de Chile，2010，p. 119.

上一年占 GDP 的 3.9% 降到 0.4%，最终财政赤字则减少了 3.4 个百分点；秘鲁的初级财政由赤字转为盈余，最终财政赤字占 GDP 的比重由 1.8% 降为 0.7%。与此相反，也有一些国家的财政状况非但没有改善，相反还有所恶化。例如，玻利维亚初级财政由盈余转为赤字，最终财政赤字占 GDP 的比重增加了 2.4 个百分点。哥斯达黎加的初级财政继续保持赤字，其规模增加了 1 倍，最终财政赤字占 GDP 的比重也由 3.4% 上升到了 5.2%。

2010 年拉美国家财政形势好转与政府财政收入增加密切相关。该地区经济的强劲复苏，国内生产活动的日趋活跃，以及出口收入增加，使得一些国家的财政收入有不同程度的增加。2010 年拉美 19 国的财政收入占 GDP 的比重由上一年的 18.7% 上升到了 19.3%，阿根廷、智利和厄瓜多尔等国的初级产品出口带来的收入都呈现大幅度增加的趋势，这些国家中央政府财政收入占 GDP 的比重分别增加了 2.1、3.3 和 3.2 个百分点。但是，就整个地区来看，尽管 2010 年拉美地区的财政收入有所增加，但却仍未恢复到全球危机前的水平。相反，拉美的财政开支占 GDP 的比重却达到了 21.7%，创了近 10 年来的最高纪录。因此，拉美国家的财政压力也相应加大。

拉美国家财政形势好转的另一特点是公共债务得到有效控制，其占 GDP 的比重降到了近 10 年来的低点。2010 年拉美 19 国中央政府的公共债务占 GDP 的比重由上一年的 29.9% 降到 28.6%，与 2008 年的比重持平；同期非金融公共部门的公共债务占 GDP 的比重由 33.5% 下降到 31.7%，创下了近 10 年来的最低点。但是，与整个地区的情况相比，加勒比地区不少国家的公共债务仍保持在一个较高的水平上。

（四）本币升值压力增大，各国应对措施不同

2010 年，拉美和加勒比地区经济强劲复苏使其成为国际资本流向的重要目标。随国际流动性的增加，以各种形式流向该地区不同领域的外国资金迅速增加，致使其中一些国家本币面临的升值压力日益加大。2010 年前 9 个月，巴西、哥伦比亚、乌拉圭、智利和哥斯达黎加等国的货币都出现了较为明显的升值，其升值的幅度在 8%～13.6%①。截至 2010 年 10 月，与近 20 年的历史平均水平相

---

① CEPAL, *Balance Preliminar de las Economías de América Latina y el Caribe 2010*, Santiago de Chile, 2010, p. 29. 同期这些国家本币升值情况：巴西为 13.6%、哥伦比亚为 13.2%、乌拉圭为 13.1%、智利为 9.4%、哥斯达黎加为 8%。

比，特立尼达和多巴哥、哥伦比亚和巴西的货币分别升值了 26.5%、26.1% 和 25.7%（见图 4）。

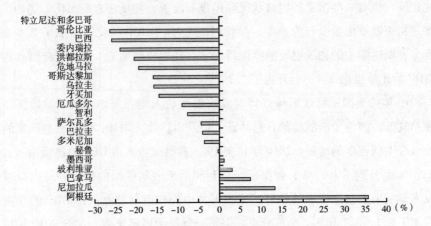

图 4　拉美和加勒比部分国家实际汇率（2010 年 10 月与
1990～2009 年的平均水平相比）

资料来源：CEPAL, *Balance Preliminar de las Economías de América Latina y el Caribe 2010*, Santiago de Chile, 2010, p. 56。

面对升值压力，一些拉美国家开始采取多种措施加以应对。其主要措施包括：加强限制短期资本流入的力度，以减轻外资大量流入造成的升值压力。巴西提高了投向固定收益的短期外国投资的金融业务税，从 2009 年的 2% 先后提高到了 6%（2010 年 10 月），并且还大幅度调高了期货市场的边际储备率；放宽有关基金对外投资的限制，增加资金的流出，缓解货币升值的压力。智利提高了养老金在国外投资的高限，截至 2010 年 11 月，允许养老金在外部投资的比重达到 80% 以上，并且对国内 A 至 E 类的五种基金规定了从 100%～25% 的不同的海外投资比重。秘鲁也在 2010 年 9 月，允许养老金海外投资的比重提高到 30%①。有些国家还通过增加外汇储备的积累降低本币升值的压力。

但是，2010 年并非该地区所有国家的币值都出现了升值的趋势，也有一些国家的货币出现了贬值。委内瑞拉在年初通过实行双重汇率制，使本国货币变相贬值。按照该制度，其食品、药品等基本需求的进口可以按照 2.6 玻利瓦尔兑 1

---

① CEPAL, *Balance Preliminar de las Economías de América Latina y el Caribe 2010*, Santiago de Chile, 2010, p. 53.

美元的汇率购汇，而其余商品则按照 4.3 玻利瓦尔兑 1 美元的汇率购汇。但 2010 年 10 月与近 20 年的历史平均水平，其币值实际还是升值了，且幅度还是相对较高的。2010 年前 10 个月与上一年同期相比，阿根廷比索贬值了 5%，玻利维亚货币实际贬值 7.3%。但是，中美洲 4 国（萨尔瓦多、巴拿马、尼加拉瓜和危地马拉）的货币贬值情况各不相同，其中前 3 国是受其美元化汇率制度的影响，由美元贬值直接造成的。

（五）物价指数呈缓慢上升趋势，经济局部过热现象开始显现

2010 年随着拉美和加勒比经济的整体复苏势头逐渐趋强，其局部经济过热现象也有所加剧，集中表现为该地区绝大多数国家物价上涨压力明显加大。2010 年拉美和加勒比地区消费物价上升了 6.2%，比上一年增加了 1.5 个百分点。全地区 33 个国家中，有 28 个国家的当年消费物价上涨幅度超过了上一年，其中阿根廷、牙买加、特立尼达和多巴哥的消费物价上涨幅度超过了两位数。尽管委内瑞拉当年的消费物价上涨幅度与上一年持平，但已是连续第二年上涨了 26.9%。一些经济复苏较为强劲的国家，开始表现出经济过热的现象，其物价也呈现出快速上涨的趋势。2010 年，巴拉圭的物价上升了 4 个百分点，阿根廷上升了 3.4 个百分点，秘鲁上升了 2 个百分点，巴西则上升了 1.3 个百分点。由此所造成的通货膨胀趋势对宏观经济的稳定形成较大的压力，尽管像巴西这样实行通货膨胀目标制的国家，其通胀仍控制在政府的目标之内，但 2010 年其实际通胀已经在政府确定的通胀目标的高限。因此，通胀累积的压力正在不断加大①。

虽然拉美和加勒比各国经济结构及其与世界经济联系的程度不同，其经济复苏的程度也有很大的差异，但 2010 年该地区所面临的通胀压力却是一个相对较为普遍的现象。这主要有两个方面的原因，其一是国际燃料和食品价格的上涨。玉米、豆油、牛肉等国际价格都出现了较大幅度的上涨，有些国家还相应减少了食品和燃料价格的补贴，这就使一些国家的通胀明显放大。尤其是在这些产品的供应方面对外依赖相对较大的国家，其物价上涨也相对较为明显。在此意义上，可以说 2010 年拉美和加勒比的通胀在一定程度上具有输入型和结构性的特点。

---

① 2010 年巴西确定的通胀目标是 4.5%，并允许上浮 2 个百分点。2010 年巴西的消费物价指数上涨 5.6%，已经在政府目标的高限。

其二是经济强劲复苏刺激投资和消费的快速增长，对物价上涨造成较大的压力。这在 2010 年一些经济增长较快的国家中表现较为突出，其经济过热现象相对较为明显。

二 影响 2010 年拉美和加勒比经济形势的主要因素

2010 年拉美和加勒比经济形势具有明显的地区和国别差异的特点，这也表现为在经历了全球金融和经济危机的冲击之后，受各自经济结构的影响，该地区各国经济发生了不同的变化。全球危机之后，外部经济环境相应发生了重要变化。尽管 2010 年全球经济出现了缓慢复苏的趋势，但是它对拉美和加勒比不同的次区域和不同国家所产生的影响是有差异的。因此，该地区各国所采取的举措也是不完全相同的。在此意义上可以说，影响 2010 年拉美和加勒比经济形势的主要因素是拉美和加勒比各国政府的政策及其所处的相对应的外部经济环境的变化。

（一） 政策因素成为近两年影响拉美和加勒比经济的主要因素之一

2008 年全球金融危机爆发，危机通过各种渠道逐渐影响拉美和加勒比地区经济。该地区各国都采取了各种应对措施，并在 2009 年进一步强化了反危机的刺激政策。自 2009 年下半年起，拉美和加勒比国家反危机政策的效果开始显现，并在 2010 年上半年变得愈加明显。但是，由于现有外部经济环境对拉美和加勒比各国经济所产生的影响不尽相同，各国经济复苏的势头也存在较大的差异，因而自 2010 年下半年起，各国随各自形势的变化对其经济政策进行了相应的调整，各国间的政策和经济走势的差异也愈加明显。

反危机的积极的财政刺激政策，加快了该地区经济复苏的步伐。一些国家加大了投资力度，尤其是在私人投资出现萎缩的情况下，政府投资对刺激国内需求、加快经济复苏产生了积极的影响，并且带动了机器设备等固定资产的投资，扭转了投资率下降的趋势。2010 年，整个地区的投资率重返上升的通道，当年固定资本形成占 GDP 的比重提高到了 21.4%，比上一年增加了 0.8 个百分点。尽管尚未超过 2008 年的水平，但却已成为近 10 年来第二高的年份。其中，巴西创下了 10 年来的最高点，达到了 19.2%，比上一年提高了 2.6 个百分点，甚至比危机前的最高年份还高出 0.8 个百分点。在此影响下，巴西国内生产活动得到了较快恢复，尤其是制造业、交通、通讯、商业等部门的生产都有较大增长。2010 年前 10 个月，巴西国内的生产水平甚至超过了其历史最高水平。该地区的其他两个区域大国阿根廷和墨西哥的工业生产也都有很大增长，尤其 3 个区域大国的汽车工业生产增长较快，对各自经济增长产生了积极的影响①。随经济增速加快而出现的经济过热现象开始显现之后，一些拉美国家着手对财政刺激政策进行相应的调整，从下半年起放慢了投资增长的速度，经济增速也开始趋缓。但是，在投资带动下日趋活跃的国内市场对全年经济复苏仍起到了积极的推动作用。

实行灵活的货币政策应对经济变化。2010 年拉美和加勒比多数国家在货币和汇率政策方面表现出更大的灵活性，但各国的具体政策目标视各自的情况不同而有所差异。2009 年，拉美和加勒比国家采取持续降息政策，刺激政府和私人消费信贷的增加。私人信贷推高了信贷总量，加快了信贷增长。在此刺激下，私人消费迅速增加，2010 年整个地区的私人消费增长了 5.6%。随着消费增长的加快，一些经济复苏较快国家的通货膨胀问题逐渐凸显。因此，一些实行通货膨胀目标制国家的货币政策逐渐趋紧，相应调高了货币政策利率。2010 年 4 月起，巴西、秘鲁和智利先后调整了各自政策性利率。此后，三国又根据各自的实际情况，进一步采取灵活的利率政策。巴西在同年 6 月将利率上调了 200 个基点；秘鲁则在 9 月将利率上调了 150 个基点；智利则是采取多次小幅陆续微调的做法，直至 11 月将利率累计上调了 250 个基点②。另一些未实行通货膨胀目标制的国家也采取了加息的做法。乌拉圭、巴拉圭、多米尼加等国也都小幅度地提高利率。除此之外，秘鲁还采取了提高银行准备金率等措施，收紧银行的信贷，尤其是针对非本地金融机构，大幅度地提高了准备金率。

与此相反，还有一些实行通货膨胀目标制的国家，则继续以刺激经济增长为目标，实行宽松的货币政策。阿根廷、哥斯达黎加等国采取了这一做法。2010 年 3～9 月，阿根廷的货币供应量增加了 14.7%；同年 6～10 月，哥斯达黎加的政策性利率下降了 250 个基点。

① CEPAL, *Balance Preliminar de las Economías de América Latina y el Caribe 2010*, Santiago de Chile, 2010, p. 63.

② CEPAL, *Balance Preliminar de las Economías de América Latina y el Caribe 2010*, Santiago de Chile, 2010, p. 50.

（二）巴西经济强劲复苏成为南共市成员国经济快速增长的重要因素

近年来，巴西经济在拉美和加勒比地区中的重要性有了明显的提高。自2005年起，巴西重返地区第一大经济体地位，其GDP占整个地区GDP总量的比重再次超过墨西哥[①]。截至2009年，巴西GDP占拉美和加勒比GDP的39%。因此，巴西经济增速的变化对整个地区，尤其是与其经济联系比较密切的南共市成员国的经济走势具有重要影响，并主要通过贸易渠道得以实现。2009年上半年，巴西从这几个国家的进口下降了25%，但从下半年开始恢复增长。2010年，巴西从南共市其他成员国的进口进一步保持了将近20%的增长率，其中仅上半年从阿根廷进口的汽车零配件就增长了65%。因此，巴西国内经济的高速增长，迅速带动了消费和进口需求增长，对南共市成员国经济的增长起到了积极的推动作用。按照IMF的推测，巴西GDP增长10%，将可以带动阿根廷的GDP增长3%左右；在其他重要变量保持不变的情况下，巴西资本品进口增长10个百分点，就可以使阿根廷经济增长提高1个百分点。乌拉圭和巴拉圭的情况也类似[②]。因此，巴西经济与南共市成员国经济之间的联动效应变得愈加明显。

（三）外部经济环境仍是影响拉美和加勒比经济走势的重要因素

2010年新兴经济体的经济增速加快和发达国家经济的缓慢复苏，使得初级产品国际需求扩大，其国际价格相应提高，从而对拉美初级产品出口国的出口产生了较为有利的影响。按照联合国拉美经委会的分析，2010年1~10月，国际石油价格上涨了31.8%。拉美矿产品和石油出口国主要受益于价格上升的有利因素。但是，由于该地区各国的贸易结构不同，因此外部经济的变化对拉美和加勒比国家的贸易比价及其出口的影响都不尽相同（见图5）。2010年上半年国际食品和农产品价格出现了下降，但是自下半年起进入上升通道，这对拉美和加勒

---

① CEPAL, *Estudios Económicos de América Latina: Impacto Distributivo de las Políticas Públicas 2009 - 2010*, Santiago de Chile, Septiembre de 2010.

② IMF, *Perspectivas Económicas: Las Américas: Caluroso en el Sur, Más frío en el Norte*, Washington D. C, Octubre de 2010, p. 32.

比国家农产品进出口国产生了一定的影响。在其价格上涨的刺激下，拉美农产品出口数量显著增加。

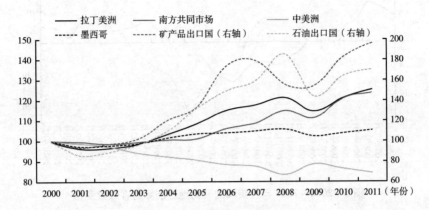

图 5 拉丁美洲和加勒比地区贸易比价变化（2000 年为 100）

资料来源：CEPAL，*Balance Preliminar de las Economías de América Latina y el Caribe 2010*，Santiago de Chile，2010，p. 24。

美国经济的缓慢复苏，在一定程度上对墨西哥和中美洲的出口改善产生了相对有利的影响，并对这些国家的经济复苏起到了一定的推动作用。美国经济的复苏增加了对墨西哥制成品的需求，促进了墨对美制成品出口数量的增长，从而也有利于墨西哥商品出口的增长。2010 年墨西哥商品出口额为 2935.71 亿美元，比上一年增长了 27.8%，并且超过了危机前的水平。中美洲的危地马拉、尼加拉瓜和巴拿马的商品出口超过了 2007 年的水平，哥斯达黎加、萨尔瓦多和洪都拉斯的商品出口则都走出了 2009 年的低谷，但尚未超过 2008 年的水平。

世界经济的复苏，尤其是发达国家经济的缓慢复苏，对拉美国家旅游业的复苏产生了积极的影响。自 2010 年初，拉美国家的到访游客开始增加，墨西哥、中美洲和南美洲的旅游市场都开始复苏。2010 年 1～8 月，中美洲的国际游客比上一年同期增加了 8.7%，南美洲增加了 7.4%，墨西哥增加了 6.8%，加勒比地区增加了 3.4%[1]（见图 6）。

---

[1] CEPAL，*Balance Preliminar de las Economías de América Latina y el Caribe 2010*，Santiago de Chile，2010，p. 84.

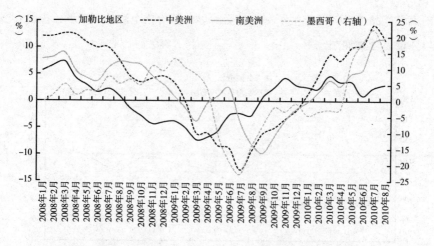

图6 2008~2010年拉美和加勒比地区国际游客数量变化

资料来源：CEPAL, *Balance Preliminar de las Economías de América Latina y el Caribe 2010*, Santiago de Chile, 2010, p. 86。

2010年个别欧洲国家出现的主权债务危机影响了发达国家的经济复苏，但是由于欧洲同拉美和加勒比国家的经济联系相对有限，因而迄今为止主权债务危机对拉美和加勒比经济并没有产生直接的不利影响。但是，对于依赖侨汇收入和旅游收入的部分加勒比国家，欧洲经济不确定因素的增加是造成其经济至今难以完全摆脱危机阴影的重要因素之一。

三 2011年拉美和加勒比经济面临的挑战

根据联合国拉美经委会的预测，2011年拉美和加勒比经济将继续保持增长的趋势，但其增速将明显趋缓，整个地区的GDP预计增长4.2%，人均GDP增长3%。根据预测，南美地区将继续领跑拉美和加勒比经济；中美洲紧随其后，但其增速将略高于2010年；加勒比地区经济增长率仍将滞后，但将完全摆脱危机的困扰，实现低速恢复性增长（见图7）。

随着国内外经济形势的变化，2011年拉美和加勒比经济将面临新的挑战。

（一）外部经济环境将继续存在诸多不确定因素

外部因素仍将是影响拉美和加勒比地区未来经济走势的重要因素之一。从目前

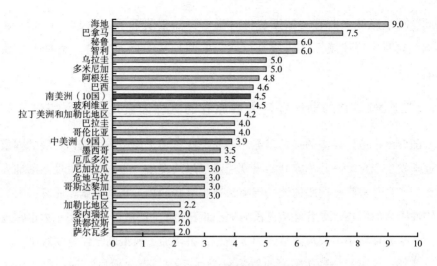

图7 2011 年拉美和加勒比国家 GDP 的预测

资料来源：CEPAL，*Balance Preliminar de las Economías de América Latina y el Caribe 2010*，Santiago de Chile，2010，p. 30。

来看，美国经济复苏缓慢且不稳定；欧盟在希腊、爱尔兰等陷入主权危机后，还有一些国家也正面临同样的危机压力，欧盟的反危机政策收效如何还有待时间的检验。在此背景下，全球经济复苏仍将是长路漫漫。有数据预测，2010～2014 年发达国家潜在的 GDP 增长率仅为 1% 左右，未来的世界经济也将面临各种新的挑战。

全球贸易流量将可能放缓，各种形式的贸易战和货币战有可能交织在一起。面对世界经济形势不确定因素的影响，发达国家进口需求将进一步受到制约，全球贸易失衡现象将难以完全扭转。面对这一形势，不少国家已经或正在采取各种举措，汇率的升降之争与全球贸易份额多寡之分联系在一起，并将波及拉美和加勒比地区。

全球金融环境将更加严峻。全球金融危机之后，改变全球金融监管机制正在成为一种趋势，这将有可能改变金融机构和金融市场的传统运作机制，对银行的资本化和流动性提出新的和更高的要求。银行体制将向低风险、低杠杆率和高透明度转变。在此背景下，区域间的金融流动将有可能受到一定的限制。据 IMF 的数据，墨西哥银行资产的 80% 掌握在全球银行的手中[①]，

[①] IMF，*Perspectivas Económicas：Las Américas：Caluroso en el Sur，Más frío en el Norte*，Washington D. C，Octubre de 2010，p. 35.

因此全球金融体系监管的加强，将对墨西哥的信贷和资本需求增长产生连带影响。这对主要依赖银行信贷进行融资的其他拉美国家来讲，也将带来新的挑战①。

（二）拉美和加勒比经济发展原有的有利因素正在发生变化

随着整个地区经济的强劲复苏，原先一些有利宏观经济稳定和发展的因素正在逐渐发生变化。一些国家开始出现经济过热的现象，通胀压力呈现逐渐加大的趋势。尤其是那些有通胀传统的国家，通胀上升的势头非常明显。还有些国家受结构性因素的影响，尽管经济还没有完全走出危机的阴影，但通胀压力也在逐渐加大。这无疑缩小了政策调整的回旋余地，也增加了政策刺激经济的难度。

此外，拉美和加勒比国家的贸易盈余在减少，经常项目逆差在加大，2010年由 169.97 亿美元剧增到 505.8 亿美元。整个地区只有智利、阿根廷、乌拉圭、海地、委内瑞拉、玻利维亚、苏里南、特里尼达和多巴哥为顺差国。这与危机之前拉美和加勒比地区保持贸易和经常项目双顺差的局面形成比较大的反差。尤其是那些贸易项目和经常项目双逆差的国家，短期内更是面临较大的资金压力。当前，在全球流动性有相当一部分流向拉美的情况下，尚可在一定程度上缓解经常项目赤字增加造成的问题。但是，一旦外部资金流向发生变化的话，拉美和加勒比经济就有可能出现波动。

（三）政策调整的难度和风险有所加大

面对宏观经济形势出现的新变化，无论是已经实现了经济强劲复苏的国家，还是仍处在复苏边缘的国家，都面临新一轮政策调整选择的挑战，然而其难度和风险都在加大。2010 年 9 月 29 日，厄瓜多尔国民大会通过一项公共服务法，拟削减警察和军人的福利待遇。结果，次日该国首都和第一大城市的警察上街举行大规模抗议活动，甚至一度围困总统，最终依靠军队平稳了局势；2010 年末，玻利维亚政府拟上调汽油价格，结果遭到全社会的抗议，最终政府不得不撤销油价上涨令。

2011 年，拉美和加勒比国家面临的两难选择是在稳定通胀的情况下，抑制

---

① 根据 IMF 的报告，近 10 年来银行平均信贷规模约为 GDP 的 40% 以上。

货币升值的趋势。这也是它们面临的两大首要难题。从 2010 年末起，已有拉美国家采取了控制外部流动性流入等措施，甚至是通过干预使本币贬值的措施，以提高制成品出口竞争能力。2011 年初，南美诸国已经显示采取竞相贬值做法的迹象。2010 年 12 月 30 日，委内瑞拉政府宣布实行单一汇率制度，取消了 2009 年 1 月起规定的用于进口基本需要产品（食品和药品）的专项汇率（2.6 玻利瓦尔兑 1 美元)①，并从 2011 年 1 月 1 日起施行单一汇率制。此举使该国货币贬值 20%，与截至 2009 年 1 月所实行的固定汇率（2.61 玻利瓦尔兑 1 美元）相比，其贬值幅度更是高达 100% 左右。这将对该国 2011 年的经济产生重要影响，已有的严重通胀将进一步加剧，尤其是对低收入阶层（收入的 65% 用于购买食品的人群）造成严重影响。

自 2010 年 8 月，巴西政府开始采取遏制货币升值的措施，雷亚尔已经累计贬值 14%。2011 年 1 月 5 日，巴西新政府首次采取防止雷亚尔升值的措施，要求银行将机构未来销售额的 60% 作为准备金存在央行。智利中央银行也采取措施缓解升值的压力，决定在 2011 年对外汇市场进行适当干预，将购入 120 亿美元。该地区其他国家，如秘鲁、哥伦比亚等国也都采取了类似的做法。实际上，这些国家已经开始将汇率作为改变其制成品的外部竞争力的主要工具之一。然而，在通胀压力不断加大的情况下，货币贬值将会进一步加大通胀的压力；但如果不采取任何措施，这些国家的外部竞争力可能会持续丧失，经济结构将可能不断向初级产品生产和出口专业化集中，经济和产业结构的脆弱性都可能加大。面对这样的两难选择，拉美国家的政策回旋余地相对收窄。

此外，随着经济增长逐渐恢复正常，拉美和加勒比国家需要选择合适的时机对财政刺激政策进行反周期的调整，减少国内需求的压力，适当控制外国资金的流入，尤其是短期资金的流入，并提高国内储蓄率。然而，由于该地区各国的情况相差较大，政策调整的方向也可能存在一定的差异。因此，2011 年整个地区的政策走向及其对经济和社会发展以及对外部经济关系发展的影响，都值得人们关注。

（苏振兴　审读）

---

① 另一汇率是 4.3 玻利瓦尔兑 1 美元，除基本需要产品进口所需购汇外，其余都实行此汇率。

Economic Developments in the LAC Region

Wu Guoping

Abstract: In 2010 Latin America and the Caribbean (LAC) overcame the impacts of the world economic crisis and witnessed a moderate growth of 6%. But regional countries showed a diversified economic performance. Some of them only enjoyed a slight or even negative growth. Central America and the Caribbean were left behind the regional average growth rate. It is remarkable that Brazil served as an engine promoting the economic growth in South America. There was a warning signal of economic overheating that the inflation pressure was growing rapidly. Among 28 regional countries, CPI had exceeded the figures in 2009. It is expected that LAC will continue in 2011 to sustain economic growth although the growth rate might be slowed down to 4.2%. Due to a variety of uncertainties in the world economy, regional countries were pressed to take further measures to adjust their economy.

Key Words: Latin American Economy; Caribbean Economy; Economic Growth; Economic Prospect

Ｙ.8

2010～2011年拉美社会形势：
反贫态势趋好，公共安全堪忧

郭存海*

摘　要： 受经济恢复与增长的拉动，2010年拉美国家的各项社会指标呈好转态势：贫困率和赤贫率持续下降并恢复到，甚至好于2008年金融危机前的水平；除个别国家，拉美总体收入分配状况有所恢复和改善；经济增长带动劳动力市场发生积极变化——就业率上升，失业率下降。但受名义工资下降和通货膨胀的影响，多数国家的实际工资出现下降。拉美国家的社会治理仍不容乐观。过去10年间，腐败问题积重难返，拉美的反腐形势依然严峻，多数国家的清廉指数始终保持低水平，反腐机制建设亟待进一步加强。自然灾害和极端天气事件继续呈高发态势，两次强烈地震给海地和智利造成严重损失。2010年，拉美的公共安全形势进一步恶化，公民的不安全感与日俱增，公共安全成为拉美社会最迫切的问题之一。严峻的公共安全同时意味着监狱囚犯数量的大幅增加，智利监狱大火暴露出拉美普遍存在的监狱超载、预防性关押、狱警不足等问题，监狱改革迫在眉睫。

关键词： 拉丁美洲　社会形势　公共安全　腐败

2010年，全球金融危机对拉丁美洲和加勒比①的影响逐步降低。拉美经济从2009年下半年开始恢复并在2010年进一步巩固。2010年，拉美全地区的经济增长率预计为6%，这是2004年以来的历史最高增速②。强劲的经济增长为拉美社

---

* 郭存海，法学博士，中国社会科学院拉丁美洲研究所社会文化室助理研究员。

① 为行文方便，本文所称之"拉美"均指"拉丁美洲和加勒比地区"。

② 如无特别注明，本文数据均引自CEPAL, *Panorama Social de América Latina 2010*, Santiago de Chile, 2010。

会带来正向关联效应：贫困率和赤贫率逐步下降，就业率回升，就业质量亦得到提高。不过，在其他社会领域，拉美依然面临严峻的挑战。

一　贫困形势出现好转

受金融危机的影响，2009 年拉美的贫困率有所增加，但增幅相对较小。拉美经委会最新发布的统计数据表明，2009 年的贫困率和赤贫率低于当初的估计，分别被调低了 1 个百分点（为 33.1%）和 0.4 个百分点（为 13.3%）。这在某种程度上说明，与此前相比，拉美国家应对危机的能力增强了。事实上，即使与2008 年相比，2009 年的贫困情况也只是稍微受到了影响：贫困率只增加了 0.1个百分点，赤贫率提高了 0.4 个百分点。也就是说，2008 年爆发的这场全球金融危机给拉美带来的“最严重”后果是，贫困和赤贫人口各增加 300 万，这一数字远低于最初的预期。

2010 年，拉美的贫困形势出现好转。贫困率甚至比 2008 年金融危机爆发前还低 0.9 个百分点，为 32.1%；赤贫率则恢复到金融危机前的水平，为12.9%。这就是说，经过 1 年多的经济恢复和增长，拉美的贫困人口减少了300 万，继续保持在 1.8 亿人的水平；而赤贫人口则减少了 200 万，保持在7200 万人的水平。从未来的发展态势来看，拉美国家有望回到 2003 年开始的贫困率下降趋势。

不过，全球金融危机对拉美国家贫困的影响并不一样。调整后的拉美 9 国数据表明，2008～2009 年，有 6 个国家的贫困率降幅明显。多米尼加和乌拉圭（城市地区）的贫困率降幅超过 3%；巴西、巴拿马、巴拉圭和秘鲁的降幅保持在 0.9%～2.2%，而哥伦比亚和厄瓜多尔等国的贫困率降幅较小。在赤贫率方面，2009 年，哥伦比亚、多米尼加、巴拿马、秘鲁和乌拉圭等国大幅下降，而巴西和巴拉圭两国降幅较小。唯一一个贫困形势恶化的国家是哥斯达黎加，贫困率和赤贫率分别增加了 2.5% 和 1.4%。

贫困率和赤贫率的变化是由两个因素带动的：个人收入增长（增长效应）和公共政策的结果（分配效应）。也就是说，贫困的下降是增长效应和分配效应共同作用的结果。2002～2009 年的统计表明，增长和分配推动贫困率下降了 7%以上，其中增长效应的贡献率占 41%～80%，而分配效应的贡献率占 20%～

59%。具体而言，在 2009 年贫困率下降的 5 个国家（阿根廷、智利、多米尼加、秘鲁和乌拉圭），增长效应占主导，而在另外 5 个国家（巴西、哥伦比亚、厄瓜多尔、巴拿马和巴拉圭）则分配效应占主导。哥斯达黎加的贫困率不降反升在于不断恶化的收入分配，而萨尔瓦多贫困率的小幅增加则主要是因为平均收入的下降。

二 收入分配恢复改善态势

自 1990 年以来的 20 年间，拉美的收入分配状况总体反映出两个阶段性特征：就业和收入分配趋向恶化（1990～2002 年）和经济繁荣、就业稳定和收入分配趋好（2003～2008 年）[1]。虽然表面上看，这两个特征似乎截然相反，但其中都隐藏着一个共同特点，即经济政策中都嵌入了社会政策的目标——再分配被认为是改善收入分配的一种有效手段。分配意识的逐步增强带来的一个明显变化可以通过社会支出观察到："在过去的 20 年里，拉美的社会支出从占 GDP 的 12.8% 增加到 17.4%，这是民主的最重要的红利。"[2]

2008 年金融危机的冲击中断了拉美收入分配逐步改善的趋势，但经过 1 年多的经济恢复和重现增长，拉美的收入分配恢复了缓慢改善的态势。根据 2002～2009 年的最新统计数据，自 2002 年以来，拉美 18 个国家中有 14 个国家，最穷的 20% 的人口和最富的 20% 的人口之间的收入差距缩小；有 11 个国家的基尼系数至少下降了 5%。其中降幅最为显著的是巴西、玻利维亚[3]、阿根廷、秘鲁和委内瑞拉 5 国，只有多米尼加、哥斯达黎加和危地马拉 3 国的收入分配状况恶化。

---

① 在拉美所有国家中，只有智利于 1990～2007 年，在就业、非正规经济、工资、社会保障覆盖面都保持稳定进步。

② "Biggest Problem for Latin America Denelopment Is Growing Informal Economy," http：//www. laht. com/article. asp？ ArticleId＝378718&CategoryId＝12394.

③ 为进一步降低贫困，减少社会不公，莫拉莱斯总统于 2010 年提出了养老金国会化的法案。该法案于 2010 年 12 月 3 日正式在玻利维亚国会获得通过。法案的一个核心内容是提高养老金待遇，提高退休年龄，同时将养老金覆盖范围扩展至在非正规部门就业的 60% 的玻利维亚人。1996 年玻利维亚实施了养老金私有化改革，目前的私人养老金的再国有化是继 2008 年末阿根廷推行养老金国有化之后的第二个拉美国家。

尽管总体而言，拉美的收入分配重现好转态势，但正如联合国开发计划署拉美处主任埃尔拉多·穆尼奥斯（Heraldo Muñoz）所指出的那样，"在全球 15 个最不公平的国家中，有 12 个在拉美，这是不可接受的"①。事实确实如此。拉美和加勒比的人类发展指数虽然自 1970 年以来提高了 1/3，但实际上仍低于世界平均数。在过去的 40 年里，没有一个拉美国家能够进入人类发展指数前 20 名。拉美的收入分配长期严重不公无疑是社会和经济流动性低造成的，也就是说社会结构呈现一种固化态势。

然而，未来一个时期，拉美收入分配趋好仍有其坚实的基础，因为研究发现，拉美近 10 年来社会不平等的下降很大程度上是结构性的而不是周期性的②。第一，近年来拉美国家提高了借助政策工具减少贫困和社会不公的政治意识和社会意识，尝试建设"新发展型福利国家模式"③。第二，的确存在着一种遏制社会不公平的结构性力量。虽然收入分配的发展态势不可避免地受拉美国家和全球经济周期的影响，但还有另一种重要的结构性力量，即教育进步。在过去的 20 年里，拉美完成初等教育的劳动力的比重大幅增加，已经产生了重要的平衡效应。同时，熟练劳动者的供给增速高于需求，从而降低了熟练劳动者和非熟练劳动者之间的收入差别。创新性的再分配政策是实现收入公平的最新手段。一个最明显的例子就是"有条件的现金转移计划"在拉美的传播和普及。

三　劳动力市场呈现积极变化

2009 年，全球金融危机对拉美的劳动力市场产生了严重影响，不过由于多数国家采取了反周期的财政政策、货币政策和劳动政策，因此劳动力市场并没有像预先估计的那样严重。2010 年，拉美经济恢复增长，刺激劳动力市场好转。

---

① "Poverty Continues to Be an Immense Challenge," "Latin America Is the Most Unequal Region in the World," UN's Director, http://www.buenosairesherald.com/BreakingNews/View/51246.
② François Bourguignon, "The Decline of Inequality in LAC: Structural or Cyclical?," http://www.idhalc-actuarsobreelfuturo.org/site/engl/suplemento_bourguignon.php.
③ Manuel Riesco and Sonia M. Draibe (eds.), *Latin America: A New Developmental Welfare State Model in the Making?* Palgrave Macmillan, 2007.

在过去的 1 年里，拉美的就业率预计增加了 0.7 个百分点，失业率下降了 0.6 个百分点，降至 7.6%①。尽管降幅明显，但城市失业人口仍然比危机爆发前的 2008 年高出 140 万人。

劳动力市场的恢复进度因国家而异。2010 年，巴西的劳动力市场率先恢复：就业率预计增加 1%，失业率降幅超过地区平均数。新增的就业岗位多数来自正规部门。2010 年前三个季度，巴西全国享有社会保障的新增劳动力数量比上年同期增加了 6.0%。此外，1～8 月，6 个大城市②的实际平均工资增加了 3.8%。因此巴西劳动力市场通过创造就业和增加工资大大刺激了国内需求，进而推动经济强劲增长。巴西统计局的最新统计数据表明，11 月巴西的失业率创 2002 年以来的历史最低水平，为 5.7%；前 11 个月的失业率是 6.9%，而 2009 年同期则是 8.2%。

在智利、秘鲁和乌拉圭等其他拉美国家，正规部门的就业也呈增长趋势，从而导致总体就业率提高、失业率下降。委内瑞拉是南美国家中就业形势最糟糕的国家：与上年同期相比，2010 年委内瑞拉的就业率下降，失业率上升，实际工资水平也因通货膨胀而下降。在墨西哥和部分中美洲国家（如哥斯达黎加、尼加拉瓜和巴拿马），全球金融危机不仅较早波及这里，而且影响较大。与 2009 年相比，这些国家 2010 年的就业形势虽有好转，但并未回到危机前的水平。

尽管在 2009 年，金融危机对制造业和建筑业影响严重，但在 2010 年则部分实现恢复。在巴西、秘鲁、阿根廷和墨西哥等拉美大国，制造业岗位大幅增加，但在智利、哥伦比亚、洪都拉斯和巴拿马等国则下降了。在总体就业比例中，建筑业的拉动作用在巴西、智利、哥伦比亚、秘鲁、乌拉圭等国表现明显，但在墨西哥和阿根廷，建筑业的就业率有所下降。

2009 年，由于通货膨胀率大幅下降，拉美多数国家的正规部门的实际工资增幅明显。2010 年，拉美的实际工资受两个因素的影响：名义工资增幅略低于 2009 年和通货膨胀率的上升。在过去的 3 年里，拉美的名义工资呈逐年下降态势，通货膨胀率则出现了先升后降和再度回升的态势，因此导致拉美的实际工资

---

① 本节数据除另行标注外，均来自 CEPAL, *Preliminary Overview of the Economies of Latin America and the Caribbean 2010*, Santiago, Chile, 2010。

② 这 6 个大城市是圣保罗、里约热内卢、贝洛奥里藏特、萨尔瓦多、累西腓和阿雷格里港。巴西的官方失业率就是根据这 6 个城市进行统计的。

在 2010 年出现下滑。实际工资的增幅也低于 2009 年。在 10 个有统计数据的国家中，只有墨西哥（略有下降）和委内瑞拉（高通胀）两国正规部门的实际工资没有增加。工资增加主要是由政府的最低工资政策保障的。2010 年 1 ~ 9 月，拉美 18 个国家中有 14 个国家提高了最低工资水平。

2010 年中产阶级的就业和保障问题成为拉美新热点①，亟须专门政策关注。虽然关于中产阶级的定义存在不同的量化标准，但一个不容否认的事实是：过去 10 年间，经济的稳定增长和直接的收入再分配政策使拉美中产阶级的规模不断扩大。这里所指的"拉美的中产阶级并不属于典型意义上的中产阶级，其中许多人在非正规部门就业，没有自己的房产，甚至没有主要的耐用消费品"②。从严格意义上来讲，这一群体应该属于中产阶级的下层，即"下中产阶级"。20 世纪 90 年代的经济模式曾导致拉美许多国家的中产阶级面临危机，陷入新贫困，最重要的原因恰在于社会保障的不足。作为拉美未来社会和政治稳定以及经济发展的引擎，拉美有待在就业、社会保障、教育、医疗等方面加大对中产阶级的保护力度。

四 反腐形势任重道远

在过去的 10 年间，拉美的反腐形势不容乐观，反腐绩效依然不彰。著名的国际反腐败组织透明国际发布的清廉指数（CPI）显示，2001 ~ 2010 年，拉美国家的清廉指数保持低水平的相对稳定性（见表 1）。这充分反映出腐败在拉美国家强大的制度刚性，要根除腐败或实现实质性的好转绝非易事。

---

① 2010 年有三大国际机构开始倾力关注拉美的中产阶级及其急需的政策问题，分别是经济合作与发展组织发布的《2011 年拉丁美洲经济展望之中产阶级何为》；联合国拉美经委会和伊比利亚美洲首脑会议秘书处（CEPAL & SEGIB）资助出版的《伊比利亚美洲的中产阶级》（Rolando Franco，Martín Hopenhayn y Arturo León，Clases Medias en Iberoamérica，México D. F.：Siglo XXI Editores，2010，CEPAL-SEGIB）；西班牙科学研究高级委员会下属之公共产品和政策研究所（IPP-CSIC）的长期研究项目"拉丁美洲的中产阶级和可治理性"（http：//www. ipp. csic. es/es/content/clases_ medias_ y_ gobernabilidad）。

② Dominique Farrell，"Uruguay，Mexico and Chile Have the Most Numerous Middle-class in Latam，"http：//santiagotimes. cl/news/other/20331-chile-has-the-third-most-numerous-middle-class-in-latin-america-says-oecd-report.

表 1　拉美主要国家的清廉指数（2001～2010）

国别＼年份	2010	2009	2008	2007	2006	2005	2004	2003	2002	2001
智利	7.2	6.7	6.9	7.0	7.3	7.3	7.4	7.5	7.5	7.5
乌拉圭	6.9	6.7	6.9	6.7	6.4	5.9	5.5	5.1	5.1	5.1
哥斯达黎加	5.3	5.3	5.1	5.0	4.1	4.2	4.9	4.3	4.5	4.5
古巴	3.7	4.4	4.3	4.2	3.5	3.8	3.7	4.6	4.4	—*
巴西	3.7	3.7	3.5	3.5	3.3	3.7	3.9	3.9	4.0	4.0
哥伦比亚	3.5	3.7	3.8	3.8	3.9	4.0	3.8	3.7	3.6	3.8
秘鲁	3.5	3.7	3.6	3.5	3.3	3.5	3.5	3.7	3.4	4.1
墨西哥	3.1	3.3	3.6	3.5	3.3	3.5	3.6	3.6	3.6	3.7
阿根廷	2.9	2.9	2.9	2.9	2.9	2.8	2.5	2.5	2.8	3.5
玻利维亚	2.8	2.7	3.0	2.9	2.7	2.5	2.2	2.3	2.2	2.0
厄瓜多尔	2.5	2.0	2.1	2.3	2.5	2.4	2.2	2.2	2.2	2.3
委内瑞拉	2.0	1.9	2.0	2.3	2.3	2.3	2.4	2.5	2.5	2.8

注：* 透明国际 2002 年未将古巴纳入评估范围。

资料来源：Transparency International，"Corruption Perceptions Index 2001 - 2010"。

　　不过，在拉美国家，腐败程度也存在着明显的差异。10 年中，智利的反腐形势呈现高水平的总体稳定，其清廉指数不仅一贯荣列拉美前列，甚至在全球范围也相对较好①。这主要源于智利长期致力于反腐机制建设。乌拉圭、哥斯达黎加、玻利维亚呈现总体好转趋势，乌拉圭和哥斯达黎加两国趋好态势尤其明显。而其他多数国家，包括墨西哥、巴西、秘鲁、阿根廷、委内瑞拉则呈总体恶化趋势。这种形势也符合民调的结果：有 51% 受访的拉美人认为，过去 3 年里拉美的腐败加重了②。

　　就全球范围来看，拉美都可以称得上腐败的"重灾区"。以 2010 年透明国际的数据为例，全球参与评估的 178 个国家的平均数为 4.0，拉美只有 5 个国家超过平均数，有 20 个国家在平均数以下，也就是说 80% 的拉美国家低于全球平均数③。其中，委内瑞拉的腐败问题最为严重，名列拉美倒数第一，全

---

① 2010 年智利清廉指数排行拉美第二，第一为巴巴多斯，得分 7.8；两国全球排行分别为第 17 位和 21 位。

② 本节数据除另行标注外，均来自 Transparency International，"2010 Corruption Perceptions Index and 2010 Global Corruption Barometer," http：//www. transparency. org。

③ 数据为笔者依据 2010 的清廉指数计算得出。

球第 164 位。在某种程度上，这应归咎于近几年委内瑞拉出现的"玻利瓦尔资产阶级"①。民意调查同样可以佐证拉美 2010 年的腐败情况。2007 年有 41% 的拉美人认为，本国政府的反腐努力是有效或非常有效的，但 2010 年这一数字下降了 9 个百分点。就国别而言，则呈现出一定的差异。秘鲁、阿根廷、委内瑞拉、巴西和墨西哥等国认为反腐努力没有效果的比重较高，均超半数，而玻利维亚人认为本国政府反腐努力有效的比重最高，达到 47%。最严重的是委内瑞拉，有 86% 的委内瑞拉人认为在过去的 3 年里，本国的腐败加重，其次是秘鲁（79%）、墨西哥（75%）、巴西（64%）和阿根廷（62%）。

世界银行发布的《2011 年全球营商环境报告》也印证了拉美特别是委内瑞拉的腐败问题。该报告显示，委内瑞拉在全球 183 个国家中名列第 172 位。在委内瑞拉，创办一个企业必须要走 17 道手续，而办完所有手续则需要 141 天。其他拉美国家同样程序繁琐：巴西和玻利维亚需要 15 道手续，阿根廷 14 道，洪都拉斯和厄瓜多尔 13 道。相比之下，在加拿大创办一个企业只需要 1 道手续、5 天时间。透明国际拉美部主任亚历杭德罗·萨拉斯（Alejandro Salas）认为程序繁琐和腐败存在关联性："手续越多，公民和官员互动的次数越多，腐败交易的几率就越高。"② 2010 年拉美晴雨表报告充分验证了这一点：有 44% 的拉美人认为，他们行贿的首要原因是为了提高办事效率③。当下世界各国减少程序、提高效率、减少腐败的一个有效工具就是电子政府（E-government），即通过互联网完成各种报表和表格。个人与电脑互动减少了政府官员索贿的风险，进而提高了办事效率。

委内瑞拉的清廉指数之所以在美洲，甚至全球垫底，可以从美洲国家组织发布的一份报告中找到部分原因。根据美洲国家组织批准实施的《美洲反腐败公约》发布的一份报告，该组织共向委内瑞拉提出了 113 项反腐败的技术建议，但到目前为止有 97 条指导方针没有任何进展，12 条部分实施，只有 4 条完全达到

① Boliburguesía（玻利瓦尔资产阶级），这个词是由委内瑞拉记者胡安·卡洛斯·萨帕塔（Juan Carlos Zapata）创造的，用来指称"在查韦斯政府保护下发展起来的寡头统治集团"。对玻利瓦尔革命持不同意见的人认为，"玻利瓦尔资产阶级"和查韦斯政府的同情者伙同政府官员挪用了数百万美元，这些人假借社会主义的名义发财致富。

② Andres Oppenheimer, "To Fight Corruption, Start Cutting Red Tape," http：//www. miamiherald. com/2010/11/06/1912810/to-fight-corruption-start-cutting. html.

③ "El Informe Latinobarómetro 2010," http：//www. latinobarometro. org.

原则要求。透明国际的代表梅塞德斯·德弗雷塔斯（Mercedes De Freitas）认为，委内瑞拉没有达到美洲国家组织的反腐目标是因为其政部门使用国家资金的计划没有得到很好的监督，"政府对减少腐败的贡献非常小。委内瑞拉已经失去了 6 年，至今没有取得任何进展"[①]。

五　自然灾害频仍，应急机制尚待加强

2010 年拉美发生了两起震惊世界的严重地质灾害。1 月 12 日，海地发生了近 200 年来的最强烈地震，地震级别达到里氏 7.3 级。强震使拉美这个最贫穷的国家雪上加霜：地震中共有 22.2 万人死亡，30 万人受伤，230 万人无家可归。地震造成的经济损失可能使海地的经济发展至少倒退 10 年。虽然国际社会积极伸出援手，帮助海地灾后重建，但重建工作并不顺利。10 月份，海地又爆发了霍乱疫情，严重程度超过预期。截至 12 月 4 日，霍乱共造成至少 1800 人死亡，8.1 万人感染。

当国际社会还在忙于海地震后救援和重建时，2 月 27 日，智利发生了里氏 8.8 级特大地震。不过，虽然这次智利地震释放的能量几乎相当于海地地震的 500 倍，但灾后评估发现，智利地震造成的破坏远没有海地严重。这场地震共造成近 800 人死亡，经济损失估计在 150 亿～300 亿美元之间，相当于智利 GDP 的 10%～15%。基础设施抗震性高和防震逃生意识强无疑是损失较小的两个重要因素。

海地和智利地震再次提醒拉丁美洲这个地震高风险区：提高建筑设施质量和增强应急救援机制是何等重要。毕竟拉美人口最多的几个大城市，比如圣地亚哥、拉巴斯、利马、基多、波哥大和加拉加斯等，都分布在这个高风险带上。近 500 年来，智利曾发生过大约 50 次较大的地震和 20 次海啸。世界上最强烈的地震也是发生在智利，即 1960 年 9.5 级大地震，这场地震导致 3000 人死亡。两场特大地震无疑为拉美国家敲响了警钟，要提前做好保护本国公民的应急预案，时刻准备着下一次地震的来临。

---

① "Venezuela Fails to Meet 97 out of 113 Anti-corruption Rules," http://www.eluniversal.com/2010/05/27/en_ pol_ esp_ venezuela-fails-to-m_ 27A3915251.shtml.

近10年来，拉美的极端气候不仅没有减少，反而愈演愈烈。在中美洲和加勒比地区，2000～2009年共发生了36起飓风灾害，而20世纪80年代和90年代分别只有15起和9起。与这种极端天气事件相伴随的是受其影响的人数大量增加。与1970～1979年相比，2000～2009年拉美地区发生暴雨的次数增加了12次。同期，洪水泛滥次数增加了3倍。受极端气温、森林火灾、干旱、暴雨、洪水影响的人口从20世纪70年代的500万增加到近10年的4000万人，由此造成的损失估计超过400亿美元[1]。

2010年，拉美的极端天气事件继续保持高发态势。2010年是危地马拉60年来降雨量最多的1年。由于气候反常，自5月份开始，危地马拉暴雨不断，由此引起的山体滑坡造成272人死亡，60万人受灾，比2008年增加了147%。截至11月，暴雨给危地马拉造成的损失估计高达15亿美元。进入6月下旬，暴雨继续袭击巴西、智利、墨西哥和中美洲其他国家，造成普遍的洪涝和泥石流灾害。2010年的极端气候还使阿根廷、智利、巴西、乌拉圭、巴拉圭、秘鲁、玻利维亚等国遭遇了40年来最寒冷的冬季。进入7月中旬以后，南美洲的寒流强度逐渐加强，低温天气不仅造成大量人畜死亡，还严重影响了农业、工业、牧业、旅游业等。更为严重的是，低温天气还造成南美洲部分国家电力、燃料短缺，给供电、供气系统提出了严峻的考验。

六　公共安全形势更加严峻

2010年，拉美的公共安全形势依然不容乐观。拉美晴雨表2010年报告显示，认为公共安全当属本国首要问题的比重自2004年以来一直呈上升态势。2009年，拉美有7个国家的受访民众将公共安全列为本国的首要问题，但2010年则上升到了10个[2]。这说明拉美公众的不安全感大幅增加。

民意调查机构盖洛普的调查也证实了这一点。在全球范围内，拉美人的不安全感最高，甚至比撒哈拉以南非洲还高出15%。在2009年调查的18个拉美国家

---

① ECLAC and UNEP, "Vital Climate Change Graphics for Latin America and the Caribbean 2010," http://www.reliefweb.int/rw/rwb.nsf/db900SID/VVOS-8BVS4E? OpenDocument.

② "El Informe Latinobarómetro 2010," http://www.latinobarometro.org.

中，有 56% 的人表示不敢夜间在城市或自己居住的地方独自行走。安全感最低的是委内瑞拉，只有 23% 的人表示感到安全①。

在过去的 10 年中，拉美因暴力死亡的人数约为 120 万人，占全球死于暴力人数的 27%。在拉美，只有哥斯达黎加、古巴、秘鲁、阿根廷②、智利和乌拉圭等国的年凶杀率低于十万分之八③。巴西应用经济研究所发布的调查报告则显示，巴西人的安全感已降至历史最低水平。约有 70% 的民众认为自己处于各种暴力犯罪的阴影下，有 25% 的民众表示不信任政府安全部门的工作。从地域来看，越是贫穷的地方，这种不安全感越低。但事实上，即使在经济相对发达的巴西南部，也有 69.9% 的民众害怕卷入暴力犯罪。为应对越来越严重的暴力问题，从 2010 年 11 月 21 日开始，里约州政府在联邦政府的支持下，联合出动 2 万多名军警，重点对里约的克鲁塞罗和阿莱芒这两大贫民窟展开清剿行动。经过 1 个多星期的激烈对抗，巴西军警宣布共击毙近 40 名嫌疑人，抓获 118 人。这是巴西军队首次在境内执行维和任务。随着 2014 年世界杯和 2016 年奥运会越来越近，公共安全将列入巴西新一届政府最紧迫的议事日程，以降低并消除国际社会对其安保能力的质疑。同样，公共安全也已成为哥斯达黎加新总统钦奇利亚的头等要事，因为哥斯达黎加死于暴力的人数呈上升趋势。在过去的两年里，暴力致死率已经达到十万分之十。钦奇利亚承诺新政府的第一要务就是扭转社会治安恶化局面，维护社会安定。

当然，公共安全形势最严重的仍属墨西哥。2010 年，墨西哥的扫毒斗争导致全国的暴力活动达到前所未有的水平。截至 12 月 13 日，墨西哥死于毒品暴力的人数高达 11041 人，比 2009 年增加 4400 多人，是 2008 年的两倍多④。自卡尔德龙接任总统掀起扫毒斗争以来，墨西哥死于毒品暴力的人数已经超过 3 万人。2010 年，虽然卡尔德龙政府成功地瓦解了几个毒品卡特尔，逮捕或击毙了数名

---

① Cynthia English and Julie Ray, "Latin Americns Least Likely to Feel Safe Walking Alone at Ninght," http://www.gallup.com/poll/144083/Latin-Americans-Least-Likely-Feel-Safe-Walking-Alone.aspx.

② 阿根廷近年来的暴力活动也呈上升态势，特别是在布宜诺斯艾利斯的贫民窟，因为那里没有警察，是贩毒和犯罪活动的理想场所。为防止安全形势进一步恶化，12 月 10 日，克里斯蒂娜总统宣布成立独立的部级机构——安全部，专司国内安全事务。

③ 《拉丁美洲最近 10 年 120 万人死于暴力》，http://world.people.com.cn/GB/13521584.html。

④ Scott Stewart, "Mexico and the Cartel Wars in 2010," http://www.stratfor.com/weekly/20101215-mexico-and-cartel-wars-2010.

大毒枭，大大增强了公众对政府扫毒的信心，但扫毒斗争同时也严重破坏了贩毒集团之间的力量平衡，以致暴力活动骤升，安全形势充满更多变数。2012 年墨西哥将举行总统大选，这更增加了卡尔德龙总统未来选择的难度。一方面，暴力和死亡的持续增加无疑会影响执政的国家行动党的支持率，但另一方面，彻底打掉所有贩毒集团或将其置于政府的控制之下又几乎是一项不可能的任务。这样一来，减少暴力活动的唯一方法似乎是恢复贩毒集团之间的力量平衡，以降低贩毒集团间的争夺、减少暴力。因此，2011 年是卡尔德龙总统的决择之年，他亟须在继续坚决扫毒与缓和并恢复力量平衡之间作出选择。这意味着，2011 年墨西哥的安全形势可能出现新的变化。

七 监狱火灾暴露拉美普遍的监狱管理难题

12 月 8 日，智利首都圣地亚哥圣米格尔区监狱发生火灾，造成至少 80 名囚犯死亡，引起国际舆论普遍关注。事实上，2010 年拉美并不仅仅只有智利发生监狱灾难①，也不仅是随后另一监狱上千名囚犯的绝食抗议才引起国际舆论关注。重要的是，这场监狱火灾暴露了拉美普遍存在的监狱管理问题。

首先，监狱"超载"在拉美是一种普遍现象。跨国研究所和华盛顿拉美事务办公室 2010 年 12 月联合发布的一份关于拉美 8 国监狱超载的报告②，在智利国内乃至拉美社会引发关于监狱改革的争论。该报告认为，拉美的扫毒政策是监狱超载的助推器。2000～2009 年，巴西在押囚犯翻了 1 番，增至 473000 人。5 年前，因贩毒而被关押的囚犯只有全部囚犯的 10%，但目前已升至近 20%。墨西哥发生了相似的变化，在押囚犯在 1998～2008 年也几乎翻了一番，达到219752 人。关押人数急剧攀升造成监狱基础设施严重滞后，从而导致监狱生活空间狭小，居住条件恶化。更糟糕的是，过度拥挤的环境容易产生焦躁或不耐烦情绪，从而激化矛盾，引起骚乱。

---

① 11 月，巴西发生 3 起监狱暴乱，死亡 24 人，起因是犯人抗议监狱过度拥挤。同月，萨尔瓦多一所少年犯监狱发生大火，导致至少 16 人丧生。

② 这 8 个国家是阿根廷、玻利维亚、巴西、哥伦比亚、厄瓜多尔、墨西哥、秘鲁和乌拉圭。"Systems Overload: Drug Laws and Prisons in Latin America," Washington Office on Latin America (WOLA) and Transnational Institute (TNI), December 2010, http://www.druglawreform.info。

其次，预防性关押是监狱超载的一个主要推动因素。拉美国家普遍实行预防性关押，即对一切涉毒犯罪，无论其严重程度如何在受审前都必须提前予以关押。玻利维亚、巴西、厄瓜多尔、墨西哥和秘鲁在扫毒立法中均引入了预防性关押制度。在秘鲁，大多数预防性关押的时限是 24 小时，毒品案件是 15 天。在墨西哥，嫌疑人在正式被起诉前，允许关押的最长时限是 80 天。这种预防性关押往往因为司法效率低下，而导致许多嫌疑人在没有接受法庭审判之前就已被关押很长时间，从而造成监狱关押人数膨胀。2006～2009 年，墨西哥共有 226667 人被关押，但其中只有 51282 人接受审判，33500 人被宣判有罪，超过 40% 的在押囚犯未经审判就被投入监狱服刑。

最后，狱警数量不足是拉美国家监狱管理面临的一个普遍问题。很长时间以来，拉美国家的监狱系统就一直存在囚犯和狱警比例严重失调问题。这也是智利圣米格尔监狱发生火灾的部分原因。此次发生火灾的圣米格尔监狱，其设计容量为 700 人，但实际在押囚犯 1900 多名，却只有 4 名狱警。狱警的严重缺乏导致很难施以有效的监狱管理，在爆发骚乱时几乎不可能控制局势。

智利监狱大火敲响的警钟已经促使皮涅拉总统下定决心厉行监狱改革，智利国会也组成了一个委员会负责调查这场火灾并进行改革。智利未来将投入 4.6 亿美元建设新监狱和改善监狱条件，但未来的监狱改革远不止是建造更多的监狱和改善监狱生活条件。更富挑战性的任务是解决监狱超载问题的根源。但愿智利的监狱改革能够对拉美其他国家产生良好的示范效应。

（郑秉文　审读）

Social Developments in the LAC Region

Guo Cunhai

Abstract：Thanks to economic recovery and growth in 2010 , most Latin American and the Caribbean countries improved the quality of social indicators. Poverty and absolute poverty continued to fall and even reached the level before the 2008 global financial crisis. Most regional countries succeeded in improving income distribution and

promoting labor markets to create more employment. However, the reduction of nominal wages and increase of inflation caused the fall of real wages in most regional countries. In the past decade, Latin America confronted challenges from rampant corruption. Worsening public security was listed as one of major concerns of regional residents. Natural disaster and extreme climate imposed heavy losses to the region. Haiti and Chile suffered from violent earthquakes.

Key Words: Latin America; Social Situation; Public Security; Corruption

Ｙ.9
2010～2011年拉美对外关系：
务实外交显成效

贺双荣*

摘　要： 国际金融危机之后，国际关系格局的加速调整对拉美国家的对外关系产生了重要影响。奥巴马政府力图加强对拉美的控制，但由于实力的下降，美国对拉美国家的政治经济影响力下降、援助减少，双方合作水平降低，在贸易、移民等问题上缺乏进展。与此同时，美国却着手加强在拉美的军事存在，特别是在非传统安全问题上出手力度增强。随着新兴大国的崛起及拉美政治经济地位的提升，拉美国家与欧盟、俄罗斯、亚太、中东等国家和地区的多元化对外关系正在形成。为了应对国际关系格局的变化，拉美国家加强了团结与合作，积极推动地区一体化建设。

关键词： 拉丁美洲和加勒比　美拉关系　区域一体化

国际金融危机之后，国际关系格局的加速调整对拉美国家的对外关系产生了重要影响。奥巴马政府力图加强对拉美的控制，但由于其实力下滑，美国对拉美国家的政治经济影响力下降、援助减少，美拉合作水平降低，在贸易、移民等问题上缺乏进展。与此同时，美国却着手加强在拉美的军事存在，特别是在非传统安全问题上出手力度在增强。随着新兴大国的崛起及拉美政治经济地位的提升，拉美国家与欧盟、俄罗斯、亚太、中东等国家和地区的多元化对外关系正在形成。为了应对国际关系格局的变化，拉美国家加强了团结与合作，积极推动地区一体化建设。

---

* 贺双荣，法学硕士，中国社会科学院拉丁美洲研究所国际关系室主任，研究员。

一　美拉关系改善，同时美国在
拉美的地位和影响力下降

（一）美国对拉美政策的特点

重塑美国在拉美的领导地位是奥巴马上台时提出的对拉美政策目标。2010年6月希拉里在参加美洲国家组织大会时提出了美国对拉美政策的四大支柱："民主治理、能源与环境、安全和平等"。由于美国实力地位下降，奥巴马政府不得不推行"巧实力"外交，力争在美国实力及影响力下降时加强对拉美的控制，其政策呈现出以下几个特点。

1. 力图加强对拉美的控制

美国与拉美国家保持了密切的接触与沟通。国务卿希拉里·克林顿对拉美进行了两次密集访问：2月28日~3月5日，访问了乌拉圭、智利、巴西、哥斯达黎加和危地马拉；6月访问了秘鲁、厄瓜多尔、哥伦比亚和巴巴多斯，并出席了在秘鲁举行的美洲国家组织大会。美国负责西半球事务的助理国务卿巴伦苏埃拉（Arturo Valenzuela）则几乎遍访拉美国家。美国希望通过访问，放低姿态、展示友好，加强与拉美国家的接触和沟通，改善与拉美国家的关系。

美国使用软手段的同时，加强了在拉美的硬实力，强化了与拉美军事合作及在拉美的军事存在。一是美国积极与拉美国家构建安全及合作机制。4月19~20日，美国与智利举行政治军事事务对话。5月6~7日，美国与中美洲国家举行了第三届"美国—中美洲一体化体系安全对话"。5月27日，美国与加勒比国家举行安全合作对话（CBSI）。4月9日美国与哥伦比亚、5月11日与圣文森特和格林纳丁斯签署了"防扩散安全倡议"。特别值得关注的是4月12日，巴西和美国签署了防务协定，这是自1977年以来美巴签署的第一个防务协定。该协定将"美国与巴西防务合作提升到新的水平"。二是美国加强了在拉美的军事存在及军事反应能力。7月和8月，美国与多个拉美国家在秘鲁首都利马北部的安孔港和巴拿马海域地区举行了两次大规模军事演习。美国军队以扫毒名义于7月1日到12月31日在哥斯达黎加驻留行动获得该国议会通过。

2. 合作框架大，但口惠而实不至

美国在能源与气候、科技、文化等方面加强了与拉美的合作。2010 年 4 月 15～16 日，美国政府与美洲国家组织及美洲开发银行共同组织召开了美洲能源与气候伙伴关系（ECPA）会议。美国在 8 月和 10 月相继与巴西和哥斯达黎加签署了债务换自然（热带雨林）的协定。在科技合作方面，9 月 2～3 日，美国和阿根廷举行了第一次双边科技合作联合委员会（JCM）。9 月 21 日，美国与巴西举行了第二届巴西—美国创新峰会。

然而，这些合作却没有太多的实质性内容和较大的资金投入。在美洲能源与气候伙伴关系新倡议（ECPA）中，希拉里根本没有提到美国对这项计划的资金支持（美国负责西半球事务的助理国务卿巴伦苏埃拉后来透露，美国对此项计划的资金投入只有 800 万美元），只是宣布任命 3 位美国科学家为高级顾问，以及向拉美国家派出 2000 名气候变化和平队的计划。另外，奥巴马政府在贸易、移民等问题上未能践诺。相反，亚利桑那州在 4 月通过的新移民法反而引起拉美国家的强烈不满。在贸易问题上，布什政府与哥伦比亚和巴拿马签署的自由贸易协定至今未获得国会的批准。与此同时，美国与墨西哥的贸易战升级。美国对拉美国家的援助不增反降。在 2 月向国会提交的 2011 年度对外援助预算中，奥巴马将对拉美的援助减少了 10%①。

3. 对拉美左派政府既拉又打

美国与古巴于 2010 年 3 月就海地救援问题举行了较高级别会谈，古巴同意美国的救援队飞越其领空，并为伤者开设医院。在较低级别上，古美还就墨西哥湾原油泄漏问题进行了对话。6 月 18 日，美国与古巴举行移民问题谈判。此外，美国也曾试图改善与玻利维亚的关系。6 月 1 日，美国负责西半球事务的助理国务卿巴伦苏埃拉访问玻利维亚，试图修复自 2008 年 9 月玻驱逐美国大使而冻结的两国关系。

然而，美国对拉美左派政策的遏制、打压甚至干涉的政策却没有实质性改变。美国仍维持对古巴的禁运政策，并在人权问题上对古施压。此外，美国仍把查韦斯看做地区"不稳定因素"。3 月，美军南方司令部司令道格拉斯·弗雷泽

---

① Andres Oppenheimer, "U. S. Aid-Cutback Plan Sends Wrong Message," *Miami Herald*, Feb. 7, 2010，http：//www. miamiherald. com/421/story/1467195. html.

（Douglas Fraser）指责查韦斯支持哥伦比亚左翼游击队。另外，美国还暗中支持拉美国家的反对派，甚至暗中策动拉美国家的政变。9月30日厄瓜多尔发生政变未遂，而美国在其中几乎重操对洪都拉斯政变的故伎。由美国训练的扫毒警察在这次政变中冲锋在前。政变之初，美国没有对政变进行谴责，直到意识到厄瓜多尔民众及所有拉美国家都反对政变后，才表示支持科雷亚政府①。在气候变化问题上，因玻利维亚和厄瓜多尔拒绝签署2009年12月联合国气候变化大会达成的《哥本哈根协定》，美国将全球气候变化倡议（Global Climate Change Initiative）框架下对两国的援助分别削减了300万美元和250万美元②。

（二）在拉美的形象有所改善，但实际影响力继续下降

美国在拉美采取的积极接触及合作政策，在一定程度上改善了美国及奥巴马在拉美的形象。2010年6月，智利民调机构拉美晴雨表公司（Latinobarómetro）在18个拉美国家进行的调查显示，自奥巴马当选美国总统之后，美国在拉美地区的形象得到明显改善。

然而，由于美国在国际金融危机之后实力大幅下滑，其对拉美国家的经济影响力下降、援助减少，美拉合作水平降低，在贸易、移民等问题上缺乏进展，拉美国家对美国的期望下降，并寻求其他选择。查韦斯说，拉美"从后院变成了多极世界"。乌拉圭总统穆希卡在接受《阿根廷时报》采访时明确表示，美国已经失去它在拉美地区的势力，已经退出，不再是拉美地区"绝对的老大"。4月，克里斯蒂娜在迎接梅德韦杰夫来访问时说："世界变化了，我们不再是任何国家的后院。"③ 就连智利的右翼总统皮涅拉也认为"美国必须加紧通过与哥伦比亚和巴拿马的自由贸易协定……如果美国不抓这些机会，别国就会抓住这个机会"④。

---

① http：//axisoflogic.com/artman/publish/Article_ 61331. shtml.

② http：//www. miamiherald. com/2010/04/10/1572953/bolivia-protests-us-suspension. html.

③ Lyubov Pronina, "Russia Seeking to Bolster Latin America Ties," Medvedev Says, April 15, 2010, http：//www. businessweek. com/news/2010 – 04 – 15/russia-seeking-to-bolster-latin-america-ties-medvedev-says. html.

④ Dominique Farrell, "Chile's Piñera Wraps Up Asia Trip, Opening Human Rights Dialogue," http：//www. santiagotimes. cl/politics/presidential/20211-chiles-pinera-wraps-up-asia-trip-opening-human-rights-dialogue, 18 November 2010.

由于美国继续对拉美国家的进步政府采取打压和干涉政策，美国改善与拉美国家关系的努力难有大的进展。美国与委内瑞拉的大使委任风波逐步升级。6月，奥巴马提名拉里·帕尔默为新任美驻委大使。但由于帕尔默在出席参院听证会时抨击查韦斯，委内瑞拉政府拒绝接受帕尔默出任驻委内瑞拉大使，12月29日美国宣布吊销委内瑞拉驻美大使贝尔纳多·阿尔瓦雷斯·埃雷拉的签证。此外，拉美国家至今不承认政变后通过选举上台的洪都拉斯政府。11月末玻利维亚总统莫拉莱斯在美洲第9次国防部长会议上公开批评美国的干涉政策，指出"民主、和平和安全只有在没有干涉、没有霸权的情况才能得到保障"①，玻利维亚还呼吁拉美国家共同抵制美军基地。11月，厄瓜多尔和委内瑞拉宣布向遭到国际通缉的维基解密创始人朱利安·阿桑奇无条件提供庇护所。

美国有学者批评奥巴马错过改善与拉美关系的机会。实际上，美拉关系的现状反映了国际关系力量格局的变化。由于美国正在失去对拉美的政治和经济影响力，美国不得不通过加强军事合作及军事存在来平衡对拉美的政策，正如美国学者彼德拉斯指出，"美国在拉美实施的外交军事化只因其丧失了经济影响力"。②

（三）美地位的衰落是相对的，在非传统问题上出手力度在增强

美国在拉美的地位和影响衰落是相对的。美国仍是拉美最大的贸易伙伴和投资来源。尤其是美国在拉美的软实力，如文化影响、对各种公民社团渗透仍在扩大。

事实上，近年来美拉关系的核心关切之一在于非传统安全领域。首先是非法移民问题。1月12日，海地发生强烈地震后，美国对海地的救援，行动之迅速、援助规模之大，重视程度之高，其根本原因在于美国担心海地难民涌入美国。美军向海地最多派遣了包括航空母舰在内的2.2万人救灾部队，并先后通过红十字会、国际援助署（USAID）向海地提供了11.5亿美元的援助。5月6日，美国国会一致通过海地经济提升计划法案（HELP），宣布在2020前扩大海地纺织和服装产品出口美国的免税范围，以加快海地灾后的经济重建。9月，美国还任命托

① David Alexander, "Morales: U. S. Seeks Excuse to Meddle in Latin America," Nov. 22, 2010, http://www. reuters. com/article/idUSTRE6AL5J520101122.

② 詹姆斯·彼得拉斯：《帝国的反击与失败》，〔西班牙〕2010年8月20日《起义报》。

马斯·C. 亚当斯（Thomas C. Adams）为海地事务特别协调人。其次是毒品及有组织犯罪问题。美国为此着力加强了与墨西哥和中美洲国家的扫毒合作。5月25日美国总统奥巴马决定向美国和墨西哥边境地区增派1200名国民警卫队人员。此外，奥巴马还将向国会提出拨款5亿美元用于美墨边境安全和执法活动。

二 拉美地区的多元化对外关系格局正在形成

新兴大国的崛起及拉美政治经济地位的提升加快了拉美国家多元化对外关系的形成。

（一）欧盟重新重视和推动与拉美国家的合作

西班牙利用2010年1月担任欧盟轮值主席国的机会努力推动欧盟与拉美的战略伙伴关系。德国在8月4日提出了对拉美的新战略。英国也提出"英国从拉美地区的撤退已经结束，现在是开始向前推进的时候了"①。

欧盟继续推动与拉美和加勒比地区间高层对话：5月在马德里举行了欧拉首脑会议；12月3～4日，伊比利亚美洲国家首脑会议在阿根廷马德普拉塔举行。扩大与拉美国家的务实合作是欧盟对拉美政策的重要转变。为此，欧拉首脑会议设立了三个基金：欧拉基金、拉美投资基金（LAIF）和欧盟—加勒比基础设施基金。此外，欧盟积极推动与拉美的自由贸易谈判。欧盟与中美洲一体化体系（SICA）签署了自由贸易协定，与秘鲁和哥伦比亚完成了自由贸易协议谈判，最重要的是欧盟重新启动了与南共市自1999年开始但在2004年中断的自由贸易谈判。另外，欧盟加强了与拉美国家在环境、气候变化、安全等战略性议题上的合作，双方希望成为应对全球挑战的战略伙伴。

然而，欧拉关系能否取得实质性进展，还面临一些挑战：第一，欧盟与南共市的自由贸易谈判受到法国、芬兰等10多个受益于欧盟农业补贴政策的国家的反对；第二，由于英国政府于2月在与阿根廷有争端的马岛水域开始新一轮的石油勘探和开采活动，英阿关系再度紧张；第三，西班牙与委内瑞拉在引渡埃塔分

---

① William Hague, "Britain and Latin America: Historic Friends, Future Partners," Nov. 9, 2010, http://www.fco.gov.uk/en/news/latest-news/? view = Speech&id = 25092682.

裂主义分子的问题上出现一些摩擦；第四，欧盟对日益扩大的主权债务危机自顾不暇，欧拉关系的下一步发展恐难确定。

（二）俄罗斯继续重返拉美，合作领域不断扩大

俄罗斯与拉美地区的关系却持续升温。2010 年 4 月 14~15 日，俄总统梅德韦杰夫访问阿根廷，随后访问巴西并出席"金砖四国"领导人第二次正式会晤。在此之前，俄总理普京访问委内瑞拉，并在加拉加斯会见了玻利维亚总统莫拉莱斯。10 月 2 日，俄罗斯与加勒比共同体签署谅解备忘录，双方决定建立政治对话与合作机制。拉美国家也从战略上推动对俄合作。3 月 21 日，危地马拉总统阿尔瓦罗·科洛姆历史性地首访俄罗斯。5 月 14~15 日，巴西总统卢拉再次访问俄罗斯。10 月 14~15 日，查韦斯第 9 次访俄，两国签署涉及军事技术、能源、金融投资等领域的 10 项合作文件。

俄罗斯推动与拉美地区发展"特殊关系"的主要方式是利用在军事装备、核能和太空技术上的优势促进与拉美国家的经贸及能源合作。4 月，俄罗斯向委内瑞拉交付了该国购买的 38 架俄制 Mi-17 军事货运直升机的最后 4 架①。随后，俄与阿根廷签署谅解备忘录，阿根廷向俄订购 2 架 Mi-17 运输直升机。2 月，俄委签署建立合资企业的协定，共同开发奥里诺科石油带胡宁 6 号区块，俄国家石油公司（CNP）将投资 100 亿美元。此外，俄还与委、阿等国加强了核能合作，与巴西和阿根廷开展了太空合作。

（三）拉美与亚太国家的务实合作取得重要进展

在多边合作方面，东亚—拉美合作论坛第四届外长会议于 2010 年 1 月 16~17 日在日本东京召开。在 11 月举行的东京 APEC 首脑会议期间，智利、秘鲁和墨西哥等国对加强拉美与亚太的区域间合作表现出更加积极的姿态。然而，拉美与亚太国家的实质性合作仍主要是在双边机制下展开的。

在政治合作方面，双方的交往日益密切。2010 年 6 月 28 日，韩国总统李明博到访巴拿马，他是两国自 1962 年建交以来，第一位访巴的韩国总统。随后，

---

① "Hemisphere Highlights," Vol. IX, Iss. 4, p. 6, http://csis.org/files/publication/hh_10_04.pdf.

他出席了"第三届中美洲国家—韩国首脑会议"。日本与加勒比共同体于9月2日在日本东京举行了第二届外长会议,目的是在应对气候变化和推进联合国安理会改革等问题上争取加勒比国家的支持。双方签署了"21世纪加勒比—日本合作的新框架",确定了合作的优先领域及合作机制。7月,墨西哥与印度在墨西哥城举行了双边政治磋商,两国承诺加强2007年建立的优先伙伴关系。拉美国家也进一步扩大与亚洲国家的交往。8月,玻利维亚总统莫拉莱斯访问韩国,这是自1965年两国建交以来玻利维亚总统首次访韩。11月,秘鲁总统加西亚也在参加APEC领导人峰会后访问韩国。

在经贸合作方面,亚拉国家间双边自由协定谈判取得积极进展。4月6日,新加坡和哥斯达黎加签署自由贸易协定。11月13日,智利与马来西亚签署自由贸易协定。11月,秘鲁与日本和韩国分别签署了自由贸易协定。此外,秘鲁和智利还参加了《泛太平洋战略经济伙伴关系协定》(TPP)谈判。

亚洲加大了对拉美的能源及其他资源的投资。6月30日,越南国营石油天然气公司(PetroVietnam)与委内瑞拉石油公司(PDVSA)签署合资协定,共同开发奥里诺科胡宁2号区重油带,合同期限为25年。玻利维亚丰富的锂资源吸引了韩国和日本的投资。韩国同意向玻利维亚提供2.5亿美元的贷款,用于项目开发及与锂有关的科学援助。11月,日本石油天然气金属矿产资源机构(JOGMEC)与玻利维亚国营矿业公司(Comibol)签署合作协定。

(四) 拉美与中东的关系

拉美与中东国家的交往日益密切。2010年1月14日,圭亚那总统巴拉特·贾格德奥(Bharrat Jagdeo)访问了科威特、阿联酋和伊朗。3月14~18日,巴西总统卢拉访问以色列、约旦和巴勒斯坦,5月对伊朗进行了回访。10月,委内瑞拉总统查韦斯第9次访问伊朗并对叙利亚进行访问。10月,玻利维亚总统莫拉莱斯第二次访问伊朗。中东国家领导人对拉美的重要访问有:5月末,土耳其总理埃尔多安(Recep Tayyip Erdogan)访问巴西、阿根廷和智利;6月26日~7月4日,叙利亚总统巴沙尔·阿萨德访问委内瑞拉、古巴、巴西和阿根廷。拉美扩展了与中东国家的外交关系。6月,圣基茨和尼维斯与阿联酋建立大使级外交关系。2010年12月1日,巴西总统卢拉致信巴勒斯坦民族权力机构主席阿巴斯,宣布在1967年中东战争前的边界内承认巴勒斯坦。随后阿根廷、乌拉圭、玻利维亚、智利和厄瓜多尔等拉美国家相继宣布承认巴勒斯坦在 1967 年的边界内是一个自由独立的国家。

拉美与中东国家交往的主要目标是推动经贸合作。在贸易自由化方面，4 月南共市与以色列的自由贸易协定生效。8 月初，南共市与埃及签署自由贸易协定。在能源领域，10 月委内瑞拉与伊朗和叙利亚达成多项合作协定，其中包括委内瑞拉将投资 7.8 亿美元，参与伊朗南帕尔斯天然气田 12 号段的开发活动。委内瑞拉还将与伊朗和马来西亚一道在叙利亚兴建日炼油能力为 14.5 万桶的炼油厂。伊朗与玻利维亚签署一项谅解备忘录，伊朗将成为玻利维亚生产锂碳酸盐电池的伙伴。

不应忽视的是，由于中东国家，特别是伊朗和叙利亚与美国的复杂关系，委内瑞拉、玻利维亚等拉美激进左派政府与之发展关系带有较强的政治动机。叙总统阿萨德称叙委应加强"战略联盟对抗帝国主义"。查韦斯总统在访伊时表示，"在任何情况下，委内瑞拉都将站在伊朗的身边"。当伊朗核问题矛盾日益加剧时，委内瑞拉、玻利维亚与伊朗开展核合作更是令美国、以色列等国不满。5 月 25 日以色列外交部的文件显示，玻利维亚和委内瑞拉向伊朗核项目提供铀原料。10 月 30 日，玻总统莫拉莱斯证实，玻利维亚计划在伊朗的帮助下兴建一座核电站。巴西作为一个希望发挥世界影响力的大国，越来越多地参与到中东政治中来。在伊朗核问题上，巴西公开承认伊朗有权进行核能开发，同时采用积极的外交斡旋阻止美国对伊制裁。5 月 17 日，伊朗、土耳其和巴西三国外长正式签署核燃料交换协议，伊朗同意将 1.2 吨纯度为 3.5% 的浓缩铀运往土耳其，用以交换 120 公斤纯度为 20% 的浓缩铀，用于该国核反应堆的燃料供应。

（五）拉美与非洲的合作

拉美与非洲国家的关系仍然表现为两种非对称性，一是主要由拉美国家推动，二是除巴西、南非等新兴国家外，双方交往仍处于浅层次、低水平的状态。

巴西与非洲素来关系密切。在"南南外交政策"推动下，巴西进一步加强了与非洲国家的关系。2010 年 7 月，巴西总统卢拉访问了尼日利亚、佛得角、赤道几内亚、肯尼亚、坦桑尼亚、赞比亚和南非 7 国，并参加了在佛得角举行的第一届巴西与西非国家经济共同体（ECOWAS）首脑会议。11 月 9 日，巴西总统卢拉访问莫桑比克，这是卢拉对非洲的第 7 次访问。巴西为了提升在非洲的形

象，扩大对非洲的宣传，于5月开设了一个面向非洲国家，特别是葡萄牙语国家的国际电视频道。此外，巴西在国内设立了非洲—巴西大学，招收巴西和非洲的学生。

南非作为G20唯一的非洲国家以及它在非洲的地位和作用，受到拉美国家的重视。2010年4月16～19日，墨西哥与南非举行了第一次两国委员会会议。7月11日，墨西哥总统卡尔德龙对南非进行了工作访问。阿根廷与南非于11月20日签署了防务发展及军事合作协定，双方同意加强在技术、革新、军事医疗发展等方面交流，在大西洋联合训练演习和救援行动等方面的协作以及国防工业上的合作。

三　拉美国家的地位与合作

国际关系格局加速调整及拉美国家实力地位的提升为拉美国家，特别是拉美新兴大国参与重塑全球秩序的进程提供了机会。2010年1月13日，智利签署了正式加入经合组织的文件。4月12～13日，巴西、智利、阿根廷和墨西哥参加了在美国举行的核峰会。巴西、阿根廷和墨西哥作为G20成员，11月参加了在韩国举行的G20首脑峰会。墨西哥主办了于11月30日～12月11日在坎昆召开的联合国气候变化谈判大会。面对新的国际形势，拉美国家意识到必须加强地区团结，提高处理本地区事务的能力，推动一体化合作，以扩大在全球事务中的影响力和参与权。

（一）在地区事务上，拉美国家加强了团结与合作

2010年4月，格林纳达与特立尼达和多巴哥签署海洋条约，共同勘探和开发海洋资源。阿根廷和乌拉圭结束了自2006年以来因界河问题引起的争端。10月19日，秘鲁与玻利维亚在秘鲁南部城市伊洛港就秘向玻提供通往太平洋出海口问题签订一项新协议。根据这项协议，秘鲁重申允许玻利维亚继续使用伊洛港，从2010年起为期99年，秘鲁将为玻对该港的改造及扩建工程提供支持和帮助。哥伦比亚新总统桑托斯上台后，哥与委内瑞拉、厄瓜多尔紧张关系快速恢复。8月10日，委内瑞拉总统查韦斯与桑托斯举行会晤，两国宣布恢复外交关系。此后，两国总统举行多次会谈，哥向委（而不是向美国）引渡了全球最大

毒枭之一、委内瑞拉人瓦利德·马克莱德。11 月 25 日，哥伦比亚又与厄瓜多尔宣布恢复自 2008 年 3 月中断的外交关系。拉美国家睦邻友好关系为拉美国家的一体化合作提供了前提。

（二）拉美一体化取得新进展

巴西、委内瑞拉、墨西哥等新兴大国利用其影响力，通过双边、多边机制，积极推动拉美地区一体化合作。

由委内瑞拉主导的玻利瓦尔美洲联盟（ALBA）及双边合作取得新进展。2010 年 1 月 27 日，ALBA 共同货币体系"苏克雷"正式投入使用，尽管目前"苏克雷"只作为地区内贸易结算的虚拟货币，尚无法对国际金融体系产生重要影响。此外，委内瑞拉通过双边合作，加强了与厄瓜多尔、尼加拉瓜和玻利维亚等国家的各种合作。其中，委内瑞拉与古巴的合作"朝着经济联盟的方向发展"[1]。7 月 26 日，古巴和委内瑞拉举行了第一届首脑会议，签署 124 项协定。11 月 8 日，委内瑞拉总统查韦斯宣布将 2000 年 10 月 30 日两国签署的合作协定延长 10 年，这对目前处于经济困难中的古巴无疑是巨大的支持。

加勒比共同体（Caricom）于 2010 年 8 月成立大使级执行委员会，旨在协调成员国之间的关系，提升区域一体化程度，加强加共体委员会有关决策的执行力度。6 月 17～18 日，第 51 届东加勒比组织（OECS）的政府首脑正式签署《东加勒比组织经济联盟条约》，明确提出建立单一经济和金融体，取消成员国之间在货物贸易、服务业、资本市场和劳动力流动等方面的限制。

拉美国家之间灵活、务实的双边一体化合作受到秘鲁、智利等国的大力推动。秘鲁于 5 月启动了同中美洲国家的自贸谈判。11 月初，秘鲁经济和财政部长梅赛德斯·阿劳斯（Mercedes Araoz）访问智利，提出南美 5 个太平洋国家建立太平洋自由流动区的设想。巴西积极通过双边合作加强与南美以外拉美国家的合作。4 月 26 日，第一届加勒比—巴西首脑会议在巴西利亚举行。会议签署了巴西利亚声明和 40 个双边协定，为双方关系开启了新的篇章。11 月，巴西和墨西哥开始自由贸易谈判。

---

① "Cuba and Venezuela Moving towards Economic Union," Raul Castro says, http：//www.caribbeannetnews. com/news － 24030 － 5 － 5 －. html, Tuesday, July 27，2010.

在巴西推动下，南共市及南美国家联盟的组织机制进一步完善。时任总统卢拉试图利用剩余不多的执政时间，推动南共市成为"一个没有争议的、不可逆转的一体化集团"，8月在阿根廷举行的第39届南方共同市场首脑会议因此成为"15年来最成功的会议"。南共市决定在阿根廷建立人权公共政策研究所（Instituto de Políticas Públicas en Derechos Humanos）；各成员国经过6年谈判，在关税收入分配及进口产品双重征税问题上达成一致。尽管巴西对巴拉圭施加了一定压力，但由于控制国会的反对派的抵制，巴拉圭至今拒绝批准委内瑞拉加入南共市的议案，但有望在12月获得巴拉圭议会的通过。南共市还与埃及签署了贸易协定。

南美国家联盟正在成为新兴的地缘政治力量，并在机制建设上取得突破。2010年5月，南美国家联盟一致推举阿根廷前总统基什内尔为该组织秘书长。11月30日南美国家联盟宪章在乌拉圭参议院获得通过后正式生效。南美国家联盟积极维护本地区国家的政治稳定。在5月17～18日举行的欧拉首脑会议上，南美国家联盟在洪都拉斯问题上采取了一致立场，迫使西班牙政府放弃邀请政变后上台的洪都拉斯领导人参加欧拉首脑会议。9月底，厄瓜多尔发生反对总统科雷亚的骚乱后，南美国家领导人除强烈谴责外，还召开专门的首脑会议商讨对策。11月26日，在圭亚那举行的南美国家联盟首脑会议上各国同意将"民主条款"写入宪章中。在哥伦比亚和委内瑞拉7月22日断交及出现军事紧张时，南美国家联盟在缓解两国紧张方面发挥了重要的作用。为帮助海地的重建，南美国家联盟决定建立1亿美元的南美国家联盟—海地基金（Unasur Haití）。此外，南美国家联盟加强了在教育、卫生、地区防务、扫毒等方面的磋商与合作。

在双边及次区域合作的基础上，拉美国家一直寻求建立一个包括所有拉美国家的组织。2010年2月22～23日，在墨西哥倡议下，里约集团首脑会议暨拉美和加勒比联盟峰会在墨西哥坎昆举行，会议决定建立"拉美及加勒比国家共同体"。拉美国家各种形式的一体化合作相互交叉、相互补充，在不同地区、不同领域、不同水平上发挥着作用。拉美及加勒比共同体无疑将是拉美和加勒比地区最高级别的政治对话平台，代表着区域力量整合，从而实现更大地域范围利益共生和共享的历史趋势。但该组织未来的定位和作用尚不清晰：一是拉美国家之间的政治经济发展模式及对外关系差异较大，各国对该组织的定位和作用存在分歧；二是墨西哥在拉美的作用有限，而巴西的外交重心在南美，因此缺乏大国的主导作用也将会影响该组织未来的发展前景。

（三）拉美国家之间的矛盾与问题

一是历史遗留的边界争端仍影响着拉美国家的关系。2010 年 10 月，尼加拉瓜和哥斯达黎加对圣胡安河的划界争端再次升温。

二是拉美国家增加军购引发军事互信危机。2010 年 8 月 13 日，南美国家联盟秘书长、阿根廷前总统基什内尔呼吁各国应减少军费开支，将更多的资金用于发展国民经济，避免将该地区拖入军备竞赛之中。

三是拉美在政治上的协调一致还需加强。2010 年 7 月 31 日，墨西哥和智利正式承认洪都拉斯总统波菲里奥·洛沃·索萨领导的新政权，将向洪都拉斯重派使节，这一动向显然与多数拉美国家的立场相悖。

四　中拉关系

2010 年中国和拉美的关系摆脱了国际金融危机的影响，将双方的合作水平推向了一个新的历史高度。

（一）中拉政治关系进一步深化

中国与拉美国家继续保持了频繁的高层互访。4 月，中国国家主席胡锦涛访问巴西，并参加了在巴西利亚举行的"金砖四国"领导人第二次正式会晤。5 月，全国人大常委会副委员长乌云其木格访问墨西哥、古巴和巴西。8 月底至 9 月初，国务委员兼国防部长梁光烈访问墨西哥、哥伦比亚、巴西。此外，访问中国的拉美领导人有牙买加总理戈尔丁（2 月）、阿根廷总统克里斯蒂娜·费尔南德斯·基什内尔（7 月）、巴哈马总理英格拉哈姆（10 月）、乌拉圭副总统达尼洛·阿斯托里（8 月）、智利总统塞巴斯蒂安·皮涅拉（11 月）、哥伦比亚副总统佛朗西斯科·桑托斯·卡尔德龙（4 月）、古巴全国人民政权代表大会主席阿拉尔孔（11 月）。

通过高层交往和政府间的政治磋商，中拉领导人加强了政治互信，推动了双方的合作。其中，最值得关注的是，中国和巴西制订了《2010～2014 年共同行动计划》，该计划为两国深化战略伙伴关系制订了详细的路线图。

（二）中拉经贸关系再掀高潮

中拉经贸合作机制日益完善。4 月 8 日，中国与哥斯达黎加签署自由贸易协定，这是中国与中美洲国家签署的首个一揽子自贸协定。中国与秘鲁的自由贸易协定在 3 月 1 日生效，中国与智利的自贸区服务贸易协定于 8 月 1 日开始实施。

中拉双边贸易克服了国际金融危机的影响，出现高速增长。2010 年 1～9月，中拉贸易额已达 1324 亿美元，比上年同期增长 54.36%，全年双边贸易额有望达到 1700 亿～1800 亿美元，大大超过 2008 年 1433 亿美元的历史纪录。

中国加大了对拉美地区矿业、油气、铁路基础设施、电力、农业、汽车和钢铁冶金行业的投资。其中，中国对巴西的投资增长最快。根据巴西方面的统计，2010 年上半年，中国对巴西投资增至 120 亿美元（2009 年全年为 8200 万美元），已取代美国成为投资巴西数额最多的国家。

金融合作成为推动中拉经济合作的重要推手。4 月 2 日，中国银行在巴西圣保罗设立分行。中国多家银行向拉美国家提供了项目贷款。其中包括中国国家开发银行向委内瑞拉提供 100 亿美元和 700 亿人民币的融资，中国进出口银行为厄瓜多尔建设最大的科卡科多 - 辛克雷（Coca Codo-Sinclaire）水电站提供 16.8 亿美元的贷款等。此外，中国还向安提瓜和巴布达、玻利维亚、圭亚那等拉美国家提供了政府优惠贷款。

（三）文化、教育及科技等领域的合作也取得新进展

除各种文艺团体的相互访问外，9 月 16 日中国人民解放军仪仗方队参加墨西哥独立 200 周年庆典阅兵。中国在巴西、牙买加、秘鲁等国新建了孔子学院，使我国在拉美开设的孔子学院总数达 20 多所。继中国与巴西和委内瑞拉之后，中国与玻利维亚签署了玻利维亚通信卫星项目技术协议。按照合同规定，中方将向玻利维亚在轨交付一颗通信卫星及配套的地面应用系统。

（四）中拉交往的主体及合作平台不断扩大

拉丁美洲及加勒比地区的 33 个国家全部参与了上海世博会。中拉地方政府之间交往不断扩大。10 月，在成都召开的第四届中国—拉美企业家高峰会日益成为中拉企业开展双向投资和贸易的业务信息交流平台。11 月 8～9 日，由中国

人民外交学会主办的首届"中拉智库交流论坛"探讨了中拉关系发展及面临的挑战。参与中拉关系发展的行为体的增加及双方合作平台的扩大，促进了双方多层次、宽领域的交流和了解，从而使中拉关系的发展基础得到进一步巩固。

（吴白乙　审读）

International Relations of the LAC States

He Shuangrong

Abstract：Against the backdrop of the global financial crisis, Latin American and the Caribbean countries took actions to adjust their foreign relations. As a result of the decline of the U. S. hegemony, the Obama government had to cut foreign aid to and restrict trade cooperation with regional countries. The negotiations between the United States and them over immigration and FTA issues fell into stagnation. But the United States made an effort to increase its military presence in the region and sought to expand its influence over non-conventional issues. Based on recent economic developments, Latin America sought to play an increasing role in the world arena. By developing relations and cooperation with the European Union, Russia, the Asia-Pacific and Middle East countries, it was constructing a more diversified diplomatic pattern.

Key Words：Latin America and the Caribbean；US-Latin American Relations；Regional Integration

国别和地区篇

Region / State Observations

Ⴘ.10
巴西：经济增速"破7"

周志伟[*]

摘　要：2010 年，"选举"是巴西内政外交的重要内容。卢拉在过去 8 年收获的执政业绩帮助迪尔玛·罗塞夫较顺利地赢得了总统竞选，执政联盟在议会中的优势也进一步扩大；经济方面，巴西实现了自 20 世纪 70 年代以来的最快增速；社会方面，贫困率继续保持下降，两极分化差距进一步缩小；外交方面，地区一体化、南南关系和国际参与仍是 2010 年外交的优先目标。

关键词：2010 年大选　罗塞夫　执政联盟　经济增长　贫困率　伊朗核问题

* 周志伟，法学博士，中国社会科学院拉丁美洲研究所国际关系室副研究员，巴西研究中心秘书长。主要研究领域为巴西外交及国际战略、拉美地区关系。

一 政治形势

2010 年，巴西政局维持稳定态势。卢拉政府在其最后一年任期内依然保持超高的民众支持率，虽然执政党内部继续爆出腐败丑闻，但未对 2010 年选情带来太大冲击。由卢拉一手提拔起来的劳工党总统候选人迪尔玛·罗塞夫（Dilma Rosseff）较顺利地赢得了总统选举，进而使以劳工党为主的执政联盟在总统选举中实现了"帽子戏法"。

凭借着宏观经济的稳定和社会政策的推广，卢拉自执政以来一直拥有较高的民众支持率①。国际金融危机爆发后，凭借有效的反危机政策和较乐观的经济预期，卢拉的民众支持率继续走高，到 2010 年 12 月 19 日达到了 83%，创下了自 1985 年恢复民主政治以来，所有民选总统的民意支持率的最高纪录。据民调机构 Datafolha 统计，卢拉不仅在贫民中的支持率高达 84%，在富人中也得到了 67% 的支持率。从地域来看，在较贫困的东北部地区，卢拉的支持率高达 88%，而在较发达的南部和东南部地区，其支持率也分别达 77% 和79%②。

腐败问题是巴西政治中的一个热点问题。尤其是临近大选时，腐败问题往往成为执政党与在野党交锋的焦点，2005 年底的"月费案"和 2010 年"埃莱尼斯·盖拉案"均存在大选因素。埃莱尼斯于 2010 年 1 月接替参选总统的罗塞夫担任总统府民事办公室主任一职，此前，她担任民事办公室执行秘书，被称为罗塞夫的"左膀右臂"。2010 年 9 月，巴西《请看》杂志披露埃莱尼斯及其儿子伊斯拉埃尔·盖拉（Israel Guerra）因协助 MTA 航空货运公司延长其与巴西民航管理局（Anac）的货运业务合同，以及帮助该公司获得国家邮政总局的货运合同而收取高达 500 万雷亚尔的"好处费"；随后《圣保罗页报》也有报道称，伊斯

---

① 即使是在 2005 年 12 月"月费案"曝光后，卢拉也得到 69% 的支持率。2006 年，卢拉的支持率逐渐回升，并因此成功获得连任。2007 年，卢拉的民众支持率依然保持高位。2009 年上半年国际金融危机爆发后，卢拉的支持率一度跌至 65%。进入 2010 年，卢拉的支持率不断攀升，在卸任前达到 83%。

② Fernando Rodrigues, "4 em Cada 5 Brasileiros Consideram Governo Lula ótimo ou Bom," *Folha de São Paulo*, 19 de Decembro de 2010, p. 3.

拉埃尔曾以帮助太阳能企业 EDRB 获得巴西国家经济和社会发展银行（BNDES）90 亿雷亚尔贷款为条件，向对方索取 24 万雷亚尔的"中介费"①。事发后，卢拉政府和罗塞夫采取回避的方式，撇开与"埃莱尼斯·盖拉案"的关系，但当埃莱尼斯发表了一份否认所有指控、并暗指罗塞夫的竞争对手若泽·塞拉（José Serra）是幕后主使的申明后，卢拉政府和罗塞夫的立场发生了改变，该案以埃莱尼斯的辞职而告一段落。尽管"埃莱尼斯·盖拉案"后来成为反对党攻击卢拉政府和罗塞夫的主要火力点，但并未对选情造成太大影响。

2010 年巴西政治的中心内容是选举，本次选举除产生新一届总统和副总统之外，还改选了 27 个州长（包括巴西利亚联邦区行政长官）、54 名参议员（参议院总席位的 2/3）、513 名联邦众议员和 1059 名州议员。经过 2010 年大选，巴西的政治格局发生了新的改变。

总统选举方面，三位主要总统候选人分别是劳工党候选人罗塞夫、社会民主党候选人塞拉、绿党候选人玛丽娜·席尔瓦（Marina Silva）。从竞选纲领来看，三位候选人的主张有较强的相似性，都强调"可持续发展"的经济目标，延续并丰富现行的社会政策，等等。竞选纲领的相似使得总统竞选游离于政策辩论之外，而诸如私有化、腐败、宗教问题（如堕胎合法性）反而成为左右选情的重要议题。

绿党候选人席尔瓦的"崛起"是 2010 年总统选举中的一大特点，由于其环保主义者、福音派教徒、少壮派政客等多重身份，席尔瓦在总统选举的首轮投票中赢得 19.3% 的选票，这也直接造成总统"热门人选"罗塞夫以不到 4% 的差距未能从首轮选举中胜出，总统选举由此进入第二轮。第二轮选举波澜不惊，罗塞夫始终保持对塞拉约 10 个百分点的优势。在 10 月 31 日的投票中，罗塞夫获得了 56.05% 的选票，以超过 12 个百分点的优势战胜塞拉赢得总统选举，而反对党联盟因此连续第三次在总统角逐中败北。

议会选举方面，经过参议院改选之后，执政联盟的优势进一步扩大。执政联盟成员民主运动党以 20 席成为参议院第一大党，劳工党则以 13 席升至第二大党，而两大反对党社会民主党和民主党的总席位从选举前的 33 席减至 18 席。算上执政联盟的其他盟党，执政联盟在参议院（共计 81 席）的席位超过了总数的

① http://www.estadao.com.br/noticias/nacional，entenda-o-caso-que-levou-a-queda-de-erenice-guerra，612468，0.htm.

2/3。众议院选举方面，劳工党以 88 席成为众议院第一大党。反对党联盟总席位从 2006 年的 156 席减至 111 席，而执政联盟所占席位从 2006 年的 276 席增至 402 席①，接近众议院总席位（513 席）的 4/5，这也创造了巴西恢复民主体制以来，执政联盟在众议院中所获得的最大优势②。

州长选举方面，在总统选举中败北的社会民主党在 8 个州获胜，成为 2010 年地方选举的大赢家，如算上民主党获胜的 2 州，反对党联盟获胜州的选民数量达到全国选民总数的 52.5%。另外，中等规模政党巴西社会党成为 2010 年地方选举中的"黑马"，该党获 6 个州长席位，超过劳工党和民主运动党排名第二。在各州议员选举方面，劳工党斩获最丰，获 149 个州议员席位，较 2006 年增加 23 个席位，成为州议员席位增幅最大的政党。而两大反对党民主党、社会民主党则分别较 2006 年减少 40 席和 25 席，降幅分列前两位。

二　经济形势③

2010 年，巴西经济继续保持自 2009 年下半年开始的强劲复苏势头，全年 GDP 实现 7.7% 的增长率（见表 1）。其中，巴西经济在前三个季度的同比增幅高达 8.4%，在全球主要经济体中，巴西的经济增速仅次于中国。

2010 年，巴西政府逐步退出自 2008 年底以来所采取的"救市"政策，比如取消对特定行业（如汽车业）的减税政策；将存款准备金率调至国际金融危机爆发之前的水平；取消对负债企业的信贷支持，等等。与此同时，鼓励投资的一些措施得到延续，比如降低对民用建筑材料征税比率；加大对资本货生产行业的信贷力度；扩大巴西国家经济和社会发展银行（BNDES）的资金规模，提高其融资能力。另外，随着加速增长计划（PAC）和住房计划（Minha Casa, Minha Vida）的实施，以及 2014 年世界杯相关建设项目的开展，巴西进入一个基础设施加快发展的阶段。

---

① 罗塞夫竞选联盟在众议院的总席位为 311 席，如算上未加入罗塞夫竞选联盟的卢拉政府其他盟党（如进步党、巴西工党和绿党）席位，罗塞夫执政联盟在众议院的总席位有望达 402 席。

② Eduardo Militão, "Base aliada eleita sobe para 402 deputados," UOL, 10 de Outubro de 2010.

③ 本节数据除特别注明外均引自 CEPAL, *Balance Preliminar de las Economías de América Latina y el Caribe 2010*, Santiago de Chile, 2010。

表1　2008～2010年巴西主要经济指标

项　目	2008 年	2009 年	2010ª 年
	年增长率(%)		
GDP	5.2	-0.6	7.7
人均 GDP	4.1	-1.1	6.7
消费价格指数	5.9	4.3	5.6ᵇ
平均实际工资ᶜ	2.1	1.3	2.4ᵈ
M1 供应量	-3.5	12.0	18.6e
实际有效汇率ᶠ	-3.3	1.7	-15.2
贸易条件	2.1	3.6	-5.6
	年均百分比(%)		
城市失业率	7.9	8.1	6.8ʰ
联邦政府财政收支余额/GDP	-1.2	-3.6	-2.1
名义存款利率	7.9	6.9	6.8ⁱ
名义贷款利率	38.8	40.4	38.4ⁱ
	单位:百万美元		
商品和服务出口额	228393	180723	230567
商品和服务进口额	220247	174678	242445
经常账户	-28192	-24302	-45296
资本和金融账户ʲ	31161	70952	91296
国际收支余额	2969	46650	46000

注：a 为初步预测值；b 为2010年11月之前12个月的变化值；c 为包括社会、劳动法所界定的就业者及私有部门的就业者；d 为根据2010年1～9月数值估计；e 为2010年10月之前12个月的变化值；f 为负值表明雷亚尔升值；g 为2010年1～10月与2009年同期的变化情况；h 为根据2010年1～10月数值估计；i 为根据2010年1～10月平均值预测的年度值；j 为含误差和遗漏。

资料来源：CEPAL, *Balance Preliminar de las Economías de América Latina y el Caribe 2010*, Santiago de Chile, 2010。

财政政策方面，虽然某些反周期的刺激政策相继被取消，但财政政策总体仍较宽松。由于减税政策退出，巴西税收有了明显的增加，2010年1～9月，包括社会福利收入在内的税收同比增长13%。另外，巴西石油公司在2010年实施了大规模的融资计划，其净资本流入约合 GDP 的1.1%。2010年，巴西联邦政府支出较2009年增长12%，主要支出项目为社会福利支出（增长8.3%）和工资支出（增长6%），虽然资本支出累计增长50%，但占政府总支出的比重仅为6.7%（2009年为5%）。截至2010年9月的前12个月，巴西的初级财政盈余约合 GDP 的2.9%，接近3.1%的预定目标。

货币政策方面，尽管巴西中央银行将基准利率从 4 月的 8.75% 调至 7 月的 10.75%，但货币供应量和信贷额增长依然明显。总体上，巴西政府延续了扩张性的货币政策。从 2009 年 12 月至 2010 年 10 月，巴西的货币基数和货币供应量分别增长了 20.3% 和 18.6%，均超过 2009 年的增幅（12.6% 和 12%）。截至 2010 年 10 月，企业信贷总量较 2009 年底增长了 18%，远高于 2009 年全年 6% 的增幅，信贷占 GDP 的比重也从 2003 年的 25% 增至 46.7%。从信贷来源来看，公共银行仍是主要来源，约占信贷总额的 19.6%。由于经济形势趋好，加之企业收入和就业状况改善，到期贷款仅占总贷款额的 3.4%，低于 2009 年的水平。

生产部门方面，在 2010 年，巴西农业同比实现了 11% 的增长率；矿产量大幅攀升，其中铁矿石在前三个季度的产量同比增长高达 30.4%；制造业部门同比增长 13%，其中资本行业增长幅度高达 26.5%。尽管如此，工业产值仍低于 2008 年 9 月国际金融危机爆发前的水平，尤其是资本货和耐用消费品行业的产值。此外，由于反周期的相关政策的取消，进口产品的竞争以及部分工业闲置产能的耗尽，第三季度的工业产值较第二季度下降了 0.5%。

投资方面，2010 年前三个季度的投资总额同比增长 25.6%。投资的增长主要体现在巴西发展银行贷款及住房贷款的增加，其中巴西发展银行贷款额较 2009 年底增长 19.4%，住房贷款的增幅则高达 36%。2010 年，巴西的投资率有望超过 2009 年的水平（投资占 GDP 的比重为 16.7%），并回升至 2008 年的水平（19.1%）。

经济形势的好转直接反映到就业市场上，2010 年 1～10 月，巴西新增就业岗位高达 240 万个，较 2009 年同期增长 107%。就业市场需求的上升促使失业率迅速走低，到 2010 年 10 月，失业率降至 6.1%，而工资水平则较 2009 年底增长了 11.1%。从行业来看，建筑业和制造业的就业人数增长最为明显，分别较 2009 年同期（1～10 月）增长 15.1% 和 9%。

受国内消费需求上升和国际市场初级产品价格上涨等因素的影响，巴西的通货膨胀率有所回升。其中，粮食价格是通货膨胀走高的重要因素，截至 2010 年 10 月的前 12 个月中，粮食价格上涨幅度达 7.47%，高出 2009 年同期 5.2% 的水平。此外，服装价格同比增长 6.2%，个人开支和教育支出同比增幅也分别达 7.0% 和 6.2%。

汇率方面，2010 年 9 月，巴西国家石油公司增发新股筹资达到创纪录的 700

亿美元，这给巴西雷亚尔汇率带来了一定影响。2010 年前 10 个月，巴币雷亚尔对美元共升值 6.7%，算上对其他货币的汇率变化，巴西雷亚尔共升值 5.9%。为减少短期资本的流入及其对汇率的影响，巴西政府于 2010 年 10 月决定对该类型投资征收 6% 的金融操作税（IOF），并加强对汇率衍生品市场的管理。

经济的强劲增长和雷亚尔的升值带动了进口的迅速上升，2010 年前 10 个月，进口总额达 1486.83 亿美元，同比增长 43.8%。其中，中间产品约占进口总额的一半，同比增长 41.2%，资本类产品同比增长 37%（约占进口的 22%），消费品进口同比增长 49%（约占进口的 17%）。从原因来看，进口量的增加是助推进口额迅速上升的主要因素，与同期相比，2010 年前 10 个月的进口量增加了 40.9%，其中，中间产品、资本货和耐用消费品的进口量分别增长 43.4%、42.1% 和 51.9%。相反，巴西的主要进口产品均出现了价格下跌的情况，比如中间产品和资本货的价格就分别下跌了 1.5% 和 4.5%，消费品价格虽有所上涨，但幅度均不大，耐用消费品和非耐用消费品价格分别仅上涨 1.3% 和 4.3%。

出口方面，2010 年 1~10 月，巴西出口同比增长 27%，其中，初级产品、半制成品和制成品三类产品的出口分别增长 38.7%、37% 和 19.3%，初级产品出口占到了巴西总出的 44.7%，工业制成品出口所占份额约为 39.5%。在 2010 年前 10 个月的十大类出口产品中，农业和矿业产品占到了九类，居首位的铁矿石出口额达 220 亿美元（约占出口总额的 13.9%），较第二大出口产品原油出口额高出 89%。唯一进入前十大类出口产品行列的工业制成品为汽车零配件，该类产品出口额为 36.12 亿美元。国际市场产品价格上涨是刺激巴西出口增长的主要因素，2010 年前 10 个月，半制成品、初级产品和工业制成品的价格分别上涨 31.6%、27.6% 和 9.1%。与价格上涨幅度相比，产品的出口量变化不大，其中，工业制成品的出口量增幅最大，同比增长 9.2%，而初级产品和半制成品的出口量同比分别增长 8.4% 和 4.2%。从出口市场来看，中国作为巴西产品的第一大出口国的地位进一步得到巩固，约占巴西出口总额的 15.85%；拉美地区仍旧是巴西出口的重要市场，2010 年 1~10 月，巴西对拉美地区的出口额同比增长 40.6%，约占巴西出口总额的 21%。

2010 年前 10 个月，巴西外贸顺差约为 146.26 亿美元，较 2009 年同期增长 38%。尽管如此，巴西的经常项目赤字进一步扩大，截至 2010 年 10 月，赤字增至 387.63 亿美元，约合 GDP 的 2.37%。资本项目方面，由于国际市场流动性相对充足，进入巴西的外资增长迅速，其中外国直接投资达 217.81 亿美元，进入证券市场的外资则达到 612.73 亿美元，这使得巴西的国际储备净增 433.06 亿美元，到 2010 年 10 月底，巴西的外汇储备总量达到 2849 亿美元，超过了同期外债总额（2541 亿美元）。

2010 年巴西经济快速增长的主要因素在于巴西宏观经济形势的整体改善，以及巴西扩张性"救市"政策的滞后效应。随着本国经济的回暖，巴西宏观经济政策仍将回归通货膨胀目标制、初级财政盈余目标值以及浮动汇率制这三大支柱。对罗塞夫政府而言，抑制通胀、控制公共开支将是其首先面临的两大经济挑战。

三　社会形势

2010 年，巴西地理统计局（IBGE）完成了最新一期的人口普查。截至 2010 年 8 月 1 日，巴西人口总数为 190732694 人，与上一次人口普查（2000 年）相比，净增人口 20933524 人，即在过去的 10 年间，巴西人口总数增长了 12.3%，低于上一个人口普查周期（1991～2000 年）15.6% 的增幅[①]。

巴西人口的地理分布没有发生改变，全国五大地区按人口占比排序从高到低依次是东南部、东北部、南部、北部和中西部。与 2000 年人口普查相比，人口较多的东南部、东北部和南部三个地区的人口占巴西总人口的比重均有所下降，相反，北部和中西部两地区的人口占总人口的比重则呈上升趋势（见图 1）。

此外，2010 年人口普查结果显示，巴西城市化率进一步上升，从 2000 年的 81% 增至目前的 84%。其中，东南部地区的城市化率高达 92.9%，其次分别是中西部地区（88.8%）、南部地区（84.9%）、北部地区（73.5%）和东北部地区（73.1%）。人口数排前十位的城市分别为圣保罗（1124.4 万人）、里约热内卢（632.3 万人）、萨尔瓦多（267.7 万人）、巴西利亚（256.3 万人）、福塔雷萨（244.7 万人）、贝洛奥里藏特（237.5 万人）、玛瑙斯（180.3 万人）、库里提巴（174.7 万人）、累西菲（153.7 万人）和阿雷格里港（140.9 万人）。

---

① IBGE, *Censo Demográfico de 2010*，http：//www. ibge. gov. br/home/presidencia/noticias/noticia_visualiza. php? id_ noticia = 1766&id_ pagina = 1.

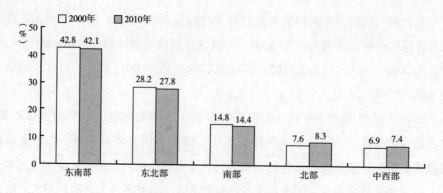

图1　巴西人口地区分布变化情况

资料来源：IBGE，*Censo Demográfico de 2010*。

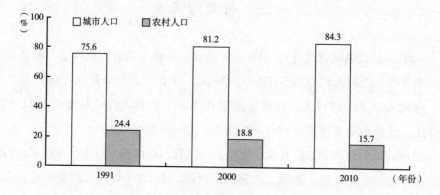

图2　巴西城市与农村人口占比情况

资料来源：IBGE，*Censo Demográfico de 2010*。

　　根据 IBGE 的研究，在家庭收入来源方面，劳动收入约占 76.2%，退休金和养老金收入约占 18.8%，包括社会政策在内的其他收入约占 5%。但对于人均家庭收入低于最低工资 25% 的贫困家庭，其他收入来源占家庭收入的比重高达 28%（2009 年），远高于 1999 年 4.4% 的水平，而劳动收入占家庭收入的比重则从 1999 年的 81.4% 降至 2009 年 66.2%，这直接反映了巴西社会政策受惠民众的扩大①。

① IBGE，"Síntese de Indicadores Sociais：Uma Análise das Condições de Vida da População Brasileira 2010," *Estudos & Pesquisas Informação Demográfica e Socioeconômica*，Rio de Janeiro，2010，p. 101.

2009 年，巴西的贫困率和赤贫率分别较 2008 年下降了 0.9 和 0.3 个百分点，巴西也成为拉美地区贫困率下降最明显的国家之一，其贫困率（24.9%）和赤贫率（7.0%）均低于拉美地区的平均水平（贫困率为 33.1%，赤贫率为 13.3%）。从造成贫困率下降的因素来看，收入分配的效果更为明显，它使贫困率降低了 1.5%，相反，人均收入增加使贫困率上升了 0.6 个百分点①。

1990～2009 年，巴西 0～15 岁儿童贫困率下降了 25%，其主要原因是生育率的下降。据统计，15～24 岁贫困母亲（那些身份为女户主或户主配偶的所有女性）的生育率下降了 27%，所有 15～24 岁母亲的生育率下降了 53%，所有贫困母亲的生育率减少 19%，所有母亲的生育率降幅达 25%②。

最近 20 年来，巴西的社会公共开支一直呈上升趋势，2007～2008 年，巴西社会公共开支占 GDP 的比重接近 25%，成为拉美地区社会公共开支投入比仅次于古巴的国家。从人均社会开支来看，2007～2008 年超过了 1000 美元。教育方面，巴西的投入仅属中上水平，初等教育和中等教育人均公共开支在 2008 年为 937 美元，远低于阿根廷（2348 美元）和智利（1890 美元）等国③。

尽管巴西的两极分化仍然严峻，但贫富差距一直呈缩小趋势。2001 年，20% 的最富裕人口的人均家庭收入是 20% 最贫困人口的 24.3 倍，到 2009 年，该比值降至 17.8④。尽管如此，由于国际金融危机对巴西的就业市场带来不利影响，贫富分化的改善速度在近两年有所下降。以基尼系数为例，2001～2008 年，巴西的基尼系数年均降幅为 0.0070，2005～2008 年甚至达到 0.0072，而 2008～2009 年，基尼系数的降幅缩小至 0.0053⑤。

2010 年 11 月，巴西联邦政府、里约热内卢州政府及里约热内卢市政府军警部队联合对里约热内卢克鲁塞罗和阿莱芒两大贫民窟展开大规模的清剿行动，沉重地打击了两大贫民窟的贩毒集团，但同时在巴西国内也引发了"如何有效遏

① ECLAC, *Social Panorama of Latina America 2010*, November 2010, pp. 11–12.

② ECLAC, *Social Panorama of Latina America 2010*, November 2010, p. 18.

③ ECLAC, *Social Panorama of Latina America 2010*, November 2010, p. 37.

④ IBGE, "Síntese de Indicadores Sociais: Uma Análise das Condições de Vida da População Brasileira 2010," *Estudos & Pesquisas Informação Demográfica e Socioeconômica*, Rio de Janeiro, 2010, pp. 101–102.

⑤ IPEA, "PNAD 2009 – Primeiras Análises: Distribuição de Renda entre 1995 e 2009," *Comunicados do IPEA*, N° 63, 5 de Outubro de 2010, p. 4.

制暴力"的大讨论，完善教育、卫生体系以及扩大就业被广泛认为是解决公共安全最重要的途径。

四　外交形势

2010 年的巴西外交依然紧扣地区一体化、南南关系和国际参与这三大外交优先目标。由于选举的因素，卢拉在 2010 年的"总统外交"力度较前几年有所减弱，全年国外出访的天数为 50 天，这也使卢拉在其任内的国外出访总天数达到 470 天，约占其 8 年任期总天数的 16%，卢拉也成为自 1985 年巴西恢复民主政治以来出访最频繁的总统①。

在地区一体化方面，巴西与其他拉美国家也取得了一些进展，如第 21 届里约集团首脑会议暨第二届拉美和加勒比联盟峰会通过了《坎昆宣言》，一致同意成立一个不包括美国和加拿大在内的拉美及加勒比国家共同体；2010 年 4 月，巴西举行首届巴西—加勒比共同体峰会，会议建立双方定期政治磋商的机制，巴西也成为加勒比发展银行完全成员国；2010 年 5 月，南美洲国家联盟特别峰会选举阿根廷前总统内斯托尔·基什内尔出任南美洲国家联盟秘书长，并确定了《南美能源协议》的框架，批准成立南美洲国家联盟教育、文化、科技和创新委员会，这些举措使南美洲国家联盟的机制化程度更高；南方共同市场也在 2010 年取得了诸多进展，如建立共同关税准则、通过了促进成员国社会一体化的《社会行动战略计划》和"南共市公民"计划书，签署了《竞争保护协议》，等等。此外，在马尔维纳斯群岛争端问题上，巴西立场鲜明地支持阿根廷，要求英国将马岛主权归还阿根廷政府。

加强与新兴国家的关系是巴西 2010 年外交中的重要内容，先后举办了第二届"金砖四国"首脑峰会和第四届"印度巴西南非对话论坛"峰会，两次峰会为巴西加强与新兴大国的双边关系以及在国际事务中的合作提供了平台。此外，卢拉总统还分别访问了俄罗斯和南非。卢拉在访俄期间签署了包括科技合作在内的一系列协议，而且还与对方在诸如伊朗核问题、联合国改革、国际货币基金组

---

①　Eduardo Scolese, "Lula Completa 470 Dias de Viagens ao Exterior," *Folha de São Paulo*, 4 de Dezembro de 2010, p. 7.

织改革等国际事务问题上协调了立场；在南非，卢拉与南非总统祖马签署了农业、科技、教育、贸易等协议，并将两国关系提升为"战略伙伴关系"①。

在执政的 8 年期间，卢拉总共 11 次访问非洲，访问国家共计 27 个②。2010年，非洲在巴西外交中的重要地位同样得到体现。7 月和 11 月，卢拉先后两次到访非洲，访问国家达 7 个③。除与这些非洲国家在卫生、农业、教育、生物燃料等领域签订双边协定外，卢拉还通过参加"巴西—西非国家经济共同体峰会"加强了巴西与西部非洲的关系。在结束最后一次访问非洲时，卢拉表示巴西与非洲的合作在新总统罗塞夫任内将得到延续和加强。

积极参与国际重大事务是巴西 2010 年外交最引人关注的内容。在海地地震发生后，巴西积极参加了救灾及海地灾后重建。1 月 26 日，卢拉签署临时措施，宣布向海地提供价值约为 3.75 亿雷亚尔（约合 2.1 亿美元）的援助，这也是巴西最大规模的一次国际援助，同时议会批准了向海地增派 900 名维和士兵④。

在伊朗核问题上，巴西积极的态度引起广泛的国际关注。5 月 17 日，巴西、土耳其和伊朗签署核燃料交换协议，根据协议，伊朗同意把约 1.2 吨纯度为3.5%的浓缩铀运往土耳其，用以交换 120 公斤纯度为 20%的浓缩铀。6 月 9 日联合国安理会通过对伊朗实施新一轮制裁后，巴西外长塞尔索·阿莫林（Celso Amorim）和巴西驻联合国大使玛利亚·鲁伊萨·维奥蒂（Maria Luiza Viotti）均公开表示"制裁无助于伊朗核问题的解决"。

在巴以问题上，卢拉在 12 月 1 日致信巴勒斯坦民族权力机构主席阿巴斯，承认巴勒斯坦是在 1967 年第三次中东战争前划定边界的自由和独立国家；12 月3 日，巴西外交部宣布了巴西政府的这一立场。早在 2010 年 3 月，卢拉曾先后访问以色列和巴勒斯坦，希望巴西能在以色列和巴勒斯坦之间发挥调停的作用。在给阿巴斯的信中，卢拉再次表示"如需要，巴西随时准备提供帮助"⑤。

早在 20 国集团首尔峰会召开之前，巴西财长吉多·曼特加（Guido Mantega）

---

① http：//blog. planalto. gov. br/africa-do-sul-e-a-porta-de-entrada-do-continente-africano-para-empresas-brasileiras/.

② Eduardo Castro, "Lula Inicia Hoje última Visita à áfrica como Presidente," UOL, 8 de Novembro de 2010.

③ 7 个非洲国家分别是佛多角、赤道几内亚、肯尼亚、坦桑尼亚、赞比亚、南非和莫桑比克。

④ "Com RMYM 375 mi para o Haiti, Brasil Planeja seu Maior Pacote de Ajuda Internacional," *Folha de São Paulo*, 26 de Janeiro de 2010, p. 12.

⑤ http：//noticias. terra. com. br/mundo/noticias/0，OI4826466-EI308，00. html.

表示，随着世界各国竞相压低本币汇率，"汇率战争"实际已存在。对此，他提议建立"汇率操纵指数"机制，由国际货币基金组织评估那些操纵汇率的国家，并通过世界贸易组织对这些国家实施制裁。此外，曼特加还建议取消美元全球储备货币地位，建立包括多种货币在内的新储备货币体系。曼特加的表态不仅为20国集团峰会提出了重要议题，而且也体现了巴西在"后危机时代"国际金融体系重建中的积极参与姿态。另外，在2010年国际货币基金组织份额改革中，巴西的份额从1.78%增至2.32%，增幅仅次于中国，份额数从第14位升至第10位。曼特加称巴西实现了从"从属"到"主角"的角色转变。

在气候变化谈判问题上，巴西延续了近两年的积极姿态。巴西环境部长伊萨贝拉·特谢拉（Izabella Teixeira）表示，巴西已做好自身"功课"，现在能发挥"谈判者"的角色，并且有资格要求其他国家做出更多承诺。巴西外交部气候变化问题特别大使塞尔吉奥·巴尔博扎·塞拉（Sérgio Barbosa Serra）指出，巴西在坎昆会议上的基本立场包括尽快建立气候基金，确保《京都议定书》第二承诺期的实施①。

2010年，巴西与美国、欧盟关系发展较为平稳。棉花补贴争端依然是2010年巴美两国关系的重要内容。2010年2月，巴西外贸协会批准了对美国棉花补贴政策实施贸易制裁的决议，将对被列入制裁对象的美国进口产品征收最高100%的附加关税；4月20日，两国达成协议，巴西同意不对美国产品实施惩罚关税，作为交换，美国建立一个每年约1.473亿美元的基金，向巴西棉花种植者提供援助；6月，巴西暂停对美国商品就棉花补贴实施的报复，时间推迟到2012年。巴西驻世界贸易组织大使罗伯托·阿泽维多（Roberto Azevedo）称两国协议并非最终解决办法，巴西并非放弃采取报复的权力，而是推迟实施这种权力的时间②。至此，两国棉花补贴争端暂告一段落。此外，在伊朗核问题、巴以问题上，巴西的相关立场引起了美国政府的不满。

2010年4月12日，巴美两国签署防务合作协议，协议内容包括巴西向美国出售100~200架"超级巨嘴鸟"（Super Tucano）战机，以及技术合作、人员交流等内容，这也是自1977年以来巴美两国首次签署防务合作协议。该协议公布后引起了

---

① http://www.agronegocio.goias.gov.br/index.php? pg = noticias&id_ noticia = 7332.

② Eduardo Rodrigues, "Brasil Suspende Retaliação Comercial aos EUA até 2012," Folha Online, 17 de Junho de 2010.

南美邻国的警惕，厄瓜多尔外交部长里卡多·帕蒂诺（Ricardo Patiño）要求巴西对该协议做相应解释。泛美对话政治分析研究所所长彼特·哈金（Peter Hakim）认为，巴西在发展与美国军事关系方面非常谨慎，新协议并不会改变巴西的一贯态度①。

南共市和欧盟的自由贸易谈判是 2010 年巴西与欧盟关系的重点，2010 年 5 月，欧盟提出重启双边自由贸易谈判的建议；6 月，双方在阿根廷举行了重启谈判后的首轮谈判；8 月，巴西接替阿根廷成为南共市轮值主席国后，卢拉也明确表示将积极推动欧盟和南共市的自由贸易协定谈判；9 月中旬，欧盟贸易专员卡洛·德古赫特（Karel De Gucht）在访问巴西时提出"到 2011 年初双方达成新协议"② 的预期；2010 年 10 月，在布鲁塞尔举行的第二轮谈判上，巴西外交部国际谈判司司长埃万德罗·迪多内（Evandro Didone）在谈到巴西的立场时表示，如果与欧盟达成协议，将对南共市的巩固带来积极影响，"因此，巴西政府的态度是不遗余力地推动双方的谈判"③。尽管如此，双方都承认欧盟农产品补贴和南共市开放工业制成品市场仍是谈判的关键症结所在，这也说明双方谈判的难度依然很大。

2010 年，中巴关系有几点值得关注。第一，2010 年 4 月，中国国家主席胡锦涛对巴西进行了国事访问，并出席了在巴西举行的第二届"金砖四国"首脑峰会。胡锦涛和卢拉共同签署了中巴两国政府《2010～2014 年共同行动计划》。该文件全面反映了两国各领域合作的广度和深度，从战略和政治层面加强了中巴高层协调与合作委员会（高委会）及其分委会作用，明确了 2010～2014 年两国在各领域的具体合作项目，并确立了监督落实机制。第二，中巴经贸关系更趋密切。贸易方面，据中国海关统计，2010 年 1～11 月，中国与巴西双边贸易总额 566.85 亿美元，同比增长 47.4%。其中，中国向巴西出口 219.92 亿美元，自巴西进口 346.93 亿美元，同比分别增长 78.1% 和 32.8%。中国继续成为巴西的最大贸易伙伴、第一大出口目的地和第二大进口来源地，而巴西则超过印度成为中国第九大贸易伙伴。投资方面，根据巴西的统计，2010 年上半年，中国投资巴

---

① Alessandra Corrêa, "Analistas Veem Sinais de Distensão em Acordo Militar entre Brasil e EUA," BBC Brasil, 8 de Abril de 2010.

② Daniel Gallas, "'Mercosul é Mais Interessante para a Europa Hoje', Diz Comissário Europeu," BBC Brasil, 24 de Setembro, 2010, http://www.bbc.co.uk/portuguese/noticias/2010/09/100923_brasil_europa_gucht3_dg.shtml.

③ 巴西发展、工业和外贸部网站，http://www.mdic.gov.br/sitio/interna/noticia.php?area=5&noticia=10082.

西从 2009 年的 8200 万美元增至 120 亿美元，中国因此成为巴西外国直接投资最大的来源国，其投资主要集中在石油、钢铁、矿业、电力等领域。第三，在国际金融体系改革、气候问题谈判等事务上，中巴两国继续保持着务实合作关系。第四，中巴智库交流明显增多，以中国社会科学院专家为主的中国学者代表团参加了在巴西利亚举行的"'金砖四国'智库峰会"，中国社会科学院拉丁美洲研究所与巴西总统府战略事务部应用经济研究所（IPEA）签署了合作谅解备忘录，中国社会科学院拉丁美洲研究所巴西研究中心逐渐成为中巴学术交流的重要平台。

与此同时，巴西对华立场的某些动向同样值得关注。其一，针对中国投资大举进入巴西的局面，巴西钢铁公司（CSN）首席执行官兼圣保罗工业联合会（Fiesp）主席本杰明·斯特恩布里奇（Benjamin Steinbruch）建议"限制中国对巴西投资"，尤其要遏制中资企业对巴西国内矿产、土地等战略领域的收购潮①。其二，阿莫林在卸任外长前表示，巴西缺乏对中巴关系的全面评估，对华关系将是巴西未来的重要挑战之一②。其三，在汇率问题上，巴西政商界对中国的汇率政策也存在很多顾虑和疑问。

总体而言，中巴关系正朝着不断深化的方向发展，两国在国际事务中的合作趋于频繁，两国经济密切度逐渐加深，尤其是巴西越来越认识到中国的重要性，这些动力决定了中巴关系在罗塞夫政府任期内仍将保持快速发展的势头。

（张凡、吴白乙　审读）

Brazil

Zhou Zhiwei

Abstract：In 2010 the general election was the focus of the Brazilian politics. Based on the economic and social achievements of the Lula government in past 8 years, Dilma

---

① Marcelo Rehder e David Friedlander, "é preciso Restringir o Investimento Chinês no Brasil," *O Estado de S. Paulo*, 22 de agosto de 2010, p. B4.

② Patrícia Campos Mello, "Celso Amorim: 'Precisamos Repensar Nossa Relação com a China'," *O Estado de São Paulo*, 27 de novembro de 2010.

Rosseff, the presidential candidate of the ruling PT party, won the presidential election as people expected. The ruling coalition took advantage of the opportunity to broaden its lead in the Congress. Economically Brazil realized the fastest growth since the 1970s whose GDP growth rate exceeded 7%. In the social field, it succeeded in decreasing poverty rate and reducing income polarization. Diplomatically Brazil focused the attention on the regional integration and South-South relations and vigorously promoted its participation into global affairs.

Key Words: General Election; Dilma Rosseff; Ruling Coalition; Economic Growth; Poverty Rate; Iran Nuclear Issue

Ｙ.11
墨西哥：反毒斗争进退失据

方旭飞*

摘　要：2010 年，墨西哥举行地方选举，国家行动党与民主革命党结成选举联盟，挑战革命制度党的政治优势地位。涉毒暴力犯罪升级，扫毒战略面临挑战。经济获得较快恢复性增长。未来一年内政府经济改革的主要目标是扩大财政收入、减少财政赤字。安全局势恶化，引起国内和国际广泛关注。外交活跃，加强了与美国和其他拉美国家在打击犯罪方面的合作。决定参与联合国维和任务是这一年外交政策中值得关注的重要变化。

关键词：墨西哥　地方选举　扫毒　暴力犯罪

一　政治形势

（一）地方选举：政党联盟的变化影响选举结果

2010 年，墨西哥政治舞台上的重大事件之一是 7 月 4 日举行地方选举，重新选出了 12 个州的州长、14 个州的议员及 1000 多名市长。这是自 2007 年选举制度改革以来首次进行多个地区同时选举，之前各个州的选举都是单独进行的。此次选举的主要关注点在州长选举，它被看做 2012 年 7 月总统选举之前对三大主要政党实力的考验。结果主要反对党革命制度党获得了 9 个州长的职位，但是失去了瓦哈卡州、普埃布拉州及锡那罗亚州 3 个人口较多的州，夺回了原来由执政党国家行动党控制的阿瓜斯卡利安特斯、特拉斯卡拉以及由民主革命党控制了

---

* 方旭飞，法学博士，中国社会科学院拉丁美洲研究所助理研究员，主要研究领域为拉美政治。

12 年的萨卡特卡斯。革命制度党获胜的其他 6 个州是：塔毛利帕斯、奇瓦瓦、杜兰戈、伊达尔戈、贝拉克鲁斯和金塔纳罗奥。经过此次选举，墨西哥州一级政治力量的布局是，在全国 32 个州中，革命制度党仍然控制着 19 个州，执政党国家行动党控制了 5 个州，民主革命党控制了墨西哥城及其他 4 个州，国家行动党和民主革命党组成的选举联盟共同控制了瓦哈卡、普埃布拉和锡那罗亚 3 个州。

自 2009 年国会中期选举之后，革命制度党力量大大增强，成为众议院第一大党和主要反对党。为获得革命制度党议员的支持，弥补中期选举失利而造成的政府决策困难的局面，国家行动党于 2009 年 10 月与革命制度党缔结协定，承诺不与民主革命党结盟，革命制度党则同意支持政府的改革措施。但是，在一些关键性的改革问题上，革命制度党与国家行动党存在严重分歧。2009 年 12 月卡尔德龙总统提出了政治改革方案：总统大选实行复选制，如果没有一名候选人在第一轮选举中获得 50% 以上选票，将进行第二轮选举；允许两院议员连选连任，最长任期 12 年；众议员人数由目前的 500 名减至 400 名，参议员人数由 128 名缩减至 96 名。卡尔德龙提出以上改革提案的目的是为了提高决策效率。就此政治改革方案，革命制度党同意把众议员人数从 500 名减少到 400 名、参议员人数从 128 名减少到 96 名，也支持总统提出的允许参议员和众议员连任而市长不得连任的建议。但是，革命制度党不久也提出了自己的政治改革方案，其主要内容包括废除总统秘密资金；内阁的任命必须由国会批准；剥夺总统任命总检察长的权力等。这一政治改革方案的主要目的是削减总统权力，引起卡尔德龙总统和执政党的不满。随着地方选举的临近，国家行动党决定采取党主席塞萨尔·纳瓦提出的与民主革命党结盟的策略，以图削弱革命制度党日益强大的政治势力，阻止其在地方选举中大获全胜，从而对 2012 年总统选举施加影响。在 7 月的地方选举中，以"阻止革命制度党"为名的两党选举联盟在杜兰戈、伊达尔戈、瓦哈卡、普埃布拉及锡那罗亚等州共同推出州长人选，对抗革命制度党。选举联盟获得了成功，获得了瓦哈卡等 3 个人口稠密州的州长职位。

而对于左翼的民主革命党来说，与中右派政党结盟并不一定都是好处。在 2006 年的总统选举中，两党的激烈竞争在广大选民中记忆犹新，而且两党在许多重要的政策选择上也存在不可调和的分歧。仅仅出于对革命制度党人重新当选总统的担忧，就与国家行动党建立了选举联盟。此举从选举结果来说不无裨益，却在支持者中制造了思想混乱，而民主革命党内的分歧也日趋严重。随着 2012 年总统选

举的日益临近，围绕总统候选人问题的争执日益突出。7月25日，前总统候选人洛佩斯·奥夫拉多尔宣布将参加2012年的总统选举，并提出"国家替代计划"的竞选纲领，其主要内容包括：修改宪法；通过协议、管制或按照法律规定收回私人在矿业、电力和石油部门的一些特权；削减高级官员工资；采取严厉措施制裁腐败；建立3个炼油厂；降低油价和公用事业费率；进行财政改革，征收股票市场运行税和采矿税，削减大公司的税收豁免权；老年人和残疾人享有养老金；确保全民享有卫生保健；等等。除了洛佩斯·奥夫拉多尔，民主革命党内有意竞争总统的还有墨西哥市市长马塞洛·埃夫拉德等人。后者被认为是民主革命党内技术专家型的实用主义政治家，与洛佩斯·奥夫拉多尔民众主义风格有较大差异。

革命制度党能否在2012年重掌政权仍存在变数。目前，革命制度党不仅在国会占多数席位，而且在州一级政治力量角逐中也是优势政治力量。但是就此并不能肯定革命制度党能顺利重掌政权。即将于2011年7月举行的州长选举是下届总统选举之前最重要的一次选举。届时墨西哥州州长的选举将成为瞩目的焦点。由于墨西哥州在各州中选民人数最多，因此，该州州长的选举将成为2012年总统选举的一次民意测验。革命制度党人、现任墨西哥州州长恩里克·佩尼亚是下一届总统选举最热门的政治家。革命制度党人能否继任墨西哥州州长职务将对他竞选总统产生重要影响。国家行动党和民主革命党都把2011年墨西哥州州长选举看成破坏恩里克·佩尼亚成功当选下届总统的重要机会。这两大政党领导人都肯定了双方在7月地方选举中建立的联盟是有效和正确的，并强调将在未来的选举中继续保持联盟关系。因此，两党最终能否维持联盟将对革命制度党的选举前景产生较大影响。

（二）一年之内两次调整内阁

2009年底至2010年7月，卡尔德龙政府在不到一年的时间里两次调整内阁。2009年12月9日，卡尔德龙总统任命了新的中央银行行长、财政部长及社会发展部长。原财政部长阿古斯丁·卡斯腾斯改任中央银行行长；财政部长由原社会发展部长埃内斯托·科尔德罗担任；菲利克斯·格拉担任社会发展部长。卡尔德龙对掌管经济领域的重要职务进行调整，意在刺激经济、创造就业，促使墨西哥经济尽快恢复到危机前的水平。

7月14日，卡尔德龙再次调整内阁，任命了新的内政部长、经济部长及总统府办公厅主任。卡尔德龙接受原内政部长戈麦斯·蒙特的辞呈，任命弗朗西斯科·布莱克接替这一职务。由原经济部长鲁伊斯·马特奥斯担任总统府办公厅主任，经济部长一职由墨西哥投资贸易促进局原局长布鲁诺·法拉利担任。此次内阁调整受到反对派的强烈质疑，尤其是前内政部长戈麦斯·蒙特的离职引起的争议最大。戈麦斯·蒙特是执政党内负责与革命制度党联络的最高级别官员，因不满国家行动党与民主革命党结盟，于2010年2月愤而退党。弗朗西斯科·布莱克已是卡尔德龙2006年上台后的第四任内政部长，主要任务仍是协助总统制定打击有组织犯罪集团的有效措施，稳定社会治安。

（三）涉毒暴力犯罪升级，国内安全面临挑战

卡尔德龙政府2006年12月重启反对有组织犯罪的斗争，通过打击涉毒集团以图在中期内缓和暴力犯罪局势。至2010年8月19日，墨警方逮捕了117000名罪犯，包括82000名毒品走私犯。在过去的12个月里，警方共缴获2384吨大麻、9吨可卡因及近14吨甲基苯丙胺（一种中枢兴奋药），没收了34000支枪支及2500颗手榴弹①。一批大毒枭相继落网，有组织犯罪受到沉重打击。与此同时，这一政策也遭到墨社会黑势力的强力抵抗。有组织犯罪集团已从单纯的毒品买卖交易扩大至暴力绑架和勒索，暴力活动不断升级，严重干扰了国家政治体制建设进程、经济发展和国家安全。5月14日，执政党国家行动党元老、前总统候选人迭戈·费尔南德斯·德塞瓦略斯遭绑架，引起社会强烈震动。2009~2010年，墨西哥安全局势在此情况下出现恶化趋势，政府反毒战略面临挑战，公众对反毒斗争的效果及政府有效打击毒品犯罪的能力仍心存疑虑，要求对此反思的呼声日益高涨。随着其支持率的下降及公众的质疑，卡尔德龙被迫改变强硬姿态，甚至表示可能将毒品合法化问题交由公众公开讨论。

二 经济形势②

2010年，墨西哥经济由2009年6.1%的负增长转为较大幅度的回升，全年经济增长率达到了5.3%，人均GDP增长了4.3%。

---

① EIU, *Country Report: Mexico*, October 2010, p. 11.
② 该部分主要经济数据均来源于 CEPAL, *Preliminary Overview of the Economies of Latin America and the Caribbean 2010*, Santiago, Chile, 2010。

（一）经济实现复苏，第四季度增长放缓

随着经济危机的影响逐渐消退，2010 年前三个季度，墨经济实现了强有力的扩张，平均增长率达到了 5.8%。农业生产平均增长 4.4%，制造业复苏步伐较快，平均增长率达到了 11.2%；在第三产业中，商业和交通业的增长较快，分别达到了 14.8% 和 7.6%。旅游业也得到显著恢复，1～9 月，外国游客为墨创收达 90 亿美元，国内旅游则创收 71.4 亿美元，同比分别增长 7.7% 和 10.8%①。第四季度，受美国经济增长步伐放缓的影响，墨西哥外部需求疲软，经济涨幅降至 5.3%。

2010 年，墨外贸形势好转。2010 年全年出口总额 3090.76 亿美元，比上年增加 645.26 亿美元；进口总额为 3230.12 亿美元，比上年增加 654.55 亿美元。全年贸易逆差 139.36 亿美元，比上年增加 9.29 亿美元；经常项目逆差为 61.54 亿美元，比上年减少 7400 万美元。资本和金融账户实现盈余 199.54 亿美元。具体而言，1～10 月，制造业产品出口增加 31.9%，石油出口增长 36.5%。墨成为向美国出口工业制成品的第二大国。同时，墨进口比去年同期增加 30.4%。消费品进口增加 27.8%，中间产品进口增加 36.7%，资本货进口减少 2%。2010 年 1～9 月，外国直接投资总额达到 144 亿美元，比 2009 年同期的 119 亿美元有大幅增加。

2010 年 1～9 月，公共部门预算收入同比增加 0.1%。在石油价格上涨的推动下，石油收入增加 4.9%。税收收入占 GDP 的 10%，在税收收入中，增值税收入增加 19.9%，所得税收入增加 12.5%。除经济恢复增长之外，税率的上调也是以上两种税收收入增加的原因。2009 年 1 月，政府把增值税税率从 15% 上调至 16%，所得税税率从 28% 上调至 30%。2010 年 1～9 月，公共部门预算支出同比增加 2.2%，其原因是社会发展支出的大幅增加（增加额度是 5.7%）及向各州的转移支付（增加 14%）。2010 年公共部门赤字相当于 GDP 的 2.7%。2010 年第 3 季度末，公共部门净债务总额占 GDP 的 30.7%，比 2009 年底增加了 0.6 个百分点，低于世界经合组织成员国的平均值，高于拉美地区平均值。其中，国内债务占 GDP 的 21.1%，净外债总额占 GDP 的 9.6%，分别比 2009 年底

---

① 中华人民共和国驻墨西哥合众国大使馆经济商务参赞处网站，http：//mx.mofcom.gov.cn/aarticle/jmxw/201011/20101107248799.html。

增加了 0.5 和 0.1 个百分点。

2010 年，名义汇率波动幅度较大。4 月，得益于优惠利率和大量外资涌入，比索对美元汇率升值至 12.13∶1，是 2008 年 10 月以来的最高水平。到 11 月底，比索对美元汇率降至 12.46∶1，但与年初相比仍升值了 3.7%。2010 年，M1 货币总量增长 13.5%。1～10 月，商业银行提供的资本金比上年增加 4.1%。企业和住房贷款分别增加 5.1% 和 10.6%，消费贷款缩减 4.3%。2010 年，因实际工资下降、消费增长步伐缓慢及汇率升值等原因，到 2010 年底实现了 4.2% 这一较低的通货膨胀水平，比年初下降了 1.1 个百分比。

2010 年，侨汇收入为 220 亿美元，比 2009 年增加 4%，大大低于 2007 年的历史最高值。虽然侨汇收入增长率较低，但墨对美移民数量和赴美劳动者数量不断增加，墨西哥已成为世界第三大和拉丁美洲第一大侨汇接收国，在世界范围内仅次于印度和中国。

2010 年，墨公开失业率由 2009 年的 6.7% 降至 6.5%。2010 年前 10 个月，正式就业人数稳步上升，到 10 月 31 日已经超过了危机前的水平，达到 1480 万人。然而，非充分就业或在非正规部门就业的人口比重仍然较高，分别占经济活跃人口的 8.4% 和 27.3%。在墨西哥，正式就业人数是根据在墨西哥社会保障局（IMSS）登记的工人数目来衡量的。

（二）经济政策调整的主要措施

为加快国家经济复苏的脚步，政府从 3 月开始实施财政紧缩政策，计划从 2010 至 2012 年的 3 年内削减 401 亿比索（约合 32 亿美元）的一般行政性支出，相当于其 2010 年财政预算的 1.2%。该方案的主要目的是将节余下来的资金用于推动基础设施建设、提高社会保障水平、保护环境和支持中小企业发展等方面，刺激经济增长。该政策涉及的主要内容为：冻结 2010 年高级和中级政府工作人员的薪金增长；削减政府工作人员个人开支费用；削减政府各部门电话通信、文件印刷影印和水资源消耗等方面的支出；在 2010 年禁止任何政府部门购买新的办公大楼及车辆等。

为了增强本国经济抵御外部冲击的能力，墨西哥央行还于年初停止了 2008 年 10 月与美联储签署的 300 亿美元的货币互换协议。墨外汇委员会采取了增加外汇储备的措施，如从国际市场上购买美元，利用国家石油公司增加出口，发行

政府债券（10月初，发行了年收益率为6.1%、总额为10亿美元的100年期债券；几天之后，又发行了以日元命名的18亿美元债券——武士债券）等，使墨外汇储备从年初的910亿美元增加到年底的1105.44亿美元，并成为拉美第一个发行此类长期债券的国家。

2010年，政府采取了一系列刺激进出口贸易的措施。2月，政府宣布将平均关税水平从2009年的8.3%降至2010年的5.3%，并承诺于2013年底之前实现全面降税，使58%的进口产品实现零关税。同时，经济部、卫生部、农业部采取联合行动，对现行的7700个进口限制措施进行审查，简化对进口产品的非关税限制，为进出口贸易创造更便利条件。

2009年，为应对危机，墨央行曾连续7次调低利率，从8%降至4.5%。2010年，随着通胀预期的降低及国家风险评级的改善等因素，央行一直将基准利率维持在4.5%的水平。

（三）2011年经济政策的重点

2010年10月，国会通过了税收改革法案，决定自2011年起将国内酒精类饮料销售增值税提高到25%。11月15日，国会通过了2011年预算案，指出了未来一年内财政预算的目标是扩大财政收入、减少财政赤字，保证后危机时代的经济平稳运行。刺激就业和加大基础设施建设力度将成为政府财政支出的两个重点。政府还将增加对经济支柱产业如制造业、旅游业、金融业等部门的投资，加大对蒂华纳、华雷斯等毒品暴力犯罪严重城市的安全防范支持力度。2011年，墨经济增长目标是：GDP增长3.9%，财政赤字占GDP的0.5%，将本币比索对美元年均汇率维持在12.9∶1的水平，原油出口价格由现在的63美元/桶提高到65.4美元/桶。

三 社会形势

（一）安全局势恶化，引起国内和国际社会的广泛关注

2010年，愈演愈烈的涉毒犯罪导致墨西哥安全局势不断恶化。联邦政府派出5万人的军队和联邦警察进行扫毒行动，但是暴力犯罪仍不断增加。卡尔德龙

执政以来，已有 28000 人死于有组织犯罪。据墨《改革报》报道，仅 2010 年前 10 个月就发生了 10035 件与毒品相关的凶杀案，相当于福克斯执政 6 年期间毒品凶杀案的总和①。北部边境城市华雷斯城成为世界上最暴力和墨西哥最危险的城市。主要工业中心蒙特雷及周围一些城市因与毒品相关的暴力犯罪案件急剧增多，已经成为军队打击毒品犯罪的中心区域。

安全局势的恶化严重危害了国民经济的稳定发展，破坏了政府信誉和国际声誉。国际反腐败组织透明国际最新的报告显示，墨西哥清廉指数在 178 个国家中名列第 98 位，比 2009 年后退 9 位，也是 1998 年以来最靠后的排名。

2010 年，为改善安全局势，政府采取了一系列措施。一是采取措施抑制贩毒集团利用金融体系洗钱。7 月，财政部宣布限制美元现金存款的规定：墨西哥境内的所有自然人存入银行美元金额每月不得超过 4000 美元，法人实体每月存入银行美元现金不得超过 7000 美元。二是撤换负责扫毒的内政部长，任命缉毒经验丰富的布莱克担任内政部长，加大打击贩毒集团等有组织犯罪的力度。三是整顿联邦警务系统，加大反腐败力度，将涉嫌参与贩毒的 3200 多名联邦警察解职。四是制定反绑架新措施，规定犯有绑架罪的犯罪分子最多可判监禁 70 年，设立处理绑架案的专门机构。五是着手打造一个全国性的警察体制架构。10 月，卡尔德龙向参议院提交了一项统一指挥地方警察力量的法案，废除全国 2200 个地方警局，建立全国警察"统一指挥部"。该法案的目的是建立一支更专业、更具凝聚力的统一的警察部队，配合军队与特工进行一场高效的扫毒战争。六是打击军队腐败。4 月，参议院通过法案，规定对支持或参与有组织犯罪的军人判以"背叛墨西哥武装部队"罪，对支持有组织犯罪的军人判处最低 15 年监禁，对参与组织犯罪的军人将处 30~60 年监禁。

为加大打击犯罪，政府还将增加在安全领域的财政支出。在 11 月通过的预算案中，政府计划 2011 年安全领域的财政支出将增加 8.3%，其占总财政支出的比重将提高到 3.8%，占 GDP 的比重将由 2007 年的 0.7% 增加到 0.9%。

（二）自然灾害影响人民正常生活

2010 年，墨西哥自然灾害较为频繁。4 月，北部下加利福尼亚州发生里氏

---

① EIU, *Country Report*: *Mexico*, December 2010, p. 11.

7.2 级地震，共波及该州 5 个城市，州府墨西卡利受灾最为严重，受灾人数达 2.5 万人，有数人死亡，数百人受伤，很多民房、农田遭到破坏。

7 月初，飓风"亚历克斯"横扫墨西哥北部，带来强降雨，导致多条河流水位上涨后泛滥成灾。新莱昂州有 12 人丧生，43 个城镇进入紧急状态，12000 多人被疏散，1077 所学校受损，16 万人饮水困难①。

（三）同性婚姻立法获得进展

8 月 16 日，墨西哥首都地方议会通过了同性恋婚姻合法化法案，使墨西哥城成为拉丁美洲第一个允许同性恋结婚的城市，该法案还允许同性恋群体领养小孩、共同申请贷款、继承遗产以及被同性恋恋人列为保险受益人等权利。

四 外交形势

（一）墨美关系在冲突与合作中得到进一步发展

美国是墨西哥主要的贸易和投资伙伴国，美墨关系一直是墨西哥外交政策的重点。2009 年 1 月，奥巴马总统上台后，美墨合作得到进一步加强，美加大了对墨在缉毒、安全领域的援助力度。目前，合作仍是双边关系的主调，但在扫毒、移民、贸易等问题上，双方依然存在分歧和矛盾。

2010 年，安全和毒品政策仍是墨美关系的重点。3 月 23 日，由国务卿希拉里·克林顿、国防部长罗伯特·盖茨和国土安全部部长珍妮特·纳波利塔诺组成的美高级代表团在墨西哥城与卡尔德龙及其内阁主要成员进行了会晤，讨论了帮助墨西哥打击犯罪的梅里达倡议。会谈后，双方宣布两国将在梅里达倡议的支持下，共同建立打击蒂华纳—圣迭哥及华雷斯—帕索地区的边界暴力犯罪的计划。5 月，卡尔德龙对美国事访问期间，安全问题仍是双方讨论的焦点。双方承诺在打击贩毒和非法武器走私问题上采取合作行动。奥巴马表示，贩毒组织已严重"威胁两国人民"，美国在墨西哥涉毒暴力犯罪上负有重要责任。卡尔德龙则表示，在共同挑战面前，墨美两国应共同承担责任，共建繁荣美好的未来，开启两

---

① http：//news. xinhuanet. com/video/2010 – 07/12/c_ 12325988. htm.

国战略伙伴关系新时代。在共同宣言中，双方承诺采取新战略深化两国反毒合作。墨美反毒新战略包括四大支柱，即摧毁贩毒组织行动能力和后勤保障体系并切断其融资渠道；强化反毒机构制度建设；构建政治上更加安全、经济上更有竞争力的共同边境；建设具有强大凝聚力的社会以阻止年轻人涉毒。宣言还确定，美国将提前向墨方提供飞机和直升机以便有效打击有组织犯罪。在非法武器走私问题上，奥巴马承诺美方将继续加大资金投入，以调查流入墨西哥的非法武器交易。11月2日，美国加利福尼亚州就大麻合法化议题举行的"19号提案"公投，虽以微弱差距而未获通过，但成为墨美扫毒合作中的不和谐之音。卡尔德龙认为，加州大麻合法化对墨西哥根除贩毒集团的暴力活动毫无助益。

4月，美边境州亚利桑那州议会通过了美国最严厉的打击非法移民的SB1070法案，引发墨西哥政府强烈抗议。该法案规定，非法移民不得进入亚利桑那州，警察有权对疑似非法移民人员进行盘查，检查其证件，并向联邦官员查证其身份，有权逮捕在美临时工人。该法案还规定民众可以对疏于执行这一法律的地方政府提起诉讼。由于该州90%的非法移民来自墨西哥，所以墨西哥将该法案视为专门针对本国的法案，墨政府要求美联邦法庭宣布SB1070法案违宪。卡尔德龙访美期间，也对这一法案进行了强烈谴责，并请求美国会推动全面移民改革法案。6月21日，墨外交部向亚利桑那州地方法院递交了其将运用"法庭之友"制度的简短声明。在声明中说，墨西哥将支持"墨裔美国人法律辩护和教育基金"等公民组织发起的反1070法案（SB1070）的诉讼。

卡车争端引发贸易摩擦。2009年初，美国会通过法案，以墨卡车使用不符合美国环保标准的劣质柴油、一些驾驶员不懂英语、墨政府没有保留司机的行驶安全记录为由，禁止墨卡车进入，由此导致了双方的贸易摩擦。2009年3月，作为对该法案的报复，墨政府把对美进口商品征收关税的范围扩大到89种。2010年8月，墨西哥进一步将猪肉、橙子等54种美国农产品和45种工业品列为征收关税的类别。墨经济部长布鲁诺·法拉利表示，采取这一行动是为了督促美国重视开放卡车自由运输的迫切性，促使美国改变决定，以维护两国共同的利益。

（二）与其他拉美国家加强各个领域的合作

墨西哥把深化与巴西的贸易关系作为墨西哥实现外贸多元化的重要步骤。在

2010 年 2 月举行的里约集团峰会上，墨巴两国首脑就达成自由贸易协定问题进行了磋商。11 月，两国正式启动自由贸易协定谈判。这一协定将包括降低关税以及与服务、投资、政府采购、知识产权等相关的其他一系列问题。两国化工和汽车行业对签署自由贸易协定表现积极。

墨西哥与玻利维亚的贸易关系进入新的阶段。自 1994 年签署自由贸易协定以来，两国贸易关系获得较快发展。在自由贸易协定执行期间，墨对玻利维亚的出口增加近 4 倍，2009 年达到 6200 万美元；从玻利维亚的进口增加 1 倍，达到 4500 万美元①。2010 年 6 月，墨玻签署了经济补充协议，取代了自由贸易条约。新贸易协定有利于墨产品特别是中小企业的产品进入玻利维亚市场。

墨西哥与哥伦比亚和萨尔瓦多等国家加强反毒和打击有组织犯罪方面的合作。4 月，墨西哥国防部长与海军部长在美国与哥伦比亚武装部队司令、美参谋长联席会议主席举行工作会议，共同讨论在安全问题上面对的严峻挑战，对三方合力打击涉毒犯罪方面取得的成果进行评估。9 月，卡尔德龙会见萨尔瓦多总统富内斯，重点讨论了有关边界安全的问题，双方商定加强合作，共同打击有组织犯罪。在会谈后签署的议定书中，双方强调预防非法移民，改善惩罚绑架和犯罪的司法机制；宣布了一项共同拯救穿越中北美洲边境的非法移民生命的计划；还确定了交流情报机制，以便打破犯罪团伙的网络，控制移民在边境地区的流动。

在促进拉美国家的团结和地区一体化方面，墨西哥做出了积极的贡献。2010 年 2 月，在坎昆召开的里约集团首脑会议暨拉美和加勒比联盟峰会上，墨西哥与其他拉美国家一道支持阿根廷在马尔维纳斯群岛争端中的立场，要求英国将马岛主权归还阿根廷政府；同意加大对海地震后重建的援助力度。墨还积极推动拉美共同体的建立。卡尔德龙在此次峰会上宣布，为推动地区一体化进程将成立一个不包括美国和加拿大在内的区域性组织，进一步巩固并加强拉美和加勒比国家作为一个整体在国际上的地位和影响力。

2010 年 8 月，墨西哥与洪都拉斯实现关系正常化。

---

① "Bolivia-Mexico Trade Agreement in Force," http：//democracia. boliviademocratica. net/en/www/news/bolivia-mexico-trade-agreement-in-force-0－191923－191222. html.

（三） 积极参与联合国事务

在 2008 年 10 月联合国大会第 63 届会议上，墨西哥成为安理会 5 个新的非常任理事国之一，任期自 2009 年 1 月 1 日开始，至 2010 年 12 月 31 日结束。2010 年 6 月，墨西哥担任联合国安理会轮值主席。在此期间，墨对参与联合国维和行动的态度发生转变。2009 年 1 月初刚刚担任非常任理事国时，墨曾明确表示不会寻求加入联合国维和部队，以体现其传统的不干预政策。但是迫于常任理事国尤其是法国的压力，墨西哥政府最终改变了态度。6 月 2 日，墨外交部长宣布政府将说服军队参加联合国维和任务。2010 年，墨西哥政府为支持联合国维和任务的预算拨款为 3200 万美元。

在气候变化问题上，墨西哥采取积极行动以促使拉美国家形成一致的立场。7 月，外交部长埃斯皮诺萨指出，在气候变化问题上，国际社会不缺少有效力的法律框架和条款，不需要制定《联合国气候变化框架公约》和《京都议定书》之外的新条约来规定发达国家和发展中国家的"共同但有区别的责任"，最紧要的目标是在有关框架的基础上采取实际行动。发达国家的责任和承诺是实现强制性减排并为发展中国家应对气候变化提供资金和转让技术，发展中国家则在发达国家提供支持的情况下，根据自身发展和国情自愿采取适应和适当减缓气候变化的行动。8 月，为促使拉美国家在年底举行的坎昆气候峰会上达成一致立场，埃斯皮诺萨外长对智利、阿根廷、巴西、哥伦比亚等国进行了工作访问。

（四） 与中国的关系进一步深化

2010 年 7 月 29 日，中国外交部部长杨洁篪访问墨西哥，与卡尔德龙总统及埃斯皮诺萨外长进行了会谈，推动了中墨战略伙伴关系向前发展。7 月 29～30 日，中墨政府间常设委员会第四次会议在墨西哥城召开。在为期两天的会议中，两国政府相关部门分别举行了政治、经贸、科技、文教四个分委会以及通信和交通、农业、社会发展、旅游四个工作组对口会议，签署《2011～2015 年共同行动计划》、《相互承认学历、文凭、学位协议》及会议纪要等文件，并就延长两国《民用航空运输协定》有效期换文。10 月，埃斯皮诺萨外长访华，会见了国

务院副总理李克强和外长杨洁篪，就两国关系及共同关心的国际和地区问题深入交换了意见。

（吴白乙　审读）

Mexico

Fang Xufei

Abstract：In the regional election in 2010, the National Action Party（PAN in Spanish Acronym）and the Party of Democratic Revolution（PRD in Spanish Acronym）formed a coalition to challenge the Institutional Revolutionary Party（PRI in Spanish Acronym）. The Calderón government launched an anti-drug program and thus was facing a rising crime tide made by drug cartels. Economically Mexico succeeded in securing an economic recovery in 2010. The Calderón government expected to increase people's income and reduce deficit in the coming year. Mexico was active on the global arena diplomatically and sought to cooperate with the United States and other regional countries to battle organized crime. It is especially noteworthy that Mexico made a landmark decision to participate the UN peace-keeping operations.

Key Words：Mexico；Regional Elections；Anti-drug Battle；Violent Crime

Ｙ.12
阿根廷：政坛角力如火如荼

林　华*

　　摘　要：2010 年，阿根廷国内政治矛盾异常尖锐。前总统基什内尔的逝世为下届大选增添了新的变数。经济实现强劲增长，债务重组取得较大进展，但通货膨胀压力明显增大。劳资双方在涨薪问题上的冲突成为社会不稳定因素。阿根廷与乌拉圭结束界河纠纷，但与巴西、欧盟和中国的关系仍然受到贸易摩擦的影响。

　　关键词：阿根廷　基什内尔　通货膨胀　工资谈判　贸易保护主义

一　政治形势

　　2010 年，阿根廷国内政治矛盾异常尖锐。执政党与反对党之间分歧严重，越来越难以在关乎国计民生的重大问题上协调立场。双方在各种场合展开激烈较量，这预示着 2011 年大选的争夺战已经提前打响。与此同时，政府内部的矛盾有所加剧。前总统基什内尔的意外去世不仅使现任总统费尔南德斯失去了最坚强的后盾，也使阿根廷政坛的前景变得更加扑朔迷离。

　　2010 年初，政府和央行之间的矛盾在阿根廷国内引起一场轩然大波。2009 年底，基于外汇储备充足和偿债压力增大的考虑，政府宣布将动用 66 亿美元的外汇储备设立一项专门基金，用于偿还 2010 年到期的部分债务。但是，这项计划遭到中央银行行长马丁·雷德拉多的坚决反对，他认为政府的决定将增加公共开支，加剧通货膨胀，并有可能激化阿根廷与未参加 2005 年债务重组的债权人

---

* 林华，中国社会科学院拉丁美洲研究所社会文化室副研究员。

之间的矛盾，从而引起债务争端。由于雷德拉多拒绝调用外汇储备充实偿债基金，费尔南德斯总统于2010年1月要求其辞职。但雷德拉多表示自己并无渎职过错，因此拒绝辞职。政府随即宣布罢免雷德拉多的央行行长职务。反对派指责政府不经过议会讨论表决就擅自决定国际储备用途的做法违反宪法，并认为政府无权解雇雷德拉多。公众也担心政府向央行施压会导致央行独立决策权受损。经过数天的对峙后，雷德拉多选择主动辞职。政府任命阿根廷国民银行前任行长梅塞德斯·马尔科·德尔庞特为新任央行行长。

央行行长易人风波导致总统费尔南德斯与副总统科沃斯之间的关系进一步恶化。早在2008年农业危机期间，科沃斯就因公开反对政府提高农业出口税而与费尔南德斯反目。当时他在参议院表决中作为参议院议长投下了关键性的否决票，导致政府提案未能通过。随后，科沃斯还表示支持司法部门对基什内尔家族涉嫌洗钱案展开调查。在此次央行行长风波中，科沃斯再次站到总统的对立面，支持雷德拉多。由于双方矛盾升级，费尔南德斯总统在2010年1月19日宣布推迟访华计划，理由是担心科沃斯在她出访期间不能履行副总统职责。科沃斯不甘示弱，立刻予以反驳。

2010年，"第一家庭"再次陷入腐败丑闻，使政府声誉严重受损。在政府与央行僵持不下时，雷德拉多曾威胁要公布若干名接近基什内尔夫妇的公职人员名单。这些人购买了大量美元，然后利用内部消息获利。2009年，"第一家庭"曾因非法致富而被司法部门调查，法院在12月作出裁决，判定罪名不成立。事隔1个月后，总统夫妇再次被暴出与腐败问题有牵连。雷德拉多辞职后，反对派向法院提交诉状，指控基什内尔夫妇从外汇买卖中非法获利。此外，还有一批政府高官也因非法致富问题接受了调查，包括前任运输国务秘书里卡多·海梅、现任商业国务秘书吉叶墨·莫雷诺、总统私人秘书法比安·古铁雷斯等。无论是央行行长的易人风波，还是不断暴出的腐败丑闻，都对政府声誉造成了极为不利的影响。费尔南德斯总统的支持率由2009年10月的20.1%下降到2010年2月的15.8%，而反对率由40.4%提高到57.5%。

2009年，执政联盟"胜利阵线"在议会中期选举中失利，失去了在参众两院的多数席位。反对派控制了参议院257个席位中的142席、众议院72个席位中的37席。政府利用议会正式换届之前的半年时间，迅速提交了几项有利于巩固行政权力的重要法案，并获得通过。此举旨在争取主动，避免在此后两年的执政过程中处处受制于由反对派控制的议会。2009 年 12 月，新一届众议员正式就任后，反对派马上采取行动，试图控制议会中的关键委员会。由前总统基什内尔领导的"胜利阵线"以拒绝参加立法大会的方式表示抗议。双方最终达成和解，相互妥协的结果是 20 个与政府管理职能相关的委员会（如预算、宪法事务、规章制度等）由执政党领导，其他 25 个具有监督职能的委员会（如财政、公共工程等）由反对派领导。"胜利阵线"作为众议院中最大的单个政党，保住了众议院议长的职位，而激进公民联盟作为第二大政党，获得了第一副议长的职位。

2010 年 3 月，新一届参议员上任后，反对派开始大力推动立法改革，以削弱政府的行政权力，同时为政府施政设置难题和障碍。反对派提出的重要议案之一是对全国法官委员会进行改革。核心内容是将委员会人数由 13 人增加到 18 人，其中政府的代表只有 3 人，同时增加专家学者的比重。另一项重要议案是取消政府的"超级权力"①，要求政府在经过议会批准后才能重新安排预算。这两项改革均在众议院获得通过，但被参议院否决。此外，反对派还提出了提高最低养老金的议案。这项改革使政府骑虎难下。因为一旦按议案提出的标准提高养老金，政府的财政支出将增加 224 亿比索，社保账户也将因此由盈余转为赤字。但如果政府动用行政权力予以否决，那么必将引发社会不满，因为 88% 的退休人员是养老金领取者。10 月，参议院通过了提高养老金的议案。费尔南德斯总统出于财政平衡的考虑，不得不行使了否决权。在此之前，政府为安抚民众，已宣布小幅度提高养老金。11 月，政府和反对派在 2011 年财政预算案上展开明争暗斗。针对政府提出的预算草案，反对派认为政府有意低估了一部分税收收入，政府可利用"超级权力"对这笔收入进行随意支配。反对派提出修改预算草案，但政府予以断然拒绝。由于双方无法达成一致，对预算草案的表决不再进行。根据阿根廷法律，在这种情况下，2011 年阿根廷政府将延用 2010 年的预算。这意味着在大选之年，政府可支配的资金将十分充足。

虽然反对派利用在参众两院的多数席位向政府频频发难，但在很多问题的决策上仍然难以左右政府。原因之一是其内部的分裂。反对派是由激进公民联

---

① 在 2001 年 12 月德拉鲁阿执政期间，政府对《财政管理法》进行了修改，赋予内阁领导无须国会授权便可对预算结构进行改动的权力，即所谓"超级权力"。但这项权力需经议会定期延长。2006 年基什内尔执政时，议会通过决议，政府将永久拥有这一权力。

盟、公民联盟、"共和国提议"、正义党内持不同政见派等多种派别组成的，其政治理念和利益诉求明显不同，因此很难实现内部的团结。反对派在参议院占据了37席，优势并不明显，只要其中一人弃权、缺席或发生倒戈，反对派的多数席位就将不保。雷德拉多辞职后，反对派曾试图否决总统提名的央行行长马尔科，但其内部的意见分歧导致两名反对派参议员投了赞成票，使马尔科成功当选。在增加养老金议案上，也有一名反对派参议员投了否决票，致使这一议案最初没有在参议院获得通过，不得不先由众议院进行审议。另外，曾在2007年总统选举中排名第二的公民联盟领导人埃丽萨·卡里奥因与激进公民联盟等其他派别产生矛盾而在年中宣布退出反政府的政党联盟"公民与社会协定"①。

2010年阿根廷政坛的种种矛盾和冲突预示着各派政治力量争夺2011年大选的序幕已经拉开。5月，前总统基什内尔表示有意参加下届总统选举。他能否获得候选人资格要取决于在正义党内部获得的支持。6月，正义党内持不同政见派的14名领导人签署协议，一致同意共同制定竞选纲领，推举大选候选人。其中包括前总统爱德华多·杜阿尔德和罗德里格斯·萨阿、布宜诺斯艾利斯市参议员弗朗西斯科·德那瓦雷斯、布宜诺斯艾利斯省前省长费利佩·索拉、圣菲省省长卡洛斯·瑞特曼等，其中后3人都是参加下届大选的热门人选。但是，持不同政见派作为正义党的一个派系，同时又是反政府的派别。这种双重身份对总统候选人的推举十分不利。在阿根廷第二大政党激进公民联盟内部，总统候选人有可能在现任副总统科沃斯和前总统阿方辛之子、参议员里卡多·阿方辛之间产生。另一个反政府派别"共和国提议"的领袖人物、布宜诺斯艾利斯市市长毛里西奥·马克里在7月因涉嫌参与电话窃听而遭法院指控，他的总统候选人资格将有可能受到影响。

2010年10月27日，前总统基什内尔因心脏病突发而意外离世，这为下届大选增添了不确定性。基什内尔在2003～2007年担任阿根廷总统，卸任后仍以正义党主席的身份活跃在阿根廷政坛。去世之前他先后当选为阿根廷众议员和南美国家联盟秘书长。基什内尔一直被当做其夫人、现任总统费尔南德斯的重要依靠和强大后盾，现政府强硬的执政风格也深受他的影响。基什内尔逝世后，外界评

---

① 由激进公民联盟、公民联盟和社会党等组成。

论对现政府能否保持现行政策不变、费尔南德斯总统是否将谋求连任等问题产生了种种疑问和猜测。股市因预期政府将放松对经济的管制和干预而出现上涨。对此，费尔南德斯明确表示不会改变现行政策。但评论认为，未来一年现政府的政策走向虽然不会有重大调整，但执政风格有可能趋向温和，以便为大选争取更多的支持。在执政联盟内总统候选人的推举上，除了现总统费尔南德斯以外，布宜诺斯艾利斯省长丹尼尔·肖利成为另一个呼声较高的潜在候选人。他在基什内尔执政期间担任副总统，是基什内尔重要的盟友之一。他是正义党内奉行中间路线的温和派，因此很有可能成为执政联盟和正义党内持不同政见派均能接受的候选人人选。

二 经济形势

2010 年，阿根廷经济在经历了上一年的低迷之后，实现强劲复苏，GDP 增长率达到 8.4%，人均 GDP 也增长了 7.3%[①]。

政府继续实行扩张性的财政政策。财政收入和财政支出在 GDP 中的比重均有所增加，财政收支状况比 2009 年有所好转。初级财政盈余占 GDP 的比重比 2009 年提高了 1 个百分点，为 2.2%。2010 年前 10 个月，在经济复苏的带动下，全国税收收入同比增长 30%，主要税种的收入均有所增加。来自中央银行和社会保障局的利息收入也对经常性收入的扩大产生了积极的影响。公共开支的增幅同样明显，主要与政府实施了一系列社会救助政策和加大了对能源的补贴力度有关。11 月，由于提前完成全年税收目标，加之经济增长率超过预期，政府通过颁布紧急法令，追加了 3000 多万美元的预算。

为了争取更多省份的政治支持，政府在 5 月宣布将通过减免、延长偿还期等方式对各省拖欠联邦政府的债务进行重组。布宜诺斯艾利斯省因拖欠的债务最多而成为从该计划受益最大的省份。虽然各省的债务负担将因此减轻，但财政收支状况仍不容乐观。

为配合经济增长目标的实现，政府采取了较为宽松的货币政策。8 月，阿根

---

① 除特别注明外，本部分数据均来自 CEPAL, *Balance Preliminar de las Economías de América Latina y el Caribe 2010*, Santiago de Chile, 2010。

廷央行宣布上调货币供应量增长目标，以减小汇率和金融波动。汇率基本保持稳定，比索对美元的名义汇率只出现了轻微的贬值，12 月初时为 3.99 比索兑 1 美元①。6 月，政府公布了加强外汇管理的若干规定，以防止偷漏税和洗钱，保护外汇储备。虽然一部分外汇储备被用以还债，但阿根廷的外汇储备水平仍由 2009 年年底的 480 亿美元增加到 2010 年第三季度的 511 亿美元。政府已提出，2011 年将继续动用外汇储备偿债。

3 月，政府宣布废除此前备受争议并引发央行行长易人风波的"两百周年基金"，以两项新的减债基金取而代之。新基金分别由 22 亿美元和 44 亿美元的外汇储备组成，用以偿还拖欠多边金融机构和私人机构的债务。

在 2005 年拒绝债务重组的国际债权人的申请下，美国法院两次下令冻结阿根廷中央银行在美国纽约联邦储备银行的资金，用于债务追索和赔偿官司。2010 年 4 月，政府公布了对 2005 年未参加债务重组的 300 亿美元债务及其利息的重组方案。新计划受到大部分债权人的欢迎，66% 的债券持有人同意参加债券置换，从而使阿根廷因 2001 年金融危机而悬而未决的大部分债务得到顺利解决。随着阿根廷偿债能力的提高，标准普尔在 9 月将阿根廷本外币债务评级调高至"B"级。12 月，阿根廷与巴黎俱乐部重启债务谈判，涉及的债务本息合计 72 亿美元。目前，双方在偿债期限上存在严重分歧。

受食品价格上涨、货币供应量增加等因素的影响，通货膨胀压力有所加剧。10 月，消费价格指数同比上涨 11.1%，没能保持此前连续 4 年的个位数水平。政府采取了限制出口、向生产企业提供低息贷款以扩大生产等措施来控制物价。自 2007 年以来，官方公布的通胀率一直饱受质疑。据一些私人机构的估测，2010 年阿根廷的通胀率高达 25%，是官方数据的 2 倍多。11 月，阿根廷政府向国际货币基金组织请求技术援助，以制定全国性的消费价格指数体系。

国内需求比较旺盛。对涨价的预期和经济活动的复苏等因素使耐用消费品的销售出现了较大增长，特别是汽车。对低收入家庭实施的"子女基本生活补贴计划"也使非耐用消费品市场趋于活跃。由于牲畜存栏数量减少，牛肉产量在 2010 年前 7 个月同比下降了 30%，这导致阿根廷国内牛肉供应紧张，价格几乎上涨了 1 倍，牛肉的消费量随之出现明显下降。

---

① EIU, *Country Report*：*Argentina*, December 2010.

生产部门对经济的拉动作用十分明显。农业在经历了上一年度的天灾人祸之后，重新焕发了活力。2009～2010年，油料作物产量达到5564万吨，增产62.6%；粮食作物产量达到3664万吨，增产37.5%[①]。总产量接近历史最高水平。2010～2011年，主要作物的种植面积均有不同程度的提高。2010年前10个月，制造业生产增长9.3%。汽车产量超过2008年的最高水平，同比增长40%。金属制造业产量增长27%。但制冷设备、造纸等行业由于原材料短缺而出现萎缩。2010年前9个月，石油生产保持往年的水平，但是天然气产量出现明显下降。近年来，阿根廷一直面临能源短缺的问题。2010年7～8月，罕见的低温天气使阿根廷的能源供应更加紧张。

外贸在经历了2009年的下滑之后，恢复到2008年的水平。出口总额达到821.3亿美元，主要归功于初级产品和工业制成品出口的大幅度增加；进口总额为674.4亿美元，各类商品的进口均出现明显增加。虽然贸易收支保持顺差，但由于支付的外债利息与外资利润高达101亿美元，因此经常账户的盈余由2009年的112.9亿美元减少到2010年的47.9亿美元。随着经济形势好转，金融市场趋于稳定，资本流出量明显减少。资本账户收支与2009年相比有了较大改善。

2011年，阿根廷经济将继续保护增长态势，但增幅有可能放缓到4.8%。

三 社会形势

2010年，阿根廷社会的不稳定因素主要是因通货膨胀加剧引发的劳资冲突。从3月起，建筑、零售、运输、餐饮等行业的工资谈判陆续开始。因对通货膨胀有较高预期，工会要求将工资水平提高25%～30%，几乎是资方提出的工资上涨幅度的2倍。由于双方分歧较大，工会多次组织罢工、游行、示威等抗议活动。经过反复谈判，劳资双方最终达成协议，不同行业的工资上涨幅度在22%～27%。5月，政府满足了食品行业上调工资35%的要求，这导致在此前已经达成工资协议的行业纷纷要求重新进行谈判，以获得更高的工资涨幅。为平息不满情绪，政府宣布公共部门工资只提高21%。亲政府的阿根廷总工会负责人乌戈·

---

① 阿根廷农业、牧业和渔业部官方网站，http：//www. siia. gov. ar/estimaciones_ agricolas/02-mensual/_ archivo/100000_ 2010/101100_ Informe%20Mensual%20Noviembre%202010. pdf。

莫亚诺也出面表示食品行业的工资上涨幅度不应作为今后工资谈判的参照标准。由于大多数行业的提薪要求都得到了满足，抗议活动有所减少。但8月份，劳资冲突再次爆发。卡车司机切断了国内42条公路，制造了近3年中最严重的断路事件。9月，抗议活动升级，导致多家大公司的经营活动受到影响。抗议者不仅要求提高工资，还要求重新雇佣遭解雇的工人。10月，一名铁路工人在左派抗议者与亲政府工会代表的冲突中丧生，使局势更加恶化。政府虽然对工会的失控行为表示不满，但最终还是选择支持阿根廷总工会，以稳固其执政基础。2010年，虽然劳资双方在涨薪问题上冲突不断，但劳工工资水平普遍提高。9月，包括公共部门和私人部门、正规部门和非正规部门在内的所有劳动者工资同比上涨了25.5%①。12月，2011年的劳资谈判提前启动。由于工会对大选之年的通货膨胀仍持悲观预期，因此预计新一年的工资涨幅不会低于2010年。

在工会的强烈要求下，政府在6月宣布将个人所得税缴税起征点提高20%。这是2008年初以来个税起征点的首次上调。单身纳税人和扶养2名子女的已婚纳税人的个税起征点分别提高到4818比索和6663比索。新的纳税办法公布后，仍有一些工会组织表示不满，它们认为自2008年初以来阿根廷的通货膨胀已经累计上涨50%。事实上，只有16%的就业者能够达到纳税起征标准，他们主要集中在石油、金融和运输等部门②。

7月底，在反对派提交提高最低养老金的议案之后，政府宣布上调养老金标准。从9月起，最低养老金由每月895比索增加到1046比索，涨幅17%，受益退休人员达到550万人。由此产生的财政负担将通过提高劳工缴纳的社会保险费来弥补。新的最低养老金相当于劳工最低工资的70%。这个比重比反对派要求的82%低了12个百分点。在劳工最低工资标准上调后，两者之间的差距反而有所扩大。除养老金提高以外，从2009年12月起向失业人员子女发放的"基本生活补贴"也由每月180比索提高到220比索。

8月，新一轮的最低工资谈判结束。劳工最低月工资由1500比索分两次提高到1840比索，约30万劳动者从中受益。新的最低工资标准从2011年1月起执行。从2003年起，阿根廷多次上调最低工资标准。劳工的最低工资水平已相

---

①　CEPAL, *Balance preliminar de las economías de América Latina y el Caribe 2010*, diciembre 2010.

②　EIU, *Country Report: Argentina*, August 2010.

当于 8 年前的 8 倍。

2010 年，对劳动力的需求因经济活动恢复而有所增加，制造业和建筑业表现得比较明显。第三季度，城市地区失业率下降到 7.5%，同比减少 1.6 个百分点。随着就业形势的好转，贫困和赤贫人口比重分别下降到 12% 和 3%①，为 1990 年以来的最低水平，这主要得益于 2003 年以来经济的持续增长、工资水平的显著提高以及一系列社会救助计划的实施。阿根廷近年来的减贫成效得到了拉美经委会的肯定。

针对社会治安恶化的问题，阿根廷于 12 月成立了安全部，负责全国安全事务。国防部长妮尔达·加雷担任首任安全部长。她就职后表示，安全部将在布宜诺斯艾利斯及周边地区部署 6000 名宪兵，展开严厉打击犯罪行动。

四　外交形势

2010 年，阿根廷在对外关系方面乏善可陈。政府仍将内政视为施政重点，外交处于次要地位。这一点从年初费尔南德斯总统因国内政治矛盾激化而推迟访华一事上可见一斑。

阿根廷与乌拉圭的关系有所改善是阿根廷与拉美国家对外关系发展的一个重要成果。2009 年底，费尔南德斯在参加南共市首脑会议期间与乌拉圭总统何塞·穆西卡举行了会谈。双方都表示愿为改善双边关系而努力。2010 年 4 月，海牙国际法庭就阿根廷于 2006 年提出的关于要求乌拉圭停止修建造纸厂的诉讼做出判决，认定造纸厂并没有给乌拉圭河造成污染。阿根廷政府随即呼吁驻扎在两国边界的环保主义者停止对边界公路的封锁。由于失去了政府的支持，抗议者决定暂停对边界大桥的封锁，而乌拉圭方面则同意建立新的环境监测系统。阿乌两国总统再次会晤，均表示将遵守海牙国际法庭的判决，设法修复因造纸厂纠纷受损的双边关系。至此，历时 7 年之久的阿乌两国造纸厂风波终告平息。

阿根廷与委内瑞拉的关系仍然十分密切。委内瑞拉在马岛问题上向阿根廷提供了强有力的支持，而阿根廷则为委内瑞拉正式加入南共市摇旗呐喊。但阿根廷

---

① CEPAL, *Balance preliminar de las economías de América Latina y el Caribe 2010*, diciembre 2010.

政府内部已经开始对阿委关系应如何发展产生了分歧，这导致外交部长豪尔赫·塔亚纳在任职5年后于2010年6月宣布辞职。

阿根廷与英国的关系再次因马尔维纳斯群岛（英国称福克兰群岛）问题恶化。2月初，英国政府批准本国石油公司在马岛附近海域进行石油勘探和开采，阿根廷政府反应强烈，指责英国严重侵犯了阿根廷主权。但英方回应称，英国对福克兰群岛拥有主权，英国石油公司的开采活动属"合法权益"，阿根廷政府无权干涉。费尔南德斯总统随即下令，要求所有经停阿根廷本土港口前往马岛及附近岛屿的船只需提前申请。但英国石油公司的勘探工作并未因此受到影响。马岛主权危机升级后，阿根廷积极寻求国际社会的支持。外交部长塔亚纳与联合国秘书长潘基文进行了会晤，希望联合国向英国施压，督促英国停止单方面行动，恢复主权谈判。在里约集团首脑会议上，阿根廷对马岛的领土主张再次得到了有力支持。虽然阿英双方的态度都很强硬，但无论从国际环境还是国内民意来看，两国通过军事手段解决争端的可能性都微乎其微。3月，费尔南德斯总统明确表示阿根廷将永不放弃马岛主权，并强调了"外交战"的重要性。5月，英国一家石油公司宣布在马岛附近海域发现大规模石油储量后，阿根廷与英国之间的关系再度趋紧。

2010年，贸易保护主义仍然是阿根廷与巴西和欧盟之间关系发展的严重障碍。5月，阿根廷宣布对部分进口食品采取限制措施，以保护本国相关产业。措施出台后，欧盟和巴西反应强烈，要求阿根廷取消限令。但阿根廷方面称此举符合世界贸易组织有关规定。7月，欧盟向世界贸易组织提交议案，讨论阿根廷对进口食品设限的问题。虽然贸易摩擦不断，但是阿根廷与巴西和欧盟之间的合作也取得了一定进展。2月，阿根廷与巴西达成协议，两国将加强在反倾销调查方面的合作，交换各自的调查信息。两国还同意相互减少贸易限制措施，避免双边贸易下降和贸易争端加剧。6月，阿根廷与巴西决定共同建立投资基金，为阿根廷企业发展提供资金支持。阿根廷与巴西之间的贸易有所恢复。据阿根廷方面统计，2010年前10个月，阿巴两国双边贸易额达到261亿美元，同比增长40%[①]。但与2009年相比，阿根廷的逆差地位更加明显。阿根

[①] 阿根廷国家统计和调查局官方网站，http：//www.indec.mecon.ar/nuevaweb/cuadros/19/ica_11_10.pdf。

廷与欧盟的合作在南共市框架内展开。6月，南共市与欧盟恢复中断了6年之久的自由贸易谈判。

费尔南德斯总统在年初推迟访华计划之后，最终在7月实现了其中国之行。访华期间，费尔南德斯总统与胡锦涛、温家宝等中国领导人进行了会晤。2010年，中国与阿根廷之间的经贸关系出现了一些波折。在贸易领域，双方摩擦有所加剧，但是在投资领域，双方合作有所扩大。由于2009年以来阿根廷多次对中国产品采取反倾销制裁，中国在2010年3月底宣布暂停进口阿根廷豆油。中国是阿根廷豆油的最大进口国。2009年阿根廷向中国出口的豆油总价值为14亿美元，阿根廷政府从中获得的大豆出口税达到4.5亿美元[1]。针对贸易摩擦问题，中阿双方进行了多次磋商。10月，中国恢复从阿根廷的豆油进口。据阿方统计，1~10月，阿根廷对华（包括香港和澳门两个特别行政区）出口58.3亿美元，同比增长60%，其中初级产品和能源的增幅达到200%左右，但制成品出口有所下降；阿根廷从中国（包括香港和澳门两个特别行政区）的进口为60.9亿美元，同比增长55%[2]。2010年，中国与阿根廷在能源、金融、交通等领域达成了多项投资合作协定。阿根廷已成为中国企业推行"走出去"战略的重要市场。另外，中阿两国在矿业、农业等方面的合作也取得了一定进展。

（刘纪新　审读）

Argentina

Lin Hua

Abstract：In 2010 Argentina was confronted with tense domestic situation. The death of former president Nestor Kirchner intensified the uncertainties of the upcoming

---

① EIU, *Country Report*：*Argentina*, May 2010.

② 阿根廷国家统计和调查局官方网站，http：//www. indec. mecon. ar/nuevaweb/cuadros/19/ica_11_ 10. pdf。

presidential election. Argentina achieved a strong economic growth and gained a remarkable progress in the debt restructuring, was facing an increasing inflation pressure. The labor conflict over wage disputes had resulted in domestic instability. The Uruguay River dispute between Argentina and Uruguay was settled diplomatically, but Argentina's relations with Brazil, the EU and China continued to be strained due to numerous trade frictions.

Key Words: Argentina; Nestor Kirchner; Inflation; Wage Negotiation; Trade Protectionism

Y.13
古巴：经济发展求变革

刘维广*

　　摘　要： 2010 年，古巴出现新的经济改革态势，这不仅成为拉美和加勒比地区的焦点之一，也为世界其他地区所关注。9 月，古巴政府宣布国营企业大规模裁员，并逐渐放宽了对个体经营的政策限制，同时出台了相应的配套措施，开启了对经济发展模式进行结构性变革的序幕。古巴改革强调要坚持社会主义制度，继续实行计划经济。这场系统的渐进式改革力度大、牵涉面广，触动传统经济结构和观念，也必然将为古巴人带来发展机遇。当前仍在进行的改革尝试将为 2011 年 4 月召开古共六大制定"更新"经济模式的基本决定奠定基础。

　　关键词： 古巴　经济变革　社会主义制度　"更新"经济模式

一　政治形势

（一）古巴改革坚持社会主义制度

　　在酝酿和启动新一轮经济改革的同时，古巴政府强调其政治、社会体制的"社会主义特性"不会改变。在 2010 年 8 月召开的全国人民政权代表大会上，劳尔·卡斯特罗指出，一些外国媒体关于古巴将开展"资本主义模式"经济改革的报道没有根据，古巴共产党领导层在改革步伐与深度问题上并不存在内部斗争，当前革命的团结比任何时候都更为坚强。10 月 31 日，劳尔再次强调，古巴

---

　　* 刘维广，法学博士，中国社会科学院拉丁美洲研究所副编审，古巴研究中心秘书长。主要研究方向为拉美政治、古巴研究。

在更新经济模式的进程中，绝不会放弃社会主义制度，古巴的做法是根据本国特点的"土生土长的产物"，不会抄袭任何其他国家的模式。

古巴领导人一般不称"改革"（reforma），而使用"变化、变革"（cambio）一词，官方正式表述是目前古巴正在进行"更新（actualizar）社会主义"。他们多次强调，古巴不会用市场经济改革的办法来解决经济问题，不会搞市场经济。12月18日，劳尔在古巴人大第二次例会上的讲话指出，"改革的目的是为了坚持社会主义，而不是回到资本主义。我们将继续实行计划经济，不搞市场经济，但开放的闸门要打开"①。

（二）进行经济改革需要实现观念上的转变

劳尔多次强调，要进行经济结构和观念上的变革。古共中央机关报《格拉玛报》发表文章说，经济体制改革是关系国家发展和人民利益的大事，人们应该改变观念以适应新的形势②。作为古共第六次全国代表大会即将通过的文件，古共中央已经向全民公布了《经济社会政策纲要（草案）》。在学习和讨论这个文件过程中，"强烈要求国内各个阶层，无论是党的领导人、政府干部还是劳动人民，改变自己头脑中以往的观念"。因此，必须让全国人民理解党的改革决策的意义，而"这个理解包括让人民了解内容、弄懂精神和建立信心"。③

12月18日，劳尔在人大第二次例会上的讲话中说："要么进行调整，要么沉没，事情就这么简单。现在不是向后看的时候，不能再等了，是行动的时候了。我们必须纠正过去所犯的错误……""古巴领导人不应墨守成规，要迈向改革，不妨拿未来赌一把！简言之，就是要改变有关社会主义的错误的甚至是荒诞的观念。这些观念多年来在广大民众的头脑里根深蒂固。形成这些错误观念的主要因素有：革命所倡导的以实现社会正义为目的的大包大揽、理想主义和平均主义。"在讲话中，劳尔还对党的工作表示不满，说有些干部因为怕犯错误而不敢

---

① 《不畏风险大胆革新　古巴要创建独特"混合经济"》，新华网，2010年12月29日，http：// news. xinhuanet. com/world/2010－12/29/c_ 12929450. htm。

② Félix López, "Un debate sobre el futuro de Cuba", Granma, 17 de noviembre del 2010, página 3.

③ 《古巴党刊刊文说经济改革需要人们改变观念》，新华网，2010年11月18日，http：// news. xinhuanet. com/2010－11/18/c_ 12788520. htm。

大胆改革。劳尔根据《草案》精神指出："党应该起领导和掌控的角色，不能干预政府的活动，不论是对哪一级的政府，都不能干预。"[①]

（三）凝聚共识，为古共六大的召开作好思想准备

2010 年 11 月 8 日，古共政治局决定将于 2011 年 4 月下半月召开古共六大。12 月 1 日，《格拉玛报》刊登了一篇名为《由群众决定》的社论，呼吁古巴公民踊跃参加为期 3 个月（2010 年 12 月 1 日~2011 年 2 月 28 日）的全民大辩论，自由表达对经济改革和《经济社会政策纲要（草案）》的意见[②]。这场辩论的中心议题是古巴近期展开的经济改革，包括在国营领域大规模裁员和鼓励私营企业发展。同时，这场辩论也是为古共六大作思想动员。古共六大将集中讨论古巴经济存在的问题，通过《经济社会政策纲要》这一重要文件，就如何实现现代化古巴经济模式以及采用何种途径实现党的经济、政治政策和国内改革作出根本性的决策。"六大"召开之后，再行讨论和解决党的组织问题（领导班子问题）。

（四）劳尔执政地位稳固

2009 年 3 月 2 日，古巴国务委员会发表《官方公报》，对古巴部长会议（政府）进行了大规模改组。古巴官方宣称此举目的是"精兵简政"，提高政府效率。古巴政府这次改组是 1976 年实行政治制度化以来变动最大的一次，改组加强了劳尔的执政地位，加强了军人在政府中的力量和作用，充实了经济班子的力量。一般认为，这次人事变动更多的是出于解决古巴国内经济问题的目的。

菲德尔·卡斯特罗自 2006 年 7 月生病后辞去国务委员会主席职务退居二线，但他仍是古共第一书记，对古巴政局和未来发展方向仍具有决定性的影响力，以他为代表的老一辈革命家是古巴社会主义制度的缔造者，他们认为任何改革都不能危及古巴的社会主义制度，不能危及共产党的领导地位，不能违背社会公正的原则，这是不能超越的底线。随着健康状况的改善，2010 年，菲德尔·卡斯特罗频繁在公开场合露面并发表讲话，就国际问题越来越多地发表看法。他多次表

---

① 《不畏风险大胆革新　古巴要创建独特"混合经济"》，新华网，2010 年 12 月 29 日，http：// news. xinhuanet. com/world/2010 – 12/29/c_ 12929450. htm。

② "El Pueblo Es el que Decide," *Granma*, 1 de diciembre del 2010, portada.

示支持劳尔领导的经济变革，宣称"尽管面临重重挑战，但是我对古巴正在前进的现状感到十分满意。"① 无疑，卡斯特罗的威望及其对劳尔的支持，有利于古巴经济改革的顺利实施。

二 经济形势

（一）古巴经济形势较为平稳但增长缓慢

2010 年，古巴经济出现复苏迹象，但仅维持低速增长。据古巴《选择》报 2011 年 1 月 5 日的报道，2010 年，古巴国民生产总值增长 2.1%，高于 2009 年的 1.4%，整体上完成了计划要求，但各个部门完成情况有所不同。原材料生产部门没有达到预期生产目标，一些出口产品如镍、蔗糖的价格虽在国际市场的涨幅高于预期，但国内产量没有达到预计目标，其中镍矿仅生产 6700 吨。全年生产大米 32.7 万吨，其中 24.7 万吨上交给古巴内贸部分配。

2010 年古巴商品进出口为逆差，服务进出口为顺差，但整体对外贸易盈余，其中出口增长 41.5%，依然低于预期计划，进口增长 3.9%。2010 年进口农产品额达 6300 万美元。能源利用更加有效，燃料消耗率下降 1.2%，能源消耗率下降 1.6%。零售业销售增长 6.7%，高于经济增长率。生产率提高 4.2%。按行业分类统计，农业生产下降 2.8%，建筑业下降 12.2%，制造业增长 1.5%，交通通信业增长 2.5%，餐饮服务业增长 2.8%，其他服务业增长 4.4%。由于缺乏技术准备和建筑材料，商品供应和外来投资不足，投资计划只实现了 76.4%②。

另据联合国拉美经委会公布的数据，2010 年古巴 GDP 增长 1.9%（见表 1）③，预计 2011 年 GDP 增长率为 3% 左右④。

---

① 《卡斯特罗称对古巴目前发展方向感到满意》，中国日报网，2010 年 11 月 19 日，http：//www.chinadaily.com.cn/hqgj/2010-11/19/content_11576528.htm。
② 《2011 年古巴将实现经济有效增长》，http：//finance.sina.com.cn/roll/20110107/06069217034.shtml。
③ CEPAL, *Balance Preliminar de las Economías de América Latina y el Caribe 2010*, Santiago de Chile, 2010, p.11.
④ CEPAL, *Balance Preliminar de las Economías de América Latina y el Caribe 2010*, Santiago de Chile, 2010, p.30.

旅游业是古巴主要经济支柱，其阳光和海滩吸引着大量欧美游客。古巴国家统计局发表的《2010年古巴经济和社会形势》报告显示，古巴旅游业在2010年出现增长，共接待外国游客250万人次，比上年增长2.9%；全年收入达22.21亿可兑换比索（约合24亿美元），增幅为5.5%。促使古巴旅游业增长的主要原因是国际游轮重返古巴，带来了大批游客。此外，古巴旅游部门计划将在15年内建成29家高尔夫球场，以进一步促进旅游业的繁荣。

表1　2001~2010年古巴GDP及人均GDP年均增长率

单位：%

项　目 ＼ 年份	2001	2002	2003	2004	2005	2006	2007	2008	2009	2010*
GDP年均增长率	3.2	1.4	3.8	5.8	11.2	12.1	7.3	4.1	1.4	1.9
人均GDP年均增长率	2.9	1.2	3.6	5.6	11.1	12.0	7.2	4.1	1.4	1.9

注：* 为初步数据。

资料来源：CEPAL, *Balance Preliminar de las Economías de América Latina y el Caribe 2010*, Santiago de Chile, 2010。

（二）实施"更新"社会主义经济模式

1. 经济变革的动因

首先，摆脱困难，发展经济。近年来，古巴面临严重的经济困难，粮食和食品等市场供应不足，能源短缺，教育和医疗水平有所下降。特别是2008年以来的国际金融危机使国际市场上的粮食、原油价格不断上涨，而古巴主要出口产品镍的价格大幅下跌，古巴国际收入的减少和进口商品价格的上涨，进一步造成市场供应短缺。与此同时，飓风等自然灾害严重影响了古巴的农业生产。此外，到古巴旅游人数减少，侨汇收入受美国经济封锁的影响也减少了。在这些不利因素的影响下，古巴经济困难加剧，2009年GDP仅增长1.4%，2010年上半年古巴持续受金融危机的影响，下半年经济继续走低。因此，只有采取措施解决经济和民生问题，才能坚持和发展古巴的社会主义。这也是古巴当前面临的首要任务。

其次，此前实行的一系列经济调整措施未取得明显效果。劳尔执政以来，古巴政府采取了一系列新的经济改革措施，如将闲置荒地承包给个人，允许出售手

机、电脑，取消古巴人不得入住酒店的规定等。以上措施作为改革的信号，起到一定的积极作用，但没能取得明显效果，而且遇到农机具不足、缺少资金和市场、能源短缺等困难。

2. "更新"社会主义经济模式的主要措施

2010 年，古巴政府宣布国营企业大规模裁员，逐渐放宽了对个体经营的政策限制，并出台了相应的配套措施。

4 月，古巴政府决定把所有国营的 3 个座位以下的理发店和美容店承包给原商店职工。8 月，劳尔宣布，古巴政府将放松对小企业的控制，发展私营企业，希望它们创造更多的就业机会。9 月 13 日，古巴政府决定，到 2011 年 3 月底国营部门将精简 50 万人，3 年内裁员 100 万，占全部国营部门职工的 1/5。在 2011 年 3 月底前裁员的 50 万人中，其中约 25 万人将从事个体劳动，其余 25 万人可到有空缺的农场等国营单位工作或组建新的合作社解决就业。为了让"非国营领域"发挥作用，古巴政府在《格拉玛报》上公布了为个体经营开放的 178 项经济活动①，大幅度放宽了个体经营的范围，其中的 83 项活动允许雇佣员工。10 月初，古巴政府开始启动个体户注册这一新的经济改革措施。由于大多数新近批准的私营企业需要工具、设备等原材料和物资，国家将通过既有的零售网络向私营企业主提供。

10 月 25 日，古巴政府公布了为从事个体工商活动者制定的新的税收制度，以此作为大幅放宽个体经营许可限制的配套措施。所有个体工商业者需要缴纳的税种都将以古巴货币比索征收，并且纳入市级政府财政收入。

11 月 8 日，劳尔正式宣布，古巴共产党将于 2011 年 4 月召开六大，对"更新"古巴经济模式作出基本决定。11 月 9 日，政府公布了《经济社会政策纲要（草案）》，全文共 32 页，291 点内容。其要点是：古巴仍将是实行计划经济而不是市场经济的社会主义国家；继续实行全民免费医疗和免费教育制度，但将逐步根据财力调整社会开支；国家将扩大私人部门，准许银行向它们提供贷款，发展原材料批发市场；继续吸引外资；继续减少和取消补贴；逐步取消食品供应的购货本；取消货币双轨制；给农业以更大的自主权，减少对农产品进口的依赖，促

---

① "Actividades Autorizadas para el Ejercicio del Trabajo por Cuenta Propia," *Granma*, 24 de septiembre del 2010, página 5.

进劳务和生物技术的出口等。

3. 古巴当前经济改革的特点和目标

与以往的改革相比较，2010 年下半年以来的古巴新的经济改革有如下几个特点：一是力度大，牵涉面广；二是触动了经济结构和观念问题；三是对原有体制进行系统而稳健的调整与修正；四是注重管理模式的更新，明确扶持出口行业，推行进口替代计划，大力加强生产行业。总体上看，这次改革不再局限于某一方面，而是对古巴经济发展模式进行结构性的改革。

2010 年 8 月以来古巴政府出台的放宽对个体经营的政策限制及配套改革等措施，为下一步制定更新古巴经济模式的基本决定奠定了基础。而 11 月公布的《经济社会政策纲要（草案）》以及 2011 年 4 月古共六大拟通过的《纲要》为未来的经济发展模式规划了方向，是古巴即将进行的经济变革的主要内容。改革能否通过调整产业结构和提高劳动生产率实现发展经济、降低国家财政负担的目标，将对古巴未来经济发展进程产生深远的影响。

（三）制订 2011 年经济计划

2010 年过去了，古巴人以一场革命中的革命告别了过去的一年①。2010 年底，古巴政府公布了 2011 年的经济计划：继续努力增加出口替代进口，节约能源，调整人事和工资待遇，提高效率，实现经济有效增长。具体包括：在建筑业中，优先发展回报快的项目；大力种植甘蔗、水稻和咖啡；加大刺激旅游业的进一步增长；提高能源利用率，改善生产效率；发展短期内能创外汇的投资项目；继续裁减国有部门的员工，增加非国有生产部门的工作人员，特别是自主经营人员；继续减少不必要的无偿供应与过多的补贴。

古巴官方预计，2011 年古巴 GDP 将增长 3.1%。计划进口 1.3 亿美元原材料和设备，为私营经济发展提供便利条件。

三　社会形势

经济领域的变革为古巴社会带来了巨大冲击。由于这次改革力度大，目标设

---

① "Los Retos del País que Viene en el 2011," *Granma*, 24 de diciembre del 2010, página 3.

定的完成时间又非常短，范围涉及广大百姓的民生问题，从而对古巴政府保持社会稳定也带来了严峻的考验。

（一）古巴可能在这场改革中取消具有革命象征意义的"购物本"

为减轻政府的负担，古巴将对自 1962 年开始实行的配给制进行改革。配给制为 1100 万古巴人规定了每月食品和日用品供应量，古巴人只需象征性付费。但是，古巴 80% 的食品靠进口，政府每年要拿出 8 亿美元补贴。《经济社会政策纲要（草案）》里提出，改革将削减社会性开支，取消"不必要的补贴和不合理的免费"。

（二）改革对就业形势带来了严峻的挑战

真正考验古巴领导人智慧的是计划中的国企"大瘦身"。古巴全国有劳动力500 多万，其中政府和国营企业就有 100 万冗员，工作和生产效率低下。2010 年9 月之后的短短 6 个月内，将有 50 万原属国营部门的古巴人失去工作。他们离开岗位的补偿是，每人每 10 年的工龄只能换得 1 个月的工资。3 年内，古巴将有 130 万人失业，5 年之内将有 180 万劳动大军转向私有领域，而放宽对个体经营的限制后能够创造多少新的就业机会目前尚难以估量。就业形势的这种不确定性必然对古巴社会产生巨大的冲击。

（三）改革可能带来居民收入差距的扩大

新税收制度规定，从事个体经营都要缴纳相应的销售税、公共服务税、个人所得税以及社会保险费。其中，自雇个体劳动者需缴纳收入的 25% 用于社会保障；而雇佣员工的个体经营者需要缴纳劳动力使用税，平均税率将占其收入的25% ~ 50% 。个体劳动者不但要养活自己和家庭，还要负担这么高的税率，而且由于从事行业和经营能力的差异，居民收入差距必然进一步扩大，原有的社会保障制度也会受到冲击。

（四）改革为古巴人带来了发展机遇

古巴允许扩大个体经营的范围，使一部分有一技之长的人获得了增加收入、提高生活水平的机会。自 9 月官方公布鼓励私营经济发展措施以来，先前受严格限制的个体餐厅如雨后春笋般出现。餐馆、咖啡厅、快餐厅点缀古巴大街小巷，也为国家经济带来勃勃生机①。据古巴劳工和社会保障部公布的数据显示，截至2010年底，已有7.5万多人领取私人经营许可证，另有8342份正在审批之中②。申请人最多的自主经营项目是食品制作及销售，占总申请人数的22%。

（五）政府需要为维护社会稳定作出不懈努力

从事个体劳动将是解决剩余劳动力的出路之一。劳尔承诺，政府不会不管下岗的职工，下岗职工将接受培训，重新就业，而不是长期待业。为了避免可能出现的社会动荡，政府除了决定从2010年12月起发动公民展开大辩论，自由表达对经济改革的意见外，还要求各级工会和保卫革命委员会（相当于居委会）等群众组织加强各方面的说服动员工作。

四 外交形势

（一）古美关系未发生实质性变化

美国对古巴的政策略有变化。一方面，美国仍维持对古巴的禁运政策，并在人权问题上对古施压，另一方面两国之间也开始增加接触。美古两国之间在自然科学、反毒等方面已有合作。2010年3月，古巴与美国就海地救援问题举行了较高级别会谈，古巴同意美国的救援队飞越其领空，并为伤者开设医院。在较低级别上，古美还就墨西哥湾原油泄漏问题进行了对话。6月，美国与古巴举行移民问题谈判。

10月26日，第65届联合国大会以压倒性多数通过决议，要求美国立即结束对古巴实行的长达近半个世纪的经济、贸易和金融封锁。这是联大连续第19年通过此类决议。联大当天就古巴提交的名为《必须终止美利坚合众国对古巴的经济、商业和金融封锁》的决议草案进行投票表决。在联大192个会员国中，有187个国家投票表示支持，投反对票的只有美国和以色列，另有3票弃权。

---

① 《古巴打破"铁饭碗"，一个月内颁发数万个个体经营执照》，新华网，2010年12月16日，http：//news. xinhuanet. com/world/2010 – 12/16/c_ 12884969. htm。

② 《古巴已发放7.5万份私营许可证》，新华网，2011年01月08日，http：//news. xinhuanet. com/world/2011 – 01/08/c_ 12958712. htm。

当前古美关系未发生实质性变化，未来古美关系的改善将主要来自两大动力，一是各自的利益需要。很多美国大学希望扩大与古巴的学术交往，古裔美国青年也主张恢复和加强与古巴的全面关系，古巴旅游、农业、制药、娱乐等部门也希望借此获得更多的利益。二是美国乐见古巴改革，如果古美关系走向正常化，古巴改革进程会加快。

（二）与拉美国家的关系有新进展

古巴与委内瑞拉两国的合作正"朝着经济联盟的方向发展"①。2010年7月26日，古巴和委内瑞拉举行了第一届首脑会议，两国签署了多项合作协议与谅解备忘录，涉及能源、食品工业、农业、交通、矿产、信息、电信和卫生等众多领域。劳尔在闭幕式上发表了题为《构建古巴—委内瑞拉新型合作关系，向两国经济联盟方向前进》的讲话。8月25日，委内瑞拉总统查韦斯访问古巴。11月8日，查韦斯宣布将2000年10月30日两国签署的合作协定延长10年，这对目前仍处于经济困难中的古巴无疑是巨大的支持。

2009年萨尔瓦多恢复了同古巴的外交关系，双方关系在2010年得到进一步发展。2010年3月，萨尔瓦多外长乌戈·马丁内斯访问古巴，双方签署了一系列协议，涉及在卫生、教育和科技领域开展合作，建立政治磋商机制以及双方互免签证等，萨尔瓦多驻古巴使馆开馆等多方面内容。萨尔瓦多是最后一个在古巴设立大使馆的拉美国家。10月，萨尔瓦多总统毛里西奥·富内斯访问古巴，双方签署了外交、教育、经济、医疗等一系列合作协定。这是近50年来，萨尔瓦多外长和总统首次访古。

2010年1月13日，海地发生地震后，古巴向海地紧急派遣数支医疗队。2月，巴西总统卢拉访问古巴，双方签署了包括信息和通信、卫生等领域的一系列合作协议。8月，多米尼加总统费尔南德斯访问古巴。

（三）古巴与中国保持友好合作关系

中国是古巴的第二大贸易伙伴，古巴也是中国在加勒比地区最大的贸易伙

---

① "Raul Castro: Cuba and Venezuela are Moving Towards the Economic Union," ACN Cuba News Agency, January 27, 2010, http: //www. cubanews. ain. cu/2010/0726raul-castro-cuba-and-venezuela-are-moving. htm.

伴。从 2005 年起，两国贸易额就超过 10 亿美元。2010 年 1~11 月，古中贸易总额为 16.8 亿美元，其中中国对古出口 9.8 亿美元，进口 7 亿美元①。

2010 年是古中两国建交 50 周年。7 月 30 日~8 月 1 日，中国外交部部长杨洁篪访问古巴，中古政府经济技术合作协定举行签字仪式。10 月，两国文化部签署《中古 2011~2013 年文化交流执行计划》。2010 年，古巴全国人民政权代表大会主席阿拉尔孔、古巴部长会议副主席卡夫里萨斯、古巴革命武装力量部副部长兼总参谋长阿尔瓦罗·洛佩斯等古巴领导人访问中国。

截至 2010 年 11 月，中古两国共实施了 13 个投资项目，其中在古巴有 7 个项目，涉及轻工业、电信、农业和旅游业；在中国有 6 个项目，包括三所眼科医院，两家生物制药企业，以及于 2010 年 2 月开业的两国合资的上海—梅利亚酒店。

（四）古巴与其他国家的关系

2010 年 2 月，俄罗斯外长拉夫罗夫访问古巴。7 月，到访古巴的西班牙外交大臣莫拉蒂诺斯与古巴外长罗德里格斯举行会谈后表示，尽管西班牙在担任欧盟轮值主席国期间未能如愿解决"共同立场"问题，但为了欧盟与古巴更加"紧密和友好"的关系，西班牙政府愿继续努力。

6 月底~7 月初，叙利亚总统巴沙尔·阿萨德访问古巴等拉美 4 国，访问期间同古巴签署了农业和新闻合作协议。10 月 10 日，伊朗总统艾哈迈迪·内贾德在与到访的古巴外长罗德里格斯会谈时表示，伊朗准备与拉美国家尤其是古巴开展全面的经济合作。

（吴白乙　审读）

Cuba

Liu Weiguang

Abstract：Cuba launched a new round of economic reform in 2010, which drew

---

① 引自 CEIC 亚洲经济数据库。

the attention of the world. It decided to cut down a larger number of government workers and relax the restrictions on self-employment, which were viewed as the prelude to a structural reform of the economic development mode. Cuba claimed that its reform should be based on the preservation of the socialist system and planned economy. The reform was conducted gradually and would lead to economic restructuring and create opportunities for Cuban people to gain development. It is expected that the 6th Congress of the Cuban Communist Party to be convened in April 2011 will make major decisions on "upgrading" the economic mode.

Key Words: Cuba; Economic Reform; Socialist System; "Upgrading"

委内瑞拉：经济变数依然存在

王 鹏*

摘　要： 委内瑞拉在 2010 年 9 月举行了全国代表大会（国会）选举，执政党未能在选举中赢得 2/3 多数议席。2010 年末，查韦斯总统再次获得委任立法权，以便应对洪灾和构建社会主义的法制框架。委内瑞拉是经济复苏进程最为滞后的拉美和加勒比国家之一，2010 年 GDP 增长率为 - 1.6%。即使在经济紧缩的背景下，该国仍然面临严重的通胀压力。在社会领域，查韦斯政府继续实施旨在改善社会发展状况的"使命"，改善公共安全，打击腐败。在外交领域，委内瑞拉积极参与地区一体化进程，与俄罗斯等国的关系得到进一步加强，但与美国的关系未能得到有效改善。

关键词： 国会选举　授权法　汇率改革　使命　美洲玻利瓦尔联盟

委内瑞拉在 2010 年举行了两次选举。在最为重要的全国代表大会（国会）选举中，执政党表现平平，而反对党联盟的崛起势头越来越明显，对查韦斯政府的执政地位形成有力的牵制。委内瑞拉经济复苏迟缓，落后于大多数拉美国家。上半年发生的电力危机使该国经济复苏进程受到抑制。委内瑞拉经济有望在 2011 年实现复苏，但前景不容乐观。过度依赖石油收入的经济状况使该国易于受国际油价波动的影响。高企的通货膨胀使居民实际收入减少。官方货币"玻利瓦尔"兑美元汇率贬值，使通胀压力进一步加剧。2012 年总统选举即将到来，查韦斯的连任将面临巨大挑战。

---

* 王鹏，法学博士，中国社会科学院拉丁美洲研究所副研究员，主要研究领域为拉美政治。

一　政治形势

2010 年，查韦斯总统对政府进行过两次较大规模改组。1 月，副总统兼国防部部长拉蒙·卡里萨莱斯辞职，查韦斯随即任命农业部部长埃利亚斯·豪阿·米拉诺为副总统。此后，财政部部长阿里·罗德里格斯·阿拉克转任电力部部长，计划发展部部长豪尔赫·吉奥尔达尼兼任财政部部长。6 月，查韦斯再次改组政府，重新任命 9 名部长。公共工程和住房部被解散，其职能分属新成立的运输交通部以及住房和人居环境部。

全国代表大会（国会）选举是委内瑞拉在今年举行的最重要选举活动。执政的统一社会主义党（PSUV）在 9 月 26 日举行的国会选举中赢得 96 个议席，反对党联盟"团结民主联盟"（MUD）赢得 64 个议席，"大家的祖国"党（PPT）获得 2 个议席。委内瑞拉印第安人全国理事会（CONIVE）等 3 个党派分享 3 个专属土著人的议席。执政党仍然保持国会第一大党地位，控制大约 58% 的国会席位，但这一议席数量远远少于它在本届国会的议席数量。

另一个比较重要的选举活动是在 12 月 5 日举行的地方选举。选举将产生瓜里科州和亚马孙州的州长以及一批市长和市政委员会成员。最终，执政党赢得瓜里科州州长职位和 7 个市长职位，"大家的祖国"党赢得亚马孙州州长职位。

国会选举的焦点是执政党能否继续控制国会的 2/3 议席（110 个），也就是获得对国会的绝对控制权。2005 年以来，由于执政党控制国会的绝对多数议席，查韦斯政府才能顺利取得一系列重要的立法成果，为推动它所倡导的政治经济变革构建完整的法律框架。最终结果表明，执政党的议席数量未能达到 2/3 多数。反对党联盟在国会获得立足点，使国会的政党构成向着多元化转变，从而获得制约查韦斯政府的关键手段。

在委内瑞拉政党格局中，统一社会主义党具有支配地位，任何一支反对党都无力单独与其抗衡。该党的问题在于，它是由"第五共和国运动"和其他多个支持查韦斯的政党合并而成，其基础并不牢固，党内一些重要人物并不赞同查韦斯的激进政治路线。2010 年，拉腊州州长恩里·法尔孔（Henry Falcon）退出执政党。与此同时，统一社会主义党失去一些重要的合作伙伴，例如"大家的祖国"党。2010 年，该党不再与执政党结盟，而是作为一支独立力量参加国会选举。

主要反对党因为自身力量弱小而选择以结盟方式与执政党进行政治博弈，其力量在近年呈现逐步增强之势。2007 年，反对党采取一系列共同行动反对查韦斯政府的修宪提案，使其在公民投票中遭到否决。在 2008 年地方选举中，反对党赢得加拉加斯市市长职位和 5 个州长职位。在此次国会选举中，多数反对党共同组成"团结民主联盟"参选，其中包括"新时代"（UNTC）、民主行动党（AD）、基督教社会党（COPEI）等新老反对党。

新一届国会将在 2011 年 1 月正式成立。在本届国会的剩余任期内，执政党谋求使一批政府关注的立法尽快获得颁布。12 月，国会通过《授权法》，授予查韦斯委任立法权，允许他在未来 18 个月内直接颁布具有法律效力的法令，以便应对洪灾和构建社会主义的法制框架。委任立法权的适用范围包括：灾民的人道主义需求、住房和环境、税收和金融、国防、国际合作、社会—经济体系等。此前，查韦斯曾在 1999 年、2001 年和 2007 年获得过这一权力，但立法权限和时限有所不同。

查韦斯政府和反对派的对抗呈加剧之势。查韦斯点名警告极地公司总裁洛伦索·门多萨不要介入政治。据传此人有意在 2012 年竞选总统，并得到美国的支持。包括加拉加斯广播电视台（RCTV）在内的 6 家电视台因违反政府规定，拒绝播放查韦斯的讲话和政府宣传资料，而在年初被强制停播。加拉加斯广播电视台是委内瑞拉历史最悠久的私营广播电视台，一向对查韦斯政府持批评态度。查韦斯政府曾在 2007 年一度迫使该电视台停播。

二 经济形势

2010 年，委内瑞拉是经济复苏进程最为滞后的拉美和加勒比国家之一，GDP 增长率为 -1.6%，远远低于拉美地区 GDP 平均 6.0% 的增长率[①]。目前，委内瑞拉经济增长越来越依赖于公共投资，但政府因为财政收入不足而不得不削减公共开支。2010 年，公共开支占 GDP 的比重由 2009 年的 26.7% 降至 24.1%[②]。

---

① http：//www.eclac.org/publicaciones/xml/4/41974/2010 - 976 - BPI - WEB_ upadted_ 12 - 14. pdf.

② http：//www.eclac.org/publicaciones/xml/4/41974/BOLIVARIAN_ REPUBLIC_ OF_ VENEZUELA_ - ING - 16dic10. pdf.

2010 年前 9 个月，委内瑞拉石油产量较 2009 年同期下降 1.2%①。因此，尽管国际石油价格反弹，该国石油收入并未出现相应的快速增加。此外，政府的一系列限制措施抑制私营部门的积极性，国有化进程加剧资本外逃。电力危机使制造业、商业和服务业严重受挫，对经济复苏进程产生极为不利的影响。

2010 年前 9 个月，委内瑞拉经常项目盈余为 113 亿美元，占 GDP 的比重为 3.3%。在这一时期，委内瑞拉出口较 2009 年同期增长 17.6%，进口较 2009 年同期下降 8.6%。这主要归因于国际石油价格的上涨和进口的放缓。另一方面，资本与金融账户赤字为 155 亿美元，占 GDP 比重的 4.5%，较 2009 年同期出现恶化。与 2009 年相比，外国直接投资依然为负增长。2010 年前 9 个月，委内瑞拉的国际收支为 –73 亿美元，占 GDP 的比重为 2.1%②。

即使在经济紧缩的背景下，委内瑞拉仍然面对严重的通胀压力，是通胀最为严重的拉美国家之一。2010 年消费价格指数为 26.9%，大致与 2009 年持平③。这一现象主要归因于委内瑞拉的国内生产能力不足，以及固定汇率导致币值高估。此外，年初进行的汇率贬值进一步加剧了通胀压力。

由于经济形势不佳，委内瑞拉失业率上升。2010 年 1~10 月，失业率为 8.6%，高于 2009 年的 7.8%④。其中，2010 年第三季度的失业率为 8.9%，高于 2009 年同期的 8.3% 和 2008 年同期的 7.2%⑤。

委内瑞拉在 2010 年遭遇严重的电力危机。该国 2/3 的电力来自水电。受"厄尔尼诺"现象影响，委内瑞拉自 2009 年第三季度以来一直遭受干旱，古里水电站等主要水电站的水位急剧下降，导致电力供应量下降。政府在 1 月初宣布全国电力进入紧急状态，缩短商场营业时间和公共机构办公时间，并关停一些冶金厂、炼钢厂的生产线。4 月中旬，随着雨季的到来，电力危机得到缓解。电力

① http：//www. eclac. org/publicaciones/xml/4/41974/BOLIVARIAN_ REPUBLIC_ OF_ VENEZUELA_ –ING – 16dic10. pdf.
② http：//www. eclac. org/publicaciones/xml/4/41974/2010 – 976 – BPI – WEB_ upadted_ 12 –14. pdf.
③ http：//www. eclac. org/cgi-bin/getProd. asp？ xml＝/publicaciones/xml/4/41974/P41974. xml&xsl＝/de/tpl-i/p9f. xsl&base＝/tpl-i/top-bottom. xsl.
④ http：//www. eclac. org/cgi-bin/getProd. asp？ xml＝/publicaciones/xml/4/41974/P41974. xml&xsl＝/de/tpl-i/p9f. xsl&base＝/tpl-i/top-bottom. xsl.
⑤ http：//www. eclac. org/publicaciones/xml/4/41974/BOLIVARIAN_ REPUBLIC_ OF_ VENEZUELA_ –ING – 16dic10. pdf.

危机首先应主要归咎于政府在电力生产方面的长期投资不足，其次电力管理部门的低效也加剧了电力的短缺。电力供应不足使制造业、商业和服务业受到严重影响，对经济增长产生较大抑制作用。

查韦斯政府在2010年初实行汇率改革。自2005年，委内瑞拉一直坚守2.15玻利瓦尔兑换1美元的汇率政策。2010年1月，政府宣布实行汇率贬值，并由原来的单轨制汇率转变为双轨制汇率。按照双轨制汇率，一种官方汇率为2.6玻利瓦尔兑换1美元，适用于食品、医疗产品、机械设备和科技产品的进口以及公共部门的全部进口；另一种官方汇率为4.3玻利瓦尔兑换1美元，适用于汽车、电信产品、化工产品、冶金产品、塑料、轮胎、电器、纺织品、建筑材料、电子、印刷、烟草和饮料等商品和服务的进口。汇率贬值暂时缓解了政府的财政压力。在双轨制汇率之下，政府能够通过以美元计价的石油出口收入获取更多的玻利瓦尔，从而扩大财政收入。

2010年初以来，委内瑞拉对石油上游开发的投资逐步增加。查韦斯政府积极争取外国石油公司的合作，为开发其大型油田寻找外国投资。2010年，委内瑞拉进行了自1999年以来规模最大的一次油田开采权拍卖。5月，委内瑞拉与来自印度、日本、西班牙、美国等国的能源企业签署石油开发合同，合同金额400亿美元。这些能源企业将与委内瑞拉石油公司（PDVSA）组建两个合资企业，共同在卡拉沃沃1号区块和3号区块开发石油。

查韦斯政府在2010年把一批重要企业国有化。年初，政府接管一些违反物价控制或储藏规定的零售企业。一家有外资背景的超市集团（EXITO）被收归国有。国会选举之后，政府加速推动国有化。委内瑞拉最大的农业合资企业阿格罗伊斯列尼亚公司（AGROISLENA）、最大的私营润滑剂生产企业韦诺科公司（VENOCO）、最大的玻璃容器制造企业美国欧文斯·伊利诺伊公司（Owens Illinois）委内瑞拉分公司、最大的私营建筑钢材生产企业赛德图尔公司（Sidetur）等一批企业被收归国有。政府认为，国有化的作用是使国家控制战略经济部门，造福全社会；反对党抨击执政党借助国有化控制资源，实现政治目的。

三 社会形势

查韦斯政府在2010年两次上调最低工资，以便改善居民收入，应对通胀带

来的压力。3月，公共部门和私营部门的最低工资上调10%；9月，最低工资再上调15%。最低工资累计涨幅达25%。目前，委内瑞拉已经是最低工资水平最高的拉美国家之一。2009年第三季度至2010年第三季度，委内瑞拉的名义工资上涨21.7%[①]。然而，由于通货膨胀现象严重，居民实际工资水平在下降。

查韦斯政府大力实施各类"使命"。2003年以来，政府已在医疗、教育、食品分配、住房等领域实施30多个"使命"，为改善社会发展状况发挥了重要作用。2009年，为加强对"使命"的管理，政府宣布把所有的"使命"整合为一个拥有共同资金来源的单一体系。一些"使命"已经发挥非常显著的功效。截至2010年，"奇迹使命"（Mission Miracle）已经救治约110万眼科疾病患者。在2010年前4个月，该"使命"帮助大约10万名患者接受治疗。为改善民众的生活，政府在2010年9月实施一项新的"使命"，以优惠价格出售冰箱、洗衣机、空调等家电产品。政府还推出一种由社区银行体系发行的银行卡，使民众可以在社区经营的超市（Biceabastos）以优惠价格购买食品。

委内瑞拉在2010年底遭遇近40年来最大规模的洪涝灾害。11月下旬以来，连续数周的降雨引发洪水。11个州遭受洪灾，约13万人被迫逃离家园，数十人罹难。政府宣布联邦区、米兰达州、法尔孔州、巴尔加斯州等地区进入紧急状态，在各地开放数百处公共建筑收留灾民。政府承诺将拨款23亿美元用于救灾和灾后重建。

查韦斯政府重视住房建设，希望在降低建设成本和提高建设效率的基础上，优先解决贫困阶层和中间阶层的住房问题。为兴建一批低价高质的住房，政府注重发挥本国石油化工企业的生产优势，用它们生产的聚氯乙烯板与钢筋混凝土混合建造房屋。10月，政府加强对住房建设市场的控制，对6个在建住房工程和8个竣工住房工程进行干预，把它们以低价出售给居民。为解决住房所需土地问题，政府考虑征用高尔夫球场。然而，住房需求与供给之间的缺口依然很大。根据委内瑞拉建筑业商会的估计，委内瑞拉需要每年建设20万套住房，才能满足基本需求。

查韦斯政府大力改善公共安全。委内瑞拉国家警察（PNB）在2009年12月正式建立，并在今年投入工作。2010年3月，政府实施"二百周年安全部署计

---

① http://www.eclac.org/publicaciones/xml/4/41974/BOLIVARIAN_ REPUBLIC_ OF_ VENEZUELA_ -ING – 16dic10. pdf.

划"，在36个凶杀案发生率最高的城市部署国家警察，开展刑事调查、控制酒精销售和打击贩毒活动，加强对居民区、学校和公路的巡逻。为培训合格的国家警察，政府还成立了一所国家安全大学（UNEARTES）。

委内瑞拉是拉美地区的主要毒品过境国，与毒品相关的暴力活动猖獗。2010年1月，委内瑞拉国家反毒基金开始运转，资助各项反毒行动，并监督其实施状况。基金是根据查韦斯在2009年7月颁布的一项命令而设立的。根据委内瑞拉法律，拥有50名以上员工的私营企业和国有企业必须把净利润的1%交给该基金。同时，政府还将为基金拨款。

查韦斯政府在2010年加大了反腐败的力度，重点打击与哄抬物价相关的违法行为。6月，司法部门逮捕国有的委内瑞拉食品生产和分配集团（PDVAL）的总经理罗纳尔德·弗洛雷斯（Ronald Flores）以及多名高层管理人员，指控他们非法囤积食品。该集团的前任总经理路易斯·普利多（Luis Pulido）也以同样罪名被捕。集团成立于2008年，是委内瑞拉主要的食品生产、分配和销售企业。2010年5月，人们在卡拉沃沃州卡贝略港的一处仓库发现数万吨腐烂的食品。调查表明，该集团的部分高管把食品秘密囤积于此，试图借机牟利。在食物长期短缺和食品价格飞涨的背景下，这件丑闻在委内瑞拉国内引发民众的强烈不满。

四　外交形势

查韦斯政府积极参与拉美一体化进程，推动美洲玻利瓦尔联盟（ALBA）的发展。2010年4月，第9届美洲玻利瓦尔联盟国家领导人会议在加拉加斯举行。查韦斯在会上主张进一步推广共同货币"苏克雷"，促进地区内部贸易往来。与会国家政府领导人会议支持成立没有美国和加拿大参加的拉美和加勒比国家共同体。该共同体成立大会将于2011年在委内瑞拉举行。6月，第10届美洲玻利瓦尔联盟国家领导人会议在厄瓜多尔举行，查韦斯再次与会。联盟的前身是"美洲玻利瓦尔替代计划"，旨在促进拉美经贸合作和一体化进程，替代美国倡导的美洲自由贸易区。查韦斯是该组织的主要缔造者。

南方共同市场是委内瑞拉参与地区一体化进程的另一个重要途径，委内瑞拉在2006年6月签署加入南共市的协议。这一协议需要得到各成员国国会的批准。目前，协议已经先后得到阿根廷、乌拉圭和巴西国会的批准，但尚未得到巴拉圭

国会的批准。

委内瑞拉与多个拉美国家建立了领导人定期会晤机制。4月，查韦斯访问尼加拉瓜，与奥尔特加总统举行（季度）会晤，讨论双边能源合作；同月，查韦斯访问巴西，与卢拉总统签署一系列双边石油、电力和基础设施合作协定；7月，查韦斯与厄瓜多尔总统科雷亚举行（季度）会晤，讨论合作兴建炼油厂等重大事项。

委内瑞拉与哥伦比亚的双边关系一度恶化，但哥伦比亚新总统上台后两国关系峰回路转，两国实现关系正常化。7月22日，哥伦比亚在美洲国家组织特别会议上出示委内瑞拉在其境内向1500名哥伦比亚游击队提供保护的证据，引起委内瑞拉总统查韦斯的不满，随即宣布与哥伦比亚断交。8月7日，哥伦比亚新总统胡安·曼努埃尔·桑托斯上台执政后致力于改善与邻国的关系，哥委两国关系逐步实现关系正常化。查韦斯在8月访问哥伦比亚，并宣布两国恢复外交关系。然而，两国关系的前景并不令人看好。在此次断交事件发生之前，两国已经连续出现4次由反政府武装问题引发的严重外交冲突。2009年，哥伦比亚指责委内瑞拉向"哥伦比亚革命武装力量"提供武器，委内瑞拉随即冻结与哥伦比亚的外交关系，并召回包括大使在内的绝大多数驻哥伦比亚外交官。

查韦斯在10月开展一次全球外交，对俄罗斯、白俄罗斯、乌克兰、伊朗、叙利亚和葡萄牙进行访问。对俄罗斯的访问是此次全球外交的重头戏，使委俄关系持续升温。这是查韦斯在2001年以来第9次到访俄罗斯。两国同意继续扩大军事技术领域的合作。俄罗斯将为委内瑞拉建设和运营该国第一座核电站。早在4月，俄罗斯总理普京首次访问委内瑞拉，并与查韦斯共同签署31项双边合作协议。委内瑞拉与其他几个国家签署大量合作协议。委内瑞拉与白俄罗斯签署协议，前者将从2011年开始向后者供应石油。委内瑞拉同意向叙利亚提供1亿吨柴油，并帮助该国兴建霍姆斯炼油厂。委内瑞拉和伊朗同意组建一家联合石油运输公司，共同建设石化工厂，委内瑞拉企业将参与开发伊朗的天然气田。

委内瑞拉与美国关系继续处于僵持之中。查韦斯政府对美国在委内瑞拉周边的军事存在深感忧虑。美国则在扫毒、人权、军购等问题上对查韦斯政府提出批评。两国关系在2009年一度得到改善，同意互派大使，全面恢复外交关系。但是，由于美国总统奥巴马于2010年6月任命的新任驻委大使拉里·帕尔默在公开场合对委内瑞拉提出批评，查韦斯坚决反对美国的这一人选。12月底，美国作出报复，吊销了委内瑞拉驻美大使贝尔纳多·阿尔瓦雷斯（Bernardo Alvarez）的签证。军购问题是引发两国矛盾的又一个重要因素。俄罗斯在今年承诺向委内瑞拉提供一批先进武器。美国批评查韦斯政府的做法引发地区军备竞赛，并暗指这些武器可能流入哥伦比亚反政府武装手中。由于存在一系列导致政治摩擦的诱因，委美关系的前景充满变数。

美国从委内瑞拉进口的原油和石油产品继续减少，由 2004 年的每年 5.69 亿桶降至 2009 年的每年 3.88 亿桶①。2010 年 1 ~ 9 月，美国的这一进口额为 2.75 亿桶，低于 2009 年同期的水平②。截至 2009 年，委内瑞拉仍然是仅次于加拿大、墨西哥和沙特阿拉伯的美国第四大原油供应国③。

（贺双荣　审读）

Venezuela

Wang Peng

Abstract：In September 2010, Venezuela held the National Assembly election to elect the 165 deputies. The United Socialist Party of Venezuela (its Spanish acronym is PSUV), the ruling party, failed to gain a two-thirds supermajority. Venezuela was one of the worst performers in Latin American and the Caribbean in 2010, whose GDP contracted by 1.6% in the year. In the mean time, it was suffering from the extremely heavy inflation pressure. To improve the social development, the Chavez government continued to implement the social mission. Diplomatically Venezuela forged strong ties with Russia and Iran and served as an engine of the regional integration. But its relationship with the United States was still highly tense.

Key Words：National Assembly Election；Enabling Law；Exchange Rate Reform；Mission；ALBA

---

① http：//www. eia. gov/dnav/pet/hist/LeafHandler. ashx? n = pet&s = mttimusvel&f = a.

② http：//www. eia. gov/dnav/pet/hist/LeafHandler. ashx? n = pet&s = mttimusvel&f = m.

③ http：//www. eia. gov/dnav/pet/pet_ move_ impcus_ a2_ nus_ epc0_ im0_ mbbl_ a. htm.

Ｙ.15

智利：灾难处置世人称道

王俊生*

摘　要：2010 年，总统大选与政党轮替是智利政治生活中的重大事件。中右翼的"争取变革联盟"总统候选人塞巴斯蒂安·皮涅拉在大选中获胜，这是智利自 1990 年军政府"还政于民"以来右翼首次夺得总统职位。皮涅拉上台后淡化意识形态色彩，团结中左派别。面对地震、矿难、监狱火灾等灾害，成功进行危机公关。智利经济逐渐走出全球金融危机的阴影，4 月的经济总量恢复到 2008 年 6 月的水平，即达到全球经济危机之前的峰值。新政府采取了以中期结构平衡为目标的财政政策，财政赤字有所下降。智利社会形势稳定。为从根本上缓解地震后的失业状况，皮涅拉宣布，将创造就业岗位，推动灾后重建。新政府不仅继续巩固了与美、欧的传统关系，而且进一步改善了与玻利维亚、洪都拉斯等拉美国家的关系。2010 年 11 月 15 日，皮涅拉总统在中智建交 40 周年之际访华，进一步提升了两国的关系。

关键词：智利　新政府　经济恢复　社会平稳　外交活跃

一　政治形势

2010 年，总统大选与政党轮替是智利政治生活中的重大事件。在 2009 年 12 月的首轮选举中，代表中右翼势力的反对派"争取变革联盟"总统候选人塞巴斯蒂安·皮涅拉（Sebastián Piñera）和代表中左派势力的执政联盟总统候选人爱德华多·弗雷（Eduardo Frei）都没有获得 50% 以上的选票。在 2010 年 1 月 17

＊　王俊生，法学博士，中国社会科学院拉丁美洲研究所综合理论室助理研究员，主要研究领域为中国外交与中拉关系。

日进行的第二轮选举中，皮涅拉以51.61%的得票率获胜，这是智利自1990年皮诺切特军事独裁统治终结后，右翼首次取得大选胜利，结束了中左派执政联盟连续20年的执政。

60岁的皮涅拉在智利是一位家喻户晓的大企业家，拥有多家知名企业的股份，其中包括智利航空公司、智利电视台、智利科洛足球俱乐部等。他之所以成功当选，主要有以下几个原因：其一，选民对中左派执政联盟连续20年的执政产生了厌倦情绪，并且对中左派联盟内的争权夺利、腐败等问题不满。皮涅拉在竞选中提出"希望、改变和未来"的口号很吸引选民。其二，弗雷政策主张的左倾化将选民推向了皮涅拉；而皮涅拉提出的不少主张，实际上已经从右翼立场转向中右乃至中间立场，这帮助他赢得了更多选票。其三，力量分化、内部纷争削弱了执政联盟的支持基础。在第一轮投票中得票数位居第三的候选人恩里克斯－欧米纳米就是从执政联盟内部"分裂"出来的①。首轮选举后，弗雷并没有争取到恩里克斯的支持。事实上，支持恩里克斯－欧米纳米的很多选民反而投票给了皮涅拉。这也给皮涅拉获胜增加了机会。

皮涅拉总统于当地时间2010年3月11日宣誓就职，任期至2014年3月。现政府共设22个部委，主要成员有：内政部部长罗德里戈·因兹彼得·基尔贝格，外交部部长阿尔弗雷多·莫雷诺·查尔梅，国防部部长海梅·拉维内特·德拉富恩特，政府秘书部部长埃纳·博恩·拜耳·哈恩，总统府秘书部部长克里斯蒂安·拉鲁莱特·比尼奥，财政部部长费利佩·拉腊因·巴斯库尼安，经济部部长胡安·安德烈斯·丰泰内，农业部部长何塞·安东尼奥·伽利勒阿，能源部部长里卡多·雷纳，环境部部长玛丽亚·伊格纳西亚·贝尼特斯。

自从军事政变推翻了阿连德的左翼政府之后，皮诺切特在1973～1990年一直将智利置于自己的铁腕统治之下。在此期间，军政府对左翼政治活动的镇压导致至少约3000人被杀或失踪②。1990年军政府"还政于民"后，智利民众对于任何右翼人士参政都非常敏感与谨慎。在本次总统竞选期间，中左派势力的执政

① 在首轮选举中，皮涅拉获得44.05%的有效选票，弗雷获得29.6%的选票，第三名的前社会党成员恩里克斯－欧米纳米获得20.13%的选票。弗雷和恩里克斯的选票总和占49.73%，超过了皮涅拉的得票率。EIU, *Country Report: Chile*, January 2010, p. 11.
② 《皮诺切特政变周年 数千智利民众示威137人被捕》，中国新闻网，2007年9月10日，http://www.chinanews.com/gj/lmfz/news/2007/09-10/1022576.shtml。

联盟总统候选人弗雷也曾试图提醒人们中右翼势力的反对派"争取变革联盟"与皮诺切特政治遗产间的联系,但从选举结果来看,并未能激起草根民众的响应。皮涅拉的当选表明,皮诺切特军政府造成的国内政治裂痕已在很大程度上得到修复。

智利是多党制国家。皮涅拉所在的"争取变革联盟"由民族革新党和独立民主联盟构成,而由基督教民主党、争取民主党、社会党、社会民主激进党组成的中左翼政党为反对派联盟。皮涅拉尽管是以右翼党派的领导人当选,但在当选后表示将团结左中右所有政治派别,共同建设一个经济发达的新智利。发表获胜演讲时,他特意让弗雷站在身边。在2010年5月21日国会的第一次政府工作报告中,皮涅拉总统在意识形态上更为和解与中立,号召国民团结,并且他尽量避免抛出有争议性的议题,只是宣布将于2018年使智利成为发达国家,人均收入按照购买力计算将从2009年的1.5158万美元提高到2018年的2.2万美元。总体上看,尽管皮涅拉在报告中也间接提到中右翼的一些思想,但是其谈话内容和巴切莱特政府并无根本区别。所以反对党也很难有理由反对①。这也表明,在智利政治形势上,两个主要的党派联盟存在很大共识——都往中间立场靠拢。同时,皮涅拉总统尽管受命于"危难之时",智利今年大灾小难不断,先后发生了地震、矿难、监狱火灾等,但凭借坦诚的态度和新政府务实的作风,皮涅拉总统多次成功进行危机公关,这也促进了智利政治的平稳过渡。

2010年10月,皮涅拉新政府宣布了一项政治改革议程,表示在选举时将进行自动登记(automatic registration),为在海外的智利人投票做出安排,等等。近些年,智利的参政率持续走低。1988年,智利具备投票资格的90%的选民参与了投票,其中36%为年轻人(不到30岁)。20年后智利同样的选举中,仅仅69%具备投票资格的选民参与了投票,而年轻人仅为9%。大约370万具备投票资格的选民(其中绝大多数是年轻人)完全没有进行投票登记。参政率持续走低已经影响到了智利政府的合法性②。

总体上看,得益于"还政于民"20年来民主制度的完善与市民社会的形成,智利有望在皮涅拉执政期内继续成为拉美地区政治形势最稳定的国家。但需要注

① EIU, *Country Report：Chile*, July 2010, p. 17.
② EIU, *Country Report：Chile*, October 2010, p. 13.

意的是，尽管皮涅拉总统和新政府做了上述诸多努力，但民调显示，皮涅拉总统的支持率却偏低。2010 年 6 到 7 月的智利民调显示，皮涅拉总统的支持率仅为45%，54% 的受访者认为和皮涅拉新政府的距离较远。造成这一结果的原因不仅在于皮涅拉总统不是魅力型领导，用经济管理方式治国仍然受到诸多质疑。而且表明，尽管左派政府下台了，但 20 年连续执政留下的遗产的影响力仍然巨大。因此，新政府要想继续平稳执政并获得更多民众认可，与在野党中左派联盟的合作至关重要。此外，由于执政党与在野党的身份都发生了转换，而且两者都是由几个政党联合组成的（而非单一政党），都在适应新的角色，党内反思与调整的声音会一直存在，党派重组的可能性也较大①。综上所述，影响智利政治不稳定的因素依然存在。

二　经济形势

2010 年，智利经济逐渐走出全球金融危机的阴影，开始走向复苏。但是，2月发生的地震所造成的灾难性损失和欧美国家主权债务危机所引发的一系列不稳定因素，使智利的经济发展面临严峻考验，以至于 2010 年第一季度 GDP 增长率没有到达预期，仅为 4.5%，出口增长也仅为 1.6%。此后，由于消费需求周期性反弹，特别是对耐用品需求的增长，以及机械和设备良好的投资势头，第二季度和第三季度的 GDP 增长率分别为 6.6% 和 7%。到了第四季度，总体需求和生产活动仍然非常活跃，促使 2010 年 GDP 将整体增长 5.3% 左右，人均 GDP 将增长 4.3% 左右（见表 1）。2010 年投资的大幅回升，预计将带动 2011 年 GDP 增长5%。再加上国内外需求的持续走高和房屋等基础设施重建工作的加强，2011 年智利 GDP 的增长幅度预计将在 6% ~6.5%。

2009 年，为应对金融危机，巴切莱特政府实行了反周期的财政政策，致使智利实际公共部门赤字和结构性公共部门赤字分别为 GDP 的 4.4% 和 3.1%。与此相比，2010 年政府的花费大幅缩减，两种赤字仅为 GDP 的 1% 和 2.3%。这主要是因为 3 月份新上台的皮涅拉政府采取了以中期结构平衡为目标的财政政策。从新政府制定的财政预算可以看出，中央财政支出呈缓慢增长态势，2011 年将

---

① EIU, *Country Report*: *Chile*, October 2010, p. 23, p. 5.

提高 5.5%，由此可以预测智利在 2011 年仍将保持低赤字，考虑到税收的复苏和铜价格的持续增长等因素，预计 2011 年的结构性赤字为 1.8%。

积极的货币政策使智利在 2009 年实现了 3% 的年通货膨胀率目标（整年变化幅度未超过 1%）。同时，利率在 2009 年 9 月份创纪录地降到 0.5% 的最低点。随后由于市场逐渐恢复正常，利率才开始缓慢爬升，这一趋势在 2010 年得以继续保持。内需的不断扩大使闲置的生产力重新投入使用，到了 2010 年 10 月，利率已经上升为 2.75%。尽管通货膨胀的变化预计会延续 2009 年的态势，但央行仍会继续提高参考利率，以逐渐转变刺激性的货币政策。上述政策也使得存款利率从 2009 年的 2.3% 升至 2010 年的 2.6%；贷款利率从 12.9% 降至 11.9%（见表 1）。

表 1　2008 ~ 2010 年智利主要经济指标

项　目	2008 年	2009 年	2010 年
	年增长率(%)		
GDP	3.7	-1.5	5.3
人均 GDP	2.6	-2.5	4.3
居民消费价格	7.1	-1.4	2.5
平均实际工资	-0.2	4.8	2.1
货币供应量(M1)	6.8	22.7	22.2
实际有效汇率	-0.4	3.7	-6.1
贸易条件	-13.0	1.2	20.8
	年平均数(%)		
城市失业率	7.8	9.7	8.3
中央政府收支差额/GDP	4.8	-4.4	-1.0
名义存款利率	7.8	2.3	2.6
名义贷款利率	15.2	12.9	11.9
	单位:百万美元		
商品和服务出口额	77249	62242	78593
商品和服务进口额	69273	49335	65702
经常账户余额	-2513	4217	791
资本和金融账户余额	8957	-2569	284
国际收支总决算	6444	1648	1075

资料来源：CEPAL, *Preliminary Overview of the Economies of Latin America and the Caribbean 2010*, Santiago, Chile, 2010。

汇率政策继续以浮动机制为基础。在美元贬值、贸易条件改善和一些外汇持有者抛售外汇以填补财政赤字的背景下，2010 年前 11 个月比索平均名义升值比去年同期增长 8%。这与同期比索实际汇率增长约 6% 处于相当水平。

2009 年中期以来，智利的月经济活动指数（IMACEC）开始逐步回升。在季度性调节的基础上，2010 年 4 月的经济总量恢复到 2008 年 6 月的水平，即达到全球经济危机之前的峰值。换言之，智利的经济复苏经历了 22 个月。

在经济各领域中，增长最快的是与内需（主要由消费拉动）联系最紧密的商业、运输、通信以及其他服务行业。"再气化工厂"（Re-gasification）的陆续投产，使得电力、燃气和水价格的增长率达到最高。而由于多种因素的综合作用，贸易领域增长缓慢，一些部门甚至还在下降。鲑鱼病毒和深海资源的稀缺对渔业发展产生了深远的负面影响；地震造成的巨大损失导致农产品出口缩减；建筑业一直处于低迷状态；采矿业自 2009 年中期以来开始缓慢增长；制造业摆脱了整整两年的颓势，在第二个季度逐渐升温。根据国家统计局（INE）相关资料，智利的工业生产在 2008 年 3 月达到高峰，随后由于经济危机的影响一度低迷，到 2009 年 2 月走出谷底，随后 12 月呈不规则变化，增长一直未达到危机前的峰值，直到 2010 年 5 月才实现稳步增长。这些变化反映出金融危机给智利带来的深刻影响以及由于货币升值而导致的国内需求方向的转变。另外，建筑行业因其对商业周期和借贷状况的高度敏感性，直到 2010 年第二季度才出现复苏的迹象。其中，房地产业发展步伐最为缓慢。不过由于震后重建项目的陆续启动，它在 2011 年将显示更大的活力。

2010 年，智利的通货膨胀率保持在目标范围内的稳步低增长。截至 10 月，全年平均增长率为 2%，累计通胀率为 2.8%。为了应对内需的不断增长，闲置生产力重新投入生产的速度已经超出了生产的总体进度。鉴于此，不排除 2011 年通货膨胀率继续增长的可能。与 2009 年相比，2010 年前三个季度的名义工资受低通胀率的影响，实际增长 2.4%。总体来说，2010 年的失业率呈下降趋势，在 7~8 月降至 8%。全年的城市失业率为 8.3%。

2010 年，智利对外出口贸易低迷，几乎所有重要领域都无增长。矿业出口与 2009 年持平；工业出口量指数低于危机前的最高水平，且仍在继续下降。相比之下，得益于消费的增长和震后重建所需的机器设备更新，消费品和资本货物的进口总量急剧上升。而国际铜储量的不足和美元的疲软，使得铜的价格从第二

季度起逐渐攀升。与 2009 年相比，除石油外，大部分进口物资的价格均无明显增长。

由于外资的不断流入，智利的国际收支平衡账户显著增长。而资本的频繁流出也同时发生，主要表现为证券投资，间或有其他形式的投资。2009 年智利国际储备变动较小，截至 2010 年 9 月，总额达到 260.45 亿美元。

三　社会形势

近 2 年来智利就业形势严峻，劳动纠纷相应增多。为争取改善福利待遇，工人集体罢工已成为智矿业领域的频发事件。2010 年 1 月，智利国家铜公司位于北部的最大露天铜矿工人罢工，就工资待遇和公司进行集体谈判。实际上，2008 年以来，这种罢工就连续不断①。为改善就业形势，提高就业机会，皮涅拉在竞选中提出，将在未来 4 年内为智利创造 100 万个就业机会，并将帮助智利 50 万人在 2014 年前摆脱贫困生活状态。尽管皮涅拉总统的任期仅为四年，他当选后还是制定了一个 8 年的减贫计划。为此，每年 GDP 要增长 6%，每年要创造 20 万个新就业机会，投资率要从占 GDP 的 22% 增长到 28%，同时对穷人发放救济等②。

总体上看，智利 2010 年的社会形势稳定。对社会层面影响较大的主要还是三次大的灾难：地震、矿难、火灾。皮涅拉新政府上台伊始，正赶上智利发生 8.8 级地震，这也是该国 50 年来遭受的最严重灾难。地震震源位于海底 59.4 公里，地点在比奥比奥大区，距离首都圣地亚哥仅 340 公里。邻近地区余震不断，强烈地震又引发一次海啸。地震和海啸造成的损失高达 300 亿美元，也造成大量人员伤亡，仅死亡人数就超过 800 多人。由于这次地震发生突然，引发了一系列的社会问题。重灾区比奥比奥大区和首都圣地亚哥都出现了纵火和抢劫。强烈地震致使监狱墙壁倒塌，导致囚犯越狱。首都机场宣布关闭。为防止发生意外，圣地亚哥的天然气公司切断了管道天然气供应，部分地区的供水和供电也受到影响。圣地亚哥绝大多数超市、商店都关门歇业，加油站前则排起长队。

---

① 根据智利劳工法，法院针对劳工纠纷的判决，往往有利于劳工一方。智利司法部统计，2009 年 4 月至 7 月期间，在经过司法处理的劳动纠纷中，不利于劳工的判决仅占 2.8%，判决中的 39.5% 完全有利于工人，3.7% 的判决部分有利于工人。

② EIU, *Country Report*: *Chile*, July 2010, p. 18.

地震造成的社会影响也是长远的。由于大量工厂企业坍塌，据国际劳动组织测算，智利受到地震影响的工作岗位数超过 9 万个，仅重灾区比奥比奥区受灾工作岗位就达 34437 个。地震后，皮涅拉迅速帮助受灾群众重建社区和提供基本服务，宣布了名为"智利崛起"的灾后重建计划，并宣布新政府将最大限度节约公共开支，从政府预算中节省出 7.3 亿美元，纳入灾后重建基金。新政府上述举措获得了民众的大力支持，智利各家商铺自发贴出大大小小的"智利崛起"的宣传海报支持政府①，灾难最终变成了凝聚社会的力量；为从根本上缓解失业状况，解决社会问题，2010 年 5 月 21 日，皮涅拉总统向议会公布第一篇国情咨文时进一步指出，2010～2014 年将创造 100 万个就业岗位。为推动灾后重建，皮涅拉政府制定了 84 亿美元的公共投资计划，其中住房 23 亿美元，教育 12 亿美元，医疗健康 21 亿美元，公共工程 11.46 亿美元。公共工程重点是重建和修复道路、桥梁、港口、机场、渔港、饮用水系统等公共基础设施②。

2010 年 8 月 5 日，位于智利科比亚波市附近的圣何塞铜矿发生严重塌方，33 名矿工被困井下 700 米处。在经历了两个多月的漫长等待后，当地时间 10 月 13 日凌晨，举世瞩目的被困矿工营救行动全面启动，最终 33 名受困矿工全部安全回到地面。至此，经过多方通力合作、缜密计划，历时 2 个多月的智利营救被困矿工行动迎来大胜利。33 名矿工创造被困地下时间最长且成功生还的世界纪录。严重的矿难事故，无论对哪个国家来说，都是负面事件，但智利通过人性化的救援，将其变成了社会团结的宣传片，展现出政府与社会间的良性互动。

第一，政府主动承担社会责任。由于工人受困于地下约 700 米，考虑到煤炭地质的脆弱性等因素，据估计仅仅挖通一条救生通道就需数月，成功把受困工人救出的希望非常渺茫，新政府高调主导救援行动无疑会冒极大的政治风险。但新政府敢于担当，皮涅拉总统 8 月 7 日紧急中止对哥伦比亚的访问，赶赴铜矿现场，慰问 33 名受困矿工家属，监督救援工作，并宣布成立专门负责此次救援的委员会，迅速组织了分工明确、业务专业、各司其职的救援团队，其中包括救援人员、医务人员，以及一个专门负责设计救援所需器械和设备的实验室。9 月 19

---

① EIU, *Country Report*: *Chile*, July 2010, p. 18.

② 《智利总统皮涅拉首篇国情咨文有关经济部分》，凤凰网，2010 年 5 月 26 日，http://finance. ifeng. com/roll/20100526/2234167. shtml。

日皮涅拉再次前往被困矿工所在的矿坑，视察救灾，并与矿工视讯对谈，鼓励他们坚持下去。10 月 13 日，皮涅拉总统亲临救援现场迎接升井的矿工①。

第二，以人为本，寻求国际社会帮助。比如，8 月 31 日，应智利政府要求，美国宇航局派出的专家小组抵达了智利，协助救援被困矿工。10 月 6 日，漆成鲜红色的中国自主设计、研发、制造的重型起重机部分零件，被 6 辆卡车组成的车队送往智利矿难救援现场，参与救援工作。

第三，注重细节、高度人性化。为了保证受困矿工的身体健康，制定了特殊的食谱，限定矿工每人每天摄入的热量不超过 2200 卡路里；在向矿工提供食物和水的同时，也向他们提供掌上游戏和足球直播等娱乐项目；在对矿工进行心理上辅助的同时，鼓励亲人们与矿工积极对话，借以舒缓恐惧心情，避免受困者心理崩溃。

2010 年底，智利再次爆发灾难。12 月 8 日清晨，智利首都圣地亚哥南部圣米格尔监狱由于在押人员发生冲突而引发火灾，80 多人死亡，10 多人受伤。这也是智利历史上的第三大火灾。火灾发生后，犯人被紧急疏散至监狱一处广场。消防员在起火 3 小时后控制住了火势。本次火灾暴露出监狱的关押人数严重超过其关押能力等问题。圣米格尔监狱设计关押能力为 700 人，但实际上关押了 1900 多名犯人，发生火灾的 5 号楼关押 484 名犯人，每层超过 100 人。皮涅拉总统 8 日在前往急救中心探望伤员时对此指出，"这座监狱条件实在不人道"，批评智利监狱系统长期存在过度拥挤问题，并表示"我们将加快进程，确保我们国家拥有一个人道、有尊严的监狱系统，配得上一个文明国家"。政府宣布将投入 4.6 亿美元用于改善监狱环境，并且制定了 15 项改善囚犯生活条件的措施。

四 外交形势

2010 年智利的外交形势依然十分活跃。

第一，继续巩固与美、欧的传统关系。美国一直是智利最主要的经贸伙伴和

---

① 在智利矿工营救中，皮涅拉不断在网上个人主页上向外界发布消息，智利政府也及时召开新闻发布会向全球媒体公布矿工的井下生活和救援工作进展情况，最后的升井救援更是全球直播。当观众们看到一个又一个的矿工从井下升起时，这场矿难事故也变成了智利新政府最好的宣传片。

投资国之一。智利把对美关系视为外交战略重点，美国亦把智利视为在拉美的盟友。智利地震发生后，2010 年 3 月，美国国务卿希拉里·克林顿访问智利，向智利提供了紧急救灾物资援助，同时表示向智利的灾后重建计划提供长期低息贷款。

巩固和加强与欧盟的传统关系也是智利的既定方针。欧盟是智利最大的投资伙伴、第二大贸易伙伴。为支持智利地震救灾，欧盟向智利提供了 300 万欧元的紧急人道主义援助。2010 年 5 月，第四届欧盟—智利首脑会议召开，双方强调进一步加强战略合作。

第二，强调立足拉美，优先巩固和加强同拉美国家，特别是与周边邻国的关系。2010 年 4 月，皮涅拉总统访问阿根廷。两国强调加强双边战略关系，积极推动两国和地区间的一体化进程。为实现《迈普一体化合作条约》制定的目标，智利提出两国尽快推动海关一体化，使连接两国的桥梁和隧道等基础设施能够发挥最大效用，并简化两国货物流通和人员往来的手续。智利与玻利维亚长期存在关于入海口的争端。2010 年 3 月，皮涅拉总统邀请玻利维亚总统莫拉莱斯参加了在智利的一场足球赛，意在表明，其执政后将继续改善与玻利维亚关系。智利与巴西关系也发展迅速。2010 年 3 月，巴西总统卢拉访问智利，成为震后第一个访智的外国领导人。7 月 31 日，皮涅拉政府一改前政府不予承认的立场，宣布外交上完全承认洪都拉斯新政府。

第三，多边主义外交成效显著。2010 年 1 月 11 日，巴切莱特总统与经济合作与发展组织（OECD）秘书长 A. 古里亚签署加入这一组织的协议，智利正式成为继墨西哥之后拉美国家中第二个经济合作与发展组织的正式成员。这将会进一步提高智利的国际地位，对其扩大贸易、吸引投资发挥积极作用。在 11 月于日本横滨举行的亚太经合组织会议上，智利也非常积极，力推亚太地区的贸易自由化发展进程。皮涅拉明确表示，智利的最终目标是推动包括亚太经合组织全部成员在内的亚太地区成为自由贸易区。

在对华关系方面，2010 年 12 月 15 日是中智建交 40 周年。在 40 年的中智关系发展史上，智利创造了很多第一。智利是第一个与中国建立外交关系的南美国家。1999 年，智利在拉美国家中率先同中国签署"关于中国加入 WTO 的双边协议"。之后，智利在拉美地区第一个与中国签署自由贸易协议、第一个与中国达成旅游目的地协议并且第一个承认中国市场经济地位（MES）。在世博会上，智利又是南美洲第一个以独立建馆方式参展的国家，也是第一个如期完成其上海世

博会国家馆建设的拉美国家。这么多项"第一"反映了在发展对华关系方面，智利在拉美地区往往先行一步，意味着中国在智利对外关系（特别是在与亚太地区国家关系）中处于优先位置。对此，智利刚卸任的巴切莱特总统甚至表示："中国是智利发展中首屈一指的盟友。"在 2010 年 2 月，智利地震灾害发生后，中国迅速向智利提供 100 万美元紧急人道主义现汇救灾援助和价值 200 万美元的紧急救援物资，并很快派救援队参与震后救援。

在中智建交 40 周年之际，2010 年 11 月 15 日，智利总统皮涅拉访华。胡锦涛主席在与皮涅拉总统的会谈中高度肯定并赞扬了中智建交 40 年来，特别是 2004 年建立全面合作伙伴关系以来双边关系的发展，并提出要从四个方面推动中智全面合作伙伴关系再上新台阶。第一，深化政治关系，增强相互信任。中方愿同智方保持两国高层和各级别经常交往。双方应充分发挥现有合作机制作用，及时就共同关心的问题交换意见，扩大共识。第二，推进务实合作，谋求互利共赢。双方应按照平等、互惠、双赢的原则，扩大双边贸易和双向投资，推动农业、科技、矿产资源开发、轻工、家电、机电等行业合作，促进两国经贸合作多元化。第三，扩大人文交流，增进相互了解。中方愿同智方加强文化、教育、体育、旅游等领域合作，支持两国地方、民间团体、学术界、新闻媒体扩大交流。第四，加强多边合作，促进共同发展。双方要密切在国际和地区组织中的协调和合作，就重大问题加强沟通。

目前，中国已远远超过美国成为智利全球第一大贸易伙伴。尽管如此，皮涅拉总统指出，智利和中国的合作还有很大潜力，智利还希望与中国在政治、文化、社会等领域全面提高合作水平，不断扩大高层往来。他说："我们的合作才刚刚开始，我们最美好的未来还没有到来，为此需要我们进一步作出努力。"

（张凡　审读）

Chile

Wang Junsheng

Abstract：In 2010 Chile held the general election. Sebastián Piñera, the presidential candidate from the center-right "Coalition for Change", won the election, which was for the first time since the return to democracy in the 1990s that the right wing gained the presidency. Piñera sought to unite the center-left parties after he took office in March 2010 and conducted successful crisis management facing a serious of emergencies. Chile attained an economic recovery and had reached the pre-crisis level in April 2010. The Piñera government took vigorous measures to create new job opportunities and promote post-earthquake reconstruction. It is noteworthy that Chile improved the relations with Bolivia and Honduras. In November 2010 President Piñera paid a state visit to China on the 40th anniversary of the establishment of the bilateral diplomatic relations.

Key Words: Chile; New Government; Economic Recovery; Social Stability; Diplomacy

Y.16

哥伦比亚：周边关系缓和

齐峰田*

摘　要： 乌里韦谋求总统连任的全民公投法案遭否决，乌里韦派参选人、前国防部部长胡安·曼努埃尔·桑托斯成功当选哥伦比亚第59任总统。国会内中右翼联合力量继续增强，国内安全形势缓中有紧。新政府把推动经济发展、解决社会民生问题等作为未来的主要任务。经济政策将围绕“民主繁荣”的主题展开，农业、基础设施、住房、矿业和创新将成为五大火车头，拉动哥伦比亚经济增长和繁荣，带动工业、贸易和服务业的发展，并创造出更多的就业岗位。失业率有所上升，贫困率有所降低，国内洪涝等自然灾害严重。因哥美军事合作协定引发的周边紧张局势有所缓和，一度中断的哥伦比亚与委内瑞拉、厄瓜多尔外交关系获得恢复，因应对洪涝灾害与周边国家的合作加强。哥中关系继续发展，双边贸易进一步扩大。

关键词： 哥伦比亚大选　“民主繁荣”　哥委关系　哥中关系

一　政治形势

（一）桑托斯当选新总统，右翼政治力量在议会中的力量进一步加强

2010年，哥伦比亚先后举行了总统和议会选举。在2010年3月14日举行的议会选举中，以乌里韦派为首的中右翼联盟获得了议会席位的大多数，力量进一

* 齐峰田，中国社会科学院拉丁美洲研究所国际关系室助理研究员，主要研究领域为美国与拉美外交关系、哥伦比亚问题、古巴外交以及加勒比问题等。

步加强。

2010 年 2 月，哥伦比亚宪法法庭否决了乌里韦总统为再次竞选总统而举行全民公投的法案，乌里韦不能再次连选连任总统。经过 2010 年 5 月 30 日和 6 月 20 日总统选举两轮投票，首轮中领先的、执政的民族团结社会党候选人、前国防部部长胡安·曼努埃尔·桑托斯（Juan Manuel Santos），通过与拥护乌里韦的各党派联合，最终以 69.13% 对 27.47% 的支持率，击败其竞争对手、绿党候选人安塔纳斯·莫库斯（Antanas Mockus），顺利当选哥伦比亚第 59 任总统，前哥伦比亚常驻联合国日内瓦代表安赫利诺·加尔松（Angelino Garzón）为副总统。

（二）桑多斯政府在内政、外交等方面的政策及调整

桑托斯在"哥伦比亚的时刻已经到来"①的总统就职演讲中，对新政府的内政外交方针进行了诠释。在内政方面，新政府的当务之急是推动经济发展，解决社会民生问题。新政府经济政策将围绕"民主繁荣"的主题展开，即争取实现让每个哥伦比亚人都受益的社会繁荣，使每个哥伦比亚家庭都有体面的住所、稳定和有合理报酬的工作，能接受教育和医疗服务，有基本的福利和令人心安的经济状况。新政府将支持各界创建有效益的企业，创造更多的就业岗位，实现失业率降至个位数的目标。在医疗卫生方面，将创建卫生部，以疾病预防为重点开展工作，统一全国医疗保障体系。在促进经济增长方面，把农业、基础设施、住房、矿业和创新作为五大火车头，促进经济增长和繁荣，带动工业、贸易和服务业的发展，从而创造出更多的就业岗位。在投资方面，将延续对投资者的友善政策，并制定清晰和稳定的游戏规则，使投资者保持对哥伦比亚的信心，以吸引更多外国投资。在外交方面，恢复与拉美邻国外交、扩大外交多元化以及改善哥伦比亚国际形象是新政府的主要外交目标。

桑托斯政府内阁成员主要有：财政部部长胡安·卡洛斯·埃切韦里（Juan Carlos Echeverry，2000～2002 年任政府经济计划部部长，2002～2006 任哥伦比亚安第斯大学经济系主任），前驻委内瑞拉大使及常驻联合国代表玛利亚·安赫拉·奥尔古因（María ángela Holguín）任外交部部长，内政司法部部长赫尔曼·瓦加斯·列拉斯（Germán Vargas Lleras，激进变革党领导人），国防部部长罗德

---

① http：//wsp. presidencia. gov. co/Prensa/2010/Agosto/Paginas/20100807_ 15. aspx.

里格·里维拉·萨拉萨尔（Rodrigo Rivera Salazar，自由党主要领导人），外贸、商业、旅游部部长塞尔希奥·迪亚斯格拉纳多斯（Sergio Díazgranados），能源矿产部部长卡洛斯·罗达多·诺列加（Carlos Rodado Noriega）等。何塞·达里奥·乌里韦（José Darío Uribe）继续留任中央银行行长。专业性的精英团队对新政府执政目标的实施将提供有力的保障。

目前，桑托斯政府对内加强安全治理，积极推进社会经济发展，对外积极开展和平外交，向国际社会不断展示新的生机与活力。尽管桑托斯政府获得了国会的大多数支持和较高的民意支持率，但是削减失业率、巩固安全成果以及打击腐败仍将是新政府未来面临的主要挑战。

二　经济形势

在国内需求和矿业部门（主要是煤炭和石油）价格不断上涨的刺激下，哥伦比亚经济保持平稳增长。据联合国拉美经委会估计，2010年哥伦比亚经济增长率为4.0%（见表1）①。由于本币比索持续升值，哥伦比亚相关经济部门采取了新的应对措施来减轻不良影响并阻止币值继续升高，通货膨胀保持在可控状态，通胀率有望维持在2%～4%的既定目标内。根据桑托斯政府的经济预案和年终目标，预计2011年哥伦比亚经济将增长4.0%。

税收收入大幅增长。2010年9月哥伦比亚的税收收入表明，税收收入将超过占GDP 12.4%的预期目标。其原因一是经济的复苏使增值税（IVA）税款得以激增（比2009年同期增长12%），二是虽然受全球性金融危机以及与委内瑞拉经贸关系中止等不利因素的影响，但对外关税收入仍超过预期目标（与2009年同期相比增长了15.1%）。另外，哥伦比亚国家石油公司（Ecopetrol）的石油收入大幅增加，也使得所得税税收高于预期。

保持适度紧缩的财政政策。由于财政初级赤字保持负增长，到2010年底哥伦比亚公共债务预计将占GDP的38.1%，与2009年（占GDP的38.0%）的债务水平相当。2010年6月哥伦比亚中央政府的债务余额占GDP的36.2%，其中

---

① 除特殊注明外，本部分数据均来自 CEPAL, *Balance Preliminar de las Economías de América Latina y el Caribe 2010*, Santiago de Chile, 2010。

表1　2008～2010年哥伦比亚主要经济指标

项　目	2008 年	2009 年	2010ᵃ 年
	年增长率(%)		
GDP	2.7	0.8	4.0
人均 GDP	1.2	− 0.6	2.6
消费价格指数	7.7	2.0	2.6ᵇ
平均实际工资ᶜ	− 2.0	1.1	2.4ᵈ
M1 货币供应量	8.2	7.5	17.0ᵉ
实际有效汇率ᶠ	− 4.1	5.7	− 14.9ᵍ
贸易条件	11.0	− 14.0	12.7
	年均变化(%)		
城镇失业率ʰ	11.5	13.0	12.4ⁱ
中央政府财政收支余额占 GDP 的比重	− 2.3	− 4.1	− 4.4
名义存款利率ʲ	9.7	6.1	3.7ᵏ
名义贷款利率ˡ	17.2	13.0	9.5ᵏ
	单位:百万美元		
商品和服务出口额	42671	38222	44771
商品和服务进口额	44759	38390	45515
经常账户	− 6909	− 4991	− 7317
资本和金融账户ᵐ	9531	6338	9817
国际收支余额	2623	1347	2500

注：a 为初步估计值；b 为 2010 年 11 月 12 个月的变化值；c 为制造业部门；d 为根据 2010 年 1～9 月数值估计；e 为 2010 年 11 月 12 个月的变化值；f 为负值表示实际汇率升值；g 为 2010 年 1～10 月与 2009 年同期相比的变化幅度；h 为包括隐性失业率；i 为根据 2010 年 1～10 月的数字估计；j 为按年计息 90 天定期存款；k 为 2010 年 1～10 月的平均值；l 为按年计算所有借贷利率的权重；M 为包括错误和遗漏的部分。

资料来源：CEPAL, *Balance Preliminar de las Economías de América Latina y el Caribe 2010*, Santiago de Chile, 2010。

25 个百分点为内债，实际份额维持不变。据哥伦比亚财政与公共信贷部估计，公共部门财政赤字增长将占 GDP 的 3.6%，而中央政府财政赤字增长则为 4.4%，比 2009 年底高出 0.3 个百分点。

利率保持相对稳定。由于通胀率没有大的波动以及对未来的上涨预期，到 2010 年 5 月，哥伦比亚中央银行货币利率一直保持在 3.5% 的水平，之后又降低到目前的 3.0%。消费贷款利率随着基准利率的消减得以降低，而用于建设和购置居所的信贷利率则有所上涨。自 2008 年 12 月起，除抵押贷款利率外，信贷名

义利率比中央银行的政策利率已大大降低。截至 2010 年 12 月，所有利率皆处于历史较低水平，扩张性的货币政策也有助于这些利率的稳定。

采取干预措施积极应对比索升值。自 2009 年起，哥伦比亚比索大幅升值，2009 年全年和 2010 年 1~10 月分别累计升值 8.4% 和 8.6%。为应对升值对经济所造成的冲击，哥伦比亚政府取消了扣除某些外债利息税的措施，推迟了总量达 15 亿美元的货币铸造计划，降低了近 4000 项（主要是原材料和资本货）关税，名义税率由 12.2% 降至 8.3%。此外，自 2010 年 9 月中旬以来，中央银行采取干预外汇市场的政策，日均购入 2000 万美元，并将一直持续到 2011 年 3 月。至 2010 年 10 月，用于外汇干预的资金累计已达 22.4 亿美元。

经济各部门表现良好。矿业和石油行业是其最具活力的部门，2010 年上半年增长 14.3%（主要受益于高昂的石油和煤炭价格）。为推动能源和矿产部门的发展，桑托斯政府计划出售哥伦比亚国家石油公司 9.9% 的股份（约合 80 亿美元），用于资助该公司更大的扩张计划，并打算在未来 4 年内进一步出售另外 10% 的股份，主要用来资助诸如建设大型基础设施等项目①；工业和贸易部门增长率位居其次，在市场对耐用消费品（主要是车辆和设备）的强大需求下，工业和贸易分别增长 6.5% 和 4.9%；比较而言，与 2009 年上半年增长 10.3% 相比，2010 年同期建筑业仅取得了 2.5% 的适度增长。唯一出现负增长的部门是农业部门（为 -0.1%），由于持续降雨以及哥伦比亚和委内瑞拉双边贸易的中断，咖啡产量同比下降 5.9%。

投资与消费需求升中有降。2010 年上半年投资增长 18.3%，居民消费增长从 2009 年上半年的 0.6% 上升到 2010 年同期的 3.6%。

哥伦比亚经济的加速增长并没有产生通胀压力。截至 2010 年 10 月，过去 12 个月的通货膨胀率为 2.3%，保持在 2%~4% 的通胀预期目标范围内。哥伦比亚央行再次把 2011 年通胀目标设定在上述范围内。

国际贸易收支继续扩大。主要由于采矿业（石油和煤炭部门）的优异表现，2010 年前 9 个月哥伦比亚贸易收支实现 13.228 亿美元的顺差。主要贸易赤字则分别产生在与墨西哥（20.898 亿美元）和中国（17.701 亿美元）的贸易中。到 2010 年 10 月哥伦比亚与委内瑞拉恢复贸易为止，因贸易关系断绝，2010 年 1~9

---

① EIU, *Country Report*: *Colombia*, December 2010, p. 12.

月哥委两国贸易额与 2009 年同期相比下降了 69.2%。然而，哥伦比亚同期出口总额仍增长了 21.2%，主要是传统出口产品（矿产、咖啡和油气产品）增加了 45.5%，尽管非传统产品出口下降了 5.7%。进口量增加较多的目的地国主要有美国（石油进口量由 37.8%上升到 42.2%）和厄瓜多尔（燃料和车辆进口量由 3.7%上升至 4.5%）。2010 年 1～9 月，哥伦比亚进口增长了 21.8%。尤其在消费品方面大为增加（达 31.5%），主要是汽车、原材料及中间产品（分别增长 31.9%和 12.7%），由中国进口的份额占进口总额的 12.9%，同比增长 43.3%。

国际收支仍然存在经常账户赤字，但外国直接投资（FDI）产生了大量金融账户盈余。2010 年上半年，约有 57%的外国直接投资进入该国的石油和采矿业领域（其中包括煤炭）。

作为"灵猫六国"（CIVETS）① 之一的哥伦比亚，不仅拥有丰富的油气、矿产和农作物资源，而且对外资非常开放，高速增长的劳动力以及高质量的技术人才和教育水平也都为哥伦比亚经济发展打下坚实的基础。另外，哥伦比亚几乎已和所有拉美国家签署了自由贸易协定。作为目前拉美政局最稳定的国家之一，2010 年被世界银行评定为"拉美商业环境最友好的国家"②。

三 社会形势

国内安全形势进一步好转。自 2002 年以来，乌里韦政府在民主安全政策下，加强了对游击队的围剿，夺回了被反政府武装——"哥伦比亚革命武装力量"控制的大片地区。2010 年 6 月 13 日，哥伦比亚政府军在哥南部成功实施了一次解救人质的"变色龙行动"，救出被扣押 12 年之久的包括门迭塔（Mendieta）将军在内的 3 名警官。桑托斯政府上台后，继续巩固奉行乌里韦政府的民主安全政策。2010 年 9 月和 12 月，哥伦比亚政府军对哥伦比亚革命武装力量实施军事打击，使哥伦比亚革命武装力量受到重创，国内安全形势得到改善。其中 9 月 22 日晚间，哥伦比亚军方和警方发起联合军事行动，出动 30 架军用飞机和 27 架直

---

① "灵猫六国"指哥伦比亚、印尼、越南、埃及、土耳其和南非 6 个具有潜力的新兴市场国家，因其国名的第一个字母正好组成 CIVETS 一词（灵猫的意思）而得名，http：//www. proexport. com. co/vbecontent/NewsDetail. asp？ID = 11168&IDCompany = 16。

② http：//finance. qq. com/a/20100813/002626. htm。

升机，向哥伦比亚革命武装力量盘踞的南部山区发动空袭和地面攻击，哥伦比亚革命武装力量的军事首领莫诺·霍霍伊（Mono Jojoy）及 20 多名游击队员被炸死。桑托斯称此役是近年来哥伦比亚政府对反政府武装最沉重的一次打击。尽管如此，反政府武装仍不断地在偏远地区制造绑架、谋杀、爆炸等活动，并且组织形式有向小型暴力犯罪帮派分散发展的趋势。同时，在城镇地区兴起的、与毒品贸易有关的有组织的犯罪和暴力活动也给新政府带来挑战。

贫困状况有所改善。据联合国拉美经委会近期发布的一份社会报告显示，得益于拉美地区大部分国家的经济复苏，哥伦比亚贫困状况呈好转势头。在哥伦比亚，虽然城镇地区的贫困率没有太大变化，但就全国水平而言，贫困率由 2008 年的 46.1% 下降到 2009 年的 45.7%，与 2002 年的 54.2% 相比，下降幅度更大①。贫困家庭收入的增长以及政府为减少危机影响所做的社会投资亦是地区贫富差距有所缓解的重要原因。2010 年 9 月，哥伦比亚财政和信贷部宣布将使用美洲开发银行 2.2 亿美元贷款，用于实施国家扶贫援助计划的第二阶段。该款项为 2007 年美洲开发银行向哥伦比亚提供的用于"家庭行动计划"（Familias en Acción）② 15 亿美元贷款的一部分，贷款期限为 25 年。

失业率有所下降。全国劳动力就业率达 62.6%，城镇地区为 65.5%，为过去 6 年来的最高水平。据哥伦比亚统计局数字显示，2010 年 10 月哥伦比亚全国失业率为 10.2%，比去年同期下降 1.3 个百分点，全国失业人数从 252 万降至 226 万，主要大城市的平均失业率也从去年同期的 12.4% 将至 11.1%③。这主要得益于适龄劳动力的逐渐增多以及政府扩大基础设施建设项目的措施。此外，哥伦比亚议会还在审议一项旨在通过优惠政策鼓励企业增加就业岗位的法案，以期改善哥伦比亚失业率长期居高不下的状况。

腐败问题仍较严重。2009 年 2 月曾发生国家安全部（DNS）对法官、反对派领导人、人权人士以及记者等进行非法窃听，以从中截取信息出售给毒品走私

① ECLAC, *Social Panorama of Latin America 2010* (Briefing Paper), Santiago, Chile, 2010, p. 13. 因本年度哥伦比亚报告数据来源与往年不同，统计数据因此也不尽一致。

② "家庭行动计划"是哥伦比亚政府 2001 年起实施的援助计划，该项目的目的是解决阻碍人们摆脱贫困的两个关键性障碍——教育和营养问题，该项目覆盖约 150 万被暴力、迁移和贫困影响的家庭，有效改善了穷困人口的医疗、教育等基本生活条件。

③ http://co.mofcom.gov.cn/aarticle/jmxw/201012/20101207279339.html.

贩和武装团伙的案件。目前，波哥大一法院已命令众议院指控委员会对前总统乌里韦公开进行调查。另据2010年透明国际清廉指数，哥伦比亚反腐败的成效亦有所下降，在所有178个被调查的国家和地区中，哥伦比亚的排名由2009年的第75位降为第78位，清廉指数则由3.7降为3.5①，为自2000年以来的最低水平（2000年为3.2）。为治理腐败，桑托斯总统已提交一份新的反腐法案，但透明国际哥伦比亚分部（Transparencia por Colombia，TPC）仍呼吁哥伦比亚政府应扩大反腐力度，通过推动公众反腐议程来治理腐败，让社会组织、工会、政党、媒体及政府部门共同承担责任，切实解决腐败问题②。

自然灾害频发。受拉尼娜现象影响，自2010年9月以来，哥伦比亚国内大部分地区普降暴雨，可谓近60年来之最，引发了洪涝及泥石流等自然灾害。哥伦比亚北部、东北部、西部灾情最重，致使200多万人受灾，死亡近300人。11月，南部地区爆发火山喷发和雪崩，造成近6000名民众需要援助。桑托斯总统宣告国家处于紧急状态，政府为此投入2.67亿美元作为赈灾基金，还将投入5.34亿美元救助受灾家庭，向33万个受灾家庭提供食物，帮助他们恢复家园和灾后重建。

四 外交形势

哥伦比亚恢复与厄瓜多尔、委内瑞拉的外交关系。因2008年3月哥伦比亚政府军越境厄瓜多尔轰炸哥伦比亚反政府游击队营地，导致厄瓜多尔与哥伦比亚断交。在哥伦比亚向厄瓜多尔提供相关袭击秘密数据以及新任总统桑托斯的积极外交努力下，厄哥两国于2010年11月26日在第四届南美洲国家联盟首脑会议上重新恢复了外交关系。由于乌里韦政府指责委内瑞拉在其领土上庇护多名哥伦比亚反政府武装头目，一度因美哥军事合作协议而紧张的哥委关系进一步跌入低谷，2010年7月22日，委内瑞拉宣布与哥伦比亚断交。8月桑托斯总统上台后，通过与查韦斯开展直接、坦诚的对话，积极修补两国关系。哥委两国在8月10

---

① http：//www. transparency. org/content/download/55725/890310/CPI_ report_ ForWeb. pdf.

② http：//colombiareports. com/colombia-news/news/12583-transparency-international-corruption-perception. html.

日重新恢复外交关系，并签署了一系列贸易、安全协议。11 月 2 日，桑托斯总统访问委内瑞拉，两国签署了包括能源、旅游、贸易和基础设施等一系列合作协议。11 月 15 日，桑托斯总统宣布将向委内瑞拉而不是向美国引渡 8 月份抓获的委内瑞拉大毒枭瓦利德·马克莱德（Walid Makled）。11 月 17 日，委内瑞拉则向哥伦比亚驱逐了 3 名哥伦比亚联合自卫军成员，哥委两国关系迅速升温。

上述举措反映了桑托斯总统在试图以独立自主的方式处理与美国关系的同时，积极修复与拉美邻国关系的努力。桑托斯曾表示他不会要求国会通过 2009 年美哥签署的军事合作协议，2010 年 8 月哥伦比亚宪法法院裁定该协议违宪并要求国会审批。桑托斯总统认为至少在美国国会通过美国与哥伦比亚于 2006 年达成的自由贸易协定前，他不可能促使两国的军事合作协议生效。另外，美国继续通过"哥伦比亚计划"向哥伦比亚提供军事等方面的援助，2009 年的资助额为 5.5 亿美元，2011 年可能下降到 4.8 亿美元左右。2010 年 5 月与 2008 年 11 月哥伦比亚分别与欧盟和加拿大签署的自由贸易协定，都有望早于美哥自贸协定而生效。此外，2010 年 3 月开始的哥伦比亚与巴拿马自贸协定谈判，也有望在 2011 年初得以完成。

哥伦比亚与其他国家和国际组织的关系。2010 年 9 月 1 日，桑托斯就任总统后首站出访巴西，显示了哥伦比亚新政府对南美邻国的重视。2010 年哥伦比亚因爆发严重洪涝灾害后获得了包括委内瑞拉在内的许多拉美国家以及国际社会的援助。2010 年 10 月 12 日，作为拉美及加勒比地区推选的唯一候选国，哥伦比亚与德国、印度、南非、葡萄牙经过第 65 届联大投票选举，10 年后再次当选安理会非常任理事国，将在 2011～2012 年行使非常任理事国权利，这是自联合国安理会成立后哥伦比亚第六次当选。这将是哥伦比亚在国际舞台上向世界展示自己的又一新机遇。

哥伦比亚与中国的关系。哥伦比亚与中国建交 30 年来，双方政治互信不断增强，务实合作持续扩大，人文交流日益活跃，在多边事务中协调配合。2010 年 2 月 7 日，中国国家主席胡锦涛与哥伦比亚总统阿尔瓦罗·乌里韦互致贺电，热烈庆祝两国建交 30 周年。4 月 29 日，中国国家副主席习近平在上海会见前来出席上海世博会开幕式的哥伦比亚副总统弗朗西斯科·桑托斯（Francisco Santos）。9 月 6 日，哥伦比亚总统桑托斯在波哥大会见中国国务委员兼国防部部长梁光烈上将一行，认为哥中两军关系前景广阔，双方应共同努力，不断拓展务实合作领域。12 月 29 日，桑托斯会见了在哥伦比亚访问的中国国务委员刘延东。中国青海玉树地震、甘肃舟曲泥石流灾害发生后，哥政府以不同方式表示慰问；哥伦比亚部分地区遭受严重洪涝等自然灾害时，中国政府向哥方及时提供了救灾支持。据中国国家统计局公布的数字，2010 年前 10 个月，哥伦比亚自中国进口增长显著，由上年同期的 30.08 亿美元上升至 43.53 亿美元，涨幅为44.7%，尤其是电子类产品，增长达 59.6%。自中国进口额占到哥伦比亚进口总额的 13.2%①，中国作为哥伦比亚第二大进口来源国的地位进一步巩固。

（贺双荣　审读）

Colombia

Qi Fengtian

Abstract：Manual Santos, the ruling Socialist Party of National Unity candidate, backed by President Alvaro Uribe, was elected Colombia's 59th president and took office in August 2010. In the Congressional election the center-right alliance succeeded in increasing its seats. The Santos government listed economic and social development as top priorities and implemented a new policy agenda labeled "Democratic Prosperity", regarding agriculture, infrastructure, housing, mining and energy as the five engines of economic growth. Columbia attempted to resolve the intensity invoked by the Colombian－US Military Cooperation Agreement and had restored the diplomatic ties with Venezuela and Ecuador. The Sino-Colombian relations continued to develop based on the increase of bilateral trade.

Key Words：General Election；"Democratic Prosperity"；Colombian-Venezuelan Relations；Sino-Colombian Relations

---

① http：//co. mofcom. gov. cn/aarticle/jmxw/201012/20101207311991. html.

Ｙ.17

秘鲁：公共安全形势堪忧

范　蕾*

摘　要：2010 年，地方选举呈现明显的政治碎片化色彩。左翼政党的苏珊娜·比利亚兰（Susana Villarán）当选为利马市市长。饱受丑闻困扰的阿普拉党确定候选人，总统选举选情趋于激烈。一项有关对侵犯人权行为展开调查的法令引发政局危机，内阁改组。经济复苏势头强劲。对外贸易和政府财政状况均有改善。金融形势基本稳定。社会冲突逐渐升级。毒品交易和毒品犯罪问题日趋严重，公共安全堪忧。在加强与中美经贸关系的基础上，进一步发展与日、韩等亚洲国家和巴西等拉美地区大国的关系。

关键词：2010 年　秘鲁　形势

一　政治形势

（一）执政党腐败丑闻缠身，总统选举选情趋于激烈

2010 年，执政的阿普拉党饱受腐败丑闻困扰，支持率明显下降。年初，以国家司法顾问委员会为核心的司法界腐败丑闻曝光。3 月，司法部长、阿普拉党第二把手帕斯托因丑闻下台。5 月，前部长会议主席豪尔赫·德卡斯蒂略因与受控非法盗录商人和政界人士电话的 Business Track 公司有瓜葛而接受调查，其阿普拉党总书记职务被暂停。阿普拉党的另一位秘书长克萨达也因涉嫌在担任土地授权机构主席期间滥用权力而遭到起诉。这起丑闻还涉及在该机构任职的数名阿

---

* 范蕾，文学硕士，中国社会科学院拉丁美洲研究所政治室助理研究员。

普拉党成员。接踵而至的丑闻极大地损害了阿普拉党的形象，也导致该党在地区选举中惨淡收场。为了扭转四面楚歌的态势，阿普拉党确定前财政部长梅塞德斯·阿劳斯（Mercedes Aráoz）为该党总统候选人。阿劳斯的候选人身份确立后，2011 年总统选举的竞争将更加激烈，选情将更加复杂。阿劳斯历任外贸和旅游部部长（2006～2009 年）、生产部部长（2009 年）、财政部长（2010 年）和加西亚的经济顾问，一直与加西亚保持密切关系，而这些关系可能会使她失去那些希望新政权进行变革的选民的支持。

其他政党也将赢取 2011 年总统选举作为党的中心工作，各政党候选人奔赴各地开展竞选活动。从最新民调来看，目前几位主要候选人的支持率相差不大。全国团结联盟党（Solidaridad Nacional）的前任利马市市长路易斯·卡斯塔涅达（Luis Castañeda）几个月来一直居民意调查前列，2010 年底的民调支持率为26%。卡斯塔涅达从政时间长、经验丰富、人脉较广，市长任职期间的赫赫政绩为其赢得高达 85% 的认可率，特别是高收入人群的认可。但如何获得其他省份的更多支持是他面临的巨大挑战。以 24% 的支持率紧随其后的是目前正在服刑的秘鲁前总统藤森之女、"力量 2011"（Fuerza 2011）创建者、政坛新贵藤森惠子（Keiko Fujimori）。4 年前，她高票当选国会议员。因为曾参与和协调儿童、残疾人慈善和社会援助机构的工作，惠子得到农村和城市低收入人群的支持。她的父亲前总统藤森至今保持着与草根组织牢固的关系，因曾消灭"光辉道路"而在一些省份拥有大量支持者，这些也成为惠子重要的政治资本。托莱多是中右翼"可行的秘鲁"（Perú Posible）候选人，最新民调支持率为 16%。乌马拉是左翼秘鲁民族主义党（Partido Nacionalista Peruano）候选人，最新民调支持率为11%。但有民调显示，乌马拉是最不被看好的候选人。他发起了一项旨在反对天然气出口的全民公决签名活动，但要在明年 4 月总统选举前争取到举行全民公决所需的 1900 万个签名显然难度很大。尽管反对天然气出口的立场有可能帮助乌马拉在南部省份保持一定的支持率，然而，这与赢得总统选举所需选票还相距甚远。

（二）地方选举凸现"碎片化"的政治格局

2010 年 10 月 3 日，秘鲁如期举行了 24 个省长、1 个直属区长和 1800 个市长的选举。秘鲁地方选举一直存在选票分散的趋势。为了缓和政治"碎片化"

问题，提高省长（区长）产生的合法性，选举法规定，如第一轮投票无候选人获30%或以上选票，须在官方宣布第一轮投票结果后的1个月后举行第二轮投票。但此次地方选举后，仍有1/3以上的省份需要进行第二轮投票。地方选举反映出的另一个"碎片化"趋势是，地区性和地方性政治力量正处于上升期，而阿普拉党、基督教人民党（Partido Popular Cristiano）—全国团结党（Unidad Nacional）联盟等传统的全国性政党和秘鲁民族主义党、在议会中表现抢眼的藤森派政党联盟等新生的全国性政治力量则处在下降期。在2002年和2006年省长（区长）选举中，阿普拉党分别赢得12席和2席，但这次仅在拉利伯塔德省稳操胜券。藤森派"力量2011"只赢得了伊卡省。

（三）左翼政党候选人当选利马市市长，但中右翼政党似乎是民意所向

2010年10月3日，被视为2011年总统选举风向标的利马市市长选举如期举行。左翼的"社会力量"（Fuerza Social）候选人苏珊娜·比利亚兰击败了中右翼的基督教人民党—全国团结党联盟候选人卢尔德斯·弗洛雷斯·内诺（Lourdes Flores Nano）。尽管左翼政党自1983年以来首次获得利马市长职位，但中右翼政党却在利马市43个区的选举中取得全面胜利。基督教人民党—全国团结党联盟赢得了16个区，是最大赢家；激进变革党（Cambio Radical）赢得7个区；阿普拉党赢得2个区；"可行的秘鲁"赢得2个区。这表明，比利亚兰的获胜完全取决于其个人魅力，并不代表人们对左翼政党的认可。另外，比利亚兰已经与乌马拉领导的极端民族主义的左翼民族主义党划清了界限，建成左翼广泛联盟的可能性已经很小。在此次地方选举中，左翼的民族主义党在其具有传统优势的南部几个省份获得的票数远远少于2006年，而且只赢得了库斯科省省长职位；民族主义党的一个独立左翼联盟政党赢得了阿雷基帕省省长职位；而左翼的"社会力量"及其联盟则全盘落败。这一切有可能在一定程度上反映了2011总统选举的民意走向，即有更多的选民将选择中右翼政党。

（四）有关对侵犯人权行为的调查设置有效期的法令引发政治危机

2010年10月，一项有关对侵犯人权行为展开调查的法令获得通过，导致秘鲁陷入政治危机，加西亚被迫宣布改组内阁。引起危机的是该法令（1097号法

令）中有关对反人类罪行设置 2003 年为合法调查的有效期截止年的规定。这个规定意味着所有目前对有关 1980～2000 年"光辉道路"罪行展开的调查都将因超过了合法有效期而无法继续。法令的提议者、国防部部长雷伊与认为该项法令违宪的司法部部长托马之间呈现剑拔弩张之势。反对派指责政府此举是为藤森派，乃至第一届加西亚政府脱罪，使其罪行免于被调查。该法令还在秘鲁国内外引发激烈争议。为了改善政府形象，加西亚已要求国会废除上述法令。

新内阁由 18 名成员组成，全部为阿普拉党党员，也是亲加西亚派，由此可以预见加西亚对明年总统选举的影响力。原内阁 8 名成员被调换，取而代之的是加西亚执政早期的前部长。加西亚执政初期的教育部部长何塞·安东尼奥·常接替部长会议主席克斯肯的职位。原财政部部长阿劳斯也被调换，继任者为 2007～2008 年任农业部部长的贝纳维德斯。她将面临军队和警察养老金改革的巨大考验。

二　经济形势

（一）经济复苏势头强劲

2010 年，国内需求增长成为刺激经济增长的主要因素，秘鲁经济强劲复苏。GDP 增长率从 2009 年的 0.9% 升至 2010 年的 8.6%。人均 GDP 增长率从 2009 年的 -0.3% 升至 2010 年的 7.4%。从经济部门来看，建筑业、非初级产品制造业和商业表现活跃。1～9 月三者分别增长 18.2%、14.3% 和 9.6%[①]。城市住宅需求旺盛带动的私人建设项目和公共基础设施建设项目是建筑业发展的主要推动力。秘鲁央行预计石油天然气产量增加 28%[②]，带动初级产品部门增长 1%。厄尔尼诺和太平洋暖流等自然现象造成农业和渔业持续低迷。根据利马消费者价格指数，2010 年 1～10 月，通货膨胀率上升了 1.9%。主要原因是这一时期食品价格上涨 3.4%[③]。

[①] CEPAL, *Balance Preliminar de las Economías de América Latina y el Caribe 2010*, Santiago de Chile, 2010.

[②] EIU, *Country Report：Perú*, April 2010.

[③] CEPAL, *Balance Preliminar de las Economías de América Latina y el Caribe 2010*, Santiago de Chile, 2010.

（二）贸易状况明显好转

2010 年 1 ~ 9 月，商品出口增加 35.3%，商品进口增加 38%。贸易顺差 45.65 亿美元。进口额的复苏标志着国家经济趋于活跃。2010 年，商品出口额 352.19 亿美元，服务出口额 39.2 亿美元；商品进口额 287.85 亿美元，服务进口额 55.88 亿美元。贸易顺差 47.66 亿美元。经常项目逆差 23.51 亿美元[①]。矿产品是秘鲁出口创汇的支柱，1 ~ 8 月占出口额的 61%。1 ~ 8 月，虽然两大矿产品金、铜的出口量同比减少了 3.6%，但出口价格同比上涨了 45.2%。出口量减少的主要原因是金、铜的主要出口商减产[②]。

（三）财政状况有所改善

2010 年，中央政府和非金融性公共部门的财政赤字分别占当年 GDP 的 0.7% 和 1.5%，比上年有所好转。经常性收入比去年同期增加 23.5%。税收大幅增加 23.9%，其中销售税收入增加 19.7%，租赁税收入增加 28.1%，非税收入增加 21.1%。第一季度，政府开始逐步取消财政和货币刺激政策；5 月，政府宣布控制财政支出的紧急法令。尽管如此，前 9 个月的财政支出仍比 2009 年同期大幅增加，其中资本支出增加 37.8%，导致中央政府的非金融性支出增加 12.7%；国内债务支出的增加导致金融性支出增加 3.2%[③]。

（四）金融形势基本稳定

2010 年前 3 季度，公共及私人固定投资额均大幅增加。公共基础设施建设投资有所增加，采矿、石油天然气开采、基础设施建设和零售业等领域的私人投资也大幅增加，投资总额涨幅为 22.9%。消费者信心恢复和就业形势好转起到对消费的拉动以及政府消费额增加的作用，带动消费总额增长了 6.5%。为刺激金融机构的中长期外部融资，有关机构鼓励不超过两年的外部信贷，并减少非秘鲁居民进行金

---

① CEPAL, *Balance Preliminar de las Economías de América Latina y el Caribe 2010*, Santiago de Chile, 2010.

② EIU, *Country Report: Perú*, December 2010.

③ CEPAL, *Balance Preliminar de las Economías de América Latina y el Caribe 2010*, Santiago de Chile, 2010.

融衍生品交易的费用。2009年10月~2010年9月，金融部门的信贷总额增加17.5%。

2010年，政府继续采取减少外债的措施，分别于2月、4月、8月和11月发行主权债券或启动全球债券的部分认购或兑换业务。2010年外债为359.85亿美元。国际储备持续增加，10月份达到429.56亿美元，高于2009年12月的331.35亿美元。2009年外国直接投资额为43.64亿美元。为稳定汇率，央行干预汇市。2009年12月~2010年10月，新索尔对美元升值3.8%，对多种货币升值2.7%。货币政策方面，秘鲁中央储备银行在5月份将基准利率从1.25%上调至1.5%。10月，国内、国外货币的企业优惠贷款利率和30天期储蓄利率均比2009年12月大幅提高，超过一年的定期存款利率则逐步下降①。

（五）秘、智、哥股票证券市场一体化协议稳步推进

11月下旬，秘鲁、智利和哥伦比亚股票证券市场一体化协议的第一阶段完成。主要目标是在3个国家相关机构的监管下，实现3国证券市场自由交易，降低交易成本。计划于明年12月完成的第二阶段，目标是完全实现3国证券市场之间的直接自由交易，以及市场法律、法规的健全化。统一后的股票证券市场将成为拉美规模最大的股票证券市场，包括560多家上市公司，总资本将达到5600亿美元②。这3个国家国内市场的流动性也都会得到增强。

三　社会形势

（一）主要社会指标有所改善

2009年，秘鲁是赤贫率下降幅度最大的拉美国家之一。2008年贫困率为36.2%，赤贫率为12.6%；2009年分别下降至34.8%和11.5%。减贫成效明显的主要原因是收入的增长和收入分配方式的改善。2000~2002年，秘鲁基尼系数为0.50~0.55；2006~2009年为0.45~0.50③。2010年1~10月，城市平均

---

① CEPAL, *Balance Preliminar de las Economías de América Latina y el Caribe 2010*, Santiago de Chile, 2010.

② EIU, *Country Report: Perú*, December 2010.

③ CEPAL, *Panorama Social de América Latina 2010*, Santiago de Chile, 2010.

失业率8.0%，比2009年同期略有下降。1～9月，平均就业率为64.5%。平均收入基本与2009年持平①。

（二）社会冲突仍呈现加剧的趋势

由于中央政府和地方政府与投资项目涉及群体缺乏有效沟通，社会冲突呈现出逐渐升级的态势。根据秘鲁社会冲突调停机构4月份的报告，全国发生的社会冲突事件比2008年1月增加了2倍，其中半数以上与环境和自然资源的开发有关，2/3与采矿企业有关②。矿产丰富的普诺、库斯科、胡宁和利马是社会冲突最激烈的地区。超过2/3的社会冲突事件至少涉及一起暴力冲突。5月，议会制定了一项保障印第安人在涉及其集体权利和生活质量的事宜上拥有商议权的法律。由于这项法律只要求政府在相关决策时必须征询印第安人的意见并得到其认可，并没有赋予印第安人否决权，不会真正制约政府推行相关投资和开发项目。因此，该项法律的实施能否有助于缓解社会冲突，还有待观察。

（三）公共安全状况仍呈恶化之势

据2010年7月份Ipsos-Apoyo的调查，秘鲁民众普遍认为，自2006年加西亚执政以来毒品交易和公共安全状况恶化。根据联合国毒品与犯罪署的报告，秘鲁十几年来首次超过哥伦比亚成为古柯生产第一大国。该报告还指出，近十年中秘鲁的古柯种植面积和产量一直呈增长态势，从1999年的38700公顷增加至2009年的99000公顷；2009年，秘鲁的古柯产量增长近7%；与哥伦比亚2009年截获200吨毒品的稽查成绩相比，同年秘鲁仅截获不足10吨毒品③。此外，秘鲁的公共安全也令人担忧。公众普遍认为加西亚政府对罪犯过于宽松，对安全问题不够重视。针对这种情况，国会赋予加西亚颁布安全事务法令的临时特权。近期，加西亚在处理被释恐怖分子的问题上采取了更加强硬的手段，以改善形象。

---

① CEPAL, *Balance Preliminar de las Economías de América Latina y el Caribe 2010*, Santiago de Chile, 2010.

② EIU, *Country Report：Perú*, April 2010.

③ EIU, *Country Report：Perú*, August 2010.

四　对外关系

（一）外交表现活跃，继续扩展双边自由贸易协议

2010 年，秘鲁在拉美地区和国际事务中表现积极，主办的重要会议有：2 月的拉美及加勒比—欧盟社会凝聚论坛；4 月的拉美及加勒比—欧盟气候变化对话；11 月的美洲理事会国际会议。秘鲁启动或继续深入与亚洲、拉美、欧洲国家的自由贸易协定。3 月 1 日，中国同拉美国家签署的第一个一揽子自贸协定《中国—秘鲁自由贸易协定》正式实施。5 月，秘鲁与欧盟签订贸易协议。11 月，秘鲁与日本和韩国分别签订了双边自由贸易协议。

（二）与中国的关系

2010 年，中国与秘鲁的政界、商界、军界交往继续加强。3 月 25～29 日，秘鲁外长何塞·安东尼奥·加西亚·贝朗德访华，与中国外交部部长杨洁篪就两国关系和共同关心的国际和地区问题交换了意见。6 月，全国人大民族委员会主任委员马启智访问秘鲁；中国电影周在利马开幕。7 月，秘鲁总统加西亚、能矿部部长桑切斯、外贸旅游部部长佩雷斯、教育部部长埃斯科韦多等先后做客中国驻秘鲁大使官邸；秘鲁国防部在陆军总部举行中国国防部援秘野战医院交接仪式。9 月，全国人大外事委员会刘镇武副主任委员率代表团访问秘鲁，会见了秘鲁国会主席苏马埃塔、秘鲁副外长波波里西奥。11 月中旬，秘鲁里卡多·帕尔马大学与河北师范大学合办的孔子学院举行揭牌仪式。11 月 18 日，江西省长吴新雄在秘鲁首都利马与秘鲁能矿部部长佩德罗·桑切斯会晤，共同商讨推进江西铜业集团与中国五矿公司在秘鲁卡哈马卡省投资的铜金矿开采项目事宜。11 月 21～24 日，中央军委委员、中国人民解放军总参谋长陈炳德上将率领中国高级军事代表团访问秘鲁。这是中秘建交以来中国访秘的最高军事代表团。11 月底，秘鲁印加卡尔西拉索大学举办"相约上海，拥抱世界"中国图片展。

（三）与美洲国家的关系

2010 年，秘鲁继续巩固与美洲国家，特别是与美国和巴西的关系。2010 年

6月，秘鲁总统加西亚访问美国，两国总统就双边合作及自由贸易协议问题展开讨论。3月29日~4月5日，美国海军与秘鲁海军在秘鲁南太平洋水域进行联合军事演习。秘鲁与巴西签订能源一体化协议，连接大西洋和太平洋海岸的高速公路也于年内竣工。10月，秘鲁总统加西亚与玻利维亚总统莫拉莱斯签署一份补充协议，允许玻利维亚在距离秘鲁南部海港伊洛港10英里的地方建造并运行一个小型港口。

2010年重要的来访有：3月，阿根廷总统克里斯蒂娜访问秘鲁，这是自1995年阿根廷对厄瓜多尔军售引发两国关系冷淡后16年来的首次国事访问；6月，厄瓜多尔总统科雷亚访问秘鲁；11月，智利总统皮涅拉访问秘鲁。

秘鲁与拉美国家的文化和军事合作也继续深入。7月，秘鲁提议与厄瓜多尔和哥伦比亚一起联合申办2026年世界杯足球赛；11月，哥伦比亚、秘鲁和巴西举行"2010亚马孙联合军演"。

（刘纪新　审读）

Peru

Fan Lei

Abstract：The regional election in 2010 reflects the deeply-rooted political fragmentation in Peru. Susana Villarán of the left was elected Mayor of Lima. The APRA party suffered from scandals, but gained some a progress for the upcoming presidential election by selecting a presidential candidate. A political crisis broke out due to an investigation of violations against human rights, leading to a reshuffle of the cabinet. Peru gained a strong economic recovery in 2010, which resulted in a remarkable improvement of trade and financial performance. Public security was a major concern. The country was confronted with challenges in combating drug traffic and violent crimes. Diplomatically Peru focused attention to boost the bilateral relations with the United States and China. In addition it sought to cement its ties with Brazil and Asian countries such as Japan and Korea.

Key Words：2010；Peru；Situation

玻利维亚：发展环境复杂多变

宋　霞[*]

摘　要： 2010 年玻利维亚总统莫拉莱斯开始了第二个 5 年任期，组建了新内阁，举行了新宪法实施以来的第一次地方选举；继续推行国有化政策，深化工业化进程，着重开发锂资源。2010 年经济增长速度略快于 2009 年，主要经济指标都有所改善，但政府赤字明显扩大。2010 年玻利维亚贫困率和失业率都有所降低，社会不平等情况有所缓解，政府通过了反腐败法、反种族主义歧视法和调低退休年龄的法案。2010 年，玻利维亚与智利、秘鲁、厄瓜多尔、阿根廷、韩国、伊朗、中国等国的关系得到进一步发展，正式承认了巴勒斯坦国，与美国的关系仍然紧张，但较 2009 年有所缓和。

关键词： 新内阁　地方选举　锂资源　政府赤字

一　政治形势

2010 年多民族玻利维亚国发生的重大政治事件有：1 月 22 日时任总统埃沃·莫拉莱斯宣誓就任下届总统，组建新内阁；4 月举行了新宪法实施以来的第一次地方选举。

2010 年 1 月 22 日，时任总统埃沃·莫拉莱斯在行政首都拉巴斯宣誓就任下届总统，任期 5 年。莫拉莱斯就职以后立即组建了新内阁，这次新内阁变动较大，不仅表明了妇女政治地位的提高，还充分体现了"多民族"的理念。在 20 名部长中，只有外交、经济和公共财政、教育、公共工程、自治、透明和反腐败

---

* 宋霞，历史学博士，中国社会科学院拉丁美洲研究所副研究员。

部 6 名部长是原部长，总统府部长是原石油部部长，其余 13 名均是新任命的。在他新组建的 20 名内阁成员中，有 10 名是妇女部长，占总内阁成员的一半，这在玻利维亚历史上是前所未有的。这 10 位女部长是：生产发展部部长安东尼娅·罗德里格斯、劳工部部长卡门·特鲁西略、国家法律维护部部长伊丽莎白·阿里斯门迪、发展计划部部长埃尔巴·卡洛、卫生部部长索尼娅·波洛、司法部部长尼尔达·科帕、农村发展和土地部部长内梅西阿·阿查科洛、环境和水资源部部长玛丽亚·埃斯特尔、文化部部长苏尔玛·尤加尔，透明和反腐败部部长纳尔迪·苏索。20 位部长中有 5 位是印第安人，他们是：生产发展部部长安东尼娅·罗德里格斯、司法部部长尼尔达·科帕、农村发展和土地部部长内梅西阿·阿查科洛、外交部部长戴维·乔凯华卡以及矿业和冶金部部长米尔顿·戈麦斯。目前玻利维亚执政党争取社会主义运动仍控制参议院和众议院多数席位。

2010 年 4 月，玻利维亚举行了新宪法颁布以来的第一次地方选举，第一次由民众直接选举 9 个省的省长、144 名省议会议员、337 名市长和 1887 名市议会议员，还有 23 名印第安人首领。一共有 24 个政治组织提出了自己的候选人，参加选举的有 500 万人，在选举中第一次使用了新宪法规定的社群民主制度，允许印第安人按照自己的规范和程序选举他们在立法机构的代表。执政党争取社会主义运动赢得了 9 个省长中的 6 个，它们分别是丘基萨卡、科恰班巴、拉巴斯、奥鲁罗、潘多和波托西省，另外 3 个省即贝尼省、圣克鲁斯省和塔里哈省的省长由反对派担任。争取社会主义运动获得了 337 个市长职位中的 229 个①。从选举结果可以看出，争取社会主义运动在玻利维亚仍获得广泛支持。但右翼反对派在东部低地地区的胜利表明玻利维亚仍存在地区分裂隐患。

在这次选举中，还暴露了一个问题，那就是争取社会主义运动丢失了包括拉巴斯市长在内的一些大城市的市长职位，这些职位大多被竞争对手无所畏惧运动（MSM）夺去。2006～2010 年初，在城市地区拥有众多支持者的无所畏惧运动一直是争取社会主义运动的盟友，4 月的地方选举之前，无所畏惧运动突然宣布将提出自己的候选人，并在竞选中获得一些大城市市长的职位，还获得了科恰班巴、奥鲁罗和波托西等省立法会议的许多席位，目前无所畏惧运动已经是玻利维

---

① Anaïd Flesken, "Bolivia's Regional Elections 2010," *Ethnopolitics Papers*, No. 2, Jun., 2010, p. 7, http://centres.exeter.ac.uk/exceps/resources/papers.htm.

亚的第二大政治组织。它也是像争取社会主义运动一样的左翼政党，连党派的政治议程也跟争取社会主义运动非常相似。这对于支持率已经有所降低的争取社会主义运动来说是无疑是最大的威胁。

2010 年玻利维亚政局基本稳定，但时有冲突。一些以前支持政府的低地土著居民和城市的工会组织开始对政府表示不满并不断举行抗议和罢工活动。9 月 27 日，玻利维亚一个农村社群的抗议活动将一家水电厂的水源改道之后，整个玻利维亚不得不启动了紧急电力限制程序。这家水电厂由以色列 Inkia 能源集团的子公司玻利维亚电力能源公司（COBEE）负责运营。这些抗议活动削弱了公共政策的效率，阻碍了工业的发展，使社会冲突加剧。

二 经济形势

据联合国拉美经委会初步统计，2010 年玻利维亚的 GDP 增长率为 3.8%①，高于 2009 年的 3.4%。人均 GDP 增长率为 2.1%，高于 2009 年的 1.6%。2010 年玻利维亚经济增长的主要原因是，莫拉莱斯采取的扩张性财政政策，总投资的恢复和增长以及个人消费的增加。从增长的部门看，交通、仓储、制造业和金融服务业增长强劲，对经济增长的拉动作用较大。但是，建筑业、碳氢工业和公用设施等部门虽然产量有所增加，但对总体经济增长贡献不大。

2010 年玻利维亚政府的财政赤字扩大了。这是因为政府在财政收入减少的同时继续推行扩大公共开支的财政政策。财政收入大规模减少的主要原因是，碳氢工业产品的价格下跌和进口燃料价格的上涨，政府对国内燃料价格进行补贴，以保持国内燃料价格大大低于国际市场的价格，这使燃料销售税降低了 63.7%，仅占政府总税收的 3.0%，比 2009 年同期的 7.5% 下降了一半多②。2010 年政府总收入占 GDP 的 30.9%，略低于 2009 年的 31.3%；政府总支出相当于 GDP 的 34.4%，高于 2009 年的 32.4%。

2010 年玻利维亚内债负担有所增加。中央政府持有的公债（不包括公共部

---

① 除特别标明以外，经济形势中的数据均引自 CEPAL, *Preliminary Overview of the Economies of Latin America and the Caribbean 2010*, Dec. 2010, http：//www. eclac. cl/。

② EIU, *Country Report：Bolivia*, Nov. 2010, p. 11, http：//www. eiu. com/public/.

拉美黄皮书

门担保的私人债务）占 GDP 的 35.0%，略高于 2009 年的 34.5%；非金融公共部门持有的公债（包括非金融公共部门持有的外债和政府持有的内债）占 GDP 的 37.9%，略高于 2009 年的 37.6%。2010 年玻利维亚外债总额为 56.98 亿美元，略低于 2009 年的 57.79 亿美元。

到 2010 年 11 月为止，玻利维亚的通胀率为 5.6%，比 2009 年的 0.3% 高出 5.3 个百分点，超过了玻利维亚政府的通胀目标。通胀率增高的主要原因是：谷物、食用油、肉和糖等国际食品价格和燃料价格上涨；恶劣天气、天灾以及国内罢工导致的食物运输中断引起的价格上涨。但据估计，由于玻利维亚采取了固定汇率制以及政府对一些部门实行价格控制手段，通货膨胀率没有升得过高。

2010 年固定资本投资对 GDP 增长起了推动作用。据初步统计，固定资本占 GDP 的 17.5%，高于 2009 年的 16.8%。虽然国有化政策在一定程度上限制了外资的大规模流入，但在政府鼓励国内外私人投资的法律框架内投资还在继续增长。由于贷款利率较低，玻利维亚的一些领域（主要是建筑领域）的国内投资有所提高。

据联合国拉美经委会初步统计，2010 年商品和服务出口额分别为 61.47 亿美元和 5.36 亿美元，比 2009 年的 49.18 亿美元和 5.15 亿美元略高；商品和服务进口额分别为 48.48 亿美元和 10.76 亿美元，也比 2009 年的 41.44 亿美元和 10.15 亿美元略高。来自制成品、天然气、石油和金属冶炼产品的出口增加，天然气出口收入仍占整个出口收入的近一半。进口总额增长的主要原因是，原材料、资本货和工农业生产所需的中间产品的进口增加。

在经济政策方面，莫拉莱斯指出，新政府今后的主要任务仍是推动国家的一体化和工业化进程，将国有化政策进行到底。2006 年就任总统以来，莫拉莱斯已经在能源、电信和电力等多个行业实施了国有化政策。莫拉莱斯强调，目前玻利维亚的工业化重点涉及石油、天然气、钢铁、卫星和电力工业。2010 年，玻利维亚政府将四家电力公司收归国有，其中一家电力公司 50% 的股份控制在一家法国公司手里，另一家电力公司的半数股份由一家英国公司控制。到目前为止，玻利维亚政府已控制国内 80% 的电力供应，未来将把电力公司全部国有化。5 月 3 日，玻利维亚政府还将瑞士商品和原材料供应商嘉能可公司的子公司辛奇韦拉公司拥有的一个锑冶炼厂收归国有。

2010 年玻利维亚工业化政策的一个亮点是，提出了开发和利用锂资源的计划。10 月 21 日，莫拉莱斯总统公布了玻利维亚政府锂资源勘探、开发和产业化新战略。玻利维亚锂资源开发计划在 2011～2014 年分三个阶段实行，三个阶段分别投资 0.17 亿美元、4.85 亿美元和 4 亿美元。计划规定，在前两个阶段，玻利维亚自己解决全部投资，自主生产电动车使用的锂电池，建立锂电池生产工业，而不是单纯向发达国家出口廉价锂矿石。第三阶段可以有外资参与，特别是通过技术转让形式的参与。

三 社会形势

2010 年，玻利维亚政府的社会政策和收入再分配政策获得了较大成效。据联合国拉美经委会的统计数据①，2002 年玻利维亚的贫困人口占总人口的 62.4%，其中赤贫人口占 37.1%。到 2007 年，贫困人口和赤贫人口分别下降到 54% 和 31.2%。贫困人口减少的主要原因是，玻利维亚政府近几年增加了某些生产部门的工资、扩大了政府在公共领域的开支以及发放补贴券等，在某种程度上提高了个人收入水平，增加了基础服务的消费，扩大了国内需求。2010 年国内消费增加了 7%，高于 2009 年同期的 5.7%。贫困减少的另一个重要原因是教育的普及。2008 年 12 月莫拉莱斯总统宣布，玻利维亚在成功实施了大规模的全国扫盲运动之后，成为拉美地区继古巴和委内瑞拉之后第三个无文盲国家。教育的普及以及玻利维亚跨文化和多语言教育政策的推行对于提高 2010 年就业率起到了重要作用。据联合国拉美经委会初步统计，玻利维亚城市平均失业率从 2009 年的 7.9% 降低到 2010 年 1～6 月的 6.5%。2010 年 1～6 月，就业率为 53.6%，比 2009 年同期提高了 2.2 个百分点。玻利维亚存在的不平等现象有所缓和，据联合国拉美经委会初步统计，2010 年玻利维亚的基尼系数为 0.57，略低于 2006 年的 0.59。

2010 年 4 月，莫拉莱斯总统颁布了《反腐败法》。该法律加入了对操纵公共资源罪的可追溯性和不受约束性原则，对过去和现在当局的非法致富罪严加惩处。10 月，莫拉莱斯总统颁布了《反种族主义和任何歧视的法律》（Ley Contra el Racismo y Toda Forma de Discriminación）。该法律规定，任何发表有种族主义歧

---

① 除特别标明以外，社会形势中的统计资料均引自 CEPAL, *Social Panorama of Latin America 2010*, Santiago, Chile, 2010, http://www.eclac.cl/。

视内容的媒体都将受到经济处罚和撤销许可证，对于违反该法律的记者将处以最高 5 年的监禁。莫拉莱斯总统说，几个世纪以来，大多数玻利维亚人一直遭受种族主义歧视，而该法案将有助于改变他们的命运。但《反种族主义和任何歧视的法律》颁布之后引起了部分媒体的反对。在天主教会和一些国际新闻组织的支持下，玻利维亚几家主要报纸集体进行抗议，称该法律威胁到媒体新闻的自由权利。2010 年 12 月 10 日，莫拉莱斯总统签署了一项法案，该法案规定将退休年龄调低至 58 岁，社会保障制度范围扩大到占总劳动人口 60% 的 300 万劳工，其中包括从街头小贩到公交车司机等非正规经济体制内的劳动人口。玻利维亚目前法定的退休年龄，男子为 65 岁，女子为 60 岁。

玻利维亚卓有成效的社会政策基本靠政府的巨额开支支撑。2010 年，由于厄尔尼诺现象造成的干旱使玻利维亚损失 2.371 亿美元，占 2009 年 GDP 的 1.37%，政府不得不为成千上万的人提供紧急粮食援助。为了维持国内的低油价，政府每年花掉国库将近 4 亿美元，另外，玻利维亚的低油价还助长了走私行为。为遏制油品走私、减轻政府的财政负担，玻利维亚政府在 12 月 27 日大幅调高了汽油和柴油的价格，把已经冻结 6 年的油价一口气上调了 80% 以上。此项措施引发了大规模的群众抗议。

四　外交形势

2010 年，玻利维亚对外关系中的新变化有：与智利、厄瓜多尔和阿根廷等拉美国家关系进一步密切；12 月，玻利维亚成为继巴西和阿根廷之后第三个正式承认巴勒斯坦国的南美洲国家；确定了与韩国共同开发锂资源的协议；寻求伊朗在建设核电厂、水泥厂和纺织厂等方面的帮助；与美国的关系仍然紧张，但较 2009 年有所缓和；与中国的合作进一步加强；在国际舞台上切实关注环境和气候问题，强调得到水是人的基本权利。

（一）与智利、厄瓜多尔、秘鲁和阿根廷等拉美国家关系进一步密切

2010 年 1 月和 2 月海地和智利相继发生大地震之后，玻利维亚发起了名为"智利和海地需要你"的运动。莫拉莱斯总统和副总统阿尔瓦罗·加西亚带头将

他们2月份工资的一半捐赠给智利和海地的地震灾民，并号召所有的官员和个人为帮助灾民贡献力量。

玻利维亚和智利两国政府从2006年开始谈判解决玻利维亚的出海口以及一体化、教育和边界等包括13点内容的议程。2010年7月，玻利维亚和智利两国关于玻利维亚重获出海口的谈判取得进展。8月，智利总统皮涅拉和玻利维亚总统莫拉莱斯一起出席在阿根廷圣胡安举行的南方共同市场首脑会议时，皮涅拉向莫拉莱斯表示，准备开放北部的伊基克港作为玻利维亚出海通过的自由区，这有利于内陆国玻利维亚的出口。

2010年10月，玻利维亚与秘鲁在秘鲁南部城市伊洛港就秘鲁向玻利维亚提供通往太平洋出海口问题签订一项新协议，允许玻利维亚在距离秘鲁南部海港伊洛港10英里的地方建造并运行一个小型港口，以帮助玻利维亚扩大对外贸易。该协议是对两国1992年协议的补充。根据这项协议，秘鲁重申允许玻利维亚继续使用伊洛港，期限为从现在算起的99年。玻利维亚与秘鲁的这份协议的签订也是对智利的一次外交考验。

另外，玻利维亚还将建设穿越玻利维亚全境连接巴西和智利的电气化铁路。阿根廷与玻利维亚签署了一项新的能源协议，玻利维亚将逐步增加对阿根廷的天然气出口。

2010年美洲玻利瓦尔联盟正式使用统一的货币苏克雷作为国际支付的手段。12月10日，厄瓜多尔和玻利维亚作为该组织成员第一次用苏克雷进行交易，交易额达7100万美元。

（二）确定了与韩国共同开发锂资源的协议

2010年8月，莫拉莱斯总统访问韩国，他是1965年韩玻建交以来首位访问韩国的玻利维亚元首。访问期间，莫拉莱斯与韩国总统李明博签订了一份协议书，允许韩国在玻利维亚境内开发锂资源并进行锂资源产业化研究。两国首脑在会谈后出席了《关于乌尤尼盐矿蒸发资源产业化研发的谅解备忘录》签字仪式。这一协议由韩国矿物资源公社和玻利维亚矿产公司签署，标志着双方开发乌尤尼盐沼锂资源的合作正式启动。根据协议书，韩国矿物资源公社等韩国企业将从2011年4月开始参与玻利维亚乌尤尼盐沼的锂开发项目。莫拉莱斯宣布，玻利维亚将向韩国企业家发放5年多次往返签证，以便于韩国企业家出入玻利维亚进

行商贸活动。韩国也将为玻利维亚经济发展提供积极协助。截至 2014 年，韩国将向玻利维亚提供 2.5 亿美元经济发展合作基金贷款，并决定 2011 年将玻利维亚列入"共享开发经验"（KSP）主要合作国家名单。

（三）寻求伊朗在建设核电厂、水泥厂和纺织厂等方面的帮助

2010 年 11 月，莫拉莱斯总统与伊朗总统内贾德签署了一份协议，协议规定伊朗帮助玻利维亚建设一座核电厂。莫拉莱斯首次承认玻利维亚有铀矿储备，表示建设核电厂是为了和平利用核能，玻利维亚想成为核能出口国，而不是原子弹生产国。另外，伊朗还承诺提供 13 亿美元帮助玻利维亚建设水泥厂和纺织厂，支持玻利维亚的农业、奶业和矿业生产，发展石油天然气工业。

（四）与美国的关系仍然紧张，但较 2009 年有所缓和

2010 年 6 月玻利维亚外交部部长乔盖万卡表示，在经济和贸易合作、法律援助、反毒斗争和政治对话等领域玻美双方已经 99% 达成协议。11 月，莫拉莱斯总统也表示，玻利维亚愿意与美国在相互尊重的条件下实现关系正常化，尽快恢复互派大使。2008 年 9 月玻利维亚和美国先后驱逐了驻对方国家的大使。另外，玻利维亚坚决反对美国的霸权行为。玻利维亚副总统阿尔瓦罗·加西亚还公开挑战美国强权，支持维基解密揭露美国密电。他把维基解密公布的美国国务院密电中与玻利维亚有关的部分拷贝到他的网站上。莫拉莱斯总统在谈到"维基解密"爆料美国企图封锁玻利维亚时表示，美国等国孤立玻利维亚的阴谋"已经破产"，他还嘲笑美国中央情报局"效率太低"。

（五）与中国的合作进一步加强

2010 年 9 月，中国驻玻利维亚使馆文化处与玻利维亚有 180 年历史的第一公立大学圣安德烈斯·马约尔大学签署宣传协议。按照协议，马约尔大学利用对全国播放的有线电视 67 频道周期性地播放中国各类文化资料片，以大力传播和宣传中国文化。协议签署后，中国使馆文化处向该校提供了 12 盘纪录片和故事片光盘。10 月 25 日，沈智良被任命为新一任驻玻利维亚大使。

2010 年 12 月，中国航天科技集团公司所属中国长城工业总公司与玻利维亚宇航署签订《玻利维亚通信卫星项目合同》。根据合同规定，中国将向玻利

维亚在轨交付一颗通信卫星及地面应用系统（简称 TKSat－1 卫星项目）。这颗卫星将由中国长城工业总公司建造，采用中国空间技术研究院研制的东方红4号卫星平台和中国运载火箭技术研究院生产的长征三号乙增强型火箭在西昌卫星发射中心发射。这颗卫星将是玻利维亚拥有的第一颗通信卫星，它以玻利维亚民族英雄图帕克·卡塔里（Tupak Katari）的名字命名。这颗卫星将用于玻利维亚及周边地区的广播通信及远程教育、远程医疗等民生工程。根据协议，中国国家开发银行将向玻利维亚提供 2.51 亿美元贷款，资助玻利维亚的首个通讯卫星项目。

（六）在国际舞台上切实关注环境和气候问题，强调得到水是人的基本权利

2010 年 4 月 19～22 日，玻利维亚举行了第一届世界气候变化人民峰会。参加这次大会的共有来自世界 142 个国家的民间环保组织和其他非政府组织的代表以及 40 多个国家的官方代表共 3.5 万多人。莫拉莱斯总统在开幕式致辞时强调，全球气候变化主要是由工业化国家的不合理发展造成的。这次大会是莫拉莱斯总统在 2009 年哥本哈根联合国气候变化大会后倡议召开的，可以说是对哥本哈根气候大会的一个呼应和抗议。这次会议通过的决议指出，世界各国人民要求发达国家偿还欠大地母亲的债务，并支付给环境带来的代价；要求发达国家承诺减少有害气体排放的指标；将全球升温控制在 1℃ 之内；建立一个维持气候正义的国际法庭等。12 月在墨西哥坎昆气候变化大会上，玻利维亚是唯一公开反对大会通过“坎昆协议”的国家。玻利维亚谈判代表、驻联合国大使巴伯罗·索隆认为，坎昆会议在未得到缔约方一致同意的情况下通过的坎昆文本“空洞无物”，是“虚伪的成功”。他指出，衡量气候协议成败的唯一标准，就是该协议能否有效减排，避免气候灾难。“坎昆协议”并不能拯救人类和环境、不能有效应对气候变化。因为它将可能导致全球升温 4℃，危及人类存亡。

2010 年 7 月，玻利维亚驻联合国大使索隆给联合国写信，正式要求联合国宣布将得到水作为不可逆转的人权。这是首次向联大提出水、清洁和安全排水的问题，而 1948 年的人权宣言不包括这项内容。索隆大使指出，水是最优先的事情。现在不能得到清洁的水在世界上是严重违反人权的，每 8 秒钟就造成一个儿童死亡。现在到了强调将得到水作为基本人权的时候了，因为到 2030 年全球对

水的需求将超过供给的 40%。

从 2010 年玻利维亚的形势来看，莫拉莱斯和其执政党在将来的几年内还会对玻利维亚的发展起着重要作用，国有化政策仍将继续，但方式可能会更加多样化；政府的赤字也将不断提高，社会不平等现象将会进一步缓和；在外交领域，玻利维亚仍将继续发展与友好国家的关系，与美国的关系则会紧张和缓和交替存在。

(贺双荣　审读)

Bolivia

Song Xia

Abstract: President Evo Morales began his second five-year term in 2010. A new cabinet was established and the first regional election was held since the new constitution came into effect. The Morales government continued to promote nationalization, deepen the industrialization process, and develop lithium resources. The economic growth rate in 2010 was slightly higher than that in 2009. The major economic indicators were improved, but the government deficit increased significantly. Both the poverty and unemployment rates decreased and there was an improvement of social equality. Bolivia boosted its relations with Chile, Peru, Ecuador, Argentina, South Korea, Iran, and China and became the third country in South America to formally recognize Palestine.

Key Words: New Cabinet; Regional Election; Lithium Resources; Government Deficit

厄瓜多尔："政变"未破大局

谢文泽*

　　摘　要：2010年科雷亚总统艰难地推动着"公民革命"，虽然发生了警察骚乱，但政局基本保持稳定。GDP增长率预计为3.5%，财政收支有所改善，外汇储备和货币供应量较为充足，通货膨胀率维持在较低水平。失业和半失业问题仍较突出，贫困人口较多。继续加强与委内瑞拉、玻利维亚等拉美地区左派政府的合作，与哥伦比亚的外交关系恢复正常，但厄美关系前景仍不明朗。

　　关键词：厄瓜多尔　政治　经济　社会　外交

一　政治形势

　　拉斐尔·科雷亚（Rafael Correa）继续深化"公民革命"。2010年1月16日，在一次庆祝"国家联盟"党执政3周年的群众集会上，科雷亚宣称，"公民革命"将领导厄瓜多尔"10年、30年甚至300年"。立法改革是"公民革命"的主要体现，但由此也引发了许多政治矛盾。虽然发生了警察骚乱，但厄瓜多尔政局保持了基本稳定。

　　根据2008年宪法的规定，厄瓜多尔将制订或修订一系列法律法规，如高等教育法、新能源法、土地使用法、公共服务法、公共通信法、水资源管理法、中央银行法、财政计划法等。2010年7月和11月，新能源法和财政计划

---

　*　谢文泽，经济学博士，中国社会科学院拉丁美洲研究所副研究员，主要研究领域为拉美"三农"问题、产业经济、拉美财政。

法先后自动生效；8月，经过近1年的激烈争论和斗争，国会以64对60的微弱多数通过了高等教育法；9月，公共服务法获得通过。但其他法律，如土地使用法、公共通信法、水资源管理法、中央银行法等，仍处于激烈的争论和斗争中。

立法改革引发了政治冲突。2010年5月初，"厄瓜多尔民族主义者联盟"组织了上千名印第安人，聚集在国会大厦前，反对水资源管理法，认为该法侵害了他们的用水权益，国会被迫推迟对该法的讨论。立法改革引发的最严重的政治冲突是9月30日的警察骚乱。9月29日，国会通过了公共服务法。该法律将削减警察和军人的福利待遇，限制警察和军人的授勋和晋升。9月30日，全国多个城市发生警察抗议活动，要求政府废除此项法律。抗议警察控制了基多、瓜亚基尔的国际机场，占领了国会，封锁了多个大城市的交通，还有人进入电视台企图中断电视节目。科雷亚在赶赴基多一处被占领的警察营地试图安抚骚乱的警察时，遭到瓶子和催泪瓦斯袭击，科雷亚本人腿部受轻伤。随后，科雷亚在基多一家医院接受治疗时被抗议警察围困在医院中。厄瓜多尔军队与围困总统科雷亚的警察发生交火，将科雷亚总统解救出来。联合国、南美洲国家联盟等国际组织及美国、巴西等国家纷纷对厄瓜多尔骚乱事件表示谴责，对总统科雷亚表示支持。厄瓜多尔军队迅速平息了骚乱。在这场骚乱中，全国有8人死亡、274人受伤。截至11月中旬，约有720名警察官员和航空技术人员接受审查，审查工作将持续到2011年1月①。

立法改革也激化了执政党内部、执政党与反对党之间的政治矛盾。针对立法改革引发的一系列抗议和激烈的批评，执政党内部发生了意见分歧。2010年1月，执政党的个别国会代表主张修改公共通信法的部分内容，以缓和日趋紧张的社会形势。由于执政党内部的意见分歧，致使公共通信法、水资源管理法等在国民议会迟迟得不到通过。与此同时，执政党与反对党之间的矛盾也日益激化，如科雷亚总统谴责反对党是警察骚乱的鼓动者和支持者。

尽管政局复杂，矛盾重重，但厄瓜多尔仍保持了政局的基本稳定。科雷亚总统坚定地推动"公民革命"，采取一系列严厉措施，实施立法改革，如动用总统的否决权，拒绝部分国会代表修改一些法律内容的提案；对部分内阁成员进行人

---

① EIU, *Country Report*：*Ecuador*，December 2010.

事变动，要求个别不称职的高级官员辞职；等等。科雷亚总统稳定了政局，其支持率也由年初的40%左右①恢复至10月份的65%左右②。

二　经济形势

2010年GDP增长率预计为3.5%（见表1）③。经济增长的利好因素主要有以下几个方面。

表1　2008～2010年厄瓜多尔的主要经济指标（按美元现价）

项　目	2008年	2009年	2010[a]年
	年均增长率		
GDP	7.2	0.4	3.5
人均GDP	6.1	-0.7	1.9
通货膨胀率	8.8	4.3	3.4[b]
货币供应量（M1）	26.7	3.7	21.6[c]
实际汇率[d]	0.4	-4.9	-2.0[e]
	年度平均值（%）		
失业率[f]	6.9	8.5	8.0[g]
中央政府财政盈余/GDP	-1.1	-5.1	-2.9
名义存款利率	5.5	5.4	4.7[h]
名义贷款利率	9.8	9.2	9.1[h]
	单位：百万美元		
出口额	20460	15574	19021
进口额	20730	16873	21729
经常项目余额	1086	-330	-1461
国际收支	934	-2778	400

注：a为初步预测值；b为2009年11月～2010年11月平均值；c为2009年10月～2010年10月平均值；d为负值表示货币升值；e为2010年1～10月平均值与2009年同期平均值相比；f为包含隐性失业；g为根据1～9月份数据所作的年度预测；h为根据1～9月数据所作的年度预测。

资料来源：CEPAL, *Balance Preliminar de las Economías de América Latina y el Caribe 2010*, Santiago de Chile, 2010。

---

① EIU, *Country Report*：*Ecuador*, February 2010.

② EIU, *Country Report*：*Ecuador*, November 2010.

③ CEPAL, *Balance Preliminar de las Economías de América Latina y el Caribe 2010*, Santiago de Chile, 2010.

第一，中央政府的财政收支有所改善。中央政府的财政收入有所增加，财政收入占 GDP 的比重由 2009 年的 22.3% 增至 2010 年的 25.5%，增加了 3.2 个百分点，增值税和石油收入是财政收入增加的主要因素。2010 年 1～10 月份，由于税收征管力度加大和经济形势好转，增值税税收收入比上年同期增加了 21.5%。由于国际石油价格有较大幅度上涨，石油收入的增长幅度也较大。中央政府的财政开支略有增加，财政开支占 GDP 的比重由 2009 年的 27.3% 增至 2010 年的 28.3%，仅增加了 1 个百分点。财政收入增幅较大，财政开支增幅较小，因此，中央政府的财政赤字略有减少，财政赤字占 GDP 的比重由 2009 年的 5.1% 降至 2010 年的 2.9%①。

第二，中央政府的债务增加，但外汇储备较为充足。外债总额由 2009 年 10 月的 73.93 亿美元（占 GDP 的 14.2%）增至 2010 年 10 月份的 85.89 亿美元（占 GDP 的 15.5%）。国内债务由 2009 年 10 月的 28.42 亿美元（占 GDP 的 5.5%）增至 2010 年 10 月的 45.17 亿美元（占 GDP 的 8.1%）。尽管内外债务增加，但厄瓜多尔的外汇储备较为充足，2010 年 11 月份的外汇储备为 34.51 亿美元②。

2010 年 10 月，厄瓜多尔国会通过了"公共计划和财政组织法"，根据该法案，政府部门的债务占 GDP 的比重不超过 40%。同月，厄瓜多尔中央政府的内外债务合计，占 GDP 的比重为 23.6% 左右。

第三，货币供应量充足，银行贷款数量增加。2009 年，在全球金融危机影响下，货币供应量仅增加了 3.7%；2010 年的增加幅度为 21.6%，货币供应量充足。自 2010 年第二季度开始，银行向私人部门发放的贷款明显增加。这主要有两方面的原因：一是厄瓜多尔政府采取了限制资本外流的措施；二是政府采取了一系列增加流动性的措施。10 月，私有银行向私人部门发放的贷款数量同比增长了 18.3%。

第四，农业、工业、服务业呈现增长势头。2010 年农业、工业、服务业的增长率分别为 2.6%、2.0% 和 3.7%③。但就具体行业来说，制造业、建筑业、

---

① CEPAL, *Balance Preliminar de las Economías de América Latina y el Caribe 2010*, Santiago de Chile, 2010.

② CEPAL, *Balance Preliminar de las Economías de América Latina y el Caribe 2010*, Santiago de Chile, 2010.

③ EIU, *Country Report: Ecuador*, December 2010.

商业和金融业的增长幅度较大。

第五，通货膨胀率保持较低水平。自 2008 年以来，通货膨胀率持续下降，2008 年为 8.8%，2009 年为 4.3%，2010 年为 3.4%。

厄瓜多尔也存在一些不利于经济增长的因素，主要有以下几个方面。

第一，货币持续升值。2009 年，厄瓜多尔出现了较大幅度的货币升值，升值幅度为 4.9%。2010 年上半年，曾一度出现小幅度贬值的趋势。但从 6 月开始，出现货币小幅度升值，并一直持续至年底，受此影响，预计全年的升值幅度将为 2% 左右。货币持续升值不利于厄瓜多尔的产品出口。

第二，电力、石油冶炼、供水等行业仍没有走出衰退状态。厄瓜多尔的电力供应主要依靠水电。2009 年下半年，随着亚马孙河进入枯水期，建在亚马孙河支流上的水电站发电量锐减，从 11 月 5 日起，厄瓜多尔政府宣布全国范围内实施用电限制，引发了电力供应危机。2010 年，厄瓜多尔一方面紧急从秘鲁等国家进口电力，以解燃眉之急，另一方面通过与中国等国家进行合作，建设新的水力发电站，增加电力供应。石油冶炼、供水等主要依靠政府投入，2009 年中央政府财政赤字有较大幅度增加，制约了 2010 年政府的投资能力，因此，这两大行业因投资不足而仍处于衰退状态。

第三，石油产业仍处于衰退状态。石油产业是厄瓜多尔国民经济的支柱。2009 年，石油产业经历了较为严重的衰退。2010 年石油产业仍处于衰退中。根据厄瓜多尔中央银行的统计，2010 年 1~10 月，厄瓜多尔国家石油公司的原油总产量为 8920.4 万桶，同比增加了约 4%；私人石油公司的总产量为 5741.9 万桶，同比下降了 8.5%；总产量为 14662.3 万桶，同比下降了 1.3% 左右①。

2010 年 7 月，国民议会通过了新能源法，根据该法的规定，所有的私人石油公司必须与厄瓜多尔签订新的石油合同，新合同不仅终止了以前签署的产量分成合同，而且将私人石油公司变成费用固定的油田服务商。截至 11 月，厄瓜多尔与智利国家石油公司（ENAP）、西班牙雷普索尔公司、意大利埃尼公司、中国安第斯石油公司和中国东方石油公司等 5 家石油公司签署了新的石油合同。

---

① Banco central de Ecuador, *Selecione Boletín*: *Noviembre 2010*.

第四，贸易逆差扩大。2010 年，厄瓜多尔的出口收入增长了 22.9%，但进口却增长了 31.9%，贸易逆差将由 2009 年的 13 亿美元左右增至 2010 年的 27 亿美元左右。石油、传统出口产品（咖啡、对虾、可可等）和非传统出口产品（鲜花、木材、矿产品、机动车、金属制品等）是出口增长的主要来源。耐用消费品、燃料、中间产品是增幅较大的进口产品。

第五，侨汇收入减少，经常项目逆差扩大。侨汇不仅是厄瓜多尔的一项重要外汇收入来源，而且是弥补经常项目逆差的重要外汇收入，西班牙、意大利两国是厄瓜多尔的主要侨汇来源国。2010 年前三个季度，由于西班牙、意大利两国经济增长乏力，厄瓜多尔的侨汇收入同比下降 5.6%[1]，经常项目逆差由 2009 年的 3.3 亿美元增至 2010 年的 14.6 亿美元。

三　社会形势

2010 年，厄瓜多尔约有 1377.3 万人[2]，人均 GDP 约 1800 美元（按 2000 年美元计）[3]，约有 66% 的人口居住在城市[4]。

2010 年虽然发生了多次抗议活动，甚至发生了警察骚乱，但社会形势基本保持稳定。

近年来，特别是自科雷亚执政以来，政府在教育、医疗、社会保障、基础设施等领域加大了社会投入，贫困问题有所缓解，收入分配差距有所缩小。2004 ~ 2009 年，贫困人口占总人口的比重由 51.2% 降至 42.2%，下降了 11 个百分点；赤贫人口占总人口的比重由 22.3% 降至 18.1%，下降了 4.2 个百分点。2002 ~ 2009 年，贫困家庭占家庭总数的比重由 42.6% 降至 35.9%；赤贫家庭占家庭总数的比重由 16.3% 降至 14.9%。在收入分配方面，1999 ~ 2009 年，40% 低收入

① CEPAL, Balance Preliminar de las Economías de América Latina y el Caribe 2010, Santiago de Chile, 2010.

② CEPAL, *Balance Preliminar de las Economías de América Latina y el Caribe 2010*, Santiago de Chile, 2010.

③ 2009 年人均 GDP 为 1770 美元（按 2000 年美元计。参见 CEPAL, *Panorama Social de América Latina 2009*, Santiago de Chile, 2009），2010 年人均 GDP 增长率为 1.9%，因此，2010 年的人均 GDP 为 1800 美元左右。

④ World Bank, *World Development Report 2010*, Washington D. C., 2010.

人口拥有国民收入的比重由 14.1% 升至 15.8%，10% 高收入人口的这一比重由 36.7% 降至 32.7%，二者之间的平均收入差距由 1∶17.2 降至 1∶14.5；基尼系数由 0.526 降至 0.500①。尽管如此，贫困家庭和贫困人口的比重仍较高，仍有 1/3 以上的家庭为贫困家庭，超过 40% 的人口为贫困人口。从职业方面看，农民和城市产业工人是贫困人口的主体。从种族方面看，印第安人和黑人是贫困人口的主体。

就业不足是突出的社会问题，绝大部分经济活动人口处于失业和半失业状态。2010 年，尽管经济形势有所好转，就业人数有所增加，但全国的失业率仍高达 8%；与此同时，50% 左右的经济活动人口处于半失业状态②。

四 外交形势

科雷亚总统执政以来，积极调整外交政策，把寻求贸易和投资伙伴为主要目标的传统外交转变为加强与拉美地区左派政府及中国、俄罗斯、伊朗等国家在经济和政治方面的联系。2010 年，厄瓜多尔任南美国家联盟轮值主席，一方面积极推动南美洲国家间的团结与协作，另一方面努力提高厄瓜多尔在地区事务中的影响和地位。

2010 年，厄瓜多尔与哥伦比亚中断了两年半的双边关系恢复正常。2008 年 3 月，哥伦比亚政府军进入厄瓜多尔境内打击哥伦比亚反政府武装——“哥伦比亚革命武装力量”，该事件导致两国断交。2010 年两国关系出现缓和。8 月 7 日，科雷亚总统参加了哥伦比亚总统胡安·曼努埃尔·桑托斯的就职典礼，11 月 26 日两国宣布恢复外交关系。

厄瓜多尔与美国关系前景仍不明朗。美国是厄瓜多尔的第一大贸易伙伴国。2010 年 1～8 月，厄瓜多尔的出口总额约为 111.3 亿美元，其中对美出口 39 亿美元，约占出口总额的 35%③。目前，厄美关系中较为敏感的问题主要有三个。第

---

① CEPAL, *Panorama Social de América Latina 2010*, Santiago de Chile, 2010.

② CEPAL, *Balance Preliminar de las Economías de América Latina y el Caribe 2010*, Santiago de Chile, 2010.

③ Banco Central de Ecuador, *Ecuador: Evolución de la Balanza Comercial, Enero-Agosto 2010*, Octubre 2010.

一，厄美贸易优惠法案。2002 年，美国制订了"安第斯贸易优惠法案"和"安第斯贸易促进和毒品消除法案"，根据这两个法案，厄瓜多尔的大部分商品可免税进入美国市场。这两个法案原定于 2006 年底停止执行，后经数次延期（每次延期 6 个月），延长至 2010 年底。2010 年 6 月初，美国国务卿希拉里访问厄瓜多尔，就地区安全、反毒品等问题交换了意见，同时也涉及这两部法案。这两个法案对厄方很重要，但美国国内要求停止这两个法案的压力很大。第二，厄美自由贸易协定。几年前，美国建议两国签订自由贸易协定，以取代这两个法案。科雷亚执政以来，反对与美国签订自由贸易协定。2010 年 5 月，科雷亚再次明确表示，厄瓜多尔将不与美国签署自由贸易协定，因为自由贸易协定将破坏厄瓜多尔的农业、畜牧业和奶制品行业。第三，厄方认为美干涉其内政。厄方认为，美国中央情报局和个别非政府组织长期资助和支持厄国内的反对派，9 月 30 日的警察骚乱就有美国的支持因素。对此，科雷亚严厉指责美国在干预厄瓜多尔的内政。

厄瓜多尔计划重启与欧盟的自由贸易谈判。2010 年 5 月，在西班牙马德里召开的"伊比利亚美洲国家首脑会议"上，哥伦比亚、秘鲁完成了与欧盟的自由贸易协定谈判。会议期间，厄瓜多尔外长宣布，厄瓜多尔将重启与欧盟的自由贸易谈判。欧盟是厄瓜多尔第二大出口市场，特别是农产品出口市场。香蕉贸易争端长期困扰着厄瓜多尔与欧盟之间的贸易。2009 年，欧盟的自由贸易谈判官员表示，欧盟将逐年削减来自秘鲁、哥伦比亚和中美洲国家的香蕉进口关税，由 148 美元/吨降至 2017 年的 114 美元/吨。科雷亚总统认为，欧盟的香蕉关税减让很不充分，在香蕉贸易争端未取得有效解决之前，厄瓜多尔与欧盟之间不可能达成自由贸易协定，并且厄瓜多尔希望能够与欧盟达成"一揽子"的贸易安排。

2010 年是中国同厄瓜多尔建交 30 周年。1 月 2 日，中国国家主席胡锦涛与厄瓜多尔总统科雷亚互致贺电，热烈庆祝两国建交 30 周年。2010 年 12 月，中国国务委员刘延东率团访问厄瓜多尔，与厄瓜多尔签署了中厄经济技术、科技合作等协议。2010 年，中方向厄方提供了较大数额的贷款，如水电站建设贷款，总投资超过 20 亿美元；中国国家开发银行向厄方提供 10 亿美元贷款，等等。

中国已成为厄瓜多尔的主要贸易伙伴。根据厄瓜多尔的统计，2010 年 1～8

月，厄中贸易额约为 11.6 亿美元，厄瓜多尔向中国出口 2.8 亿美元（主要为石油），中国向厄瓜多尔出口 8.8 亿美元，厄方逆差约 6 亿美元①。

（贺双荣　审读）

Ecuador

Xie Wenze

Abstract：President Rafael Correa continued to push on the "Citizens' Revolution" in 2010. Basically Ecuador maintained political stability although there was a failed coup launched by a group of policemen. The annual growth rate of GDP in 2010 was estimated at 3.5%. The fiscal balance of the public sector got improved, the foreign reserve and money supply were some sufficient and the inflation was controlled at a lower level. But there still existed a serious problem of unemployment and semi-unemployment. Ecuador cemented the ties with the leftist governments in Latin America and restored the diplomatic relations with Colombia, but was still facing strained relations with the United States.

Key Words：Ecuador；Politics；Economy；Society；Foreign Relations

---

① Banco Central de Ecuador, *Ecuador*：*Evolución de la Balanza Comercial*, *Enero-Agosto 2010*, Octubre 2010.

Y.20
乌拉圭：政治分歧难解

孙洪波*

摘　要：2010年政府和国会权力交接顺利进行，政局实现平稳过渡。经济强劲复苏，增长呈现"前高后低"特点。扩张性财政政策空间缩小，交通和能源产业成为基础设施建设投资的重点领域。通货膨胀压力增大，货币政策适度从紧，以保持物价稳定。经济增长和收入分配政策对贫困率下降幅度贡献率较大，社会贫困显著改善。积极寻求与南共市合作，与阿根廷的关系走出低潮。

关键词：乌拉圭　政权交接　中间路线　南共市

一　政治形势

2010年，乌拉圭政府顺利实现权力交接，政局实现平稳过渡。2010年3月1日，何塞·阿尔韦托·穆希卡总统宣誓就职，任期五年，成为乌拉圭历史上第二位左翼总统。穆希卡总统生活简朴，贴近民众，拥有较高声望。2010年7月，对其执政100天的民意调查显示，支持率高达74%，远高于前两届总统同期的民意支持率。

穆希卡总统奉行中间路线，政策温和，寻求与反对派建立合作关系，并努力化解广泛阵线内部政见分歧。在政治上，倡导改革，提高行政效率；在经济上，延续巴斯克斯政府的经济政策，并强调加强金融监管，避免不稳定因素；在社会领域，重视教育和贫困问题的解决，扩建低造价住房，并着力保障土著印第安人

* 孙洪波，经济学博士，中国社会科学院拉丁美洲研究所国际关系室副研究员，主要研究领域为拉美能源问题。

权益；改善公共安全，扩大对监狱设施投资等。面对国内一些经济团体和外国投资者对其左派背景的担心，穆希卡不断重申将继续沿袭温和的市场经济政策，吸引外资，致力于发展经济。

乌拉圭国会由参议院和众议院组成，本届国会于2010年2月15日组建完成。30名参议员中广泛阵线占16席，白党9席，红党5席。99名众议员中广泛阵线占50席，白党30席，红党17席，独立党2席。广泛阵线在参、众两院均保持了超过半数的优势，穆希卡政府与国会保持合作，其政策尚未遇到较大的政治阻力。2009年，OECD曾把乌拉圭列入"避税天堂"国家名单，乌拉圭在税收透明度方面面临着国际压力。2010年5月，为打击逃税、洗钱和对海外投资征税，在穆希卡总统的支持下，广泛阵线向国会提交了修改《银行保密法》的议案，并于12月15日获得通过。根据这一议案，税收监管部门一旦发现外国投资者在乌拉圭有欺诈行为，将有权调查，不受《银行保密法》的限制；同时，还将对在乌拉圭的存款、股票、债券等征收12%的个人所得税，并对境内企业在国外资产的20%部分征收从0.7%~2.25%不等的财产税。

但是，穆希卡政府却面临着来自广泛阵线内部左派力量的政治压力，从而影响其所遵循的中间路线。穆希卡总统执政以来，提出了若干项改革倡议，但因广泛阵线的内部分歧，都在国会被搁置下来。穆希卡总统努力维护广泛阵线的内部团结，以保持在国会多数派的地位，而不是强硬推行改革，致使广泛阵线内部分歧扩大化。穆希卡总统有可能放弃或推迟实施有分歧的改革方案。2010年11月，广泛阵线就修改限制调查1973~1985年的侵犯人权的法律产生分歧，这项提案是对1986年通过的大赦法的修改，得到了穆希卡总统的支持，尽管10月19日得到了众议院的批准，但参议院仍未通过。此项法律的修改长期以来一直是国内政治争论的重要议题，1989年和2009年为此曾举行过全国公投，分别仅获得43%和48%的选票支持废除。2011年，将可能再次举行全国公投，这也将是对穆希卡政府的一次重大政治考验。

2010年下半年，乌拉圭爆发了多次罢工运动，反对穆希卡政府的公共管理改革，并要求提高工资。6月10日，劳工联合会举行了首次全国大罢工。此后，8~12月，多个行业工会举行了总罢工。10月，众议院讨论预算法时，教育、司法、医疗等公共部门工会组织了罢工，要求政府增加预算和提高工资。这些罢工

活动得到了广泛阵线内极"左"派政治力量的支持，以阻止穆希卡总统的公共管理改革。尽管存在上述一系列罢工事件和广泛阵线内部的政治分歧，广泛阵线不会产生较大的政治分裂。

二 经济形势

2010 年，穆希卡政府保持了巴斯克斯政府经济刺激政策的连续性。受出口、私人消费和投资拉动，乌拉圭经济强劲复苏。2010 年第一季度，经济增长率为 8.8%，而第二季度为 10.4%。2010 年上半年与 2009 年同期相比，增长 9.6%，下半年增长趋缓，全年增长呈"前高后低"特点①。联合国拉美经委会测算，2010 年乌拉圭 GDP 增长率将为 9%，通胀率为 8.6%。考虑到内、外部需求变化，预计 2011 年经济将能保持 6% 的增长。

从行业变化来看，商业、餐饮、旅馆行业复苏较快，年增长率为 13.5%；交通、储藏、通信行业增长率为 14.9%。制造业和初级产品部门增长乏力，分别仅有 5.2% 和 2.6%。从支出方面来看，2010 年上半年，消费支出增长 8.8%。其中，私人消费增长 9.4%，政府消费增长 5.1%，这两类消费支出对经济增长的贡献率为 7.1%。同期，投资增长 11.5%，对经济增长的贡献率为 2.2%。商品和服务出口增长 10.5%，对经济增长的贡献率为 3.4%；而商品和服务进口增长了 14.1%，对经济增长产生了 4.2% 的抑制效应。

政府财政状况有所改善，2010 年中央财政赤字比 2009 年下降了 0.1 个百分点。据估算，中央政府财政赤字和公共部门赤字分别占 GDP 的 1.4% 和 1%。截至 2010 年 9 月，公共部门赤字和初级财政盈余占 GDP 的比重分别为 0.6% 和 2.4%，债务利息支出占 GDP 的 3%。同期，非金融公共部门收入、税收收入、社会保障收入和国有企业收入分别占 GDP 的 29.3%、17%、6.4% 和 2.5%。从支出来看，截至 2010 年 9 月，养老金支出、转移支付和工资支出分别占 GDP 的 8.9%、6.2% 和 4.8%。以此测算，全年政府总收入和总支出分别占 GDP 的 20.5% 和 21.9%。上半年，总外债下降到了 137 亿美

---

① ECLAC, *Preliminary Overview of the Economies of Latin America and the Caribbean 2010*: *Uruguay*, December 2010。以下"经济形势"部分数据均来自同一出处。

元，而公共部门总债务为 219 亿美元，主要原因是 2009 年底中央银行债务增加了 10% 。

交通、能源、物流等产业成为基础设施建设投资的重点领域。2010 年 6 月，穆希卡政府宣布，在本届政府五年任期内将投资 5 亿美元用于铁路改造和购置机车。加之港口建设、能源和疏浚等基础设施投资项目，总投资额预计达 18 亿美元[①]。据政府融资计划安排，未来 5 年乌拉圭可获得世界银行、美洲开发银行、安第斯发展集团等国际金融机构 50 多亿美元贷款。此外，乌拉圭大力推动国内造船工业，并颁布了相应的行业发展优惠政策。

为缓解通货膨胀压力，2010 年 9 月，乌拉圭央行货币政策委员会把基准利率由 6.25% 上调到 6.5% ，且全年通货膨胀目标锁定在 4% ~6% 。前 10 个月，通货膨胀率为 7.1% ，已超过通货膨胀目标控制上限。由于缺乏对能源、城市交通和医疗的价格调控措施，穆希卡政府采取了减税措施以控制通胀。2010 年，M1 的货币供应量增长了 17.2% ，存款利率和贷款利率分别调低了 0.4% 和 4.4% 。截至 2010 年 10 月，金融体系存款余额增长 14% ，其中居民和非居民存款分别增加了 16% 和 6% ，银行系统向非金融部门发放的信贷额同期也增加了 10% 。2010 年 6 月，由于比索对美元汇率的急剧波动，政府对外汇市场进行干预，比索升值压力较大，全年升值约 12.1% 。

因受初级产品价格回升影响，经常账户收支得到明显改善。2010 年，商品和服务出口额为 105.46 亿美元，进口额为 89.51 亿美元，与 2009 年比，分别增长了 23.24% 和 14.84% 。全年经常账户实现盈余 8.33 亿美元，但是，因资本大量流出，国际收支盈余大幅度下降，余额仅为 3600 万美元。上半年，经常账户余额占 GDP 的 0.4% 。巴西、阿根廷和中国分别是乌拉圭前三大出口对象国。2010 年前 10 个月，乌拉圭出口额超过 55 亿美元，保持了 23.2% 的增长率。其中，农产品出口占到 12.7% ，包括冻牛肉 12.1% 、大米 5.8% 、木材 3.6% 。就出口的科技含量看，初级产品出口占到了 56.7% ，而以自然资源为基础的制成品出口仅为 17.1% 。

[①] 中国商务部网站：《乌拉圭铁路项目 5 年内拟投资 5 亿美元》，http：//uy. mofcom. gov. cn/ aarticle/jmxw/201006/20100606956124. html。

表1　2008～2010年乌拉圭主要经济指标

项　目	2008 年	2009 年	2010 年
	年均增长率(%)		
GDP	8.5	2.9	9.0
人均 GDP	8.2	2.5	8.6
消费价格指数	9.2	5.9	6.9
平均实际工资	3.6	7.3	3.2
M1 供应量	17.5	11.9	29.1
实际有效汇率	-5.5	-2.1	-14.2
贸易条件	6.0	3.0	2.8
	年度平均值(%)		
城市失业率	7.9	7.7	7.1
中央政府财政收支余额占 GDP 比重	-1.1	-1.5	-1.4
名义存款利率	3.2	4.0	3.6
名义贷款利率	13.1	16.6	12.2
	单位:百万美元		
商品和服务出口额	9372	8557	10546
商品和服务进口额	10270	7794	8951
经常账户	-1486	215	833
资本和金融账户	3718	1374	-797
国际收支余额	2233	1588	36

注：数据到 2009 年 10 月为止，2010 年全年为初步估计数。

资料来源：ECLAC, *Preliminary Overview of the Economies of Latin America and the Caribbean 2010*：*Uruguay*, December 2010。

三　社会形势

经济增长带来了明显的就业创造效应，就业质量有所提升。据联合国拉美经委会测算，2010 年城市失业率为 7.1%，比 2009 年下降 0.6%。1～9 月，城市平均就业率为 58.9%，比 2009 年同期高出0.5%[①]。劳动参与率呈上升趋

---

① ECLAC, *Preliminary Overview of the Economies of Latin America and the Caribbean 2010*：*Uruguay*, December 2010, p. 115.

势，1~9月，劳动参与率为63.5%，比2009年同期增加了0.1%①。随着就业率上升，正规就业人数明显增加，正规就业率上升了5%②。绝大部分就业机会来自建筑业的复苏，以名义价格计算，2010年平均工资指数上涨9.4%。贫困收入家庭和中等收入家庭收入分别增加了14.7%和9.7%，有力地拉动了内需扩张。

在经济增长和收入分配政策双重作用下，社会贫困状况显著改善。2009年，城市贫困率和赤贫率分别为10.7%和2.0%，与2008年相比，分别下降了3.3%和1.5%③。经济增长效应和收入分配政策效应对贫困率下降幅度的贡献分别为2.1%和1.2%④。与2002年相比，2006~2009年，城市基尼系数下降到了0.45以下⑤。儿童和妇女贫困率下降幅度较大，1990~2009年，儿童贫困率下降了45%，而15岁至25岁贫困女性的生育率下降了37%⑥。2007~2008年，中央政府社会性支出占GDP的比重超过了20%，以2000年不变美元价格计算，人均支出高达1600多美元⑦。就教育投入而言，1990年，小学和初中学生人均支出为750美元，而2008年提高到了1099美元⑧。

联合国拉美经委会测算，在中短期内，乌拉圭政府再使用占GDP2%的财力增量进行转移支付，就可以大大改善收入分配状况。以24岁以下贫困人口为例，政府改善这些人口收入分配状况，所需要的财力仅占GDP的1.95%⑨。2008年，实施转移支付后，绝对贫困率由13.9%下降到4.4%⑩。2008年，把17岁以下青年少年纳入教育系统所需要支出的财政成本仅为GDP的0.4%⑪。

据国际透明组织2010年10月公布的清廉指数排名，乌拉圭以6.9分成为拉

① ECLAC, *Preliminary Overview of the Economies of Latin America and the Caribbean 2010*：*Uruguay*, December 2010, p. 106.

② ECLAC, *Preliminary Overview of the Economies of Latin America and the Caribbean 2010*：*Uruguay*, December 2010, p. 69.

③ ECLAC, *Social Panorama of Latin America 2010*, December 2010, p. 13.

④ ECLAC, *Social Panorama of Latin America 2010*, December 2010, p. 14.

⑤ ECLAC, *Social Panorama of Latin America 2010*, December 2010, p. 16.

⑥ ECLAC, *Social Panorama of Latin America 2010*, December 2010, p. 18.

⑦ ECLAC, *Social Panorama of Latin America 2010*, December 2010, p. 34.

⑧ ECLAC, *Social Panorama of Latin America 2010*, December 2010, p. 37.

⑨ ECLAC, *Social Panorama of Latin America 2010*, December 2010, p. 52.

⑩ ECLAC, *Social Panorama of Latin America 2010*, December 2010, p. 53.

⑪ ECLAC, *Social Panorama of Latin America 2010*, December 2010, p. 54.

美地区腐败程度最低的国家之一，世界位列第 24 位，在拉美仅次于智利。2010年 11 月，世界银行发布了全球 2011 年度经营环境的排名报告，乌拉圭名列 124位。该报告认为，乌宏观经济较为稳定、制度较为健全、腐败程度低，拥有较好素质的劳动力资源，但在劳资关系方面的评分较低。2011 年上半年，公共和私人部门将完成集体工资谈判。工资合同一旦确定，尽管不会发生大规模的罢工示威活动，但劳工问题是乌拉圭经营环境中不可忽略的因素。

乌拉圭近年来受气候变化影响较大，尤其是干旱和洪涝灾害等极端天气增多。据联合国拉美经委会模拟测算，气候变化每年给乌拉圭带来的经济损失约占GDP 的 1%[1]。2010 年 5 月，全球环境基金组织第四次全体大会在乌拉圭召开，并宣布将授予乌拉圭 600 万美金的援款用于资助环境保护项目，减少气候变化带来的不利影响[2]。此前，乌拉圭多次从该组织获得援款用于发展可替代能源项目。

四　外交形势

穆希卡政府奉行实用的多元化外交政策，淡化政治意识形态色彩，并以南方共同市场为依托，把发展与南共市成员国的关系置于对外关系的首位。然而，长期以来，乌拉圭与南共市其他成员国关系的发展并不顺利，在推动一体化的议题上存在分歧。

穆希卡总统执政后，积极出访拉美国家，寻求与南共市及其他拉美国家的合作。2010 年 3 月，穆希卡总统出席了智利总统皮涅拉的就职典礼，随后访问了玻利维亚、阿根廷等国。8 月，穆希卡总统参加了南共市第 39 届首脑会议，重点讨论了同欧盟恢复自由贸易谈判、取消双重征收共同关税、确定新的海关税则等。为促进基础设施投资，南共市拟提供 7 亿美元在乌拉圭和巴拉圭投资 7~8个项目，所需资金将来自"共同结构基金"（Fondo de Convergencia Estructural），该基金主要由巴西和阿根廷资助。12 月，穆希卡总统呼吁，应积极吸收委内瑞

① ECLAC, *Climate Change: A Regional Perspective*, February 2010, p. 18.
② 中国商务部网站：《乌拉圭接受 600 万美金援款应对气候变化》，http://uy.mofcom.gov.cn/aarticle/jmxw/201005/20100506936617.html。

拉为南共市正式成员国。

穆希卡政府大力推动南美洲国家联盟的机制建设，高度赞扬其在解决玻利维亚国内政治危机、哥伦比亚和厄瓜多尔边境矛盾以及哥伦比亚与委内瑞拉紧张关系等方面所起到的独特作用。12月2日，乌拉圭国会批准通过了南美国家联盟章程，成为第九个批准该协议的国家。

加强与玻利维亚、巴拉圭、阿根廷等国的能源合作，成为穆希卡政府外交重点之一。7月13日，乌拉圭、阿根廷和玻利维亚三国签署了一项能源一体化协议。根据该协议，玻利维亚将向乌拉圭每天出售30万立方米天然气，通过阿根廷的天然气管道运输。8月15日，乌拉圭、玻利维亚和巴拉圭重启1963年成立的三国集团机制，讨论了三国能源一体化，特别是在天然气和电力领域加强合作。此外，乌拉圭提出，在其海岸建设一个深水港，为巴拉圭和玻利维亚的对外贸易提供运输便利。

乌拉圭与阿根廷的关系获得重大进展。2010年4月20日，海牙国际法庭对乌阿两国长达数年的关于UPM纸浆厂之争进行了裁决，认定乌方在双方界河乌拉圭河附近建UPM纸浆厂事先未征询阿方意见，违反了1975年双方签署的"乌拉圭河章程"。同时认定阿方诉UPM纸浆厂污染环境证据不足，对其要求迁厂和赔偿的要求不予支持。5月，穆希卡总统参加了在阿根廷举行的南美国家联盟首脑会议，表示与阿根廷就造纸厂等争端保持密切接触，尊重国际法庭判决，推动两国关系步入正轨。2010年6月，穆希卡总统和克里斯蒂娜总统进行了首脑会谈，议题涉及两国经济、国防、卫生等众多领域的合作，其中能源和航运合作是会谈重点。此次首脑会议是近几年因纸浆厂纠纷、两国关系低迷以来一次重要的活动，显示出双方希望缓解矛盾、共图合作发展的愿望。但是，乌拉圭与阿根廷的关系还存在其他一些矛盾。例如，南美国家联盟秘书长内斯托尔·基什内尔10月27日病逝后，阿根廷反对乌拉圭前总统巴斯克斯担任这一秘书长职务。

在与美国的关系方面，穆希卡政府谋求扩大经贸合作，并加强科研、教育等领域合作。2009年12月16日，美国西半球事务助理国务卿阿图罗·巴伦苏埃拉访问乌拉圭，会见了新当选的总统穆希卡。2010年3月1日，美国国务卿希拉里访问乌拉圭，并出席了穆希卡总统的就职仪式，强调美国将与乌拉圭在贸易、投资、技术和教育等领域发展伙伴合作关系。9月7日，乌拉圭政府宣布，购买

美国 5 亿美元国债①。

2010 年 5 月，乌拉圭副总统阿斯托里参加在西班牙马德里召开的第六届欧盟—拉美和加勒比首脑会议。欧盟和南共市宣布于 7 月份重启建立自由贸易区谈判，巴西、阿根廷和乌拉圭 3 国私人部门不断向政府施加压力，要求加快谈判进程。乌拉圭要求欧盟降低牛肉进口关税，并提高进口配额。2010 年 10 月，乌拉圭与瑞士签署了双重征税协定②。

乌拉圭与阿拉伯国家关系获得突破。2010 年 10 月，沙特阿拉伯政府商务代表团访问乌拉圭。12 月 6 日，继巴西、阿根廷承认巴勒斯坦是独立国家后，穆希卡总统多次表示，将于 2011 年承认巴勒斯坦国。

2010 年中乌关系取得长足进展。3 月，中国政府派特使参加了穆希卡总统的就职典礼。乌拉圭高层访华频繁，积极发展对华关系。乌拉圭国会成立对华友好小组。乌拉圭众议长、副总统兼国会主席分别于 1 月和 8 月访华，寻求乌中经贸合作机遇。在两国政府的积极努力下，双边贸易快速发展，合作领域不断扩大。2009 年，中国对乌拉圭投资流量为 498 万美元，截至 2009 年底，投资存量为 715 万美元③。2010 年，中国已成为乌拉圭第三大贸易伙伴。据乌官方数据，2010 年上半年，乌对华出口金额达 2.095 亿美元，同比增长 102.2%④。2009 年 11 月~2010 年 10 月，中国仍然是乌拉圭羊毛的第一大买家，中国进口的乌羊毛占到乌羊毛总出口的 53.8%⑤。目前，奇瑞、华为、中兴等中国企业已进军乌拉圭市场。2010 年 6 月，中乌两国政府签署经济技术合作协议，中国政府向乌拉圭提供了教学设备、信息化设备、集装箱检测仪等物资援助。2009 年 11 月至 2010 年 6 月，中交集团上海航道局和乌拉圭签署了多个中方承包港口疏浚工程

① South Atlantic News Agency, "Uruguay Announces Re-purchase of 500 Million USD of Sovereign Debt," September 7 2010. http://en. mercopress. com/2010/09/07/uruguay-announces-re-purchase – of – 500 – million – usd – of – sovereign – debt.

② Switzerland Federal Department of Finance, "Switzerland and Uruguay Sign Double Taxation Agreement," Octorber 18 2010, http://www. efd. admin. ch/dokumentation/medieninformationen/ 00467/index. html? lang = en&msg – id = 35667.

③ 中国商务部：《2009 年度中国对外直接投资统计公报》，2010 年 9 月 5 日，第 36~40 页。

④ 中国商务部：《中国需求促乌拉圭 2010 年上半年出口增长》，http://uy. mofcom. gov. cn/ aarticle/jmxw/201007/20100707015336. html。

⑤ 中国商务部：《2009/2010 羊毛季中国仍是乌拉圭羊毛第一大买家》，http://uy. mofcom. gov. cn/aarticle/jmxw/201011/20101107251150. html。

协议。11 月，中国国家开发银行与乌拉圭新商业银行签署了 1000 万美元授信贷款合作协议，中乌经贸合作开始向金融领域拓展。

（贺双荣　审读）

Uruguay

Sun Hongbo

Abstract：Uruguay achieved a smooth power transfer and President Jose Mujica took office in early 2010. There economic recovery was gaining momentum. The economic growth rate was high in the first half of the year but declined slightly in the second half. There was only very limited policy space for an expansionary fiscal policy. The Mujica government gave emphasis to transportation and the energy industry when making investment. Due to the increase of inflation pressure, it pursued a moderately tight monetary policy. It is proved that economic growth and income distribution policies contributed greatly to the reduction of poverty rate. Diplomatically the Mujica government sought to deepen the participation into the Mercosur and had improved Uruguay's relations with Argentina.

Key Words：Uruguay；Power Transfer；Middle-of-the-Road；Mercosur

Ｙ.21
巴拉圭：人民军搅动政局

杨建民*

摘　要：2010 年，卢戈政府迫于形势，同反对派控制的议会进行合作，同时放弃了用社会运动替代政党政治的计划，与反对派的矛盾缓和，遭弹劾的可能性减小，有望完成四年任期。在 11 月的地方选举中，反对党红党获得大胜。由于农牧业部门的强劲增长及政府采取的扩张性财政政策，经济强劲增长，劳动者的工资增加，但面临着较大的通胀压力。社会安全形势非常严峻，政府曾宣布了 5 个省的"例外状态"。解决"巴拉圭人民军"制造的一系列社会问题，成为政府最大的挑战。外交方面，敦促巴西批准 2009 年7 月的伊泰普水电协议成为政府最重要的外交任务。

关键词：地方选举　社会安全　经济增长　水电协议

一　政治形势

（一）卢戈总统遭弹劾的可能性减小，但仍面临诸多困难

自卢戈 2008 年执政以来，政府有关修宪、总统连任、解散议会等主张接连受挫。土地改革步伐迟缓，变革承诺未能兑现，支持率连创新低。另外，卢戈政府所推行的"参与式民主"试图用社会运动代替政党政治，使政府和议会之间对立更加严重。2009 年，卢戈总统因涉嫌与游击队"巴拉圭人民军"有关系、擅自动用美洲国家组织反危机贷款、更改财政预算等问题，一度面临被议会弹劾

---

* 杨建民，法学博士，中国社会科学院拉丁美洲研究所政治室副主任，副研究员。

的可能。为缓解执政危机，平衡各方利益，卢戈总统在 2010 年不得不改变立场，同传统政党谋求合作，以巩固执政地位。卢戈总统先后走访了红党、亲爱祖国党、道德公民全国联盟和真正激进自由党总部，尝试与反对派进行谈判，解决一些问题。政府与反对派就一些重要职务的任命，如最高法院两个法官职位、选举委员会、总检察长、总审计长等进行谈判，双方达成妥协，缓和了矛盾。这虽然可能降低政府对立法和司法机构的影响力，但同时也降低了卢戈总统遭弹劾的可能性。此外，卢戈政府的让步还希望在批准南美国家联盟章程、委内瑞拉加入南共市以及开征个人所得税等问题上得到反对派支持。

然而，卢戈执政仍然面临诸多困难。第一，参、众两院都控制在右翼的红党手中，政府难以推行改革政策。7 月，红党的奥斯卡·冈萨雷斯·达尔被选为参议院议长，任期一年。2010 年 4 月，政府推动的开征个人所得税计划连续第 4 次遭到反对而推迟。执政联盟几乎瓦解。执政联盟中最大的党——真正激进自由党与政府分道扬镳。第二，腐败案的曝光再次恶化了政府的形象。巴拉圭最有影响的报纸《彩色 ABC》披露了执政联盟内左翼的争取社会主义运动党领导人、国家紧急委员会主任卡米罗·索亚莱斯的腐败案件。索亚莱斯被迫辞职。第三，也是当前卢戈政府面临的最重大的挑战，即"巴拉圭人民军"不断制造恐怖事件，社会安全形势非常严峻。

不过，最大的反对党红党并不希望卢戈被弹劾下台，红党更愿意看到一个弱势的政府。因为那样会造成真正激进自由党的副总统继任总统，使该党的力量进一步壮大，影响红党在 2013 年重新执政。因此，可以预计，只要卢戈的淋巴癌能够康复，他便可能完成任期，任职到 2013 年。

（二）反对党红党在地方选举中获胜，欲在 2013 年重返执政地位

2010 年 11 月 7 日，巴拉圭举行了地方选举，对首都亚松森市的争夺是此次选举的焦点。由于执政联盟较为松散、基础不牢，卢戈再次组织了一个广泛的联盟，推举真正激进自由党的米格尔·卡里索萨为亚松森首都区长官的候选人，希望战胜红党候选人阿尔纳多·萨马涅戈。然而，地方选举的结果是红党取得大胜。红党不仅在亚松森，萨马涅戈战胜了卡里索萨，获得了首都的控制权，而且在全国 17 个省中夺得了 14 个省长职位，在 238 个市长中赢得了 138 个席位，其中包括第二大城市东方城和第三大城市恩卡纳西翁，在政府投资反贫困项目最多

的圣佩德罗省，红党也取得了胜利。

此次选举的胜利激起了红党重返执政地位的渴望。2008年，连续执政61年的红党在大选中遭遇历史性失败，左翼爱国变革联盟上台执政。但卢戈总统打算用社会运动取代政党政治使执政联盟分崩离析，这也给了红党重返执政地位的希望。目前，红党最有可能推出的总统候选人是商人奥拉西奥·卡尔特斯。在本次地方选举中，他给红党的政治资金占2010年红党选举总经费支出的35%～50%。要作为本党候选人竞选总统，首先要当上党主席才有把握，而党章规定必须有10年党龄以上方可任党主席。目前，该党两位重量级人物中，前总统杜阿尔特已经表示同意修改党章，而前副总统卡斯蒂里奥尼还没有表态。

中右的真正激进自由党在本次选举中获得91个市长席位。现任副总统佛兰科为该党主席。作为仅次于红党的第二大党，该党希望在2013年与本次选举中失败的亲爱祖国党和道德公民全国联盟联手，与红党候选人展开竞争。

二　经济形势

巴拉圭是一个以农业为主的中等收入国家，经济严重依赖农业生产和水电生产。2010年，受益于拉美地区经济和国内农牧业部门的增长，巴拉圭的GDP预计增长9.7%（见表1）。预计2011年GDP增长率为4.0%。

（一）农牧业等部门大幅增产，经济实现快速增长

2009年巴拉圭经济呈现负增长，为－3.8%，是拉美国家经济衰退最严重的国家之一。2010年，巴拉圭经济增速达到9.7%，位居拉美地区前列。农牧业部门的增产和国内对进口商品需求的增加推动了经济增长。由于2009～2010年有利的气候条件，农牧业部门获得大丰收。另外，建筑业部门的扩张和工业生产的恢复也刺激了经济增长。此外，政府的扩张性财政政策拉动了公共部门和私有部门的消费，促进了国内工业生产的恢复和进口的增长。

（二）财政收入实现增长，支持了政府的扩张性财政政策

2010年政府财政收入增长了7%，其中主要来自于税收的增长。2010年税收收入较上年同期增长11%。增值税和关税对税收增长的贡献最大。此外，税

表1 2008~2010年巴拉圭主要经济指标

项 目	2008 年	2009 年	2010 年
	年增长率(%)		
GDP	5.8	-3.8	9.7
人均 GDP	3.9	-5.5	7.8
消费价格指数	7.5	1.9	6.1
平均实际工资	-0.7	4.5	1.0
货币供应量(M1)	7.5	29.6	24.9
实际有效汇率	-11.3	10.2	-2.0
贸易条件	7.3	-2.2	-1.9
	年均变化(%)		
城镇失业率	7.4	8.2	7.8
中央政府财政收支余额/GDP	2.5	0.1	-0.5
名义存款利率	6.2	3.4	1.9
名义贷款利率	14.6	15.6	13.1
	单位:百万美元		
商品和服务出口额	8948	7253	9582
商品和服务进口额	9436	7374	10245
经常账户余额	-298	40	-368
资本和金融账户余额	693	875	518
国际收支余额	395	915	150

注：2010 年为初步估计值。

资料来源：CEPAL，*Balance Preliminar de las Economías de América Latina y el Caribe 2010*，Santiago de Chile，2010。

收收入增长的部分原因还在于税收征收制度的改善。2009 年 7 月~2010 年 7 月，纳税主体增加了 9%。2010 年，巴拉圭议会仍然没有批准政府连续第四次提交的开征个人所得税的法案，巴西议会也还没有批准 2009 年 7 月两国签署的伊泰普水电利益再分配方案。如果将来上述任何一项获得批准，巴拉圭的财政收入有望继续增长。

尽管 2010 年政府大力推行扩张性财政政策，财政支出较上年同期增长了 10%，但由于经济恢复增长，财政收入也有较大幅度的增加，政府财政赤字仅占 GDP 的 2%。

（三） 进出口大幅增长，但通胀压力加大

与 2009 年相比，2010 年巴拉圭进口增长 41%，出口增长 39%，贸易赤字增长 48.5%。贸易赤字占 GDP 的比重从 2009 的 1.4% 上升到 2.0%。经常账户赤字增加，达 GDP 的 2.2%。虽然经常账户出现赤字，但从实际有效汇率来看，至 2010 年 9 月，瓜拉尼相对美元升值了 2.6%，相对于巴西货币雷亚尔贬值了 7.4%，相对于阿根廷货币比索贬值了 2.6%。

截至 2010 年 11 月，扣除价格最具弹性的水果和蔬菜，巴拉圭的通货膨胀率为 6.1%，如果考虑以上扣除的因素，通货膨胀率将达到 7.5%。通胀水平上升主要是因为食品价格上涨所致，如本国的牛肉被大量出口到国际市场，导致牛肉价格上涨。由于经济恢复增长，加之对通胀的担心，2010 年 5 月，中央银行公开市场操作与储备委员会宣布将实行从紧的货币政策，多次提高利率。利率水平从 2009 年 5 月最低时的平均 0.6% 提高到 2010 年 11 月的 3.9%。

三　社会形势

（一） 当前严峻的社会形势已经成为卢戈政府最大的挑战

"巴拉圭人民军"不断制造恐怖事件，成为当前卢戈政府面临的最大挑战。2009 年 10 月，一个名为"巴拉圭人民军"的游击组织绑架了农场主菲德尔·萨瓦拉，索要 500 万美元赎金。真正激进自由党、亲爱祖国党和道德公民全国联盟党的一些议员认为，卢戈在任主教时曾结识不少该组织的领导人，与该组织有关系，这些议员因此呼吁弹劾总统。政府尊重受害人家属的意见，撤回了追剿"巴拉圭人民军"的安全部队，向受害人家属支付了 55 万美元赎金，并遵照人民军指令向一些贫困地区发放肉类食品。2010 年 1 月 17 日，被绑架的萨瓦拉在东部的康塞普西翁省获释。萨瓦拉对政府的做法表示支持，这在一定程度上缓解了卢戈政府的压力。

虽然萨瓦拉获释，但人们对社会安全形势的信心达到自 1935 年查科战争以来的最低点[1]。目前，政府正悬赏捉拿"巴拉圭人民军"的 10 位嫌疑人。这其

---

[1]　EIU, *Country Report*: *Paraguay*, February 2010, p. 10.

中包括巴拉圭的极"左"政党——自由爱国党——先前的三位领导人，而巴西却为他们提供了政治避难。政府目前抓获的 14 位嫌疑人中，没有一个与萨瓦拉绑架案有关。

2010 年 4 月 21 日，"巴拉圭人民军"杀害了一位警官和三名农业工人。第二天，卢戈总统赶赴议会要求宣布北方 5 个省处于"例外状态"。反对派主导的参议院先是拒绝了政府的建议，尔后立刻通过了与卢戈总统建议内容一样的法案，宣布康塞普西翁、圣佩德罗、上巴拉圭、阿曼拜和阿耶斯总统这五个省处于"例外状态"。但将该状态延续的时间规定为 30 天，而不是总统要求的 60 天。

巴宪法规定，只有发生国际冲突或大规模的国内动乱时方可宣布例外状态。政府这样做，目的是要寻求更广泛的共识，可以动员军队配合警方共同打击"巴拉圭人民军"。该行动既是对人们不满社会安全形势的一种反应，又是卢戈总统借以加强自己执政地位的一种努力。萨瓦拉被绑架几乎导致卢戈被弹劾，这一次，政府必须采取更进一步行动。"巴拉圭人民军"虽然人数不多，但由于得到哥伦比亚革命武装力量的支持，拥有相当的实力。6 月 17 日，警方围剿该组织的驻地，两名警官被打死。在该行动中，"巴拉圭人民军"显示出较强的沟通和作战能力，装备相当精良，通讯设备亦非常先进。而政府方面则暴露出武装部队和警方合作方面的问题。

为了减少"巴拉圭人民军"和其他犯罪组织的绑架等犯罪行为，卢戈政府制定了新的《反绑架和反恐怖主义法》，该法试图通过冻结受害方银行账户、控制赎金的办法制止绑架犯罪。该法规定，只有政府机关有权与绑架罪犯谈判，相关银行必须予以配合，在 6 天内向政府提供账户资金转移的详细情况，否则可能面临 180 万美元的罚款。电信公司也有义务通过跟踪电话和短信等形式与政府进行合作。目前，虽然进剿"巴拉圭人民军"已经花费了 200 万美元，先后逮捕了 137 人，但尚未抓获该组织的主要领导人[①]。4 月 26 日，真正激进自由党参议员罗伯特·阿塞维多在阿曼拜省遭遇未遂谋杀，但警方认为并未发现与"巴拉圭人民军"有关的任何证据。这又从另外一个方面说明了巴拉圭安全形势的复杂性。

（二）伴随经济强劲复苏，平均工资水平提高

2009 年，受国际金融危机的影响，拉美地区人均 GDP 下降 3%，而巴拉圭

---

① EIU, *Country Report：Paraguay*, May 2010, p. 10.

受影响更大，人均 GDP 下降的比率超过拉美地区平均水平。尽管如此，由于近年的经济增长，巴拉圭的贫困问题有所缓解。贫困率和赤贫率从 2001 年的 61.0% 和 33.2% 分别下降到 2009 年的 56.0% 和 30.4%。

劳动力市场方面，由于经济复苏，失业率下降。2010 年城市公开失业率从 2009 年的 8.2% 下降到 7.8%。与此同时，劳动者的工资水平上升。据 2010 年 7 月巴拉圭中央银行公布的数据显示，劳动者的工资水平增长了 5.3%。此外，自 2010 年 7 月起，私有部门的法定最低工资提高了 7%。

（三）仅通过社会开支解决贫困问题，难度较大

从财政收入转移支付的潜能来看，巴拉圭财政多年来开支过度，往往需要国际金融组织的贷款才能维持，财政政策的回旋余地不大，难以支撑大规模的社会项目。2008 年，巴拉圭对 0~4 岁弱势人口的转移支付比例为 4.58%，对 5~14 岁弱势人口的转移支付比例为 5.54%，对 15~24 岁弱势人口的转移支付比例为 0.92%，在拉美国家中位居前列。转移支付对降低贫困率的效果是比较显著的。2008 年，在完成转移支付后，巴拉圭的贫困率就从 57.9% 下降为 39.6%。如果将巴拉圭 0~17 岁的弱势人口都纳入教育体系，那将花去 GDP 的 0.87%，这个比重在拉美也是比较高的。但巴拉圭还是有可能在 2014 年实现上述目标[①]。

四 外交形势

（一）与巴西的水电再分配协议仍有待巴西议会批准

2009 年 7 月 25 日，卢戈政府与巴西就伊泰普水电利益的重新分配达成协议。然而，巴西议会至今一直拒绝批准该协议。其原因有两个：一是巴西 10 月举行大选，伊泰普条约的批准不得不再次推后。二是巴西方面是想借批准条约促使巴拉圭同意委内瑞拉加入南方共同市场。2009 年 12 月 15 日，巴西议会已经批准了委内瑞拉加入南共市，而阿根廷和乌拉圭早在两年前就批准了委内瑞拉的加

---

① ECLAC, *Social Panorama of Latin America 2010*, Santiago, Chile, 2010. 如无特别说明，本部分数据均来自拉美经委会的上述报告。

入申请。由于南共市的条约规定，只有经南共市所有成员国同意，第三方方可加入南共市。由于执政党在议会中不占多数，卢戈政府担心因与委内瑞拉走得太近而激怒反对派，于 2009 年 8 月撤回了批准委内瑞拉加入南共市的提案。12 月，卢戈政府终于和议会反对派达成协议，同意委内瑞拉加入南共市，但议会尚未投票正式通过①。

2010 年 8 月，卢戈总统参加了南共市第 39 届首脑会议，议题涉及同欧盟恢复自由贸易谈判、取消双重征收共同关税、确定新的海关税则等。主要由巴西和阿根廷出资的"共同结构基金"拟向乌拉圭和巴拉圭提供 7 亿美元，帮助两国的基础设施建设。8 月 15 日，巴拉圭、乌拉圭和玻利维亚三国讨论了能源一体化计划，重新恢复三国集团，提出在乌拉圭海岸建立一个深水港，作为巴拉圭进出大西洋的中转站。12 月 17 日，南共市国家首脑峰会在巴西城市伊瓜苏河口举行。巴拉圭总统卢戈携外长与会。巴拉圭外长强调一体化组织必须有成员国公民参与，而且他们才应该是真正的受益者②。从 2011 年第一季度开始，巴拉圭将担任南共市的轮值主席国。

（二） 与美国的关系

卢戈政府继承了红党政府与美国的密切关系。2008 年卢戈总统访问美国后，美国对巴拉圭在卫生和经济方面的援助增长了 1 倍。美国政府还向巴拉圭提供了 6000 万美元，支持巴拉圭的反腐败计划、民主化项目和千年目标的落实。两国政府还在反毒和反走私等领域进行了合作。虽然卢戈政府决定将减少在巴拉圭领土上进行的美巴联合军事演习，但巴拉圭将继续保持和加强与美国的传统关系。

（三） 与中国的关系

中国和巴拉圭没有正式外交关系。2010 年 2 月 11 日，巴拉圭外交部任命外

---

① "Paraguay Finally Says 'Aye' to Venezuela's Mercosur Full Membership," http://en. mercopress. com/2010/12/13/paraguay-finally-says-aye-to-venezuela-s-mercosur-full-membership.

② "Paraguay Emplazó a Argentina a Solucionar Conflicto de Bloqueo a Navieras," http://www. paraguay. com/nacionales/paraguay-emplazo-a-argentina-a-solucionar-conflicto-de-bloqueo-a-navieras - 57043.

交部副部长布里希多·莱斯卡诺·布里托斯担任上海世博会巴拉圭总代表。3 月 11 日，巴拉圭与上海世博会签署了参展合同。巴拉圭在世博园区 C 片区中南美洲联合馆内进行展示，主题为"巴拉圭的能源与人民"，呈现巴拉圭文化、旅游以及在科学领域的进步与发展。

巴中贸易不断发展，2010 年，巴中贸易总额为 9.80 亿美元，其中巴方出口 0.23 亿美元，进口 9.57 亿美元。

预计 2011 年，巴拉圭政局仍将保持基本稳定。如果不出现大的自然灾害，经济将继续恢复和增长，但社会安全形势可能继续复杂化。如果政府不能迅速解决"巴拉圭人民军"问题，卢戈仍有可能面临弹劾的压力。外交方面，巴拉圭将同意委内瑞拉加入南共市，而要求巴西议会批准两国间的新水电协议是巴政府外交工作的重中之重。

（贺双荣　审读）

Paraguay

Yang Jianmin

Abstract: The Lugo government expected to cooperate with the Congress controlled by the opposition and abandoned the plan replacing political parties with social movements, which relaxed tension between the government and the opposition. President Lugo was expected to complete his four-year term because the planned impeachment by the opposition was on the verge of abortion. In the local election held in November, the opposition Colorado Party won a great victory. In 2010 Paraguay gained a strong economic growth due to the good performance of the agricultural sector and the expansionary fiscal policy. The Lugo government had announced the "state of exception" in five provinces to cope with security challenges from the "Paraguay People's Army". Diplomatically Paraguay gave priority to urging Brazil to approve the Itaipu hydropower agreement.

Key Words: Local Election; Public Security; Economic Growth; Hydropower Agreement

Ɣ.22

哥斯达黎加：自由贸易促增长

摘　要： 2010 年哥斯达黎加举行大选，民族解放党蝉联执政，其候选人钦奇利亚当选总统，但执政党并未在议会取得多数席位。钦奇利亚在议会中寻求与公民行动党的合作，以便于推行自己的改革政策。2010 年钦奇利亚政府保持了政策的连续性，其执政的支持率较高。经济方面，扩张性的财政政策和自由贸易政策，刺激了国民经济恢复增长，但财政赤字有所增加。社会方面，2010 年前 10 个月的实际工资水平上涨了 3.8%，政府将继续推行增加社会开支的政策。外交方面，继续推行贸易市场多元化政策，在与美国保持较好的传统关系的同时，重视同亚洲国家的关系。2010 年哥与中国和新加坡签署了自由贸易协定。

关键词： 大选　钦奇利亚　自由贸易协定

一　政治形势

（一）执政党候选人钦奇利亚当选总统，民族解放党蝉联执政

　　2010 年哥斯达黎加最重大的政治事件就是顺利完成了四年一度的大选。在 2 月 7 日进行的总统选举中，执政党民族解放党（Partido de Liberación Nacional）总统候选人、前副总统劳拉·钦奇利亚（Laura Chichilla）战胜主要反对党公民行动党（Partido Acción Ciudadana）候选人奥顿·索利斯（Solis）和自由运动党

---

　　* 杨建民，法学博士，中国社会科学院拉丁美洲研究所政治室副主任，副研究员。

（Movimiento Libertario）候选人奥托·格瓦拉（Otto Guevara），成为哥斯达黎加历史上第一位女总统。钦奇利亚能够顺利胜出，主要得益于民族解放党长期执政的历史和前总统阿里亚斯的声望。2006～2010 年，阿里亚斯再次执政期间，与中国、新加坡签署自由贸易协定，支持中美洲与美国和欧洲签署自由贸易协定，努力推进财税改革、扩大出口、吸引外国直接投资。哥斯达黎加的经济走出低谷，贫困率不断下降。2010 年，作为民族解放党总统候选人的钦奇利亚，被认为会继续执行阿里亚斯政府的发展战略，使哥斯达黎加继续保持良好的发展势头。

本次大选还选出了两名副总统、57 名立法大会（议会）议员和 81 个市议会的 495 名议员。在议会选举中，执政党民族解放党获得 24 席，没能获得多数；公民行动党获得 11 席，自由运动党获得 9 席，基督教社会团结党 6 席，全民皆入党 4 席，广泛阵线党、民族革新党和国家复兴党各 1 席。由于执政党未能在议会获得多数席位，钦奇利亚政府以立法的形式推行政策需要其他各党的合作。

（二）钦奇利亚政府的政策保持了与其前任阿里亚斯政府的连续性

2010 年 5 月，钦奇利亚正式就职。在政府 21 名部长中，有 9 位是女性，而且任职的部门都很重要，如经济、外贸、卫生、科技、住房等部门。在政府政策方面，钦奇利亚继续推行阿里亚斯政府鼓励外国直接投资、刺激经济发展的政策；同时，继续执行阿里亚斯政府的社会经济保障计划，即"盾牌计划"，高度重视教育、卫生和基础设施建设。钦奇利亚还计划增加政府在社会治安方面的预算，打击犯罪和毒品走私活动。由于执政党在议会中不占多数，钦奇利亚不得不寻求反对党的支持，公民行动党和自由运动党均向钦奇利亚表示愿意支持政府推行的某些改革，但后者表示不会支持政府进一步扩大开支的任何改革措施。因此政府将寻求合作的重点转向公民行动党和全民皆入党。5 月，钦奇利亚总统和自由运动党领袖格瓦拉达成协议，共同提名一个新的议会理事会，作为双方合作的平台，合作推进安全和行政方面的改革。但由于之前上述两大反对党也曾达成议会合作协议，政府要短时间内推出一系列重大改革措施，可能会受到议会方面的阻力。

2010 年 8 月，钦奇利亚政府推出了政府施政的 12 项重点计划。其中几项改革方案引起了更多关注：电力自由化方案、为中产阶级提供住房的计划以及一项雄心勃勃的税收改革方案。税改方案以简化税制、打击逃税行为、增加税收、改进财富再分配为主要目的。同时，政府还制定了4年的预算重点，其中能源生产和基础设施是重中之重。

（三）执政初期钦奇利亚的较高支持率为即将推行的改革创造了条件

2010年7月末，在钦奇利亚执政100天届满时，政府公布了2010～2014年的施政纲要，重点包括四个方面：家庭社会福利、环境保护、安全、竞争力和创新性。具体措施包括增加社会开支、减少失业、开发可再生能源、成立司法调查机构、创建国家反毒品委员会等。

根据民意调查机构UMIMER的调查，大多数哥斯达黎加人赞成钦奇利亚初期的执政，认为她有足够的政治资本推行自己的政策，81%的人认为钦奇利亚政府政策执行得好，认为执行得不好的人只占12%，3/4的人认为钦奇利亚有领导能力实现其政策目标，能够解决国家面临的问题。这一切对哥斯达黎加形成改革共识，政府完成预期执政目标非常重要。

二　经济形势

（一）经济强劲复苏，实现较快增长

2010年，哥斯达黎加国内生产总值（GDP）增长率预计达到4%，相对2009年-1%的增长率来说，哥经济出现强劲复苏的迹象（见表1）。从各经济部门来看，2010年增长较快的部门有农牧业增长5.7%、制造业增长5.1%、交通运输业增长5.7%，建筑业继续萎缩，下降6.4%，出口增长8.1%，消费增长3.5%，固定资产投资增长3.4%，就业继续恢复增长7.3%。但自2010年3月起，哥斯达黎加的月度经济活动指标呈现缓慢下降的趋势，出口也略有减少。经济活力的恢复有利于减少失业，但和危机时期相比，目前的失业率仍然改善不多。就业率从2009年的55.4%下降为2010年54.8%。

根据CEPAL的预计，2011年哥斯达黎加经济将增长3.5%，政府推动的财政改革可能得到进一步讨论，中央银行把通货膨胀的目标定为5%。

表1 2008~2010年哥斯达黎加主要经济指标

项 目	2008 年	2009 年	2010 年
	年增长率(%)		
GDP	2.8	-1.1	4.0
人均 GDP	1.5	-2.3	2.6
消费价格指数	13.9	4.0	6.1
平均实际工资	-2.0	7.7	2.5
货币供应量(M1)	1.5	-0.4	7.3
实际有效汇率	-3.6	-0.1	-10.9
贸易条件	-3.8	3.3	-7.3
	年均变化(%)		
城镇失业率	4.8	—	—
中央政府财政收支余额/GDP	0.2	-3.4	-5.2
名义存款利率	5.4	8.6	6.2
名义贷款利率	16.7	21.6	19.5
	单位:百万美元		
商品和服务出口额	13638	12431	13661
商品和服务进口额	16451	12280	14708
经常账户余额	-2787	-574	-1474
资本和金融账户余额	2439	835	2025
国际收支余额	-348	260	551

注:2010 年为初步估计值。

资料来源:CEPAL, *Balance Preliminar de las Economías de América Latina y el Caribe 2010*, Santiago de Chile, 2010。

(二) 继续推行扩张性财政政策

在经历了 2009 年财政收入下降 8.7% 之后,2010 年的财政收入增长了 5.7%。销售和外贸大幅增长,税收收入占 GDP 的 13.4%。预计 2010 年的中央 财政收入将占 GDP 的 5.5%,较上年的 3.4% 提高了 2.1 个百分点。

2010 年,中央政府的开支继续快速增长,预计增长 18.5%。公务人员的薪 金继续增加,以实现 2009 年国家制定的逐步调整公务人员工资的计划。另外, 国家财政对高等教育部门的支持继续增长。2010 年的经常账户赤字占 GDP 的 3.7%。政府的赤字财政政策使国家的内债占 GDP 的比重从 2009 年 9 月的 40.9% 增加到 2010 年 9 月的 42.2%。外债占 GDP 的比重从同期的 11.8% 增加到 12.1%。穆迪将哥斯达黎加的投资评级从 Ba1 提高到 Baa3。政府继续实行浮动汇率，本币科朗有升值的趋势。2010年11月，科朗对美元的汇率达到513比1，与上年同期相比升值了10%。2010年前9个月，科朗与美元的实际汇率平均升值了8.5%。2010年9月，哥中央银行宣布了一项外汇储备计划，计划自2010年9月2日到2011年12月31日，外汇储备达到6亿美元。2009年7月16日至2010年上半年，哥货币的利率没有变化，但到2010年下半年，央行下调基准利率150个基点，为7.5%，2010年10月再次下调基准利率100个基点。预计2010年金融体系的名义贷款利率平均为19.5%，2009年该数字为23.2%。2010年名义存款利率为6.2%。

消费者价格指数略有上涨，2010年为6.1%，较上年上涨2.1个百分点，主要原因是国际燃油和初级产品价格的上涨，以及国内需求的增长。

（三）继续推进自由贸易政策

2010年哥的贸易总额继续增长，这得益于政府不断推进的自由贸易政策。由于包括燃油在内的初级产品的国际价格上涨，加上国内制造业的恢复增长，上述产品的进口增加造成经常账户赤字明显增加。2010年哥货物出口总额预计增长10.1%，主要是由于出口总量的增长和农产品价格的上涨，但高技术产品的出口减少。服务贸易方面，2010年服务出口增长15.5%，全年的外国直接投资额将达到14.5亿美元，较上年增加1亿美元。

2010年4月，哥斯达黎加与中国和新加坡签署了自由贸易协定，预计该协定将在2011年初获得批准生效。2010年5月，中美洲与欧盟自由贸易协定进入批准程序。

三 社会形势

（一）经济恢复增长，但贫困率没有明显下降

2010年前10个月哥劳动者的实际工资水平上涨了3.8%[1]。2009年，哥斯达黎加的贫困率上升2.5%，赤贫率上升1.4%。2002年哥的贫困率为20.3%，

---

[1] CEPAL, *Balance Preliminar de las Economías de América Latina y el Caribe 2010*, Santiago de Chile, 2010.

赤贫率为 8.2% ，2008 年上述比例分别下降为 16.4% 和 5.5% ，2009 年这两个比率分别为 18.9% 和 6.9% 。拉美经委会认为，哥斯达黎加贫困率和赤贫率上升的主要原因是分配状况的恶化。2009 年，由于哥的平均劳动收入没有增加，这也是该国贫困率和赤贫率上升的重要原因，而实际就业率的下降又是劳动收入没有增加的主要原因。与 2002 年相比，哥斯达黎加最近几年的基尼系数仅略有扩大，但仍然维持在 0.5 以下，好于多数拉美国家。从整个地区来看，哥是拉美地区多维贫困率和货币贫困率最低的国家之一。哥斯达黎加的教育普及率很高，2009 年该国的教育延迟率只有 5% ，位居拉美国家前列。

（二）社会开支水平继续居拉美前列

哥斯达黎加的社会开支占 GDP 的比重居拉美各国前列，近 20 年来一直在 15% 以上，2007～2008 年该项比重为 18% 。在人均社会开支方面，2007～2008 年达到 88 美元以上，在拉美仅次于阿根廷、乌拉圭、古巴、特立尼达和多巴哥。2008 年，哥对每个中小学生的社会开支为 1072 美元，同样超过拉美各国的平均水平。在拉美，哥国劳动者的经济独立期相对较长，平均达 28 年左右，这得益于该国完善的教育保障体系和高水平的社会开支。当然，与大规模的社会开支伴随而来的就是社会投资的减少。哥斯达黎加社会开支的重点是孩子和年轻人，这和日本等西方发达国家社会开支的主要对象是老人有所不同。

从转移支付对降低贫困率的影响来看，哥斯达黎加在这方面也较显著，如 2008 年，在完成转移支付后，哥的贫困率就从 16.4% 下降为 7.6% 。

如果将哥斯达黎加 0～17 岁的弱势人口都纳入教育体系，那将花去 GDP 的 0.44% ，这个比例在拉美也是比较低的。因此，哥有望在 2012 年首批实现上述目标①。

四　外交形势

哥斯达黎加奉行和平中立的外交政策，支持各国人民自决和不干涉内政原

---

① ECLAC, *Social Panorama of Latin America 2010*, Santiago, Chile, 2010. 如无特别说明，本部分数据均来自拉美经委会的上述报告。

则，重视发展同拉美各国的传统友好关系，主张深化地区经济一体化进程，支持建立美洲自由贸易区，现与 126 个国家有外交关系。2010 年，该国促进贸易自由化的努力取得重要突破，先后与中国和新加坡签署了自由贸易协定，并支持其所在的中美洲共同市场同欧洲和美国签订自由贸易协定。

（一） 与亚洲国家的关系

2010 年 4 月 8 日，哥斯达黎加外贸部部长鲁伊斯与中国商务部部长陈德铭在北京签署了《中国—哥斯达黎加自由贸易协定》。根据该协定，中国对哥斯达黎加 99.6% 的商品免征关税，虾、可可、巧克力等可以立即免税进入中国市场；而牛肉、猪肉、西瓜等则可以在 5 年内零关税进入中国市场。而中国的纺织原料及制品、轻工机械、电器设备、蔬菜、水果等产品也将从降税安排中获益。此外，双方还将互相开放一定数量的服务部门。这也是中国与中美洲国家达成的第一个自由贸易协定。2010 年 5 月，中国政府特使、国家计生委主任李斌出席哥总统的宣誓就职仪式。8 月初，中国外交部部长杨洁篪访问哥斯达黎加。10 月，哥斯达黎加外交和宗教事务部部长卡斯特罗访问中国。目前，中国是继美国之后哥斯达黎加的第二大贸易伙伴，哥斯达黎加也已经成为中国在中美洲地区的重要贸易伙伴。2010 年前 11 个月，哥中贸易总额达 34.19 亿美元，其中哥方出口 27.92 亿美元，从中国进口 6.27 亿美元。

为了实现贸易市场多元化的目标，哥斯达黎加也加强了与亚洲其他国家的关系。除与中国签署了自由贸易协定外，此前还与韩国签署了自由贸易协定。韩国计划在哥建立高科技产业园，继续增加在哥的高技术投资。在与中国签署自由贸易协定之后不久，哥斯达黎加又与新加坡签署了自由贸易协定。此外，哥斯达黎加希望加入亚太经合组织（APEC），这一愿望很可能在 2011 年实现。

（二） 与美国的关系

哥斯达黎加与美国有着传统的友好关系，美国是哥斯达黎加第一大贸易伙伴。受《美国—中美洲—多米尼加自由贸易协定》以及美国在哥电信等领域投资日益增加的影响，美哥关系日益密切。

（三） 与欧盟的关系

欧盟是哥另外一个重要的贸易伙伴。2010 年 5 月，中美洲六国与欧盟成功

地结束了自由贸易谈判，哥斯达黎加很可能在 2010 年底和 2011 年初批准《中美洲—欧盟自由贸易协定》。

此外，2010 年，哥斯达黎加与其北方邻国尼加拉瓜在圣胡安河流域因航行权利等问题发生的纠纷仍然在继续，国际社会希望两国的争端能够通过多边组织或外交方式解决。

预计 2011 年，哥斯达黎加政治将继续保持稳定，钦奇利亚将继续前总统阿里亚斯以贸易和外资促进经济发展的政策，哥经济也将继续保持增长。由于民族解放党政府自阿里亚斯以来一直注重经济和贸易的自由化，实际上奉行了中间偏右的政策路线，新政府是否也将重视社会领域的问题值得关注。

（柴瑜　审读）

Costa Rica

Yang Jianmin

Abstract：Costa Rica held the general election in 2010. Laura Chinchilla, the presidential candidate of the ruling National Liberation Party, won the election. But the ruling party failed to obtain a majority in the Congress. To facilitate an economic reform, the Chinchilla government sought to forge a coalition with the Citizens Action Party. Economically it pursued an expansionary fiscal policy and promoted free trade, which served as a stimulator of economic recovery and public deficit. The Chinchilla government continued to increase public spending on social development. In the first 10 months of 2010, real wages grew by 3.8%. Diplomatically it kept close relations with the United States and boosted the relations with Asian countries. In 2010 Costa Rica concluded a free trade agreement with China and Singapore.

Key Words：General Election；Chinchilla；Free Trade Agreement

Ｙ.23
尼加拉瓜：减贫彰显成效

李 菡*

摘 要： 2010 年，奥尔特加总统谋求连任，加强对执政党、国家权力机构和地方政府的控制。反对党之间存在诸多分歧，没有形成巩固的联盟。尼加拉瓜逐渐摆脱世界金融危机带来的不利影响，经济恢复增长归功于国外需求的推动。政府实施《国家人类发展计划》，使贫困状况得到一定改善。尼加拉瓜进一步加强与委内瑞拉的关系，与哥斯达黎加的关系因边界争端恶化，与美国和欧盟的关系也有待加强。

关键词： 大选 连任 税收改革 教育 苏克雷

一 政治形势

2011 年是尼加拉瓜的大选年。目前，奥尔特加总统积极谋求实现连任。他在 2009 年呼吁修改宪法，解除宪法对总统的连任限制。2009 年 10 月，最高法院宣布宪法禁止总统连选连任的条款无效，为其连选连任扫清障碍。近期的民意调查结果显示，奥尔特加的民意支持率超过 50%，领先其他总统候选人。各方预料，执政党桑地诺民族解放阵线在 2011 年再次获胜的希望较大。

执政党与反对党的矛盾加剧。2010 年 1 月，奥尔特加宣布将在 2010 年上半年任满的 25 名高层官员可以连任。他们主要是最高法院、最高选举委员会、总审计署等重要国家机构的法官和官员。奥尔特加认为这是对国民议会迟迟未通过他递交的候选名单而做出的必要措施。然而，反对派认为此类决定必须得到国民

* 李菡，文学硕士，中国社会科学院拉丁美洲研究所助理研究员，主要研究领域为拉美社会和文化。

议会的同意，总统的做法违背了宪法程序。三大反对党——制宪自由党、"支持爱德华多运动"和尼加拉瓜自由联盟——共同在国民议会提出草案，要求否决奥尔特加的决议。最后，国民议会特别委员会宣布，最高法院和最高选举委员会的法官与其他机构的官员分开选举，选举日期将推迟到2011年。

在执政党内部，奥尔特加不断加强对地方势力的控制，导致党内矛盾加剧。为了加强对地方政府的控制，奥尔特加政府在执政初期就在全国建立各级"居民权力委员会"。委员会最高领导机构的成员之一是奥尔特加的夫人罗萨里奥·穆里略（Rosario Murillo）。5月，罗萨里奥·穆里略下令，要求桑解阵控制的地方政府把一系列职权交给副市长，其中包括政府服务的管理权。她的这一做法违背了法律。现行法律规定，只有市长有权把部分职权交给副市长。同时，法律明确禁止市长把政府服务的管理权转交给任何人。"居民权力委员会"实际上要求各级政府遵从它的领导而非市议会的领导。这一做法遭到一批桑解阵成员的反对。5月末和6月初，6名持不同政见的桑解阵市长和副市长突然被市议会解职。此后，国民议会负责市政事务的委员会通过一项决议，谴责了市议会突然撤换市长和副市长的做法，认为其程序缺乏合法性。该委员会的两名桑解阵议员都对此项决议投下赞成票。

反对党之间存在诸多分歧，没有形成巩固的联盟。2010年初，制宪自由党、"支持爱德华多运动"和尼加拉瓜自由联盟一致反对总统宣布最高选举委员会、最高法院等重要官员连任的决议，但是三大反对党对候选人名单存在较大分歧。制宪自由党在这件事情上采取更为温和的立场。7月，该党领导人阿莱曼暗示将与桑解阵就最高选举委员会成员名额分配进行谈判。这意味着该党同意最高选举委员会的桑解阵成员连任。10月，制宪自由党宣布不再遵守《地铁中心二号》（Metrocentro II）协定（尼加拉瓜主要反对党在2009年签署这项协定，承诺不支持即将于2010年任满的国家机构官员连选连任）。此后，一批因为反对最高选举委员和最高法院成员连任而辞职的制宪自由党法官恢复原来的职位。

保守党、"支持爱德华多运动"和尼加拉瓜自由联盟希望结成大选联盟，并推出著名的记者法维奥·格德亚（Fabio Gadea）作为总统候选人。制宪自由党坚持推出阿莱曼竞选总统。但是该党内部存在分歧。尽管大部分党员支持阿莱曼，但也有一部分人公开支持法维奥·格德亚，甚至呼吁阿莱曼放弃参选。

军队的作用再次引起关注。2010年11月26日，奥尔特加向国民议会提交了三项法律提案并要求紧急通过。这三项法律分别是《国防法》、《国家安全法》和《边境法律体系法》。反对派议员认为需按宪法规定的程序对这些法律进行讨论咨询，因为这些法律内容涉及公民的宪法权利，比如强制征兵（宪法第 96 条禁止强制征兵）或文人政府受制于军权的可能。奥尔特加认为颁布这些法律的紧急性在于尼加拉瓜需要制定一个国家防御与安全的管理框架。边境法的颁布更是因与哥斯达黎加的领土之争陷入外交危机的紧急状况。12 月 13 日，在制宪自由党的支持下，议会以 61 票通过了《国防法》。

奥尔特加要求以紧急程序通过这些法律的做法遭到了各方的质疑。他们认为政府以紧急方式要求议会通过这些法律，目的是为加强政府对军队的控制、赋予军队更大的权力从而削弱国防部的职能。自 1995 年修改宪法和颁布《军事法典》以来，尼加拉瓜军队一直在政治生活中保持自主和独立，赢得了良好的声誉和人们的信任。然而，此次事件不得不令人担心军人是否将重返政坛。

二　经济形势

2010 年，尼加拉瓜逐渐摆脱世界金融危机带来的不利影响，恢复经济增长。经济增长率由 2009 年的 - 1.5% 上升为 3%[①]。据联合国拉美经委会预测，尼加拉瓜将在 2011 年继续保持经济增长，增长率约为 3%。

经济各部门的表现有所不同。2010 年前 9 个月，食品业、服装业和渔业的涨幅较大，与 2009 年同比分别增长 40.3%、12.1% 和 15%。对外贸易持续保持增长，年平均增长率为 5.4%。2010 年前 9 个月，制造业的增长率为 8.9%，与 2009 年同比下降 2.9%。受不利天气影响，农业增长率仅为 3.8%。金融业处于收缩状态，下降 8.4%，银行继续缩减对私营部门的贷款。

经济恢复增长归功于国外需求的推动。由于国外需求增长，尼加拉瓜的出口（农产品和制成品）实现强劲反弹。2010 年，出口总额为 35.39 亿美元，与 2009 年同比增加约 25%。其中，咖啡、牛肉、糖和黄金占出口总额的比重较大。与

---

① 除特别说明外，本文数据均引自 CEPAL, *Balance Preliminar de las Economías de América Latina y el Caribe 2010*, Santiago de Chile, 2010。

2009 年相比，尼加拉瓜对委内瑞拉和加拿大的出口额增长了一倍，对美国的出口额也增加了 40%。

随着经济的恢复，私人消费增加。2010 年，尼加拉瓜进口总额为 53.11 亿美元，与 2009 年同比增加了 21%。进口的消费品（食品和药品）和资本货（制造业）分别增加了 22% 和 16%。贸易逆差为 17.72 亿美元，同 2009 年相比增加约 1.37 亿美元。经常账户赤字由 2009 年相当于 GDP 的 15% 上升至 2010 年的 16.5%。

由于国际石油价格和粮食价格的上涨，2010 年尼加拉瓜的通胀率明显上升，前 11 个月的平均通胀率为 7.26%，而 2009 年底的通胀率仅为 2.5%。政府继续实施以爬行钉住汇率制为基础的货币政策，缓解通胀压力和外汇储备压力。

2010 年，中央政府的财政收入与 2009 年同比增加了 1.1%，财政赤字减少了 1.1%。这是由于政府增加税收和削减公共开支。政府开支占 GDP 的 23.7%，相较于 2009 年下降 0.6%，这是由于政府维持工资总水平不变和减少对电力消费的补贴。同时，政府对社会保障体系的开支增加 1%。这些措施使得公共部门增加开支的需求减少，公共部门赤字下降 2.3%。

2010 年前 9 个月，尼加拉瓜侨汇收入约为 5.98 亿美元，占 GDP 的 13%。预计 2010 年侨汇收入将比 2009 年增加 6.5%。

2010 年 1 月，尼加拉瓜正式启动税收改革。此次改革距离上次税收改革已有 5 年之久。改革的目的是增加财政收入和弥补预算赤字。受世界金融危机的影响，政府的财政收入下降。此次改革内容包括扩大税基和调整税率，以保证增收税收占 GDP 的 0.7%。改革措施包括修改"财政公平法"，以便在保障宏观经济稳定的情况下，缓解增税对企业、就业和工资的不利影响。政府在 2010 年 8 月实施新的"尼加拉瓜中央银行机构组织法"。这项法律旨在增强透明度、保持财政稳定、强化和简化税收体系、设置合理的免税机制评估框架。

尼加拉瓜在近年重视旅游业的发展。2010 年，政府预计投入资金 2.5 亿美元，在太平洋沿岸地区打造一个全国顶尖的休闲旅游度假胜地。工程的初期阶段预计于 2013 年完成。尼加拉瓜的旅游业自 2003 年以来稳步增长，2009 年旅游业收入为 3.46 亿美元，占 GDP 的 5.6%。2010 年，旅游业收入与 2009 年相比上涨 10%。然而，与中美洲其他国家相比，仍比较落后。

三 社会形势

尼加拉瓜在 2009 年开始实施《国家人类发展计划》。这项计划旨在通过改善教育、卫生、医疗、环境等领域的发展状况来消除经济增长迟缓对社会产生的不利影响。受世界金融危机影响，政府从 2009 年开始削减教育和卫生的公共开支。根据《2010 年国家财政预算》报告，教育和卫生公共开支占 GDP 的比重分别为 5.5% 和 3.8%，与 2009 年相比分别下降了 0.4% 和 0.3%。

在教育方面，政府实施"整体融入基础教育和中等教育的全球模式"，继续开展扫盲运动。尼加拉瓜的教育普及程度较低，教育质量较差。学龄儿童的入学率为 87%。其中，只有 40% 的适龄儿童完成初等教育。中等教育的入学率为 45%，只有 44% 的适龄青少年能够完成中等教育。2010 年，教育开支主要用于普及小学教育。政府在 6 月实施一项旨在推进全民 6 年初等教育的计划。尼加拉瓜目前有 180 万青年人和成年人没有完成初等教育。在奥尔特加执政四年期间，共重修和新建 6499 个教室，约 23 万学生受益。尼加拉瓜是少数文盲率低于 4% 的拉美国家之一。

在卫生方面，政府实施全国卫生体系改革。改革内容包括普及卫生服务、实行免费公共医疗和组建高水平的医疗中心。为此，政府建立家庭和社区卫生模式，开展医疗运动和卫生巡回工作，同时推动公众采取卫生预防措施。"桑地诺医生运动"是专业的医疗组织，创立于 2007 年，在全国范围内提供 50 万次免费医疗咨询，主要服务对象是农村和贫困人口。2010 年，持续强降雨和热带风暴天气造成登革热和麻风病在该国多省蔓延。政府采取紧急计划治疗和预防疾病蔓延，使疫情得到控制。

在保护自然和环境方面，政府实施国家林业计划，目的是提高公民的生活质量和促进国家森林生态系统的可持续发展；同时开展环境与自然资源部门项目，目的是提供饮用水、治理废水、扩展森林和自然保护区的面积。政府设立了国家水利资源委员会和协调与参与论坛，分别管理国家水资源和提供政策咨询与协调。

近几年，尼加拉瓜在减贫和消除社会不平等方面取得一定成就。2005～2009 年，尼加拉瓜的贫困率由 48.3% 下降至 32.9%，极端贫困率从 17.2% 降至 9.7% [1]。贫困

---

① "Nicaragua：políticas del gobierno sandinista redujeron la pobreza en 15 puntos," 9 de agosto, 2010, http：//www.patriagrande.com.ve/.

率的显著下降归功于政府在这几年积极采取的减贫措施。2007~2010 年上半年，政府为减贫和消除饥饿投入 34.4 亿美元。2010 年，社会开支占国家财政预算的 54.9%。用于减贫的开支占预算的 58%。政府开展扫盲运动，实行免费教育和医疗。此外，政府实施了一系列社会计划，包括在农村实施"零饥饿运动"和在城市实施微型贷款计划。"零饥饿运动"的目标是在 2007~2015 年使 7.5 万个家庭摆脱贫困。截至 2010 年，7 万个家庭已经由此摆脱贫困。微型贷款计划在 2007 年实施，至今已发放贷款 3370 万美元，约 8.9 万人获得贷款，并且 94% 的贷款已归还。

四 外交形势

尼加拉瓜在 2007 年加入美洲玻利瓦尔联盟，此后积极参与联盟的一体化进程。2010 年 4 月，第 9 届峰会在委内瑞拉举行，奥尔特加参加此次会议。尼加拉瓜在 3 月启用联盟的共同货币"苏克雷"。尼加拉瓜中央银行专门开设"苏克雷"账户，用于和联盟各成员国之间的进出口贸易转账及结算工作。尼加拉瓜是该联盟第 3 个启用"苏克雷"的成员国。

尼加拉瓜和委内瑞拉的关系得到进一步加强。委内瑞拉总统查韦斯在 2010 年 4 月访问尼加拉瓜。两国同意提升合作水平。委内瑞拉正在帮助尼加拉瓜兴建一座大型炼油厂，用于提炼委内瑞拉石油，其加工能力将在 2019 年达到每天 15 万桶。届时，尼加拉瓜可以实现石油产品的自给自足。截至 2009 年底，委内瑞拉已经成为继美国和中美洲之后的尼加拉瓜第三大出口市场。委内瑞拉还是尼加拉瓜获得外部援助的一个重要来源。

尼加拉瓜和一些邻国发生摩擦和冲突。10 月中旬以来，尼加拉瓜和哥斯达黎加的边界局势变得紧张。圣胡安河是两国界河。根据 2009 年国际法院做出的裁决，哥斯达黎加在这条河上享有航行权，尼加拉瓜行使航行的管制权。但是，两国边界纠纷没得到解决。哥斯达黎加指责尼加拉瓜侵占两国之间的争议领土，也就是位于圣胡安河的卡莱罗岛。尼加拉瓜则认为卡莱罗岛是它的领土。11 月初，哥斯达黎加向边境增派安全部队，并要求美洲国家组织调查此事。奥尔特加政府针锋相对，宣布将把这一领土争端提请海牙国际法庭仲裁。此外，尼加拉瓜和哥伦比亚的关系再度紧张。2010 年 6 月，奥尔特加政府给予鲁本·达里奥·格兰达政治庇护。他是哥伦比亚反政府游击队"哥伦比亚革命武装力量"主要领导人物罗德里戈·格兰达的哥哥，被认为与这支游击队存在关联。委内瑞拉在7月宣布与哥伦比亚断绝外交关系。奥尔特加政府支持委内瑞拉的这一做法，指责哥伦比亚奉行的"扩张主义政策"使尼加拉瓜受到威胁。它还表示，如果哥伦比亚在两国争端海域开采石油，将出动军队进行干预。

尼加拉瓜和美国的关系未能得到改善。美国在2008年指责桑解阵在市政选举中舞弊，并一直冻结向尼加拉瓜提供援助的"千年挑战账户"。奥尔特加政府认为美国的做法是干涉尼加拉瓜内政。2010年，奥尔特加再次批评美国在哥伦比亚设立军事基地的做法损害拉美地区的稳定。海地地震发生之后，他批评美国利用赴海地救援的机会，对这个国家实施"军事占领"，加剧了灾区的混乱。8月，奥尔特加公开批评美国企图在尼加拉瓜策动政变，只是因为没有得到尼加拉瓜军方和警方的支持而作罢。他认为尼加拉瓜的危机尚未过去，威胁仍旧存在。在经贸领域，尼加拉瓜保持与美国的合作，继续实施《中美洲—多米尼加—美国自由贸易协定》。

尼加拉瓜长期与欧盟保持密切关系。欧盟是尼加拉瓜的主要援助来源。由于欧盟批评奥尔特加政府在2008年举行的市政选举中有舞弊行为，双方的关系在近年恶化。2009年，尼加拉瓜一度退出中美洲与欧盟关于缔结《联系协定》的谈判。2010年5月，尼加拉瓜作为中美洲国家的参与方，与欧盟完成缔结《联系协定》的贸易部分谈判。这将为尼加拉瓜扩大对欧盟的农产品出口创造更为便利的条件。12月，尼加拉瓜和欧盟签署合作协议。欧盟提供3400万美元，支持尼加拉瓜发展中小企业和实施粮食安全计划。

（柴瑜　审读）

Nicaragua

Li Han

Abstract：Seeking reelection in 2011, President Daniel Ortega strengthened his control over the ruling party and the central and local government. The opposition parties failed to form a coalition due to intense internal differences and lost the

momentum to challenge the ruling party. In 2010 Nicaragua attained economic recovery from the international financial crisis which should primarily attribute to increasing overseas demand. It is notable that Nicaragua made a remarkable progress on poverty reduction by implementing the National Human Development Plan (NHDP). Nicaragua further boosted the relations with Venezuela. A major diplomatic concern in 2010 is that there was a border dispute leading to the deterioration of Nicaragua's relation with its neighbor Costa Rica.

Key Words: General Election; Reelection; Tax Reform; Education; Sucre

Ⅾ.24

洪都拉斯：内筑和谐，外修邦交

杨志敏*

摘 要：2010 年 1 月，洛沃就任洪都拉斯总统后，积极团结各派政治势力，推动实施了久拖不决的最低工资标准，进行了司法体制的改革，但新政府依然面临反对派的压力。在经历了上年 GDP 增长率为 -1.9% 后，今年洪都拉斯经济实现了 2.5% 的增长。其中，主要是受到国内生产恢复、外部出口市场复苏拉动的影响。洪都拉斯的毒品走私活动依然猖獗，社会暴力活动有待解决。尽管在过去的 30 年里，该国的人类发展指数以年均 1.09% 的增速在发展，但在全球的排名却原地踏步。新政府上台以来，有效地修复了与一些国家和国际组织的关系，国际孤立的局面有所打破，但截至目前，依然有一些国家尚未承认现政府，而美洲国家组织也没有恢复洪都拉斯的成员资格。因此，重修与这些国家和国际组织的关系是洪都拉斯政府面临的迫切任务。

关键词：团结内阁 经济复苏 最低工资 外交修复

一 政治形势

2010 年 1 月，属于"中右"的国民党人波尔菲里奥·洛沃宣誓就任新总统，开始为期 4 年的任期。自执政以来，他领导的新政府因致力于恢复国际多边融资而受到欢迎，但也面对诸多的挑战：加强不同政治势力的信任、缓解社会分化、消除 2009 年 6 月爆发的政变的影响，以及如何重新获得国际社会的认可等。

---

* 杨志敏，经济学博士，中国社会科学院拉丁美洲研究所经济室副主任，副研究员。

执政党控制着议会的多数，在议会的 128 个席位中，国民党占据了 71 席。而属于"中左"的自由党，在 2009 年 11 月举行的大选中全面失利，成为主要的反对党，在议会中丢失 17 席后，只占有 45 个席位①。

尽管洛沃组建了团结内阁，其成员来自各主要的政治党派，然而分歧主要来自被废黜的前总统塞拉亚的支持者们，尤其在涉及诸如塞拉亚回国，以及他将面对腐败指控的可能性等敏感问题时。与此同时，反对的声音还来自一些压力集团，之前它们均为塞拉亚的支持势力，其中包括工会和 2009 年政变爆发后组建的抵抗组织等。

虽然洛沃政府最近成功解决了一些与劳工相关的问题，但只要这些组织不放弃它们的一些要求，政府将难以平息它们。尽管洪都拉斯组建了团结政府并且执政党控制着议会的多数，这有利于政局的稳定，短期内也有助于政策的实施，但由于内阁成员之间缺少共同的意识形态，最终有可能造成紧张的状态。

经过近 10 个月的酝酿和拖延，洛沃总统已经宣布了一个新的最低工资标准，并于 2010 年 9 月起实施。其受到拖延的原因是双重的：（1）提高最低工资将对财政状况产生影响。2010 年 9 月，作为与国际货币基金组织达成协议的一个部分，洪都拉斯已承诺限制公共开支。此外，由于教师工资原本作为最低工资指数化的组成部分，实行新的最低工资可能造成工资上涨的比例失衡。（2）根据前总统塞拉亚于 2009 年颁布的标准，此次还需做出额外补偿，补偿幅度相当于平均最低工资的 63%。当初，塞拉亚此举意在赢得工会的支持，以使其总统任期在 2010 年 1 月届满之后得以延续。

以往，洪都拉斯设立的最低工资标准主要依据企业的经营状况和地理位置（农村和城市），但此次主要考虑地区的规模，同时兼顾地区差异。对于少于 20 名工人的企业，其最低工资标准在城市为 5500 伦皮拉（合 291 美元），在农村地区为 4050 伦皮拉（合 219 美元）。此举主要考虑了小企业对于负担过重的批评。对于拥有少于 50 名工人的企业，其最低工资增长率为 3%；超过 51 名工人的企业，其最低工资水平增长率为 7%，上述两类企业均不考虑地理位置的差异。例外的情况是出口加工企业（客户工业企业），因为这类企业已于 2008 年设立了最低工资 9% 的增长率。尽管新的最低工资标准已经实施，但政府、工会和企业

---

① EIU，*Country Report：Honduras*，December，2010.

对其褒贬不一，各方的博弈还在继续。

最近，洪都拉斯的司法制度经历了近 7 年来的第 2 次重大改革，旨在完善司法程序，增加透明度。改革的主要内容是将原来在审理起诉案件时采用的书面程序变为口头程序。新的民法典实现了对个人、家庭和商业损害索赔等民事案件相似的制度，以取代 1906 年制定的法律。以前的法律被认为书面程序冗长，往往在判决前需要拖延几年的时间。而根据新法律，法官最长要在 6 个月内作出判决，这不仅从判决时间上发生了根本性的改变，更为重要的是通过检方、公诉方的公开辩论，提高了诉讼的公正性、增强了司法程序的透明度。然而，根据之前的书面程序，只有法官和案件的直接当事人了解详细的案情。长期以来，洪都拉斯的法律制度受制于腐败和不透明的困扰，但此次改革的成效还有待时日，原因在于制度仍然相对脆弱；在新程序下培训官员也需花费冗长的时间等①。

洪都拉斯下届大选将于 2013 年底举行，预计主要的竞争将在国民党与主要的反对党自由党（或者由左派组织组成的联盟）之间进行。届时，估计自由党将竭力与高度边缘化的人物——塞拉亚——保持距离，因为塞拉亚一旦被允许回国，他依然被认为具有相当的政治影响力。不过，预计塞拉亚将终止与那些占据了其空缺的自由党领导人之间的分歧。虽然塞拉亚已经被永久地排除在再次竞选的行列之外，但他的影响力有助于团结那些较为激进的、高度分散的反对派组织，将它们转变为活跃的政治力量。这将都有助于自由党在大选中获得更多的支持。

二　经济形势

2010 年，洪都拉斯经济受到了国际金融危机和 2009 年国内政治危机的影响，估计 GDP 的实际增长率为 2.5%、人均 GDP 的增长率为 0.5%（见表 1），而 2009 年的上述指标分别为 - 1.9% 和 - 3.8%。这主要得益于消费和投资的回升，以及受主要出口市场（如哥斯达黎加、美国、欧洲和墨西哥）的复苏带来的出口增加。据洪都拉斯中央银行估计，2010 年，通货膨胀率为 6% 左右，而上年同期仅为 0.9%，其原因在于经济的复苏，以及石油和粮食（尤其是面粉和稻

---

① EIU, *Country Report: Honduras*, December, 2010.

谷）价格的上涨。2010 年 10 月，洪都拉斯与国际货币基金组织达成了一项协议，允许其进入国际金融市场融资，这有助于其实现更好的商业环境，同时增强在稳固财政和稳定经济进程中的努力。

表1   2008 ~ 2010 年洪都拉斯主要的经济指标

项　目	2008 年	2009 年	2010[a] 年
	年均增长率（%）		
GDP	4.0	-1.9	2.5
人均 GDP	1.9	-3.8	0.5
消费价格指数	10.8	3.0	5.8[b]
实际最低工资	2.8	0.2	70.4
货币供应量（M1）	3.8	5.0	3.9[b]
实际有效汇率[c]	-2.8	-7.2	-0.7[d]
贸易条件	-6.1	6.9	1.9
	年度平均值（%）		
城镇失业率	4.1	4.9[e]	6.4[e]
中央财政收支余额/GDP	-2.5	-6.2	-4.5
名义存款利率	9.5	10.8	10.2[f]
名义贷款利率	17.9	19.4	18.9[f]
	单位：百万美元		
商品和服务出口额	7335	6028	6713
商品和服务进口额	11696	8641	9548
经常账户	-1800	-449	-815
资本和金融账户[g]	1633	24	811
国际收支余额	-167	-424	-4

注：a 为初步估计值；b 为 2010 年 10 月之前的 12 个月变化值；c 为负值表明本币实际升值；d 为 2010 年 1 ~ 10 月与 2009 年同期的比较情况；e 为 2010 年 5 月的数据；f 为 2010 年 1 ~ 9 月的平均值；g 为包括错误和遗漏项。

资料来源：CEPAL, *Balance Preliminar de las Economías de América Latina y el Caribe 2010*, Santiago de Chile, 2010。

2010 年 9 月，洪都拉斯的月度经济指标显示其经济增长率达到 3.2%，这主要是受到运输和通信业（8.1%）、制造业（3.9%）、农业、畜牧业、林业和渔业（3.2%）强劲增长的带动。在第一产业中，受价格上涨的利好影响，香蕉、咖啡以及对虾的产量大幅提高。2010 年，受外部市场复苏和国内消费增长的拉动，纺织品和服装、食品、饮料和烟草等成为洪都拉斯制造业中增长最快的行业。

在财政政策方面。截至 2010 年 6 月，洪都拉斯中央财政赤字增加到 514.3 万伦皮拉，相当于 GDP 的 1.8%，而去年同期为 1%。财政支出增加的 5.5%，主要由于 2009 年增加工资所致。与此同时，政府的国外捐赠所得以及所得税收入减少。政府弥补财政赤字的最大融资来源是通过国内市场和中央银行发行的 390.4 万伦皮拉债券。为解决财政失衡问题，理顺收入、社会公平和改善开支的关系，洪都拉斯政府在 2010 年上半年通过了一项立法，对税制进行重大改革，设立、恢复、调整了一些税种和税率，通过理顺公共开支、强化税收管理，力争在当年底使中央财政赤字保持在相当于 GDP 4.4% 的水平。实际上，年底的统计数据为 4.5%，这表明政府既定的目标已基本实现。

在货币政策方面。由于财政状况恶化，需要辅以一个有效的货币政策，以稳定物价水平，增加外汇储备。洪都拉斯"2010～2011 年货币计划"制定的年通货膨胀目标为 6%（上下浮动 1 个百分点）。为实现这个目标，洪都拉斯中央银行使用了公开市场操作工具。2010 年 9 月，年中的通货膨胀率为 5%，因此央行决定维持利率水平不变的政策。考虑到财政状况以及银行在公开市场上操作的结果，银行利率虽有下降，但依然偏高（实际上，贷款利率为 16.17%，存款利率为 7.91%）。尽管国际金融危机对洪都拉斯的影响犹存，但经常账户状况良好，2010 年外汇储备增加到近 9000 万美元。2010 年 1～9 月，洪都拉斯货币在名义固定汇率下，实际升值 3.3%。

在对外贸易方面。从 2010 年第一季度开始，由于受到外部市场复苏的拉动，洪都拉斯的出口开始增长。据统计，至 9 月份，出口增长了 13%（而上年同期收缩了 20.2%）。其中，农业出口强劲（14%），出口的主要产品为咖啡、非洲棕榈油和糖；制造业尤其是纺织品和服装等的出口得到温和的复苏。与此同时，进口也呈现大幅上升。其中，制造业所需的资本货进口增长 11.3%，原材料和中间产品的进口增长 13.9%。由于经济复苏和油价上涨，洪都拉斯对于燃料、润滑油和电力等的进口也在增加。预计 2010 年，洪都拉斯的经常项目赤字将会增加，相当于 GDP 的 7.2%，为上一年（3.2%）的两倍多。2010 年上半年，来自外国直接投资的外汇收入增加 11%[1]。

---

[1] CEPAL, *Balance Preliminar de las Economías de América Latina y el Caribe 2010*, Santiago de Chile, 2010.

三 社会形势

2009 年底，洪都拉斯的通货膨胀率只有3%，而据此调整的最低工资标准主要是为了补偿生活费用的上涨，但到了 2010 年 10 月通货膨胀率累计同比增长 4.3%，因此从 2010 年 9 月开始实行的新的最低工资标准的绝大多数好处已被上涨的通胀所抵消。另外，新的最低工资标准是在政府、企业主和工会三方就 2011 年工资水平开始谈判前的两个月才公布实施的。在上述背景下，工人和教师工会已经公开地表示对政府的最低工资政策等不满，而且曾威胁于 2010 年 11 月在全国主要城市举行游行示威，但在 11 月中旬举行的第一次示威活动因为参加者不多，其影响也非常有限[1]。

洪都拉斯是西半球暴力活动最猖獗的国家之一。受国际贩毒活动的困扰，洪都拉斯成为中美洲地区自杀率最高的国家，其自杀人口比例达到十万分之五十八。天然的地理条件，使洪都拉斯成为毒品走私供应链上的一个重要节点。据报道，联合国毒品和犯罪办公室将洪都拉斯、危地马拉和萨尔瓦多称为中美洲的"金三角"，并将洪都拉斯列为受毒品贸易严重影响的国家[2]。洛沃总统执政以来，洪都拉斯经济开始复苏、与其他国家的关系开始缓和，但本届政府依然面对很多挑战，其中安全问题是最为重要的议程之一。但是，受财力所限，政府只能将安全力量重点部署于中心城市，而无力顾及广大农村地区[3]。

据联合国开发计划署《2010 年人类发展报告》，洪都拉斯的人类发展指数为 0.604，在该报告所有 162 个排名的国家和地区中列第 106 位，属于中等人类发展水平之列（见表 2）。

又据该报告所作的"人类发展指数趋势（1980~2010）"的统计，在过去 30 年里，洪都拉斯的人类发展指数，由 1980 年的 0.436 增长到 2010 年的 0.604，年平均增长率为 1.09%，其人类发展指数成就排名列第 27 位。不过，自 2005 年

① EIU, *Country Report: Honduras*, December, 2010.
② Eliot Brockner, "A Year after Coup, Honduras Still Faces Public Security Crisis," http://www.offnews.info/.
③ "By Samuel Logan for ISN Security Watch, Bankruptcy and Insecurity Plague Honduras," http://www.isn.ethz.ch/.

表2　2010年洪都拉斯人类发展指数（HDI）

HDI 位次	人类发展 指　　数	出生时 预期寿命 （岁）	平均受 教育年度 （年）	预期受 教育年限 （年）	人均国民 总收入（GNI） （美元购买力平价2008）	人均GNI 位次减去 HDI位次	非收入 HDI
106	0.604	72.6	6.5	11.4	3750	5	0.676

资料来源：UNDP，"Human Development Report，2010，" http：//www. undp. org/。

以来，洪都拉斯在全球人类发展指数报告中的排名没有发生任何变化，始终居第106位①（见表3）。

表3　1980～2010年洪都拉斯人类发展指数（HDI）趋势

HDI 位次	人类发展指数（值）				HDI排名（变化）		HDI平均年增长率（%）			HDI 成就 排名
	1980年	1990年	2000年	2010年	2005～ 2010年	2009～ 2010年	1980～ 2010年	1990～ 2010年	2000～ 2010年	
106	0.436	0.495	0.552	0.604	0	0	1.09	0.99	0.91	27

资料来源：UNDP，"Human Development Report，2010，" http：//www. undp. org/。

四　外交形势

当前，洛沃政府着重于重建对外关系，以走出自2009年洪都拉斯爆发政变、塞拉亚被赶下台之后，洪都拉斯所陷入的国际孤立局面。美国和一些"温和"的拉美国家政府已经承认了洪都拉斯现政府，但要使拉美地区的其他左翼政府承认这个政权还有待时日②。

2009年，洪都拉斯爆发政变后，美洲国家组织发出了强硬的信号，中止了洪都拉斯的成员资格，迄今为止尚未恢复其成员资格③。不过，据有关机构预计，尽

① UNDP，"Human Development Report，2010，" http：//www. undp. org/.
② 2009年洪都拉斯选举结果出炉后，美国、巴拿马、哥斯达黎加、哥伦比亚、秘鲁等国政府已经予以承认，而巴西、阿根廷和美洲玻利瓦尔联盟成员国则拒绝承认选举结果，认为选举是在米切莱蒂临时政府任内进行的，因此是非法的，结果也是无效的。见EIU，*Country Report：Honduras*，December，2009。
③ 2009年7月5日，美洲国家组织作出了终止洪都拉斯成员资格的决定，http：//www. oas. org/en/member_ states/default. asp。

管洪都拉斯重返美洲国家组织的努力会受到委内瑞拉、尼加拉瓜等国的拖延，但将得到其他绝大多数美洲国家组织成员的同意，并将于 2011 年上半年重返该组织①。

洛沃政府执政后，洪都拉斯与欧盟的关系得到了恢复。2009 年洪都拉斯爆发政变后，欧盟对洪都拉斯的这场政治危机和破坏宪法秩序的行为"深表关注"，其中一些成员召回了本国大使、采取了旅游限制措施、终止了欧盟预算支持等，并且搁置了与中美洲之间的伙伴协定谈判。不过，自洛沃上台之后，他力图重修与国际社会的关系，使得欧盟预算支持得以恢复，而欧盟与中美洲伙伴协定谈判也于 2010 年 2 月得以重启②。

美国是洪都拉斯最主要的投资和贸易伙伴，与洪都拉斯的关系将因《临时保护身份协议》（The Temporary Protected Status，TPS）的延长而进一步密切。据悉，该协定主要是为了保护在美国生活的洪都拉斯非法移民，原本已于 2010 年到期。

（柴瑜　审读）

Honduras

Yang Zhimin

Abstract：President Porfirio Lobo took office in January 2010 and sought to achieve the unity of political forces. The Lobo government succeeded in enacting a new minimum wage and pushing forward the justice reform. The yearly GDP growth rate reached 2.5% in 2010 while it was −1.9% last year. During the past three decades，Honduras's average growth rate of HDI reached 1.09%. But its ranking was still very low among all nations. Drug trafficking and the worsening public security situation were major concerns among local people. The Lobo government had been recognized by the United States and some Latin American governments. But it was still facing the challenge of breaking international isolation since former President Zelaya was ousted in 2009.

Key Words：Unity Cabinet；Economic Recovery；Minimum Wage；Re-establishment of Diplomatic Relations

---

① EIU，*Country Report：Honduras*，December，2010.
② http：//www.fco.gov.uk/.

萨尔瓦多：经济缓慢复苏

韩晗*

摘　要：2010 年，萨尔瓦多总统富内斯继续坚持温和左翼执政路线。政府出台新政策，富内斯代表政府就内战问题道歉，缓解日益升级的社会问题。左翼政府保持了较高的民众支持率。在经历了近 20 年以来最严重衰退后，2010 年经济缓慢复苏。萨尔瓦多进口、出口贸易同时增长，贸易总额仍为逆差。受危机影响外国直接投资仍呈现下降趋势，侨汇收入回升。同时，萨尔瓦多国内失业率下降，正规就业岗位增加。5 月，中美洲与欧盟合作伙伴协议的签署有助于萨尔瓦多外贸多元化发展，吸引外资。2010 年，萨尔瓦多民众最关心社会安全问题。巴士爆炸、犯罪率居高不下等问题依旧困扰富内斯政府。自 2009 年萨尔瓦多宣布同古巴恢复外交关系后，2010 年两国关系进一步发展。美国仍是萨尔瓦多最重要的经贸、投资伙伴，萨尔瓦多加强了同巴西等左翼国家关系。

关键词：社会政策　战争致歉　经济复苏缓慢　农村社区互助方案

一　政治形势

2010 年，由于执政一年的萨尔瓦多总统毛里西奥·富内斯（Mauricio Funes）继续坚持其温和左翼执政路线，致力于政治进步，加强同反对党的对话，民众对萨尔瓦多转变为激进左派国家的担忧舒缓。虽然金融危机后国家经济恢复较慢，民众对治安问题不满，但 2010 年富内斯依旧保持了较高支持率。执政党法拉本

---

* 韩晗，中国社会科学院拉丁美洲研究所实习研究员，主要研究领域为拉美社会与文化。

多·马蒂民族解放阵线（FMLN）内部出现了持激进左翼观点的反对声音。

执政党在议会获得绝对多数。由于反对党右翼民族主义共和联盟（Arena）内部严重分化，拥有议会席位减少，在单一议会 84 个席位中仅占 18 席。执政党则拥有 35 个议席，支持执政党的民族团结大联盟（GANA）、国家协和党（PCN）分别拥有 12 席及 10 席。议会中的绝对多数优势（57 席）有助于政府今后更好实现执政理念。例如，2010 年财政预算及财政改革议案得以顺利通过①。

然而，最高法院同执政党间关系紧张是影响政局稳定的重要因素。8 月，萨尔瓦多最高法院宣布：国家或地方议会参选者必须参与某一政治党派的要求违宪。萨尔瓦多宪法仅规定总统、副总统候选人需归属某一获承认政党，但之前选举章程将这一要求延伸到其他选举中。舆论认为，此举会破坏执政党权利且不利于公民社会团体的代表性。最高法院将该要求视为违宪行为，并反对议员选举候选人由政党推荐的做法。目前执政党除在议会有控制权外，还拥有多个国家重要机构控制权，这些机构的最高长官都由议会选出。例如，最高法院、检察总长办公室、最高检察院、反贪调查部门等。而竞选人是否须有党派问题关系到 2012 年新一轮议会选举以及目前在议会占多数的执政党利益。总统富内斯反对最高法院的决定，认为自由参选人会将贩毒集团及犯罪团伙势力引入议会。但由于富内斯同执政党内部关系的不稳定性，为寻求今后施政顺利，他还需在下一届议会中寻求更多其他党派的支持。

为避免激化过去的紧张局势，富内斯总统决定保留 1993 年的《赦免法》，该法律保护内战期间参战军官及战争领袖免于审判与惩罚。1980～1992 年萨尔瓦多内战共造成 8 万人死亡，数万人背井离乡。战后联合国真相调查委员会曾要求起诉战争相关责任人。萨尔瓦多右翼政府在执政 20 余年中，一直秉承"原谅与遗忘"原则，逐步实现内战到民主的平稳过渡。但至今仍有许多曾受内战影响的萨尔瓦多民众不满政府这一态度。为此，富内斯及现任国防部部长克罗内尔·大卫（Colonel David Munguía Payés）决定代表政府及军方，就内战时期政府侵害人权等错误行为进行道歉。这一决定得到了多数民众的支持，一定程度上缓解了社会不满。

同时，为应对国内不断升级的社会暴力犯罪问题以及日趋频繁的有组织犯

---

① 本部分数据来自 EIU, *Country Reports*, 2010。

罪，2010 年 9 月，执政联盟得到反对派支持，在议会通过了打击黑帮组织犯罪的《反帮派法》（*Ley de Proscripción de Pandillas*）。新法案规定帮派成员犯罪刑期由 4 年延长至 6 年，团伙首领最高判处 10 年徒刑。富内斯政府颁布的新法案虽是正面打击团伙犯罪的重要手段，但其成效却有待验证。根据萨尔瓦多警方最新公布数据，2010 年 9 月遭凶杀人数为 212 人，而 10 月则达到了 344 人，2010 年前 10 个月共计 3200 人。犯罪团伙还组织了袭击公交系统等更集中的暴力犯罪行为。

打击社会犯罪的深入，又牵连出战后成立的国家警察的内部问题。2010 年初，警察体系被指与犯罪团伙相勾结。受调查的警员逾千人，包括至少 9 位最高级别警察及 5 位警察局局长。11 月中旬，27 名青年团伙罪犯因在服刑期间械斗并死于狱中，由此引发了民众对萨尔瓦多监狱系统腐败、监狱体系混乱的更多质疑。富内斯被迫将全国监狱系统负责人解职，但执政体系内反腐败问题今后仍将困扰富内斯政府。

面对复杂的社会安全问题，富内斯政府的治理还缺乏长远战略性规划。政策方针与新法律的实施还面临具体操作与执行力度等诸多问题。萨尔瓦多警察与法官力量依旧薄弱，监狱系统也并未得到很好监管。民众对安全的不满情绪以及执政党内部持激进政见者，都将为富内斯执政带来更大挑战。

2006~2009 年，萨尔瓦多司法机关实施了"司法现代化项目"。主要新建、修缮了 181 处法院及相关机构的设施。自 2008 年以来，实施了"将青年犯罪司法服务纳入青年社区空间的计划"，将社会服务和综合照顾方案与少年刑事司法服务结合起来，实行非羁押服刑。2008 年，司法机关颁布了新的《刑事诉讼法》、新《民事和商业诉讼法》等。全国总共有 556 家市级法院、207 家初审法院、27 家二审法院或法庭。

2010 年富内斯总统依旧保持了较高支持率，其温和左翼政策得到民众肯定。执政党在议会获得了绝对优势。最高法院与政党间存在分歧，腐败以及社会问题是政局不稳的最主要因素。

二 经济形势

在经历了近 20 年来最严重的经济收缩后，2010 年萨尔瓦多经济缓慢复苏。

连续五个季度的经济下滑后，2010 年第二季度经济开始回升，但 GDP 增幅仅为 0.6%。预计 2010 年全年 GDP 涨幅约为 1%。人均 GDP 预计增幅仅为 0.5%。其中农业部门增长较快，虽然在 2009 年末萨尔瓦多农业经历了灾害影响，但 2010 年农业全年增幅达到 3%。初级服务业增幅也达到了 3%，但服务业整体发展缓慢，制造业持续低迷，两项增幅均不足 1%①。

2010 年萨尔瓦多通胀压力较小。受国内市场疲软影响，前三季度通胀不足 1.1%。但受降雨影响，预计农产品、食品价格在 10 月上涨；加之能源价格年末的增长，预计萨尔瓦多 2010 年全年通胀率为 2%。

财政收支方面，2009 年 12 月，随着经济活动的全面复苏，前 9 个月萨尔瓦多实际财政收入提高了 8.7%。2010 年萨尔瓦多议会通过了旨在增加征税的税制改革。但由于管理方式及其他具体实施问题，改革实效未达到预期。2010 年度财政支出重点为社会支出。富内斯政府上台时承诺恢复经济并增加社会投入，因此政府应对金融危机项目及社会支出被放在了优先位置。政府全年总支出与 2009 年同期相比增长了 1.2%。但实际支出增长最高的则是人力支出与购买产品与服务支出，两项总计增长了 1.7%，实际资本支出方面并不连贯，2010 年该项支出同比下降了 0.3%。

2010 年萨尔瓦多非金融公共部门（包括养老金部门）赤字预计占 GDP 的 4.8%，较 2009 年下降了 0.8%。富内斯政府 2010 年财政政策的重点在于减少非金融公共部门赤字，提高私人部门信贷，这有助于保障公共财政的稳定性。由于国际贷款项目的减少，国际金融机构对萨尔瓦多投资少于预期。因此，为完成 2010 年预算，萨尔瓦多政府借助了相对利率较低的国内金融部门资金。公共部门实际债务总额预计在 2010 年将占 GDP 的 50%，达到峰值后预计于 2011 年逐步降低。

萨尔瓦多国内市场需求不足。自 2008 年内需降低 12.8% 后，2010 年增长预计仅为 3.2%，主要增长动力仍为私人消费。内需不足主要由于就业恢复缓慢，加之美国拉丁裔人口失业率高，侨汇增长缓慢。私人消费涨幅有限。因私人信贷收缩，2010 年制造业需求降低 0.7%。

2010 年萨尔瓦多进出口贸易赤字为 17.4%。出口方面，因美国需求回升，

---

① 本部分数据均源自 CEPAL, *Balance Preliminar de las Economías de América Latina y el Caribe*: *El Salvador*, Diciembre 2010。

萨尔瓦多的非传统商品出口增长迅速回升，但出口额的增长仍逊于进口额增长。在以石油为主的消费性产品进口增长带动下，2010年萨尔瓦多进口额增幅达到40%。加之占GDP16%的侨汇收入增长约2.5%，2010年政府经常性账户赤字约占GDP的2.8%。国际储备将弥补近半赤字，数额估计为27亿美元，相当于4个月的进口贸易额。其余财政赤字通过资本和金融账户弥补。2010年萨尔瓦多外国直接投资减少了16%，近两年投资额均逊于危机前水平。2009年实现投资额约为3.6亿美元，投资领域及规模都有缩减，近半数投入了商业及金融领域。

贸易政策方面，萨尔瓦多与IMF间有一项为期三年的协议。根据协议规定富内斯政府将维护财政政策及本国宏观经济的稳定，保障投资者权利。5月中美洲与欧盟签署合作伙伴协议，将有助于中美洲地区经济的发展，促进地区一体化进程，并有利于萨尔瓦多出口对象多元化，吸引更多来自欧洲的外国资本直接投资。目前已签署的自由贸易协定，虽有政府补贴，但多数并未被充分利用。政府准备通过扩大出口和增加私人投资扩大就业，促进经济进一步增长。

2010年萨尔瓦多利率已逐步降低，但仍未恢复到金融危机前水平。9月半年期名义存款利率为2.57%（实际为1.2%），1年期名义贷款利率为7.07%（实际为5.6%）。前9个月，实际存款增加了2%，同时，私人部门贷款实际降低了4.4%，全年通胀率保持平稳。

2010年萨尔瓦多金融部门管控得当，议会通过了新的金融业监管法。该法律明确规定了中央银行的职责，加强了对萨尔瓦多金融部门的监管力度。此外还在第一季度通过《投资基金法》，推动国家资本市场的发展。银行业也利用清偿能力优化其自身账务。

2010年萨尔瓦多失业率降低。截至8月，萨尔瓦多已新增约1.7万个正规就业机会，新增岗位大部分为制造业及金融服务业。虽然新增了大量正规就业岗位，但根据萨尔瓦多社保部门统计，参保率仍低于危机前水平。此外，2010年萨尔瓦多最低工资水平也未提升，考虑到物价等因素，实际最低工资水平有所下降。政府计划2011年度提升最低工资水平。

截至2010年10月，萨尔瓦多汇率实际被低估了约1.6%。这主要由于中美洲各国货币以及墨西哥比索同美元汇率普遍高估。短期内，汇率低估将有利于萨尔瓦多出口的进一步增长。

三　社会形势

受金融危机影响，萨尔瓦多 2009 年贫困率为 47.9%，极端贫困率为 17.3%①。萨尔瓦多自 2005 年以来实施了多项减贫及提高社会福利计划。在极端贫困的 100 个乡村城区发起了消除贫困运动的互助网络方案，推动教育、卫生保健和营养。富内斯政府在这一基础上，以医疗、卫生、营养和教育为重点进一步深化该方案，作为社会政策的一部分努力消除国内贫困问题，推进地区间综合发展。该方案除覆盖农村地区的 100 个乡镇（农村社区互助方案）外，还包括了存在大量非正规居住区的 43 个城区（城市社区互助方案），农村方案中侧重女性。截至 2009 年 9 月，已向 947 个家庭发放了"农村卫生和教育福利券"，5 年间领取福利券的家庭总计达到 10.6 万个。农村社区互助方案谋求向极端贫困的社会边缘人口提供额外服务，强调全民社会制度的普遍原则。2009 年 9 月，农村社区互助方案实现了计划内地区全覆盖。此外，政府进一步在城市社区互助方案内发起临时收入支持方案：向 16～24 岁青年（女性为主）每人发放 600 美元用于支付社区服务和培训（职业培训）的福利券，培训正规就业所需技能。

社区互助方案的两个分支（城市和农村）主要覆盖人力资本、基本服务和创造收入及发展生产等领域。福利券主要在人力资本领域发放；在基本服务领域，目的是改善社区的基本社会基础结构，建设和改善住房；最后，在创造收入和发展生产领域，目的是提高生产能力，实施生产性项目，重点是粮食安全和获得小额贷款等。政府提出的全民社会保护制度超出了消除贫困措施的范畴，主要解决粮食安全、就业、发展生产以及社会保障。此外，萨尔瓦多在执行联合国千年发展目标方面取得了进展，编写了第二份已实现目标的发展报告。政府承诺将进一步执行千年发展目标。

2004～2009 年，萨尔瓦多进行了教育制度改革，实施全国教育计划。其内容包括：公立学校免费高中教育、通过 EDúCAME 方案在高中更多地实施灵活的

---

① 极端贫困率：通过食品消费价格指数及非食品价格计算得出。本部分数据来自 CEPAL, *Panorama Social de América Latina 2010*, Santiago de Chile, 2010。

教育模式、建设 MEGATEC 技术学院等。根据 2008 年的数字，国家的文盲率为 14.1%，女性文盲率高于男性，分别为 16.4% 和 11.5%。2008 年 4 岁及以上人口的入学率为 33.0%，男、女性入学率分别为 35.5% 和 30.8%。城镇男性入学率为 36.7%，女性为 30.9%；农村男性入学率为 33.4%，女性为 30.7%。全国平均就读时间为 5.9 年。此外，富内斯政府制定了 2009~2014 年的教育目标：通过公共支出及国际合作项目支持，巩固各级教育，鼓励就学、防止辍学。

2005~2008 年，萨尔瓦多社会保障机构参保人数由 130 万人增加到 150 万人，增长 12.7%。覆盖面达到经济活跃人口的 29.7%，全国总人口的 23.9%，分别增长 8.5% 和 5.0%。据萨尔瓦多劳动和社会保障部数据，2009 年约有 4 万多人因国际金融危机失去了工作。为应对这一情况，政府参与全球反危机计划，通过各种措施增加就业岗位并实施临时就业方案，扩大和改善公共服务和基础设施，在城区建设和加固 2.5 万套住房，在农村维修 2 万户住房的屋顶和地面。

在社会政策方面，国家住房方案第一期（2005~2009 年）已从美洲开发银行筹集 7000 万美元，政府筹集 2400 万美元。该方案旨在提高建设部住房建设能力，加强房贷市场和监管机构，实施"改善居住区环境计划"，改善社会最弱势群体约 8305 个家庭的居住条件，同时创造了新的就业机会。另外，政府公布的 2009~2014 年"人人享有住房计划"，将为萨尔瓦多民众提供像样住房、减少质量"赤字"，同时承诺资金使用民主化、降低住房费用。

此外，"2009~2014 年构建希望：卫生战略与建议"作为发展国家医疗卫生体系水平的一项社会计划，重点发展基础卫生保健，尤其是妇女、儿童及老年人的营养计划。政府为该计划提供了 1000 万美元，用以购买药品和支付其他卫生紧急开支。

萨尔瓦多公布了国家消除童工计划，宣布 2015 年消除最恶劣形式童工，到 2020 年消除童工的"国家路线图"。为遏制人口贩运，2008 年以来萨尔瓦多出台了"消除人口贩运活动政策"与"2008~2012 年战略计划"，但在建立常设机制、提供庇护所等问题上仍有待改善。

因日益严重的暴力犯罪，社会治安问题在成为民众关注焦点的同时，也妨碍了萨尔瓦多政府相关社会政策的落实。2010 年 6 月犯罪团伙因保护费问题两次

对公共汽车发动袭击并放火烧毁公共汽车，9 月萨尔瓦多首都 40% ~75% 的公共交通线因受到犯罪团伙威胁而停运。社会各阶层要求政府采取有效措施制止犯罪浪潮。公共汽车企业主协会希望政府在部署安全计划的同时应实践安全行动战略，切实保障居民安全。富内斯政府 2010 年 6 月和 12 月分别部署 1500 名及4000 名军人打击狱内犯罪、上街维护公共安全，以应对不断升级的犯罪浪潮，维护公共安全。

从 2009 年 7 月开始，萨尔瓦多在 8 所监狱建立了"希望委员会"，探索监狱机构改革及改善囚犯待遇问题；为加强犯罪学委员会和法医队伍建设，制定"机会路线"方案；并为女囚及其子女等弱势群体设计了特别的政策。

2010 年萨尔瓦多实施了一系列社会政策，缓解因金融危机等原因带来的社会贫困。教育改革的实施有助于受教育程度的提高。社会暴力事件频繁，造成了民众对社会问题的担忧。

四　外交形势

富内斯政府的外交政策更多坚持了实用主义而非理想主义。富内斯表示，萨尔瓦多不会加入委内瑞拉等左翼国家所倡导的美洲玻利瓦尔联盟（ALBA），同时仍将继续保持同其最密切贸易伙伴国——美国——的联系，尽管与委内瑞拉政府间的联系曾帮助执政党在 2009 年赢得总统大选[①]。

移民、犯罪与贸易是富内斯 3 月访美，进一步加强双边关系的主要议题。这是富内斯总统上台以来首次访美。美国是萨尔瓦多最大贸易伙伴。据统计，美国萨尔瓦多籍移民达到 250 万人，其中仅 22 万人拥有美国临时保护身份。富内斯希望能延长 2001 年指定的 18 个月有效期。这将有助于萨尔瓦多侨汇收入，促进经济发展。受美国对墨西哥等拉美国家打击毒品犯罪及地区犯罪影响，一些犯罪力量向司法、警察力量相对薄弱的中美洲地区转移。目前萨尔瓦多境内的马拉帮已逐渐发展为地区性运毒势力。虽然近几年来同美国的合作提高了警署办案能力，但伴随不断增多的跨地区犯罪，2007 年加入反帮派跨国联盟的萨尔瓦多还将在今后进一步寻求同美国合作。

---

① EIU, *Country Reports*, 2010.

　　萨尔瓦多于 2009 年恢复了同古巴的外交关系，双边关系在 2010 年得到进一步发展。2010 年 3 月，萨尔瓦多外交部部长乌戈·马丁内斯访问古巴。两国签署了一系列协议，内容包括在卫生、教育和科技领域开展合作、建立政治磋商机制以及双方互免签证等，萨尔瓦多驻古巴使馆开馆。萨尔瓦多是最后一个在古巴设立大使馆的拉美国家。10 月，富内斯对古巴进行正式访问，双方签署了外交、教育、经济、医疗等一系列合作协定。他们是近 50 年来首次访问古巴的萨尔瓦多外长及总统。

　　萨尔瓦多与巴西为战略伙伴关系。2010 年 2 月，巴西总统卢拉访问萨尔瓦多，两国签署了包括社会环境、科技等领域的合作协议。巴西承诺向萨尔瓦多提供约 5 亿美元资助，推动公共运输现代化等方面的建设。

　　洪都拉斯新总统波菲里奥·洛沃组阁后，作为其邻国的萨尔瓦多总统富内斯即表示将承认新政府，开始实现邦交正常化。8 月两国在洪都拉斯首都特古西加尔巴举行联合地震救援演习。

　　富内斯总统上台后即宣布将拉近同中国关系。但目前为止萨尔瓦多仍保持同中国台湾的所谓"邦交关系"，因为中国台湾目前仍是萨尔瓦多外国投资的主要来源地之一。

　　2009 年萨尔瓦多签署了《〈经济、社会、文化权利国际公约〉责任议定书》，加快了萨尔瓦多加入《罗马国际刑事法院规约》进程。近年来，萨尔瓦多积极参加美洲保护和促进人权系统，对美洲国家组织其他机构表现出开放态度，并曾于 2006 年主办美洲人权法院第二十九届特别会议。

（柴瑜　审读）

Salvador

Han Han

Abstract：In 2010 President Mauricio Funes continued to follow a moderate left-wing political line. He issued an official apology for crimes committed by the former right-wing government in the country's long and vicious civil war. Salvador gained a

sluggish economic recovery in 2010 after it was hit by the deepest recession of the past two decades. It suffered from a trade deficit and its foreign direct investment was still on the decline. The Funes government failed to contain rampant crime. Public security was viewed as a major concern among local people. Diplomatically the United States remained to be Salvador's most important partner. In the meantime Salvador was strengthening the relations with Brazil and other left-wing Latin American governments.

  Key Words: Social Policy; Apology for Civil War Abuses; Sluggish Economic Recovery; Mutual Aid Scheme

危地马拉：政治暗潮涌动

芦思姮*

摘 要：2010 年，危地马拉政局表面上风平浪静，而实际上执政党与反对党之间为筹备 2011 年总统选举而暗潮涌动。经济增长缓慢、税制改革一波三折。社会安全问题加剧、打击犯罪举措收效甚微；一系列社会福利政策使执政党在农村地区支持率保持高位。在对外关系上，危地马拉政府仍旧在贸易合作、打击毒品贩运等问题上，与美国和墨西哥保持密切联系；国际合作以安全领域合作为主。

关键词：2011 年总统选举 腐败 社会安全 危美关系

一 政治形势

（一）2011 年总统选举前景

在危地马拉历史上，执政党从没有在连续两届选举中胜出的经历，但科洛姆总统因社会保障计划在低收入人群中不断上升的支持率似乎暗示他的政党有可能打破这个魔咒。根据 2010 年 1 月在《自由新闻报》上刊载的"拉丁之声"（Vox Latina）统计数据显示，科洛姆总统的民众支持率在任期过半时，仍保持高位，达到 43%，在广大农村地区尤为突出，其在农村地区所实行的低收入家庭现金补贴计划受到了广泛好评①。

2010 年 6 月，科洛姆总统通过广播对国内各反对势力、政党及相关媒体进

---

* 芦思姮，中国社会科学院拉丁美洲研究所综合理论室实习研究员。

① EIU, *Country Report*: *Guatemala*, Feb. 2010, p. 11.

行谴责，指出他们在阴谋动摇政府的统治，制造国内紧张局势。因为2011年9月的总统选举，科洛姆领导的中左翼政党"全国希望联盟"（Unidad Nacional de la Esperanza，UNE）正在积极为能够连任做准备，而这引起了保守派的敌意。他们认为科洛姆是在为2011年的选举耍阴谋手段，鉴于宪法规定，总统不能再次连任，所以科洛姆及其领导的执政党UNE正试图通过提名第一夫人桑德拉·托雷斯（Sandra Torres de Colom）为总统候选人而获得连任。而反对党一方，曾在2007年大选中败给科洛姆的中右翼政党爱国党（Partido Patriota，PP）的领袖奥托·佩雷斯·莫利纳（Otto Pérez Molina），就危国内经济复苏缓慢、社会安全隐患加剧等尖锐问题对执政党进行大肆抨击。

就目前形势来看，出现了总统夫人与佩雷斯两强争霸的局面。近两年来，总统夫人依靠在农村中实施的名为"我的家庭进展"（mi familia progresa）计划，以及城市家庭计划等一系列利民举措，在广大农村地区及城市低收入人群中获得了较高的支持率，而在大城市那些具有影响力的大企业家中的支持率却低得可怜；而佩雷斯通过其倡议的反犯罪宣言在社会上获得了积极的反响。在2010年频频爆出的政府官员腐败、与黑恶势力勾结丑闻，在社会，尤其是城市中，引起人们强烈的抗议呼声，导致政府"信任危机"，反对党如能对此加以利用，并积极在现任政府的软肋——社会安全问题——上做出令人振奋的承诺，以此博取人心，便可在大选中对执政党形成巨大的压力，从而改变国内政坛格局；而现任总统科洛姆及其夫人通过一系列社会福利政策在农村中获得的高支持率也不容小觑，执政党连任希望仍很大。总之，双方各有所长，必会在2011年为争夺国家头把交椅而使出浑身解数，最终到底鹿死谁手，让我们拭目以待。

（二）罗森伯格案终结

2009年5月10日，危地马拉著名律师罗森伯格被刺杀，在其遇害前曾预录的影带中，公开指出是危地马拉总统和第一夫人谋杀了他，这一事件引起了右翼势力的骚动。成千上万人走上大街抗议，要求总统辞职和政府改革。这是近10年来对危地马拉民主政治最严重的挑战之一。

案件调查由联合国资助的危地马拉反有罪不罚国际委员会（Comisión Internacional Contra la Impunidad en Guatemala，CICIG）负责。经过长达8个月的调查，2010年1月，CICIG主席卡洛斯·卡斯特雷萨纳（Carlos Castresana）宣布调查结果：罗森伯格因对政府腐败现状非常失望，策划了这场对自己的刺杀，并嫁祸给总统及夫人。

人民对这次事件调查结果普遍接受，案件的解决在政治上没有造成严重的消极影响，也没有使私营部门的商业利益受到重大损失，同时显示出危国内不同政治集团、社会团体对联合国 CICIG 日益增强的认同态度。案件仍需进一步调查，这依靠危地马拉司法系统运作的高效性与透明度，而就目前看来，该体系仍十分不完备，充斥着腐败现象。据统计，危国内不足3%的谋杀案得到了判决①，在这种情况下，CICIG 加强司法程序的效率与廉政显得尤为重要。本案的最终结果，仍有待于该联合国组织未来几年的调查，以及与危相关司法机构的配合。

（三）CICIG 人事调动

危地马拉反有罪不罚国际委员会（Comisión Internacional Contra la Impunidad en Guatemala，CICIG）是由联合国发起的，在联合国与危地马拉政府达成的协议基础上成立的独立调查机构，旨在致力于通过国际合作，共同打击危地马拉的有组织犯罪，同时谋求改善危政府司法和治安单位的效能，并完善危地马拉国内不健全、不完备的司法制度以及其他政治腐败问题②。

2010 年 6 月 4 日，联合国 CICIG 主席卡洛斯·卡斯特雷萨纳（Carlos Castresana）提出辞职，引起危地马拉政坛骚动，并使人们对科洛姆政府此前表示支持 CICIG 工作的承诺产生质疑。卡斯特雷萨纳辞职原因在于他认为新任命的总检察长及内政部部长孔拉多·雷耶斯与毒品贩运犯罪团伙有关联。新总检察长及内政部部长一职是由国会任命，并经科洛姆总统批准的。卡斯特雷萨纳认为立法部门及总统的这次任命应受到质疑，同时该任命并没有将 CICIG 的建议考虑进去。总检察长及内政部部长一职负责国内犯罪调查及审理，对于打击危地马拉有罪不罚问题至关重要。卡斯特雷萨纳认为对于与非法组织有联系的雷耶斯的任命违背了政府对 CICIG 的承诺。

卡斯特雷萨纳的离任使科洛姆总统处于如何与 CICIG 维持关系的紧张局面中。该组织的将来不仅依赖之后上任的新主席，还在于政府是否切实履行对

---

① EIU，*Country Report*：*Guatemala*，Feb. 2010，p. 11.

② 联合国 CICIG 官方网站，http：//cicig. org/index. php? page = about。

CICIG 的承诺。迫于卡斯特雷萨纳辞职带来的各方压力，危地马拉宪法法院不久便免除了刚刚上任 3 个星期的雷耶斯总检察长的职务。

不久，哥斯达黎加检察官弗朗西斯科·达扬内斯（Francisco Dall'Anese）被联合国任命为新的 CICIG 负责人。CICIG 与危地马拉政府之间如何修复裂痕，以及 CICIG 如何更加有效地应对危政府关键部门的腐败都是我们应该关注的问题。

（四）前总统引渡案

2010 年 1 月，危地马拉司法当局下令逮捕前总统（2000～2004）阿方索·波蒂略（Alfonso Portillo），应美国司法部门要求，危地马拉将以"洗钱罪"向美国引渡波蒂略。据美方指控，波蒂略执政期间，"将总统办公室变成了自己的自动提款机"，共利用美国银行洗钱近 6000 万美元①。这是危地马拉第一次处理前总统面临贪污腐败审判的事件，因此如何协调本次行动对 CICIG 与危司法机构都将是一次不小的挑战。

二 经济形势

（一）经济政策

科洛姆政府一直致力于推动税制改革，而反对派从中作梗，阻碍税改之路，使其一直处于搁置状态。政府以税制改革在国会通过为主要目标，不断施压，并致力于对逃税漏税问题的监控。随着 2011 年总统选举的临近，立法部门的效率低下将会愈发显现出来，这将阻碍政府已提上议程的一系列改革举措的通过，其中包括 IMF 建议的银行体系改革。在解决资金短缺、赤字增加方面，科洛姆总统大力鼓励外国投资来振兴国内的生产部门，同时通过与多边金融机构（如 IMF 等）签订新的债务合同以及在国内外市场发行债券等渠道进行融资，弥补亏空。据统计，政府全年已发售 62 亿格查尔（约相当于 7.7 亿美元，占 GDP 的 1.8%）②。

---

① EIU, *Country Report*：*Guatemala*，May. 2010，p. 20.
② EIU, *Country Report*：*Guatemala*，Dec. 2010，p. 5.

（二）经济增长[①]

伴随着外部的有利条件，2010 年危地马拉农业、制造业呈现温和回升迹象。尽管一系列自然灾害造成了巨大经济损失，一定程度上阻碍了经济的复苏，但政府致力于宏观经济调控与实行相对宽松的货币政策，使得危地马拉在 IMF 和各国际评级机构中获得了积极的评价。2010 年 5 月，IMF 指出，危地马拉经济活动正逐步复苏，政府适当的经济管理使得通货膨胀处于较低水平，外汇储备逐步增加，汇率趋于稳定，在扩大内需、国际贸易、私人资本流动方面也取得一定进步。2009 年 4 月，危政府与 IMF 签订了为期 18 个月的 9.35 亿美元的预备贷款协议，而 2010 年 9 月，IMF 宣布危地马拉已按时完成还贷目标。但是，根据拉美经委会统计数据（见表 1）显示，2010 年危地马拉实际 GDP 并没有大幅增长，

表 1　2008～2010 年危地马拉主要经济指标

单位：%，百万美元

项目　　年份	2008	2009	2010[a]
GDP 年增长率	3.3	0.5	2.5
人均 GDP 增长率	0.8	−2.0	0.0
消费物价变化率	9.4	−0.3	5.3[b]
实际最低工资增长率	−1.6	−10.2	5.1
货币(M1)增长率	3.2	5.7	9.5[c]
实际汇率变动率[d]	−5.1	3.7	0.1[e]
贸易比价变动率	−2.7	8.5	−0.3
政府预算余额占 GDP 比重	−1.6	−3.1	−3.5
名义存款利率	5.2	5.6	5.5[f]
名义贷款利率	13.4	13.8	13.4[f]
商品和服务出口额	9720	8843	9812
商品和服务进口额	15570	12515	14406
经常账户余额	−1773	−217	−1095
资本和金融账户余额[g]	2106	690	1389
总余额	333	473	294

注：a 为初步估计值；b 为至 2010 年 11 月前 12 个月变化值；c 为 2010 年 10 月前 12 个月变化值；d 为负值表示实际升值；e 为 2010 年 1～10 月与上年同期的平均变化值；f 为年度指标 1～10 月的平均值；g 为包含错误与遗漏。

资料来源：联合国拉美经委会根据官方数据作出的统计。

---

① 本部分除特别说明外，均采用 CEPAL, *Balance Preliminar de las Economías de América Latina y el Caribe 2010*, Santiago de Chile, 2010. 数据。

拉美黄皮书

为2.5%，与复苏势头强劲的其他拉美国家相比，处于偏下水平，但与2009年仅为0.5%的增长率相比，仍有大幅度上升。据拉美经委会预计，受内需增长以及灾后重建公共投资的拉动，2011年经济回升幅度会更大。

2010年，全年财政总收入比2009年增加了1.7个百分点，而总支出下降了0.3个百分点。税收收入相当于GDP的10.6%，略高于上年的9.9%，但仍低于GDP的13.2%的目标。科洛姆政府希望2011年税制改革法得以通过，使年税收收入至少达到GDP的10.8%。由于自然灾害所造成的大量公共支出，2010年财政赤字很可能达到GDP的3.5%。政府的公共债务水平达到GDP的24%，高出2009年1个百分点。政府预计用于五年重建计划的公共投资将达到约154亿格查尔（占2010年GDP的4.6%），资金缺口高达120亿格查尔。政府希望其中的62亿可以通过国际融资来解决。

据拉美经委会预计，2010年实际货币供应总量，受经济复苏的影响，有所增长（3.2%）。实际贷款和存款利率分别有7.1%和0.8%的上升，分别低于2009年11.8%和3.7%的水平。为了使用货币手段调控流动性、缓解通胀压力，银行在年底逐渐开始提供短期有息存款业务。尽管外币信贷业务（占总信贷的25%）萎缩7.1%，但以本币格查尔结算业务（占总信贷75%）上涨6.6%，因此平均而言，总信贷额上升3.2%。

2010年，商品出口一改去年的颓势，上升了11.8%，豆类、香蕉、蔗糖等传统出口产品出口额增长13.4%，非传统产品出口增长11.2%。而进口方面，由于对中间产品需求的增大以及私人消费水平回升的影响，呈现较大幅度增长，增幅高达15.7%。资本货物进口和生活消费品进口分别上升了10.8%和9.5%。进口的强势增长也使贸易赤字达到GDP的9.8%[①]，经常账户赤字达到GDP的2.7%。

从各产业部门情况看，一方面，服务业增长3.5%、制造业2.2%、农业1.6%，而另一方面，建筑业遭遇大幅萎缩，降幅达12.2%。这是因为金融业仍未完全复苏，依旧存在不确定性因素以及供给过剩造成的。矿业下降0.4%。由于受到热带风暴等自然灾害影响，农业增速放缓，但仍有1.6%的增幅，这是由于用于出口的传统农业作物面积有所扩大，一定程度上抵消了自然灾害带来的冲击。

---

① EIU, *Country Report*：*Guatemala*, Dec. 2010, p. 8.

需求方面，固定投资总额下降 5%，但与 2009 年 15% 的降幅相比，已有所好转。私人投资下降 2.8%，公共投资减少 13.6%。总消费水平上涨 1.9%。据拉美经委会统计，截至 2010 年底，由于受国内需求回升和进口商品价格上涨等因素影响，较上年相比，通货膨胀率有所上升，约为 5.5%，但仍处于央行的目标区间 4.5% ~ 6.5% 之内。截至 2010 年底，消费价格指数达到 5.3%。家庭侨汇收入增长 3.7%。

三　社会形势

（一）概况

危地马拉约 1403 万人口①，贫困率高达 51%，极端贫困率为 15%，儿童（5岁以下）营养不良率高达 49%。就业方面，就业人口占总人口的 38.5%，半就业率为 23.8%。公共部门月平均工资约为 2000 格查尔（合 250 美元），高于私营部门月平均工资（1500 格查尔）。教育方面，中学入学率 37%，成人文盲率27%②。

（二）打击暴力犯罪和腐败举措收效甚微

历经 36 年的内战给危地马拉埋下了暴力犯罪的种子。尽管经过科洛姆政府当政 3 年的整顿有所好转，但是暴力犯罪问题仍是危全国最亟待解决的社会遗留问题。"有罪不罚"仍然在社会上大肆蔓延，危地马拉依旧是拉美最腐败的国家之一。

2010 年 6 月，CICIG 前负责人卡斯特雷萨纳的辞职爆出政府高层与毒品贩运犯罪团伙有关联的丑闻。该国有组织犯罪大幅蔓延，犯罪势力在警方和政府内部已编织出一张错综复杂的"犯罪网"。危地马拉的法治和安全受到空前严峻挑战。毒品走私贩运受周边国家有组织犯罪团伙的支持，形成跨国家、跨地区犯罪

---

① 世界银行：《2009 年世界发展指标》，http：//www.workinfo.com/Workforce/20997_ devindicators.
pdf。
② 危地马拉国家统计局：《2010 年国家就业与工资调查》，http：//www.ine.gob.gt/。

网。由于国家低税收水平造成的资金短缺、法律监管缺失、司法能力落后等问题，大幅度限制了政府有效打击地区犯罪团伙的力度。走私贩毒团伙通过金钱逐步对政府部门以及核心安全部队进行渗透。危地马拉正面临陷入有组织犯罪势力掌权的危险，这一严峻的形势亟待政府提出一项全面打击跨国犯罪的长效综合机制。

（三）千年发展目标达成无望

危地马拉政府曾承诺在 2015 年前将该国贫穷指数、文盲率、疾病和环境恶化指数，降低一半。而在 2010 年 9 月，联合国千年发展目标峰会召开前夕，科洛姆总统表示，危政府一直致力于改善教育、医疗质量环境，并照顾极端贫穷和失业人口。但由于危地马拉经济社会结构性问题和今年自然灾害对经济造成的巨大损失，降低贫穷指数的努力收效甚微，距离联合国所订的"千年目标"还很远，无法在 2015 年前将贫穷指数降低 50%。

（四）社会福利政策

科洛姆政府对低收入家庭实行现金补贴计划。第一夫人负责三项城市家庭计划，分别是学校开放、低收入家庭食品配送、自助餐厅补给食物，并领导"我的家庭进展"农村计划。官方数据显示，截至 7 月底，全国 177 个农村地区中333 个乡镇中的 61 万贫困家庭因这些计划受益。受益家庭每月可获得 63 美元补助，已有约 163 万名儿童因此得到上学的机会，并享受到医疗服务①。

（五）自然灾害频发

2010 年 5 月底，热带风暴"阿加莎"（Agatha）来袭，引发山体滑坡、泥石流等自然灾害。全国受灾人数达到 40 万，2 万余处房屋受损。特别是农村地区，农业生产，包括咖啡、香蕉种植遭受严重破坏，经济损失达 4.7 亿美元。此外，2010 年地震频发、帕卡亚火山喷发、强降雨都为危地马拉人民生活带来了巨大的不便，造成了人员和财产损失②。

---

① 危地马拉新闻社，http://noticias.com.gt/nacionales/20100728 - publican - cobertura - del - programa - mi - familia - progresa. html。
② EIU, *Country Report*: *Guatemala*, Aug. 2010, pp. 23 - 24.

四　外交形势

（一）概述

危地马拉政府仍旧在贸易合作、打击毒品贩运等问题上，与美国和墨西哥保持密切联系，但是美国越发严苛的移民政策及墨西哥毒枭向危蔓延的趋势将成为危政府与两国关系摩擦的隐患。科洛姆政府一直致力于拉美地区一体化进程的发展与自由贸易协定的推动。由来已久的与伯利兹的领土争端短期内仍难以解决，危地马拉可能会将问题诉诸海牙国际法庭。

（二）危美关系中的性病丑闻公开

2010 年 10 月，美国医学史学家发现并揭露 60 年前美国用危地马拉人做非法实验并故意使 1500 多人感染梅毒等性病的文件。此事件引起美国与危地马拉两国高层关系的紧张。科洛姆总统认为这类实验是"反人类的罪行"。美国方面向危地马拉性病实验受害者致歉。此外，美国总统奥巴马也与危总统通电话表示歉意。两国将建立一个双边委员会，研究对受害的幸存者或对家属补偿的问题。

（三）危地马拉与中国的民间交往

危地马拉与中国尚未建立外交关系，但两国的民间交往在近年来日益密切。在 2010 年上海世博会中南美洲联合馆中，危地马拉国家馆以"玛雅人的遗产：一个永恒的春天"为主题，突出展现了玛雅文明历史。而在危地马拉国家馆日，上海世博会危地马拉展区总代表和中国人民对外友好协会领导都出席了仪式并致辞。危地马拉为参观者展示了该国城市的现代管理和对美好未来生存模式的探究，让中国人民深刻感受危地马拉文化的多样性。以此为契机，两国人民进一步增强了互信互利的友好关系。

（四）危地马拉与欧盟关系

2010 年 5 月下旬，欧盟和中美洲国家举行首脑会议，正式签署了双边自由贸易协定。该协议包含欧盟与中美洲国家进一步实现贸易自由化以及促进双边贸

易和投资等方面的规则。危地马拉是拉丁美洲唯一一个没有反垄断立法的国家。该国经济部长承诺以中美洲与欧盟签订的此项协议为契机，危地马拉将会在未来3年内拥有自己的竞争法并在6年时间里通过该项立法。

（柴瑜　审读）

Guatemala

Lu Siheng

Abstract：In 2010 Guatemala maintained political stability, but the upcoming presidential election in 2011 made the situation complex and sensitive. The ruling and opposition parties were making preparation for election campaigns. Guatemala only met a sluggish economic growth in 2010. The Colom government conducted a tax reform which fell into stagnation due to popular opposition. Crime control measures failed to achieve effects as a result of lacking legal supervision and judicial capacity. The rural programs improved peasants' living condition and contributed greatly to promoting President Colom's popularity. Guatemala maintained close relations with the United States and Mexico, attaching importance to trade and anti-drug battles.

Key Words：Presidential Election；Corruption；Social Security；U. S. - Guatemalan Relations

Ｙ.27

巴拿马：运河工程拉内需

谌园庭*

摘　要：政治方面，马蒂内利政府赢得民众信任，政府大力打击犯罪，维护公共安全，并取得一定成效。但在执政过程中，现政府也遭到不少反对的声音。政党格局呈现新的发展态势，反对党民主革命党感受到来自执政联盟的压力。经济恢复了快速增长的势头，宏观经济形势总体向好。财政收入良好，通货膨胀压力加大，贸易顺差有所扩大，未来经济前景向好。社会局势总体稳定，贫困现象有明显改善，实际工资略有上升，失业率基本持平，腐败情况有所缓解，但改革措施也引发了民众骚乱。外交上积极推动美国国会批准巴美自贸协定，谋求加入亚太经合组织，宣布退出中美洲议会。

关键词：改革　公共投资　自由贸易协定

一　政治形势

马蒂内利政府赢得民众信任。2009 年 7 月执政后，马蒂内利旨在建立一个中间偏右具社会正义的廉洁高效政府，给企业提供有利的发展环境，包括轻赋减税及检讨不公平的补贴政策，同时将解决卫生、教育、运输、治安等问题及兴建地铁等公共基础建设，对资源配置以照顾弱势及偏远地区民众为主。其中，公共安全是政府在 2010 年重点关注的问题，政府大力打击犯罪，维护民众安全，并取得一定成效。与 2009 年相比，犯罪率下降 12%。2010 年共缉获

---

* 谌园庭，法学硕士，中国社会科学院拉丁美洲研究所助理研究员，主要研究领域为墨西哥外交、中拉关系、中美洲外交。

76 吨的毒品，比 2009 年增加 20 吨，并在境内破获了 4 处毒枭空运和海运基地。马蒂内利宣布，巴拿马政府要对犯罪组织全面宣战，警告说："你们要是危害了政府、警察和善良的老百姓，就等着进医院、监牢或是墓地吧。"专业民意调查机构迪希特·内拉公司 2010 年 3 月初的报告显示，马蒂内利执政 9 个月来，69.1% 的巴拿马民众对其工作持肯定态度。到 2010 年 11 月，民意支持率上升到 73.1%，其中 9.5% 的受访者认为马蒂内利的工作是出色的，63.6% 认为良好①。

但在执政过程中，马蒂内利政府也遭到不少反对的声音，而最大的在野党民主革命党也加强了对政府的监督和批评。2010 年 5 月，民主革命党揭露，在与哥伦比亚交界的达连省有美国士兵及美国人员活动，并要求巴拿马政府澄清边境地区的情况。12 月，巴拿马内阁委员会任命何塞·阿玉·普拉多（Jose Eduardo Ayu Prado Canals）担任国家总检察长一职，此举遭到民主革命党批评，因为普拉多正在调查前总统民主革命党人埃内斯托·佩雷斯·巴利亚达雷斯涉嫌洗钱的案件，升任总检察长一职是马蒂内利对其的奖赏。而马蒂内利在劳工等领域的激进改革，被一些媒体及反对者批评为有独裁的倾向。

政党格局呈现新的发展态势，反对党民主革命党感受到来自执政联盟的压力。2009 年大选中，当时的执政党民主革命党败北，不仅失去总统宝座，在国会中也沦为少数派，仅赢得了 25 个席位②。尽管如此，民主革命党仍是巴拿马第一大政党。大选后，不少民主革命党成员受到经济或司法方面的压力，被迫更换党派，加入总统所在的民主变革党。民主革命党成员由此大量流失，从大选前的 63.4 万人急剧下降到目前的 52.6 万人。此外，马蒂内利还在酝酿取消对政党的选举补贴，将这些资金用于增加对老年人的补助，此举被认为将对民主革命党相当不利。在这种情况下，巴拿马市区的民主革命党代表举行招待会，表示尽管处于压力之下，但要团结成一个有实力的在野党对抗马蒂内利政府。

---

① "La Popularidad de Martinelli Sube 4, 1 Puntos en Noviembre, Según Encuesta," http://www.noticias.com/la-popularidad-de-martinelli-sube－4－1－puntos-en-noviembre-segun-encuesta.798785.

② 巴拿马国会为一院制，由 71 名议员组成。本届议会于 2009 年 7 月 1 日组成，各党派所占席位如下：变革联盟 41 席（巴拿马主义党 19 席，民主变革党 15 席，爱国联盟党 4 席，民族主义共和自由运动 2 席，祖国道德先锋 1 席），民主革命党 25 席，人民党 1 席，独立党派 4 席。

二 经济形势

受国际金融危机的影响，巴拿马经济中断了长达 5 年的快速增长步伐，2009 年 GDP 增长率仅为 3.2%。2010 年，在国内私人需求和公共投资的刺激下，巴拿马经济恢复了快速增长的势头，据联合国拉美经委会统计，GDP 增长率达到 6.3%①。由于经济增长前景向好，2010 年巴拿马主权债务获得投资级别评级。

2010 年有三个部门经济增长最快，首先是运输和电信部门，在电信、港口服务以及空运和公路货运等行业的带动下，增长率达到 14.3%；其次是国内贸易部门，增长率为 10.2%，这主要得益于批发业和零售业的增长；最后是酒店和餐饮业，增长了 9.6%，原因是游客的增加和内需的扩大。与此相反，由于鱼虾等捕捞量及出口量的降低，渔业收缩了 18.1%。

作为巴拿马运河扩建计划主体工程的巴拿马运河第三套船闸建造工程于 2010 年 6 月 30 日举行正式动工仪式，这是推动经济增长的一个重要因素。新船闸建造耗资 31.18 亿美元，建成后巴拿马运河货物年通过量将为现在的 2 倍。此外，政府的战略计划还包括一些重大基础设施项目，未来 5 年的公共投资将达约 136 亿巴波亚。这些项目将有助于提升巴拿马经济的竞争力，缩小巴拿马目前的基础设施缺口。

宏观经济形势总体向好。财政方面，2010 年上半年非金融业公共部门赤字占 GDP 的 0.3%，预计到年底赤字将增至 GDP 的 1%，但不会超过财政和社会责任法规定的 2% 的上限。2010 年财政收入增加了 12.7%，超过了同期财政支出 4% 的增长。财政收入增加主要受益于税收收入的增长，包括消费税等税金的调整②和税率的提高。税收的增加不仅为未来几年的公共投资提供资金支持，也将使政府债务水平持续降低。公共债务占 GDP 的比重从 2009 年的 44.4% 降低到 2010 年的 42.5%，2011 年将继续削减到 40%。2011 年的国家预算是 130.09 亿美元，比 2010 年高出了 1050 万美元左右，其中 46% 用于资本项目开支，54% 用

---

① CEPAL, *Balance preliminar de las economías de América Latina y el Caribe 2010*, http://www. cepal. org/publicaciones/xml/8/41898/PANAMA_ ESP – 28dic10 – v2. pdf.

② 2010 年的税制改革方案之一就是将消费税的征税税率从 5% 上调为 7%，从 7 月 1 日起开始实施。

于经常性开支。

2010 年巴拿马银行业展现出了新的活力，这一发展趋势将延续到 2011 年。截至 2010 年 7 月，国内私营部门的信贷总额为 2325.80 万美元，比上年同期增长 8%，抵押贷款同比增长 13.6%，信用卡业务则扩大了 16.9%。个人消费和汽车贷款利率为 9.7% 和 7.9%，较上年同期下降了 1.26% 和 0.67%，信用卡使用利率下降到 16.1%，同比下降了 0.56 个百分点。根据巴拿马财政部的报告显示，截至 2010 年 9 月，国家银行系统的资产超过了 27 亿美元，其中增长最快的是国内信贷，达到 24.38 亿美元，这意味着银行和企业之间开始建立起强大的信任①。

但是，受国际燃油和食品价格的驱动，到 2010 年 10 月，通胀率同比增长 4.1%。其中，交通、烟草、娱乐、保健和服装等行业价格上涨明显。预计到 2010 年底及未来两年内，通胀率将与目前的水准持平，这与国内需求的走强、营业税的上涨和全球经济复苏导致的食品及石油价格的上涨压力相符。

贸易顺差有所扩大。2010 年商品和服务贸易总额为 353.14 亿美元，比上年增长 10%，其中，进口额为 174.40 亿美元，比上年增长 12.9%，出口额为 178.74 亿美元，比上年增长 7.3%，顺差 4.34 亿美元，而 2009 年的顺差是 1.20 亿美元。贸易顺差主要来自于服务贸易。2010 年商品贸易逆差达 27.99 亿美元，服务贸易的顺差达 32.33 亿美元。

联合国拉美经委会预测，2011 年巴拿马的经济增长率为 7.5%。持续大规模的基础设施投资是推动内需的主要动力，包括巴拿马运河扩建工程、地铁等公共交通系统、酒店及住房建筑等项目。而国内需求走强则是推动巴拿马未来几年经济持续高速增长的关键因素。巴拿马政府预测，2011 年经济增长率可望达到 8% ~9%，成为拉美最具经济活力的国家。

三　社会形势

巴拿马社会形势总体稳定。近几年，贫困现象有明显改善，在拉美属中等贫

---

① 《巴拿马商业银行资产增加》，http://panama.mofcom.gov.cn/aarticle/jmxw/201011/20101107235507.html。

困国家（低于32%）。与2002年相比，2009年贫困率从36.9%下降到26.4%，赤贫率从18.6%下降11.1%①。其中0~15岁贫困儿童大幅减少，但是15~24岁贫困母亲的生育却在增加。

巴拿马从小学至大学实行免费教育，对6~15岁儿童实行义务教育。2007~2008年小学入学率为99%，初中和高中的入学率分别为77%和51%。

巴拿马是拉美地区政府社会开支较高的国家之一，但与近两年公共开支的增长幅度相比，社会开支仍显不足。2008年公共教育支出相当于GDP的4.1%，比2007年的4.5%稍有下降。

实际工资略有上升。受益于经济的快速增长，2010年实际工资增长了2.1%。此外，劳工保险也将上涨。根据国家社保局第153条例，自2011年1月1日起，劳工保险将上涨到13.6%，包括各部门的受雇员工、雇主和独立劳动者。

尽管经济增长前景向好，但由于经济增长大部分是受资本拉动，且劳动力市场存在较大刚性和滞后性，就业率不太可能快速回到2008年那样高的水平。因此，2010年失业率将与2009年的7.9%基本持平，为7.7%，2011年失业率也不会明显下降②。马蒂内利承诺，未来3年，巴拿马政府将投资130亿美元从事公共建设，预估可创造34000个工作机会。

腐败情况有所缓解。在2010年清廉指数的排名中，巴拿马居第73位，得3.6分，比2009年的排名向前提升了11名。马蒂内利总统上台后，加大了打击腐败的力度。最高检察院的贪污受贿案以及首都托库门国际机场的16名海关官员收受贿赂、私分没收外国人的货物而被撤职，这都显示了政府反腐的决心。但是，反腐问题不是一蹴而就的，前总统埃内斯托·佩雷斯·巴利亚达雷斯因涉嫌洗钱，目前仍在接受调查。2010年7月，巴拿马前国防军总司令诺列加被法国司法机构因洗钱罪判处7年监禁，同时应当赔偿巴拿马国家100万欧元。巴拿马外交部已经向法国外交部提出了引渡申请。

尽管社会形势总体稳定，但新政府推行的各项改革引发了民众抗议和骚乱。

---

① CEPAL, *Panorama social de América Latina 2009*, Santiago de Chile, 2010.

② CEPAL, *Balance Preliminar de las Economías de América Latina y el Caribe 2010*, Santiago de Chile, 2010.

2010 年 6 月巴拿马国会通过了第 30 号法令。该法令同时修改了 3 条宪法条文和 6 条非基本法条文，允许企业解雇罢工工人，规定封路抗议者将被监禁两年，并限制工人加入工会的权利。大批巴拿马工会人士、环保人士和普通民众对此表示不满，并频繁举行罢工和抗议。7 月，巴拿马西部城市钱吉诺拉市香蕉种植园工人集体罢工，最终演变为与防暴警察的流血冲突，持续 3 天的骚乱造成 2 人死亡，至少 120 人受伤，115 人被捕。首都巴拿马城和中部圣地亚哥市也发生了声援钱吉诺拉市的示威活动。经过谈判，工会与政府达成协议，罢工结束。10 月，政府被迫废除 30 号法令。此外，由于工资待遇问题，教师、医生等行业都举行过示威抗议。

四　外交形势

巴拿马因其运河、船舶登记、转口贸易及国际金融等业务均以全世界为服务对象，传统上一直采取多元睦邻政策。对外经济关系在巴拿马外交政策中占据重要地位。目前，对外经济关系的基本目标是：以巴拿马运河为中心，广泛吸引外资，积极开展自由贸易谈判，扩大与世界其他国家和地区的经贸往来。继与加拿大成功签订自由贸易协定之后，2010 年马蒂内利政府与韩国、哥伦比亚、秘鲁等战略伙伴就贸易协定进行了磋商。此外，巴拿马政府努力加强与亚洲地区的经贸联系，加入亚太经合组织是其经贸战略中的重要环节，巴希望借此成为亚太国家在拉美的贸易、物流及金融中转站。目前巴拿马加入亚太经合组织已得到智利、越南、墨西哥、菲律宾、秘鲁和俄罗斯的支持。

美国为巴拿马外交的重中之重，两国关系密切。在反恐及扫毒方面，双方相互支持及配合。2010 年 9 月，美国政府承诺援助 1000 万美元，供巴拿马执行一项加强治安及打击国际组织犯罪的计划。此外，巴拿马现政府对美外交重点在于促进美国国会批准 2007 年 6 月签订的巴美自贸协定。马蒂内利于 2010 年 12 月访问华盛顿，游说美国企业界推动国会通过两国自贸协定。而由共和党占多数的美国新众议院，很可能会在 2011 年初推动美巴自贸协定的通过。广泛吸引外资也是巴拿马对外政策的基本目标，为此，马蒂内利利用出访华盛顿之机，举行招商引资活动，其主要目的是吸引美国的投资者。2010 年 8 月，由美国南方司令部牵头，一年一度的"联盟力量"联合军事演习在巴拿马运河举行，美、德等 19 国参加了此次演习，目的是保障运河安全和中立。

马蒂内利上台后，宣布巴拿马退出中美洲议会。该决定遭到其他成员国的反对，并向中美洲法庭控告巴拿马擅自退出议会。巴拿马则表示不承认中美洲法庭的管辖权，也拒绝接受任何审判结果。2010 年 6 月，巴拿马在中美洲一体化体系国家首脑会议中，建议取消现在的议会，重新成立新中美洲议会。

中国和巴拿马无外交关系，但双边经贸关系发展迅速而且联系密切。巴拿马现为中国在拉美地区的第 6 大贸易伙伴，中国是巴拿马的第三大出口市场。据中国海关统计，2010 年 1～11 月两国的贸易总额为 105.55 亿美元，同比增长 83.8%。其中，中方的出口额为 105.32 亿美元，同比增长 83.9%；进口额为 2267 万美元，同比增长 39.8%①。中国（包括香港和台湾在内）是巴拿马运河的第二大用户。中国大陆每年约 400 艘船只通过运河，缴纳各种费用 4000 万美元。由于中国公司参与巴拿马运河扩建工程，还被美国保守派认为引发了美中利益冲突。

巴拿马与中国台湾有所谓的"邦交"关系。2010 年 10 月，巴拿马总统马蒂内利访台，这是 6 年来中美洲国家领导人第一次访问中国台湾，而中国台湾将此视为是与巴拿马关系稳定的象征。

（贺双荣　审读）

Panama

Chen Yuanting

Abstract：Currently President Ricardo Martinelli enjoyed a high popularity and the ruling coalition obtained an expanded advantage over the major rivalry PRD party. Panama had a strong macroeconomic performance in 2010. But the inflation pressure remained to be rising. There were a remarkable decrease of poverty rate and a slight

---

① http://www.haiguan.info/OnLineSearch/index.aspx.

increase of real wages. The Martinelli government vigorously fought against crime to improve public safety. Panama expected to advance the relations with the United States and especially aspired for the U. S. Congress approval of the bilateral free trade agreement. With the aim of boosting its ties with Asian economies, Panama made its commitment to become a "full member" of the Asia-Pacific Economic Cooperation forum (APEC).

Key Words: Reform; Public Investment; Free Trade Agreement

多米尼加：执政党地位稳固

范 蕾*

摘 要：2010 年，执政的解放党在中期选举中赢得较大的议会席位优势。执政党地位更加稳固，但腐败问题治理不善导致民众不满情绪增加。原多米尼加第三大政党力量削弱，政党格局从"三足鼎立"向"两雄争霸"过渡。经济开始复苏，建筑业成为最大推手。财政支出仍十分庞大。社会形势喜忧参半。腐败和毒品犯罪问题突出。对外关系具有明显的多元色彩。海地震后移民涌入，移民政策在两国关系中的关键性影响凸现。

关键词：2010 年 多米尼加 形势

一 政治形势

2010 年初，多米尼加新宪法生效，有关立法、行政、司法三权的修订引人关注。5 月 16 日，中期选举如期举行，执政党以较大优势获胜。原第三大党基督教社会改革党力量削弱，政党格局发生重要变化。

（一）新宪法生效，立法、行政、司法三权改革启动，个人权利得到强化

2010 年 1 月 26 日，费尔南德斯总统下令新宪法生效。

新宪法的突出特点之一是总统选举与立法选举同期举行，增加众议员数量和

---

* 范蕾，文学硕士，中国社会科学院拉丁美洲研究所政治研究室助理研究员。

保证海外多米尼加人的代表性。新宪法规定，从 2016 年开始，总统选举将与立法选举同期举行。众议院席位从 176 个增加到 190 个。虽然立法权因此有所加强，但在官僚主义习气业已十分严重的情况下，又加重了人们对侍从主义的忧虑。新宪法还授权立法机构任命"账户委员会"（Cámara de Cuentas）的成员，负责审查政府账户。

新宪法规定重组部分政府部门，并引入一些有关政府管理的创新概念。尽管受到多方质疑，费尔南德斯政府通过规范行政部门实现政治结构改革的决心和做法已被广泛接受。

司法权方面，新宪法规定成立宪法法庭。只要由总统、2/3 以上议员或任何拥有合法司法身份的个体提出要求，该法庭有权裁定不在宪法范围内的法律事务。该法庭由 13 名成员组成，须有不少于 9 人同意方可通过决议。

新宪法取消对总统再选再任的限制也引人关注。对于以行政权占据绝对主导地位和侍从主义的延续为特色的"总统主义"，学术界表示了担忧。新宪法还包含专门保障性别平等和加强消费者权利的条款，更好地保障了个人权利。

（二）执政党在中期选举中以较大优势获胜，反对党处境艰难，原第三大党与执政党联盟，政党格局发生转变

2010 年 5 月 16 日，多米尼加中期选举顺利完成。执政的解放党赢得了 31 个参议院席位、105 个众议院席位和 92 个市长职位①，以超出预期的较大优势获胜。因为新宪法规定下次总统选举与立法选举将于 2016 年同期举行，执政党的议会席位优势将一直持续到 2016 年。席位优势能够保证执政党几乎毫无障碍地行使立法和行政权，执政地位更加稳固。此外，解放党还控制了最高法院法官、宪法法庭法官和选举委员会委员的任命权，并因此保持了对多米尼加行政和司法机构的主导权。8 月 16 日，4036 名新议员及政府官员宣誓就职。最近的盖洛普（Gallup）民调显示，无论解放党 2012 年总统候选人是谁，大部分多米尼加人倾向于投票给解放党候选人。

与执政党大获全胜相比，反对党革命党内外交困、处境艰难。革命党在中

---

① EIU, *Country Report*: *República Dominicana*, August 2010.

期选举中严重受挫，失去了原有的全部 6 个参议院席位，但保留住 75 个众议院席位和 57 个市长职位①。该党主席巴尔加斯·马尔克纳多（Vargas Malconado）及其领导层难以树立权威，内部分裂趋势激化。随着党主席威望大幅下降，革命党内出现要求新鲜血液的呼声。6 月初，曾任总统的梅西亚宣布有意参加 2012 年总统选举。虽然上届任期政绩不佳，但梅西亚在革命党内仍有一定声望。

中期选举中，原多米尼加第三大政党基督教社会改革党成为执政党的同盟军。该党与其他 12 个少数派政党构成的"进步联盟"（Bloque Progresista）贡献了 11% 的选票。基督教社会改革党的上述立场，加之自身力量减弱，导致政党格局从"三足鼎立"向"两雄争霸"过渡。

（三）费尔南德斯政府毁誉参半，但个人支持率超高，两大政党候选人均未确定

2010 年是费尔南德斯执政的第 10 年。最大的经济成就是保持了经济快速增长、实现了低通胀率和汇率稳定。第一次执政期间，费尔南德斯大力推行基础设施项目建设，如主要城市和旅游区的立交桥和高速公路建设。最近，首都圣多明各又修建两条地铁线路。争取外交和经贸关系多元化是费尔南德斯政府外交政策的鲜明特色。但经济仍存在很多问题，如贫困率居高不下，农村地区发展严重滞后，教育和医疗投入不足，电力工业发展问题悬而未解。腐败问题、毒品交易和犯罪也呈上升趋势。最近 5 年，多米尼加是经济增长最快的拉美国家之一，但居民的生活条件没有相应改善。频频对外访问、提高多米尼加国际形象的努力与犯罪频发、教育投入不足形成了鲜明对比，民众指责之声日甚。多米尼加在达成联合国千年发展目标方面已经滞后于拉美平均水平。人们担心费尔南德斯的政治家特色和"对外发展"思路虽然提升了多米尼加的国际知名度，但容易脱离多米尼加现实国情和民意，不利于解决基本的民生问题。

2009 年修改的新宪法规定，总统可以无限制地再选再任，但明确禁止连选连任。目前费尔南德斯本人对此闪烁其词，仅表示"到时候公众决定一切"。费

---

① EIU, *Country Report：República Dominicana*, August 2010.

尔南德斯模棱两可的态度可能导致执政联盟内部的派系分裂。费尔南德斯最可能采取的两条途径，一是仿效巴西总统卢拉，亲自指定能够延续目前政策方向的候选人；二是冒更大风险，像前哥伦比亚总统乌里韦那样，谋求修宪获得合法的连选连任资格。前者的可能性更大，但解放党的议会席位优势也为后者提供了实现的可能性。目前有希望成为解放党候选人的有：旅游部部长弗朗西斯科·哈维尔·加西亚、内务和警察部部长富兰克林·阿尔梅达、前总统府部长及 2000 年总统候选人达尼洛·梅迪纳和第一夫人玛尔加丽塔·塞德尼奥。已经宣布参选的解放党成员有：梅迪纳、前参议员布里托、民用航空局局长何塞·托马斯·佩雷斯。但除了梅迪纳，其他候选人都明确表示，一旦费尔南德斯参选，他们将退出竞争并支持费尔南德斯。

革命党内部分化尚未解决，但宣布将于 2011 年 3 月挑选本党候选人，并确定党的发展路线。尽管革命能否选出一位对解放党执政地位构成威胁的候选人尚存疑问，但此举也对解放党施加了一定压力。

二　经济形势

（一）经济开始复苏

2010 年，多米尼加经济复苏，预计全年 GDP 增长 7.0%，人均 GDP 增长 5.6%[①]。建筑业的强劲增长为整体经济复苏提供了最重要的推动力。从 2009 年 11 月与 IMF 签订贷款协议起，多政府开始实行反周期经济政策。政府大力推动住宅和基础设施建设。建筑业从 2009 年第四季度开始大力反弹，2010 年第一季度比上年同期增长 19%，上半年增长 15.2%。中期选举后，公共投资缩减。为保持基础设施建设的力度、刺激住宅建设，政府向议会提交法案，允许总额达 5.5 亿美元的私人养老基金参与投资，并设立多种金融产品以确保抵押市场的正规化管理。1～6 月，较低的信贷利率促进了商业活动，使其比上年同期增长 14.3%。海地震后重建造成对制成品、食品和建筑材料的需求增加，国内制造业

---

① CEPAL, *Balance Preliminar de las Economías de América Latina y el Caribe 2010*, Santiago de Chile, 2010.

同比增长 9.3%；但自由贸易区工业缩减 11.1%。政府指导项目和贷款增加推动了农业产值增长。虽然固定和移动电话线路安装同比增幅（11%）低于 2009 年 6 月水平（29.5%），通信业仍比上年同期增长 7.8%，是税收大户①。2010 年前三季度，建筑业、商业和通信业分别增长 15%、12.6% 和 9.7%。得益于消费复苏和海地灾后重建的需求增加，国内制造业实现自 2005 年以来的首次增长。在连续五年萎缩之后，从以纺织品为主到以医疗设备、珠宝和鞋靴为主转型的自由贸易区工业在前三季度呈现复苏态势②。国际及国内油价是影响 CPI 的主要因素之一。8 月份，尽管食品饮料价格小幅上扬，教育开支大幅增加，但通胀率降至 5%，低于政府预期，也是 2009 年 11 月以来的最低点。9 月份，一项新的石油税开始启动，随后公交票价也上涨 50%，通胀压力加大③。预计 2010 年通胀率为 6%④。

劳动条件的改善和获得信贷的便捷度提高刺激了消费增长。投资增长近 20%，主要受益于对私有部门信贷、外国直接投资和对基础设施公共投资的增加。从 2010 年中开始，名义利率多次调高。1～10 月实际存款增加 3.7%。贷款利率已经恢复到危机前水平，同时促进了对私有部门的信贷，1～10 月实际增加近 11%。10～11 月，央行调高短期储蓄利率。此举可能会减缓对私有部门信贷的增长。不良贷款率维持在 3.3% 的较低水平，资本回报率提高 35.8%⑤。

（二）出口复苏，但国际收支状况不佳

2010 年，非自由贸易区出口成为推动出口复苏的主要因素。1～6 月，占总出口额 61% 的自由贸易区出口创汇比上年同期减少了 1.5%；而非自由贸易区出口创汇增加了 39.2%。化肥、食品、面粉等小宗出口产品占总出口额的 58% 以上，比上年同期增长 43.3%。国际价格上涨带动了蔗糖和可可豆出口，增加了

---

① EIU, *Country Report：República Dominicana*, October 2010.

② CEPAL, *Balance Preliminar de las Economías de América Latina y el Caribe 2010*, Santiago de Chile, 2010.

③ EIU, *Country Report：República Dominicana*, November 2010.

④ CEPAL, *Balance Preliminar de las Economías de América Latina y el Caribe 2010*, Santiago de Chile, 2010.

⑤ CEPAL, *Balance Preliminar de las Economías de América Latina y el Caribe 2010*, Santiago de Chile, 2010.

出口收入。咖啡量减价增,出口创汇减少57%。航空燃料销售额增加至2.246亿美元,占总出口创汇的19%,同比增长44.8%。以上增长均与邻国海地震后援助和重建有不同程度的关联。贸易逆差比上年同期增加了43.9%。经常项目逆差从上年同期的5.575亿美元飙升至19亿美元。旅游业和经常转移表现不佳,未能弥补贸易逆差。旅游业仅比上年同期增长2.1%,经常转移盈余则减少6.6%(其中侨汇仅为14亿美元,减少3.9%)①。截至2010年第三季度,商品出口增长17.3%,主要原因是美国和海地的需求增加。商品进口增加27.7%,主要原因是内需旺盛和石油进口增加40%。2010年,商品出口额65.12亿美元,服务出口额53.11亿美元;商品进口额153.25亿美元,服务进口额20.59亿美元。对外贸易逆差55.61亿美元,占GDP的11%。经常项目逆差41.38亿美元。服务贸易顺差减少②。

2010年1~6月,外国直接投资仅为6.5亿美元,比上年同期骤降39.9%。央行认为主要原因是外国资本的投资方式从直接注入资本转向商业贷款,但两大投资领域电信和房地产行业流入资本的减少也是原因之一。EIU预计2010年外国直接投资15亿美元,低于2009年的22亿美元③。全年外债总额89.64亿美元。截至第三季度,国际储备为27.22亿美元④。

(三)财政支出仍然庞大,收入有所增加

2010年第一季度,因兴建抗飓风设施,中央政府支出比上年同期增加20%以上。对电力部门的支出也高于预期。中央政府财政赤字接近300亿比索,占该季度GDP的3.3%。为推动国内债务市场的发展,政府发行了为期最长10年的政府债券。1~6月,公共开支比上年同期增加了24.5%,财政赤字达到315亿比索,占GDP的1.7%,主要原因是资本支出达到上年同期的两倍多。基础设施和其他公共工程的固定投资总额为330亿比索,占所有资本支出的77%以上。

---

① EIU, *Country Report*:*República Dominicana*, November 2010.
② CEPAL, *Balance Preliminar de las Economías de América Latina y el Caribe 2010*, Santiago de Chile, 2010.
③ EIU, *Country Report*:*República Dominicana*, November 2010.
④ CEPAL, *Balance Preliminar de las Economías de América Latina y el Caribe 2010*, Santiago de Chile, 2010.

经常性支出比上年同期增加了 7.8%。以电力部门为主的补贴占经常性支出的 40%，其他 60% 为各政府机构的人员或非人员支出①。8 月下旬，新当选议员和内阁成员就职，庞大的人员任命和相应支出使政府面临更大的财政压力，满足 IMF 金融安排的难度加大。政府被迫修改财政预算，缩减开支，全年中央政府财政赤字占 GDP 的 2.3%②。2010 年 1~6 月，收入比上年同期增长 11.6%，但低于 2007 年的历史高点 26%。商品和服务税收入增长 16%，带动经常性收入增长 12%。这反映出消费的强劲反弹。但税收仍低于 2009 年水平。6 月，多米尼加石油公司将其 49% 的股票销售给委内瑞拉，非税收收入大幅增加，从上年同期的 21 亿比索增加到 58 亿比索③。

三　社会形势

（一）主要社会指标喜忧参半

2009 年，多米尼加贫困人口比例下降了 3 个多百分点，是减贫幅度最大的拉美国家之一。2008 年贫困人口比重为 44.3%，赤贫人口比重为 22.6%；2009 年分别为 41.1% 和 21.0%。其主要原因是收入的增长。与大多数拉美国家的收入非集中化趋势相反，多米尼加的收入分配状况有所恶化。2000~2002 年基尼系数为 0.50~0.55；2006~2009 年为 0.55~0.60④。2010 年第一季度，劳动参与率达到 54.9%。但 1~9 月平均就业率为 47.0%，仍低于 2007 年水平。全年平均失业率为 14.4%⑤。

（二）腐败与毒品犯罪问题日益突出

最近，多米尼加大毒枭在波多黎各首都圣胡安落网。目前的调查表明，数位

① EIU, *Country Report*：*República Dominicana*, October 2010.
② CEPAL, *Balance Preliminar de las Economías de América Latina y el Caribe 2010*, Santiago de Chile, 2010.
③ EIU, *Country Report*：*República Dominicana*, October 2010.
④ CEPAL, *Panorama Social de América Latina 2010*, Santiago de Chile, 2010.
⑤ CEPAL, *Balance Preliminar de las Economías de América Latina y el Caribe 2010*, Santiago de Chile, 2010.

多米尼加武装力量成员难脱干系,还有其他社会部门的"同谋"网络存在。该问题受到美国总统奥巴马的关注,成为 7 月份费尔南德斯访美期间的主要议题之一。民众担心上述问题会削弱政府机构的执行力和效率,特别是在维护司法公正和法律严明方面。根据 2009 年透明国际的清廉指数评估,多米尼加在 180 个参评国家中位于第 99 位。

多米尼加警察部队因对平民开枪射击遭到民众强烈指责。腐败、非法滥杀、殴打等有关警察暴力的指控频频出现。根据律师总会办公室(attorney-general's office)的统计,2007 年 8 月~2010 年 4 月共发生了 1166 起警察暴力致死平民的事件①。

四 对外关系

(一)海地地震和疫情考验双边关系

自 2010 年 1 月海地地震以来,海地移民不断涌入多米尼加,政府在移民政策上面临更大压力。多米尼加与邻国海地的关系面临新考验。在海地首都太子港发生地震后,多米尼加是第一个作出回应的国家,并号召对海地展开全面的震后援助。此举大大改善了双边关系。但是,由于海地非法移民问题历来是导致两国关系紧张的主要原因之一,随着大量海地移民不断涌入多米尼加,多米尼加移民政策在两国关系中的关键性作用凸显。2004 年的一项统计显示,在多米尼加的海地人共计 38 万人,但现在的实际数字可能已经超过 100 万人。很多在多米尼加的海地人既不是海地公民也不是多米尼加公民。2010 年初,宪法规定在多米尼加出生但父母不是多米尼加公民的人不具备多米尼加国籍。

多米尼加政府对两国 171 英里边境线的管理历来十分宽松。其原因有二:一是海地人是建筑业和农业的廉价劳动力;二是鉴于历史上对海地移民的暴力政策,迫于国际观察员的压力,政府需要树立人道主义的形象。这种做法的结果是相关移民法律模糊不清,执行力度很差。多米尼加政府还为此类移民和公民提供

---

① EIU, *Country Report:República Dominicana*, August 2010.

非歧视性的教育和医疗服务，但这加重了本就遭受高失业率和贫困率困扰的多米尼加的经济负担。根据公共医疗部的统计，2010 年为在多米尼加家医院就诊的海地人支出的资金将超过 10 亿美元。有公立医院估计 25% 的新生儿来自海地移民家庭。费尔南德斯政府十分重视移民问题，但必须准确把握"多米尼加利益集团"与"两国关系"的平衡点。因此，在中长期内，移民问题仍将是影响多米尼加与海地双边关系的重要因素。

（二）争取外交和经贸关系多元化，外交表现积极

"对外关系多元化"是费尔南德斯政府外交的鲜明特色，表现为积极在拉美、中东和非洲争取合作伙伴，目的之一是缓解国内的能源短缺问题。费尔南德斯政府强调在国际和地区事务中发挥更积极的作用，如发出救援海地的倡议、调解哥委关系和古美关系等。"对外发展"思路不仅加强了多米尼加与南美、北美重要国家的联系，也大大提升了其国际知名度。

2010 年重要的外事活动有：1 月，加拿大美洲事务部长肯特访多；3 月，加拿大总督米歇尔·让访多；4 月，多米尼加主办海地重建世界峰会；5 月，委内瑞拉总统查韦斯访多，两国签署 4 项双边合作和一体化协议；7 月，费尔南德斯总统访美；8 月，费尔南德斯总统访问古巴。

多米尼加与美国仍保持密切关系。贸易和投资是两国关系的重点，在安全和反毒问题方面的合作也逐步展开。多米尼加仍享受委内瑞拉的石油出口优惠，两国还合作投资炼油厂。多米尼加还寻求与加拿大和墨西哥签订自由贸易协定。

（柴瑜　审读）

Dominican Republic

Fan Lei

Abstract：In 2010 the ruling PLD party increased its seats in the Congress in the mid - term election，which remarkably contributed to the consolidation of its ruling

position. But it was confronted with challenges from widespread public discontent with rampant corruption. As a result of weakening of the PRSC, the Dominican Republic was undergoing a political transition from the three-party system to the two-party one. The economic recovery was on the way which mainly attributed to the prosperous construction industry. Corruption and drug-related crimes were the top concerns of the government. As a result of the Haiti earthquake, the Dominican Republic hosted a large number of undocumented Haitians, which made the immigration policy a priority for it dealing with the relations with the neighboring country.

Key Words: 2010; Dominican Republic; Situation

海地：震后重建步履艰难

赵重阳*

摘　要：2010 年可说是海地"历史上最差的一年"。年初的地震造成巨大人员伤亡和惨重经济损失；10 月开始的霍乱疫情和 11 月来袭的飓风"托马斯"使不堪重负的海地雪上加霜。原定 2 月举行的总统和议会选举被推迟至 11 月。由于灾后重建进展缓慢，海地社会的不满情绪日渐高涨，不稳定因素增加。海地未来的稳定和重建工作将严重依赖以联合国为首的国际社会的长期、大力支持。

关键词：海地　自然灾害　政治停滞　经济倒退　社会不满　外交依赖

2010 年的海地可谓多灾多难。1 月 12 日，海地发生里氏 7.3 级地震，是其有历史记载以来最大的一次地震，共造成 22 万余人死亡[1]，100 多万人无家可归。10 月中旬开始，霍乱开始在海地肆虐，到 12 月下旬已造成 2.5 万余人死亡，超过 12 万人感染。11 月 5 日，飓风"托马斯"袭击海地，引发洪水和泥石流，造成 8 人死亡和 2.8 亿美元的经济损失。用海地现任总统勒内·普雷瓦尔的话来说，2010 年是海地"历史上最差的一年"。严重的天灾不仅使海地经济受到沉重打击，也对海地的政治和社会形势产生了重要影响。

一　政治形势

海地原计划于 2 月举行总统和议会选举。地震发生后，选举被推迟至 11 月

* 赵重阳，中国社会科学院拉丁美洲研究所国际关系室助理研究员。

[1] ECLAC, *Preliminary Overview of the Economies of Latin America and the Caribbean 2010*, Santiago, Chile, 2010, p. 62.

28 日举行。海地 2010 年的政治活动基本都围绕此次选举展开。选举是在海地遭受地震、霍乱和飓风的多重打击之后举行的，对其灾后重建以及未来政治、经济和社会发展都具有重大意义，可说是其历史上最重要的选举之一。此次选举主要有以下几个特点。

（一）筹备不足

首先，筹备工作难度大。地震使海地遭受重大人员伤亡和惨重经济损失，国家满目疮痍，灾后重建工作十分艰巨。在这种情况下筹备选举可谓困难重重。其次，资金不足。虽然国际社会允诺对海地选举提供援助，但兑现的很少，使筹备工作资金匮乏，进展缓慢。再次，效率低下。比如，相当多选民的身份证在地震中丢失，而相关政府机构工作效率很低，使许多选民一直未领到新身份证，无法参加投票。最后，很多投票站在地震中损毁，新投票站的适用范围又不清晰，使很多选民无法投票或投票无效。

（二）充满争议

第一，出于选举的需要，总统普雷瓦尔将执政党希望党改组为团结党，并指定自己的女婿汝德·塞莱斯廷为该党的总统候选人。5 月 10 日，海地议会通过一项法案，规定在未能如期举行大选的情况下，普雷瓦尔的到任时间将由 2011 年 2 月延长至 2011 年 5 月。海地民众和反对党派认为，这实际上是普雷瓦尔不愿按期交权，想继续执政，因而在全国举行了多次大规模的抗议和示威活动。

第二，海地最大的政党拉瓦拉斯之家党参加选举的申请再次遭到拒绝，引发了广大底层民众的不满，认为选举缺乏公正性。

第三，选举当天，18 位总统候选人中有 12 人发表联合声明，称选举过程存在大规模欺诈和不正常行为，要求取消选举结果。随后，多个城市爆发大规模抗议活动，并发生了示威者与警察之间的冲突。

第四，根据初步统计结果，没有一名总统候选人的得票超过半数，得票最多的两名候选人，即全国民主进步联盟候选人、海地前第一夫人米朗德·马尼加和团结党候选人汝德·塞莱斯廷需进行第二轮角逐。海地民众认为，现政府和执政党在救灾和震后重建中无所作为，早已失去民心，其候选人不可能获得这样的成绩，因而不满情绪更加高涨，抗议活动愈演愈烈，并引发大规模骚乱，造成多人死亡。在此情况下，临时选举委员会决定延期公布首轮投票的正式结果。

（三）暴力事件多

海地的选举多伴有暴力事件，此次也不例外。选举前，海地各党派间的争斗已进入白热化，小规模的冲突和骚乱事件时有发生。选举当天，发生多起枪击事件，多个投票站被袭，数人死亡。选举初步结果出来后，持续的抗议活动又引发大规模骚乱。民众袭击了选举委员会办公室、税务总局、财政部大楼和海关总署等公共部门；一些反对党派总统候选人的支持者还与联合国海地稳定特派团（以下简称"联海团"）发生了暴力冲突。

二　经济形势

2008 年全球金融危机给海地经济造成的负面影响还没有结束，2010 年 1 月的地震又给海地经济以致命打击。海地是全世界最贫困的国家之一，无法独立应对地震带来的毁灭性后果，其灾后重建严重依赖国际社会的援助。

（一）海地经济形势十分严峻

地震给海地造成了 72.5 亿美元的经济损失，相当于其 2009 年 GDP 的 108.4%①。全国经济活动中心、首都太子港成为一片废墟，主要公路、机场和港口都被不同程度地损毁，经济活动停滞。受此影响，海地 2010 年的经济增长率为 -7.0%②，GDP 增长率则为 -8.5%③。由于物资匮乏，特别是燃料和食品严重短缺，海地通货膨胀率在震后不断上涨，由 2009 年底的 2% 一度升至 6.4%④。而国内生产萎靡则导致进口额大幅攀升，4~6 月海地进口额同比增

① ECLAC, *Preliminary Overview of the Economies of Latin America and the Caribbean 2010*, Santiago, Chile, 2010, p. 62.
② ECLAC, *Preliminary Overview of the Economies of Latin America and the Caribbean 2010*, Santiago, Chile, 2010, p. 53.
③ ECLAC, *Economic Survey of Latin America and the Caribbean 2009 - 2010*, 2010, p. 12.
④ EIU, *Country Report*：Haiti, November 2010, p. 13.

长76.4%，贸易逆差是2009年同期水平的两倍。不过，随着服装制造业的逐步恢复、夏季粮食的丰收，以及国际援助逐渐到位，海地的经济状况在下半年渐趋稳定。

（二）国际社会允诺大力援助海地重建

第一，举行重建海地国际会议。为帮助海地尽快进行震后重建，恢复发展，国际社会多次举行各级别的重建海地国际会议。其中3月31日在联合国总部举行的海地重建国际援助大会上，国际社会允诺在今后十年内向海地提供约100亿美元的援助，其中53亿美元将在2010～2011年拨付。

第二，继续减免海地债务。继IMF、世界银行和巴黎俱乐部于2009年免除海地近13亿美元的债务之后，2010年1月以来，国际社会共免除了海地约10亿美元的债务，其中美洲开发银行4.79亿美元、委内瑞拉2.95亿美元、IMF约2.68亿美元[1]。

第三，成立海地重建临时委员会。由国际援助方和海地政府共同组建的海地重建临时委员会于6月成立，由联合国海地事务特使、美国前总统克林顿和海地总理贝勒里夫共同领导，负责分配并监督国际援助款的使用[2]。

（三）海地制定重建计划

海地政府制定了国家恢复和发展行动计划，目标是通过增加经济多样性、减少面对自然灾害的脆弱性、普及基本社会服务和加强国家机构建设等措施，推动中期增长并减少贫困。农业、服装制造业和建筑业（包括废墟清理）将成为海地经济恢复的主要动力。但是，资金不足使该计划难以付诸实施。国际社会允诺在今明两年内提供的53亿美元援助，目前只兑现了6.86亿美元[3]。

不过，根据联合国拉美经委会的预测，海地2011年的GDP将增长9%[4]。

① EIU, *Country Report*: *Haiti*, November 2010, p. 11.
② 邓娜：《潘基文呼吁各捐助方支持海地复原与重建战略计划》，2010年4月1日，http://world.people.com.cn/GB/11278307.html。
③ EIU, *Country Report*: *Haiti*, November 2010, p. 14.
④ ECLAC, *Preliminary Overview of the Economies of Latin America and the Caribbean 2010*, Santiago, Chile, 2010, p. 28.

这主要得益于三个因素：（1）随着海地总统选举于2011年尘埃落定，新政府开始执政，处于观望状态的国际社会有望在2011年兑现大部分援助款项。（2）为了支持在海地的亲人重建家园，海地侨民会增加向国内的汇款。侨汇一直是海地家庭收入的重要来源，侨汇的增加将成为震后拉动私人消费的关键因素。（3）随着重建工作的展开，海地的建筑业将有较大发展。

三　社会形势

（一）震后重建进展缓慢

地震发生已经快一年了，但海地的震后重建工作并未取得多少进展。在太子港，地震造成的2500多万立方米的瓦砾只有约2%得到清理。此外，100多万地震灾民中，只有30多万人得到安置，还有70余万人没有安置。这些人聚居在条件很差的临时帐篷区内，给海地的社会安全和公共卫生构成重大威胁。海地震后重建工作进展缓慢的原因主要有：国际援助方允诺的援助款只有一小部分到位，使重建工作经费严重不足；各政府机构自身还未从地震造成的损失中恢复，无法有效组织重建；筹备总统选举牵扯了政府的精力；政府部门工作效率低下，官僚作风、腐败现象严重；各国际组织在提供重建援助时缺乏协调等。

（二）暴发霍乱疫情

10月中旬，海地爆发了霍乱疫情。由于海地历史上从未发生过霍乱，民众对其知之甚少，再加上卫生、医疗条件恶劣，使疫情不断扩散，成为震后最严重的公共卫生事件。海地政府于10月24日宣布全国进入"卫生紧急状态"，又于11月9日宣布霍乱为影响本国的"国家安全问题"。虽然国际社会对疫情防控提供了援助，海地政府和各人道主义机构也加大了防控力度，但可利用的资源已接近极限，而频发的暴力活动则严重阻碍了救援行动。到12月下旬，海地的霍乱疫情已导致2500余人死亡，超过12万人感染。

（三）社会安全形势严峻

在海地政府和联海团的努力下，海地的安全状况近年来有所改善。但地震发

生后，国家执法机关陷入瘫痪，救援工作进展缓慢，再加上物资匮乏、环境恶劣、灾民基本生存条件得不到保障等原因，使海地的安全形势恶化，民众不满情绪增加。4000余名在地震中逃脱的罪犯也对社会治安构成重大威胁。谋杀、持枪抢劫等恶性案件大幅增多，还发生多起针对外国救援人员的绑架案件。仅1～8月，海地就发生100多起暴力致死事件。总统选举投票后，全国主要城市发生抗议示威活动，出现砸抢、焚烧和人员伤亡情况，社会安全形势十分严峻。

四 外交形势

（一） 与联合国的关系

一方面，联合国依然是协助海地政府稳定局势、恢复发展的主要力量。一是敦促并协调国际社会对海地的援助。地震发生后，联合国向国际社会发起5.75亿美元的紧急募捐，后又将数字增加到14亿美元。在联合国的协调下，国际社会多次举行会议，允诺向海地重建提供资金等援助。二是加强联海团的力量。在地震中，联海团包括司令在内共有101人遇难，是联合国成立以来在一次事件中伤亡最大的一次。为了应对海地震后严峻的社会安全形势和重建工作的需要，联合国安理会通过决议，向海地增派4180名维和人员，使联海团的人数达到13331人；并将联海团的任期再延长一年。三是为海地大选提供安全保障。联海团为海地政府和临时选举委员会的大选筹备工作提供支持，并协调国际社会对海地选举提供的援助。选举当天，联海团加大兵力，维持秩序，保障投票得以基本顺利举行。另一方面，海地民众对联海团的反感情绪日渐高涨。海地国内一直存在反对联海团进驻的呼声，认为这是对海地主权的侵犯。近两年来，这一呼声不断高涨。霍乱疫情爆发后，有传言称霍乱是由联海团的尼泊尔籍维和士兵传入的，更加激起当地民众的怒火。11月中旬开始，针对联海团的示威抗议活动频频出现并逐步升级，示威者与维和人员多次发生冲突，造成至少3人死亡、数十人受伤。联合国已表示，将成立特别小组，调查霍乱的起因。

（二） 与美国的关系

作为海地最大和最重要的邻国，美国对海地地震的反应引人注目。（1）宣布对海地的援助措施。它们主要有：由美国前总统克林顿和布什成立"克林顿布什海地救济基金会"，整合民间资源，为海地的人道主义救援和灾后重建筹款；宣布地震前已在美国的海地非法移民可申请获得临时合法工作权利，以便赚钱重建家园；承诺向海地提供11.5亿美元的援助，用于加强海地的医疗、农业、能源和安全。（2）再次出兵海地。有评论称：当海地相对稳定时，美国对海地不闻不问；当海地出现动荡时，美国就出兵海地。此次地震再次验证了这句话。震后，美国向海地派遣了一艘航母，数艘军舰，约2万名士兵。虽然美国政府称此举是应海地政府的要求，而且美军的到来也在一定程度上有助于海地救灾和维持稳定，但如此大规模的兵力投入，仍引起国际社会的关注和担忧。美国之所以如此强势介入海地局势，除了协助稳定海地局势和开展人道主义救助之外，还有以下几方面的考虑：一是保护美国在海地的侨民和利益，防止地震难民涌入美国；二是加强对海地的控制，增加对古巴、委内瑞拉等拉美左翼国家的威慑；三是向国际社会显示其对"后院"的重视。

（三）与中国的关系

中国与海地没有外交关系，但应联合国的请求，参与了联海团在海地的维和行动。在地震中，中国有8名维和人员牺牲。地震发生后，中国是最早宣布对海地实施救援的国家之一，中国政府还在第一时间向海地派出中国国际救援队和中国医疗防疫救护队。中国救援人员和驻海地维和人员不怕危险、艰苦工作，得到联合国秘书长潘基文、联海团官兵、海地政府和人民，以及相关国际机构和组织的高度赞誉。2月7日，海地总统普雷瓦尔会见了中国驻海地贸易发展办事处代表王书平，对中国的援助表示感谢。8月16日，联海团向中国驻海地维和民事警队授予"联合国和平勋章"，以表彰队员们在维和行动中做出的突出贡献和优异成绩。中国第八期赴海地维和警察防暴队于5月1日完成维和任务回国后，中国未再向海地派驻防暴队，但继续派驻维和警队。11月3日，中国第八期赴海地维和警队飞赴海地，开始执行为期一年的工作。

（四）与其他国家和组织的关系

地震发生后，世界各国和国际组织纷纷向海地提供人员、资金和物资等援助。英国、法国、加拿大等国还派遣海军舰艇前往救灾，并计划增加参与联海团

维和人员的数量。日本自卫队维和部队也派出 350 名维和人员。世界卫生组织、欧盟、美洲国家组织、加勒比共同体、南美洲国家联盟、玻利瓦尔美洲联盟等国际和地区组织都向海地提供援助，美洲开发银行和加勒比石油计划等组织也宣布减免海地债务。虽然有批评认为这些国家和组织在海地的援助行动缺乏协调，并有喧宾夺主之嫌，但其提供的帮助无疑有利于海地的震后重建工作。

（刘纪新　审读）

Haiti

Zhao Zhongyang

Abstract：The year of 2010 is "one of the worst years" in the history of Haiti. The earthquake occurred earlier this year inflicted heavy casualties and economic losses. The outbreak of cholera in October and the strike of hurricane "Tomas" in November made the situation worse. The presidential and parliamentary elections were postponed from February to November. The social instability was becoming tense due to stagnation of the post-disaster reconstruction. Haiti's future stability and reconstruction work were greatly relied on the UN-led international community's long-term and consistent support.

Key Words：Haiti；Earthquake；Post-disaster Reconstruction；Social Stability

Y.30

加勒比地区：社会冲突渐显露

摘　要： 本文在介绍加勒比地区整体政治、经济、社会和外交形势的基础上，选取巴哈马、苏里南、圣基茨和尼维斯作为本年度重点撰写对象。2010年，加勒比地区政局总体稳定，政策保持了延续性。经济复苏乏力，部分国家的国际收支状况恶化。旅游业低迷和公共财政压力增大是加勒比地区面临的主要经济挑战；失业率、贫困率和犯罪率高则是社会领域的主要问题。地区内部一体化发展及中国与加勒比地区国家的关系是外交形势变化中的亮点。

关键词： 加勒比地区　政治　经济　社会　外交

一　加勒比地区[①]形势变化

（一）政治形势

2010年加勒比地区政局总体稳定，各经济体的政策保持了延续性。苏里南、圣基茨和尼维斯、圣文森特和格林纳丁斯举行了大选，巴巴多斯政府首脑更迭[②]，政权实现平稳过渡。与此同时，大多数国家仍然面临全球金融危机的遗留

---

* 岳云霞，经济学博士，中国社会科学院拉丁美洲研究所综合理论室副主任，副研究员，主要研究领域为拉美经济、国际贸易与投资。

① 据联合国拉美经委会年度《拉丁美洲和加勒比经济初步总结》及《统计年鉴》，加勒比地区包括安提瓜和巴布达、巴巴多斯、巴哈马、伯利兹、多米尼克、格林纳达、圭亚那、牙买加、苏里南、特立尼达和多巴哥、圣基茨和尼维斯、圣卢西亚、圣文森特和格林纳丁斯。

② 2010年10月23日，巴巴多斯总理戴维·汤普森因病去世，副总理弗罗因德尔·斯图尔特宣誓接任。

问题，如经济复苏乏力、公共债务持续增长、失业率和贫困率居高不下，这些问题使得该地区本就存在的犯罪问题更趋严峻。在这种情况下，加勒比地区的政策取向表现为：增加财政稳定性，促进旅游业的发展，创造就业，加强国际间的打击犯罪合作。

本年度加勒比地区最大的政治变化在于荷属安的列斯正式解体。荷属安的列斯岛包括五个岛屿，10月10日后，其中的库拉索岛和圣马丁岛将成为自治国；另外三个岛屿博奈尔、萨巴和圣尤斯特歇斯将成为荷兰"特别行政区"，由荷兰直接管理，美元将会从2011年起成为这三个岛的正式流通货币。这一变化将影响荷兰在加勒比地区的辐射力，而自治后的库拉索岛和圣马丁岛表示将更多地参与加勒比事务，库拉索岛已经与加勒比共同体有了实质性的接触，这些因素都会对未来加勒比地区的一体化进程产生影响。

（二）经济形势[①]

就经济总量而言，加勒比地区整体经济复苏乏力，GDP增长0.5%，远低于拉美地区平均6.6%的增长率。地区内各国的经济表现均好于上年，但各国情况不尽相同。具体而言，苏里南延续了以往的增长态势，其GDP和人均GDP的增长率均超出2009年的水平；伯利兹、多米尼克、圭亚那、格林纳达、特立尼达和多巴哥、圣卢西亚的经济步入复苏，其经济增长幅度超出加勒比地区整体水平；巴哈马、圣文森特和格林纳丁斯的经济也有好转，其经济增长与地区平均水平大体一致；安提瓜和巴布达、圣基茨和尼维斯仍处于经济衰退当中，GDP和人均GDP增长率均为负值。

就国际收支而言，由于经常项目与金融和资本项目各项内容在加勒比各国表现不一，各国的国际收支情况存在差异，部分国家的国际收支出现恶化。在经常项目下，由于进口价格上涨，多数加勒比国家的贸易条件恶化，经常项目也相应逆转，但部分国家旅游收入的回升弥补了贸易项目的损失，经常项目得以好转。具体而言，仅有苏里南、特立尼达和多巴哥存在顺差；安提瓜和巴布达、巴哈马、巴巴多斯、伯利兹、牙买加的逆差在缩小；多米尼克、格林纳达、圣基茨和

---

① 如无特别说明，本文各节经济形势部分的数据均源自 CEPAL, *Balance Preliminar de las Economías de América Latina y el Caribe 2010*, Santiago de Chile, 2010。

尼维斯、圣文森特和格林纳丁斯、圣卢西亚等国的逆差出现了不同程度的扩大。在资本和金融项目下，苏里南、特立尼达和多巴哥出现逆差；其他国家则为顺差，但各国顺差规模均小于上年。在外债方面，加勒比各经济体仍面临较大压力，多数国家外债规模在扩大。

就旅游业而言，地区旅游经济略有回升，2010 年到访航空过夜游客 2310 万人次，同比 2009 年 2210 万人次增长 4.7%；酒店入住率同比上升 1 个百分点，客房收入增长 5%；邮轮游客也同比增长 6%①。尽管地区整体出现了旅游业复苏的迹象，但各国情况有较大差别（见表 1），安提瓜和巴布达、格林纳达、圣卢西亚、圣文森特和格林纳丁斯、特立尼达和多巴哥的旅游业仍面临较大困难。此外，该地区的旅游业及相关产业还面临较大压力，许多旅游目的地国家通过降价或促销手段来刺激境外的旅游需求，产业利润空间受到一定挤压；一些规划中的酒店建设也因资金不足而被迫停建和缓建。综合考虑上述情况，加勒比地区的旅游业仍未恢复至危机前的水平，无法带动有力的经济复苏。

表 1　2010 年加勒比地区入境游客统计

单位：人，%

目的地	月份	入境游客人数	同比增长率
安提瓜和巴布达	1~6	124518	-1.4
巴哈马	1~7	906923	3.2
巴巴多斯	1~10	434316	3.8
伯利兹	1~9	185478	2.7
多米尼克	1~9	57028	4.0
格林纳达	1~7	64098	-7.9
圭亚那	1~9	113538	8.1
牙买加	1~8	1374803	4.2
圣卢西亚	1~9	210348	-8.9
圣文森特和格林纳丁斯	1~8	51115	-2.1
特立尼达和多巴哥	1~3	101716	-6.4

资料来源：加勒比旅游组织：《2010 年旅游业最新统计》（截至 2010 年 12 月 6 日）。

---

① 中国驻巴哈马大使馆经商参赞处网站新闻。

在公共财政方面，多数加勒比经济体面临较大压力。持续两年的经济衰退使得部分国家财政收入下降，而经济刺激计划（如减免税收、降低利率、增加公共支出等计划）加重了其财政负担。该地区公共债务在 GDP 中的比重在 2009 年底已达 90% 左右，2010 年还有进一步提升。在流动性紧缩的背景下，高负债对加勒比国家的财政稳定性构成了潜在威胁，也压缩了政府实施宽松性财政政策的空间。在这种情况下，多数加勒比政府努力寻求开源节流的途径，格林纳达、圣基茨和尼维斯等国家试图通过引入增值税等税种来增加收入，通过控制政府支出来减少开支。

（三）社会形势

加勒比地区社会形势总体保持稳定，失业率、贫困率和犯罪率高是地区社会领域的主要问题。

经济增长乏力、旅游业及其相关产业的萎缩使一些加勒比国家的失业率处于较高水平（如伯利兹的公开失业率达到 10.7%）。尽管 2010 年，许多加勒比国家实施了控制失业的方案，但由于消费支出和商业支出不振，短期内该地区的高失业率还将继续。除了失业因素外，本年度食品、饮料和能源等商品价格仍居相对高位，飓风和干旱等极端天气事件冲击农业生产，这些因素同样使得相关国家遭遇危机，贫困现象有所加剧，削减贫困的难度也在加大。

犯罪问题仍是加勒比地区社会领域的难题之一。加勒比地处毒品和枪支贩运路线的交汇处（可卡因由南向北流向北美主要市场，而枪支则由北向南，从美国流向南美），本身拥有漫长的海岸线和广阔的水域，警力巡查难度大，这为毒品贩运创造了条件，也使得该地区与此相关的犯罪活动屡禁不止。而黑帮活动的蔓延使得该地区凶杀率上升，一些国家已成为全球人均凶杀率最高的国家[1]。在这样的背景下，打击有组织犯罪活动和国际犯罪集团操纵的毒品贩运活动是各国政府面临的重要挑战。

（四）外交形势

加勒比地区的外交格局出现变化，委内瑞拉的影响力下降，而巴西的影响力

---

[1] EIU, *Country Report：Organisation of Eastern Caribbean States*, Dec. 2010.

在提升。委内瑞拉近年来通过"加勒比石油计划"等项目与加勒比国家加强联系，但本年度其自身经济遭遇较大困难，对该地区的经济影响减弱。与之相反，巴西与该地区的外交和经济关系日益紧密，双方于2010年4月26日举办了首届"加勒比—巴西峰会"，签署了包括农业、水文、教育、卫生和自然资源管理技术合作协议在内的多项协定，建立了双方之间的政治磋商机制。

在地区内部，加勒比国家之间的一体化取得一定进展。加勒比共同体成立大使级执行委员会，旨在协调其成员国之间的关系，提升区域一体化程度，加强加共体委员会有关决策的执行力度。此外，东加勒比国家组织加快了一体化进程。6月17~18日第51届东加组织政府首脑会议期间，成员国领导人正式签署东加组织经济联盟条约。东加组织将建立单一经济和金融体，取消成员国之间在货物贸易、服务业、资本市场和劳动力流动等方面的限制。

与此同时，加勒比地区经济体同中国的关系也进一步发展。2010年，中国与加勒比国家之间的经贸合作继续拓展，合作形式也日益多元化。除了双边贸易和投资外，中国向安提瓜和巴布达政府提供了无偿援助和无息贷款，并且为牙买加、圭亚那和巴哈马等国的基础设施建设项目提供了优惠贷款。

（五）前景展望

加勒比地区长期保持着相对稳定的政治局势，在中短期内，其政治稳定性仍将延续，但经济增长和社会发展方面面临着挑战。一方面，外向型的经济发展模式下，该地区未来经济走势在一定的程度上取决于美欧经济的复苏状况，而后者经济的向好趋势将有利于地区内各国逐步走出经济低迷状态。但是，鉴于加勒比经济对旅游业的高度依赖，美欧经济温和恢复产生的积极效应将延期显示，地区经济反弹相对滞后。

另一方面，经济危机中，财政收支失衡，加勒比国家的公共债务压力在中短期内难以缓解。在这种情况下，地区内部分国家难以实施有效的扩张性政策来刺激经济增长，危机以来的高失业问题也很难在短时期内得以解决。因此，可以预测，在一定时期内，加勒比地区的失业率仍将保持较高水平。受其影响，收入不平等和贫困问题有加剧倾向。与此同时，该地区毒品贸易等犯罪问题短期内难以得到有效控制。这都使得加勒比地区的社会不安定因素增多，社会冲突日益明显，对地区安全和稳定构成威胁。

二 巴哈马

（一）政治形势

巴哈马沿用英国议会制民主体系，1973 年独立后，进步自由党和自由民族运动党交替执政，政局长期保持稳定。2007 年 5 月，休伯特·英格拉哈姆（Hubert Ingraham）领导自由民族运动党赢得大选，并在新组建内阁中担任总理。

在经济方面，英格拉哈姆政府倡导经济发展多样化，注重吸引外资，鼓励重点发展工农业；在社会发展方面，提出了增加就业、提高工资、降低贫困、扩大社会投资以及保护环境等目标；在国际认同方面，为加入 WTO 而提出了有关关税体制、知识产权保护、外资法、动植物检疫标准等方面的改革目标。针对上述目标，政府出台了一系列法案，由于英格拉哈姆总理较高的民意支持率和自由民族运动党在议会中的相对优势地位，政府的施政纲领得到了较好的贯彻。

但是，现任政府也面临挑战。一方面，伴随着经济持续衰退，政府刺激经济增长和降低失业率的压力逐渐增大，相关激励性措施的实施因面临两难选择而受阻。为了提振经济，巴哈马推出了巴哈玛（Baha Mar）大型海滩综合旅游设施项目，尽管此项目预期收益可观，但由于巴哈马建筑行业的失业率高达 18% ~ 20%，是其国内失业最严重的行业①，而该项目涉及引入中国工人，从而在巴哈马国内产生争议，使得项目在巴方的审批相对滞后②。

另一方面，随着 2012 年大选临近，巴哈马面临新的政治形势。目前，巴国内党际关系趋于紧张，自由民族运动党和进步自由党之间的口头论战有升级之势。而自由民族运动党政府英格拉哈姆总理已年近退休，他是否将完成本届任期尚存在一定的不确定性。

---

① 中国驻巴哈马大使馆经济商务参赞处网站。
② 2010 年 3 月 30 日，巴哈玛集团与中国进出口银行及中国建筑工程总公司签署了巴哈玛大型旅游度假村项目贷款及合作协议。中国政府于 2010 年 7 月批准了项目的融资方案，巴哈马议会在 11 月中旬通过了该项目使用总数为 8150 名工人、高峰期不超过 5000 名工人的议案，巴政府的项目审批程序随后启动。

（二）经济形势

巴哈马是加勒比地区最富裕的国家，旅游业和离岸金融业是其国民经济支柱产业。旅游业及其相关产业在劳动市场中提供了半数以上的就业岗位，在 GDP 中的贡献率接近 60%；金融服务业是第二大产业部门，与商业服务业合计占到了 GDP 的 36%；农业和制造业增长较慢，在 GDP 中所占比重不足 10%。整体来看，尽管巴哈马政府着力实现经济发展多样化，但短期内旅游业仍在经济中发挥着主导作用。2010 年，在全球经济初步复苏的作用下，美欧游客数量回升，巴哈马政府适时推出"免费飞成员岛"旅游促销计划①，带动了旅游业的复苏。据巴旅游部统计，1～10 月，巴哈马到访高附加值航空过夜游客达 1093684 人次，同比增长 4.1%；同期，到访游客总数增长 15%，本年度成为巴哈马有史以来第二个到访游客人数超过 500 万人次的年份②。在旅游业复苏的带动下，巴经济有企稳迹象，GDP 实现了 0.5% 的小幅增长，人均 GDP 的降幅由前一年的 5.4% 收窄为 0.7%。

在财政指标方面，截至 6 月 30 日的 2009～2010 财政年度，巴哈马政府经常性收入 13 亿美元，经常项目支出 15.5 亿美元；资本项目收入为零，资本项目支出 2.6 亿美元；债务偿还 8900 万美元；财政统计赤字 4.25 亿美元，占 GDP 的 5.7%。政府直接国债 33.2 亿美元，同比增长 20%，占 GDP 的 45%；政府担保债务 5.8 亿美元，增长 30.1%；总债务 39 亿美元，增长 21.4%，占 GDP 的 53%③。

在金融形势方面，由于实施巴币兑美元 1:1 的钉住汇率，且通胀率由前一年的 3.6% 降为 1%④，巴哈马货币政策大体稳定。2009 年 9 月～2010 年 9 月，巴基准折现率（5.25%）和商业银行优惠利率（5.50%）保持不变。需求不足与高失业压力下，巴私人信贷增长缓慢，公共信贷也因政府的财政紧缩措施而放

① 2010 年 3 月，巴哈马推出的"免费飞成员岛"计划规定，只要预订多于 4 晚住宿的旅游安排，旅客从拿骚飞往 14 个成员岛中任何一个岛的机票费用将由巴旅游部和航空公司分别承担 50%。
② 中国驻巴哈马大使馆经济商务参赞处网站。
③ 中国驻巴哈马大使馆经济商务参赞处网站。
④ 2009 年 9 月～2010 年 9 月。

缓增长。

在国际收支方面,巴哈马经常项目赤字缩小,金融和资本项目盈余明显下降。受经济低迷的影响,巴国内需求不振,进口需求同比下降 2.9%,但商品和服务出口分别出现了 2.8% 和 3.9% 的温和增长,特别是旅游业收入上升 5.6%,这使得经常项目赤字下降 10.9%,降为 7.7 亿美元。在金融和资本项目下,与旅游业相关的建筑业吸引了新的外资,使巴 FDI 流入量增加 13.6%,但由于外国证券投资流出量持续扩大,该项目的盈余额较 2009 年减少 27%,降为 8.1 亿美元①。同期,巴外汇储备略有上升,截至 11 月中旬,巴外汇储备 9.1 亿美元,可满足进口 3.5 个月用汇需求,高于 IMF 设定的满足 3 个月基础水平②。

在经济政策方面,巴哈马政府于 2010 年 7 月 1 日开始实施 2010～2011 财政年度预算案,其主要内容与目标包括:努力控制财政赤字和公共债务,防止经济危机后发生债务危机;体现可持续发展要求,支持清洁能源使用,控制环境污染;总理带头削减工资和津贴,控制预算支出;鼓励直接投资,适当扩大政府资本项目建设,创造更多就业机会;鼓励和促进国内中小企业发展。

(三)社会形势

2010 年,巴哈马社会形势总体稳定,但经济低迷背景下的失业、贫困和犯罪率上升成为其较为突出的社会矛盾。

由于巴哈马国内就业市场高度依赖旅游业,金融危机以来旅游业的不景气使其失业率不断上升,2009 年达到了 14.2%,2010 年则继续保持在 15% 左右的高位,创下了近 10 年来的最高水平③。居高不下的失业率不仅使贫困人口数量不断增加,还在一定程度上冲击着其一贯良好的社会治安,使其犯罪率有所上升。据统计,2010 年第一季度巴哈马针对人身和财产的犯罪案件同比上升 17%,其中凶杀案件同比上升 44%,从 2009 年的 16 起增加到 23 起;车辆盗窃案件同比

---

① 根据 CEPAL, *Balance Preliminar de las Economías de América Latina y el Caribe 2010*, Santiago de Chile, 2010 数据计算。

② 中国驻巴哈马大使馆经济商务参赞处网站。

③ EIU, *Country Report: Bahamas*, Oct. 2010.

上升53%，从2009年的197起增加到302起①。

为了缓解失业造成的社会压力，巴哈马政府从2010年6月1日起开始实施长期失业救助计划，其主要内容包括：失业保险费缴纳比重从原来工资的8.8%增加到9.8%，增加的1个百分点由雇员和雇主分别承担一半，雇员和雇主缴纳的失业保险费分别从原来的3.4%和5.4%调整为3.9%和5.9%；雇主和雇员缴纳保险费增加部分每周最多不超过2美元；申请长期失业救助计划的雇员必须至少已向社保基金缴纳过52周保险费，在失业前40周内缴纳过20周保险费，在失业前13周内缴纳过7周保险费；在实施临时失业救助计划期间，已获得13周相当于保险费50%的救助金。

（四）外交形势

巴哈马在对外关系中以美欧地区为重点，优先考虑经济因素。2010年，巴哈马在美洲的外交政策核心集中体现为三个方面：一是继续与美国在金融、反毒、反恐等方面密切合作，控制通过巴向美进行的毒品中转；二是控制非法移民，谨慎处理海地非法移民问题；三是同美国和古巴就有争议的海洋专属经济区域问题进行谈判磋商。巴哈马在欧洲的外交工作中心之一则是与挪威、瑞典、芬兰、丹麦、冰岛、格陵兰和法罗群岛签署税收情报交换协议，使其对外签署国际税收合作协议累计达18份，超过OECD规定的至少12份国际税收合作协议要求，实质性履行了20国集团和OECD国家确定的国际税收合作标准，从而脱离了2009年伦敦金融峰会将包括巴哈马在内的36个国家列入的"灰名单"，转而进入已有66个国家的"白名单"。

巴哈马与中国自1997年5月23日正式建交以来关系发展顺利，双方在政治、经济、文化和教育等领域进行了全方位合作。目前，两国政府已签署《海运协定》、《文化协定》、《关于互免持外交护照人员签证的协定》、《关于促进与保护投资协定》和《税收情报交换协定》等多项重要协定，在经贸合作方面也取得明显进展，巴哈马已成为中国在加勒比地区的主要经贸合作伙伴之一。2009年，中巴双边贸易额为4.23亿美元，其中中方出口4.225亿美元，进口14.8万美元，三者同比分别增长9.5%、9.7%、－75.6%。中国出口商品主要包括机

---

① 中国驻巴哈马大使馆经济商务参赞处网站。

电产品、纺织品、服装、鞋类、陶瓷制品、箱包、手工工具等；进口商品主要为农副产品和一些加工产品等。同年，巴对华直接投资9868万美元，中国对巴投资100万美元，投资存量达到160万美元①。

三 苏里南

（一）政治形势

2010年5月和7月，苏里南依次举行议会与总统大选。德西·鲍特瑟（Désiré Bouterse）当选总统，新政府于2010年8月13日正式成立。由于没有任何一个党派在大选中获得超过议会半数的席位，由"大联盟"、"人民联盟"和"A联盟"三大政党联盟共11个党派组成联合政府。

新政府上台后，苏里南政局稳定。执政党联盟在国民议会51个席位中占据36席，这有利于现任政府施政方针的贯彻执行。鲍特瑟作出的削减贫困、提高老龄人口收入、修建新住宅、创造新的就业机会和惩治腐败等竞选承诺有望在其任期内得以推行。

但是，鲍特瑟的当选使得苏里南政治局势有所变化。鲍特瑟总统本人是具有争议性的人物，他曾在1980～1987年及1990～1991年两度担任军政府主席，曾于1999年因走私毒品的罪名在荷兰被判11年狱刑，目前仍因1982年当政时处决15名政治反对派（即"十二月屠杀事件"）而面临审判。鲍特瑟的个人经历，使其面临以下两方面的国内挑战。

第一，民众支持率。鲍特瑟作出了改善地区关系和惩治腐败等承诺，使其在青年人和弱势群体中获得了广泛支持。但与此同时，民众对其军事独裁者的历史记忆犹新，老一辈苏里南人普遍对其执政方向心存疑虑，担心国家政治会再次陷入20世纪80年代的管理不善状态。

第二，联合政府的稳定性。一方面，作为三大政党联盟之一，"A联盟"在联合政府中发挥着重要作用。由于"A联盟"主席布隆斯维克（Brunswijk）曾是鲍特瑟独裁时期的叛军领袖，目前尚无法判断历史成见是否会对执政党联盟的

---

① 《2010年中国统计年鉴》，中国统计出版社，2010。

长期合作产生影响。另一方面，尽管新政府中副总统、财政部部长和央行行长等重要职位均由业内资深人士担当，但鲍特瑟同时还对多位军政府时期的内阁成员委以重任（部分成员被诉参与"十二月屠杀事件"），从而在国内外引发了较大争议，对新政府的稳定性形成潜在影响。

（二）经济形势[①]

苏里南自然资源丰富，但经济基础相对薄弱，经济发展不平衡。国民经济主要依靠铝矿业、加工制造业和农业。全球金融危机对苏里南铝矿、石油、旅游和农渔业等产业造成不同程度影响，但因苏里南经济规模较小，危机尚未对其经济基础造成很大的直接冲击，经济状况总体稳定。2010 年，在炼油业、金属加工业和服务业的拉动下，苏里南 GDP 和人均 GDP 预计将分别实现 3% 和 2.2% 的增长。

在产业发展方面，由于国际初级产品价格高企，2010 年金属加工业获得扩张，其中，铝矿业的产能利用率从 60% 提升至 67%，黄金和精炼石油产品产量均实现 7% 的增长。同时，近期工资上涨为服务业注入活力，带动零售和批发贸易业增长 7.9%。与之相比，农业部门（特别是稻米和香蕉种植业）的投资增加，但尚未呈现强劲增长。

在财政指标方面，由于本年度大选和公共部门工资改革支出增大，苏里南预计将连续第二年出现财政赤字。具体而言，黄金和石油价格上涨使得税收增加，财政收入占 GDP 的 29% ~30%；财政支出约占 GDP 的 32%。截至 2010 年 6 月，财政赤字约占 GDP 的 2.3%。同期，工资和薪金在 2009 年 3% 的增长基础上，再度上浮 1.6%，此项新增支出与大选费用使得公共债务增加，占 GDP 的比重增至 27.2%。

在金融形势方面，苏里南利率大体稳定，汇率有上调趋势。截至 2010 年 11 月，央行规定的准备金要求仍为 25%，贷款利率由 2009 年 12 月的 11.6% 微调至 11.5%，但存款利率由 0.1% 调整为 6.1%。同期，经济走向、大选结果和国内需求中存在的不确定性引发了民众对外币的更大需求，使苏元面临贬值压力。

---

① 如无特别说明，本节数据来自 CEPAL, *Balance Preliminar de las Economías de América Latina y el Caribe 2010*, Santiago de Chile, 2010.

尽管苏元兑美元的官方汇率仍为 2.78∶1，但平行市场汇率已升为 3.40∶1。

在国际收支方面，苏里南继续保持经常项目盈余，但金融和资本项目出现赤字。在经常项目下，黄金与油价攀升促使苏出口收入大增，使其贸易盈余由 2009 年的 1.1 亿美元升至 3.2 亿美元，经常项目盈余亦增加 1 倍有余，由 2.1 亿美元增至 4.3 亿美元。在金融和资本项目下，尽管黄金勘探和开采业吸引了新的外资，但该项目预计将出现 2003 年以来的首次赤字，规模约为 4.5 亿美元。受上述两项综合影响，苏里南外汇储备降至 6.4 亿美元，可满足其 6 个月的进口用汇需求。

在经济政策方面，目前苏经济发展的主要目标是到 2020 年实现人均 GDP 翻一番。为了实现该目标，苏将着重发展国内私有部门，提升知识密集型产业，激发商业部门的创新力。为此，苏确定了旅游业、手工制品业、畜牧业及传统歌舞业等重点产业。此外，政府还将进行国企改革，在打造一批高效、自主的现代化国有企业的同时，实现对非战略性国有企业的私有化改造。

（三）社会形势

2010 年苏里南社会形势大体稳定，贫困问题和犯罪率上升是其面临的主要社会问题。

苏里南是拉美和加勒比地区贫困率最高的国家之一，70% 左右的人口生活在贫困线以下，而 2010 年的国内经济形势使其贫困有所加剧。一方面，由于货币贬值压力和国内流动性增强，通胀率由前一年的 - 2.7% 升至 2010 年 10 月的 8.4%，年底还有望进一步升至 11%。另一方面，失业水平呈上升趋势，非官方失业率大致达到 10% ~ 12% 的水平[①]。高通胀与高失业使得贫困问题更为突出，减贫工作面临更大的压力。

苏里南是加勒比地区社会治安情况较好的国家之一，但近年来犯罪率有所上升。目前，苏里南境内的毒品贩运、洗钱活动和非法掘金活动增多，有组织犯罪集团活动屡禁不止，非法持枪抢劫的情况也时有发生，社会安全日益成为政府关注的问题之一。

---

① CEPAL, *Balance Preliminar de las Economías de América Latina y el Caribe 2010*, Santiago de Chile, 2010.

（四）外交形势

苏里南重视发展与邻国圭亚那、巴西和法属圭亚那的关系，保持与美欧国家的务实关系，积极开展同南美大陆特别是亚马孙条约国家间的合作，并且努力开拓同日本、中国、印尼、马来西亚和韩国等亚太国家的关系。与此同时，由于历史原因，苏里南与荷兰之间关系紧密，特别是 2000 年以来，苏荷关系日渐机制化。

新政府上台后，苏里南外交局势发生微妙变化。荷兰及其他对苏里南进行援助的国家和多边组织声明，它们在尊重苏里南选民意愿的同时，对新政府在毒品走私和洗钱等问题方面的态度予以高度关注。由于鲍特瑟总统和"A 联盟"主席布隆斯维克都曾被荷兰诉以贩运毒品罪名，新政府的组成不仅导致与荷兰关系有恶化趋势，而且也致使与美国关系趋于紧张。除此之外，新政府还须面对苏里南外交中的历史遗留问题，继续与圭亚那协商解决边境纠纷，并且通过协商或仲裁解决与法属圭亚那之间的领土争议。

苏里南同中国于 1976 年 5 月 28 日建交，两国关系近期得到了迅速发展。双方在政治、军事、文化等领域的合作卓有成效，经贸合作方面的成果尤为显著。2009 年，双边贸易总额 1.1 亿美元，其中，中国出口 9616 万美元，进口 1191 万美元，分别较上年变化 1.6%、−6.4% 和 225.4%。中国对苏里南出口的商品主要为机电、轻工、纺织和日用生活消费，进口产品主要为木材和鱼虾类海产品。同年，中国在苏里南直接投资存量达 6880 万美元，正在经营的中国投资企业约12 家，主要分布在林业、建筑业、农渔业等部门①。

四　圣基茨和尼维斯

（一）政治形势

2010 年 1 月 25 日，圣基茨和尼维斯举行国民议会选举。圣议会为一院制，由 14 ~ 15 名议员组成，其中 11 席由选举产生（其中 8 名从圣基茨岛选出，3 名

---

① 《2010 年中国统计年鉴》，中国统计出版社，2010 年 10 月。

从尼维斯岛选出），任期5年。本届议会大选中，工党赢得议会中的6席，第4次蝉联执政，登齐尔·道格拉斯（Denzil Douglas）继续担任政府总理。

由于执政党和内阁主要成员相对固定，政局保持稳定，政府所面临的挑战主要来自经济领域，高额财政赤字和公共外债成为政府背负的主要压力。道格拉斯总理承诺将降低公共债务作为任内首要任务之一。为此，政府将严格审核各项动议对公共债务的影响，并且将逐步调整国家税收体制。作为履行承诺的第一步，道格拉斯在2010年3月提交的政府预算草案中大幅削减政府支出，以此来冲抵全球金融危机对税收和非税收入的持续负面影响。降低政府支出的具体措施包括：冻结工资和招聘，要求适龄公务员退休以及鼓励公私合营等。

（二）经济形势

旅游业是国民经济支柱产业，主要的就业部门，也是外汇收入的重要来源，在服务业出口中所占比重约为60%。在全球金融危机冲击下，需求不足导致旅游业萎缩，与旅游业相关的建筑业明显下滑，旅店、旅游基础设施、公共项目和私营项目等都因资金缺乏而暂时停滞。与此同时，传统的农业生产因飓风和干旱等极端天气事件而严重受损，农业收入和就业市场大幅萎缩；而其制造业部门也因竞争力不足而表现不佳。受上述因素影响，2009年GDP增长率为 - 11.1%，2010年仍会继续下降1.5%；与之相应，人均GDP继2009年12.8%的缩减后，2010年进一步减少1.5%[①]。

圣基茨和尼维斯财政状况持续恶化，公共债务居高不下。由于经济低迷，政府收入锐减，而政府支出的调整滞后，这使得财政赤字继续扩大，债务规模占GDP的比重在2009年末升至185%[②]。尽管政府在本年度大幅调整了税制和政府支出，但其政策效应直至2011年才能有所反应。在当前情况下，由于财政体系相对脆弱，政府没有足够的财政空间采取反危机措施，短期内经济萧条仍将延续。与此同时，政府主要依靠国内市场进行融资，这不仅使其银行体系暴露于公

[①] CEPAL, *Balance Preliminar de las Economías de América Latina y el Caribe 2010*，Santiago de Chile, 2010.

[②] EIU, *Country Report: Organisation of Eastern Caribbean States*, Mar. 2010.

共债务风险之中，对宏观经济稳定也构成威胁。

在国际收支方面，圣基茨和尼维斯经常项目出现赤字，金融和资本项目保有盈余。在经常项目下，商品和服务出口收入都有小幅下降，贸易赤字较上年增加 8.3%；经常项目缺口略有扩大，逆差规模为 1.7 亿美元。在金融和资本项目下，净外资流入由上年的 1 亿美元增至 1.4 亿美元，但金融资本的流出使得该项目盈余额略有下降，由上年的 2 亿美元降至 1.7 亿美元，减少了 15%。

在经济政策方面，圣基茨和尼维斯本年度的重点是税制改革和经济复苏政策。政府对税制进行了三项调整：从 2010 年 11 月 1 日起，开始征收税率为 17% 的增值税，以此取代包括消费税和出口税在内的 12 项税收，牛奶、慢性病药物、公交费和土产免于纳税；对旅游业征收 10% 的调节税；降低公司税及其他相关措施，逐步提升本土竞争力①。与此同时，为了实现稳定财政、缩减债务和刺激经济增长三重目标，政府还推出了一系列财政措施，具体包括：审核所有政府项目，限定项目金额；精简税收减免项目；调整电力税基；弥补免税系统漏洞；冻结工资和招聘。

（三）社会形势

圣基茨和尼维斯社会形势总体保持稳定，贫困和犯罪率较高是其面临的主要社会问题。

贫困是主要的发展问题之一，总人口中约有 30% 的人群生活在贫困线以下②。一方面，由于产业结构相对单一，劳动力就业多集中于旅游业，在旅游业萧条的背景下，其贫困现象有所加剧。另一方面，多数食品和能源需要进口，初级产品价格高涨使其贫困问题更显突出。在这种情况下，圣基茨和尼维斯与多数东加勒比国家组织成员相似，需要在削减贫困方面做出努力，但由于其缺乏高技能劳动力，发展潜力受到制约，减贫工作遭遇较大阻力。

犯罪问题则是社会安全领域的一大挑战。与其他东加勒比国家组织成员相

---

① EIU, *Country Report: Organisation of Eastern Caribbean States*, Mar. 2010.

② Department Of Studies At The Inter-American Defense College, "Saint Kitts and Nevis Country Study," Jan. 2009.

似，毒品贩运、洗钱和有组织犯罪等在圣基茨和尼维斯时有发生，其凶杀率在 2007 年时高达十万分之三十三，是全球凶杀率最高的国家之一①。犯罪问题不仅对社会安全构成威胁，而且严重损害了其作为国际旅游胜地的声名，不利于其以旅游业为导向的整体经济发展。

（四）外交形势

圣基茨和尼维斯同英国、美国、加拿大、委内瑞拉、哥伦比亚、特立尼达和多巴哥、安提瓜和巴布达、蒙特塞拉特的关系较为密切。近年来，委内瑞拉通过"加勒比石油计划"加大了对加勒比国家的影响，圣委之间的经济联系得以加强。

圣基茨和尼维斯与中国之间未建立正式外交关系，但两国之间保有经贸往来。2009 年，中圣贸易总额为 127 万美元，其中，中国出口 122 万美元，进口 4 万美元。

（刘纪新　审读）

The Caribbean

Yue Yunxia

Abstract：The paper presents the political, economic and social developments and foreign relations of the Caribbean states and gives a detail analysis of situation in Bahamas, Suriname, and Saint Kitts and Nevis. The region maintained long - existed political stability in 2010. However, under a weak economic recovery and unfavorable international balance of payment, it was confronted with the contracting traveling industry and increasing public debts as well as the high unemployment, poverty and crime rates. The deepening of regional integration and the relations with China characterized the latest development of foreign relations of the regional countries.

Key Words：the Caribbean; Politics; Economy; Society; Foreign Relations

---

① Department Of Studies At The Inter-American Defense College, "Saint Kitts and Nevis Country Study," Jan. 2009.

资　料　篇

Data and Statistics

Ⅴ．31

附表 1　拉美 33 国 GDP 及人均 GDP 年均增长率
（2001～2010 年）

单位：%

项　目 国家或地区	年份	GDP 年均增长率										人均 GDP 年均增长率									
		2001	2002	2003	2004	2005	2006	2007	2008	2009	2010[a]	2001	2002	2003	2004	2005	2006	2007	2008	2009	2010[a]
拉美和加勒比地区[b]		0.3	-0.4	2.2	6.1	4.9	5.8	5.8	4.2	-1.9	6.0	-1.1	-1.7	0.8	4.7	3.6	4.6	4.6	3.0	-2.8	4.8
安提瓜和巴布达		2.0	2.5	5.2	7.0	4.2	13.3	9.1	0.2	-10.9	-4.1	-0.5	1.3	3.9	5.7	1.7	11.9	7.8	-1.0	-11.9	-5.2

* 联合国拉美经委会 2010 年社会统计数据中有关 "贫困和赤贫" 的统计中临时更换了传统的统计事项，为与以前的《拉丁美洲和加勒比发展报告》保持一致性，本书暂未收录；社会支出数据本书未更新，也暂不收录。

续表

国家或地区＼年份	GDP 年均增长率										人均 GDP 年均增长率									
	2001	2002	2003	2004	2005	2006	2007	2008	2009	2010ᵃ	2001	2002	2003	2004	2005	2006	2007	2008	2009	2010ᵃ
阿根廷	-4.4	-10.9	8.8	9.0	9.2	8.5	8.7	6.8	0.9	8.4	-5.4	-11.8	7.8	8.0	8.1	7.4	7.6	5.7	-0.2	7.3
巴哈马	-0.6	2.2	0.7	1.6	5.0	3.5	1.9	-1.7	-4.3	0.5	-1.9	0.9	-0.6	0.3	3.8	1.9	0.7	-2.8	-5.4	-0.7
巴巴多斯	-4.6	0.7	1.9	4.8	3.9	3.2	3.4	0.5	-3.6	-1.0	-4.2	0.7	1.5	4.4	3.9	2.8	3.0	0.5	-4.0	-1.4
伯利兹	5.0	5.1	9.3	4.6	3.0	4.7	1.2	3.8	0.0	2.0	2.5	2.7	6.9	2.3	0.8	2.5	-1.2	1.7	-2.0	0.0
玻利维亚	1.7	2.5	2.7	4.2	4.4	4.8	4.6	6.1	3.4	3.8	-0.4	0.4	0.7	2.2	2.5	2.9	2.7	4.3	1.6	2.1
巴西	1.3	2.7	1.1	5.7	3.2	4.0	6.1	5.2	-0.6	7.7	-0.1	1.2	-0.2	4.4	1.9	2.8	5.0	4.1	-1.1	6.7
智利	3.4	2.2	3.9	6.0	5.6	4.6	4.6	3.7	-1.5	5.3	2.2	1.0	2.8	4.9	4.5	3.5	3.5	2.6	-2.5	4.3
哥伦比亚ᶜ	1.7	2.5	3.9	5.3	4.7	6.7	6.9	2.7	0.8	4.0	0.0	0.9	2.3	3.7	3.1	5.1	5.3	1.2	-0.6	2.6
哥斯达黎加	1.1	2.9	6.4	4.3	5.9	8.8	7.9	2.8	-1.1	4.0	-1.0	0.8	4.3	2.4	4.1	7.1	6.4	1.5	-2.3	2.6
古巴	3.2	1.4	3.8	5.8	11.2	12.1	7.3	4.1	1.4	1.9	2.9	1.2	3.6	5.6	11.1	12.0	7.2	4.1	1.4	1.9
多米尼克	-3.8	-4.0	2.2	6.3	3.4	6.3	4.9	3.5	-0.9	1.4	-3.8	-4.0	2.2	6.3	4.9	6.3	4.9	3.5	-0.9	1.4
厄瓜多尔	4.8	3.4	3.3	8.8	5.7	4.8	2.0	7.2	0.4	3.5	3.4	2.2	2.1	7.6	4.6	3.6	1.0	6.1	-0.7	1.9
萨尔瓦多	1.7	2.3	2.3	1.9	3.3	4.2	4.3	2.4	-3.5	1.0	1.2	1.9	2.0	1.5	2.9	3.8	3.9	2.0	-4.0	0.5
格林纳达	-3.9	2.1	8.4	-6.5	12.0	-1.9	4.5	0.9	-8.3	0.8	-3.9	1.1	8.4	-6.5	11.0	-1.9	4.5	-0.1	-8.3	0.8
危地马拉	2.3	3.9	2.5	3.2	3.3	5.4	6.3	3.3	0.5	2.5	-0.1	1.3	0.0	0.6	0.7	2.8	3.7	0.8	-2.0	0.0
圭亚那	1.6	1.1	-0.6	1.6	-2.0	5.1	7.0	2.0	3.3	2.8	1.5	0.9	-0.9	1.3	-2.1	5.1	7.0	2.1	3.5	2.9
海地	-1.0	-0.3	0.4	-3.5	1.8	2.3	3.3	0.8	2.9	-7.0	-2.7	-1.8	-1.2	-5.0	0.2	0.6	1.7	-0.8	1.2	-8.5

国家或地区	GDP 年均增长率										人均 GDP 年均增长率									
年份	2001	2002	2003	2004	2005	2006	2007	2008	2009	2010[a]	2001	2002	2003	2004	2005	2006	2007	2008	2009	2010[a]
洪都拉斯	2.7	3.8	4.5	6.2	6.1	6.6	6.3	4.0	-1.9	2.5	0.6	1.7	2.5	4.1	3.9	4.4	4.2	1.9	-3.8	0.5
牙买加	1.3	1.0	3.5	1.4	1.0	2.7	1.5	-0.9	-2.7	0.0	0.5	0.2	2.7	0.7	0.3	2.1	1.0	-1.4	-3.1	-0.4
墨西哥	0.0	0.8	1.4	4.1	3.3	5.1	3.4	1.4	-6.1	5.3	-1.3	-0.5	0.2	2.9	2.1	3.9	2.2	0.5	-7.0	4.3
尼加拉瓜	3.0	0.8	2.5	5.3	4.3	4.2	3.1	2.8	-1.5	3.0	1.4	-0.6	1.2	4.0	3.0	2.8	1.7	1.4	-2.7	1.7
巴拿马	0.6	2.2	4.2	7.5	7.2	8.5	12.1	10.1	3.2	6.3	-1.3	0.4	2.3	5.6	5.3	6.7	10.2	8.3	1.6	4.7
巴拉圭	2.1	0.0	3.8	4.1	2.9	4.3	6.8	5.8	-3.8	9.7	0.0	-2.0	1.8	3.6	0.9	2.4	4.8	3.9	-5.5	7.8
秘鲁	0.2	5.0	4.0	5.0	6.8	7.7	8.9	9.8	0.9	8.6	-1.2	3.6	2.6	3.6	5.5	6.4	7.6	8.5	-0.3	7.4
多米尼加	1.8	5.8	-0.3	1.3	9.3	10.7	8.5	5.3	3.5	7.0	0.2	4.2	-1.8	-0.2	7.7	9.1	6.9	3.8	2.1	5.6
圣基茨和尼维斯	2.0	1.0	0.5	7.6	5.6	5.5	2.0	4.6	-11.1	-1.5	-0.1	1.0	-1.6	5.4	5.6	3.4	2.0	2.6	-12.8	-1.5
圣文森特和格林纳丁斯	2.2	3.8	3.1	6.6	2.1	9.5	8.6	1.3	-2.8	0.5	2.2	3.8	3.1	5.6	2.1	9.5	8.6	1.3	-2.8	0.5
圣卢西亚	-5.9	2.0	4.1	5.6	4.3	5.9	2.2	0.8	-4.6	1.1	-7.1	1.4	2.8	4.3	3.7	4.6	0.9	0.3	-5.8	-0.1
苏里南	5.7	2.7	6.8	0.5	7.2	3.9	5.1	4.3	2.2	3.0	4.2	1.2	5.5	-0.9	5.9	2.8	4.1	3.3	1.2	2.2
特立尼达和多巴哥	4.2	7.9	14.4	8.0	5.4	14.4	4.6	2.3	-0.9	1.0	3.8	7.5	14.1	7.5	5.1	14.0	4.2	1.9	-1.3	0.6
乌拉圭	-3.4	-11.0	2.2	11.8	6.6	7.0	7.5	8.5	2.9	9.0	-3.6	-11.0	2.2	11.9	6.6	6.8	7.2	8.2	2.5	8.6
委内瑞拉	3.4	-8.9	-7.8	18.3	10.3	9.9	8.2	4.8	-3.3	-1.6	1.5	-10.5	-9.4	16.2	8.4	8.0	6.3	3.0	-4.9	-3.2

注：a 为初步数据；b 为以2000年美元价价格为基础核算；c 为以该国公布的国民帐户新季度数据为基础核算，以2005年为基期。

资料来源：CEPAL, *Balance preliminar de las economías de América Latina y el Caribe 2010*。

附表2　拉美33国GDP与人均GDP（2007~2009年）

国家或地区	人均GDP（美元，当前美元价格）				GDP（亿美元，当前美元价格）			
年份及排名	2007	2008	2009	2009年全球排名[a]	2007	2008	2009	2009年全球排名[a]
拉美和加勒比地区	6743.7	7724.9	7112.4		38337.7	44410.4	41337.9	
安提瓜和巴布达	13484.2	13889.6	12919.7	62	11.5	12.0	11.3	183
阿根廷	6645.9	8235.8	7665.5	81	2624.5	3284.7	3087.4	30
巴哈马	21683.9	21612.7	20710.9	47	72.3	73.0	70.8	136
巴巴多斯	13393.4	14381.6	14050.8	61	34.1	36.7	36.0	160
伯利兹	4334.9	4519.3	4356.0	110	12.8	13.6	13.4	176
玻利维亚	1377.5	1720.0	1758.1	147	131.2	166.7	173.4	103
巴西	7189.4	8535.8	8114.0	79	13668.5	16386.4	15719.6	8
智利	9877.1	10167.3	9623.0	71	1643.2	1708.5	1633.1	45
哥伦比亚	4684.1	5400.9	5030.5	102	2077.9	2431.0	2296.9	36
哥斯达黎加	5903.5	6604.7	6395.3	90	263.2	298.5	292.8	85
古巴	5230.4	5426.8	5437.0	98	586.0	608.1	609.2	63
多米尼克	5136.7	5570.9	5668.4	95	3.4	3.7	3.8	199
厄瓜多尔	3432.0	4056.4	4205.7	112	457.9	546.9	573.0	65

续表

国家或地区	人均 GDP（美元，当前美元价格）				GDP（亿美元，当前美元价格）			
	2007	2008	2009	2009 年全球排名ᵃ	2007	2008	2009	2009 年全球排名ᵃ
萨尔瓦多	3336.7	3604.0	3423.7	121	203.8	221.1	211.0	98
格林纳达	5915.7	6553.0	6117.3	91	6.1	6.8	6.4	194
危地马拉	2554.6	2859.8	2660.7	134	341.1	391.4	373.2	78
圭亚那	2277.6	2518.3	2683.2	132	17.4	19.2	20.5	169
海地	589.2	622.3	625.9	181	57.3	61.5	62.8	141
洪都拉斯	1727.4	1911.9	1929.9	144	123.9	139.9	144.1	108
牙买加	4787.9	5168.7	4566.1	107	129.1	140.0	124.1	113
墨西哥	9515.9	10008.2	7956.3	80	10228.3	10864.4	8720.9	14
尼加拉瓜	959.1	1039.7	1114.1	161	53.7	58.9	64.0	140
巴拿马	5920.3	6821.2	7154.6	84	197.9	231.8	247.1	91
巴拉圭	1995.0	2705.0	2314.1	140	122.2	168.7	146.9	107
秘鲁	3771.6	4477.2	4403.1	109	1075.2	1291.1	1284.2	51
多米尼加	4179.2	4573.9	4618.1	106	410.1	455.2	466.0	73
圣基茨和尼维斯	10100.6	11169.3	10541.3	68	5.1	5.7	5.5	196
圣卢西亚	5692.3	5798.9	5504.7	97	9.6	9.9	9.5	184
圣文森特和格林纳丁斯	5094.7	5330.6	5188.7	100	5.6	5.8	5.7	195
苏里南	4752.2	5941.9	5706.5	94	24.3	30.6	29.7	165
特立尼达和多巴哥	15738.4	19475.3	15781.5	56	209.0	259.7	211.2	97
乌拉圭	7174.0	9308.6	9375.9	72	239.5	311.8	315.1	83
委内瑞拉	8120.7	10968.9	11404.0	65	2245.9	3084.5	3259.6	27

注：a 为在来源数据库中的排名。

资料来源：联合国统计署国家账户主要总体数据库（National Accounts Main Aggregate database），http://unstats.un.org/unsd/snaama/dnllist.asp。

附表 3　拉美 33 国国际收支（2008～2010 年）

Ⅳ.33

分表 1

单位：百万美元

项目 国家或地区	货物出口额（FOB）			服务出口额			货物进口额（FOB）			服务进口额		
年份	2008	2009	2010[a]	2008	2009	2010[a]	2008	2009	2010[a]	2008	2009	2010[a]
拉美和加勒比地区[b]	906441	701469	876675	115114	103827	113391	863021	649425	828887	146024	134358	160710
安提瓜和巴布达	78	35	33	564	514	514	671	528	501	271	239	232
阿根廷	70019	55669	70143	12021	10894	11983	54596	37141	53854	13335	11810	13582
巴哈马	956	711	731	2543	2275	2364	3199	2535	2462	1403	1196	1226
巴巴多斯	488	379	372	1601	1432	1467	1730	1295	1240	705	635	635
伯利兹	480	382	454	386	344	356	788	621	627	170	162	157
玻利维亚	6527	4918	6147	500	515	536	4764	4144	4848	1017	1015	1076
巴西	197942	152995	198893	30451	27728	31673	173107	127705	178706	47140	46973	63739
智利	66464	53735	68781	10785	8507	9811	57617	39754	54463	11656	9581	11239
哥伦比亚	38534	34026	40490	4137	4196	4280	37563	31479	37775	7196	6911	7740
哥斯达黎加	9555	8838	9457	4083	3593	4204	14569	10875	13050	1882	1405	1658
古巴	—	—	—	108	118	119	217	198	214	70	—	—
多米尼克	44	37	38	108	118	119	217	198	214	70	64	65

372

续表

国家或地区	货物出口额（FOB）			服务出口额			货物进口额（FOB）			服务进口额		
年份	2008	2009	2010ᵃ	2008	2009	2010ᵃ	2008	2009	2010ᵃ	2008	2009	2010ᵃ
厄瓜多尔	19147	14347	17646	1313	1227	1375	17776	14269	18835	2954	2604	2894
萨尔瓦多	4611	3861	4479	1041	835	969	9004	6706	7846	1625	1260	1401
格林纳达	41	35	30	153	140	139	339	263	302	113	98	107
危地马拉	7847	7330	8193	1873	1513	1619	13421	10632	12301	2149	1883	2105
圭亚那	802	768	446	212	170	—	1324	1169	1265	325	272	—
海地	490	551	567	343	379	393	2108	2032	2731	746	772	1002
洪都拉斯	6458	5090	5700	877	938	1013	10509	7560	8392	1187	1081	1156
牙买加	2761	1388	1720	2777	2651	2700	7742	4476	5200	2421	1881	1300
墨西哥	291343	229783	293571	18040	14767	15506	308603	234385	297060	25419	23172	25953
尼加拉瓜	2538	2387	3031	399	470	508	4749	3927	4673	608	555	638
巴拿马	10323	11133	11968	5788	5519	5906	14869	13256	14767	2633	2191	2673
巴拉圭	7798	5805	8069	1150	1448	1513	8844	6837	9606	592	537	639
秘鲁	31529	26885	35219	3649	3653	3920	28439	21011	28785	5611	4765	5588
多米尼加	6748	5519	6512	4922	4918	5311	15993	12260	15325	1960	1872	2059
圣基茨和尼维斯	69	54	51	160	132	123	286	251	253	123	100	101
圣文森特和格林纳丁斯	57	55	39	153	139	139	329	294	302	110	94	91
圣卢西亚	166	191	175	364	353	380	605	451	468	216	190	180
苏里南	1708	1404	1600	285	287	287	1350	1296	1300	407	285	270
特立尼达和多巴哥	18686	9175	8823	—	—	—	9622	6973	6729	—	—	—
乌拉圭	7095	6389	7986	2276	2168	2559	8807	6660	7659	1463	1134	1292
委内瑞拉	95138	57595	65309	2162	2005	1725	49482	38442	37346	10516	9622	9911

分表 2

项目 年份 国家或地区	贸易余额			收益余额			经常转移余额			经常项目余额		
	2008	2009	2010ᵃ	2008	2009	2010ᵃ	2008	2009	2010ᵃ	2008	2009	2010ᵃ
拉美和加勒比地区ᵇ	13119	22235	1183	-108671	-99584	-112734	67123	60353	60972	-28429	-16997	-50580
安提瓜和巴布达	-301	-218	-187	-69	-61	-31	15	27	29	-354	-252	-190
阿根廷	14109	17612	14690	-7553	-9013	-10084	179	2691	179	6735	11290	4785
巴哈马	-1103	-746	-592	-118	-197	-252	56	83	78	-1165	-860	-766
巴巴多斯	-347	-120	-36	-121	-140	-180	47	42	65	-421	-218	-151
伯利兹	-91	-56	26	-153	-137	-150	112	79	84	-132	-113	-40
玻利维亚	1245	274	759	-536	-674	-900	1284	1213	1100	1993	813	959
巴西	8146	6044	-11879	-40562	-33684	-35966	4224	3338	2549	-28192	-24302	-45296
智利	7976	12907	12891	-13423	-10306	-16000	2934	1616	3900	-2513	4217	791
哥伦比亚	-2087	-168	-745	-10333	-9435	-11000	5512	4612	4428	-6909	-4991	-7317
哥斯达黎加	-2812	151	-1047	-417	-1084	-800	442	359	373	-2787	-574	-1474
古巴	—	—	—	—	—	—	—	—	—	—	—	—
多米尼克	-135	-107	-123	-20	-14	-14	19	19	20	-136	-102	-118
厄瓜多尔	-270	-1299	-2708	-1590	-1463	-1200	2946	2432	2447	1086	-330	-1461
萨尔瓦多	-4978	-3270	-3800	-536	-664	-621	3832	3561	3632	-1682	-374	-789
格林纳达	-259	-186	-241	-47	-66	-47	37	38	38	-269	-214	-250
危地马拉	-5851	-3671	-4595	-927	-948	-1054	5004	4402	4553	-1773	-217	-1095

续表

国家或地区	贸易余额			收益余额			经常转移余额			经常项目余额		
年份	2008	2009	2010[a]	2008	2009	2010[a]	2008	2009	2010[a]	2008	2009	2010[a]
圭亚那	-635	-502	-566	-15	-17	—	329	300	310	-321	-220	-256
海地	-2021	-1875	-2774	6	13	24	1726	1635	3023	-289	-227	273
洪都拉斯	-4362	-2613	-2835	-420	-487	-680	2982	2652	2700	-1800	-449	-815
牙买加	-4626	-2318	-2080	-680	-668	-400	2083	1858	1900	-3223	-1128	-580
墨西哥	-24640	-13007	-13936	-17332	-14689	-13900	25457	21468	21682	-16514	-6228	-6154
尼加拉瓜	-2420	-1625	-1772	-161	-235	-267	1068	1018	1070	-1513	-841	-969
巴拿马	-1391	1206	434	-1570	-1460	-1500	238	210	200	-2722	-44	-866
巴拉圭	-488	-121	-663	-225	-358	-261	414	519	555	-298	40	-368
秘鲁	1128	4761	4766	-8774	-7371	-10086	2923	2856	2969	-4723	247	-2351
多米尼加	-6284	-3695	-5560	-1748	-1769	-1794	3513	3305	3216	-4519	-2159	-4138
圣基茨和尼维斯	-179	-165	-180	-35	-35	-21	33	29	29	-181	-171	-172
圣文森特和格林纳丁斯	-230	-193	-214	-23	-14	-12	24	11	12	-228	-197	-213
圣卢西亚	-291	-98	-94	-72	-53	-61	16	12	15	-347	-138	-140
苏里南	236	110	317	21	5	18	87	94	90	344	210	425
特立尼达和多巴哥	9674	2923	2556	-1202	-1220	-1400	47	55	72	8519	1759	1228
乌拉圭	-898	764	1593	-736	-689	-900	148	140	140	-1486	215	833
委内瑞拉	37302	11536	19777	698	-2652	-3195	-608	-323	-486	37392	8561	16096

拉美黄皮书

分表 3

国家或地区	资本和金融项目余额c			国际收支余额			储备资产变化d			其他融资项目		
	2008	2009	2010a	2008	2009	2010a	2008	2009	2010a	2008	2009	2010a
拉美和加勒比地区b	66938	63303	112749	38510	46307	62169	-42147	-50549	-62303	3638	4242	134
安提瓜和巴布达	348	241	174	-6	-10	-16	6	30	16	—	-20	—
阿根廷	-10052	-11667	-1585	-3317	-377	3200	9	-1346	-3200	3309	1723	—
巴哈马	1274	1113	812	109	253	46	-109	-253	-46	—	—	—
巴巴多斯	326	243	126	-96	25	-25	96	-25	25	—	—	—
伯利兹	190	161	48	58	47	9	-58	-47	-9	—	—	—
玻利维亚	381	-488	-659	2374	325	300	-2374	-325	-300	—	—	—
巴西	31161	70952	91296	2969	46650	46000	-2969	-46650	-46000	—	—	—
智利	8957	-2569	284	6444	1648	1075	-6444	-1648	-1075	—	—	—
哥伦比亚	9531	6338	9817	2623	1347	2500	-2623	-1347	-2500	—	—	—
哥斯达黎加	2439	835	2025	-348	260	551	348	-260	-551	—	—	—
古巴	—	—	—	—	—	—	—	—	—	—	—	—
多米尼克	133	123	115	-3	21	-2	3	-8	2	—	-12	—
厄瓜多尔	-152	-2448	1861	934	-2778	400	-952	681	-400	18	2097	—
萨尔瓦多	2016	802	389	334	429	-400	-334	-429	400	—	—	—
格林纳达	261	240	243	-8	26	-7	8	-8	7	—	-18	—
危地马拉	2106	690	1389	333	473	294	-333	-473	-294	—	—	—

续表

国家或地区	资本和金融项目余额[c]			国际收支余额			储备资产变化[d]			其他融资项目		
年份	2008	2009	2010[a]	2008	2009	2010[a]	2008	2009	2010[a]	2008	2009	2010[a]
圭亚那	327	454	247	6	234	-9	-43	-271	9	38	37	—
海地	387	383	196	98	156	469	-171	-246	-583	73	90	114
洪都拉斯	1633	24	811	-167	-424	-4	78	354	4	89	71	—
牙买加	3118	1084	420	-105	-44	-160	105	44	160	—	—	—
墨西哥	24595	10755	19954	8080	4527	13800	-8080	-4527	-13800	—	—	—
尼加拉瓜	1499	1049	895	-14	208	-74	-30	-262	54	45	54	20
巴拿马	3307	659	-134	585	616	-1000	-579	-616	1000	-5	—	—
巴拉圭	693	875	518	395	915	150	-394	-915	-150	0	—	—
秘鲁	7836	762	12351	3112	1008	10000	-3169	-1045	-10000	57	36	—
多米尼加	4193	2565	3738	-326	406	-400	309	-638	400	17	232	—
圣基茨和尼维斯	196	197	171	15	26	-1	-15	-13	1	—	-13	—
圣文森特和格林纳丁斯	225	201	203	-3	5	-10	3	8	10	—	-12	—
圣卢西亚	336	171	158	-11	33	18	11	-10	-18	—	-23	—
苏里南	-292	16	-445	52	226	-20	-52	-226	20	—	—	—
特立尼达和多巴哥	-5813	-2472	-778	2706	-713	450	-2706	713	-450	—	—	—
乌拉圭	3718	1374	-797	2233	1588	36	-2232	-1588	-36	—	—	—
委内瑞拉	-27936	-19360	-31096	9456	-10799	-15000	-9456	10799	15000	—	—	—

注：a 为初步数据；b 为不包括古巴；c 为包含错误和遗漏；d 为负号表示储备资产增加。

资料来源：CEPAL, Balance preliminar de las economías de América Latina y el Caribe 2010。

Ⅳ·34

附表4 拉美32国外国直接投资净额（2001~2010年）[a]

单位：百万美元

年份 国家或地区	2001	2002	2003	2004	2005	2006	2007	2008	2009	2010[b]
拉美和加勒比地区	68495	51109	38136	50407	55205	31979	92137	96303	66442	66000
安提瓜和巴布达	98	66	166	80	214	374	356	173	118	105
阿根廷	2005	2776	878	3449	3954	3099	4969	8335	3299	—
巴哈马	192	209	247	443	563	706	746	839	655	—
巴巴多斯	17	17	58	-16	119	200	256	223	—	—
伯利兹	61	25	-11	111	126	108	142	188	106	83
玻利维亚	703	674	195	83	-291	284	362	508	426	—
巴西	24715	14108	9894	8339	12550	-9380	27518	24601	36032	—
智利	2590	2207	2701	5610	4801	4556	9961	7194	4719	—
哥伦比亚	2526	1277	783	2873	5590	5558	8136	8342	4144	—
哥斯达黎加	451	625	548	733	904	1371	1634	2072	1339	—
多米尼克	17	20	31	26	33	27	53	57	41	31
厄瓜多尔	539	783	872	837	493	271	194	1005	318	—

续表[b]

国家或地区	2001	2002	2003	2004	2005	2006	2007	2008	2009	2010[b]
萨尔瓦多	289	496	123	366	398	268	1408	719	562	—
格林纳达	59	54	89	65	70	85	174	142	103	89
危地马拉	488	183	218	255	470	552	720	737	543	715
圭亚那	56	44	26	30	77	102	110	178	164	—
海地	4	6	14	6	26	161	75	30	38	—
洪都拉斯	301	269	391	553	599	669	926	901	500	—
牙买加	525	407	604	542	582	797	800	1361	480	—
墨西哥	25418	22763	15513	19912	15951	14345	20827	23756	6864	—
尼加拉瓜	150	204	201	250	241	287	382	626	434	—
巴拿马	467	99	818	1019	918	2557	1899	2196	1773	—
巴拉圭	78	12	22	32	47	167	178	264	171	—
秘鲁	1070	2156	1275	1599	2579	3467	5425	6188	4364	—
多米尼加	1079	917	613	909	1123	1085	1563	2870	2067	—
圣基茨和尼维斯	88	80	76	46	93	110	158	178	104	141
圣文森特和格林纳丁斯	21	34	55	66	40	109	110	159	106	92
圣卢西亚	59	52	106	77	78	234	253	161	146	99
苏里南	-27	-74	-76	-37	28	-163	-247	-234	—	—
特立尼达和多巴哥	685	684	583	973	599	513	830	1638	509	510
乌拉圭	291	180	401	315	811	1495	1240	1820	1257	—
委内瑞拉	3479	-244	722	864	1422	-2032	978	-924	-4939	—

注：a 为流入一国的外国直接投资减去该国居民的对外直接投资，包括再投资收益；b 为初步数据。
资料来源：CEPAL, *Balance preliminar de las economías de América Latina y el Caribe 2010*。

Ⅺ.35

附表 5　拉美 33 国外债总额（2001～2010 年）[a]

单位：百万美元

年份\国家或地区	2001	2002	2003	2004	2005	2006	2007	2008	2009	2010[b]
拉美和加勒比地区[f]	739695	728604	757138	758442	668676	657438	726474	744126	807118	829215
安提瓜和巴布达	388	434	497	532	317	321	481	436	444	465
阿根廷	166272	156748	164645	171205	113799	108864	124560	124923	117014	118205[g]
巴哈马[c]	328	310	364	345	338	334	337	443	767	—
巴巴多斯[c]	2267	2321	2475	2435	2695	2991	3130	3050	3294	—
伯利兹[c]	495	652	822	913	970	985	973	958	1016	—
玻利维亚	6861	6970	7734	7562	7666	6278	5403	5930	5779	5698
巴西	209935	210711	214929	201373	169451	172589	193219	198340	198192	225172
智利	38527	40504	43067	43515	46211	49497	55733	64318	74041	77187
哥伦比亚	39163	37382	38065	39497	38507	40103	44553	46369	53746	55592
哥斯达黎加	5265	5310	5575	5710	6485	6994	8341	8857	8313	8472
古巴[cd]	10893	10900	11300	5806	5898	7794	8908	—	—	—
多米尼克	178	205	223	209	221	225	241	234	222	218
厄瓜多尔	14376	16236	16756	17211	17237	17099	17445	16848	13397	13604
萨尔瓦多[e]	3148	3987	7917	8211	8761	9586	9075	9711	9710	9285

续表

国家或地区	2001	2002	2003	2004	2005	2006	2007	2008	2009	2010[b]
格林纳达	154	262	279	331	401	481	502	513	512	508
危地马拉[c]	2925	3119	3467	3844	3723	3958	4226	4382	4928	5420
圭亚那[c]	1197	1247	1085	1071	1215	1043	718	834	933	—
海地[c]	1189	1229	1316	1376	1335	1484	1628	1917	1272	987
洪都拉斯	4757	5025	5343	6023	5135	3935	3190	3464	3345	3262
牙买加[c]	4146	4348	4192	5120	5376	5796	6123	6344	6594	—
墨西哥	144526	134980	132524	130925	128248	116792	124433	125233	162795	170181
尼加拉瓜[c]	6374	6363	6596	5391	5348	4527	3385	3512	3661	3660
巴拿马[c]	6263	6349	6504	7219	7580	7788	8276	8477	10150	10152
巴拉圭	2654	2900	2951	2901	2700	2739	2868	3191	3178	3296
秘鲁	27195	27872	29587	31244	28657	28897	32894	34838	35629	35985
多米尼加[c]	4176	4536	5987	6380	5847	6295	6556	7226	8222	8964
圣基茨和尼维斯	214	265	317	317	311	306	299	314	305	296
圣文森特和格林纳丁斯	168	168	195	219	231	220	219	232	254	259
圣卢西亚	204	246	324	344	350	365	398	364	373	377
苏里南[c]	350	371	382	384	390	391	299	316	238	—
特立尼达和多巴哥[c]	1666	1549	1553	1364	1329	1261	1392	1445	1281	—
乌拉圭	8937	10548	11013	11593	11418	10560	12218	12021	13935	13694
委内瑞拉	35398	35460	40456	43679	46427	44735	53361	49087	63580	58274

注：a 为外债总额包括IMF借款；b 为2010年上半年数据；c 为2004年后数据仅包括付息外债，不包括延期付息外债（其中60.2%是向巴黎俱乐部融集的官方外债）；e 为2002年前数据仅含公共债务；d 为2004年后数据仅含公共债务；c 为仅含公共债务；f 为不包括古巴；g 为2010年3月份数据。

资料来源：CEPAL, *Balance preliminar de las economías de América Latina y el Caribe 2010*。

381

Ⅶ.36

附表6 拉美33国居民消费价格年度变化率（2001~2010年）

单位：%

年份 国家或地区	2001	2002	2003	2004	2005	2006	2007	2008	2009	2010ᵃ
拉美和加勒比地区ᵇ	6.1	12.2	8.5	7.4	6.1	5.0	6.5	8.2	4.7	6.2
安提瓜和巴布达	—	—	—	2.8	0.0	5.2	1.9	—	2.4	3.1ᶜ
阿根廷	-1.5	41.0	3.7	6.1	12.3	9.8	8.5	7.2	7.7	11.1ᵈ
巴哈马	2.9	1.9	2.4	1.9	1.2	2.3	2.8	4.6	1.3	0.5ᵉ
巴巴多斯	-0.3	0.9	0.3	4.3	7.4	5.6	7.8	7.3	4.4	7.8ᶠ
伯利兹	—	3.2	2.3	3.1	4.2	2.9	4.1	4.4	-0.4	0.5ᵉ
玻利维亚	0.9	2.4	3.9	4.6	4.9	4.9	11.7	11.8	0.3	5.6
巴西	7.7	12.5	9.3	7.6	5.7	3.1	4.5	5.9	4.3	5.6
智利	2.6	2.8	1.1	2.4	3.7	2.6	7.8	7.1	-1.4	2.5
哥伦比亚	7.6	7.0	6.5	5.5	4.9	4.5	5.7	7.7	2.0	2.6
哥斯达黎加	11.0	9.7	9.9	13.1	14.1	9.4	10.8	13.9	4.0	6.1
古巴ᵉ	-1.4	7.3	-3.8	2.9	3.7	5.7	10.6	-0.1	-0.1	1.7ʰ
多米尼克	1.1	0.5	2.8	-7.2	2.7	1.8	6.0	2.0	3.3	2.2ᶜ
厄瓜多尔	22.4	9.3	6.1	1.9	3.1	2.9	3.3	8.8	4.3	3.4

续表

国家或地区	2001	2002	2003	2004	2005	2006	2007	2008	2009	2010ᵃ
萨尔瓦多	1.4	2.8	2.5	5.4	4.3	4.9	4.9	5.5	-0.2	3.2
格林纳达	-0.7	2.3	-7.1	2.5	6.2	1.7	7.4	5.2	-2.4	6.8ᶜ
危地马拉	8.9	6.3	5.9	9.2	8.6	5.8	8.7	9.4	-0.3	5.3
圭亚那	1.5	6.0	—	—	8.2	4.2	14.1	6.4	3.6	3.7ⁱ
海地	8.5	16.5	35.8	19.1	15.3	10.3	10.0	10.1	2.0	4.6ᵈ
洪都拉斯	8.8	8.1	6.8	9.2	7.7	5.3	8.9	10.8	3.0	5.8ᵈ
牙买加	8.6	7.3	13.8	13.6	12.6	5.6	16.8	16.9	10.2	11.2ᵈ
墨西哥	4.4	5.7	4.0	5.2	3.3	4.1	3.8	6.5	3.6	4.3
尼加拉瓜	—	—	6.6	8.9	9.7	10.2	16.2	12.7	1.8	7.7ᵈ
巴拿马	0.0	1.9	1.4	-0.2	3.4	2.2	6.4	6.8	1.9	4.1ᵈ
巴拉圭	8.4	14.6	9.3	2.8	9.9	12.5	6.0	7.5	1.9	6.1
秘鲁	-0.1	1.5	2.5	3.5	1.5	1.1	3.9	6.7	0.2	2.2
多米尼加	4.4	10.5	42.7	28.7	7.4	5.0	8.9	4.5	5.7	6.2ᵈ
圣基茨和尼维斯	—	—	—	—	—	7.9	2.1	7.6	1.0	-0.5ᶜ
圣文森特和格林纳丁斯	5.5	-0.7	0.5	3.5	5.2	9.6	0.0	3.8	1.0	2.4ᶜ
圣卢西亚	-0.2	0.4	2.7	—	—	4.8	8.3	8.7	-1.6	2.1ᶜ
苏里南	—	—	—	—	15.8	4.7	8.3	9.4	1.3	9.2ᵈ
特立尼达和多巴哥	3.2	4.3	3.0	5.6	7.2	9.1	7.6	14.5	1.3	12.5ᵈ
乌拉圭	3.6	25.9	10.2	7.6	4.9	6.4	8.5	9.2	5.9	6.9
委内瑞拉	12.3	31.2	27.1	19.2	14.4	17.0	22.5	31.9	26.9	26.9

注：a 为到 2010 年 11 月为止的居民消费价格年度变化率；b 为英语加勒比国家(仅包括巴巴多斯、牙买加及特立尼达和多巴哥、牙买加)2010 年 8 月为止的居民消费价格年度变化率；c 为到 2010 年 10 月为止的居民消费价格年度变化率；d 为到 2010 年 7 月为止的居民消费价格年度变化率；e 为到 2010 年 10 月为止的居民消费价格年度变化率；f 为到 2010 年 4 月为止的居民消费价格年度变化率；g 为指以本币计的商品；h 为到 2010 年 9 月为止的居民消费价格年度变化率；i 为到 2010 年 3 月为止的居民消费价格年度变化率。

资料来源：CEPAL, Balance preliminar de las economías de América Latina y el Caribe 2010。

附表 7 拉美 25 国公开失业率（年度平均失业率）（2001～2010 年）

Ⅹ.37

单位：%

国家或地区 年份		2001	2002	2003	2004	2005	2006	2007	2008	2009	2010[a]
拉美和加勒比地区[b]		10.2	11.1	11.0	10.3	9.1	8.6	7.9	7.3	8.2	7.6
阿根廷[c]	市区	17.4	19.7	17.3	13.6	11.6	10.2	8.5	7.9	8.7	7.8[d]
巴哈马[e]	全国	6.9	9.1	10.8	10.2	10.2	7.6	7.9	8.7	14.2	—
巴巴多斯[e]	全国	9.9	10.3	11.0	9.8	9.1	8.7	7.4	8.1	10.0	10.7[f]
伯利兹[e]	全国	9.1	10.0	12.9	11.6	11.0	9.4	8.5	8.2	13.1	—
玻利维亚	省会[g]	8.5	8.7	9.2	6.2	8.1	8.0	7.7	6.7	7.9	6.5[h]
巴西[i]	6 大都市区	6.2	11.7	12.3	11.5	9.8	10.0	9.3	7.9	8.1	6.8
智利[j]	全国	9.9	9.8	9.5	10.0	9.2	7.7	7.1	7.8	9.7	8.3[d]
哥伦比亚[e]	13 大都市区	18.2	18.1	17.1	15.8	14.3	13.1	11.4	11.5	13	12.4[k]
哥斯达黎加[l]	城镇	5.8	6.8	6.7	6.7	6.9	6.0	4.8	4.8	8.4	7.1
古巴	全国	4.1	3.3	2.3	1.9	1.9	1.9	1.8	1.6	1.7	—
厄瓜多尔[e]	城镇[m]	10.4	8.6	9.8	9.7	8.5	8.1	7.4	6.9	8.5	8.0[d]

续表

国家或地区	年份	2001	2002	2003	2004	2005	2006	2007	2008	2009	2010[a]
萨尔瓦多[b]	城镇	7.0	6.2	6.2	6.5	7.3	5.7	5.8	5.5	7.1	—
危地马拉	城镇	—	5.4	5.2	4.4	—	—	—	—	—	—
洪都拉斯	城镇	5.9	6.1	7.6	8.0	6.5	4.9	4.0	4.1	4.9[o]	6.4[o]
牙买加[c][i]	全国	15.0	14.2	11.4	11.7	11.3	10.3	9.8	10.6	11.4	13.0[p]
墨西哥	市区	3.6	3.9	4.6	5.3	4.7	4.6	4.8	4.9	6.7	6.5[k]
尼加拉瓜	城镇	11.3	11.6	10.2	9.3	7.0	7.0	6.9	8.0	10.5	—
巴拿马[e]	城镇	17.0	16.5	15.9	14.1	12.1	10.4	7.8	6.5	7.9	7.7
巴拉圭	城镇[q]	10.8	14.7	11.2	10.0	7.6	8.9	7.2	7.4	8.2	7.8[t]
秘鲁	利马都市区	9.3	9.4	9.4	9.4	9.6	8.5	8.4	8.4	8.4	8.0[k]
多米尼加[e]	全国	15.6	16.1	16.7	18.4	17.9	16.2	15.6	14.1	14.9	14.4[s]
苏里南	全国	14.0	10.0	7.0	8.4	11.2	12.1	—	—	—	—
特立尼达和多巴哥[e]	城镇	10.8	10.4	10.5	8.4	8.0	6.2	5.6	4.6	5.3	6.7[t]
乌拉圭	城镇	15.3	17.0	16.9	13.1	12.2	11.4	9.6	7.9	7.7	7.1[k]
委内瑞拉	全国	13.3	15.8	18.0	15.3	12.4	10.0	8.4	7.3	7.8	8.6[k]

注：a 为初步数据；b 为2003 年和2002 年，阿根廷和巴西的数据分别依据统计方法变化进行了调整；c 为2003 年后的数据采用新的计量方法，与前期数据不具可比性；d 为根据1～9 月数据估计；e 为包括隐性失业；f 为上半年数据；g 为2008 年前为市区数据；h 为1～6 月平均数据；i 为2002 年后的数据采用新的计量方法；j 为2010 年后的数据采用新的计量方法，与前期数据不具可比性；k 为根据1～10 月数据估计；n 为2007 年后的数据采用新的计量方法；m 为2003 年以前数据仅包含基多、瓜亚基尔和昆卡；n 为2007 年后的数据采用新的计量方法；o 为5 月数据；p 为1 月数据；q 为2008 年前为城镇数据；r 为1～9 月数据平均值；s 为4 月数据；t 为3 月数据。

资料来源：CEPAL, *Balance preliminar de las economías de América Latina y el Caribe 2010*。

Ɏ.38
附表 8　拉美 18 国收入集中度指数（1989～2009 年[a]）

国　　家	年份	人均收入低于中位数的50%的人口比重	基尼系数[b]	对数方差	泰尔指数	阿特金森指数（=1.5）
阿根廷[c]	1999	22.2	0.539	1.194	0.667	0.530
	2002	24.3	0.578	1.510	0.724	0.593
	2004	22.5	0.531	1.225	0.633	0.534
	2005	22.1	0.526	1.190	0.602	0.525
	2006	21.7	0.519	1.173	0.626	0.522
	2009	21.4	0.510	1.135	0.549	0.509
玻利维亚	1997	28.7	0.595	2.024	0.728	0.674
	1999	29.5	0.586	2.548	0.658	0.738
	2002	28.6	0.614	2.510	0.776	0.738
	2004	23.8	0.561	1.559	0.636	0.600
	2007	27.2	0.565	2.159	0.611	0.709
巴　西	1990	26.6	0.627	1.938	0.816	0.664
	1993	25.8	0.621	1.881	0.840	0.663
	1996	26.8	0.637	1.962	0.871	0.668
	1999	25.9	0.640	1.913	0.914	0.663
	2001	26.1	0.639	1.925	0.914	0.665
	2002	25.0	0.634	1.847	0.943	0.655
	2003	25.5	0.621	1.803	0.839	0.647
	2004	24.9	0.612	1.708	0.826	0.632
	2005	24.9	0.613	1.690	0.840	0.629
	2006	24.4	0.605	1.647	0.807	0.621
	2007	24.7	0.590	1.561	0.745	0.606
	2008	24.3	0.594	1.538	0.808	0.604
	2009	23.9	0.576	1.463	0.716	0.586

续表

国　　家	年份	人均收入低于中位数的50%的人口比重	基尼系数[b]	对数方差	泰尔指数	阿特金森指数（ =1. 5）
智　利	1990	20. 4	0. 554	1. 261	0. 644	0. 546
	1994	20. 3	0. 552	1. 210	0. 713	0. 537
	1996	20. 3	0. 553	1. 261	0. 631	0. 545
	1998	21. 0	0. 560	1. 302	0. 654	0. 553
	2000	20. 3	0. 564	1. 308	0. 676	0. 556
	2003	19. 5	0. 552	1. 203	0. 674	0. 535
	2006	18. 5	0. 522	1. 065	0. 568	0. 497
	2009	17. 4	0. 524	1. 070	0. 585	0. 501
哥伦比亚	1991	20. 4	0. 531	1. 157	0. 638	0. 524
	1994	26. 0	0. 601	2. 042	0. 794	0. 684
	1997	21. 6	0. 569	1. 399	0. 857	0. 584
	1999	21. 8	0. 572	1. 456	0. 734	0. 603
	2002	24. 8	0. 594	1. 735	0. 753	0. 640
	2003	22. 9	0. 573	1. 585	0. 670	0. 611
	2004	23. 3	0. 579	1. 591	0. 683	0. 609
	2005	22. 8	0. 580	1. 543	0. 719	0. 603
	2008	24. 9	0. 589	1. 831	0. 737	0. 787
	2009	24. 3	0. 578	1. 670	0. 706	0. 702
哥斯达黎加	1990	19. 4	0. 438	0. 833	0. 328	0. 412
	1994	19. 5	0. 461	0. 868	0. 391	0. 428
	1997	19. 9	0. 450	0. 860	0. 356	0. 422
	1999	20. 7	0. 473	0. 974	0. 395	0. 457
	2002	21. 2	0. 488	1. 080	0. 440	0. 491
	2004	21. 5	0. 478	1. 030	0. 411	0. 473
	2005	20. 4	0. 470	0. 959	0. 399	0. 453
	2006	20. 7	0. 482	1. 031	0. 427	0. 475
	2007	18. 9	0. 484	0. 918	0. 466	0. 449
	2008	18. 5	0. 473	0. 893	0. 427	0. 439
	2009	20. 3	0. 501	1. 055	0. 474	0. 485
厄瓜多尔	2004	21. 3	0. 513	1. 089	0. 519	0. 495
	2005	22. 0	0. 531	1. 190	0. 565	0. 522
	2006	20. 3	0. 527	1. 083	0. 711	0. 504
	2007	19. 5	0. 540	1. 176	0. 612	0. 523
	2008	20. 6	0. 504	1. 049	0. 507	0. 486
	2009	19. 7	0. 500	1. 008	0. 502	0. 475

续表

国　　家	年份	人均收入低于中位数的50%的人口比重	基尼系数[b]	对数方差	泰尔指数	阿特金森指数（ =1.5）
萨尔瓦多	1995	22.0	0.507	1.192	0.502	0.525
	1997	22.9	0.510	1.083	0.512	0.492
	1999	24.2	0.518	1.548	0.496	0.601
	2001	24.4	0.525	1.559	0.528	0.602
	2004	21.3	0.493	1.325	0.449	0.552
	2009	20.3	0.478	0.932	0.440	0.449
危地马拉	1989	22.7	0.582	1.476	0.736	0.590
	1998	20.0	0.560	1.182	0.760	0.534
	2002	17.9	0.542	1.157	0.583	0.515
	2006	24.7	0.585	1.475	0.773	0.590
洪都拉斯	1990	26.1	0.615	1.842	0.817	0.649
	1994	24.4	0.560	1.437	0.630	0.577
	1997	23.3	0.558	1.388	0.652	0.571
	1999	25.7	0.564	1.560	0.636	0.603
	2002	26.5	0.588	1.607	0.719	0.608
	2003	26.2	0.587	1.662	0.695	0.615
	2006	31.9	0.605	2.332	0.736	0.713
	2007	30.5	0.580	1.963	0.650	0.661
墨西哥	1989	19.7	0.536	1.096	0.680	0.509
	1994	20.6	0.539	1.130	0.606	0.511
	1996	20.4	0.526	1.082	0.591	0.499
	1998	22.9	0.539	1.142	0.634	0.515
	2000	22.5	0.542	1.221	0.603	0.530
	2002	21.2	0.514	1.045	0.521	0.485
	2004	19.9	0.516	1.045	0.588	0.490
	2005	21.2	0.528	1.125	0.635	0.513
	2006	19.5	0.506	0.992	0.527	0.481
	2008	19.9	0.515	1.024	0.599	0.485
尼加拉瓜	1993	27.4	0.582	1.598	0.671	0.619
	1998	26.8	0.583	1.800	0.731	0.654
	2001	23.8	0.579	1.599	0.783	0.620
	2005	22.6	0.532	1.187	0.614	0.526

续表

国　　家	年份	人均收入低于中位数的 50% 的人口比重	基尼系数[b]	对数方差	泰尔指数	阿特金森指数（=1.5）
巴拿马	2002	26.6	0.567	1.691	0.616	0.618
	2004	27.2	0.541	1.580	0.534	0.594
	2005	25.6	0.529	1.441	0.511	0.568
	2006	26.6	0.540	1.580	0.548	0.597
	2007	25.9	0.524	1.334	0.520	0.547
	2008	25.4	0.524	1.381	0.522	0.557
	2009	24.8	0.523	1.265	0.522	0.533
巴拉圭	1999	25.7	0.565	1.555	0.668	0.599
	2001	26.4	0.570	1.705	0.702	0.631
	2004	22.8	0.548	1.316	0.668	0.555
	2005	22.8	0.536	1.318	0.614	0.553
	2007	21.9	0.539	1.309	0.701	0.557
	2008	22.7	0.527	1.187	0.597	0.525
	2009	24.5	0.512	1.229	0.527	0.529
秘　鲁	1997	25.6	0.533	1.351	0.567	0.554
	1999	23.6	0.545	1.357	0.599	0.560
	2001	23.9	0.525	1.219	0.556	0.527
	2003	22.8	0.506	1.052	0.503	0.484
	2007	24.2	0.500	1.081	0.486	0.489
	2008	22.3	0.476	0.969	0.428	0.457
	2009	21.8	0.469	0.916	0.414	0.442
多米尼加	2002	22.1	0.537	1.247	0.569	0.536
	2004	24.6	0.586	1.552	0.762	0.606
	2005	25.4	0.569	1.536	0.629	0.595
	2006	25.3	0.583	1.597	0.692	0.614
	2007	24.2	0.556	1.466	0.599	0.587
	2008	25.0	0.550	1.408	0.593	0.569
	2009	24.3	0.574	1.493	0.677	0.589
乌拉圭	1990	17.4	0.492	0.812	0.699	0.441
	1999	19.0	0.440	0.764	0.354	0.393
	2002	19.6	0.455	0.802	0.385	0.412
	2007	19.1	0.456	0.782	0.390	0.402
	2008	18.7	0.445	0.772	0.372	0.397
	2009	17.4	0.433	0.702	0.354	0.374

续表

国　　家	年份	人均收入低于中位数的 50%的人口比重	基尼系数[b]	对数方差	泰尔指数	阿特金森指数（=1.5）
委内瑞拉	1990	20.1	0.471	0.930	0.416	0.446
	1994	20.2	0.486	1.004	0.467	0.528
	1997	21.6	0.507	1.223	0.508	0.637
	1999	21.6	0.498	1.134	0.464	0.507
	2002	22.4	0.500	1.122	0.456	0.507
	2004	20.9	0.470	0.935	0.389	0.453
	2005	22.4	0.490	1.148	0.472	0.510
	2006	19.3	0.447	0.811	0.359	0.409
	2007	18.1	0.427	0.734	0.321	0.381
	2008	17.8	0.412	0.689	0.295	0.363

注：a 为根据全国人口的人均收入的分配计算得出；b 为包括没有收入的人口；c 为城市地区。
资料来源：CEPAL, *Panorama Social de América Latina*, 2010。

附表9 中拉贸易统计（2006～2010年）

单位：万美元

国家或地区	2006 进出口额	2006 出口额	2006 进口额	2007 进出口额	2007 出口额	2007 进口额	2008 进出口额	2008 出口额	2008 进口额	2009 进出口额	2009 出口额	2009 进口额	2010年1～11月 进出口额	2010年1～11月 出口额	2010年1～11月 进口额
拉美和加勒比地区	7021755	3602870	3418885	10265030	5153940	5111090	14340599	7176204	7164395	12186305	5709426	6476879	16540869	8276102	8264767
安提瓜和巴布达	16106	16105	1	39524	39524	0	52955	52948	8	49379	49369	10	74886	74880	5
阿根廷	570406	200397	370010	990085	356635	633450	1441608	505473	936135	780066	348342	431724	1188981	552570	636411
阿鲁巴岛	962	952	10	1055	1043	11	1121	1098	23	1185	1170	15	1088	1074	14
巴哈马	16461	16454	7	18073	16261	1812	38595	38534	61	42269	42254	15	58739	58724	15
巴巴多斯	7589	7560	29	3586	3473	113	2936	2794	142	9379	9155	223	6688	6347	340
伯利兹	2878	2876	2	2602	2602	0	4249	4246	3	3304	3303	1	3656	3637	19
玻利维亚	10485	5835	4650	15307	9672	5636	32916	17856	15060				32627	15490	17138
博内内尔	5	5	0	—	—	—	—	—	—	7	7	0	3	3	0
巴西	2029997	737995	1292002	2971409	1137226	1834183	4867090	1880746	2986344	4239579	1411886	2827692	5664123	2199277	3464846
开曼群岛	636	634	2	1077	1077	0	3567	3567	0	1799	1799	1	1021	990	32
智利	884490	310936	573554	1469616	441556	1028060	1735962	618680	1117281	1783880	492817	1291063	2331895	724372	1607523
哥伦比亚	175983	149600	26383	335696	226117	109580	411334	298793	112541	337535	239605	97930	545408	347675	197733
多米尼克	6905	6086	818	10418	7357	3061	7791	7575	216	2348	2232	116	4153	3901	253
哥斯达黎加	215603	40875	174727	287342	56678	230664	288968	61916	227052	318410	53762	264648	341863	62679	279184

续表

年份 国家或地区	2006 进出口额	出口额	进口额	2007 进出口额	出口额	进口额	2008 进出口额	出口额	进口额	2009 进出口额	出口额	进口额	2010年1~11月 进出口额	出口额	进口额
古巴	179245	126413	52831	228571	117025	111546	225785	135480	90306	154731	97287	57444	168154	98036	70118
库腊索岛	5887	5887	0	3705	3705	0	3675	3675	0	1582	1582	0	1401	1398	3
多米尼加	49623	40179	9445	61277	51292	9984	80418	65789	14629	69263	59211	10052	94764	83125	11639
厄瓜多尔	80155	71435	8720	108359	94240	14119	239603	154701	84902	176672	100356	76316	180657	136372	44285
法属圭亚那	214	213	0	302	302	0	346	346	0	487	487	0	629	627	2
格林纳达	408	406	2	302	297	5	382	378	4	398	395	3	445	445	1
瓜德罗普岛	968	968	0	1793	1793	0	2867	2856	11	3006	3006	0	2854	2852	2
危地马拉	73136	68759	4378	84243	79622	4621	94592	93442	1150	68216	65883	2333	97884	94371	3514
圭亚那	9919	8150	1768	8340	6530	1811	8834	7098	1736	6983	5908	1075	9373	7788	1585
海地	6116	5979	137	8793	8160	633	13338	12590	748	15037	14749	288	23990	23419	571
洪都拉斯	24228	22366	1862	28920	27311	1608	33975	32361	1615	26571	21216	5355	37692	29529	8164
牙买加	53840	17963	35877	28457	24611	3846	29427	28869	557	21855	19699	2156	21810	21454	355
马提尼克岛	467	465	2	1513	1513	0	2721	2720	1	2217	2217	0	2239	2239	0
墨西哥	1143092	882405	260687	1496940	1170611	326329	1755674	1386649	369025	1619488	1229627	389862	2213277	1628249	585028
蒙特塞拉特岛	7	7	0	67	67	0	7	4	2	17	4	13	3	1	2
尼加拉瓜	16350	16273	76	21562	21223	339	25908	25561	347	19649	19326	324	27620	26974	645
巴拿马	388179	386749	1430	558787	557998	789	794365	789391	4974	655180	652299	2881	1052391	1050121	2271
巴拉圭	38114	32743	5372	48550	46582	1968	78883	76351	2532	54131	51386	2745	99980	95717	4262
秘鲁	391820	100852	290967	601639	167850	433789	726648	277437	449211	655025	209895	445130	888083	319610	568474
波多黎各	45585	35263	10322	55718	42013	13705	68561	45998	22563	79123	47931	31192	101189	45261	55929
萨巴	—	—	—	2	2	0	—	—	—	13	13	0	0	0	0

续表

年份 国家 或地区	2006			2007			2008			2009			2010年1~11月		
项目	进出口额	出口额	进口额	进出口额	出口额	进口额	进出口额	出口额	进口额	进出口额	出口额	进口额	进出口额	出口额	进口额
圣卢西亚	415	412	3	695	684	12	674	669	5	697	679	18	777	769	8
圣马丁岛	202	202	0	260	260	0	262	262	0	161	161	0	260	260	0
圣文森特和格林纳丁斯	1484	1484	0	2660	2660	0	8479	5859	2620	8179	8179	0	6356	6354	2
萨尔瓦多	31911	31522	389	35691	35218	473	38042	37447	595	26016	25669	347	34011	33306	704
苏里南	4688	4294	395	7023	6717	306	10639	10273	366	10809	9618	1191	11544	10294	1249
特立尼达和多巴哥	17496	16475	1021	28356	26303	2053	37376	34963	2413	34752	24421	10331	36697	27000	9698
特克斯和凯科斯群岛	74	74	0	91	91	0	138	138	0	39	39	0	37	37	0
乌拉圭	67265	40265	27000	95734	61558	34176	165164	102769	62395	155320	81956	73364	245573	133076	112498
委内瑞拉	433789	169804	263985	585681	283286	302395	993304	336598	656706	719386	281172	438214	904354	324145	580209
英属维尔京群岛	12101	12100	0	11637	11626	11	5783	5727	56	1588	1568	20	13119	13116	3
圣基茨和尼维斯	64	64	0	259	258	1	279	265	14	127	122	4	271	245	26
圣皮埃尔和密克隆	4	4	0	—	—	—	—	—	—	—	—	—	7	0	7
荷属安的列斯群岛	6215	6198	17	3165	3165	0	5180	5155	25	4672	4672	0	8252	8252	0
其他	188	184	4	144	144	0	180	160	19	59	59	0	45	45	0
全球	176068645	96907284	79161361	217372602	121777576	95595026	256325523	143069307	113256216	220753488	120161181	100592307	267713866	142429806	125284060

资料来源：《中国统计年鉴》（2007～2010），中国统计出版社；2010年数据来自 CEIC 亚洲经济数据库。

附表10 中拉非金融类外国直接投资统计（2005～2009年）

单位：万美元

国别或地区	2005年	2006年	2007年	2008年	2009年
拉美和加勒比	1129333	1416262	2011799	2090344	1468433
安提瓜和巴布达	—	—	—	102	—
阿根廷	1089	686	1113	1266	1241
巴哈马	7467	8394	13493	35141	9868
巴巴多斯	9701	53548	70958	125520	55754
伯利兹	2284	2345	2421	6302	1988
玻利维亚	164	306	129	99	338
巴西	2461	5560	3164	3879	5248
开曼群岛	194754	209546	257078	314497	258189
智利	636	560	719	466	323
哥伦比亚	60	35	5	10	14
哥斯达黎加	30	10	63	119	—
古巴	102	280	16	—	176
多米尼克	102	35	182	5	35
多米尼加	204	164	100	49	26
厄瓜多尔	76	10	100	250	36
格林纳达	—	6	—		—

分表1 拉美对华直接投资

单位：万美元

国别或地区	2005年	2006年	2007年	2008年	2009年
危地马拉	—	160	116	—	—
洪都拉斯	290	131	168	214	—
牙买加	100	79	566	29	110
墨西哥	710	1234	2580	385	91
巴拿马	4291	5956	58	3539	1797
巴拉圭	142	158	527	215	301
秘鲁	338	73	20	267	4
萨尔瓦多	—	20	28	507	63
苏里南	350	52	114	—	48
特克斯和凯科斯群岛	104	13	10	130	92
乌拉圭	276	98	209	221	221
委内瑞拉				237	198
英属维尔京群岛	902167	1124758	1655244	1595384	1129858
圣基茨和尼维斯	623	1007	1577	1363	193
圣文森特和格林纳丁斯	166	478	320	—	200
其他国家（地区）	748	560	841	369	2021
全　球	6032459	6302053	7476789	9239544	9003267

资料来源：《中国统计年鉴》（2006～2010），中国统计出版社。

单位：万美元

分表 2　中国对拉美非金融类直接投资流量与存量

国家或地区	FDI 流量（净值）					FDI 存量				
年份	2005	2006	2007	2008	2009	2005	2006	2007	2008	2009
拉丁美洲	646616	846874	490241	367725	732790	1146961	1969437	2470091	3224015	3059548
安提瓜和巴布达	—	—	—	—	—	40	125	125	—	125
阿根廷	35	622	13669	1082	-2282	422	1134	15719	17336	16905
巴哈马	2295	272	3899	-5591	100	1469	1752	5651	60	160
巴巴多斯	—	185	41	82	87	165	201	242	325	600
伯利兹	—	—	—	6	—	—	2	2	8	8
玻利维亚	8	1800	197	414	1801	8	2106	2303	2862	5565
巴西	1509	1009	5113	2238	11627	8139	13041	18955	21705	36089
开曼群岛	516275	783272	260159	152401	536630	893559	1420919	1681068	2032745	13577707
智利	180	658	383	93	778	371	1084	5608	5809	6602
哥伦比亚	96	-336	22	676	574	736	570	677	1371	2050
哥斯达黎加	—	—	—	—	—	—	—	—	—	200
古巴	158	3037	658	556	1293	3359	5991	6649	7205	8532
多米尼克	—	—	—	—	—	—	70	70	70	70
多米尼加	—	—	—	6	6	—	—	—	6	12
厄瓜多尔	907	246	358	-942	1790	1812	3904	4918	8860	10660

续表

国家或地区	FDI 流量（净值）					FDI 存量				
年份	2005	2006	2007	2008	2009	2005	2006	2007	2008	2009
格林纳达	—	—	—	12	—	—	403	753	765	765
圭亚那	—	—	6000	—	—	560	860	6860	6950	14961
洪都拉斯	—	—	-438	-90	—	528	528	90	—	—
牙买加	—	—	—	214	—	—	2	2	216	216
墨西哥	355	-369	1716	563	82	14186	12861	15144	17308	17390
巴拿马	836	—	833	652	1369	3477	3692	5531	6738	8190
巴拉圭	—	—	—	300	674	—	—	—	478	1125
秘鲁	55	540	671	2455	5849	12922	13040	13711	19434	28454
圣文森特和格林纳丁斯	282	291	588	946	-946	1227	1492	2080	3249	2303
苏里南	277	—	1757	242	110	1302	3221	6528	6670	6880
特立尼达和多巴哥	—	—	—	—	—	—	80	80	80	80
乌拉圭	—	—	48	—	498	56	163	211	211	715
委内瑞拉	740	1836	6953	978	11572	4265	7158	14388	15596	27196
英属维尔京群岛	122608	53811	187614	210433	161205	198358	475040	662654	1047733	1506069
全球	1226117	1763397	2650609	5590717	5652899	5720562	7502555	11791050	18397071	24575538

资料来源：中国商务部《2009 年度对外直接投资统计公报》。

图书在版编目（CIP）数据

拉丁美洲和加勒比发展报告．2010~2011/吴白乙主编．
—北京：社会科学文献出版社，2011.4
（拉美黄皮书）
ISBN 978-7-5097-2257-2

Ⅰ.①拉… Ⅱ.①吴… Ⅲ.①社会发展-研究报告-拉
丁美洲-2010~2011②社会发展-研究报告-西印度群岛-
2010~2011③经济体制改革-研究报告-拉丁美洲-2010~
2011④经济体制改革-研究报告-西印度群岛-2010~2011
Ⅳ.①D773.069②D775.069

中国版本图书馆CIP数据核字（2011）第048042号

拉美黄皮书

拉丁美洲和加勒比发展报告（2010~2011）

主　　编/吴白乙
副 主 编/刘维广　蔡同昌

出 版 人/谢寿光
总 编 辑/邹东涛
出 版 者/社会科学文献出版社
地　　址/北京市西城区北三环中路甲29号院3号楼华龙大厦
邮政编码/100029
网　　址/http：//www.ssap.com.cn
网站支持/（010）59367077
责任部门/编译中心（010）59367139
电子信箱/bianyibu@ssap.cn
项目负责人/祝得彬
责任编辑/李　博　段其刚
责任校对/李艳涛
责任印制/董　然
品牌推广/蔡继辉

总 经 销/社会科学文献出版社发行部
　　　　　（010）59367081　59367089
经　　销/各地书店
读者服务/读者服务中心（010）59367028
排　　版/北京中文天地文化艺术有限公司
印　　刷/北京季蜂印刷有限公司

开　　本/787mm×1092mm　1/16
印　　张/26.5　字数/455千字
版　　次/2011年4月第1版　印次/2011年4月第1次印刷

书　　号/ISBN 978-7-5097-2257-2
定　　价/79.00元

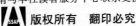

盘点年度资讯 预测时代前程

从"盘阅读"到全程在线阅读
皮书数据库完美升级

·产品更多样

从纸书到电子书，再到全程在线网络阅读，皮书系列产品更加多样化。2010年开始，皮书系列随书附赠产品将从原先的电子光盘改为更具价值的皮书数据库阅读卡。纸书的购买者凭借附赠的阅读卡将获得皮书数据库高价值的免费阅读服务。

·内容更丰富

皮书数据库以皮书系列为基础，整合国内外其他相关资讯构建而成，内容包括建社以来的700余部皮书、20000多篇文章，并且每年以120种皮书、4000篇文章的数量增加，可以为读者提供更加广泛的资讯服务。皮书数据库开创便捷的检索系统，可以实现精确查找与模糊匹配，为读者提供更加准确的资讯服务。

·流程更简便

登录皮书数据库网站www.i-ssdb.cn，注册、登录、充值后，即可实现下载阅读，购买本书赠送您100元充值卡。请按以下方法进行充值。

充值卡使用步骤：

第一步
- 刮开下面密码涂层
- 登录 www.i-ssdb.cn
  点击"注册"进行用户注册

社会科学文献出版社 皮书系列
SOCIAL SCIENCES ACADEMIC PRESS (CHINA)

卡号：30965681343262
密码：

(本卡为图书内容的一部分，不购书刮卡，视为盗书)

第二步
登录后点击"会员中心"进入会员中心。

SSDB
社科文献资源库
SOCIAL SCIENCE
DATABASE

第三步
- 点击"在线充值"的"充值卡充值"，
- 输入正确的"卡号"和"密码"，即可使用。

如果您还有疑问，可以点击网站的"使用帮助"或电话垂询010-59367071。